KB106928

외국어 번역 고소설 선집 7

가정소설 2

— 사씨남정기 —

역 주 자

김채현 명지대학교 방목기초교육대학 객원조교수
박상현 경희사이버대학교 일본학과 교수
정출헌 부산대학교 한문학과 교수
이상현 부산대학교 인문학연구소 HK교수

이 책은 2011년도 정부(교육과학기술부)의 재원으로 한국학중앙연구원 (한국학진흥사업단)의 지원을 받아 수행된 연구임(AKS-2011-EBZ-2101)

외국어 번역 고소설 선집 7

가정소설 2
－ 사씨남정기 －

초 판 인 쇄 2017년 11월 20일
초 판 발 행 2017년 11월 30일

역 주 자 김채현·박상현·정출헌·이상현
감 수 자 권순긍·강영미
발 행 인 윤석현
발 행 처 도서출판 박문사
책 임 편 집 최인노
등 록 번 호 제2009-11호

우 편 주 소 서울시 도봉구 우이천로 353 성주빌딩 3층
대 표 전 화 02) 992 / 3253
전   송 02) 991 / 1285
홈 페 이 지 http://www.jncbms.co.kr
전 자 우 편 bakmunsa@hanmail.net

ⓒ 김채현 외, 2017. Printed in KOREA

ISBN 979-11-87425-69-4 94810   정가 43,000원
　　　 979-11-87425-62-5 94810(set)

외국어 번역 고소설 선집 7

가정소설 2
― 사씨남정기 ―

김채현·박상현·정출헌·이상현 역주

권순긍·강영미 감수

박문사

  한국에서 외국인 한국학에 대한 연구는 지금까지 주로 외국인의 '한국견문기' 혹은 그들이 체험했던 당시의 역사현실과 한국인의 사회와 풍속을 묘사한 '민족지(ethnography)'에 초점이 맞춰져 왔다. 하지만 19세기 말 ~ 20세기 초 외국인의 저술들은 이처럼 한국사회의 현실을 체험하고 다룬 저술들로 한정되지 않는다. 외국인들에게 있어서 한국의 언어, 문자, 서적도 매우 중요한 관심사이자 연구영역이었기 때문이다. 그들 역시 유구한 역사를 지닌 한국의 역사·종교·문학 등을 탐구하고자 했다. 우리가 이 책에 담고자 한 '외국인의 한국고전학'이란 이처럼 한국고전을 통해 외국인들이 한국에 관한 광범위한 근대지식을 생산하고자 했던 학술 활동 전반을 지칭한다. 우리는 외국인의 한국고전학 논저 중에서 근대 초기 한국의 고소설을 외국어로 번역한 중요한 자료들을 집성했으며 더불어 이를 한국어로 '재번역' 했다. 우리가 『외국어 번역 고소설 선집』 1~10권을 편찬한 이유이자 이 자료집을 통해 독자들이자 학계에 제공하고자 하는 바는 크게 네 가지로 요약된다.

  첫째, 무엇보다 외국인의 한국고전학 논저 중에서 가장 큰 비중을 차지하는 사례가 바로 '외국어 번역 고소설'이기 때문이다. 한국의 고소설은 '시·소설·희곡 중심의 언어예술', '작가의 창작적 산물'이라는 근대적 문학개념에 부합하는 장르적 속성으로 인하여 외국인들에게 일찍부터 주목받았다. 특히, 국문고소설은 당시 한문 독자층을 제외한 한국 민족 전체를 포괄할 수 있는 '국민문학'으로 재조명되며,

그들에게는 지속적인 번역의 대상이었다. 즉, 외국어 번역 고소설은 하나의 단일한 국적과 언어로 환원할 수 없는 외국인들 나아가 한국인의 한국고전학을 묶을 수 있는 매우 유효한 구심점이다. 또한 외국어 번역 고소설은 번역이라는 문화현상을 실증적으로 고찰해볼 수 있는 가장 구체적인 자료이기도 하다. 두 문화 간의 소통과 교류를 매개했던 번역이란 문화현상을 텍스트 속 어휘 대 어휘라는 가장 최소의 단위로 살필 수 있기 때문이다.

둘째, 이 선집을 순차적으로 읽어나갈 때 발견할 수 있는 '외국어번역 고소설의 통시적 변천양상'이다. 고소설을 번역하는 행위에는 고소설 작품 및 정본의 선정, 한국문학에 대한 인식 층위, 한국관, 번역관 등이 의당 전제될 수밖에 없다. 따라서 외국어 번역 고소설 작품의 계보를 펼쳐보면 이러한 다양한 관점을 포괄할 수 있는 입체적인 연구가 가능해진다. 시대별 혹은 서로 다른 번역주체에 따라 고소설의 다양한 형상을 발견할 수 있다. 예컨대 민속연구의 일환으로 고찰해야 할 설화, 혹은 아동을 위한 동화, 문학작품, 한국의 대표적인 문학 정전, 한국의 고전 등 다양한 층위의 고소설 인식을 살펴볼 수 있다. 이러한 인식에 맞춰 그 번역서들 역시 동양(한국)의 이문화와 한국인의 세계관을 소개하거나 국가의 정책에 도움을 주고자 하는 한국에 관한 지식을 제공하기 위해서 출판되는 양상을 살필 수 있다.

셋째, 해당 외국어 번역 고소설 작품에 새겨진 이와 같은 '원본 고소설의 표상' 그 자체이다. 외국어 번역 고소설의 변모양상과 그 역사는 비단 고소설의 외국어 번역사례로 국한되는 것이 아니다. 당대 한국의 다언어적 상황, 당시 한국의 국문·한문·국한문 혼용이 혼재되었던 글쓰기(書記體系, écriture), 한국문학론, 문학사론의 등장과 관련해서도 흥미로운 연구지점을 제공해주기 때문이다. 예를 들어 본다면, 고소설이 오늘날과 같은 '한국의 고전'이 아니라 동시대적으로 향유되는 이야기이자 대중적인 작품으로 인식되던 과거의 모습 즉, 근대 국민국가 단위의 민족문화를 구성하는 고전으로 인식되기 이전, 고소설의 존재양상을 발견할 수 있다. 이 원본 고소설의 표상은 한국 근대 지식인의 한국학 논저만으로 발견할 수 없는 것으로, 그 계보를 총체적으로 살필 경우 근대 한국 고전이 창생하는 논리와 그 역사적 기반을 규명할 수 있다.

넷째, 외국어 번역 고소설 작품군을 통해 '고소설의 정전화 과정'을 살펴보는 것이다. 20세기 근대 한국어문질서의 변동에 따라 국문 고소설의 언어적 위상 역시 변모되었다. 그리고 그 흔적은 해당 외국어 번역 고소설 작품 속에 오롯이 남겨져 있다. 고소설이 외국문학으로 번역의 대상이 된다는 사실은, 이본 중 정본의 선정 그리고 어휘와 문장구조에 대한 분석이 전제됨을 의미하기 때문이다. 사실 고소설 번역실천은 고소설의 언어를 문법서, 사전이 표상해주는 규범화된 국문 개념 안에서 본래의 언어와 다른 층위의 언어로 재편하는 행위이다. 하나의 고소설 텍스트를 완역한 결과물이 생성되었다는 것은, 고소설 텍스트의 언어를 해독 가능한 '외국어=한국어'로 재편하는 것에 다름 아니다.

즉, 우리가 편찬한 『외국어 번역 고소설 선집』에는 외국인 번역자만의 문제가 아니라, 번역저본을 산출하고 위상이 변모된 한국사회, 한국인의 행위와도 긴밀히 관계되어 있다. 근대 매체의 출현과 함께 국문 글쓰기의 위상변화, 즉, 필사본·방각본에서 활자본이란 고소설 존재양상의 변모는 동일한 작품을 재번역하도록 하였다. '외국어 번역 고소설'의 역사를 되짚는 작업은 근대 문학개념의 등장과 함께, 국문고소설의 언어가 문어로서 지위를 확보하고 문학어로 규정되는 역사, 그리고 근대 이전의 문학이 '고전'으로 소환되는 역사를 살피는 것이다. 우리의 희망은 외국인의 한국고전학이란 거시적 문맥 안에서 '외국어 번역 고소설' 속에서 펼쳐진 번역이라는 문화현상을 검토할 수 있는 토대자료집을 학계와 독자에게 제공하는 것이다.

　물론 우리가 편찬한 『외국어 번역 고소설 선집』이 이러한 목표에 얼마나 부합되는 것인지를 단언하기는 어렵다. 이에 대한 평가는 우리의 몫이 아니다. 이 자료 선집을 함께 읽을 여러 동학들의 몫이자 함께 해결해나가야 할 과제라고 말할 수 있다. 이들 외국어 번역 고소설을 축자적 번역의 대상이 아니라 문명·문화번역의 대상으로 재조명될 수 있도록 연구하는 연구자의 과제를 들 수 있을 것이다. 더불어 당대 한국의 이중어사전, 해당 언어권 단일어 사전을 통해 번역용례를 축적하며, '외국문학으로서의 고소설 번역사'와 고소설 번역의 지평과 가능성을 모색하는 번역가의 과제를 이야기할 수도 있을 것이다.

제1장

조선연구회의
〈사씨남정기 일역본〉(1914)

靑柳綱太郎 譯,『原文和譯對照 謝氏南征記・九雲夢』, 朝鮮硏究會, 1914.

아오야기 쓰나타로(靑柳綱太郎) 역

❘ 해제 ❘

　　조선연구회가 출판한『원문일역대조 사씨남정기・구운몽(原文和譯對照 謝氏南征記・九雲夢)』은 그 제명이 시사하는 바와 같이, 해당 고소설의 원문과 그에 대한 번역문이 함께 수록되어 있다. 즉, 이 책에 수록된 한문원전이 조선연구회가 출판한 <사씨남정기 일역본>의 번역저본인 셈이다. 이 책에 수록된 한문원전의 소제목과 내용 등을 면밀히 살펴보면, 현행 이본연구에서 밝혀진 한문본 C계열(국립중앙도서관 소장 59장본(1732))에 해당된다. 번역자 아오야기 쓰나타로(靑柳綱太郎, 1877~1932)는 조선연구회를 주도하고『조선고서진서(朝鮮古書珍書)』총서를 간행한 인물이다. 그는 1901년 9월 한국으로 들어와『간몬신보(關門新報)』와 오사카마이니치 신문의 통신원으로 근무했다. 이후 전라

11

남도 나주 및 진도의 우편국장,『목포신보』의 주필, 재정고문부의 재무관, 궁내부 주사,『경성신문』사장 등을 역임했다. 아오야기는『사씨남정기』를 김춘택의 작품으로 보았으며, 그가 필화를 피하기 위해 소설 배경을 명(明)으로 하고 소설에 의탁하여 왕을 풍간하여 폐후 민씨의 복귀를 의도한 작품이라고 여겼다. 즉, 이 소설이 조선시대 숙종 조에 있었던 민비의 폐위사건과 장희빈의 왕자 탄생 등과 관련된 것으로 이야기했다. 즉, 조선연구회의 <사씨남정기 일역본>은 조선시대를 당쟁이 만연한 사회로 그리려고 했던 것이다.

▌참고문헌 ─────────

이금희,『사씨남정기 연구』, 반도출판사, 1991(「<남정기>의 문헌학적 연구」, 숙명여자대학 박사학위논문, 1986).

우쾌제,「조선연구회 고서진서 간행의 의도 고찰」,『민족문화연구논총』 4, 1999.

우쾌제,「<사씨남정기>의 목적성 문제와 식민사관적 시각」,『고소설 연구』12, 2001.

최혜주,「일제강점기 조선연구회의 활동과 조선 인식」,『한국민족운동 사연구』42, 한국민족사운동학회, 2005.

서신혜,「일제시대 일본인의 고서간행과 호소이 하지메의 활동」,『온 지논총』16, 2007.

최혜주,「한말일제하 재조일본인의 조선고서 간행사업」,『대동문화연 구』66, 성균관대 대동문화연구원, 2009.

최혜주,『근대재조선 일본인의 한국사 왜곡과 식민통치론』, 경인문화 사, 2010.

박영미,「일본의 조선고전총서 간행에 대한 시론」,『한문학논집』37, 근역한문학회, 2013.

(一) 淑女白衣の像に賛し。良媒赤繩の緣を結ぶ。

(一) 숙녀 백의의 상에 찬하다. 양매 적승의 연을 맺다.

　大明の嘉靖の末、北京順天府に一宰相あり、姓は劉名は熙、誠意伯
劉基の後なり、熙の四代の祖、官に仕へて京師に留まれり、其後ち子
孫遂に世々順天府の人と爲る、劉熙世宗皇帝に事へ禮部尙書と爲り文
章德望一世の名臣たり、太學士嚴崇と論議して意見を異にし、老衰を
稱して辭職を請ふ、天子慰諭して之を許し、特に太子小師の殊遇を加
へて以て尊寵の意を示さる、小師朝廷に出仕せざれとも當時の士大夫
其節を高しとして其名を仰かさるは莫し、小師勳功ある門閥の後裔に
生れ家甚だ殷富にして、朱門甲第の盛なる園林鐘鼓の樂しき時人之を
王公に擬せり、小師性素と恭儉にして禮を好み家を治むる度あり、一
人の妹ありて鴻臚小卿杜强の妻となりしが、小師其寡居を憫みて友愛
彌よ篤し、小師に唯一人の男子あり甚た愛して然も之を敎ゆることは
嚴格なり、其名延壽、字を少卿と曰ふ、小師夫妻この子を四十歲の後
に得しが未だ襁褓を離れさるに母夫人は不幸にして世を棄てられぬ、
長するに及び瀅さこと秋水の如く美は藍玉に似たり、年纔かに十三に
して、文學大に進み筆を下せば章を成し立どころに千言を書す、小師
大に奇とし愛を加へて益々母夫人が其生長を見るに及ばずして逝ける
を恨あり、年十四にして省試第一に中り、十五歲にして登第す、試驗
官吏初め擢でゝ第一位となせしか、其年の少さを嫌ふて一等の第四位
に置き翰林編修となせり、玆に於て聲名一時に驚動し、齊輩僚友敢て
仰き視る莫し、然れとも自から年少無學にして政に從事すべからさる
を思ひ、遂に疏を上りて職を辭し、十年讀書の後ち始めて犬馬の勞を

効さんことを請へり、其疏に曰く

　　대명(大明) 가정(嘉靖) 말(末), 북경 순천부(順天府)에 한 재상이 있
었다. 성은 유(劉), 이름은 희(熙), 성의백(誠意伯) 유기(劉基)의 후손이
다. 유희의 4대조는 벼슬하여 경사(京師)에 머물렀다. 그 뒤 자손이
마침내 대대로 순천부 사람이 되었다. 유희는 세종 황제를 섬겨 예
부상서(禮部尙書)가 되었고, 문장과 덕망으로 한 시대의 이름난 신하
가 되었다. 태학사(太學史) 엄숭(嚴崇)과 논의하다가 의견을 달리하여
노쇠를 핑계 삼아 사직을 청했다. 천자(天子)[1]가 위론(慰論)하였으나
그것을 허락하고, 특히 태자소사(太子小師)라는 수우(殊遇)를 가(加)
하여 존총(尊寵)의 뜻을 표하였다. 소사는 조정에 출사하지 않았지
만, 당시의 사대부들은 고절(高節)하다 여겨 그 이름을 우러러 보지
않는 이가 없었다. 소사는 훈공(勳功) 있는 문벌의 후예로 태어나 집
안이 매우 은부(殷富)했고, 주문갑제(朱門甲第)의 성(盛)한 원림종고
(園林鐘鼓)의 즐거움, 시인(時人)들은 그것을 왕공(王公)에 비겼다. 소
사는 성품이 소박하고[2] 공검(恭儉)하며 예를 좋아하고 집안을 다스
리는 데 법도가 있었다. 하나 있는 여동생이 홍려소경(鴻臚小卿) 두강
(杜强)의 처가 되었는데, 소사는 그 과거(寡居)[로 살아가는 것을] 불
쌍히 여겨 우애가 더욱 도타웠다. 소사에게 아들이 하나 있었는데
매우 사랑하였으며 더구나 그를 가르침에 [있어] 엄격했다. 그 [아들
의] 이름은 연수(延壽), 자(字)는 소경(少卿)이라 했다. 소사 부부는 40

1　천자: 천하의 주인 혹은 일국의 군주의 존칭을 뜻한다(棚橋一郎·林甕臣編, 『日
本新辞林』, 三省堂, 1897).
2　소박하고: 일본어 원문은 '素'다. 꾸미거나 치장하지 않은 실체 그대로의 뜻 혹
은 평범한 의미를 나타낸다(棚橋一郎·林甕臣編, 『日本新辞林』, 三省堂, 1897).

세가 넘어 이 아들을 얻었는데, 아직 포대기³를 벗어나지도 못했을 때 모부인(母夫人)은 불행히 세상을 떠났다. 성장하니 맑기가 추수(秋水) 같고, 아름답기는 남옥(藍玉) 같았다. 나이 불과 열셋에 문학에 크게 나아가 붓을 들면 장(章)을 이루고 금세 천언(千言)을 썼다. 소사가 매우 기(奇)하다 여겨 더욱 사랑하고 더더욱 모부인이 아들의 생장(生長)을 보지 못하고 세상을 떠난 것을 한스럽게 여겼다. [연수는] 나이 열넷에 성시(省試) 제일로 합격하고, 15세에 등제했다. 시험관리가 처음에는 1위로 뽑았지만, 그 나이가 적음을 염려하여 일등 중에서 4위에 두어 한림편수(翰林編修)가 되었다. 이에 성명(聲名)이 일시에 경동(驚動)하여, 제배요우(儕輩僚友)가 감히 올려다보는 이가 없었다. 그렇지만 스스로 연소무학(年少無學)이라 여겨 정치에 종사하지 않는 것이 옳다고 생각하여, 마침내 소(疏)를 올려 사직하며, 10년 독서 뒤에 비로소 견마지로(犬馬之勞)를 바치겠다고 요청했다. 그 소에 이르기를,

翰林編修官臣劉延壽謹みて百拜頓首して皇帝陛下に上言す、臣窃かに伏して以みるに學無ければ則ち以て君德を輔くべからず、術無ければ則ち以て國政を贊すべからず、而して學術は心す涵畜鍊達して後ち方さに以て之を事業の上に措く可し矣、臣の君に事ふる旣に其祿を利し其身の榮とするのみに非ず、則ち其具にあらずして冒進するは濫なり矣、君の臣を使ふ亦其官を尊み其祿を崇非ぶのみに非ず則ち其材に

---

3 포대기: 일본어 원문은 '襁褓'다. 어린아이를 감싸 안는 옷 혹은 어린아이의 대소변으로 옷을 더럽히지 않게 하기 위한 용도로 허리 아래에 두르는 것을 뜻한다(松井簡治·上田万年編, 『大日本国語辞典』04, 金港堂書籍, 1919).

非ずして虛しく受くる者は錯れり矣、臣年僅かに乳臭にして忝くも科
第を竊む、古人の謂はゆる年少の功名は不幸なりと云ふもの臣竊かに
之に當れり矣、科を竊む者未だ必ず文章に巧みならず、政に從ふもの
未だ必ず才識に優れず、則ち科を竊み政に從ふは自から是の兩事を兼
ぬるなり、臣未だ一經の業に專ならず、且つ三長の才無くして、而し
て徒らに早く第一科を得たることを以て、百年の能事と爲せば足る
も、自から才力を揣らず揚々として冒進するは、則ち豈以て名器を汚
して寵恩を辱ふするに足らざらんや、伏し乞ふ、陛下臣が年幼にして
事に任ずるに足らざるを諒とし、臣が才弱にして職を冒すに足らざる
を察し、特に十年の暇を許し、詳かに六經の書を攷へ、學を爲す必ず
博く術を擇ぶ必ず精、然る後出仕して事に從はしめば臣庶幾くは、上
淸白の治を贊し、下瓄曠の制を免れしめを、惟くは皇帝陛下裁察して
矜憐せよ焉、幸甚

　　한림편수관 신 유연수는 삼가 백배돈수(百拜頓首)하여 황제폐하
께 상언(上言)합니다. 신이 그윽이 엎드려 생각하건대 학(學)이 없으
면 군덕(君德)을 보(輔)할 수 없고, 술(術)이 없으면 국정(國政)을 찬(贊)
할 수 없습니다. 그러므로 학술은 반드시 함축연달(含蓄鍊達)한 뒤 참
으로 그것을 사업에 조(措)할 수 있습니다. 신이 군(君)을 섬김은 이
미 그 녹을 리(利)라 여기고 그 몸의 영(榮)이라 여길 뿐은 아닙니다.
곧 그 구(具)가 아닌데 모진(冒進)함은 남(濫)입니다. 군이 신을 부림
은 또한 그 관(官)을 높이고 그 녹을 높이는 것뿐은 아닙니다. 곧 그
재(材)가 아닌데 헛되이 받는 것은 잘못입니다. 신년(臣年) 겨우 유취
(乳臭)한데 부끄럽게도 과제(科第)를 훔쳤습니다. 고인이 이르기를

‘연소지공명(年少之功名)은 불행야(不幸也)’라고 하였는데, 신은 아마도 그것에 해당될 것입니다. 과(科)를 훔친 자 아직 반드시 문장이 훌륭하지 않고, 정(政)에 종사하는 것 아직 반드시 재식(才識)에 뛰어나지 않으니, 과를 훔쳐 정에 종사하는 것은 스스로 이 양사(兩事)를 겸하는 일입니다. 신은 아직 일경지업(一經之業)에 전(專)하지 않았습니다. 또한 삼장지재(三長之才)가 없는데, 헛되이 일찍 제일과(第一科)를 얻은 것을 가지고 백년의 능사로 삼는 것은 괜찮으나 스스로 재력(才力)을 헤아리지 않고 양양(揚揚)하게 모진(冒進)함은 어찌 명기(名器)를 더럽혀 은총을 더럽히는 일이 되지 않겠습니까? 엎드려 바라옵건대 폐하께서는 연유(年幼)한 신에게 일을 맡기기에 부족함을 헤아리시고, 신이 재약(才弱)하여 직(職)을 모(冒)함에 부족함을 찰(察)하시어, 다만 10년의 시간을 허락하시어 자세히 육경지서(六經之書)를 연구하고, 위학(爲學)함이 반드시 넓고 택술(擇術)함이 반드시 정(精)하게 된 뒤에 출사하여 일에 종사하게 하신다면, 신이 바라기는 위로 청백지치(淸白之治)를 찬(贊)하고, 아래로 환광지제(癏曠之制)를 면할까 하옵니다. 다만 황제폐하께서는 재찰(裁察)하시고 긍련(矜憐)하여 주옵소서. 행심(幸甚)

天子之を覧て其謙退の志を嘉みし、遂に詔を下して特に本職を以て優遇し、五年の休暇を給ひ、益々聖賢の書を讀み治國の道を講し、年二十に至るを待ちて朕を輔翼せよと、一家感激して聖恩の厚さを拜し、愈よ戒愼を加へて之を訓誨し、忠義を重んじ、陛下の殊遇に奉答すへさを以てす、延壽登第の後ち婚を求め來るもの多しと雖も曾て之を許さゝりしが、是に至て賢婦を得て延壽に妻はさんと欲し、杜夫人

17

と協議して媒婆(媒婆は女に限らす)を招集し廣く婦女るの家を詢ふ、是
に於て衆婆は掌を抵ち舌を揮ふて、之を褒むれは九天の上に賞揚し、
之を誹れば千塹の下に罵倒し、朝より品隲して日中に至るも決せず、
小師甚た之を苦しむ、朱婆なるもの年齢最も多く、獨り屏坐して語ら
ざりしが、衆婆の語り訖れるを見て言ふて曰く、吾れ諸人の言を觀る
に各自の所見に偏して一も公論無し、我れ敢て直諫せざれとも老爺若
し之を權門貴族に求めをとせは當朝にては嚴丞相の孫女を以て首と爲
す、窈窕たる賢婦を求めんと欲せば新城の謝給事の處女を最と爲す、
老爺希くは斯の二者の中を擇べよと、

　　　천자께서 그것을 람(覽)하시고 그 겸퇴지지(謙退之志)를 아름답게
여기셔서, 마침내 조(詔)를 내려 특히 본직으로써 우우(優遇)하시며
5년의 휴가를 주시고,
　　　"더욱 성현의 책을 읽어 치국의 도를 강(講)하고, 나이 스물에 이
르기를 기다려짐을 보익(輔翼)하라"
　　　하시니, 일가(一家) 감격하여 성은의 두터움을 절하고, 더욱 계신
(戒愼)을 가하여 그것을 훈회(訓誨)하고 충의를 무겁게 하여 폐하의 수
우에 봉답하기로 하였다. 연수가 등제한 뒤 구혼하러 오는 이가 많았
지만 일찍이 허락한 적이 없었는데, 이에 이르러 현부(賢婦)를 얻어
연수에게 장가 보내리라 생각하여, 두부인(杜婦人)과 협의하여 매파
(매파는 여인에 국한되지 않음)를 초집(招集)하여 널리 부녀(婦女)가
있는 집을 순(詢)하였다. 이에 대해 중파(衆婆)는 손뼉을 치고 혀를 내
두르며 그를 칭찬하면 구천지상(九天之上)으로 상양(賞揚)하고, 그를
비난하면 천참지하(天塹之下)로 매도하여 아침부터 품즐(品騭)하여

일중(日中)에 이르러도 결정짓지 못하였다. 소사는 매우 그것을 괴로워했다. 주파(朱婆)라는 이가 연령이 가장 많아 홀로 병좌(屛坐)하여 말을 하지 않았는데, 중파의 이야기가 끝나기를 보고 말하기를,

"나는 여러 사람의 말을 [들어] 봄에 각자의 소견에 치우쳐 하나도 공론이 없다. 나는 감히 직간하거니와, 노야께서 만약 그것을 권문귀족에서 구하려 하면 당조(唐朝)에서는 엄승상(嚴丞相)의 손녀가 수(首)가 될 것이고, 요조(窈窕)한 현부를 구하려 하신다면 신성(新城)의 사급사(謝給事)의 처녀가 최고가 될 터인데, 노야(老爺) 바라기는 이 두 사람 가운데 선택하십시오."

小師曰く當貴は願ふ所に非ず、只賢婦を擇ふべし、新誠の謝給事は必す是れ直諫謫死せる謝公譚なるべし、此人は乃ち淸簡正直の士人、與に親緣を結ふべし、唯其處女の如何なる才媛たるかを知らずと、朱婆曰く、我の從妹謝給事の宅の乳母となりて其令孃を養育せり、故に其賢明なることを熟知せり、且つ十二年前に謝給事譚公の祭祀の日我れ親しく其令孃を見しが、其時年僅かに十三、德性已に成り、其姿色を論すれは、眞に是れ天女の降臨せるか如く世に其美の比ふべきもの無し、女工の事一として善くせざるものなく、且つ幼少より博く經史を通覽し、文章夙成して文人才士も當る能はずと、此は則ち我の知る所にあられとも聞く所なるが故に之を申告するなり、杜夫人此の言を聽き沉思良々久うして曰く、羽化庵の女僧妙姬は素と識見ありて智者なり、曾て四五年前余に謂つて曰く、新城の謝給事の女子は洵に得難き淑女なりと、余其時延壽のために婚を求めをとするの意あり之を聽さて其良緣なるを思ひしも其後未だ兄上と相議するの機會を得ざりき、

19

소사가 말하기를

"부귀는 바라는 바가 아니다. 다만 현부(賢婦)를 택해야 하리라. 신성의 사급사는 반드시 직간적사(直諫謫死)하신 사공담(謝公譚)일 것이다. 이 사람은 곧 청간정직(清簡正直)한 사인(士人), 함께 친연(親緣)을 맺을 만하다. 다만 그 처녀가 어떠한 재원(才媛)인지를 알지 못한다."

주파가 말하기를

"제 종매(從妹)가 사급사 댁의 유모가 되어 그 영양을 양육했습니다. 그러므로 그 현명함을 숙지하고 있습니다. 또한 12년 전에 사급사 담공(譚公)의 제삿날 제가 친히 그 영양을 보았는데, 그 때 나이 겨우 열셋, 덕성이 이미 이루어졌고, 그 자색을 논한다면, 참으로 천녀(天女)[4]가 강림한 것처럼 세상에 그 아름다움을 비할만한 것이 없습니다. 여공(女工)의 일 어느 하나 잘하지 못하는 게 없고, 또한 유소(幼少)부터 널리 경사(經史)를 통람(通覽)하고, 문장숙성(文章夙成)하여 문인재사(文人才士)도 당해낼 수 없었으니, 이것은 제가 아는 바는 아니지만 들은 바인데, 그러므로 그것을 신고합니다."

두부인이 이 말을 듣고 침사양구(沈思良久)한 뒤 말하기를,

"우화암(羽化庵)의 여승 묘희(妙姬)는 본래 식견 있는 지자(智者)이다. 일찍이 4-5년 전 나에게 일러 말하기를, '신성의 사급사의 여자는 참으로 얻기 어려운 숙녀'라 했다. 내가 그 때 연수를 위해 구혼하려는 뜻이 있어 그것을 듣고 그 양연(良緣)임을 생각했으나 그 뒤 아직 오라버니와 상의할 기회를 얻지 못했습니다."

---

4 천녀: 천상계(天上界)에 산다고 하는 여자를 지칭한다(松井簡治·上田万年編, 『大日本国語辞典』03, 金港堂書籍, 1917).

小師曰く賢妹の聞く所と朱婆の言ふ所と符合するより察するも謝家の女子の賢婦なるを知るべし、然し婚姻は大事なり草率にすべからず、如何にせば其詳細なることを知り得へさか、杜夫人曰く吾れ之を思ふに一の善策あり、家に南海觀音の畫像あり唐の吳道子の畫く所なり、本と羽化庵に普施せんと欲す、今其軸を妙姬に給して謝家に送り其處女の文を求め併せて其筆蹟を徵せしめば則ち其才を知るべし、妙姬其容貌を觀來れば必す其美醜を辯すべし、此の計を最も好しとなさんか、小師曰く賢妹の言好し矣、而して只其題の甚た難き恐る、閨中處女の製するに適當のものあるべきか、夫人曰く、題苟くも難からされば何を以て其才と不才を知らむや、小師曰く然り、

　소사가 말했다.

　"현매(賢妹)가 들은 것과 주파가 말하는 것이 부합하는 것을 살펴보아도 사가녀(謝家女)가 현부임을 알 만하다. 그러나 혼인은 대사이니 초솔(草率)하게 할 수 없다. 어찌 하면 그 상세한 것을 알 수 있을까?"

　두부인이 말했다.

　"제가 생각건대 한 가지 선책(善策)이 있습니다. 집에 남해관음(南海觀音)의 얼굴 그림이 있는데 당(唐) 오도자(吳道子)가 그린 것입니다. 본래 우화암에 보시하려 하였습니다. 지금 그 축(軸)을 묘희가 사가에 들고 가게 하여, 그 처녀의 문(文)을 구하여, 아울러 그 필적을 징(徵)하게 하면 그 재(才)를 알 수 있습니다. 묘희가 그 용모를 관래(觀來)하면 반드시 그 미추(美醜)를 변(辯)할 수 있을 것입니다. 이 계(計)가 가장 좋지 않겠습니까?"

　소사가 말했다.

"현매의 말이 좋다. 그런데 다만 그 제(題)가 매우 어려울까 염려
스럽다. 규중(閨中)⁵ 처녀가 제(製)하기에 적당한 것이 있을까?"

부인이 말했다.

"제가 만약 어렵지 않다면 무엇을 가지고 그 재(才)와 부재(不才)를
알겠습니까?"

소사가 말했다.

"그렇다."

　是に於て盡く媒婆を去らしめ杜夫人使を羽化庵に送りて妙姫を招き
寄せ細さに其由を語り、畫軸を贈つて新城に送らしむ、新城は京師を
距る遠からず、妙姫卽ち謝家に至り謁を夫人に請ふ、夫人素より佛法
を崇敬して姫も亦面職あり、卽ち命じて招き入れしむ、妙姫夫人を拜
し寒暄の挨拶を爲す、夫人曰く久しく相見るを得す徒らに思念するこ
と切なりき、今日は如何なる好き風の吹さてや師尼我か家に來れる、
妙姫曰く近年小尼の弊堂頽れ破れたるに因り之が修繕を行へるため多
忙にして餘閑無く、久しく訪問の禮を闕さ甚だ本意に背くを恨みし
が、今や僅かに竣工せるに依り、夫人に普施を請はんと欲し、今日拜
趨して謁を求めたるなり、誠に惶恐に勝へずと、夫人曰く苟く佛事に
利ある事なれば吾れ何ぞ髮膚を獻するをも愛まんや、但た家窮して我
か眞情を表する能はさるを恐る、師尼の求むる所のものは何ぞや、姫
對へて曰く、小尼の求むる所のものは是れ夫人より金錢の惠贈を受け
んとするに非す、小尼に於て千金の寄附に過さたるものあるなり、夫

---

　5 규중: 침실 혹은 규방의 뜻이다(松井簡治·上田万年編, 『大日本国語辞典』02, 金
港堂書籍, 1916).

人曰く果して何ぞや希くは之を言へよ、妙姫曰く小尼庵子を修繕する
の後一普施の家ありて、觀音畫像一軸を送られたるが其像は唐時代の
人の畫く所なり、唯其畫像にして名人の題する所無く甚だ物足なさる
感じのせらる、若し令孃一片の贊文をものし之を手寫し給はらば、其
恩惠は實に是れ山門の奇實、其普施する所當さに七寶の惠に下らざる
なり、夫人曰く女兒古書を讀むと雖と未だ果して斯る製述の才あるや
否やを知らず、余試みに之に問はんと、

　그리하여 마침내 매파를 가게 하여 두부인이 심부름꾼을 우화암
에 보내어 묘희를 불러서 상세히 사정을 말하고, 화축(畫軸)을 주어
신성으로 보내게 하였다. 신성은 경사에서 멀리 떨어지지 않아, 묘
희는 곧 사가에 이르러 부인에게 청알(請謁)하였다. 부인은 본래부터
불법을 숭경하였고 희(姬)도 또한 면식이 있어, 즉시 명하여 들어오
게 했다. 묘희가 부인에게 절하고 한훤(寒暄)의 인사를 했다. 부인이
말했다.

　"오랫동안 서로 보지 못해 공연히 생각하는 것이 간절했다. 금일
은 무슨 바람이 불어 사니(師尼)께서 우리 집에 오셨는가?"

　묘희가 말했다.

　"근년(近年) 소니(小尼)의 폐당(弊堂)이 퇴락함에 따라 그것을 수선
하느라 다망하여 여한이 없어서, 오랫동안 방문의 예를 궐(闕)하여
심히 본의에 어긋남을 한했는데, 이제 겨우 준공함에 따라 부인께
보시를 청하고자 하여 금일 배추(拜趨)하여 구알(求謁)하였습니다.
참으로 황공하기 그지없습니다."

　부인이 말했다.

23

"만약 불사(佛事)에 리(利)가 있는 일이라면 내 어찌 발부(髮膚)를 바치는 것인들 아끼겠는가. 다만 가궁(家窮)하여 내 진정을 표할 수 없을까 걱정된다. 사니가 구하는 바의 것은 무엇인가?"

묘희가 대답하여 말했다.

"소니가 구하는 바의 것은 부인에게 금전의 혜증(惠贈)을 받으려 함이 아닙니다. 소니에게 있어서 천금의 기부보다 더한 것이 있습니다."

부인이 말했다.

"과연 무엇인가. 바라기는 그것을 말해보시오."

묘희가 말했다.

"소니의 암자를 수선한 뒤 보시를 한 집안이 하나 있는데, 관음 얼굴 그림 일축(一軸)을 보내셨습니다. 그 상(像)은 당(唐) 시대 사람이 그린 것입니다. 다만 그 얼굴 그림에 명인이 제한 바가 없어 매우 아쉬운 느낌이 듭니다. 만약 영양께서 일편의 찬문(贊文)을 지어 그것을 손으로 써주신다면, 그 은혜는 실로 산문(山門)[6]의 기보(奇寶), 그 보시한 바는 마땅히 칠보(七寶)의 혜(惠)에 뒤지지 않을 것입니다."

부인이 말했다.

"여아(女兒)가 고서를 읽긴 했지만 아직 과연 이러한 제술(製述)의 재(才)가 있는지 여부는 모르겠다. 내가 시험 삼아 그 아이에게 물어보겠다."

卽ち侍婢をして令嬢を呼ぶ、令嬢出てゝ妙姫と相見ゆ、姫一見して驚異し心中に語るらく、必ず是れ觀音の假りに聖姿を顯はし給ふもの

---

6 산문: 절의 바깥문을 뜻한다(松井簡治·上田万年編,『大日本国語辞典』02, 金港堂書籍, 1916).

なるむ、世間安んぞ此の如き氣高さ人あらんや、因て問ふて曰く、小尼曾て四年前に來謁せることあり令孃それ能く記臆せらるゝか、令孃曰く何ぞ之を忘るべきや、夫人令孃を顧みて曰く、此の禪師の遠方より來れるは汝の文章を所望せんとてなり、汝だ能く之を製する耶、令孃曰く山人翰墨を索めんとせば、文人墨客の鬼を泣かしめ風を驚かすもの必ず多し、何ぞ閨房にある婦女子の手に求めんや、況んや詩を題し詞を賦するは女子の當さに戒むべさ所のものなり、師尼の請はるゝ所之に從ひ難し、妙姫曰く小尼の求むる所のものは是等の閑詩文に非る也、一觀音像を得たば其の神を傳へ名人の佳作を求め以て其の德義を稱頌せんと欲す、而して窃かに念ふに觀世音は是れ乃ち女子の身なり、必す閨房の文筆を得て然る後乃ち相稱ふべし、遍く當世を觀るに令孃に非れば誰か能く此を作らむ、望むらくは令孃觀音菩薩の顔を視て却くる勿れ焉、夫人曰く汝か才若し及はされは則ち已めよ、能ふ可くば之を製するは則ち是れ普施の一事たるへく、吟風詠月の閑護の比に非ず、宜しく其求めに應すべしと、令孃辭する能はず、乃ち曰く、試みに其題を觀んと欲すと、

곧 계집종[7]을 시켜 영양을 불렀다. 영양이 나와서 묘희를 마주보았다. 묘희는 일견하고 경이하며 마음속으로 말하기를, '반드시 이는 관음이 잠시 성자(聖姿)를 현현하신 것이리라. 세간에 어찌 이와 같이 품위 있는 사람이 있을까.' 인(因)하여 물었다.

"소니가 일찍이 4년 전에 내알(內謁)한 적이 있는데 영양은 그것

---

7 계집종: 일본어 원문은 '侍婢'다. 시중드는 여자를 뜻한다(松井簡治·上田万年 編, 『大日本国語辞典』02, 金港堂書籍, 1916).

을 기억하실 수 있습니까?"

영양이 말했다.

"어찌 그것을 잊을 수 있겠습니까?"

부인이 영양을 돌아보며 말했다.

"이 선사가 멀리서 오신 것은 네 문장을 소망해서라고 하신다. 네가 능히 그것을 제(製)할 수 있겠느냐?"

영양이 말했다.

"산인(山人)께서 한묵(翰墨)을 찾으신다면, 문인묵객 중에 귀신[8]을 울게 하고 바람을 놀라게 하는 이가 반드시 많을 터인데, 어찌 규방에 있는 부녀자의 손에서 구하십니까? 더구나 시를 제(題)하고 사(詞)를 부(賦)하는 것은 여자가 마땅히 경계해야 할 바의 것입니다. 사니의 청하신 바 그것에 따르기 어렵습니다."

묘희가 말했다.

"소니가 구하는 바의 것은 그러한 한시문(閑詩文)이 아닙니다. 한 관음상을 얻었으니 그 신(神)을 전하여 명인의 가작(佳作)을 구하여서 그 덕의(德義)를 칭송하려 함입니다. 더구나 적이 생각건대 관세음 이는 바로 여자의 몸입니다. 반드시 규방의 문필을 얻어 그러한 뒤에 곧 상칭(相稱)할 것입니다. 두루 당세를 봄에 영양이 아니면 누가 능히 이것을 짓겠습니까? 바라기는 영양께서 관음보살의 얼굴을 보아 물리치지 마십시오."

부인이 말했다.

"네 재(才)가 만약 미치지 못한다면 곧 그만두되, 능히 할 수 있거

---

8 귀신: 일본어 원문은 '鬼'다. 죽은 사람의 영혼을 뜻한다(棚橋一郎·林甕臣編, 『日本新辞林』, 三省堂, 1897).

든 그것을 제(題)하는 것은 곧 보시의 일사(一事)가 될 것이다. 음풍영
월의 한만(閑漫)에 비할 바가 아니다. 마땅히 그 구함에 응해야 할 것
이다.”

　영양이 능히 사(辭)하지 못하고 곧 말했다.

　“시험 삼아 그 제(題)를 보고 싶습니다.”

　妙姫卽ち從者に命して畫像を取り來らしめ之を展覽す、海波涯無く
孤島中に在り、觀音大師白衣にして梳粧せず、縈絡も無し、一介の童
子を抱きて竹林を披きて坐し給ふ、手法精妙恍として生けるか如し、
令孃曰く、吾の學ぶ所は只是れ儒家の文字にして未だ佛語を諳んぜ
ず、勉强して之を爲すと雖も恐らくは師傳の高眼に入らず、妙姫曰く
小尼之を聞く、靑蓮の棄、白荷の花、色は殊なりと雖も根は則ち同
し、孔夫子釋迦如來道異なりて聖は則ち一なり、令孃倘し儒家の語を
以て菩薩を稱頌せば則ち亦た善からず乎、令孃乃ち手を盥き香を焚き
立どころに觀音大師の贊一百二十八字を成くり、簇子の上面に寫し、
而して末に書して曰く某年月日謝氏貞玉再拜と、妙姫も亦た是れ字を
識るもの、其文筆を觀て歎服に勝へず拜謝して去る、此の時劉小師杜
夫人と共に一堂に坐して妙姫の還り來るを待ちしが、家人忽ち妙姫の
來れるを報せるに依り、小師促かして入來らしむれば、妙姫一佳人を
して畫軸を擧け持たしめ、笑を含むて趨り進む、夫人先づ問ふて曰
く、能く娘子を見たるや否や、姫曰く既に其家に往きて何爲れぞ見ざ
らむ、夫人曰く其才智容貌果して如何ぞや、姫曰く正さに軸中の人に
似たりと、仍て一々詳かに其問答せる所の言を傳ふ、小師曰く果して
然らば則ち謝氏の女子は啻に才色の美なるのみならず、其德性識見必

す人に過くるちのあらん、其觀音像に贊せし所のもの果して如何にぞ
やと、急に簇子を取り中堂に掛けて打ち見れば、筆法精巧にして一毛
も苟くもせず、已に嗟歎至極のものあり、又其文を讀むに曰く。

　　묘희가 곧 종자(從者)⁹에게 명하여 얼굴 그림을 가져오게 하여 그
것을 전람했다. 해파(海波)가 가없고 고도(孤島)가 가운데 있었다. 관
음대사가 백의를 하고 소장(梳粧)도 하지 않고, 영락도 없이 일개(一
介) 동자를 안고 죽림을 헤치고 앉아 계셨다. 수법정묘(手法精妙) 황
(恍)하니 살아있는 것 같았다. 영양이 말했다.
　　"제가 배운 바는 다만 유가의 문자여서 아직 불어(佛語)를 외지 못
했습니다. 공부하여 그것을 한다 하더라도 아마도 사부의 고안(高眼)
에 들지 않을 것입니다."
　　묘희가 말했다.
　　"소니는 들었습니다. 청련지엽(淸漣之葉) 백하지화(白荷之花), 색은
다르다 하더라도 근(根)은 곧 같다고 했습니다. 공부자(孔夫子)와 석
가여래, 도는 달라도 성(聖)은 곧 한 가지입니다. 영양이 만약 유가의
말로 보살을 칭송하신다면 또한 좋지 않겠습니까?"
　　영양이 곧 손을 씻고 향을 사르고 그 자리에서 관음대사의 찬 128
자를 이루었다. 족자의 상면(上面)에 쓰고, 끝에 '모년 월일 사씨정옥
재배(謝氏貞玉再拜)'라고 썼다. 묘희도 또한 식자(識字)라, 그 문필을
보고 탄복해 마지않으며 정중하게 사양하고 떠났다. 이 때 유소사가
두부인과 함께 일당(一堂)에 앉아 묘희가 돌아오기를 기다리고 있었

---

9 종자: 따르는 자 혹은 수행원의 뜻을 나타낸다(松井簡治·上田万年編, 『大日本国
語辞典』02, 金港堂書籍, 1916).

는데, 가인(家人)이 문득 묘희가 왔음을 알림에 따라, 소사는 서둘러 입래(入來)하게 시켰더니, 묘희가 한 가인(佳人)에게 화축(畵軸)을 들리고 웃음을 머금고 추진(趨進)했다. 부인이 먼저 물었다.

"낭자를 잘 보았는가?"

묘희가 말했다.

"이미 그 집에 갔었으니 어찌 보지 못했겠습니까?"

부인이 말했다.

"그 재지용모(才智容貌)가 과연 어떠하던가?"

묘희가 말했다.

"참으로 축중(軸中)의 사람과 닮았습니다."

그리고 하나하나 자세히 그 문답한 바의 말을 전했다. 소사가 말했다.

"과연 그러하다면 곧 사씨 여자는 다만 재색이 아름다울 뿐만 아니라, 그 덕성식견(德性識見)이 반드시 과인(過人)함이 있겠구나. 그 관음상에 찬한 바의 것 과연 어떠한가?"

급히 족자를 잡아 중당(中堂)에 걸어 펼쳐보니, 필법이 정교하여 일모(一毛)도 구차함이 없어 이미 탄식이 지극한 것이었다. 또한 그 문을 읽으니 이러했다.

吾れ聞く大師は、古の聖女なりと、其德音を念ひ、周の任姒に比す、關雎葛覃是れ夫人の事、獨り空山に在り、豈に其本意ならんや、皋稷は世を佐け、夷齊は餓死す、道同しからざるにあらす、遇ふ所異なるあり、我れ遺像を觀るに、白衣にして子を抱けり、圖に因りて人を想ひ、始めて其概を知る、維れ昔の節婦は、髮を斷ち體を毀ち、羣

を離れ世に絶す、惟れ義是れ取る、西文殘缺し、流俗詭を好み、徒事傳曾、人紀を害するあり、嗟呼大師、胡爲ぞ此に在る、脩竹天寒、海波萬里、何を以て自から慰めむ、芳名百禩、試みに此の贊を題す、流淚地に墮つ。

"나는 들었다. 대사(大師)는 옛 성녀(聖女)였다. 그 덕음(德音)을 생각하고, 주(周)의 임사(任姒)에 비긴다. 관저·갈담(關雎葛覃) 곧 부인의 사(事), 홀로 공산(空山)에 있다. 어찌 그 본의이겠는가. 고요·설직(皐稷)은 세상을 도왔고, 백이·숙제는 아사했다. 도가 같지 않은 것이 아니다. 우(遇)한 바가 달랐던 것이다. 내 유상(遺像)을 봄에, 백의(白衣)에 아이를 안았다. 도(圖)에 인하여 사람을 상상함에 비로소 그 개(槪)를 알겠다. 대저 옛날 절부(節婦)는 단발훼체(斷髮毁體) 이군절세(離群絕世)하여 오직 의를 취했다. 서문(西文)은 잔결(殘缺)하고, 유속(流俗)은 궤(詭)를 좋아하여 도사부회(徒事傳會), 인기(人紀)를 해함이 있었다. 차호대사(嗟乎大師), 어찌 여기에 있는가. 수죽천한(脩竹天寒), 해파만리(海波萬里), 무엇을 가지고 스스로 위로하는가. 방명백사(芳名百禩), 시험 삼아 이 찬(贊)을 제(題)한다. 류루(流淚) 땅에 떨어진다."

小師覽畢りて大に驚き曰く、天下の奇才也、古より佛家の語を作すものは多し矣、未た此の如き正論あらず、豈に科らんや年少女子の識見乃ち此に至るかと、杜夫人に謂て曰く吾か兒の配偶と爲すに足れり矣、生を招き之に示して曰く汝だ能く此の語を爲し得るかと、生も亦た心中に悅服して噴歎して已ます、妙姬夫人に別辭を告げて曰く、小尼は謝令孃の劉家と親綠を結はれて賀詞を門下に進むることを期待す

べし、而して小尼の師傳は南岳に在り、頃日書を遣はして京城紛擾の
地に留まる毋れ、宜しく速かに南に來りて修養せよと告けらる、前日
は未だ此の業を卒へざりしも、已に終へたれば明日將さに出立せんと
す願ふ所は此の菩薩の畵像を得て之を山門に置さ朝夕禮拜せんとす、
希くは此願を肯んせよと、

　　소사 남필(覽筆)하고 크게 놀라 말했다.
　　"천하의 기재이다. 예부터 불가의 어(語)를 지은 이는 많았으나,
아직 이와 같은 정론이 없었다. 어찌 짐작했겠는가? 연소여자(年少女
子)의 식견이 곧 여기에 이를 줄을."
　　두부인이 말했다.
　　"오아(吾兒)의 배우(配偶)가 되기에 족하다."
　　생(生)을 불러 그에게 보여주며 말했다.
　　"네가 능히 이 어(語)를 지을 수 있겠느냐?"
　　생(生)도 또한 심중에 열복(悅服)하여 책탄(嘖歎)을 그치지 못했다.
묘희가 부인에게 별사(別辭)를 고하며 말했다.
　　"소니는 사영양(謝令嬢)이 유가(劉家)와 친연(親緣)을 맺어 하사(賀
詞)를 문하에 진(進)하기를 기대하겠습니다. 그리고 소니의 사부는
남악(南岳)에 있습니다만, 경일(頃日) 서(書)를 보내어 '경성분요지지
(京城紛擾之地)에 머무르지 말라, 마땅히 서둘러 남으로 와서 수양하
라'고 고하셨습니다. 전일은 아직 이 업(業)을 마치지 못했지만 이미
끝났으니 내일 장차 길을 떠나려 합니다. 바라는 바는 이 보살의 얼
굴 그림을 얻어 그것을 산문에 두고 조석으로 예배하려 합니다. 바
라기는 이 원(願)을 들어주십시오."

31

夫人曰く師尼道を學はむと欲して往く、甚だ惜別の情に堪へずと雖
も、強て抑留すべきにあらず、此畫像は本と普施せんと欲して未だ果
さゝりしもの、今南岳に行當りて、之を携行せらるるは本懷とする所
なり矣、小師も亦金銀を以て之を賞し、以て路費に資して餞別の意を
表せらる、妙姫は再三拜謝して去れり、小師以爲く謝家は已に主人無
し親しく往訪して意を通じ難し、當さに媒妁を遣はして婚儀を申込ま
しむべしと、遂に朱婆を遣はして意を通せしむ、婆極めて劉小師の家
の世々富貴なること、竝に翰林の風流にして文采あることを激賞し、
且つ曰く當世宰相の家に孰れか親を求むることを希はざるものあら
む、然るに劉老爺は令孃の天才と國色を傳へ聞さて特に小生をして敢
て此の意を通せしめらる、令孃劉家より聘幣を受けらるゝの日は、卽
ち誥命の令夫人とならるへし、希くは夫人の意を拜承せむ、

　　　부인이 말했다.

　　"사니는 도를 배우고자 하여 가는 것이니 심히 석별의 정을 견디
기 힘들지만, 억지로 구류할 일이 아니다. 이 얼굴 그림은 본래 보시
하고자 했는데 아직 하지 못했던 것, 지금 남악으로 가는 때를 당하
여 그것을 휴행(攜行)하는 것은 본회(本懷)로 삼은 바이다."

　　소사도 또한 금은으로 그를 상(賞)하니, 그것을 가지고 노비(路費)
를 자(資)하여 전별지의(餞別之意)를 표시하였다. 묘희는 재삼 사례하
고 떠났다. 소사는 '사가(謝家)는 이미 주인이 없어 친하게 왕방(往訪)
하여 뜻을 통하기 어려우니, 마땅히 매작(媒妁)[10]을 보내어 혼의(婚

---

10 매작: 남녀의 인연을 맺어 주는 것 또는 그 사람을 뜻한다(松井簡治·上田万年編,
　『大日本国語辞典』04, 金港堂書籍, 1919).

儀)[11]를 넣게 해야겠다'고 생각하고, 마침내 주파를 보내어 뜻을 통하게 했다. 파(婆)는 유소사 집안이 세세부귀(世世富貴)한 사실 및 한림의 풍류며 문채(文采)가 있음을 매우 격상(激賞)하고 또한 말했다.

"당세(當世) 재상가에 누구인들 친하기를 바라지 않는 이가 있겠습니까? 그러한대 유노야는 영양의 천재(天才)와 국색(國色)을 전해 듣고 특히 소생으로 하여금 감히 이 뜻을 통하게 하라셨습니다. 영양께서 유가에서 빙폐(聘幣)를 받으시는 날은 곧 고명(誥命)한 영부인이 되실 것입니다. 바라기는 부인의 뜻을 배승(拜承)하겠습니다."

夫人大に喜び令嬢と相議して然る後ち之を許さと欲し、暫く朱婆を待たしめ、夫人は令嬢の寝室に就きて備さに媒妁人の言を物語り、仍て曰く余の意は則ち已に傾けり汝の意思は如何、此れ小事に非ず汝の意を隠さず告げよと、令嬢對て曰く、劉小師は當世の賢相なり、此と婚親を結ふは何爲ぞ不可なるべき、但た媒妁人朱婆なるものゝ言は頗る疑ふべきものあり、兒嘗て之を聞く、君子は德を貴んで色を賤むと賢婦は當さに德を以て之に嫁すべし、今朱婆は先づ其色の美を稱して其德の賢を論せず、小女窃かに之を恥と爲す、且つ只彼家の富貴を誇りて我か故父上の盛德を稱せず、慮るに或は朱婆の人と爲り不敏にして善く劉老爺の意を傳ふる能はさるか、然らされば則ち小師の賢なるは是れ或は虛譽なるべし、小女其嫁を顔はずと、

부인은 크게 기뻐하며 영양과 상의하고 그러한 뒤 그것을 허락하

---

11 혼의: 혼례 또는 혼인의 뜻을 나타낸다(棚橋一郎・林甕臣編, 『日本新辞林』, 三省堂, 1897).

고자 하여 잠시 주파를 기다리게 하였다. 부인은 영양의 침실에 가서 자세히 매작인(媒妁人)의 말을 전하고 이어서 말했다.

"내 뜻은 곧 이미 기울었는데 네 의사는 어떠하냐? 이것은 소사(小事)가 아니니 네 뜻을 숨김없이 고하거라."

영양이 대답하여 말했다.

"유소사는 당세의 현상(賢相)입니다. 그 집안과 혼친(婚親)을 맺는 것은 어찌 불가하겠습니까? 다만 매작인 주파라는 이의 말은 자못 의심스러운 데가 있습니다. 저는 일찍이 '군자는 덕을 귀히 여기고 색을 하찮게 여긴다'고 들었습니다. 현부는 마땅히 덕으로써 시집가야 할 것입니다. 지금 주파는 먼저 그 색의 아름다움을 칭하고 그 덕의 현(賢)을 논하지 않았습니다. 소녀는 몰래 그것을 부끄럽게 여깁니다. 또한 다만 피가(彼家)의 부귀를 자랑하고 우리 돌아가신 아버님의 성덕을 칭하지 않았습니다. 생각건대 어쩌면 주파의 사람됨이 불민(不敏)하여 유노야의 뜻을 능히 전달할 수 없었든지, 그렇지 않으면 곧 소사의 현(賢)함은 어쩌면 허예(虛譽)일 것입니다. 소녀는 시집가기를 원치 않습니다."

夫人其志に違ふを恐れ出てゝ婆に語りて曰く、余は之を思ふに貧家の女子は敢て富貴の人の配耦と爲るに適せず、又小女の才色を稱せらるゝも恐らくは誤聞なるべし、小女は貧家に生長し裁縫紡績等の手工藝は略ば學べるも、寧んぞ華色美粧して富豪の家庭に嫁する資格あらむ、結婚せる後に於て曩さに聞かるゝ所に反する如くんは、則ち罪を得るの婦となるを免れず、希くは還りて此意を報せられよと、朱婆之を德さて深く以て訝り、再三命を請ひしも夫人終に之を斷りしかは、

婆は其余何とも爲し難きを知り、還りて小師に報告せり、小師沉吟
良々久うして問ふて曰く、汝いからる言葉を以て之を語りしや、婆曩
きに言へる所を復誦して以て之に對ふ、小師笑て曰く、余事を慮る疎
略にして未だ汝に教ゆるに及はざりき、汝姑らく退去せよと、而して
小師親から新城に往き、知縣に見いて備さに婚儀の事を物語り、媒婆
を遣はして意を通せしめたる情況及び謝夫人の返答の次第を告げ、必
ず是れ媒婆の疎漏にして禮を盡さゞりしに因る、今先生を煩はして彼
の家に往き婚約の媒介を締結せられんことを希ふと、知縣曰く老先生
の依頼を受く敢て心を盡さゞらむや、但し先方に至り如何なる言葉を
以て之を語れ善きにや、小師曰く多言を要せず、惟だ謝給事の淸德を
欽慕し且つ窈窕たる淑女の賢明なるを聞き、切に親を求めむことを望
むの意を以て之を語れば則ち何そ之を許さゝるの理あらむ矣、知縣曰
く謹みて教を受くと、

　　　부인이 그 뜻을 어기기 어려워 주파에게 말했다.
　　　"내 생각에 빈가(貧家)의 여자는 감히 부귀한 사람의 배우자가 되
기에 적합하지 않고, 또한 소녀의 재색을 칭하는 것도 아마도 오문
(誤聞)[12]일 것이다. 소녀는 빈가에서 생장(生長)하여 재봉방적(裁縫紡
績) 등 수공예는 대략 배웠으나, 어찌 화색미장(華色美粧)하여 부호
가정에 시집갈 자격이 있겠는가? 결혼한 후 전에 들으신 바에 반한
다면 곧 죄를 얻는 부(婦)가 됨을 면치 못할 것이니, 바라기를 돌아가
서 이 뜻을 알려주게."

---

12 오문: 잘못해서 들은 것이라는 뜻이다(松井簡治·上田万年編, 『大日本国語辞典』
　　02, 金港堂書籍, 1916).

주파가 그것을 듣고 심히 놀라고, 재삼 명(命)을 청했으나 부인은 끝내 그것을 거절하니, 주파는 어찌[할 수 없는] 어려움을 알고, 돌아가 소사에게 보고했다. 소사가 침음(沈吟) 양량(良良) 오래한 뒤 물었다.

"너는 어떠한 말로 이야기했느냐?"

주파가 전에 말한 바를 복송(復誦)하여 대답했다. 소사가 웃으며 말했다.

"내가 여사(慮事)함에 소략(疏略)하여 아직 너에게 가르치지 못하였구나. 너는 잠시 퇴거하라."

그리고 소사는 친히 신성에 가서, 지현(知縣)을 만나 자세히 혼의(婚儀)의 일을 이야기하고 매파를 보내어 의(意)를 통하게 한 정황 및 사부인이 대답한 사정을 고했다.

"반드시 이 매파가 소루(疏漏)하여 예를 다하지 못한 때문이다. 지금 선생을 번거롭게 해서 피가(彼家)에 가서 혼약의 매개를 체결하기를 바라오."

지현이 말했다.

"노선생의 의뢰를 받고 감히 마음을 다하지 않겠습니까? 다만 그쪽에 가서 어떠한 말로 이야기하는 것이 좋겠습니까?"

소사가 말했다.

"다언불요(多言不要), 다만 사급사(謝給事)의 청덕(清德)을 흠모하고 또한 요조한 숙녀의 현명함을 듣고 간절히 친하기를 바란다는 뜻으로 말하면 곧 그것을 허락하지 않을 이치가 어찌 있겠는가?"

지현이 말했다.

"삼가 가르침을 받겠습니다."

遂に役所の吏員を使はして先づ謝家に往き其訪問の意を通せしむ、夫人用件の婚事のためなるを知り客室を灑掃して之を待つ、翌朝知縣至れは、令嬢の乳母小公子を抱きて出て迎ひ、知縣を堂上に招待して曰く、主人世を棄てゝ嗣子年幼少なれば未だ賓客を待つの禮を暗んせず、老爺何の所要ありて御來臨を辱ふせしやと、知縣曰く他事にあらず、昨日劉小師親しく役所に來りて余に謂へらく、我れ兒子のために妻を求めんとし其賢なるを物色すれども意に合せる淑女を得ず、窃かに聞くに謝家の女子は幽閑貞靜にして古婦人の風ありと、此れ眞に吾が求むる所の令嬢なり、且つ父君たる先給事は淸明直節の士人にして平生恭敬せしところ、甞て媒妁を遣はして婚約を望みしも吉報を得ず、恐らくは老婆迂愚にして善く當方の意を傳へて承諾を求むるの道を盡す能はざりしならむ、是に因りて我を使はして媒妁を作し、秦晉の契約を成さしむるために來訪せしなり、汝宜しく老夫人に此旨を傳へて快諾の一言を得る樣周旋せられたしと、乳母命を聽きて内室に入りしが、軈て夫人の言を傳へて曰く、老爺小女の婚儀のために勞を忘れて來臨せられ極めて惶恐と爲す、教ゆる所の劉小師の嗣子との婚事は敢て豈に命に違はざらんや、知縣惟喜して還り書面を以て小師に通報せしかば、小師大に悅び吉日を選びて禮を行ふことゝし、劉翰林は六禮を備へて親しく謝令嬢を迎ふ、其威儀の盛なる禮貌の美なる道ふを須たざる所なり。

마침내 관청[13]의 이원(吏員)을 시켜 먼저 사가(謝家)에 가서 방문할

---

13 관청: 일본어 원문은 '役所'다. 공무를 수행하는 자가 그 사무를 보는 곳이라는 뜻이다(松井簡治・上田万年 編, 『大日本国語辞典』04, 金港堂書籍, 1919).

뜻을 통하게 했다. 부인은 용건이 혼사 때문임을 알고 객실을 쇄소(灑掃)하고 그를 기다렸다. 이튿날 아침 지현이 이르자, 영양의 유모가 소공자(小公子)를 안고 나와 맞이하며, 지현을 당상으로 초대하여 말했다.

"주인이 세상을 버리고 사자(嗣子)가 연소하니 아직 빈객을 대접하는 예를 알지 못합니다. 노야께서 무슨 소요(所要)가 있어 내림(來臨)하셨습니까?"

지현이 말했다.

"타사(他事)가 아니라, 어제 유소사께서 친히 관청에 와서 나에게 이르시기를 '내가 아자(兒子)를 위해 구처(求妻)하고자 그 현(賢)함을 물색했지만 뜻에 맞는 숙녀를 얻지 못했다. 가만히 듣건대 사가(謝家)의 여자는 유한정정(幽閑貞靜)하여 고부인(古婦人)의 풍(風)이 있다 한다. 이는 참으로 내가 구하는 바의 영양이다. 또한 부군 선급사(先給事)는 청명직절(淸明直節)한 사인(士人)으로 평생 공경하던 바, 일찍이 매작을 보내어 혼약을 바랐으나 길보(吉報)를 얻지 못했다. 아마도 노파가 우우(迂愚)하여 당방(當方)의 뜻을 잘 전하여 승낙을 구하는 도를 다하지 못하여서였을 것이다.' 그리하여 나를 보내어 매작을 삼아, 진진(秦晉)의 계약을 이루게 하셨기에 내방하였다. 너는 마땅히 노부인께 이 뜻을 전하여 쾌락의 일언(一言)을 얻도록 주선하라."

유모가 명을 듣고 내실에 들어가더니, 이윽고 부인의 말을 전하여 말했다.

"노야께서 소녀의 혼의(婚儀)를 위해 노(勞)를 망(忘)하고 내림하시니 매우 황공스럽습니다. 가르치신 바 유소사의 사자(嗣子)와의 혼사는 감히 어찌 명을 어기겠습니까?"

지현이 환희하며 돌아가 서면으로 소사에게 통보했더니, 소사가 크게 기뻐하며 길일을 골라 예를 행하기로 하였고, 유한림은 육례(六禮)를 갖추어 친히 사영양을 맞이하였다. 그 위의(威儀)가 성(盛)한 예모(禮貌)의 아름다움 말하기를 기다릴 바도 없었다.

(二) 詩は關雎樛木を詠じ、琴は霓裳羽衣を奏す。
(二) 시는 관저 규목을 읊고, 금은 예상 우의를 주하다

劉翰林と謝令孃との婚儀を結べるは眞に所謂窈窕たる淑女の君子の好述なり、翌日棗栗の禮を小師に奉じ、第三日は家廟に上り祖宗に申告す、此の時親戚と賓客は堂に盈ち、滿庭の會集等しく眶を拭ひ睫を開き、競ふて新夫人の容儀、綽約の貌、幽閑の態を觀る、正に香蘭の春風に動き白蓮の秋水に映するが如し、周旋動止、禮度盡く美にして、衆皆嘖々として稱賀せり、禮畢りて小師新夫人を招き問ふて曰く、余嘗て新夫人の製する所の觀音の賛を見て、其才華の潑溂として喚發せるを知りぬ、吟咏の詩想ふに必す少からざるべし矣、新夫人席を避け對へて曰く、口に風月を談じ手に翰墨を弄するは元と女子の適ふ所に非ず、況んや妾は才質魯鈍にして未だ詩書を聞かず、而して觀音の賛は則ち强て母の命に從へるのみ、之を能くすと曰ふに非ず、荒拙の詞豈に經覽を意はむやと、

유한림과 사영양의 혼의를 맺은 것은 참으로 소위 '요조숙녀 군주호구(君子好逑)'였다. 익일 조율(棗栗)의 예를 소사에게 봉했다. 제3일은 가묘(家廟)에 올라 조종(祖宗)에게 신고했다. 이 때 친척과 빈객은 당(堂)에 가득하고, 만정(滿庭)의 회집(會集)한 이들 한결같이 광(眶)을 식(拭)하고 첩(睫)을 개(開)하며 다투어 신부인(新夫人)의 용의(容儀), 작약지모(綽約之貌), 유한지태(幽閑之態)를 보았다. 참으로 향난(香蘭)이 춘풍에 움직이고 백련(白蓮)이 추수(秋水)에 비추는 것과 같았다. 주선동지(周旋動止), 예도를 다하여 아름다워, 중(衆)이 모두 책책(嘖嘖)히 칭하(稱賀)하였다. 예를 마치고 소사는 신부인을 불러 물었다.

"내가 일찍이 신부인이 제(製)한 바 관음찬(觀音贊)을 보고, 그 재화(才華)가 발랄하게 환발(喚發)함을 알았다. 음영(吟詠)한 시가 생각건대 반드시 적지 않을 것이다."

신부가 피석(避席)하여 대답했다.

"입으로 풍월을 읊고 손에 한묵(翰墨)을 농(弄)하는 것은 본래 여자에게 적합한 바가 아닙니다. 하물며 첩은 재질(才質) 노둔(魯鈍)하여 일찍이 시서(詩書)를 듣지 못했습니다. 그리고 관음찬은 억지로 모명(母命)을 따랐을 뿐입니다. 그것은 능하다고 할 만한 것이 아닙니다. 황졸지사(荒拙之詞) 어찌 경람(經覽)을 생각했겠습니까?"

小師曰く、翰墨は元と女子の爲す所にあらずとせば、則ち古人の書を讀まれし其意安くに在るや、新夫人對へて曰く將さに其善を效は其惡を誡めんと欲するのみ、小師曰く賢婦今ま吾か家に入れり將さに何を以て丈夫を佑けむとする乎、對へて曰く、早く父を失ひて其敎訓を受けず偏へに母の愛を受け、少にして學ふ所なく、長して聞く所なし、何を以て御尋ねに答ふべきか、唯だ當家に嫁する時慈母妾を送して門に臨み誠めて曰く、必ず尊敬し必ず誠實を盡して夫子に違ふこと勿れと云へり、若し終身此の訓誨を服膺して事に從はゞ庶幾くは大な

る過ちを免るゝを得んかと、小師曰く丈夫に違はざるを以て婦德なり
とせば則ち縱ひ過誤あるも亦た之に從ふべき乎、新夫人對へて曰く、
斯る謂にあらざるなり、古語に曰へり夫婦の道は諸を五倫に兼ぬと、
父に爭子あり、君に爭臣あり、兄弟は相勉めて以て正うし、朋友は相
責めて以て善なり、則ち豈獨り夫婦のみ然らざらむや、然りと雖も古
より丈夫にして惟だ婦言を是れ聽けば益する所少なくして反つて害す
る所あり、牝鷄の晨を司り哲婦の城を傾くは誠めざるべからさるな
り、小師顧みて杜夫人に謂つて曰く、余の新婦は眞に是れ孟光、班昭
の類なり、豈世間の女子の比ならんや、且つ翰林に謂つて曰く此の賢
夫人を得たるは實に爾の幸福と謂ふべし、付託するに寔に其人を得た
り吾れ憂ふる所無しと、因つて侍女を招さて小箱を取り來らしめ、實
鏡一面、玉環一雙を出し新夫人に與へて曰く、此の物輕微なりと雖も吾
か家の舊實なり、今新夫人を見るに瑩澈なることは鏡の如く、其德は此
の玉に比すべし、其比すべきを以て表章するは亦た宜しからずやと、

소사가 말했다.

"한묵은 본래 여자가 할 바가 아니라면 고인의 책을 읽은 것은 그
뜻이 어디에 있었느냐?"

신부인(新夫人) 대답하여 말하기를,

"장차 그 선을 본받고 그 악을 경계하고자 할 뿐입니다."

소사가 말했다.

"현부가 지금 우리 집에 들어왔다. 장차 무엇을 가지고 장부를 도
우려 하느냐?"

대답했다.

"일찍 아비를 여의어 그 교훈을 받지 못하고 오로지 모애(母愛)를 받아, 어려서 배운 바 없고, 자라서 들은 바가 없어, 무엇을 가지고 하문에 대답해야 할지, 다만 당가(當家)에 시집을 때 자모(慈母)께서 첩을 송(送)하여 문에 임하여 경계하여 말했습니다. '반드시 존경하고 반드시 성실을 다하여 부자(夫子)에게 어긋나지 말라' 만약 종신토록 이 훈회(訓誨)를 복응(服膺)하여 종사한다면 바라기는 큰 잘못을 면할 수 있을까 합니다."

소사가 말했다.

"장부를 어기지 않음을 부덕(婦德)이라 한다면 만약 과오가 있어도 또한 그를 따라야 하느냐?"

신부인이 대답했다.

"그러한 말씀이 아닙니다. 고어(古語)에 일렀습니다. '부부의 도는 이것을 오륜에 겸한다. 부(父)에 쟁자(爭子)가 있고, 군(君)에 쟁신(爭臣)이 있고, 형제는 상면(相勉)하여 올바르게 되고, 붕우는 상책(相責)하여 선하게 된다.' 어찌 오직 부부만 그러하지 않겠습니까? 그렇다 하더라도 예부터 장부로서 오직 부언(婦言)만을 들으면 익(益)되는 바 적고 도리어 해되는 바 있습니다. 빈계(牝鷄)가 신(晨)을 사(司)하며 철부(哲婦)[14]가 성(城)을 경(傾)하는 것은 경계하지 않을 수 없습니다."

소사가 돌아보며 두부인에게 일러 말했다.

"우리 신부인은 참으로 맹광(孟光), 반소(班昭)의 유이다. 어찌 세간 여자에게 비하겠는가?"

또한 한림에게 일러 말했다.

---

14 철부: 총명한 부인 또는 영리한 부인을 뜻한다(松井簡治·上田万年編, 『大日本国語辞典』03, 金港堂書籍, 1917).

"이 현부인을 얻은 것은 실로 너의 행복이라 할 만하다. 부탁함에 참으로 그 사람을 얻었다. 내 걱정할 바가 없다."

인하여 시녀를 불러 소상(小箱)을 가져오게 하여, 보경(寶鏡) 일면(一面), 옥환(玉環) 일쌍(一雙)을 꺼내어 신부인에게 주며 말했다.

"이 물건 경미하지만 우리 집의 구보(舊寶)이다. 지금 신부인을 봄에 형철(瑩澈)하기는 거울 같고, 그 덕은 이 옥에 비할 만하다. 그 비할 만한 것을 가지고 표장(表章)함은 또한 마땅하지 않겠느냐?"

新夫人卽ち起ちて拜して之を受く、是の日賓客歡を盡して宴を罷む、新夫人劉家に入るの後、孝を盡して以て尊姐に事へ、誠を竭くして以て祭祀を奉じ、婢僕を使ふに恩を以てし、家を治むるに法を以てし、琴韵調和して佩玉琅然、閨門の內雍々藹々たり、荏苒として三載を經しか、樂み極まりて哀み來るは浮世の習とて小師疾あり、日に漸く重態とはなりぬ、翰林夫妻晝夜側に侍して衣は帶を解かず、醫藥療養能ふ限りの術を盡し、加持祈禱誠を竭して看護せるも未た其效驗を見ず、小師自から其起たざるを知り、乃ち翰林夫妻に謂ふて曰く、余今ま天の命數已に盡きたり、汝等勤勞すること母れ、

신부인이 곧 일어나 절하고 그것을 받았다. 이 날 빈객 진환(盡歡)하고 연(宴)을 파했다. 신부인이 유가에 들어온 뒤, 효를 다하여 존저(尊姐)를 섬기고, 성(誠)을 다하여 제사를 받들며, 계집종과 사내종을 부림에 은(恩)으로 하고, 치가(治家)함에 법으로 하였다. 금운조화(琴韻調和)하여 패옥랑연(佩玉琅然), 규문지내(閨門之內)가 옹옹애애(雍雍藹藹)하였다. 임염(荏苒)하게 3년을 지냈는데, 즐거움이 극하여 슬픔

이 오는 것은 부세지습(浮世之習)이라. 소사가 병이 생겨, 날로 점점 중태가 되었다. 한림 부처는 주야로 곁에서 모시며 의(衣)를 해대(解帶)하지 않았다. 의약요양(醫藥療養)할 수 있는 한 술(術)을 다했다. 가지기도(加持祈禱)에 성(誠)을 다하여 간호했지만 그 효험을 보지 못했다. 소사가 스스로 일어나지 못함을 알고, 이에 한림부처에게 일러 말했다.

"나는 지금 하늘의 명수(命數)가 이미 다했다. 너희들은 근로하지 말라."

亦杜夫人に謂ふて曰く、吾は今逝くべし矣、賢妹年老へたり我逝くとも哀傷を過ごす毋れ希くは千萬保重せられよ、延壽は年少かく或は過失あるやも知れす、須ら□教誡を垂れられむことを望むと、而して翰林を顧みて曰く勉めて學業を修め彈めて忠孝を盡し、家聲を墜さゝることを念とし、以て父母の名を顯はし我か泉下の望をして孤ならしむること勿れ、叔母の教は吾か言に從ふものと心得よ、凡百の事新夫人と與に相議して之を行ふべし、新夫人の孝行は規範とすべく、識見は超凡なり、必す汝を非理に導くの恐れなし矣、又謝夫人に謂ふて曰く、新夫人の行ふ所一として戒むべきの瑕瑾無し、惟だ願くは各自保重せよと、

또한 두부인에게 일러 말했다.

"나는 지금 서(逝)할 것이오. 현매(賢妹) 연로하니 내가 서하더라도 지나치게 애상하지 마시오. 바라건대 천만보중(千萬保重)하시오. 연수는 연소하여 혹 과실이 있을지도 모르니, 모름지기 교계를 내리시기를 바라오."

그리고 한림을 돌아보며 말했다.

"힘써 학업을 닦고 힘써 충효를 다하여, 가성(家聲)[15]을 떨어뜨리지 않을 것을 염(念)하라. 그리하여 부모의 이름을 드러내어 나의 천하지망(泉下之望)으로 하여금 고(孤)하게 하지 말라. 숙모의 교(敎)는 내 말에 따르는 것이라 여겨라. 범백지사(凡百之事)를 신부인과 더불어 상의하고 행하여야 할 것이다. 신부인의 효행은 규범으로 삼을 만하고, 식견은 초범(超凡)하다. 반드시 너를 비리(非理)로 이끌 염려 없을 것이다." 또한 사부인에게 일러 말했다.

"신부인의 행한 바 한 가지도 계(戒)할 만한 하근(瑕瑾)이 없소. 다만 바라기는 각자 보중(保重)하시오."

三人皆命を受けて流涕せしが、此日小師は舘を捐てゝ逝けり矣、擧家號痛せさるなく、翰林夫妻が哀慟悲愁の情名狀すべからず、日を擇むで永へに城東先瑩の下に葬り、喪に服するに禮を以てし、祀を奉するに誠を以てし、哭泣の聲衰感の容、隣里感動せさるはなかりき、然も日月は流るゝか如くにして、三星霜忽ちに過ぎ、翰林喪服を終へて職に就き、累りに疏章を陳べて朝廷の得失を極論せり、是に於て嚴丞相悅はず、力めて之を沮止し、故らに累歲官祿を陞叙せず、謝夫人年二十三歲に達し褵を結びてより將さに十載に乖をとするも未だ一人の子女を擧げす、心に甚だ之を憂ひ且ち自から念へらく、氣質虛弱にして恐らくは兒女を生育し難かるへしとし、常に翰林に勸めて妾を落へ

---

15 가성: 집안의 명성 혹은 집안의 자랑이라는 뜻이다(松井簡治·上田万年編,『大日本国語辞典』01, 金港堂書籍, 1915).

んことを慫慂せしが、翰林は其誠心にあらさるべきを疑ふて笑ふて答
へざりけり、謝夫人密かに媒妁を招き之をして良家の女を物色せし
め、巾履を奉すべきものを求めて報告なさしめぬ、

　　3인이 모두 수명(受命)하고 유체(流涕)했는데, 이날 소사는 연관(捐
館)하고 서(逝)했다. 거가(擧家) 호통(號痛)하지 않는 이가 없었고, 한
림 부처의 애통비수지정(哀慟悲愁之情) 명상(名狀)할 수 없었다. 택일
하여 성동(城東) 선영지하(先塋之下)에 영원히 장사지냈다. 복상(服喪)
함에 예로써 했고, 봉사(奉祀)함에 성(誠)으로써 했다. 곡읍지성(哭泣
之聲) 애척지용(哀戚之容), 인리(隣里) 감동하지 않는 이가 없었다. 그
러나 일월(日月)은 물 흐르듯 흘러, 삼성상(三星霜)이 순식간에 지났
다. 한림 상복을 마치고 직(職)에 나아가, 누차 소장(疏章)을 진(陳)하
여 조정의 득실을 극론(極論)했다. 이에 엄승상이 불열(不悅)했다. 힘
써 그를 저지하고 고의로 누세(累世) 관록(官祿)을 승서(陞敍)하지 않
았다. 사부인이 나이 23세에 달하여 결리(結褵)하고부터 장차 10년
에 수(垂)하려 하는데 아직 일인의 자녀를 불거(不擧)했다. 마음에 심
히 걱정하고 또한 스스로 생각하기에 기질이 허약하여 아마도 아녀
(兒女)를 생육(生育)하기 어렵다 여겨 항상 한림에게 권하여 축첩하
기를 종용했지만, 한림은 그 성심이 아니라고 의심하여 웃으며 대답
하지 않았다. 사부인이 은밀히 매작을 불러 그로 하여금 양가(良家)
의 여자를 물색하게 하여 건리(巾履)를 봉(奉)할 만한 이를 구하여 보
고하게 하였다.

杜夫人婢僕の輩より此の事を聞きて大に驚き、謝夫人を見て問ふて

曰く、娘子は丈夫のために姬妾を求めをとすとの說あり、果して事實
なりや、謝夫人曰く事實なり、杜夫人曰く家に姬妾あるは家庭紊亂の
基ゐなり、況んや諺にも言へり一馬に二鞍なく一器に二匙無しと、丈
夫之を得んと欲する時にても諫むきき筈なるに、今は却て自から求め
て禍を招かんとす、宜しく熟慮すべきなりと、謝夫人曰く妾公の門に
入りてより已に九載を過きて一の子女無し、論するに古の法を以てす
れは或は離緣せらるゝとも猶は且つ心に甘んずへき義なり、安んぞ敢
て姬妾を畜うるを忌みて劉氏の後嗣を斷絶せしむべけんや、杜夫人曰
く人の生育に早きもあり晚きもあり、杜氏一門の中にても三十歲の後
に男子を生み、終に五男を得たるものあり、世間或は四十歲にして始
めて孕む者あり、娘子僅かに年二十を過ぎしのみ、何ぞ此の如き過慮
を要せんや、謝夫人曰く、妾體質虛弱にして年未だ衰ふべき期にあら
ずして血氣已に盛ならず、且つ月經の事も每々不順にして快からさる
なり、況んや道理を以て之を言へば一妻一妾は男子の常なり、妾關雎樛木
の德は無しと雖も、世俗の婦女の嫉妬に效ふか如さことを爲さんや、

　　두부인이 비복(婢僕)의 무리에게 이것을 듣고 크게 놀라, 사부인
을 보고 물었다.
　　"낭자는 장부를 위해 희첩(姬妾)을 구하려 한다는 설이 있다. 과연
사실인가?"
　　사부인이 말했다.
　　"사실입니다."
　　두부인이 말했다.
　　"집안에 희첩이 있는 것은 가정의 문란지기(紊亂之基)이다. 더구

나 속담에도 '일마(一馬)에 이안(二鞍)이 없고 일기(一器)에 이시(二匙)가 없다' 했다. 장부가 얻고자 할 때에도 말려야 할 것인데, 지금은 도리어 스스로 구하여 화를 부르려 한다. 마땅히 숙려해야 할 것이다."

사부인이 말했다.

"첩이 공(公)의 문(門)에 들어와 벌써 9년이 지났는데 한 자녀도 없습니다. 논하건대 고법(古法)으로 하면 이혼[16]당하는 것도 또한 마음에 달게 여겨야 할 일입니다. 어찌 감히 희첩을 축(蓄)하는 것을 꺼려 유씨의 후사를 단절시키겠습니까?"

두부인이 말했다.

"사람의 생육에는 조만(早晩)이 있다. 두씨 일문 중에도 30세 뒤에 남자를 낳아, 마침내 5남을 얻은 이가 있다. 세간에 혹은 40세에 비로소 임신한 자도 있다. 낭자는 겨우 나이 스물을 지났을 뿐이다. 어찌 이와 같이 과려(過慮)를 요(要)하겠는가."

사부인이 말했다.

"첩이 체질 허약하여 나이 아직 쇠할 때가 아닌데 혈기가 이미 불성(不盛)하고, 또한 월경(月經)도 매양 불순하여 쾌(快)하지 않습니다. 더구나 도리를 가지고 말하자면 일처일첩(一妻一妾)은 남자의 도리입니다. 첩이 관저·규목지덕(關雎樛木之德)은 없다 하더라도, 세속의 부녀가 질투하는 것 같은 일을 하겠습니까?"

夫人笑うて曰く君我を笑ふこと勿れ我且らく之を言はん、關雎樛木

---

16 이혼: 일본어 원문은 '離緣'이다. 이는 인연을 끊는 것으로 부부 또는 양부모와 자녀 간의 관계를 끊는 것을 뜻한다(松井簡治·上田万年編, 『大日本国語辞典』 04, 金港堂書籍, 1919).

の化は是れ固より太姒か妬せさるの德なりと雖も、亦た本と孕れ文王
の公平無私にして恩愛に偏せず諸姫自から怨むところ無かりしのみ、
若し外に文王の德なかりせば、則ち太姒ありと雖も其化を施すことを
得ず、古今の時は異なり聖凡の道は殊なれども只妬せさるを以て二南
の化に效はんと欲するは、眞に所謂虚名を慕ふて實禍を受くとも謂ふ
べきものなり、娘子之を思ひよと、謝氏曰く妾安んぞ敢て古の聖人を
望まんや、然れとも近世の婦人倫理を識らず、經傳を法らず、惟だ嫉
妬は家を亂るといふを事として、後祀を絶つに至るもの往々にして之
れあり、妾の常に憤懣するところ婦人俗を化する能はずと雖も、豈に
此行を效すに忍びんや、丈夫若し自から其身を棄て、淫邪に沉溺し、
人の嗤笑す所となるば則ち妾は疲勞すと雖も、當さに嫌疑を避けずし
て力諫べし、此は則ち道理の然らしむる所なりと、杜夫人其止め難き
を知り歎して曰く、新妾にして若し僥倖にも良順の性なれば固に善
し、其人或は柔順ならさる婦女にして而も丈夫の心一たび之に傾くこ
とあらは、則ち回復すべらさる不祥事なり、娘子他日必す吾か言を思
ひ當るべきことあらんかと、因りて歎息して去れり、

　　부인이 웃으며 말했다.

　　"자네는 나를 웃지 말라. 내 장차 말하리라. 관저·규목지화는 본래
부터 태사(太姒)가 질투하지 않는 덕이라 하더라도, 또한 본래 참으
로 문왕(文王)이 공평무사하여 은애에 치우침이 없어 제희(諸姬)가
저절로 원망하는 바가 없었을 따름이다. 만약 외(外)에 문왕의 덕이
없다면 태사가 있다 하더라도 그 화(化)를 베풀 수 없을 것이다. 고금
의 때는 다르고 성범(聖凡)의 도는 다르지만 다만 질투하지 않는 것

49

을 가지고 이남지화(二南之化)를 본받고자 하는 것은 참으로 소위 '허명(虛名)[17]을 모(慕)하여 실화(實禍)를 받는다'고 이를 만하다. 낭자(娘子)는 그것을 생각하라."

사씨가 말했다.

"첩이 어찌 감히 옛 성인을 바라겠습니까? 그렇지만 근세의 부인이 윤리를 알지 못하고, 경전을 본받지 못하며, 다만 질투가 집안을 어지럽힌다는 것을 사(事)로 삼아, 후사(後祀)를 끊기에 이르는 일 왕왕 있습니다. 첩이 늘 분참(憤憯)하는 바 부인속(婦人俗)을 능히 화(化)하지 못한다 하더라도, 어찌 차행(此行)을 차마 본받겠습니까? 장부가 만약 스스로 그 몸을 버리고 음사(淫邪)에 침닉(沈溺)하여 남에게 치소(嗤笑)당한다면 첩은 피로하더라도 마땅히 혐의를 피하지 않고 역간(力諫)할 것입니다. 이는 곧 도리가 그렇게 하게 한 바입니다."

두부인이 말리기 어려움을 알고 탄식하며 말했다.

"신첩(新妾)이 만약 요행히도 양순지성(良順之性)이라면 참으로 좋다. 그 사람이 혹여 유순하지 않은 부녀인데다 장부의 마음이 한 번 그이에게 기운다면 곧 회복할 수 없는 불상사이다. 낭자는 다른 날에 반드시 내 말을 생각할 일이 있을 것이다."

인하여 탄식하고 떠났다.

翌日媒介者り告けて曰く、適ま一女子あり然も只求むる所より過きたるを恐ると、謝氏曰く何の謂そや、媒介者曰く夫人の求むるは惟だ嗣子を得んとするにあれば、其婦女の體質強健なれは足るべし、而る

---

17 허명: 실제보다 높은 이름 혹은 실로 높은 명성을 뜻한다(棚橋一郎·林甕臣編, 『日本新辞林』, 三省堂, 1897).

に此女子は則ち然らず色兩つ乍ら世を拔けり、恐らく夫人の要求に合
格せざるへきか、謝氏曰く妾は如何なる女子ぞ悉しく之を言へよ、媒
介者曰く姓は喬名は彩鸞、河間府の産なり、本と宦家の女に生れしか
父母共に死亡し、其姉に養はれ今年十六歳にして方さに其配耦を選び
つゝあり、自から謂へらく寒士の妻たらんよりは寧ろ名家の妾たらん
と、此れ實に逢ひ難きの時なり、其女の姿色の秀麗なるは河間府の白
眉にして、凡そ女子の工藝に關することは知らさる所無し、夫人若し
姫妾を求めんと欲せば、則ち此れに踰へたるものは無しと、謝氏大に
喜びて曰く、若し是れ宦家の女子ならば其性行は必ず卑賤のものと異
なるべし、實に余か意に合せり、當きに具さに相公に告くべしとて遂
に翰林に此事を言へり、翰林曰く余の妾を置くは實に是れ不急の業に
して其意思無し、而も夫人の好意も猥りに之を拒まば却て厚情に背く
に當るべし、喬氏の女子若し彼か言ふ如き佳人ならば、當さに吉日を
選びて招き來るべしと、

　　익일 매개자가 와서 고하였다.

　　"마침 한 여자가 있습니다. 그런데 다만 구하는 바보다 과함을 염
려합니다."

　　사씨가 말했다.

　　"무슨 말이냐."

　　매개자가 말했다.

　　"부인이 구하는 것은 오직 사자(嗣子)를 얻으려 하는 데 있다면, 그
부녀의 체질이 강건하면 족할 것입니다. 그런데 이 여자는 그렇지
않습니다. 재색(才色) 둘 다 발세(拔世)입니다. 아마도 부인의 요구에

51

불합격이지 않을까 합니다.”

사씨가 말했다.

“첩은 어떠한 여자인지 그것을 모두 말하라.”

매개자가 말했다.

“성은 교(喬), 이름은 채란(彩鸞), 하간부(河間府) 산(産)입니다. 본래 환가(宦家)의 딸로 태어났지만 부모가 모두 사망하고, 그 누이가 길러 금년 16세로 바야흐로 그 배우자를 고르는 중입니다. 스스로 ‘한사(寒士)의 처가 되기보다는 차라리 명가(名家)의 첩이 되리라’ 했습니다. 이는 실로 만나기 어려운 때입니다. 그 여인 자색의 수려함은 하간부의 백미이고, 대저 여자의 공예에 관한 것은 모르는 바가 없습니다. 부인께서 만약 희첩을 구하려 하신다면 이보다 나은 이는 없을 것입니다.”

사부인이 기뻐하며 말했다.

“만약 환가의 여자라면 그 성행(性行)은 반드시 비천한 이와 다를 것이다. 실로 내 뜻에 합한다.”

마땅히 자세히 상공에게 고해야 한다 하며 마침내 한림에게 이 일을 말했다. 한림이 말했다.

“내가 첩을 두는 것은 실로 불급지업(不急之業)이며 그럴 의사가 없소. 그러나 부인의 호의도 함부로 그것을 거부한다면 도리어 후정(厚情)에 어긋나는 일이 될 터이니, 교씨 여자가 만약 그가 말한 대로 가인(佳人)이라면 마땅히 길일을 골라 불러와야 할 것이다.”

夫人卽ち轎夫を送りて喬氏を招き來らしむ、喬氏翰林及ひ夫人に禮謁し、遍く諸親戚を拜し、禮畢りて後ち坐に就く、姿態嬋娟擧止輕捷

にして宛かも海棠の一枝露を含みて風に搖るゝか如し、衆皆な稱實して已まず、翰林も謝氏も皆喜色ありしが、惟だ杜夫人のみは心中甚た悅はざりき、是夕翰林は新妾と與に夜を經たれば、杜夫人は謝氏と留まりて一夜を物語りぬ、杜夫人曰く娘子妾を求むれは當さに性質順良にして謹愼の人を得可なるべきに、反つて絶世の佳人を求め來れり、恐らくは其稟性或は不良にして啻に夫人に利あらさるのみならず、劉翰家の禍を惹起する憂なしとせさるべし、謝氏曰く女子の容姿の美なるは用無しと云ふと雖も、若し甚だ醜惡なれば烏んぞ丈夫の近親と爲す得んや、子女も亦貽敎に依りて善惡の因緣とせず、夫れ莊姜の美目巧笑を以てして賢德令名は靑史に照躍せり、絶代の佳人豈に必すしも妖婦のみならんや、

　　부인이 곧 교부(轎夫)를 보내어 교씨를 불러오게 했다. 교씨가 한림 및 부인을 예알(禮謁)하고 두루 여러 친척에게 절했다. 예필(禮畢)한 뒤 취좌(就坐)한대, 자태선연(姿態嬋娟) 거지경첩(擧止輕捷)하여 흡사 해당일지(海棠一枝)가 이슬을 머금고 바람에 흔들리는 것 같았다. 중(衆)은 모두 칭상(稱賞)하여 마지않았다. 한림과 사씨도 모두 희색(喜色)이었는데, 오직 두부인만은 심중에 매우 불열(不悅)했다. 그 저녁 한림은 신첩과 함께 밤을 보내니, 두부인은 사씨와 머무르며 밤새도록 이야기했다. 두부인이 말했다.

　　"낭자가 첩을 구한 것은 마땅히 성질 순량(順良)하고 근신한 사람을 얻으면 되었을 터인데, 도리어 경세(經世)의 가인(佳人)을 구해왔다. 아마도 그 품성 혹은 불량(不良)하여 혹시 부인에게 불리할 뿐만 아니라, 유한가(劉翰家)의 화를 야기할 우려가 없다고 할 수 없다."

사씨가 말했다.

"여자의 용자(容姿)의 아름다움은 무용하다 하더라도, 만약 심히 추악하다면 어찌 장부의 근친(近親)이 될 수 있겠습니까. 자녀도 또한 이교에 의하여 선악의 인연이 된다고 여기지 않습니다. 대저 장강(莊姜)이 미목교소(美目巧笑)를 가지고 있으면서 현덕영명(賢德令名)은 청사에 조약(照躍)했습니다. 절대가인이 어찌 반드시 요부만 되겠습니까?"

杜夫人曰く莊姜は美なりしと雖も子は無かりきと、兩人相笑うて而して罷む、翰林喬氏の居る所の堂を名つけて百子堂と曰ひ、婢女臈梅等の四人を待せしめ、喬氏を稱して喬娘子と曰ふ、喬氏聰明慧黠にして巧みに翰林の意を得、謝夫人に事へて尤も其誠を盡せしかば、家中大小となく稱譽せさるものなし、未た半載ならずして喬氏孕胎せしを以て、翰林及ひ夫人の悅ふこと大方ならざりき、喬氏嗣子を得さることを恐れて卜者に問へば、或は男なりと云ひ或は女なり云ふ、女なれは則ち吉なるも男なれは則ち夭折と云ふもあり、喬氏深く以て慮と爲せり、侍婢の臈梅喬氏に謂つて曰く、婢の隣家に一女子ありて李十娘と號す、南方より來りて頗る奇術を知り事中らさるは無し、此を招きて之を問へば如何にや、喬氏大に喜び、卽ち十娘を招きて問ふて曰く、爾だ能く胎中の男女を知る乎、十娘曰く是れ難きにあらず、請ふ貴脉を診斷せむと、喬氏許して之を診せしむれば十娘怎ち診して退坐して曰く、脉を以てすれば則ち女胎なりと、喬氏色を失して曰く、相公の我を取りて來る者は啻だ嗣續を得るかためのみ、今若し女子を生まば則ち生れさるに如かさるなり、十娘曰く妾曾て異人に逢ひ、女胎

を變じて男と爲すの術を學び得たり、效驗顯著にして未だ嘗て適中せ
ざるはあらず、娘子果して男子を生まんと欲せば則ち胡ぞ之を試みざ
る、喬氏大に悅ひて曰く、若し君か言の如くならば、當さに千金を以
て之に報すべし、十娘呪符と怪法を作り、喬氏の枕席に藏めて曰く、
後日奇男子の生まるゝ待ちて謹みで來賀せんと、

두부인이 말했다.

"장강은 아름다웠지만 자식은 없었다."

두 사람 서로 웃으며 파했다. 한림은 교씨가 기거할 당을 백자당(百子堂)이라 부르고, 비녀(婢女) 납매(臘梅) 등 네 명이 모시게 하였으며, 교씨를 칭하여 교낭자라 했다. 교씨는 총명혜힐(聰明慧黠)하여 교묘하게 한림의 뜻을 얻고, 사부인을 섬김에 더욱 그 성(誠)을 다하니, 온 집안사람이 대소(大小) 없이 칭예(稱譽)하지 않는 이가 없었다. 아직 반년이 지나지 않아 교씨가 잉태하여, 한림 및 부인은 더할 나위 없이 기뻐하였다. 교씨는 사자(嗣子)를 얻지 못할 것을 염려하여 복자(卜者)에게 물었더니, 혹은 남아라 하고 혹은 여아라 했다. 여아라면 길하나 남아라면 요절한다 하는 자도 있었다. 교씨는 깊이 생각했다. 계집종 납매(臘梅)[18]가 교씨에게 일러 말했다.

"비(婢)의 인가(隣家)에 이십낭(李十娘)이라는 여자가 하나 있는데, 남방(南方)에서 와서 자못 기술(奇術)을 알아 일을 맞추지 못하는 게 없습니다. 그를 불러 물어보면 어떻겠습니까?" 교씨가 크게 기뻐하며, 즉시 십낭을 불러 물었다.

---

18 '臘梅 / 藤梅'로 표기된 자는 '臘'으로 통일하는 것이 좋다고 생각한다.

"네가 능히 태중의 남녀를 알 수 있느냐?"

십낭이 말했다.

"어렵지 않습니다. 청컨대 귀맥(貴脈)을 진단하게 하십시오."

교씨가 허락하고 진단하게 하니 십낭이 곧 진단하고 퇴좌(退坐)하여 말했다.

"맥으로 보면 여태(女胎)입니다."

교씨가 실색(失色)하며 말했다.

"상공이 나를 취한 것은 오직 사속(嗣續)을 얻기 위해서일뿐. 지금 만약 여자를 낳는다면 낳지 않는 것만 못하다."

십낭이 말했다.

"첩이 예전에 이인(異人)을 만나 여태(女胎)를 변(變)하여 남아로 만드는 술을 배웠습니다. 효험이 현저하여 아직 적중하지 않은 적이 없습니다. 낭자께서 과연 남자를 낳고자 하신다면 어찌 그것을 시험해보지 않겠습니까?"

교씨가 크게 기뻐하며 말했다.

"만약 네 말 대로라면, 마땅히 천금으로 보답할 것이다."

십낭이 주부(呪符)와 괴법(怪法)을 만들어, 교씨의 침석(枕席)에 장(藏)하며 말했다.

"후일 기남자(奇男子)가 태어나기를 기다려 삼가 내하(來賀)하겠습니다."

喬氏半信半疑にてありしが、十朔に滿つるに及びて果して男子を得たり、眉目清秀にして氣膚玉の如し、翰林愛喜に勝へず、謝夫人及び家内衆人賀を獻せさるは莫し、喬氏男子を生むの後ち翰林の之を待つ

こと益々厚くして其子を愛することは掌中の珠の如し掌珠と名づけ
て、乳母を納れて之を育てしむ、謝夫人の撫愛すること我子と異なる
なし、他人は其謝夫人と喬氏と何れの生子たるかを卞する能はざる程
なり、翰林子を生むの後、家道愈よ昌にして閨門は無事なりき、時は
暮春に當りて百花園に滿ち風景賞すべし、是日翰林天子に陪して西苑
の宴に參し、未た家に歸るに及はず、謝夫人獨り書案に倚りて古書を
看閲す、侍婢春芳進みて曰く、花園の小亭牧丹の眞盛なれば今日の暇
に當り玩賞せらるれば好しと、夫人仍て手中の卷を釋き、侍婢五六人
を率ゐて亭上に到る、綠柳欄を掩ひ花香は衣を襲ひ、繁華幽靜眞に是
れ佳景なり、婢に命して茗を著けしめ將さに喬氏を邀へて共に賞翫せ
んと欲す、忽ち風使に因りて彈琴の聲あるを聞き、夫人侍婢と耳を側
たてゝ之を聽きて曰く、異なる哉琴聲、知ら何人か能く此の曲を作す
乎、侍婢對へて曰く、喬娘子の彈する所なり、夫□曰く嘗て娘子の彈
琴を聞かず、今日偶然に之を爲すなるか、侍婢曰く百子堂は内室を去
る稍や遠さが故に夫人未た曾て之を聞かれさるのみ、喬娘子は素より
彈琴を好み閑靜の時には必す音律を調ふを常とし、婢等は平素より聞
き慣れつゝある所なりと、夫人言訖つて更に之を聽けは、絃聲は既に
止むで淸唱繼發す、乃ち唐時人の名詩なり、詩に曰く

　　교씨가 반신반의했는데, 열 삭이 차자 과연 남자를 얻었다. 미목
　　청수(眉目清秀)하고 기부(氣膚)가 옥 같았다. 한림은 더할 나위 없이
　　애희(愛喜)했고, 사부인 및 집안의 중인(衆人)이 헌하(獻賀)하지 않는
　　이가 없었다. 교씨가 남자를 낳은 뒤 한림은 그를 대하는 것이 더욱
　　도타웠고 그 아들을 사랑하기는 손바닥 안의 구슬과 같이 하여 장주

(掌珠)라 이름을 붙이고, 유모를 들여 그를 키우게 했다. 사부인이 무애(撫愛)하는 것이 내 아이와 다름이 없어, 타인은 사부인과 교씨 누구의 생자(生子)인지 능히 구별하지 못할 정도였다. 한림은 아들을 낳은 뒤, 가도(家道)가 더욱 창(昌)하였고 규문(閨門)[19]은 무사했다. 때는 늦은 봄 백화(百花) 정원에 가득하여 풍경을 감상할 만했다. 이날 한림은 천자를 배(陪)하여 서원(西苑)의 연(宴)에 참가하여 아직 귀가하지 않았다. 사부인이 홀로 서안(書案)에 기대어 고서를 간열(看閱)했다. 계집종 춘방(春芳)이 나아와 말했다.

"화원의 소정(小亭) 모란이 참으로 성(盛)하니 금일 가(暇)에 당하여 완상하시면 좋을 것입니다."

부인이 이에 수중의 책을 놓고 계집종 5-6명을 데리고 정상(亭上)에 이르렀다. 녹류(綠柳)는 난(欄)을 덮고 화향(花香)은 의(衣)를 습(襲)하며 번화유정(繁華幽靜) 참으로 가경(佳景)이었다. 비(婢)에게 명하여 차를 달이게 하고 장차 교씨를 불러 함께 상완(賞玩)하려 했다. 문득 풍편(風便)에 인하여 탄금(彈琴) 소리가 들려 부인이 계집종과 귀를 기울여 그것을 들으며 말했다.

"이상하구나, 금성(琴聲). 모르겠구나, 어떤 사람이 능히 이 곡을 타는가?"

계집종이 대답하여 말했다.

"교낭자가 타는 것입니다."

부인이 말했다.

"일찍이 낭자가 탄금하는 것을 듣지 못했다. 금일 우연히 타는 것

---

19 규문: 침소의 입구 또는 부인의 거처를 뜻한다(松井簡治·上田万年編, 『大日本国語辞典』02, 金港堂書籍, 1916).

인가?"

계집종이 말했다.

"백자당은 내실에서 조금 멀리 떨어져 있는 까닭에 부인이 아직 그것을 듣지 못하셨을 뿐입니다. 교낭자는 본래부터 탄금을 좋아하여 한정(閒靜)한 때에는 반드시 항시 음률을 마련하여, 비(婢) 등은 평소부터 익숙하게 듣던 바입니다."

부인이 말을 끝내고 다시 그것을 들으니, 현성(絃聲)은 이미 그치고 청창(淸唱)이 계발(繼發)했다. 곧 당시인(唐時人)의 명시였다. 시는 이러했다.

待ツ月チ西廂ノ下。迎テ風ナ戸半メ開ク。
拂ヘメレ墻ナ花影動ク。疑ラクレ是玉人ノ來ル□。

서쪽 행랑에서 달을 맞으며,
살짝 문을 열어 바람을 들이니.
바람결에 꽃 그림자 어른대기에,
그대가 오신 줄로 알았다오.

喬氏又た一絶を唱ふ、共聲喜ふか如く、悲むか如く、感激するものゝ如く、然して思慮する者の如し、然して歌ふて曰く

교씨는 또한 일절(一絶)을 창했다. 그 소리가 기쁜 듯, 슬픈 듯, 감격한 듯, 그리고 사려하는 듯했다. 그리고 노래했다.

水國蒹葭有リレ霜 山光月色共蒼々
誰カ言フ千里自今夕ヨリ 離夢杳トノ如シ關寒ノ長キガ

　물 많은 고장 갈대위에 서리
　산 빛깔과 달빛이 모두 푸르네.
　오늘 밤부터 이별이라 말 한 이가 누구던가
　꿈에서 보기도 아득해라 머나먼 변경이여.

　連歌二詩眞に揚塵遏雲のあり、人皆な容を動かす、夫人聽き罷りて低頭沉吟し、婢秋香に命じて喬氏に言はしめて曰く、適ま閑隙に因りて此の花園に到れり、紅白妍を爭ひ春色和暢たり、娘子一歩を吝む勿れと、秋香命を領して往きしが、軈て喬氏は秋香に伴はれて來り夫人に陪し、共に曲檻に依りて花を賞し茶を飲む夫人曰く吾れ娘子の才を知ると雖も料らさりき音聲の是の如く能く通せんとは纔者娘子の琴聲を聽きしが蔡文姬をして其妙を專らにせしむるに足れり、喬氏曰く賤□音樂に關して毫も能なし、只た自適して懷を暢ふるに過きず料らずも夫人の俯聽を辱ふして惶悚の情に堪へずと、夫人曰く娘子の琴韵盡く美にして更に論すべきもの無し、而れども吾れ娘子と姉妹の情を同ふして朋友の誼を兼ぬるか故に、茲に一言せんと欲するものあり、喬氏曰く夫人の敎訓を辱ふずるは妾の幸なり、夫人曰く我れ娘子の琴調を聞くに是れ唐人の霓裳羽衣の曲なり、此れは乃ち俗子の尚ふところ、若し其時を以て之を論すれば則ち唐の明皇は繁華富貴の天子にして、而して竟に安綠山の亂に遭ひ身を萬里に竄す、太眞未だ錦襁の機を免れず、終に馬嵬の魂を作して以て千古の笑を貽せり、亡國の音は

尚ふ可らすして且ち娘子の調絃正しからず、聲音哀に過き人心をして
和暢せしむる能はず、此れ實に淫泆流の曲なり、且つ娘子か調絃の詩
を聞くに、詩は乃ち失節の女薛濤乃た靑樓の娼婦なり、其詩は巧なり
と雖も其行は甚た卑し、古今の美調妙曲は多からすと爲さず、唐時の
佳篇麗什も亦少からすと云ふに、豈此流に眷戀すべけんやと、喬氏此
の洞論を聽き感々怩怩として謝して曰く、鄕曲の女子は徒らに聲音の
愛麗を知りて調律の善惡を識らず、今や道敎を承はり骨に銘して忘れ
難しと、夫人其の歡を失はむことを慮かり之を慰めて曰く、余は娘子
を愛するの心を以て之を言ふて此に至れり、若し是れ他人ならば吾れ
豈に口を開かんや、此より以後余に過誤あれば娘子も亦た直言して心
情を隱すこと勿れと, 兩人懇話を交へて日暮れて乃ち罷む。

연가(連歌) 이시(二詩) 참으로 양진알운지재(揚塵遏雲之才)가 있었
다. 사람이 모두 동용(動容)했다. 부인이 듣기를 마치고 저두침음(低
頭沈吟)하다, 비(婢) 추향에게 명하여 교씨에게 말하게 했다.

"우연히 한극(閒隙)을 인하여 이 화원에 이르렀다. 홍백쟁연(紅白
爭妍) 춘색화창(春色和暢)하니, 낭자는 일보(一步)를 인(吝)하지 말라."

추향이 명을 받들고 갔더니, 이윽고 교씨는 추향과 함께 와서 부
인에게 배(陪)하여, 함께 곡난(曲欄)에 기대어 꽃을 상(賞)하고 차를
마셨다. 부인이 말했다.

"내가 낭자의 재주를 안다 하더라도 음성이 이와 같이 능통할 줄
은 헤아리지 못했다. 조금 전에 낭자의 금성(琴聲)을 들었는데 채문
희로 하여금 그 묘(妙)를 전(專)하게 하기에 족했다."

교씨가 말했다.

61

"천첩이 음악에 관해 조금도 능(能)이 없습니다. 다만 자적(自適)하여 창회(暢懷)함에 불과합니다. 생각지도 못하게 송구스럽게도 부인께서 부청(俯聽)하시니 황송지정(惶悚之情)을 감당하지 못하겠습니다."

부인이 말했다.

"낭자의 금운(琴韻) 모두 아름다워 다시 논할 것이 없다. 그렇지만 내가 낭자와 자매지정(姊妹之情)을 같이 하고 붕우지의(朋友之誼)를 겸한 까닭에, 이에 한 마디 하고 싶은 것이 있다."

교씨가 말했다.

"황송하게도 부인의 교훈을 받는 것은 첩의 행(幸)입니다."

부인이 말했다.

"내가 낭자의 금조(琴調)를 들음에 이것은 당인(唐人)의 예상우의지곡(霓裳羽衣之曲)이다. 이것은 곧 속자(俗子)가 숭상하는 바이다. 만약 그 시(時)를 가지고 그것을 논한다면 당의 명황(明皇)은 번화부귀(繁華富貴)한 천자이나, 마침내 안녹산의 난을 만나 몸을 만리(萬里)에 찬(竄)했다. 태진(太眞)은 일찍이 금강지기(錦繦之機)를 면치 못했다. 마침내 마외(馬嵬)의 혼을 지어 천고의 웃음거리가 되었다. 망국의 음(音)은 숭상하는 것이 불가하고 또한 낭자의 조현(調絃)은 바르지 않다. 성음(聲音)이 과애(過哀)하여 인심으로 하여금 능히 화창(和暢)하게 하지 못한다. 이것은 실로 음일유탕지곡(淫泆流蕩之曲)이다. 또한 낭자의 조현지시(調絃之詩)를 들음에, 시는 곧 실절지녀(失節之女) 설도(薛濤) 곧 청루(靑樓)의 창부이다. 그 시는 교(巧)하다 하더라도 그 행(行)은 매우 비천했다. 고금의 미조묘곡(美調妙曲)은 적다고 할 수 없고 당시(唐時)의 가편여집(佳篇麗什)도 또한 적지 않은데, 어찌 이 유(流)에 권련(眷戀)하겠는가?"

교씨가 이 통론(洞論)을 듣고 척척뉴뉴(慼慼忸忸)하며 사(謝)하여 말했다.

"향곡(鄉曲)의 여자는 헛되이 성음(聲音)의 애려(愛麗)만 알고 조율(調律)의 선악을 알지 못했습니다. 지금 도교를 받자와 뼈에 새겨 잊기 어렵습니다."

부인이 그 탄(歎)을 잃을 것을 생각하여 위로하며 말했다.

"나는 낭자를 아끼는 마음을 가지고 말하여 여기에 이르렀다. 만약 타인이라면 내 어찌 입을 열었겠는가. 이제부터 이후에 나에게 과오가 있다면 낭자도 또한 직언하여 심정을 숨기지 말라."

양인이 간담을 주고받다 날이 저물어 파했다.

(三) 妾は丈夫を欺さて正室を讒し。多謀の門客は愛妾を竊む。

(三) 첩은 장부를 속여 정실을 참하다. 다모한 문객은 애첩을 훔치다.[20]

是の夕、翰林は闕中より家にて還りて喬氏の房に就く、尚ほ酒氣ありて寢に就く能はず、檻に倚りて而して坐す、月色晝くか如く花影窓を籠む、喬氏ぬ歌を聞かんと欲し乃ち命して之を唱へしむ、喬氏辭して曰く近日風に觸れて喉を病み歌を唱ふる能はず、翰林曰く然らは則ち琴一曲を彈じ以て吾か歌に和せよ、喬氏亦喜ず、再三之を強られて終に對ふる能はず、泫然として流涕す、翰林惟み之を問ふて曰く、汝我か家に來りて已に多日なり矣、而るに未だ嘗て樂まざるの色を見

---

20 한문본 C계열에서 보이는 소제목으로 여느 한문본 계열보다 구체적인 표현이다. 이는 독자로 하여금 더 내용에 쉽게 접근할 수 있도록 해주는 표지이다.

ず、今何の故ありてか是の如く煩惱する耶、喬氏答へずして涙は注く
か如し、翰林其故を問ふて已まず、喬氏對へて曰く妾答へされば則ち
相公の心に違ふを恐る、答るれば則ち必ず罪を夫人に得ん、事兩つ乍
ら甚た難し、何を以てすれば則ち好かるべき、翰林曰く言ひ難き事あ
れば必す須らく悉く余に陳べよ、決して過ちと爲さず矣喬氏涙を垂れ
て對へて曰く、妾の村歌は庸調にして以て相公の清德を累はずに足ら
ず、而して相公の命に違はさるものは、其微誠を盡して以て一笑を賭
するに過きざるなり、寧そ他あらんや、今朝夫人妾を招きて責めて曰
く、相公の汝を置けるは只だ嗣續を得んが爲めにして是の家內に美色
の不足なるかためにあらず、今汝言を巧みにし色を令くして丈夫の心
を迷眩し、又淫亂の聲を敢てして丈夫の心を沈惑せしめ、亂を先小師
清德の家に釀さんとす、此れ固より死罪に當れども余は姑らく之を警
ましむ、若し終に改悛せざれば則ち余は殘弱なる女子なれども、尙ほ
呂太后の刀釖及ひ瘡藥のあるあり、汝須らく之を愼めよと、妾は本と
鄕村貧家の女にして猥りに相公の厚恩を蒙り、榮華富貴亦た巳に極ま
れり矣、死するも恨む所無くして而して但だ相公の清名が、妾の故を
以て譏りを人に取られんことを恐る、故に敢て命に應せざるなり、

　　　그날 저녁 한림은 궐중(闕中)에서 집으로 돌아와 교씨의 방에 갔
다. 여전히 주기(酒氣)가 있어 취침할 수 없었다. 난(欄)에 기대어 좌
(坐)했다. 월색(月色) 그림 같고 화영(花影) 창을 농(籠)했다. 교씨의 노
래를 듣고자 하여 명하여 창(唱)하게 했다. 교씨가 사양하며 말했다.
　　"최근에 감기에 걸려 목이 아파 노래를 창할 수 없습니다."
　　한림이 말했다.

"그러면 금(琴) 일곡(一曲)을 타서 내 노래에 화(和)하라."

교씨가 역시 불희(不喜)하자, 재삼 강권하였으나 끝내 대하지 않더니, 현연(泫然)히 유체(流涕)했다. 한림이 이상하게 여겨 물었다.

"네가 우리 집에 온 지 이미 다일(多日)이다. 그런데 일찍이 즐겁지 않은 색(色)을 보지 못했다. 지금 무슨 까닭이 있어 이와 같이 번뇌하느냐?"

교씨는 답하지 않고 눈물을 비 오듯 흘렸다. 한림이 그 까닭을 묻기를 그치지 않았다. 교씨가 대답했다.

"첩이 답하지 않으면 상공의 마음이 멀어질까 두렵습니다. 대답하면 반드시 죄를 부인에게 얻을 것입니다. 사(事)는 둘이면서 심히 어렵습니다. 무엇을 가지고 하면 좋겠습니까?"

한림이 말했다.

"말하기 어려운 일이 있으면 반드시 모름지기 모두 나에게 진(陳)하라. 결코 잘못이라 하지 않겠다."

교씨가 눈물을 흘리며 대답했다.

"첩의 촌가(村歌)는 용조(庸調)하여 상공의 청덕(淸德)을 누(累)하지 않기에 부족합니다. 그러나 상공의 명을 어기지 않은 것은 그 미성(微誠)을 다하여 일소(一笑)를 도(賭)한 것에 불과합니다. 어찌 다른 것이 있겠습니까? 오늘 아침 부인께서 첩을 불러 책하셨습니다. '상공이 너를 둔 것은 다만 사속(嗣續)을 얻기 위해서이지 이 집안에 미색(美色)이 부족해서가 아니다. 지금 네가 교언영색으로 장부의 마음을 미현(迷眩)하고, 또 감히 음란지성(淫亂之聲)으로 장부의 마음을 침감(沈感)하게 하여, 난(亂)을 선소사(先少師) 청덕(淸德)의 집안에 양(釀)하려 한다. 이는 본래부터 사죄에 해당되지만 나는 일단 타이른

65

다. 만약 끝내 개전(改悛)하지 않으면 나는 잔약(殘弱)한 여자이지만,
또한 여태후(呂太后)의 도검(刀劍) 및 음약(瘖藥)이 있다. 너는 모름지
기 삼가라.' 첩은 본래 향촌빈가지녀(鄕村貧家之女)인데 외람되이 상
공의 후은(厚恩)을 입었습니다. 영화부귀 또한 이미 다 누렸습니다.
죽어도 한할 바가 없으나 다만 상공의 청명(淸名)이 첩 때문에 다른
이들에게 비난을 받으실까 두렵습니다. 까닭에 감히 명에 응하지 못
했습니다."

翰林此の言を聞くに及び驚怪して語無し、自から念ふに夫人は常に
妬せざるを以て自任するに今何ぞ忽ちにして此の言を爲さし、且つ想
ふに夫人の喬氏を遇するや禮を以てし、曾て一點の短處を言へること
あらず、而して婢僕の間に於ても亦た雜言せるを聞かず、乃ち喬氏の
言ふ所實を失へる虛僞にあらさるなきかと、良や久うして喬氏に謂つ
て曰く、余の汝を妾となせる所以のものは是れ夫人の勸告に因れり、
然るに汝に向て惡言せりと言ふは此れ必ず婢輩の讒說なるべし、縱令
一時の怒り發したることありとするも、本姓は柔順の夫人なり、萬一
にも汝を害するの慮り無し、以て憂と爲す勿れ、況んや余の在るあり
夫人何んぞ汝に對して爲すことあらんやと慰諭甚た勤めぬ、而して喬
氏は終に意を解かす但た謝して己めり、噫々古語に曰く虎を畫くに皮
を畫くも骨を畫くは難し、人を知るに面を知るも心を知らすと、喬氏
外貌は恭勤にして言語は柔順なり、謝氏は認めて善人なりと爲し、或
は淫邪の曲が誤つて丈夫の耳に入らんことを慮りしか故に、眷々規警
せし所以のものは實に是れ相愛の厚情に依れり、而るに反つて心に恨
を懷きて讒を搆へ、殆んど將さに大禍の根底を成さんとす、夫婦妻妾

の間豈に愼まさるべけんや、翰林は喬氏の奸を悟らすと雖も而も亦た
謝氏の心を疑はず、故に喬氏も敢て復た讒せさりき、一日蘭梅侍婢と
遊び還りて喬氏に謂つて曰く、妾秋香の言を聞くに夫人は孕胎せられ
たりと云ふ矣、喬氏頓足して大に驚きて曰く、十年の後に始めて懷胎
することは世間に往々ある事なれども、恐らは月經の不順なるにあら
ざるなきかと口には言へど心中には又想へり、彼れ若し男子を生まば
我は自から顔色無し、如何にせば好きかと思案すれども未だ善策を得
ずして空しく過かむ、

　　한림이 이 말을 듣고 경괴(驚怪)하여 말이 없었다. 스스로 생각건
대 '부인은 늘 질투하지 않음을 자임했는데 지금 어찌 갑자기 이 말
을 했을까?' 또 생각건대 '부인이 교씨를 우(遇)함에 예(禮)로써 하여
일찍이 일점(一點)의 단점을 말하는 일이 없었다. 그래서 계집종과
사내종 간에서도 또한 잡언(雜言)함을 듣지 못했다. 곧 교씨가 말한
바 실(實)을 잃은 허위가 아닐까?' 싶어, 양구(良久)하여 교씨에게 일
러 말했다.

　　"내가 너를 첩으로 삼은 바는 부인의 권고 때문이다. 그러한데 너
에게 악언(惡言)을 했다 함은 반드시 비배(婢輩)의 참설(讒說)일 것이
다. 종령(縱令) 일시의 노함으로 발한 일이 있다 하더라도 본성은 유
순한 부인이다. 만에 하나라도 너를 해할 생각은 없을 것이니 우(憂)
로 삼지 말라. 하물며 내가 있는데 부인이 어찌 너에게 할 수 있는 일
이 있겠느냐?"

　　하며 매우 힘써 위유(慰諭)했다. 그러나 교씨는 끝내 의(意)를 해
(解)하지 않고 다만 사(謝)할 뿐이었다. 아아, 고어(古語)에 이르기를

67

'호랑이를 그리는 데 가죽은 그려도 뼈를 그리기는 어렵고, 사람을 아는 데 얼굴은 알아도 마음을 알지 못한다'고 했다. 교씨의 외모는 공근(恭勤)하고 언어는 유순했다. 사씨는 인(認)하여 선인(善人)이라 여겼다. 혹은 음사지곡(淫邪之曲)이 잘못되어 장부의 귀에 들어갈 것을 염려한 까닭에 권권규경(眷眷規警)한 소이는 실로 상애(相愛)의 후정(厚情) 때문이었다. 그러한데 도리어 마음에 한을 품고 참(讒)을 지어내 거의 장차 대화(大禍)의 근저를 만들려 하였다. 부부처첩(夫婦妻妾) 간에 어찌 삼가지 않을 수 있겠는가? 한림은 교씨의 간(奸)을 깨닫지 못했지만 그러나 또한 사씨의 마음을 의심하지 않았다. 그러므로 교씨도 감히 다시 참(讒)하지 못했다. 하루는 납매(臘梅)가 계집종과 놀다 돌아와 교씨에게 일러 말했다.

"첩(妾)이 추향(秋香)의 말을 들음에 부인이 잉태하셨다고 합니다."

교씨가 돈족(頓足)[21]하며 크게 놀라 말했다.

"10년 뒤에 비로소 회태(懷胎)하는 일은 세간에 왕왕 있는 일이지만, 아마도 월경이 불순한 것이 않을까?"

말은 그렇게 했지만 마음속으로는 또한 생각했다. '그이가 만약 남자를 낳으면 나는 저절로 안색이 없어진다. 어떻게 하면 좋을까?' 궁리해보았지만 아직 선책(善策)을 얻지 못하고 헛되이 시간을 보냈다.

夫れより數月を經て夫人の懷胎せること分明となるや、一家欣悦せざるはなし、獨り喬氏は怏々として樂まず、陰かに臘梅と謀りて潛かに下胎藥を謝夫人に進むる所の藥劑に混して服用せしめ、胎兒を失は

---

21 '발을 동동 구른다'는 뜻이다. 두보의 「병거행(兵車行)」에 나오는 '견의돈족란도곡(牽衣頓足攔道哭)'이란 구절이다.

んことを企てしも、神明の佑くる所にや其惡計を施すべき術なくして
夫人は早くも月滿ちて男子を生めり、骨格非凡にして神彩逢邁なり、
翰林大に悅び之を名けで麟兒と曰ふ、漸く長するに及びて掌珠と共に
一處に戲遊せしが、翰林外より歸りて兩兒の同遊するを見るに、麟兒
は年少にして幼稚なれども、氣象超凡卓拔にして掌珠の徒らに美麗な
るのみとは大に異なれり、翰林喜悅して未た衣服を解くに及はずして
先づ麟兒を抱きて之を撫して曰く、此兒の額上の峭骨酷だ先人に似た
るものあり、我か家を大にするものは心ず此の兒ならんと、乳母に謂
つて曰く汝だ須らく善く此兒を護れよと吩咐けて袖を振つて內室に入
れり、掌珠の乳母入りて喬氏に告けて曰く、相公獨り麟兒を抱きて掌
珠を顧みずと因て流涕す、喬氏大に慰諭して曰く、吾と謝夫人とは容
貌素より若かす、文□も亦劣りて嫡妾の分懸隔す、啻だ我には男子あ
り、謝夫人には子無かりしかために偏へに丈夫の恩遇を荷へるなり、
今や謝夫人男子を生みて麟兒は此家の主たり、則ち吾か兒は一附庸た
るに過かす、彼れ謝夫人は外に好顏を施すと雖も其心中は然らず、花
園に於て責言せるは必ず我を憎みて爲せる業なるべし、一朝我を郎君
に讒して丈夫の心一變すれは、則ち吾の前途は豈に危殆ならずやと、
復た十娘に請ふて而して之を議す、十娘旣に喬氏より賂ふ所の金銀珠
玉を受くること多からすとなさず、遂に心腹と爲りて妖邪奸慝の陰謀
を逞ふし、以て喬氏の惡業を助けたるなるが、譏謀極めて秘密なりけ
れば人の之を知るものは無かりけり、翰林退朝して家に歸れば則ち吏
部石郎中の書狀案上に在り、披きて之を見るに乃ち人を推薦するの書
信なり、書に曰く

그로부터 몇 달이 지나 부인이 회태(懷胎)한 사실이 분명해졌다. 일가(一家) 흔열(欣悅)하지 않는 이가 없었으나, 오직 교씨만은 앙앙(怏怏)하며 즐거워하지 않았다. 은밀히 납매와 모의하여 몰래 하태약(下胎藥)을 사부인에게 진상하는 약제에 섞어 복용하게 하여 태아를 잃게 하려 꾀했으나, 신명이 도우신 바 그 악계(惡計)를 시도할 방법이 없어 부인은 벌써 달이 차서 남자를 낳았다. 골격이 비범하고 신채준매(神彩逡邁)했다. 한림이 크게 기뻐하며 이름을 인아(麟兒)라 했다. 점점 자람에 이르러 장주(掌珠)와 함께 일처(一處)에서 희유(戱遊)했는데, 한림이 바깥에서 돌아와 두 아이가 동유(同遊)함을 봄에, 인아는 연소(年少)하여 유치했지만, 기상이 초범(超凡) 탁발(卓拔)하여 장주가 헛되이 미려할 뿐인 것과 크게 달랐다. 한림이 희열하여 아직 의복을 벗지도 않고 먼저 인아를 안고 어루만지며 말했다.

"이 아이 이마의 초골(峭骨) 매우 선인(先人)[22]과 닮은 데가 있다. 우리 집안을 크게 만들 이는 반드시 이 아이일 것이다."

유모에게 일러 말했다.

"너는 마땅히 이 아이를 잘 지켜라."

분부하고 소매를 휘두르며 내실로 들어갔다. 장주의 유모가 들어와 교씨에게 고하였다.

"상공이 인아만을 안아주고 장주를 돌아보지 않았습니다."

하며 유체(流涕)했다. 교씨가 크게 위유(慰諭)하며 말했다.

"나와 사부인은 용모가 본래부터 닮지 않았다. 문채(文彩) 또한 못하고 적첩(嫡妾)의 구분이 현격(懸隔)했다. 다만 내게는 남자가 있고,

---

22 선인: 일본어 원문은 '先人'이다. 죽은 남편 혹은 죽은 아버지를 그 처와 자식들이 부르는 칭호이다(棚橋一郎・林甕臣編,『日本新辞林』, 三省堂, 1897).

사부인에게는 자식이 없었기 때문에 오로지 장부의 은우(恩遇)를 입었다. 이제 사부인이 남자를 낳았고 인아는 이 집의 주(主)이다. 곧 내 아이는 한갓 부용(附庸)에 불과하다. 저 사부인은 겉으로 호안(好顔)을 베푼다 하더라도 그 심중은 그렇지 않다. 화원에서 책언(責言)한 것은 반드시 나를 미워하여 한 일일 것이다. 일조(一朝)에 나를 낭군에게 참(讒)하여 장부(丈夫)의 마음 일변하면, 곧 내 앞날[23]은 어찌 위태롭지 않겠는가.”

다시 십낭에게 청하여 그것을 의논했다. 십낭이 이미 교씨에게 뇌물로 받은 금은주옥이 적지 않았다. 마침내 심복이 되어 요사(妖邪) 간특(奸慝)한 음모를 영(逞)하여 교씨의 악업을 도왔는데, 기모(譏謀)가 매우 비밀스러워 다른 이 그것을 아는 이가 없었다. 한림이 퇴조(退朝)하여 집에 돌아오면 곧 이부석랑중(吏部石郎中)의 서장(書狀)이 안상(案上)에 있었다. 펼쳐 보니 곧 사람을 추천하는 서신이었다. 서(書)에 이르기를,

蘇州の秀士董淸は乃ち南方の佳士なり、衣食に窮迫し落魄して未だ登弟せず、洵に不運の境遇にあり、家貧くして依るべき無く京洛に客寓して、頃日小弟の家に寄食せり、小弟今山西の學官に任せられて遠く赴任せんとす、依りて董淸は此より往くへき處無し、曾て聞くに先生の門下に記室なしと云へり、此人の筆法精妙にして人と爲り敏捷なり、從容之を試みば其才を知らるべし、茲に一書を呈し先づ之を紹介す、本人をして拜趨せしむべけれは願くは先生之を肯諾せられよ焉。

---

23 앞날: 일본어 원문은 ‘前途’다. 목적지, 장래, 행선지와 같은 뜻을 나타낸다(松井簡治·上田万年編, 『大日本国語辞典』03, 金港堂書籍, 1917).

"소주(蘇州)의 수사(秀士) 동청(董淸)은 곧 남방의 가사(佳士)입니다. 의식에 궁박(窮迫)하고 낙백(落魄)한데 아직 등제(登第)하지 못하여 참으로 불운한 경우에 있습니다. 가빈(家貧)하여 의할 바가 없어 경락(京洛)에 객우(客寓)하여 경일(頃日) 소제(小弟)의 집에 기식(寄食)하였습니다. 소제 지금 서산(西山)의 학관(學館)에 임명되어 멀리 부임하려 합니다. 따라서 동청은 이제부터 갈 만한 곳이 없습니다. 일찍이 듣건대 선생의 문하에 기실(記室)이 없다고 했습니다. 이 사람의 필법(筆法)이 정묘(精妙)하고 사람됨이 민첩합니다. 종용하여 그를 시험하면 그 재(才)를 알 것입니다. 이에 일서(一書)를 정(呈)하여 먼저 그를 소개합니다. 본인으로 하여금 배추(拜趨)하게 할 터이니, 바라건대 선생께서 그를 긍낙(肯諾)해 주십시오."

元來、董淸は士家の子に生れたれとも父母早く沒し、氣儘に成長して行儀作法に媚はず、酒色の徒と歌舞の場に出入し、豪俠無賴の輩と交りを結びて博奕の家に往來し、家業蕩敗して依賴する所無く、或は宰輔の家に寄食し、或は權貴の門に身を託し、以て糊口の資を得づゝあるものなるが、性來世渡の術に長し、第一容姿美麗にして第二に言語明瞭なるのみならず、第三には書法に精妙なりければ、始めは士大夫之を愛せざるものなく重實なりとするも、暫くすれば則ち其子弟を不善の事に誘引し、或は其閨閣を汚辱し、善からさる言行多かりければ、漸く擯斥されて用ゐられす、是より南に行き北に之きしも到底容れらるゝ所なく、石郎中の家に往きてより亦た其醜行の露現せしものあり、郎中は能く其惡を知れとも其過失を揚言するを欲せず、故に其赴任を好機會として劉翰林に□めしなり、劉翰林は久しく侍中書札と

爲り、機務酬應甚た繁忙にして而にて代りて處理するもの無し、故に一記室を得んと欲せし折柄なりければ、石郎中の書を披見するに及ひで董淸を邀ひ入れしめ之を引見するに、儀表精敏にして應酬流るゝか如し、玆に於て翰林は大に悅び門下に採用ちて任するに書記の事を以てせり、董淸は徒らに書を善くするのみならず性も亦た怜悧なりしかば、翰林に代りて事を處辯するに幾んど翰林の意に適はさるもの無し、されば翰林は大に親愛を加へて彼の言ふ所聽かれさるなく、彼の計ること用ゐられざるなき迄に至れり、

　　원래 동청은 사가(士家)의 아들로 태어났지만 부모가 일찍 몰(沒)하고, 제멋대로 성장하여 예의범절에 익숙지 않았다. 주색의 무리와 가무의 장(場)에 출입하고, 호협(豪俠) 무뢰배와 교제를 맺어 박혁(博奕)의 가(家)에 왕래하였다. 가업 탕패(蕩敗)하여 의뢰할 바가 없어, 혹은 재보지가(宰輔之家)에 기식하고, 혹은 권귀(權貴)의 문(門)에 몸을 의탁하여 호구(糊口)의 자(資)를 얻고 있는 이였지만, 타고나기를 세상살이의 술(術)에 장(長)하고, 첫째 용자(容姿) 미려했고, 둘째 언어가 명료했을 뿐만 아니라, 셋째 서법(書法)에 정묘하였으니, 처음에는 사대부가 그를 아끼지 않는 이가 없어 중히 여겼지만, 한참 지나면 그 자제(子弟)를 불선(不善)한 일로 유인하여, 혹은 그 규합을 오욕하고, 좋지 않은 언행이 많아, 점차 빈척(擯斥)당하여 쓰이지 못했다. 이로부터 남(南)으로 가고 북(北)으로 가도 도저히 받아들여지는 곳이 없었다. 석랑중의 집에 가고부터 또한 그 추행(醜行)을 드러내는 일이 있었다. 낭중은 능히 그 악을 알았지만 그 과실을 양언(揚言)하려 하지 않았다. 그리하여 그 부임을 호기로 삼아 유(劉) 한림에게

73

추천하게 되었다. 유 한림은 오랫동안 시중서찰(侍中書札)에 있어 기무(機務) 수응(酬應)에 심히 번망(繁忙)하여 대신 처리할 이가 없었다. 그래서 한 기실(記室)을 얻으려하던 참이라, 석랑중의 서(書)를 피견(披見)함에 이르러 동청을 맞아들이게 하여 그를 인견(引見)함에 의표(儀表) 정민(精敏)하고 응수 물 흐르듯 했다. 이에 한림은 크게 기뻐하며 문하에 채용하여 서기의 일을 맡겼다. 동청은 다만 서(書)를 잘할뿐만 아니라 성(性) 또한 영리해서 한림을 대신하여 일을 처변(處變)함에 조금도 한림의 의(意)에 어긋나는 일이 없었다. 그러자 한림은 크게 친애를 가(加)하여 그가 말하는 바를 듣지 않음이 없고, 그가 계(計)한 일을 쓰지 않는 게 없기에 이르렀다.

一日謝夫人は翰林に言つて曰く、聞くか如くんば董淸なるものは素と端正の人にあらず且つ種々の謗言あり、他人の家に寄託すること多かりしも皆不首尾にて解雇せられたるものゝ由なり、斯る好ましからざる行爲あるもの狼狽して我か家に來る其行狀推して知るへきなり、相公宜しく我家に留置する勿れ、事に託して解傭するを良策となさんと、翰林曰く余も亦た此の風聞を耳にせるも其事實なるやを確認せす、且らく余は只彼の手を資るのみ、況んや我は渠と素より朋友に非す、其人の端正なると否とは深く關するに足らざるべきなり、夫人曰く相公は固より渠と朋友の義あるにあらすと雖も、不正の輩と久しく同處せらるゝは宛かも鮑魚の市に入れるか如し、其嗅きを知らさる中に鼻は自から之に慣るゝに至るべし、渠は早く退去せしむるに如かす、先小師若御存命ならば必す此の如き徒輩を接近するを容されさるべし、翰林曰く夫人の言は是なり然れとも但た近來世俗は輕薄にして

誣言多し、董淸の惡評も亦た讒毀の口に出づるやも知れす、久しく其
人の行動を觀れば自から邪正を知るべし、從容として適宜の所置をな
すも亦た未た晩しとなささるべしと、

　　하루는 사부인 한림에게 말했다.

　　"듣자 하니 동청이란 이는 본래 단정한 사람이 아니고 또한 종종
(種種)의 방언(謗言)이 있습니다. 타인의 집에 기탁된 일이 많았으나
모두 결과가 좋지 않아 해고되었다고 합니다. 이러한 좋지 않은 행
위가 있는 이가 낭패(狼狽)하여 우리 집에 온 그 행장(行狀) 미루어 알
만합니다. 상공께서는 모쪼록 우리 집에 유치하지 마십시오. 일을
핑계 삼아 해용(解傭)함이 좋은 계책일 것입니다."

　　한림이 말했다.

　　"나 또한 이 풍문을 들었으나 그 사실 여부를 확인하지 않았소. 당
분간 나는 다만 그의 손을 자(資)할 뿐, 더구나 나는 그와 본래부터 붕
우가 아니오. 그 사람이 단정한지 여부는 깊이 관(關)하기에 부족할
것이오."

　　부인이 말했다.

　　"상공은 본래부터 그와 붕우의 의(義)가 있지 않다고 하시지만, 부
정한 배(輩)와 오랫동안 동처(同處)하심은 흡사 포어지시(鮑魚之市)에
들어가는 것과 같습니다. 그 냄새를 알지 못하는 가운데 코는 저절
로 그것에 익숙해짐에 이를 것입니다. 그는 일찍 퇴거함만 못합니
다. 선소사(先小師)께서 아셨다면 반드시 이 같은 도배(徒輩)가 접근
함을 불용(不容)하셨을 것입니다."

　　한림이 말했다.

　　"부인의 말이 옳소. 그렇지만 다만 근래 세속은 경박하고 무언(誣
言)이 많소. 동청에 대한 악평도 또한 참훼(讒毁)하는 입에 오르내린
것일지도 모르오. 오랫동안 그 사람의 행동을 보면 저절로 사정(邪
正)을 알게 될 것이오. 종용(從容)히 적의(適宜)한 소치(所置)를 취하더
라도 또한 아직 만(晩)하지 않을 것이오."

　　喬氏謝夫人の言を傳へ聞きて、而して亦た翰林か遽かに董淸を解任
するを欲せさるを知り、董淸と結託して援助者と爲さんと欲し、密か
に藺梅をして董淸に交渉せしめ私かに共謀して陰兇の事を行はんと
し、相與に之を密議することゝはなりぬ、噫々古より閨門の内一たび
正道を失せば則ち事觀るべきもの無し、李十娘は喬氏に敎諭して木人
を作りて丈夫を蠱惑するの術を爲さしめたり、此より翰林の意は駸々
として然して喬氏に沉溺するに至り、精神も意志も頓に前に異なるを
見る、謝夫人は始めて心に憂慮すれとも別に良計を得す、色には形は
さねども心配大方ならさりき、喬氏又た十娘に謂つて曰く、女子の身
の浮沉は一に夫の喜怒に係はれり、我か平生の苦樂は擧げて丈夫の愛
憎に任す、凜々然として未た曾て一日も志を伸はさず、知らず我が前
途の禍福は如何にかなるべきや、十娘の我に敎へし奇術は輒ち皆な效
驗ありき、吾之を聞く世間には咀呪なるものありと、思ふに十娘必す
之を知らん、若し之を能くせば希くは我かために謝夫人母子を除去し
吳れよ、然らは則ち此の身未た死せさるの前に於て必ず誠意を竭して
其恩に報ゆべしと、十娘沉思良々久うして曰く、吾が術は一たび施せ
は或は死し或は病みて效驗は顯著ざり、唯之を實行するに甚だ不便の
點多し、如何となれば宰相の家に出入往來の人極めて多きか故に、若

し咀呪の根源を訊ね出さるれば、則ち妾の死生は固より憐むに足らされども、娘子は將さに彼の母子もために讐せらるべし、此の如きは則ち彼を陰殃せんとして却て己れに明禍を迎ふるものと謂ふべし、決して善策にあらさるなり、併し我に一計あり後日公子の微恙ありし際娘子も亦た病と稱すること數日、佯りて苦痛を叫はるべし、其間に謝夫人か娘子母子を咀呪せし事を假作して直ちに之を發覺せしめ、亦た他の方法に依りて潛かに謝夫人が咀呪を行へりと流言して翰林に聞かしむれば、翰林必ず疑念を生すべく娘子の望は則ち達すべし、豈敢て志を得さるを患へんやと、喬氏大に喜びて十娘に謝し、他日掌珠が病を得し時に乘じて此の計を行はんことを約せり、

　　교씨가 사부인의 말을 전해 듣고, 또한 한림이 급거 동청을 해임하기를 바라지 않음을 알고서 동청과 결탁하여 원조자(援助者)로 삼으려 했다. 은밀히 납매로 하여금 동청에게 교섭하게 하여 몰래 공모하여 음흉한 일을 행하고자 서로 그것을 밀의(密議)하기를 꺼리지 않았다. 아아, 예부터 규문(閨門)의 안에서 한 번 정도를 잃으면 곧 일이 볼 만한 것이 없다. 이십낭은 교씨에게 교유(敎諭)하여 목인(木人)을 만들고 장부를 고혹(蠱惑)하는 술(術)을 하게 하였다. 이로부터 한림의 의(意)는 침침(駸駸)하게 교씨에게 침닉(沈溺)하기에 이르렀다. 정신도 의지도 갑자기 전과 달라짐을 보였다. 사부인은 비로소 마음에 우려했지만 특별히 좋은 계책을 얻지 못했다. 겉으로는 드러내지 않았지만 걱정이 이만저만 아니었다. 교씨 또한 십낭에게 일러 말했다.

　　"여자 몸의 부침은 오로지 남편의 희로(喜怒)에 달려있다. 내 평생의 고락(苦樂)은 모두 장부의 애증에 달려있다. 늠름연(凜凜然)히 아직 일찍이 하루도 뜻을 펴지 못했다. 내 앞날의 화복(禍福)은 어떻게 될지 모르겠구나. 십랑이 내게 가르쳐 준 기술(奇術)은 곧 모두 효험이 있었다. 내가 듣기로는 세간에는 저주라는 것이 있다고 했다. 생각건대 십낭은 반드시 그것을 알 것이다. 만약 그것에 능하다면 바라건대 나를 위해 사부인 모자를 제거해 달라. 그리하면 이 몸은 아직 죽기 전에 반드시 성의를 다하여 그 은(恩)에 보답할 것이다."

십랑이 침사(沈思) 양구(良久)한 뒤 말했다.

"저의 술(術)은 한 번 베풀면 혹은 죽고 혹은 병이 들어 효험은 현저합니다. 다만 그것을 실행함에 매우 불편한 점이 많습니다. 왜냐하면 재상의 집에는 출입 왕래하는 사람이 심히 많은 까닭에, 만약 저주의 근원을 신문당한다면 첩의 생사는 본래부터 련(憐)하기에 부족하다 하더라도, 낭자는 장차 그 모자 때문에 수(讐)당할 것입니다. 이와 같이 되면 저이를 음암(陰黯)하려 하다 도리어 자신에게 명화(明禍)를 맞이하게 되는 것이라 이를 만합니다. 결코 선책(善策)이 아닐 것입니다. 그러나 저에게 일계(一計)가 있습니다. 후일 공자의 미고(微羔)가 있을 때 낭자도 또한 병이라 칭하기를 며칠 거짓으로 고통을 호소하는 것입니다. 그 사이에 사부인이 낭자 모자를 저주한 일을 가작(假作)하고 즉각 그것을 발각 나게 만듭니다. 또한 다른 방법으로 몰래 사부인이 저주를 행했다고 유언(流言)하여 한림의 귀에 들어가게 한다면, 한림은 반드시 의념(疑念)을 일으킬 것이고 낭자의 망(望)은 달(達)할 것입니다. 어찌 감히 뜻을 얻지 못할까 염려하겠습니까?"

교씨는 크게 기뻐하며 십낭에게 사(謝)했다. 다른 날 장주가 병을 얻은 때를 틈타 이 계책을 행할 것을 약속했다.

越へて數日初秋の候に當りて掌珠風邪の氣味に乳を吐き驚悸の氣あ
りければ、正さに醫師を招きて藥餌を與へんと欲するに、喬氏は却て
思案する所あれども如何にして奸計を行はんか妙策を得す、深く煩悶
憂慮せしが忽然として案を拍ち微笑みて藺梅に謂つて曰く、今や謝夫
人が咀呪の書を偽造せんとす、誰か筆跡を摸するに妙を得しものを求
めて之を行はん、彼の筆跡は精妙にして摸倣すること極めて難し、董
生にあらざれば此の事を辨し得るものはなかるべしと思ふ、汝宜しく
此意を彼に傳ひて此の儀を成效せしむべし、然れとも彼は至親にあら
されば輕々しくは議し難し、若し我か依賴に應せずして萬一にも謀計
漏泄せは寔に□縫すべからさる禍を招くに至らんと、藺梅曰く董淸は
謝夫人を怨恨して娘子を感戴するもの、斷じて漏泄するの理は無し、
必ず娘子の望に從はん吾れ當に往きて之を計ふべし、喬氏曰く古は陳
皇后司馬長卿を得て其望を遂け賞するに千金を以てせり、今此の事若
し成效せば則ち董淸の功勞は長卿に倍す、余貪乏なりと雖も豈に何物
をも惜まん、汝だ併せて此意をも傳へよと、仍て謝氏の筆跡を給せ
り、是の夜藺梅出てゝ董淸の住居を訪ひ、翌曉笑を含みて還り來れ
り、喬氏急き問ふて曰く首尾は如何にや、藺梅曰く幸に快諾を得たれ
ど索むる所は甚た高價なり、喬氏曰く开は則ち昨日已に之を言明せ
り、千金の珍寶と雖も何ぞ心に惜むべきや、藺梅笑うて曰く賞金を望
むの謂にはあらさるなりと、卽ち耳語して細さに董淸の情緒を傳ふる
に喬氏は微哂して答へざりき、古の聖人禮を制し法を作りて內言は外
に出さす、外言は內に入れず、身を修めて家を齊ふべきを訓へ、淫を
斥け邪を遠さくるは皆微を防き漸を杜くの道を獎むる所以なり、今や
劉翰林內には奸邪の□を孼し、外には不正の食客あり、又た奸婢あり

て其間に幇助し、醜行狼藉として其門戶を辱かしむ洵に慨歎に堪さる
なり、元來百子堂と外堂とは僅かに一墻を隔つるのみ、花園の門を鎖
すは喬氏の主管するところ、翰林が正寢に宿する時は則ち喬氏偃然と
して董淸と私通す、然も三人皆怜悧の人にして、事を謀る甚た密なる
か故に、家內にある婢僕の輩に至る迄此の情事を知るものは絶へて無
かりけり矣。

　며칠이 지나 초추지후(初秋之候)를 당하여 장주가 감기 기운이 있
어 젖을 토하고 경패지기(驚悖之氣)가 있자 정말로 의사를 불러 약을
주려 하였다. 교씨는 도리어 궁리한 바가 있었지만 여하히 간계(奸
計)를 행할 수 있을지 묘책을 얻지 못했다. 깊이 번민 우려했지만 홀
연히 안(案)을 생각해 미소 지으며 납매에게 일러 말했다.

　"지금 사부인의 저주의 서(書)를 위조하려 한다. 누군가 필적을 모
(摸)함에 묘를 얻은 자를 구하여 그 일을 행하리라. 저이의 필적은 정
묘하여 모방하기 매우 어렵다. 동생(董生)이 아니라면 이 일을 변(辨)
할 수 있는 자는 없을 것이라 생각한다. 너는 마땅히 이 뜻을 그에게
전하고 이 일을 성효(成效)시켜야 할 것이다. 그렇지만 그는 지친(至
親)이 아니니 가벼이 의(議)하기 어렵다. 만약 나의 의뢰에 응하지 않
고 만에 하나라도 모계(謀計)가 누설된다면 참으로 미봉(彌縫)할 수
없는 화를 초래하기에 이를 것이다."

　납매가 말했다.

　"동청은 사부인을 원한하여 낭자를 감대(感戴)하는 자, 결코 누설
할 이치는 없습니다. 반드시 낭자의 망(望)에 따를 것입니다. 저는 마
땅히 가서 그와 의논하겠습니다."

교씨가 말했다.

"옛날 진(陳) 황후(皇后) 사마장경(司馬長卿)을 얻어 그 망(望)을 이루고 보상하기를 천금으로 했다. 지금 이 일 만약 성효하면 동청의 공로는 장경의 갑절이다. 내 빈핍(貧乏)하지만 어찌 어느 물건인들 아끼겠느냐. 너는 아울러 이 뜻도 전하라."

이에 사씨의 필적을 주었다. 그날 밤 납매가 나가서 동청의 주거(住居)를 방문했다. 익효(翌曉) 웃음을 머금고 돌아왔다. 교씨가 서둘러 물었다.

"수미(首尾)는 어떠하냐?"

납매가 말했다.

"다행히 쾌락을 얻었지만 구하는 바는 매우 고가(高價)입니다."

교씨가 말했다.

"나[24]는 어제 이미 그것을 언명했다. 천금의 진보(珍寶)라 하더라도 어찌 마음에 아까워하겠느냐?"

납매가 웃으며 말했다.

"상금을 바라서 말한 것이 아닙니다."

곧 귀엣말로 자세히 동청의 정서를 전함에 교씨는 미소하며 대답하지 않았다. 옛 성인이 예를 만들고 법을 만들어 내언(內言)은 밖으로 내지 않고, 외언(外言)은 안에 들이지 않았다. 수신하고 제가(齊家)해야 함을 가르치고, 음(淫)을 물리치고 사(邪)를 멀리함은 모두 미(微)를 막고 점(漸)을 막는 도(道)를 장(獎)하는 소이이다. 지금 유한림이 안으로는 간사한 잉(媵)을 폐(嬖)하고, 밖으로는 부정한 식객이 있

---

24 원문은 '견(幵)'이다. 문맥상 '나'로 해석했다.

다. 또한 간비(姦婢)가 있어 그 사이에서 방조(幇助)하여, 추행(醜行)
낭자(狼藉)하여 그 문호를 욕되게 하였다. 참으로 개탄을 금할 수 없
다. 원래 백자당과 외당(外堂)은 불과 일장(一墻)을 격(隔)할 뿐이었
다. 화원(花園)의 문을 쇄(鎖)하는 것은 교씨가 주관하는 바였으니, 한
림이 정침(正寢)에 숙(宿)할 때는 교씨가 언연(偃然)히 동청과 사통(私
通)했다. 그러나 세 사람이 모두 영리한 사람이라 일을 모(謀)함이 매
우 은밀한 까닭에 집안에 있는 계집종과 사내종의 배(輩)에 이르기
까지 이 정사를 아는 이는 아무도 없었다.

(四) 謝孝女は言ち告けて歸り。喬淫婦は奸邪惡業を逞うす。

　　(四) 사 효녀는 곧 고하고 돌아갔다. 교 음부는 간악한 악업을 영했다.

是の時翰林は掌珠の病氣を憂ひ、喬氏も亦た疾と稱す數日、食餌を
廢して或は讝語を爲すを以て、翰林は最も之を心痛せり、一日薔梅廚
房を掃除するに際し、一包の乾骨に細書せるものを得て之を喬氏に獻
せり、翰林は喬氏と與に之を見るや顏色土の如く、久しく言語を發す
る能はず、其書する所を觀れば則ち喬氏母子を咀呪する所のものな
り、其爲す所極めて凶惡にして且つ悲慘の業とす、喬氏泣て曰く妾十
六歲にして相公の門に入りてより己に四載、曾て人に向て怨を買ふの
言語を出さゝるに、何人が我か母子を嫉みて此の凶事を行へるにや、
翰林詳かに其筆跡を見て沉吟して語らず、喬氏曰く此の事將さに如何
に之を處すべきかと、翰林默然たること半時ばかり、乃ち曰く、余之
を思ふに此の事もと蹤跡無し、之を探求せば則ち無辜人必ず寃罪に罹
る恐れあり、已に之を搜出せる以上は何の災禍かあらん、此物を燒棄

して家を清むれは可なり、喬氏之を思ふて曰く、相公の處分は當を得
たりと、翰林遂に膩梅をして火中に燒滅せしめ、而して之を戒めて曰
く愼みて口外すること勿れ、若し漏泄せは則ち當さに重刑に處すべし
矣、翰林遂に袖を振ふて室外に出け去る、膩梅喬氏に謂て曰く、娘子
何そ事を處するの疎濶なること是の如き耶、喬氏曰く但た相公をして
之を疑はしむれば足れり、猥りに追窮を遑ふして若し事露現に及はゞ
則ち却て大禍を招く杞憂なしとせず、相公の心巳に動けは當さに更に
新たなる謀計を策するを可とすと、

　　　이 때 한림은 장주의 병을 염려했고, 교씨도 또한 병이라 칭한 며
칠, 식음을 폐하고 혹은 잠꼬대를 하기에, 한림은 가장 그것을 마음
에 아파했다. 하루는 납매가 주방을 청소할 때, 일포(一包)의 간골(乾
骨)에 세서(細書)한 것을 얻어 그것을 교씨에게 바쳤다. 한림은 교씨
와 함께 그것을 보자마자 안색이 흙빛이 되었다. 오랫동안 언어(言
語)를 발할 수가 없었다. 그 서(書)한 바를 보면 곧 교씨 모자를 저주
하는 바의 것이었다. 그 내용이 극히 흉악하고 또 비참한 것이었다.
교씨가 울며 말했다.

　　　"첩이 16세에 상공의 문에 들어오고 나서 이미 4년, 일찍이 남에
게 원(怨)을 살 언어를 내지 않았는데, 어떤 사람이 우리 모자를 미워
하여 이 흉사(凶事)를 행했을까요?"

　　　한림이 자세히 그 필적을 보고 침음(沈吟)하며 말이 없었다. 교씨
가 말했다.

　　　"이 일 장차 어떻게 처리해야 할까요?"

　　　한림이 묵연(默然)하기를 반시(半時) 가량, 이에 말했다.

"내가 생각건대 이 일 본래 종적이 없소. 그것을 탐구하면 곧 무고한 사람이 반드시 원죄(冤罪)에 걸릴 우려가 있소. 이미 그를 찾아낸 뒤에는 무슨 재화가 있을는지. 이 물(物)을 소기(燒棄)하여 집을 깨끗하게 하는 것이 가(可)하리다."

교씨가 생각하더니 말했다.

"상공의 처분은 마땅함을 얻었습니다."

한림이 마침내 납매로 하여금 화중(火中)에 소멸하게 했다. 그리고 경계하여 말했다.

"삼가 입 밖에 내지 말라. 만약 누설하면 마땅히 중형에 처할 것이다."

한림이 마침내 소매를 휘두르며 실외로 나갔다. 납매가 교씨에게 일러 말했다.

"낭자, 어찌 일을 처리하는 것의 소활(疏闊)함이 이와 같습니까?"

교씨가 말했다.

"다만 상공으로 하여금 그것을 의심하게 하면 족하다. 함부로 추궁을 하게 하여 만약 일이 겉으로 드러나게 되면 도리어 대화(大禍)를 초래할 기우가 없지 않다. 상공의 마음이 이미 움직이면 마땅히 다시 새로운 모계(謀計)를 책(策)함이 가하다."

元來翰林は其筆跡を見た時正しく謝夫人の書なるを認めて大に之を疑へるが、若し之を訊問する時は則ち處し難さの事端を生せことを慮り、乃ち火に投じ證憑を湮滅して而して窃かに心中に想ふやう、曩きには喬氏謝夫人の妬言せることを語りしも余は信せさりき、豈に料らんや今日此の凶慘の事を作さんとは、當初は其子なさを慮り我に勸めて妾を入れしは是れ好意に依れり、然も己れの子を生むに及びで此の

毒手を下す至れるなるか、彼れ常に口に聖人の言を道きて其爲す所は
是の如し、豈外に仁義を施すものに非す乎、是より謝夫人を遇するの
意志は頗る從前と縣殊するに至れり、但た隱忍して發せさるのみ、此
時に當りてや、謝夫人の母堂新城に在りて病に罹り夫人を見んと欲し
書信を送りて之を邀ふ、謝夫人此の報を得て翰林に謂つて曰く、老母
年老へて病重し、今若し見されば則ち終天の恨みとなるべきを恐る、
詩に曰乃ち告け乃ち歸ると、歸りて父母を寧んするは此れ則ち聖人の
許す所、相公それ果して之を許すや否や、翰林曰く人子の至情なり、
當さに速かに歸りて看護せらるべし、吾も閑を得て進供すべしと、謝
氏之を拜謝し、喬氏に謂て曰く吾の此行は歸期必す遲延すべし、凡そ
家政に關すること娘子之を專決せよと、乃ち即日行李を治め麟兒を伴
ふて新城に行く、母堂と夫人は久しく離れて相見ざりけれは今や相逢
て欣喜禁する能はす、而して病勢はそれかため彌よ篤し、翰林の職
は素と是閑宦なれば、閑に乘しては病を問ひ、藥物を供給すれとも更
に效能無くして、病は益重態に陷れり、謝氏遽かに京師に歸るに忍び
す、親しく藥餌を煮て母堂の側に侍せしが、光陰の早さは白駒の隙を
過くるか如く、日月の流るるは碧秋の走るに似て、己に多くの時日を
閱しぬ矣、是時山東、山西、河南、河北等の地方饑饉荐りにして人民
流散せしかば、天子大に之を憂ひ、高德の有司を選擇して四道に分遣
せらるる事となり、翰林は山東按□使の命を承け、即日朝を辭して出
發し、謝夫人と別を叙する暇なくして行けり、

　　원래 한림은 그 필적을 보았을 때 바로 사부인의 서(書)임을 알아
　차리고 크게 그것을 의심했지만, 만약 그것을 신문할 때는 곧 처하

기 어려운 사단이 생길 것을 우려했다. 곧 불에 던져 증빙을 인멸하고 적이 심중에 생각해보려 했다. '좀 전에는 교씨가 사부인을 투언(妬言)하는 것을 말하여도 나는 믿지 않았다. 어찌 짐작했으리오, 금일 이 흉참(凶慘)스런 일이 일어날 줄을. 당초는 그 자식 없음을 고려하여 나에게 권하여 첩을 들였으니 이것은 호의에 의한 것이다. 그러나 제 자식을 낳음에 이르러 이 독수(毒手)를 부림에 이르렀는가. 저이가 늘 입으로 성인의 말을 말하면서 그 하는 바는 이와 같구나. 어찌 겉으로만 인의를 베푸는 것이 아니겠는가.' 그로부터 사부인을 우(遇)하는 의지는 자못 종전과 현수(懸殊)하기에 이르렀다. 다만 은인(隱忍)하여 발하지 않을 뿐이었다. 이때 사부인의 모당(母堂) 신성(新城)에 있어 병에 걸려 부인을 보고 싶다는 서신을 보내어 그를 불렀다. 사부인이 이 보(報)를 받고 한림에게 일러 말했다.

"노모 연로하고 병이 중합니다. 지금 만약 보지 않으면 종천(終天)의 한이 될까 염려됩니다. 시(詩)에 '이에 고하고 이에 돌아간다'고 했습니다. 돌아가 부모를 영(寧)하는 것은 곧 성인이 허(許)한 바입니다. 상공께서 과연 허하실런지요."

한림이 말했다.

"인자(人子)의 지정(至情)이오. 마땅히 속히 돌아가 간호하셔야 하지요. 나도 한(閑)을 얻어 진공(進供)하겠소."

사씨가 정중하게 사례하고 교씨에게 일러 말했다.

"나의 이 행(行)은 귀기(歸期) 반드시 지연될 것이다. 대저 가정에 관한 일 낭자가 전결(專決)하시오."

이에 즉일 행리(行李)를 준비하여 인아를 데리고 신성으로 갔다. 모당과 부인은 오래 떨어져 보지 못했더니 지금 상봉하여 흔희(欣喜)

를 금치 못하였다. 병세는 그 뒤로 더욱 위독해졌다. 한림의 직(職)은 본래 한환(閑宦)이라, 한(閑)을 엿보아 문병하고 약물을 공급했지만 다시 효능이 없고 병은 더욱 중태에 빠졌다. 사씨는 당장에는 차마 경성으로 돌아가지 못했다. 친히 약을 끓여 모당의 곁을 지켰지만, 광음의 빠르기는 백구(白駒)가 과극(過隙)함과 같고, 세월이 흘러가는 것은 벽추(碧秋)가 달리는 것과 닮아 이미 많은 시일을 열(閱)했다. 이때 산동(山東), 산서(山西), 하남(河南), 하북(河北) 등 지방에서 기근이 거듭되어 인민(人民) 유산하니, 천자가 크게 그것을 염려했다. 고덕한 유사를 선택하여 사도(四道)에 분견(分遣)하게 되었다. 한림은 산동안□사(山東按□使)의 명을 받아, 즉일 사조(辭朝)하고 출발하여 사부인과 별(別)을 서(敍)할 틈도 없이 떠났다.

翰林東行せる後は喬氏董清に謂て曰く、相公遠く出てゝ謝氏は未た還らず此れ計を用ゆへさの秋也、如何にすれは則ち好きや、董清曰く吾に一策あり、謝夫人をして終に一死を免れさらしめむと、因て密言する多時此の如くすれば謝氏蘇張の辯舌ありと雖も發明の道なかるべし、縱ひ智略多きも豈に身を此家に容れむ乎、喬氏膝を撃ち言て曰く、郎君の神機妙壽は鬼神も測るべからざる也、陳平死せす亞父復た起つも固より及ふべからす矣、但し何人に此の事を辨せしむへさか、董清曰く吾に一心腹の人あり名を冷振と喚ぶ、此人多智にして善く談ず必す能く此事を成功せん、而も謝氏か愛する所の首飾玩好の物を竊取して然る後之を行はさるべからざるに、此を實行するは甚だ困難なるべし、喬氏思うて曰く謝氏の婢に雪梅なるものありて藤梅の從妹なり、此のものを誘說せば以て之を竊み得べしと、潛かに雪梅を招さ先

づ厚賂を以て之に啗はせたるに、雪梅は大に以て迷惑となしぬ、乃ち
復た藺梅をして之と相議せしぬ竊かに謝夫人の首飾の物を偸ましむ、
雪梅曰く夫人の首飾を藏むる所の器物は房中に在り、而れとも封鎖甚
だ固し、若し相似たる鑰鍵を得は則ち偸み出すは敢て難しとせじ、但
だ其物を何の用に供せらるべきにやと、藺梅曰く其使用の目的を問ふ
を須ゐず、但だ愼みて他言する勿れ、若し漏泄せは則ち吾と汝と俱に
生を得ること難しと、便はち雪梅の言へる所を喬氏に報告せしかば、
喬氏曰く鍵を新造して開がば他人の耳目に觸るゝ恐れあり、此中に若
し相適ふものあらは之を用ゆべしと、因て鑰匙十餘個を出し之を給し
て曰く、釵細指環の類に掛念する勿れ、謝夫人の最も愛する物品にて
相公の慣習するものを選ふべしと、雪梅潛かに謝氏の房に入り窃かに
小箱を開さ、竊かに玉環を取り喬氏に納れて曰く、曾て聞く此物は乃
ち劉氏傳家の寶なりと、先小師特に謝夫人入來の日に之を繪せるも
の、故に夫人は甚た之を愛し相公も亦た之を貴重せらる矣、喬氏大に
悅び雪梅を重賞し、將さに董淸と計りて其邪謀を行はんと企圖しぬ、

　　한림이 동행(東行)한 뒤 교씨가 동청에게 일러 말했다.
　　"상공은 멀리 갔고 사씨는 아직 돌아오지 않았으니, 계(計)를 쓸
만한 때이다. 어떻게 하면 좋을까?"
　　동청이 말했다.
　　"내게 일책(一策)이 있다. 사부인으로 하여금 끝내 죽음을 면치 못
하게 할 것이다."
　　인하여 밀언(密言)하였다.
　　"오랫동안 이와 같이 하면 사씨에게 소진이나 장의 같은 변설(辯

舌)이 있다 하더라도 밝힐 길이 없을 것이다. 가령 지략이 많다 하더라도 어찌 몸을 이 집에 용(容)하겠는가?"

교씨가 무릎을 치며 말했다.

"낭군의 신기(神機) 묘주(妙籌)는 귀신도 헤아리지 못할 것이다. 진평(陳平)이 죽지 않고 아보(亞父)[25]가 다시 살아나도 본래부터 미치지 못할 것이다. 다만 누구에게 이 일을 변(辨)하게 할까?"

동청이 말했다.

"내게 심복 한 사람이 있다. 이름을 냉진이라 하는데, 이 사람 다지(多智)하고 말을 잘 한다. 반드시 이 일을 성공시킬 것이다. 그러나 사씨가 아끼는 수식완호지물(首飾玩好之物)을 절취한 뒤 그것을 행해야 할 터인데, 이것을 실행하는 일은 심히 곤란할 것이다."

교씨가 생각하고 말했다.

"사씨의 비(婢)에 설매라는 이가 있는데 납매의 종매(從妹)이다. 그이를 유설(誘說)하면 그것을 훔치게 할 수 있을 것이다."

몰래 설매를 불러 먼저 뇌물을 후하게 주어 그를 꼬였다. 설매는 크게 미혹되었다. 곧 다시 납매에게 그이와 상의하게 하여 몰래 사부인의 수식지물(首飾之物)을 훔치게 했다. 설매가 말했다.

"부인의 수식을 장(藏)하는 바 기물(器物)은 방중(房中)에 있습니다. 그렇지만 봉쇄가 심히 고(固)합니다. 만약 비슷한 약건(鑰鍵)을 얻는다면 훔쳐내는 것은 그렇게 어렵지 않습니다. 다만 그 물(物)을 어디에 쓰려는 것입니까?"

납매가 말했다.

---

25 초(楚) 항우(項羽)의 모사 범증(范增)을 가리키는 말이다.

"그 사용 목적을 물을 필요는 없다. 다만 삼가 타언(他言)하지 말라. 만약 누설하면 나와 너 모두 생(生)을 얻기 어렵다."

곧 설매가 말한 바를 교씨에게 보고하니, 교씨가 말했다.

"열쇠를 신조(新造)하여 열면 타인의 이목에 닿을 염려가 있다. 이 중에 만약 맞는 것이 있으면 그것을 써야 할 것이다."

인하여 약비(鑰匙) 10여개를 내어 그것을 주며 말했다.

"채세지환지류(釵細指環之類)에 괘념치 말라. 사부인이 가장 아끼는 물품으로 상공이 관습한 것을 골라야 한다."

설매가 몰래 사씨의 방에 들어가 몰래 작은 상자를 열었다. 몰러 옥환(玉環)을 취하여 교씨에게 납(納)하며 말했다.

"일찍이 이 물(物)은 곧 유씨의 전가지보(傳家之寶)라 들었습니다. 선소사(先小師)께서 특히 사부인이 입래(入來)한 날에 그것을 회(繪)한 것입니다. 그러므로 부인은 심히 그것을 아끼고 상공도 또한 그것을 귀중히 여기십니다."

교씨가 크게 기뻐하며 설매에게 중상(重賞)하고 장차 동청과 꾀하여 그 사모(邪謀)를 행하려 기도했다.

却て說く、謝夫人は竟に母堂も病死に遭ひ訃を本家に傳へて曰く、謝公子年少にして他に親戚無し、吾れ當さに喪を治むべさに由り、勢ひ葬儀の禮を終れる後ち家に還ることゝなるべし、家事凡百の處理は娘子必ず須らく心を盡して看察し遺忘失念する事勿れと、喬氏之を聞さ一面には藺梅を新城に遣はして謝夫人を吊慰せしめ、一面は董清を催促して冷振を翰林の案察しつゝある地方に出發せしめぬ、淫婦の邪計を逞ふして禍を釀し、家道の紊亂するは論する迄もなさこと乍ら、

謝夫人の醜辱せる丶豈冤枉と謂はさるべけん哉、是時翰林は行きて山
東の地境に到り民間の物情を探知せんと欲し、變裝して儒服し村閭を
周行せしが、一日東昌の酒店に到り酒を沽て而して飲みつ丶あるに、
忽ち一人の少年あり飄然として至り翰林と相揖して而して坐せり、其
風采を見るに俊遇にし擧止も端妙なり、其姓名を問へば則ち曰く、少
弟は本と是れ南方の人にて姓は張名は震と云ふ、敢て問ふ尊兄の高姓
名は如何と、翰林其姓名を直言するを憚り假名を以て之に答ひ、因て
民間の疾苦を質問するに彼の對ふる所頗る詳明なり、翰林思へらく此
少年は必す是れ佳士なりと、因て問ふて曰く張兄今將さに安くに往か
んとするや、兄若し南方に在れば則ち語音何そ其京師の人と相似たる
ことの酷しきや、少年曰く我れ杳然として、東西に萍蹤飄泊すること
數年、前きには京師に客寓し今春は新城に往き、新城に在ること半歳
を過きしが、今其土を離れて將さに故鄕に還らんとする途中なりと、
翰林曰く余も亦南行せんとす數日間同行なるも亦好からずや矣、兩人
共に飲みて其相見ることの晩かりしを恨みとし、遂に轡を聯ねて偕に
行き其宿所を同くせしが、

각설(却說), 사부인은 마침내 모당의 병사(病死)를 만나 부(訃)를 본
가에 전하여 말했다.

"사공자 연소하고 달리 친척이 없습니다. 제가 마땅히 치상(治喪)해
야 하는 연유입니다. 세(勢) 장의(葬儀)의 예를 마친 뒤 집에 돌아가야
할 듯합니다. 가사(家事) 범백(凡百)의 처리는 낭자가 반드시 모름지기
마음을 다하여 간찰(看察)하고 유망실념(遺忘失念)하는 일 없기를."

교씨 그것을 듣고 일면(一面)으로는 납매를 신성에 보내어 사부인

91

을 조위(弔慰)하게 하고, 일면으로는 동청을 최촉(催促)하여 냉진을 한림이 안찰(案察)하고 있는 지방으로 출발하게 했다. 음부의 사계(邪計)를 발휘하여 화(禍)를 양(釀)하니, 가도(家道)의 문란(紊亂)함은 논할 것도 없거니와, 사부인을 추욕(醜辱)하게 만드는 것 어찌 원왕(冤枉)이라 이르지 않을 수 있겠는가? 이때 한림은 가서 산동의 지경(地境)에 이르러 민간의 물정을 탐지하고자 변장하여 유복(儒服)하고 촌려(村閭)를 주행(周行)했다. 하루는 동창(東昌)의 주점에 이르러 술을 사서 마시고 있는데, 문득 한 소년이 있어 표연(飄然)히 이르러 한림에게 읍(揖)하고 앉았다. 그 풍채(風采)를 봄에 준매(俊邁)하고 거지(擧止)도 단묘(端妙)했다. 그 성명을 물으니 말했다.

"소제(少弟)는 본래 이 남방 사람으로 성은 장(張), 이름은 진(震)이라 합니다. 감히 묻건대 존형(尊兄)의 고성(高姓) 방명(芳名) 어떠하신지요."

한림이 그 성명을 직언하기를 꺼려 가명으로 대답했다. 인하여 민간의 질고(疾苦)를 질문함에 그가 대답하는 바 자못 상명(詳明)했다. 한림이 생각했다. '이 소년은 반드시 가사(佳士)이다.' 인하여 물었다.

"장형은 지금 장차 어디로 가려 하시는가? 형이 만약 남방에 있었다면 어음(語音)이 어찌 경사(京師) 사람과 이리도 비슷한가?"

소년이 말했다.

"저는 묘연(杳然)히 동서로 평종(萍蹤) 표박(漂迫)하기를 수년, 전에는 경사에 객우(客寓)했고 이번 봄은 신성에 가서 신성에 있기를 반년을 넘겼는데, 지금 그 땅을 떠나 장차 고향으로 돌아가려 하는 도중입니다."

한림이 말했다.

"나도 또한 남행(南行)하려 하니 며칠 동행하는 것 또한 좋지 않겠는가?"

翌朝少年起床して衣を攬るを見るに一雙の玉環を有し內衣の帶に係けぬ、翰林一見して其自分の家の汁物たるを知り心甚た之を怪み其出所の詳細を探らんと欲し、謂つて曰く、吾れ少時西域の人に遇ひ辨玉の法を學ひ得たり、張兄か佩ふる所の玉品色殊に佳なり希くは之を翫實せむ、少年趑趄する良や久し、强て求めたる後解いて之を示しぬ、翰林仔細に看過すれは則ち玉邑竝に物像を刻するもの疑もなく是れ自家の物品にして、靑髮少許を以て契情を表し結びて之を擊けり、最も詝惑に堪へず乃ち問ふて曰く、果して是れ地實なり、而して張兄之を內帶に佩び且つ頭髮を以て結びて同心を爲す、應さに是れ情人の貽る所のものなるべしと、少年愀然として答へず、還せば則ち之を佩ぶ、翰林益鬱齒の情を加ひ更に之を問ふて曰く、兄の玉佩は必す尋常のものに非るへし、胡爲ぞ詳言せさる耶、少年答へて曰く少第北方に在る時、人の贈與せるもの何ぞ曲折ある品ならん乎、翰林自ら念ふやう此物若し是れ吾家の舊物ならは卽ち彼れ之を得べきの理無し、以て吾か有に非るべし、然れとも一毫の差異あること無く、且つ亦彼は新城より來れるものなれば事極めて疑はし、或は乃ち婢僕輩か偸みて彼に賣りしもの乎、必ず其委折を知得するの要ありと、夫れより數日同處し醉に乘じて問ふて曰く、張兄の佩ぶる玉環は是れ必ず情事の纏綿せざるものにはあらじ、希くは說述せよ是れ豈に朋友の情にあらずや、少年慨然として曰く、吾れ今兄を見るに亦た是れ多情の人なり、之を言ふも何の害あるべき、韓壽が賈女の香を偸み、子雲が安妃の枕を留め

しは此れ千古情人の事兄須らく問ふ莫れ、翰林曰く固と兄との奇遇を
知て而して但だ未た其の何人だるを知らすと、少年曰く兄必す之を知
らす、兄門弟を强ゆと雖も亦敢て之を言はず矣、翰林曰く兄は北方に
於て既に留情の人あり、今者棄てゝ而して南來するは何ぞや、少年大
息して曰く好事魔多く佳期阻み易し古人云ふ、宮門深く鎭して重きこ
と海の如じ、此より蕭郎は是れ路人なりと、此れ正に小弟が今日の情
事を道へるなりと言訖つて悽然として流涕しぬ、翰林曰く兄は多情の
人と謂ふべし、

다음 날 아침 소년이 기상하여 옷을 람(攬)하는 것을 봄에 한 쌍의
옥환(玉環)을 갖고 있고 내의(內衣)의 대(帶)에 걸려 있었다. 한림이
일견하고 그것이 자신의 집 집물(什物)임을 알고 마음에 심히 괴이하
여 그 출소(出所)의 상세한 내막을 알아내고자 일러 말했다.

"내 소싯적에 서역 사람을 만나 변옥(辨玉)하는 법을 배웠다. 장형
이 패(佩)한 바 옥(玉)의 품색(品色)이 특히 가(佳)하다. 바라건대 그것
을 완상하고 싶다."

소년이 자저(趑趄)하기를 양구(良久)했다. 억지로 구한 뒤 풀어서
그것을 보여주었다. 한림이 자세히 간과하니 옥색 아울러 물상(物象)
을 각한 것 의심할 여지없이 이것은 자가(自家)의 물품으로 청발(靑
髮) 소허(少許) 계정(契情)을 표하고 결(結)하여 그것을 계(繫)했다. 도
저히 아혹(訝惑)을 견디지 못하고 이에 물었다.

"과연 이것은 지보(至寶)이다. 그리고 장형이 그것을 내대(內帶)에
패(佩)하고 또한 두발을 그것으로 묶어 동심(同心)을 삼았다. 참으로
이것은 정인이 준 것이리라."

소년이 초연히 부답(不答)했다. 돌려주니 그것을 패(佩)했다. 한림이 더욱 울치(鬱齒)의 정을 가(加)하여 다시 물었다.

"형의 패옥은 반드시 심상(尋常)한 것이 아닐 것이다. 어찌 상언(詳言)하지 않는가?"

소년이 대답하여 말했다.

"소제가 북방에 있을 때, 사람이 증여한 것이니 어찌 곡절 있는 품(品)이겠습니까?"

한림이 스스로 생각했다. '이 물(物)이 만약 우리 집의 구물(舊物)이라면 곧 그 그것을 얻을 만한 이치가 없다. 따라서 오유(吾有)가 아닐 것이다. 그렇지만 일호(一毫)의 차이도 없다. 또한 그는 신성에서 온 사람이니 사(事) 극히 의심스럽다. 혹은 계집종과 사내종의 배(輩)가 훔쳐서 그이에게 판 것일까. 반드시 그 위절(委折)을 알 필요가 있다.' 그로부터 수일 동처(同處)하며 취(醉)함을 틈타 물었다.

"장형이 패(佩)한 옥환은 반드시 정사(情事)가 전면(纏綿)하지 않은 것이 아니다. 바라건대 설술(說述)하라. 이것이 어찌 붕우의 정이 아니겠는가?"

소년이 개연(慨然)히 말했다.

"제가 지금 형을 봄에 또한 다정한 사람입니다. 그것에 대해 말한다 하더라도 무슨 해가 있겠습니까? 한수(韓壽)를 위해 가녀(賈女)가 향(香)을 훔치고,[26] 자운(子雲)이 안비(安妃)의 침(枕)을 유(留)한 것은 이것 천고(千古) 정인(情人)의 일이니 형은 부디 묻지 마십시오."

---

26 진(晉) 가충(賈充)의 딸 가오(賈午)가 서역(西域)에서 임금에게 공물로 바친 향(香)을 훔쳐 미남 한수(韓壽)에게 보내고 정을 통하여 결국에 혼인하기에 이른 『요재지이(聊齋志異)』에 나오는 이야기를 바탕에 둔 문장이다.

한림이 말했다.

"본래 형과의 기우(奇遇)를 알고 그리고 다만 아직 누구인지를 알지 못하겠소."

소년이 말했다.

"형은 반드시 그것을 알지 못할 것입니다. 형이 문제를 강요한다 하더라도 또한 감히 그것을 말하지 못하겠습니다."

한림이 말했다.

"형은 북방에서 이미 유정(留情)한 사람이 있소. 이제 버리고 남으로 온 것은 어째서인가?"

소년이 대식(大息)하며 말했다.

"호사다마하고, 가기(佳期)는 막히기가 쉽습니다. 고인(古人)이 말했습니다. '궁문(宮門) 깊이 진(鎭)하여 무겁기가 바다와 같다. 이로부터 소랑(蕭郎)은 노인(路人)이 되었다.'[27] 이것 참으로 소제가 금일의 정사(情事)를 말하겠습니다."

말을 마치고 처연(悽然)히 유체(流涕)했다. 한림이 말했다.

"형은 다정한 사람이라 이를 만하다."

是の日二人醉飲して翌朝路を分ちて相別る、翰林此事を疑ひ反覆之を思へとも萬々是の理無し、豈に物も相似たる者にあらずやと、然れとも終に心に忘る能はさる也、半年の後ち事を竣へ還りて天子に復命し、家に還れば則ち謝氏新城より歸來する已に久し矣、翰林夫人に對して母堂の逝去を哭慰し、而して喬氏及ひ兩兒を見しが、忽ち東昌に

---

27 구인환이 엮은『사씨남정기』(신원문화사)의 49-50쪽은 이렇다. "궁문에 들어가기가 깊은 바다에 들어감과 같은데 이로 좇아 소랑은 행인과 같이 되었다."

て出曾せる少年の事を憶ひ覺へず色を變じ謝氏に問ふて曰く、前日先
小師の贈られし所の玉環は何れに在りや、夫人曰く箭中に臧めあり何
故に之を問ひ玉へるにや、翰林曰く疑ふへき事あり速に之を見んと欲
するなり、謝氏翰林の氣色異常なるを見て急に箱篋を取り來らしめ之
を見るに則ち他の品は皆依然として玉環のみ無し、謝氏驚きて曰く明か
に此に置けるもの無きは何ぞや、翰林曰く夫人已に他人に贈りて而して
胡爲ぞ我に問ふか、夫人翰林の辭色勃然たるを見て錯愕言ふ能はず、

이날 두 사람 취음(醉飮)하고 다음 날 아침 길이 갈라져 이별했다.
한림이 이 일을 의심하여 반복하여 그것을 생각해보았으나 만만(萬
萬) 그럴 이치가 없었다. 어찌 물(物)이 비슷한 것이 아니겠는가? 그
렇지만 끝내 마음에 잊을 수 없었다. 반년 뒤 일을 마치고 돌아가 천
자에게 복명(復命)하고, 집에 돌아오니 사씨가 신성에서 귀래한 지
이미 오래였다. 한림이 부인에게 모당의 서거를 곡위(哭慰)하고, 교
씨 및 두 아이를 보았는데, 문득 동창에서 만난 소년의 일을 기억하
고 불각(不覺) 변색하며 사씨에게 물었다.

"전일 선소사께서 증(贈)하신 바 옥환은 어디에 있소?"

부인이 말했다.

"상자 안에 보관해두고 있습니다. 왜 그것을 물으십니까?"

한림이 말했다.

"의심스러운 일이 있소, 속히 그것을 보고 싶소."

사씨가 한림의 기색이 이상함을 보고 급히 상자를 취하여 오게 하
여 그것을 봄에 다른 물건은 모두 의연한데 옥환만 없었다. 사씨가
놀라며 말했다.

"분명히 여기에 두었는데 없다니 어찌된 일이지?"
한림이 말했다.
"부인이 이미 타인에게 증(贈)하고 어찌 나에게 묻소."
　부인이 한림의 사색(辭色)이 발연(勃然)함을 보고 착악(錯愕)하여
말을 할 수 없었다.

　俄かにして侍婢忽ち杜夫人の來られしを報じぬ矣、翰林惶忙として
迎ひ拜し讒かに寒暄の禮を展べて乃ち曰く、家内に一大變あり叔母に
稟告せんと欲す、杜夫人曰く何事ぞや□翰林東昌少年の事を說述し、
又曰く其時或は相似たるものならんを慮り、今謝氏をして玉環を探ら
しむれば則ち果して之れ無し矣、少年の佩ぶる所必ず是れ我家の物な
り、門戶不幸にして此大變あり當さに法を以て之を處せんとす、而し
て敢て自ら專行せず、茲に謹みて稟白すと、謝氏之を聽さ畢りて魂飛
び魄散じ流涕して言て曰く、妾操行無狀にして相公に信せらるゝ能は
ず、此事を以て疑を致す、妾將さに何の面目ありて再び人に對せん
乎、此身の死生は唯相公の處分のまゝなり、古語に云ふ愷悌の君子は
讒言を信する無しと、相公の家内必す讒者ざらん相公之を察せよ、杜
夫人怒りて翰林に謂つて曰く、汝目から料りて聰明識見は先小師と執
れぞや、翰林曰く小子安んぞ敢て望まむや、杜夫人曰く我か兄君たる
小師は素より識鑑あり、天下の事理多く經驗するところ、而して每に
謝氏を稱して曰く新婦の性行賢淑なり、古の烈女と雖も以て之に過く
る無しと、臨終に方りて汝を余に託して曰く延壽は年少なれは事必す
須らく敎訓すべしと、而して新婦に至りては更に戒むる所無し、此れ
則ち深く謝氏の人と爲りを知りて然る也、此の如き醜行は中人以上の

爲さるゝ所、豈毫髮も新夫人に疑を致すべけんや、家に奸人あり玉環を偸み出し謀りて謝氏を害せんとするに過きず、然らされば則ち侍婢中淫亂所爲あるもの竊みて私人に與ふる而已、嚴査の道を思はず反て氷玉の人を疑ふ、汝の昏暗豈に此の如きを意はむ、翰林曰く叔母の敎ゆる所敢て奉行せざらんや、即ち侍婢の家を守る者を訊問し、謝氏の新城に率ひ行けるものに及べば、則ち雪梅は其事を知る雖も直言せば則ち死を免れさるを恐るとて、一向に沈黙せるか故に亦其情を得る能はず、杜夫人も亦奈何ともする無し、謝氏陋名洗ひ難さの讒誣陰毒を被りしを以て、敢て自から平人と同處せず、藁を席とし苦を枕とし、自から罪人を以て處る、而して翰林は則ち前後に聞く所の讒言甚た多きが故に終に心に疑なき能はず、此より每に喬氏と同處し、喬氏は大に以て快と爲せり矣.

급작스럽게 계집종이 홀연 두부인이 오셨음을 보고했다. 한림이 황망히 영배(迎拜)하고 겨우 한훤(寒喧)의 예를 전하고 이에 말했다.

"집안에 한 대변(大變)이 있어 숙모님께 품고(稟告)하고자 합니다."

두부인이 말했다.

"무슨 일인가?"

한림이 동창 소년의 일을 설술(說述)하고, 또 말했다.

"그 때 혹은 비슷한 것일 수 있다 생각하여, 지금 사씨로 하여금 옥환을 찾아보게 했더니 과연 그것이 없습니다. 소년이 패(佩)한 바 반드시 우리집의 물(物)입니다. 문호(門戶) 불행하여 이 대변(大變)이 있으니 마땅히 법으로써 처리해야 할 것입니다. 그러나 감히 스스로 전행(專行)하지 못하고, 이에 삼가 품고하옵니다."

99

사씨가 그것을 다 듣고 혼비백산하여 유체(流涕)하며 말했다.

"첩의 조행(操行)이 무장(無狀)하여 상공의 믿음을 얻지 못하고, 이 일로써 의심을 샀습니다. 첩이 장차 무슨 면목이 있어 다시 사람을 대하겠습니까? 이 몸의 사생은 오직 상공의 처분에 맡기겠습니다. 고어(古語)에 이르기를 '개제(愷悌)한 군자는 참언(讒言)을 믿지 않는다' 했습니다. 상공의 집안에 반드시 참자(讒者)자 있을 것이니 상공께서는 그것을 찰(察)하십시오."

두부인이 노하여 한림에게 일러 말했다.

"네가 스스로 헤아리건대 총명 식견은 선소사와 누가 낫더냐?"

한림이 말했다.

"소자 어찌 감히 [비교를] 바라겠습니까?"

두부인이 말했다.

"나의 형님 소사(小師)는 본래부터 식감(識鑑)이 있었다. 천하의 사리(事理) 많이 경험하셨던 바이다. 그러한데 매양 사씨를 칭하여 말하기를 '신부의 성행(性行) 현숙(賢淑)하다. 옛 열녀라 하더라도 그보다 과한 이가 없다'고 하셨다. 임종 때에 너를 내게 부탁하며 말하기를 '연수는 연소하니 사(事) 반드시 모름지기 교훈해야 한다'고 하셨다. 그리고 신부에 이르러서는 다시 계(戒)한 바가 없었다. 이것은 곧 깊이 사씨의 인물됨을 알아서 그리한 것이다. 이와 같은 추행(醜行)은 중인(中人) 이상이 하지 않는 바, 어찌 호발(毫髮)이라도 신(新) 부인을 의심할 수 있겠느냐? 집에 간인(奸人)이 있어 옥환을 훔쳐내고 모(謀)하여 사씨를 해하려 함에 불과하다. 그렇다면 계집종 중에 음란(淫亂) 소위가 있는 이가 절(竊)하여 사인(私人)에게 주었을 뿐이다. 엄사(嚴查)의 도(道)를 생각지 않고 도리어 빙옥지인(氷玉之人)을 의

심하는구나. 너의 혼암(昏暗)이 어찌 이와 같음을 의(意)하느냐?"

한림이 말했다.

"숙모의 가르치신바 감히 봉행하지 않겠습니까?"

즉시 계집종의 집을 지키는 자를 신문하고, 사씨가 신성에 갈 때 솔행(率行)한 이에 이르니 설매는 그 일을 알고 있었으나 직언하면 곧 죽음을 면치 못할까 두려워하여 일절 침묵한 까닭에 또한 그 정(情)을 얻을 수 없었다. 두부인도 또한 어찌할 방도가 없었다. 사씨는 누명을 씻어내기 어려운 참무(讒誣) 음독을 입음으로써 감히 스스로 평인(平人)과 동처(同處)하지 않고 고(藁)를 석(席)으로 삼고 고(苦)를 침(枕)으로 삼으며 스스로 죄인으로 처했다. 그러나 한림은 전후에 들은 바 참언이 심히 많은 까닭에 끝내 마음에 의심이 없을 수 없었다. 이로부터 매양 교씨와 동처(同處)하니, 교씨는 크게 쾌히 여겼다.

(五) 寬耳の君子讒言を信じ。奸婢人愛子を戕す。
(五) 관이한 군자 참언을 믿다. 간비 요인 애자를 장하다.

翰林喬氏と與に謝氏の事を相議す、喬氏曰く夫人は性稟高潔にして稍や虚名を博せんとするに努むる嫌あれとも居常の動止自から古人に比す、豈に此の如きの行を爲す樂み心に他人の唾棄を受くるを甘んずべけんや、然れとも妾が思ふ所に依れば則ち杜夫人の言は是れ理あるに似たれとも、其言些か當を缺く所のものあるか如し、謝夫人を譽むること太た過ぎて而して相公を貶する甚た重く抑揚の間全く體面無し、古の聖賢すら猶ほ人を知るは難しとして之を歎せり、先小師の高名は天藻に出て鑑識絶倫なりしと雖も、夫人入來の後ち未た久しから

101

ずして世を殂てらる、安んぞ能く日後の事を預り度らん乎、臨終の遺
言は相公を戒めて夫人を奬勵せられしに過きさる也、杜夫人只だ此の
言に憑りて毎に相公をして事々必ず夫人の指揮に聽かしめんとす、豈
偏僻にあらすや、翰林曰く謝氏平日言行實に苟くもする所無さは余も
亦知る、必す此事無くして余は前日旣に其疑ふべさの事を睹たり、故
に又心に疑なき能はずと、因て言ふ向に咀呪の書は眞に謝氏の筆跡の
如かりし而かも或は家內の靜かならさるべさを慮り、卽ち燒滅せしめ
て亦汝に明言せざりき矣、彼れ夫人の陰行凶邪の事を以て是も亦忍ふ
べしとせば、孰れか忍ふべからさらん、

　　한림이 교씨와 함께 사씨의 일을 상의했다. 교씨가 말했다.

　　"부인은 성품이 고결하고 조금 허명을 박(博)하려 힘쓰는 경향이
있지만 거상(居常)의 동지(動止) 스스로 고인(古人)에게 비(比)합니다.
어찌 이와 같은 위행(爲行)을 즐기고 마음에 타인의 타기(唾棄)를 받기
를 달게 여기겠습니까? 그렇지만 첩이 생각하는 바에 의하면 두부인
의 말은 이(理)가 있는 듯하지만, 그 말이 조금 당(當)을 결(缺)한 바가
있는 것 같습니다. 사부인을 예(譽)하는 것은 너무 지나치고 상공을
폄하는 것은 너무 무거워 억양의 사이에 전혀 체면이 없습니다. 옛 성
현조차 여전히 사람을 알기는 어렵다고 탄식하였습니다. 선소사의
고명(高名)은 천조(天藻)에 나와 감식(鑑識) 절륜(絶倫)하시다 하더라
도, 부인이 입래(入來)한 뒤 오래지 않아 세상을 운(殞)하셨습니다. 어
찌 능히 일후(日後)의 일을 미리 헤아리셨겠습니까? 임종의 유언은
상공을 경계하고 부인을 장려하신 것에 불과합니다. 두부인은 다만
이 말에 빙(憑)하여 매양 상공으로 하여금 일마다 반드시 부인의 지휘

를 청(聽)하게 하셨습니다. 어찌 편벽(偏僻)이 아니겠습니까?"

한림이 말했다.

"사씨의 평소 언행에 실로 구(苟)한 바 없음은 나도 또한 안다. 반드시 이 일이 없어도 나는 전일에 이미 그 의심할 만한 일을 도(睹)했다. 그러므로 또한 마음에 의심이 없을 수 없다. 인하여 말하거니와 향일(向日) 저주(咀呪)의 서(書)는 참으로 사씨의 필적과 같았으나 혹은 집안이 정(靜)하지 않게 될까 염려하여 곧 소멸시키고 또한 당신에게 명언(明言)하지 않았다. 저 부인의 음행흉사지사(陰行凶邪之事) 이것 또한 차마 할 수 있다면 무엇인들 차마 하지 못하겠는가."

喬氏曰く然らは則ち將さに何を以て之を處せんとし給ふや、翰林曰く前事は既に證佐無し、後事も亦明白ならず、之を疑似の間に置く過さず、而も况んや先人の眷愛せる所、吾も亦之と共に草土を經さり、則ち其情體に在ては輕棄すべからす、且つ叔母力を出して之を救ひ、理に據りて之を責む、糟糠の妻豈に暗昧の事を以て遽かに堂より下すべけんやと、此を以て喬氏敢て復た言はず矣、是時喬氏又た懷孕して子を生む、翰林之を名けて鳳兒と曰ふ、兩兒を撫愛する問無く奉政呂贏誰か能く卞せん乎、一日喬氏翰林の外出せるに乘じ董淸と密謀して曰く、玉環の謀事終に售を見ず、相公の意は卒かに變じ難し、枝葉を改め根抵を剪ると雖も猶存す、來頭の利害猶未た知るべからず、謝氏若し杜夫人と謀を恊せ心を同うして玉環の去處を搜り得は則ち前後の秘計其泄れさるを保し難し、果して然らは吾等兩人葬地なきを恐る矣、董淸曰く謝氏の心腹は惟だ一杜夫人あるのみ、必す先づ此の援けを除さて然る後事は諧ふ可し矣、娘子須らく巧言を以て之を翰林に讒

し叔侄の間をして其和氣を失ひ謝氏を去らしめば、枯を振ひ朽を拉く
如さ耳、喬氏曰く余是の心あり常に杜夫人の過愆を言ふも相公終に應
答せず、盖し相公の叔母に事ふるは親母に事ふか如し、其情誼の篤厚
なる浮言の間する所に非ず、此計固より施し難し矣、清曰く然らば則
ち豈別樣の妙策なからん乎、當さに徐ろに之を議せん矣、

　　　교씨가 말했다.

　　　"그렇다면 장차 어떻게 그를 처(處)하려 하십니까?"

　　　한림이 말했다.

　　　"전사(前事)는 이미 증좌(證佐)가 없다. 후사(後事) 또한 명백하지
않다. 의심스러운 데 불과하다. 더구나 선인(先人)이 권애(眷愛)하신
바이고, 나도 또한 그이와 함께 초토(草土)를 경(經)했으니, 그 정체
(情體)에 있어서는 가벼이 버릴 수 없는 사람이다. 또한 숙모께서 힘
써 그를 구하여 이(理)에 근거하여 그를 책하신다. 조강지처를 어찌
암매지사(暗昧之事)를 근거로 갑자기 하당(下堂)할 수 있겠느냐?"

　　　이리하여 교씨는 감히 다시 말하지 못했다. 이때 교씨 또한 회잉
(懷孕)하여 아들을 낳았다. 한림은 그를 봉아(鳳兒)라 이름 붙였다. 두
아이를 애무하는 간(間)이 없고, 진정여리(秦政呂贏) 누가 능히 구별
하겠는가.[28] 하루는 교씨가 한림이 외출한 틈을 타 동청과 밀모(密謀)
하여 말했다.

　　　"옥환(玉環)의 모사(謀事) 끝내 수(售)를 보지 못했다. 상공의 뜻은

---

28 문장의 뜻을 정확히 알 수 없다. 우선 '무간(無間)'의 뜻이 분명하지 않다. 또한 '진
정여리'를 진(秦) 시황의 아명 '정(政)'과 연관 지어 해석하면, '진시왕정 여불위
의 자식인지 누가 능히 구별하겠는가'라는 뜻이 되어 '한림의 자식인지 동청의
자식인지 모른다'고 봐야겠지만, 앞문장과 잘 연결되지 않는다.

갑자기 변하기 어렵다. 지엽(枝葉)을 개(改)하여 근저를 전(剪)한다 하더라도 여전히 존(存)한다.[29] 내두(來頭)의 이해 더욱 아직 알 수 없다. 사씨가 만약 두부인과 모(謀)를 협(協)하고 마음을 같이 하여 옥환의 거처를 찾는다면 전후의 비계(祕計)가 누설되지 않는 것을 보(保)하기 어렵다. 과연 그렇다면 우리 양인(兩人)은 장지(葬志)가 없음을 두려워하게 될 것이다."

동청이 말했다.

"사씨의 심복은 오직 두부인 하나뿐입니다. 반드시 먼저 이 도움을 제거하고 연후에 일을 해(諧)하여야 할 것입니다. 낭자는 모름지기 교언(巧言)을 가지고 한림에게 참(讒)하여 숙질(叔姪) 간으로 하여금 그 화기(和氣)를 잃어 사씨를 떠나게 한다면, 고(枯)를 진(振)하여 후(朽)를 납(拉)하는 것과 같을 뿐입니다."

교씨가 말했다.

"내가 이 마음이 있어 늘 두부인의 과건(過愆)을 말해도 상공이 끝내 응답하지 않았다. 생각건대 상공이 숙모를 섬김은 친모를 섬김과 같다. 그 정의(情誼)의 독후(篤厚)함은 부언(俘言)이 간(間)할 바가 아니다. 이 계(計)는 본래부터 시행하기 어려울 것이다."

청이 말했다.

"그렇다면 어찌 다른 묘책이 없겠습니까? 마땅히 서서히 의(議)해

---

29 한문 원문 끊어 읽기가 '상공지의졸난변(相公之意卒難變), 개지엽수전근저유존(改枝葉雖剪根柢猶存)'으로 되어 있다 보니 일본어 번역문에 무리가 생긴 것으로 보인다. 마땅히 '변개(變改)'를 붙여서 '상공지의졸난변개(相公之意卒難變改), 지엽수전근저유존(枝葉雖剪根柢猶存)'으로 끊어 읽어 '상공의 뜻은 갑자기 변개하기 어렵다. 지엽을 전(剪)한다 하더라도 근저가 여전히 존(存)한다'로 해석해야 할 것이다.

야 할 것입니다.”

此後杜夫人は謝氏のために密かに玉環を求めしも終に之を得ず心中
大に喬氏を疑ふ、而も確認する所なさか故に敢て口を開かす、常に
鬱々の情を懷きて復だ翰林の家中に往來せず、未だ幾何ならず其子登
第して長沙の推官と爲れり、杜夫人將さに子に從て往かんとし、板輿
の榮を享くると雖も顧みて謝夫人か孤子にして依るなさを念ひて心に
擇はす矣、出發せんとするに方り、翰林は杜夫人母子を邀ひて餞別の
宴を中堂に設く、杜夫人坐上に於て謝夫人を見ず愀然樂まずして翰林
に謂て曰く、我か賢兄の世を棄てられし後、惟た汝と相依りしか今や
將さに遠離せむとす、我れ此際に於て一言賢姪に向て說道を冥とする
ものありと、翰林跪きて曰く下敎せんとせらるる所のもの何事ぞや、
夫人曰く別に他事無し謝夫人を汝に託せんと欲するのみ、謝夫人は先
小師の愛せられし所、老身の敬するところ、性本と美烈にして行も愼
貞なり其罪なきは勿論にして百に一疵無し、交搆の說ありと雖も愼み
て輕信する勿れ、或は其是ならざる處を目覩すと雖も必す書を以て我
に通せよ、務めて至當の堂理に出てんことを是れ望むと、翰林再拜し
て命を受くるのみ、

그 후 두부인은 사씨를 위해 은밀히 옥환을 찾았으나 끝내 그것을
얻지 못했으나 심중에 크게 교씨를 의심했다. 그러나 확인할 바가 없
는 까닭에 감히 입을 열지 못했다. 늘 울울(鬱鬱)한 정을 품고 다시 한
림의 가중(家中)에 왕래하지 않았다. 얼마 지나지 않아 그 아들이 등
제하여 장사(長沙)의 추관(推官)이 되었다. 두부인이 장차 아들을 따라

가려고 하였다. 판여(板輿)의 영(榮)을 향(享)한다 하더라도 돌아봄에 사부인이 고혈(孤孑)하여 의할 바 없음을 염(念)하여 마음에 택(擇)[30] 하지 않았다. 출발하려 할 때, 한림은 두부인 모자를 맞이하여 전별(餞別)의 연(宴)을 중당(中堂)에 열었다. 두부인이 좌상(座上)에서 사부인을 보지 못했다. 추연(愁然)하게 즐기지 못하고 한림에게 일러 말했다.

"내 현형(賢兄)이 세상을 버리신 뒤, 오직 너와 상의(相依)했는데 이제 장차 멀리 떠나려 한다. 내가 이때에 일언(一言)을 현질(賢姪)에 게 설도(說道)할 필요가 있을 것 같다."

한림이 궤(詭)[31]하며 말했다.

"하교하실 바는 뭡니까?"

부인이 말했다.

"별(別)로 타사(他事)가 없다. 사부인을 자네에게 부탁하고 싶을 뿐이다. 사부인은 선소사가 아끼셨던 바, 노신(老身)이 경(敬)하는 바, 성(性)이 본래 미열(美烈)하고 행(行)도 신정(愼貞)하다. 그 죄 없음은 물론이고 백에 하나 자(疵)가 없다. 교구(交構)의 설(說)이 있다 하더라도 삼가 경신(輕信)하지 말라. 혹은 그 옳지 않은 바를 목도한다 하더라도 반드시 서(書)로써 나에게 통하라. 힘써 지당(至當)의 당리(堂理)에 나갈 것 이것을 바란다."

한림은 재배하고 명을 받을 따름이었다.

杜夫人侍婢に謂て曰く、謝夫人は安くに在るか吾れ當に其居處に就て告別せん焉、侍婢導きて謝夫人の所に至れは、則ち卑舍弊席人の居

---

30 한문 원문은 '석(釋)'이다. 일본어 번역문의 '택(擇)'은 오기로 보인다.
31 한문 원문은 '궤(跪)'다. 일본어 번역문의 '궤(詭)'는 오기로 보인다.

り難か所、謝夫人布衣木釵して亂髮は蓬の如し、花顏憔悴して玉淚汎
瀾たり、乃ち戶內に迎拜して曰く、叔々貴榮之より大なる莫し、妾は
則ち麻衣身に在り、玷名を汚す旣に賀を門闌に獻する能はず、且つ夫
人將に萬里の行を作さんとす、情は悵缺なりと雖も又祖道に望塵する
能はず、逋慢實に多罪にして恐悚何そ極まらむ、況んや先づ尊嚴を屈
して滌瑕を俯詢せらるゝの恩誼啻に肌に淪むのみならず、此の薄命を
顧みるに子々依る無く又保佑無し、自から知る必ず死して再ひ尊顏を
拜する期なからんことを、孤恩棄德孰んそ妾か身の如きあらん、一念
此に及べは豈慟せざらん哉杜夫人淚を掩ふて曰く、先小師孤を託する
の言今尙は耳に存す、而して吾れ侄子を善導する能はず、君をして此
に至らしむ老身の咎に非るなき也、異日何の面目ありて吾か兄に地下
に見へん乎、然れとも天道も知る無く鬼神も測る莫し、君か淑德を以
て卒に凶禍を遘ふ尙ほ前日の言を記する乎、謝氏叩頭して曰く中心に
之を藏む何の日にか之を忘れむ、妾實に愚昧にして自から取る、顚沛
此れ不明の致す所に非さる無し、誰をか怨み誰をか咎めむ、

두부인이 계집종에게 일러 말했다.

"사부인은 어디에 있느냐. 내 마땅히 그 거처에 나아가 고별하리라."

계집종이 인도하여 사부인이 있는 곳에 이르니, 곧 비사폐석(卑舍
弊席) 사람이 거(居)하기 어려운 곳이었다. 사부인은 포의(布衣) 목채
(木釵)하고 난발(亂髮)은 쑥과 같았다. 화안(花顏) 초췌(憔悴)하고 옥류
(玉流) 범란(汎瀾)했다. 이에 호내(戶內)에 영배(迎拜)하며 말했다.

"숙숙귀영(叔叔貴榮) 이보다 큰 것이 없습니다. 첩은 마의신(麻衣
身)에 있습니다. 점명(玷名)을 더럽혀 이미 하(賀)를 문난(門闌)에 헌

(獻)할 수 없습니다. 또한 부인께서 장차 만리(萬里)의 행(行)을 떠나려 하십니다. 정은 창결(悵缺)하다 하더라도 또한 조도(祖道)에 망진(望塵)할 수 없습니다. 포만(逋慢) 실로 다죄(多罪)하여 공송하기 그지없습니다. 더구나 먼저 존엄을 굴(屈)하여 척하(滌瑕)를 부순(俯詢)하신 은의(恩誼) 다만 기(肌)에 윤(淪)할 뿐이겠습니까? 이 박명(薄命)을 돌아봄에 혈혈(孑孑) 무의(無依)하고 또한 보우(保佑) 없습니다. 스스로 압니다, 반드시 죽어 다시 존안(尊顔)을 절하기를 기(期)할 것을. 고은기덕(孤恩棄德) 어찌 첩의 몸과 같겠습니까? 일념(一念) 이에 미침에 어찌 통(慟)하지 않겠습니까?"

두부인이 눈물을 엄(掩)하며 말했다.

"선소사가 고(孤)를 탁(託)한 말 지금도 여전히 귀에 존(存)한다. 그러한데 내가 질자(姪子)를 선도하질 못했다. 자네로 하여금 이 지경에 이르게 한 것은 노신(老身)의 구(咎)가 아님이 없다. 이일(異日) 무슨 면목이 있어 오형(吾兄)을 지하에서 보겠는가. 그렇지만 천도(天道)도 아는 이 없고 귀신도 헤아릴 수 없다. 자네의 정숙과 단아함을 가지고 마침내 흉화(凶禍)를 만났구나. 여전히 전일(前日)의 말을 기억하는가?"

사씨가 고두(叩頭)하며 말했다.

"중심에 그것을 장(藏)했으니 어느 날인들 그것을 잊겠습니까? 첩은 실로 우매하여 자취(自取)한 것입니다. 전패(顚沛), 여기서 불명(不明)이 미친 바가 아님이 없습니다. 누구를 원망하고 누구를 탓하겠습니까?"

杜夫人曰く往事說く勿れ來者戒むべし、須らく懲前の心を以て善後

の策を作すを以て可とす、君不幸にして早く舅姑に離れ恃む所の者は惟だ老身のみ、而して老身も亦た將さに遠行せんとす、常情を以て之を言へば則ち茲の行は悲感の心無き筈にして、而して君の故を以て覺へす肝胆是れ割くか如し矣、目今家法は已に壞れて讒説肆りに行はる、君は將さに主婦として此家に饋くるを得す、況んや君の尊堂は零落して門戸凄凉なり、縱ひ故土に歸らるも何の依賴する所あらさるへし、矧んや極端なる讒言は新城より來る、今若し身を此に投せば必す籍口の資と爲さん、君の去就は豈兩つ乍ら難からず乎、深く之を思ひよ、長沙遠しと雖も舟揖相通じ、道路阻絶の地に非す、此後若し處し難きの事あらば須らく卽ち我に通報せらるれば、則ち當に以て舡を送り相迎へて與녀同居すべし、徐ろに前述の事勢を觀て以て好音を待たれよ、此れ萬全の計也、賢婦の意如何と、謝氏曰く愚逆の所見は一死の外更に策無し、而して夫人生くへきの路を指示せらる、敢て命を重んぜさるべき、是より新城には決して復た歸る可からず、而して長沙は水路萬里、女子の一身にして利渉は期し難し、此計如し遂行されずんば則ち舅姑に松楸の下に託して以て殘喘を終らんと欲す、杜夫人曰く哀哉君か言、此の計好しと雖も墓下も亦久居の地に非す、須らく余か言を忘るゝ勿れ、忍耐辛苦して他日を待てば可也、丕極まりて泰來るは天道の常、苦盡きて甘來るは人事の恒なり、君の厄に會るも豈盡くへきの日無からんやと、相對して慰諭し涙を垂れて而して別れぬ、杜夫人翰林に留別して出發の途に就けり、

　　두부인이 말했다.
　　"지난 일은 설(說)하지 말라, 내자(來者)는 계(戒)할 만하다. 모름지기 징전(懲前)의 마음을 가지고 선후책(善後策)을 삼아야 할 것이다. 자네는 불행히 일찍 구고(舅姑)를 여의어 시(恃)할 바는 오직 노신(老身) 뿐이다. 그러한데 노신도 또한 장차 멀리 떠나게 되었다. 상정(常情)을 가지고 말하자면 이 행(行)은 비척(悲戚)의 마음 없을 터이나, 자네 때문에 간담(肝膽)이 찢어지는 듯하구나. 목금(目今) 가법은 이미 무너지고 참설(讒說)이 제멋대로 돌아다닌다. 자네는 장차 주부로서 이 집에 궤(饋)함을 얻었다. 더구나 자네의 존당(尊堂)은 영락하고 문호(門戶)는 처량하다. 가령 고토(故土)에 돌아간다 해도 아무런 의뢰할 바도 없을 것이다. 하물며 극단한 참언(讒言)은 신성으로부터 왔다. 지금 만약 몸을 여기에 던진다면 반드시 자구(藉口)의 자(資)가 될 것이다. 자네의 거취는 어찌 둘이면서 어렵지 않겠는가. 깊이 그것을 생각하라. 장사(長沙) 멀다 하더라도 주즙(舟楫)이 상통하고, 도로조절지지(道路阻絶之地)가 아니다. 이후 만약 난처한 일이 있으면 모름지기 즉시 나에게 통보한다면 마땅히 배를 보내어 맞이하여 함께 동거할 것이다. 서서히 전도(前途)의 사세(事勢)를 보고 호음(好音)을 기다리게. 이것이 만전(萬全)의 계책일세. 현부(賢婦)의 뜻은 어떠한가?"

사씨가 말했다.

"우역(愚逆)의 소견은 일사(一死) 외에 다시 책(策)이 없습니다. 그러한데 부인께서 살 길을 지시하시니, 감히 명을 중히 여기지 않겠습니까. 이제부터 신성에는 결코 다시 돌아가지 않겠습니다. 그러한데 장사는 수로(水路) 만리, 여자의 일신으로 이섭(利涉)은 기하기 어렵습니다. 이 계(計) 만약 수행되지 않는다면 구고(舅姑)에 송추지하(松楸之下)에 탁(託)하여 잔천(殘喘)을 마치고자 합니다."

　　두부인이 말했다.

　　"슬프구나, 자네의 말이. 이 계(計)가 좋다 하더라도 묘하(墓下)도 또한 구거지지(久居之地)가 아니다. 부디 내 말을 잊지 말라. 인내신고(忍耐辛苦)하며 타일(他日)을 기다리는 것이 가(可)할 것이다. 비(否)가 극(極)하여 태(泰)가 오는 것은 천도(天道)의 상(常)이고,[32] 고진감래는 인사(人事)의 항(恒)이다. 자네가 액을 만남도 어찌 다할 날이 없겠는가?"

　　상대하고 위유(慰諭)하며 눈물을 흘리며 헤어졌다. 두부인이 한림에게 유별(留別)하고 출발의 길에 올랐다.

　　喬氏心に甚た喜悅し宛かも眼中の釘を拔きて背上の刺を去るか如し、遂に隙に乘じて董淸と計を定めんとす、淸曰く此の杜夫人外に在るの日に當り、正に謀を行ふに絶好の秋也、我に一策あり當に謝夫人をして終に其性命を保つを得さらしむべし、而も娘子か之を用ゆる能はさるを恐るゝ耳、喬氏曰く試に妙計あらば吾れ何ぞ從はさるへき、淸一卷を出示して曰く計は此の中に在り矣、娘子其れ知るや否や、喬氏曰く何の謂ぞや、淸曰く此は乃ち唐史なり、昔し唐の高宗武昭儀を寵愛す、武昭儀、王皇后を讒せんと欲す、而して未だ其便を得ず矣、武氏適ま一女を生む容貌甚だ美なり、高宗頗る鍾愛す、王皇后も亦且らく撫育し往々就きて襁褓の中に視る、一日皇后膝上に抱弄せしが纔にして起て出づ、武氏卽ち其女を壓殺し高聲に大哭して曰く吾兒は死せり矣、果して誰か之を殺せりやと、高宗宮人を嚴訊するに宮女供に

---

　32 『주역』에서 '비(否)'괘는 하늘과 땅이 서로 화합하지 못함을 상징하고, '태(泰)'괘는 하늘과 땅이 사귐을 상징한다.

曰く、外人は固より宮殿に出入する者無し、而して惟た皇后僅かに往
返せりと矣皇后終に自から辨解するの道を得す、高宗遂に王皇后を廢
して庶人と爲し、武昭儀を封して后と爲せり、是を則天武后と爲す、
昔より大事を圖らんと欲する者は小節に拘はらず、向きに掌珠の病む
や相公已に之を疑へり、謝氏咀呪の祟る所は是れ天其端を啓くなり、
娘子の不足なるは男子にあらざるべきなり、今則天武后の餘謀を施し
て禍を謝氏に嫁せば、則ち彼れ任姒の德と蘇張の舌ありとも、將さに
辯明することを得ず、娘子何そ志を得さるを患へんや、

교씨는 마음에 심히 희열하여 흡사 안중(眼中)의 정(釘)을 빼내고
등의 가시를 제거한 듯했다. 마침내 틈을 엿보아 동청과 계(計)를 정
하고자 하였다. 청이 말했다.

"두부인이 밖에 있는 [지금] 참으로 모(謀)를 행하기에 절호의 추
(秋)입니다. 제게 일책(一策)이 있습니다. 마땅히 사부인으로 하여금
끝내 그 성명(性命)을 보(保)할 수 없게 할 것입니다. 다만 낭자가 그
것을 이용할 수 없음을 두려워 할 따름입니다."

교씨가 말했다.

"시험 삼아 묘계(妙計)가 있다면 내 어찌 따르지 않겠는가?"

청이 일권(一卷)을 꺼내 보이며 말했다.

"계(計)는 이 안에 있습니다. 낭자는 아시겠습니까?"

교씨가 말했다.

"무슨 말이냐?"

청이 말했다.

"이것은 곧 『당사(唐史)』입니다. 옛날 당나라 고종이 무소의(武昭

儀)를 총애했습니다. 무소의는 왕황후(王皇后)를 참(讒)하고자 했으나 아직 그 편(便)을 얻지 못했습니다. 무씨는 마침 일녀(一女)를 낳았습니다. 용모가 심히 아름다웠습니다. 고종이 퍽 종애(鐘愛)하였습니다. 왕황후도 또한 무육(撫育)하여 왕왕 와서 포대기 중에 보았습니다. 하루는 황후 무릎 위에서 포롱(抱弄)하다 잠시 뒤에 일어나 나갔습니다. 무씨는 곧 여아를 압살하고 고성으로 큰 소리로 울며 말했습니다. '내 아이가 죽었다. 대체 누가 죽였는가.' 고종이 궁인(宮人)을 엄신(嚴訊)함에 궁녀가 모두 말했습니다. '외인(外人)은 본래 궁전에 출입하는 자가 없습니다. 오직 황후께서 잠시 다녀가셨습니다.' 황후는 끝내 스스로 변해(辨解)할 길을 얻지 못했습니다. 고종은 마침내 왕황후를 폐하여 서인으로 만들고, 무소의를 봉하여 후(后)로 만들고, 이를 측천무후로 삼았습니다. 예부터 대사(大事)를 도(圖)하고자 하는 자는 소절(小節)에 구애받지 않았습니다. 전에 장주의 병도 상공이 이미 의심했습니다. 사씨가 저주를 입은 바는 하늘이 그 단(端)을 계(啓)한 것입니다. 낭자에게 부족한 것은 사내아이가 아닐 것입니다. 지금은 곧 천무후(天武后)의 여모(餘謀)를 시(施)하여 화를 사씨에게 향하게 한다면 그녀가 임사의 덕과 소진·장의의 변설이 있다 하더라도 장차 변명할 수 없을 것입니다. 낭자 어찌 뜻을 얻기를 염려하십니까?"

喬氏聽き了りて手を以て董淸の背を打ちて曰く、虎も猶其子を愛するを知る、人にして其子を謀殺するに忍びん乎、汝必ず己れの子を存して他の兒を除かんと欲するなるへきか、淸曰く娘子が身邊危急の情は啻に檻中の虎のみにあらず、而して吾か計を用ゐず、夫れ他日の悔

を如何せんとするや、喬氏曰く此計は之を爲すに忍ひず、更に其次を思ひよと正に與に相議するの際、翰林の來れるを聞き各自散じて去りぬ、董淸藎梅を招き密言して曰く、娘子の人と爲り此計を行ふに忍ひす、然も此計若し成らずんは、汝と我とは殆し矣、須らく好機會を得て之を行はむと、藎梅每に間を得て而して手を下さんと欲す、

교씨가 듣기를 마치고 손으로 동청의 등을 치며 말했다.

"호랑이도 또한 그 새끼를 아낄 줄 안다. 사람으로서 자식을 모살(謀殺)하는 일을 차마 할 수 있겠느냐? 너는 반드시 내 아들을 존(存)하고 다른 이의 아이를 제거하고자 해야 하지 않겠느냐?"

청이 말했다.

"낭자의 신변 위급지정(危急之情)은 함중(檻中)에 있는 호랑이보다 더합니다. 그러한데 제 계(計)를 쓰지 않으시니, 대저 타일(他日)의 회(悔)를 어찌하시려 하십니까?"

교씨가 말했다.

"이 계는 차마 하지 못하겠다."

다시 그 다음을 생각하려 다시 막 함께 상의하려 할 때, 한림이 오신 것을 알고 각자 흩어졌다. 동청이 납매를 불러 은밀히 말하였다.

"낭자의 사람됨이 이 계를 차마 행하지 못한다. 그러나 이 계가 만약 이루어지지 못하면, 너와 나는 위태로워질 것이다. 마땅히 좋은 기회를 얻어 행해야 할 것이다."

납매는 늘 사이를 얻어 손을 쓰고자 하였다.

一日掌珠獨り檻上に熟眠して乳母適ま在らず焉、而して夫人は侍婢

春芳、雪梅兩人を隨ひ花園より草を鬪はしつゝ(一種の戲技なり)來りて
檻外を過く、藤梅忽ち董淸の言を思ひ、二人の遠く去る俟ちて卽ち掌
珠を刺殺す、而して雪梅に密言して曰く汝の玉環を竊み出せる幸に人
の知覺するなかりしと雖も、夫の偵察せらるゝ甚た密なり、事若し漏
泄せば則ち汝當に先づ死罪に行はるべし、汝若し此の如くに行はゝ則
ち大禍を免るを得て終に大賞あるべし矣、雪梅曰く諾と、掌珠の乳母
は兒の久しく寢て起きざるを怪しみ、就て之を視れは則ち死して己に
久し矣大に驚きて痛哭す、喬氏卽ち驚惶し奔り來りて救へとも己に及
ふ無し、固より董淸の所謂にして豫ての計を實行せるものなるを知る
と雖も、急きて翰林に告ぐ、翰林來りて靈魂旣に去り骨冷かなるを見
て一言を出す能はず、喬氏胸を槌ち大哭して曰く、此れ必す前年我を
咀呪せるもの此兒を毒せるならん、極力家中の婢僕を訊問せば則ち罪
人露現すべし相公何そ一言なきやと、

　　하루는 장주가 홀로 난간 위에서 숙면하고 유모는 마침 있지 않았
다. 그리고 부인은 계집종 춘방, 설매 양인을 데리고 화원에서 초(草)
를 투(鬪)하면서(일종의 놀이이다) 와서 난간을 지나갔다. 납매는 문
득 동청의 말을 생각하고, 두 사람이 멀어져가기를 기다려 곧 장주
를 척살(刺殺)했다. 그리고 설매에게 은밀히 말했다.
　　"네가 옥환을 훔친 것을 다행히 사람들이 지각하지 못했다 하더
라도, 부(夫)[33]의 정찰하심 심히 밀(密)하다. 일이 만약 누설되면 너는
마땅히 먼저 사죄(死罪)에 행(行)할 것이다. 네가 만약 이와 같이 행하

---

33 한문 원문에는 '부인(夫人)'으로 되어 있다.

면 큰 화를 면함을 얻고 마침내 대상(大賞)이 있을 것이다.”

설매가 말했다.

“알았소.”

장주의 유모는 아이가 오랫동안 자고 일어나지 않음을 이상히 여겨 나아가 그를 보니 죽은 지 이미 오래였다. 크게 놀라 통곡했다. 교씨는 곧 경황하여 달려와 구하려했지만 이미 미치지 않았다. 본래 동청의 소위이고 전에 들었던 계(計)를 실행한 것임을 알았지만 서둘러 한림에게 고했다. 한림이 왔을 때 영혼이 이미 떠났고 뼈가 차가워졌음을 보고 일언(一言)도 하지 못했다. 교씨가 가슴을 치며 큰 소리로 울며 말했다.

“이 일 반드시 작년 나를 저주한 자가 이 아이를 해친 것입니다. 극력(極力) 가중(家中)의 계집종과 사내종을 신문하면 죄인이 드러날 것입니다. 상공은 어째서 일언(一言)도 없습니까?”

翰林卽ち婢僕輩を拿致し酷しく杖刑を加へて之を詰問す、乳母曰く小婢兒子を抱持して檻上に座せしが其眠に就かれしに因り暫く外廊に出て未た還らさるに變は已に生しぬ、側を離るゝの罪は萬死も猶輕し、唯此外には實に知る所無し、藤梅曰く小婢門外に適ま偶然に睨視すれは則ち春芳と雪梅と並に門外に立ち手を擧くるの狀あるか如し、忽ち身を回へして去れり、若し此兩人に向へば則ち或は知ることを得べし、雪梅は是れ小婢の終妹なれども嚴に之を訊問せは豈に敢て隱匿せん、翰林卽ち兩人を掌捕し先づ春芳を掬訊す、肌膚糜爛するに至るも終に誣服せずして曰く、小婢は雪梅と與に檻下を過きしのみ、豈に與かり知ることあらんや、又雪梅を訊ぬれば則ち言ふ所春芳と異なるなし、而して僅かに十餘杖を下せば乃ち疾呼して曰く、小婢將さに死

117

せんとす、敢て實を以て之を告けん、夫人潛かに小婢等に謂て曰く、
麟兒と掌珠と勢兩立せず、能く掌珠を害する者ざ重賞すべし焉、小婢
等數日隙を窺ふの際公子適ま獨り檻上に宿し而して左右に人無し、將
に春芳と共に手を下さんとして小婢は則ち心戰き膽□へて敢て前に近
く能はず、而して壓殺せものは乃ち春芳なりと、

    한림이 곧 계집종과 사내종들을 나치(拿致)하여 혹독하게 장형(杖
刑)을 가하여 문책했다. 유모가 말했다.

    "소비(小婢) 아이를 포지(抱持)하고 난간에 앉았는데 아이가 잠이
들어 잠시 외랑(外廊)에 나가 아직 돌아오지 않았을 때 변은 이미 발
생했습니다. 곁을 떠난 죄는 만 번 죽어도 오히려 가볍습니다. 다만
이 외에는 실로 아는 바 없습니다."

    납매가 말했다.

    "소비가 밖에서 마침 우연히 예시(睨視)했는데 춘방과 설매가 나란
히 문밖에 서서 손을 드는 상(狀) 같았습니다. 문득 몸을 돌려 떠났습
니다. 만약 이 두 사람에게 물으시면 혹 알 수 있을 것입니다. 설매는
소비의 종매(從妹)이지만 엄히 신문하면 어찌 감히 은닉하겠습니까?"

    한림이 곧 두 사람을 나포하여 먼저 춘방을 국문했다. 기부(肌膚)
가 미란(糜爛)함에 이르러도 끝내 무복(誣服)하지 않으며 말했다.

    "소비는 설매와 함께 난간 아래를 지났을 뿐입니다. 어찌 알겠습
니까?"

    또한 설매를 신문하니 말하는 바 춘방과 다름이 없었다. 그리고
겨우 열 대 남짓 매를 치니 곧 질호(疾呼)하며 말했다.

    "소비는 장차 죽을 것입니다. 감히 실(實)을 가지고 고하겠습니다.

부인이 몰래 소비 등에게 일러 말했습니다. '인아와 장주는 세(勢) 양
립하지 못한다. 능히 장주를 해하는 자는 중상(重賞)할 것이다.' 소비
등이 며칠 틈을 엿볼 때 공자께서 마침 홀로 난간에 잠들어 있고 좌
우에 사람이 없었습니다. 장차 춘방과 함께 손을 쓰려 하여 소비는
마음이 떨리고 담이 졸아들어 감히 앞에 가까이갈 수 없었습니다.
그러니 압살한 자는 곧 춘방입니다."

翰林大に怒り極刑を以て春芳を罰す、春芳は雪梅を罵りて曰く上は
夫人を賣り下は同輩を誣ゆ、汝の若き者は拘虛にだも若かさるものな
りと、終に亂言せすして而して死せり、喬氏翰林に嗾して曰く、雪梅
は既に正犯者に非すして亦能く直言せり、功ありて罪は無し更に何そ
多く問はむ、春芳已に死して怨は已に報ゐたり、況んや人の使嗾する
所豈其本心にあらさるをやと、仍て又大呼して掌珠の死を歎き天に叫
んて曰く、兒や兒や汝の讐を復せずんは吾何そ生きん寧ろ汝に從て死
せんのみと、便はち房に入り帶を解き頸に繁けゝれば侍婢急きて之を
救ふ、喬氏哭して聲を掇めす身を以て翰林の體に投け以て其憤怒を激
せしむ、翰林低頭して言はず、喬氏曰く妬婦初め我か母子を殺さんと
欲す、而して凶謀先づ泄れて計を遂くるを得ず、猶自から戢めず、婢
輩と締結して此毒手を無知の幼兒に下せり、今日既に掌珠を害し明日
は必す我か身を殺さん、其仇人の手に死せんよりは寧ろ自盡するを快
と爲す、婢等何故に我を救へる乎、相公妬婦と偕老せんと欲せば、速
かに妾を殺して以て妬婦の心を快よからしめよ、妾は則ち死すと雖も
悔ゐず、而して唯慮かる所の者は妬婦素より私通の人あり、相公も亦將
さに禍を免かれざらんとするのみと、言ひ訖りて更に頸を結はんとす、

119

한림이 크게 노하여 극형으로 춘방을 벌했다. 춘방은 설매를 꾸짖어 말했다.

"위로는 부인을 팔고 아래로는 동배를 무고하는구나. 너와 같은 자는 구체(拘彘)만도 못하다."

마침내 난언(亂言)하며 죽었다. 교씨가 한림에게 주(噇)하여 말했다.

"설매는 이미 정범(正犯)한 자가 아니고 또한 능히 직언했습니다. 공이 있고 죄는 없습니다. 다시 무엇을 많이 묻겠습니까? 춘방이 이미 죽어 원(怨)은 이미 갚았습니다. 더구나 남이 사주한 바이니 어찌 그 본심이었겠습니까?"

이에 또한 큰 소리로 부르며 장주의 죽음을 탄식하고 하늘에 부르짖으며 말했다.

"아이야, 아이야, 네 원수를 갚지 않으면 내 어찌 살겠느냐? 차라리 너를 따라 죽을 따름이다."

곧 방에 들어가 대(帶)를 풀어 목을 매달으니 계집종이 급히 그녀를 구했다. 교씨가 곡하는 소리를 그치지 않으며 몸을 한림에게 던져 그 분노를 격하게 하였다. 한림은 저두(低頭)하고 말이 없었다. 교씨가 말했다.

"투부(妬婦) 처음에 우리 모자를 죽이려 했습니다. 그런데 흉모(凶謀)가 먼저 누설되어 계(計)를 수(遂)하지 못했습니다. 또한 스스로 집(戢)하지 않고 비배(婢輩)와 결탁하여 이 독수를 무지한 유아(幼兒)에게 뻗쳤습니다. 오늘 이미 장주를 해쳤으니 내일은 반드시 제 몸을 죽일 것입니다. 그 원수의 손에 죽기보다는 차라리 자진하는 것이 쾌(快)할 것입니다. 비(婢) 등이 어찌 저를 구하겠습니까? 상공이 투부와 해로하기를 바라신다면, 속히 첩을 죽여서 투부의 마음을 쾌

하게 하십시오. 첩은 죽더라도 후회하지 않겠습니다. 그러나 다만
생각하는 바의 것은 투부에게 본래 사통(私通)하는 사람이 있습니다.
상공도 또한 장차 화를 면치 못하리라 여길 뿐입니다."

말을 마치고 다시 목을 베려 했다.

翰林急に之を止め勃然怒叱して曰く、彼れ妬婦が巫蠱の變は之を思
念する毎に心を痛ましむる酷しけれども、唯夫婦の恩義を顧み之を掩
ふて發せざりき、新城に於ける淫穢の行爲は之を言ふも口の汚れにし
て家門の羞辱を貽すを恐れ、故らに捨てゝ糺明せざりしのみ、渠れ當
に反省すべくして悔悟せず、反つて乃ち手を奸婢に假りて天倫を藏賊
す、其罪狀を顧みれば天地の間に容れ難し、若し此淫女を家内に留め
ば則ち祖宗の靈必す悅ひ給はず、而して劉子の祀は絶へん矣、乃ち喬
氏に謂つて曰く、今は已に日暮れぬ明日當に宗族を聚めて先づ祖宗の
廟に告け、淫婦を黜け汝を以て夫人と爲し、先祀に奉せしめむ、須ら
く節哀寬心以て我をして煩惱せしむる毋れ、喬氏淚を收め謝して曰
く、夫人の位は賤妾敢て望まずと雖も、讐人と室を同うせされば則ち
妾の冤少しく解くを得ん矣、明日翰林書を發して宗族を招き祠堂に來
集す、嗚呼劉小師黃壤の客と爲り杜夫人萬里の外に在り、孰れか能く
喬氏の奸を卞して而して翰林の意を回さん乎、衆婢泣いて謝夫人に告
く、夫人顏色を變せずして曰く、吾今日の禍あるを知る、豈以て悲感
の色を爲す可けん乎。

한림이 급히 그녀를 멈추게 하고 발연(勃然)히 노질(怒叱)하며 말
했다.

"저 투부의 '무고(巫蠱)의 변(變)'은 그것을 생각할 때마다 마음을 아프게 만드는 혹(酷)한 것이지만, 다만 부부의 은의(恩義)를 돌아보아 감추고 발하지 않았다. 신성에서 한 음예(淫穢)의 행위는 말하기에도 입을 더럽히고 가문의 수욕(羞辱)이 될까 염려하여, 까닭에 버려두고 규명하지 않았을 따름이다. 그녀는 마땅히 반성해야 하나 회오(悔悟)하지 않고, 도리어 곧 손을 간비(奸婢)에게 빌려 천륜을 장적(藏賊)[34]했다. 그 죄상을 돌아보면 천지간에 용납되기 어렵다. 만약이 음녀를 집안에 머물게 하면 조종(祖宗)의 영(靈)이 반드시 기뻐하지 않을 것이다. 그리하여 유씨 자손의 사(祀)는 끊어질 것이다."

이에 교씨에게 일러 말했다.

"지금은 이미 날이 어두웠다. 명일 마땅히 종족(宗族)을 모아 먼저 조종의 묘(廟)에 고하고, 음부를 쫓아내고 너를 부인으로 삼아 선사(先祀)에 봉(奉)하게 할 것이다. 부디 절애관심(節哀寬心)을 가지고 나로 하여금 번뇌하게 만들지 말라."

교씨가 눈물을 훔치고 사(謝)하여 말했다.

"부인의 자리는 천첩 감히 바라지 않았지만, 수인(讎人)과 실(室)을 같게 해 주시면 첩의 원(冤) 조금 풀림을 얻을 것입니다."

다음날 한림이 서(書)를 발하여 종족을 불러 사당에 와서 모였다. 아아, 유소사 황양(黃壤)의 객이 되었는데 두부인은 만리 바깥에 있으니, 누가 능히 교씨의 간(奸)을 변별하여 한림의 뜻을 돌릴까? 중비(衆婢) 울며 사부인에게 고했다. 부인은 안색을 변하지 않으며 말했다.

---

34 한문 원문은 '장적(臧賊)'으로 되어 있다. 의미상 '장적(牂賊)'이 아닐까 생각한다.

"내 금일의 화가 있을 줄 알았다. 어찌 비척(悲慼)의 색(色)을 짓겠는가?"

(六) 結髮の糟糠は拜して堂を下り。隔陽の舅姑夢中に感す。
(六) 결발 조강은 절하며 하당하다. 격양 구고는 몽중에 감하다.

再ひ說く、是の日劉氏の宗族齊しく翰林の家に會す、翰林迎ひ入れて之に告くるに、謝夫人が前後の罪狀及び之を離緣せさるべからさるの理由を以てせり、諸宗族は素より謝夫人の賢婦人たるを熟知し、且つ夫人は別けて貪寒の一族に惠澤を施すこと厚かりしかば、聞く所の諸人は舉けで皆愕然とし相顧みて一言を發するものなし、是に於て翰林更に又喩ふるに到底此家に留め置き難きの決意を表示せり、集まる所の親戚は皆翰林に對して末族にあらされば則ち分家に過きさるか故に、何人も力爭して其不可を論し以て其意に叶ふの意氣あるもの無し、皆云ふ翰林の家事は吾等の關知すべき所にあらず、意見の儘に處置せらるべしと、翰林卽ち衆論の一に歸せるを見て欣喜に堪へず、終に家人に命して祖宗の廟を掃灑せしめ香燭を點しつらね、衣冠を整齊して宗族一統と共に序に從て列席し、四拜して香を焚き謝夫人の罪狀を列書して、祖宗の靈に告けぬ、其書に曰く

재설(再說), 이 날 유씨의 종족이 모두 한림의 집에 모였다. 한림이 맞아들여 그들에게 사부인의 전후(前後) 죄상 및 그녀와 이혼하지 않을 수 없는 이유를 고했다. 제종족은 본래 사부인이 현부인임을 숙지했고, 또한 부인은 빈한(貧寒)한 일족에게 혜택을 베풂이 두터웠으

므로 이야기를 들은 모든 사람은 모두 악연(愕然)하여 서로 돌아보며
한 마디도 발하는 이가 없었다. 이에 한림이 다시 도저히 이 집에 머
물러 두게 하기 어렵다는 결의를 표시했다. 모여든 친척은 모두 한
림에 비하면 말족(末族)이 아니면 분가(分家)에 불과했던 까닭에 어
떤 사람도 역쟁(力爭)하여 그 불가를 논함으로써 그 뜻에 거스를 의
기가 있는 자가 없었다. 모두 '한림의 가사(家事)는 우리들이 관지(關
知)할 바가 아니니, 뜻대로 처치하라'고 말했다. 한림이 즉시 중론이
귀일(歸一)됨을 보고 흔희(欣喜)를 감추지 못했다. 마침내 가인(家人)
에게 명하여 조종의 묘를 소쇄(掃灑)하게 하고 향촉을 밝혔다. 의관
을 정제하고 종족 일통(一統)과 함께 서(序)를 따라 열석(列席)하여 네
번 절하고 향을 사르며 사부인의 죄상을 열서(列書)하여 조종의 영에
게 고했다. 그 서(書)에 이르기를,

維れ嘉靖三十年歲次丁巳の某月日、孝孫翰林學士延壽敢て昭かに先
祖考の靈に告ぐ、伏して以みるに夫婦は五倫の始め萬福の源なり、國
の興亡皆此に由り、家の成敗も亦是に係はる、懼れさるべけんや、妻
謝氏は聘迎の初め頗る淑德令名あり與に祖考に奉祀するに嘗て禮を失
へること無し、然れとも凡人に初ありて克く終りあるのは鮮し、暫く
にして惡言轉た耳に入り悖行漸く目に見ゆるに至りぬ、然れとも家庭
の紛擾を釀さんことを恐れて强て咎責せさりしに、謝氏日に益々侮慢
して自から以て聖と爲し、口に聖賢の言を道きて躬に邪惡の事を行
び、內に嫉妬猜忌の心を懷きて潛かに凶惡汚穢の物を瘞む、幸に禍蘖
未だ崩さゝる中に筆跡先つ露はる、此れ祖宗在天の靈特に聞かず睹さ
るの中に陰隲を垂れきせらるゝに非さらんや、當に罪を數へて離別し

以て禍根を絶つべきのところ、謝氏は先人(父君)の偏へに眷愛を給へる
ものにして、共に衰服(喪に服するなり、國俗共に父母の喪に服せるも
の輕々しく其妻を離別するを許さず)を經て情義なしとせず、是を以て
隱忍して發せず繩勉して室を同くせり、而も謝氏終に其行を悛めずし
て益驕恣を肆にす、母の病あるを稱して實家に歸ること半年、醜聲頻
りに傳播して聞くもの皆耳を掩ふ、女子の行は節操の堅からさるを以
て醜の大なるものと爲す、禮として壺を主らしむ可からず、義として
居を同うす可らす、而して或は流言の實を失ひ醜謗の無根なるなきや
を慮り、其穢跡を隱慝して惡聲を出さゝりき、此れ小子の仁厚に過當
きて當に斷すべきを斷せざりしの過ちに非さるなからんや、小子の寛
假すること餘りに宏量にして妬婦の怨懟は愈よ深く增長し、潛かに心
腹の奸婢を誘ふて、孩提の雅兒を毒殺せり、古者陳皇后は咀呪の發覺
せるを以て廢せられて長門宮に處せらる、而して史氏は之を書して曰
く、皇后罪あり趙飛燕淫行あり、而して其妹令德は許夫人の子を殺せ
り、皆有罪を以て自殺せりと之を書せり、令謝氏は三人の罪を兼ねて
七去の惡あり、祖宗の靈豈に祀事に歆饗するあり、門戶の福安んそ能
く綿々として後嗣に及はんや、小妾喬氏は名家の後裔にして閨中の淑
女なり、六禮の儀未た行はすと雖も、百行の具備せるを諒し、旣に幽
閑の德あり、宜しく祖先の祀を奉せしむべし、陞叙して正室と爲す、
妬婦謝氏は已むを得すして、を之黜斥すべし、謹言

　유세차 가정(嘉靖) 30년 정사(丁巳) 모(某) 월일, 효손 한림학사 연
수 감히 선조고(先朝考)의 영에게 소고(昭告)합니다. 엎드려 돌아봄에
부부는 오륜의 시작이고 만복의 근원입니다. 나라의 흥망 모두 여기

에 연유하고, 집안의 성패도 또한 이것에 달려 있습니다. 구(懼)하지 않을 수 있겠습니까? 처 사씨는 빙영(聘迎)의 처음에 자못 정숙과 단아함 및 영명(令名)이 있었고, 더불어 조고(祖考)를 봉사함에 일찍이 예를 잃은 일이 없었습니다. 그렇지만 범인에게 초(初)가 있다 해도 능히 종(終)이 있는 일이 드뭅니다.[35] 한참 지나자 악언(惡言)이 몹시 귀에 들어왔고 패행(悖行)이 점점 눈에 보이기에 이르렀습니다. 그렇지만 가정의 분요(紛擾)를 양(釀)할 것을 염려하여 굳이 구책(咎責)하지 않았는데, 사씨는 날로 더욱 모만(侮慢)하고 자신을 성(聖)이라 여기며, 입으로 성현의 말을 하고 궁(躬)은 사악한 일을 행하여, 안으로 질투 시기의 마음을 품고 몰래 흉악 오예(汚穢)한 물(物)을 숨겼습니다. 다행히 화얼(禍蘗)이 아직 붕(崩)하는 중에 필적이 먼저 드러났습니다. 이것은 조종(祖宗) 재천(在天)의 영(靈) 특히 듣지 못하고 보지 못하는 중에 음즐(陰騭)을 수(垂)하여 입히려는 것이 아니겠습니까? 마땅히 죄를 헤아려 이별하여서 화근을 끊어야 하는 바, 사씨는 선인 곧 부군(父君)이 살뜰하게 권애(眷愛)를 주신 사람으로서 함께 최복(衰服, 복상(服喪)하는 것이다. 국속(國俗) 모두 부모의 상에 복한 이는 가벼이 그 처와 이별하는 것을 불허했다)을 거쳐 정의(情義)가 없다고 할 수 없습니다. 그리하여 은인(隱忍)하고 발하지 않고 승면(繩勉)[36]하여 동실(同室)했습니다. 그러나 사씨는 끝내 그 행을 고치지 않고 더욱 교자(驕恣)를 함부로 했습니다. 모친의 병을 핑계 삼아 친정에 돌아가기를 반 년, 추성(醜聲)이 빈번하게 전파되어 들려오는

---

35 『시경』「대아(大雅)」, '탕(湯)' 편에 나오는 '미불유초(靡不有初), 선극유종(鮮克有終)'에 바탕을 둔 문장이다.
36 한문 원문은 '민면(黽勉)'으로 되어 있다. 일본어 번역문은 오기로 보인다.

것 모두 귀를 닫았습니다. 여자의 행(行)은 절조가 단단하지 못함을 가지고 추(醜)의 큰 것으로 삼습니다. 예로 보면 주호(主壺)하기 불가하고, 의로 보면 동거하기 불가합니다. 그러나 혹은 유언(流言)의 실(實)을 잃고 추방(醜謗)의 무근(無根)함 없음을 고려하여, 그 예적(穢跡)을 은닉(隱匿)하고 악성(惡聲)을 내지 않았습니다. 이것은 소자가 인후(仁厚)가 지나쳐 마땅히 끊어야 할 것을 끊지 못한 잘못이 아닐까 합니다. 소자의 관가(寬假)하기가 너무 굉량(宏量)하고 투부의 원대(怨懟)는 더욱 깊이 증장하여 몰래 심복의 간비를 꾀어 해제(孩提)의 아아(雅兒)를 독살하였습니다. 옛날 진(陳) 황후는 저주가 발각 나서 폐해져 장문궁(長門宮)에 처해졌습니다. 그리고 사씨(史氏)는 그것을 기록하여 말했습니다. '황후는 죄가 있고 조비연(趙飛燕)은 음행(淫行)이 있다. 그리고 그 매(妹) 영덕(令德)은 허 부인의 아들을 죽였다. 모두 유죄하여 자살했다.' 지금 사씨는 세 사람의 죄를 겸하여 칠거지악이 있습니다. 조종의 영께서 어찌 사사(祀事)를 흠향하시고, 문호(門戶)의 복이 어찌 능히 면면히 후사에 미치겠습니까? 소첩(小妾) 교씨는 명가의 후예이고 규중의 숙녀입니다. 육례(六禮)의 의(儀) 아직 행하지 않았지만, 백행(百行)의 구비됨을 양(諒)하고, 이미 유한(幽閑)의 덕이 있습니다. 마땅히 조선(祖先)의 사(祀)를 받들 만합니다. 승서(陞敍)하여 정실로 삼겠습니다. 투부(妬婦) 사씨는 부득이 출척(黜陟)하겠습니다. 근서(謹書)

讀み畢りて侍婢をして謝氏を引出さしむれば、謝氏四拜して而して門外に黜く、諸宗族拜送し道左淚を揮はざるものなくして曰く、夫人希くは自愛せられよ、千金の躬なり、必す復た天日を見らるゝの期あ

らんと、謝氏曰く罪人を遠送せるゝ芳情厚誼は感謝に餘りあり、さあ
れ罪あること山の如し、敢て更に再ひ相見ゆるを望まんや、乳母泣　麟
兒を□きて謝氏に進あれば、謝氏涙を垂れ頭を撫して曰く、愼みて予
を思ふこと勿れ、善く新らしき母に事へよ、將來汝と更に相逢ふ日の
あるやは知るべからず、汝か母は罪重し延いて汝か身に及ぶ、覆巣の
下に奚んそ完き卵子あるの理あらんや、惟だ願くは後世に再び母子の
縁を爲して以て此の世に盡さゝるの情を續かんことをと、言訖りて衰
涙泉の如く涌けり、俄にして涙を收め容ちを改めて曰く、小師の世を
損てらるも頑命卽ち死滅せず、慈母堂を終へらるゝも亦從つて歸ら
ず、累病殘身猶ほ人間に在り、豈に此も襁褓の兒に眷戀すべけんや、
遂に麟兒を乳母に與へ轎に乘り去る、麟兒大聲呼哭して曰く、慈母や
慈母や胡そ我を伴はずして去る乎、謝氏亦た一聲轎上に長歎し更に抱
きて語りて曰く、予は當に明日還り來るべし行儀よくして待たれよ
と、再三頭を撫して別離の情に忍ひず、

　　읽기를 마치고 계집종으로 하여금 사씨를 인출하게 하니, 사씨는
네 번 절하고 문외로 출(黜)했다. 제종족은 배송하고 도좌(道左) 모두
눈물을 흘리며 말했다.

　　"부인께 바라옵건대 자애(自愛)하십시오. 천금의 몸입니다. 반드
시 다시 천일(天日)을 볼 기(期)가 있을 것입니다."

　　사씨가 말했다.

　　"죄인을 원송(遠送)하시는 방정(芳情) 후의는 감사할 따름입니다.
죄가 있는 것 산과 같으니 감히 다시 뵙기를 바라겠습니까?"

　　유모가 울며 인아를 안고 사씨에게 나아가니, 사씨가 눈물을 흘리

며 머리를 어루만지며 말했다.

"삼가 나를 생각지 말라. 새어머니를 잘 섬겨라. 장래에 너와 다시 상봉하는 날 있을지 알지 못하겠다. 네 어미는 죄가 중하여 네 몸에 [화가] 미칠 것이다. 엎어진 둥지에 어찌 온전한 난자(卵子)가 있을 이치가 있겠느냐. 오직 후세에 다시 모자의 연을 이루어 이 세상에서 다하지 못한 정을 잇기를 바란다."

말을 마치니 애달픈 눈물이 샘처럼 솟았다. 문득 눈물을 거두고 용색을 고치며 말했다.

"소사께서 세상을 버리셨으나 완명(頑命)은 곧 사멸되지 않았다. 자모(慈母)의 종당(終堂) 또한 좇아 귀(歸)하지 못했다. 누병(累病) 잔신(殘身) 여전히 인간세에 있다. 어찌 이 강보의 아이에게 권련(眷戀)할 것인가."

마침내 인아를 유모에게 주고 가마를 타고 떠나려 했다. 인아 대성호곡하며 말했다.

"자모여, 자모여, 어찌 나를 데리고 가지 않으십니까?"

사씨 또한 일성(一聲) 가마에서 장탄(長歎)하고 다시 안아 말했다.

"나는 마땅히 명일 돌아올 것이다. 행의(行儀)를 잘 갖추고 기다리거라."

재삼 머리를 어루만지고 이별의 정을 참지 못했다.

翰林督促して速に退出せしめ、敢て暫くも遲滯するを許さゞりければ、夫人も遂に施すへき術なく轎夫に從て而して去れり、兩僕轎を擡け白袱を以きり面遮、本家より帶同し來れる老たる乳母と若き丫鬟と二人のみ隨從しぬ、謝氏讒かに重門を出つれば諸侍女は喬氏を引きて

堂廟に上らしめ、珠翠の華冠を飾り雲母の衣裳を曳く、蘭馥蕩々とし
て珮玉は琤々たり、威儀の盛大なること山の如く海の如し、光彩照耀
として望めは神仙と見違ふばかりなり焉、禮罷みて翰林と同坐し衆僕
の賀を受けぬ、衆僕は強ゐて悲憤を忍び佯りて好顔を作り、手を擧け
頭を叩きて壽福を祝稱すれば、喬氏は揚々として自得し意氣軒昂た
り、乃ち彼等に謂て曰く、自今吾れ家内の事を斷行すべし、汝等謝氏
か在家の日の如く各々職務に勤勞して罪戻に陷ゐる勿れと、衆皆聲に
應して曰く、敢て名教を承はる、其中の老僕十餘名進みて曰く、謝夫
人は罪ありて黜去せらると雖も老僕等は久しく婦人に事へて屢々過分
の恩惠を拜せり、願くは夫人を郊外に送るを許されよと、喬氏曰くこ
れは汝等の厚誼に出つ吾れ豈に禁止せんや、衆僕は卽ち一齊に走りて
夫人の轎に追及し、慟哭して別を惜む、謝夫人は彼等のために轎を止め
义鬟をして傳言せしむるに、我を追ふて遠く來り以て舊誼を慕ふの深情
は洵に多謝する所なり、汝等能く新夫人に事にて舊をも忘るゝ勿れと感
慨之を久うしぬ、喬氏は衆僕か夫人を追ふて別れを惜むを見て必す彼等
は夫人と何事が秘議する所ありつらんと猜忌の念を起せしぞ淺猿しゝ、

　　한림이 독촉하여 속히 퇴출하게 하여 감히 잠시도 지체함을 허락
하지 않으니, 부인도 마침내 어찌할 방도가 없이 교부(轎夫)를 따라
떠났다. 양복(兩僕)이 가마를 메고 백복(白袱)으로 얼굴을 가렸다. 본
가에서 대동한 늙은 유모와 젊은 차환 두 사람만 수종(隨從)했다. 사
씨가 겨우 중문을 나서자마자 여러 시녀는 교씨를 끌어 당묘(堂廟)에
올라가게 하고, 주취(珠翠) 화관(花冠)을 장식하고 운모(雲母) 의상을
끌며 난복(蘭馥) 탕탕(蕩蕩)하고 패옥(珮玉)은 쟁쟁(琤琤)했다. 위의(威

儀)의 성대함 산과 같고 바다 같았다. 광채 조요(照耀)하여 바라보면 신선이라 착각할 지경이었다. 예를 마치고 한림과 동좌(同坐)하여 중복(衆僕)의 하(賀)를 받았다. 중복은 억지로 비분을 참고 거짓으로 호안(好顔)을 지으며, 손을 들고 머리를 조아리며 수복(壽福)을 축칭(祝稱)하니, 교씨는 양양(揚揚)하게 자득하며 의기 헌앙(軒昂)했다. 이에 그들에게 일러 말했다.

"이제부터 우리 집안의 일을 단행해야 할 것이다. 너희들은 사씨가 재가(在家)한 날처럼 각각 직무에 근로하여 죄려(罪戾)에 빠지지 말라."

중(衆)은 모두 응성(應聲)하여 말했다.

"감히 명교(明敎)를 받들겠습니다."

그 중 노복(老僕) 10여 명이 나아와 말했다.

"사부인은 죄가 있어 출거 당했다고 하더라도 노복 등은 오랫동안 부인을 섬겨 누누이 과분한 은혜를 입었습니다. 부인을 교외에서 전송하는 것을 허락해 주시기를 바랍니다."

교씨가 말했다.

"이것은 너희들의 후의에서 나왔다. 내 어찌 금지하겠느냐?"

중복은 곧 일제히 달려가 부인의 가마를 추급(追及)하여 통곡하며 이별을 아쉬워했다. 사부인은 그들을 위해 가마를 멈추고 차환으로 하여금 전언하게 했다. '나를 좇아 멀리 와서 구의(舊誼)를 모(慕)한 후정(厚情)은 참으로 다사(多謝)하는 바이다. 너희들은 잘 신부인을 섬기되 구주(舊主)도 잊지 말라.' (감개(感慨)는 오래가지 않았다.)[37] 교씨는 중복이 부인을 좇아 이별을 아쉬워하는 것을 보고 반드시 그

---

37 괄호 안의 부분은 한문 원문에는 없는 부분이다.

들은 부인과 무슨 일인가 비의(秘議)한 바가 있으리라 시기의 염(念)을 일으키니, 한심하구나.

是の日道路の人は謝夫人が離緣されて遠く去るを聞き、爭ふて街衢に出でゝ、其轎を送り流涕せさるはなし、盖し謝夫人は儀容の端正にして美麗なるのみならず、殊に淑德ありて懿範遠く孟光に邁り、小師の喜悅、翰林の珍重、世に其比なかりしに一朝にして忽ち此に至る、其間の曲折は外人の知る所にあらされども、夫婦の間は豈に難しとせざらんや、時に天地は慘憺として白日光りなく、疾風飛雪物凄くして愴暝なりき、夫人も亦良々久うして怡ます、轎夫道路に彷徨して適く所を知らず、將さに新城に向て去らんとす、謝夫人又鬟に謂つて當に城東の墓下に往くべしと、遂に路を轉して朝陽門を出で劉小師の墓下に到り、數室の草屋を借りて之に住居す、荒出屋を繞りて松陰天を匝らし、唯哀磬の悲風と空林の鳥聲を聞くのみ、

이 날 도로(道路)의 사람은 사부인이 이혼당하여 멀리 떠나간다는 말을 듣고, 다투어 가구(街衢)에 나와 그 가마를 전송하며 유체(流涕)하지 않는 이가 없었다. 생각건대 사부인은 의용(儀容)이 단정하고 미려할 뿐만 아니라, 특히 정숙과 단아함이 있고 의범(懿範)이 맹광(孟光)보다 훨씬 나았다. 소사의 희열, 한림의 진중(珍重), 세상이 비할 이가 없는데도 일조(一朝)에 홀연 이 지경에 이르렀다. 그간의 곡절은 외인(外人)이 알 바가 아니지만, 부부지간은 어찌 어렵다고 하지 않겠는가? 때에 천지는 참담했고 백일(白日) 빛이 없었다. 질풍(疾風) 비설(飛雪) 엄청나고 창명(愴暝)했다. 부인도 또한 양구(良久) 불이

(不怡)했다. 교부가 도로에서 방황하며 갈 바를 알지 못했다. 장차 신성으로 향하여 떠나려 했다. 사부인이 차환에게 일러 마땅히 성동(城東)의 묘하(墓下)에 가라고 했다. 마침내 길을 전(轉)하여 조양문(朝陽門)을 나서 유소사의 묘하에 이르렀다. 수실(數室)의 초옥(草屋)을 빌려 그곳에 주거했다. 황산(荒山) 집을 두르고 송음(松陰) 하늘을 둘렀다. 그저 애경(哀磬)의 비풍(悲風)과 공림(空林)의 조성(鳥聲)이 들릴 뿐이었다.

謝氏の令弟この奇怪なる報を聞き大に驚き馳せ往きて夫人を見て泣て曰く、女子は夫の家に容れられずんは則ち當に本家に歸るを禮の正しきものとなす、加ふるに兄弟同居するは亦た是れ一の樂事ならずや、姉君獨り空山を守りて將さに何を爲さんと欲するかと、謝夫人曰く余豈に汝と共に母親の靈筵を守りて朝夕の奠を進むるを欲せさらん、唯一たび實家を去れば則ち偏に劉氏と永絶すべし矣、仍て念ふに余は本と自から作せる藥ひなし、翰林は素と是れ賢明の君子なり、一時は讒言を信すると雖も他日追悔せらるへし、況んや余は過を翰林に得しと雖も固より罪を先舅に得たるに非す、老ゑて墓下に死するは是れ我の願なり、賢弟惟むこと勿れ、令弟は其志の堅固にして動かし難きを知り、遂に家に歸りて忠實なる老僕と待婢香娘を遣はせり、謝夫人曰く吾か家の奴僕本と甚だ多からす此に留むるは我か志にあらすと唯老蒼頭をして門を守らしめ香娘は之を還送せしめぬ、

사씨의 영제(令弟)가 이 기괴한 소식을 듣고 크게 놀라 달려와 부인을 보고 울며 말했다.

"여자는 남편의 집에 받아들여지지 않으면 마땅히 본가로 돌아옴을 정례(正禮)로 여깁니다. 게다가 형제가 동거하는 것은 또 하나의 낙사(樂事)가 아니겠습니까? 자군(姊君)께서 홀로 공산(空山)을 지키며 장차 무엇을 하시려 합니까?"

사부인이 말했다.

"내 어찌 너와 함께 모친의 영연(靈筵)을 지키며 조석지전(朝夕之奠)을 올리기를 바라지 않겠느냐? 다만 한 번 본가를 떠나면 진심으로 유씨와 영절(永絶)하게 될 것이다. 이에 생각건대 나는 본래 스스로 지은 잘못이 없고, 한림은 본래 현명한 군자이다. 일시(一時)는 참언(讒言)을 믿는다 하더라도 타일(他日) 추회(追悔)하실 것이다. 더구나 나는 잘못을 한림에게 얻었다 하더라도 본래부터 죄를 선구(先舅)에게 얻지 않았다. 늙어 묘하에 죽는 것은 내 원(願)이다. 현제(賢弟)는 이상히 여기지 말라."

영제는 그 뜻이 견고하여 움직이기 어려움을 알고, 마침내 귀가하여 충실한 노복(奴僕) 노창두와 대비(待婢)[38] 향낭을 보냈다. 사부인이 말했다.

"내 집의 노복 본래 심히 많지 않았다. 여기에 머무르는 것은 내 뜻이 아니다."

다만 노창두에게 문을 지키게 하고 향낭은 돌려보냈다.

此地は乃ち劉家の宗族及ひ奴僕の居る所なれば、謝夫人の來れるを見て村民皆其節義に感泣し、果實、野菜の類を贈りて日々慰問せさる

---

38 한문 원문에는 '시비(侍婢)'로 되어 있다. 일본어 번역문은 오기로 보인다.

はなし、謝夫人は元來女工に巧なれば衣を製し布を織り其資を以て生活し、且つ粧奩中に殘れる首飾もありしかば其珠を賣りて粮料に充て薪水の費に乏しからず、藤を掣して屋を補ひ因りて以て身を庇ひ、甚た艱苦を嘗むると雖も時月を過こすには足れり、轎夫は家に還りて謝夫人か墓下に居るの意を傳へぬ、喬氏商量して曰く、新城に歸らずして直ちに墓下に到れる者は、黜婦を以て自から處するに非れはなり、乃ち翰林に謂て曰く、謝氏既に醜行ありて罪を祖宗に得、安んぞ敢て劉氏の墓下に在るや、翰林曰く謝氏出送の後は同路の人に非す、東西南北其の之く所に任かす、況んや墓下は但た劉氏のみの居所に非す、他人も亦た多く居住せり、何ぞ必す禁止せん乎、

이 땅은 곧 유씨 집안의 종족 및 노복이 거하는 곳이었는데, 사부인이 온 것을 보고 촌민은 모두 그 절의(節義)에 감읍하여 과실과 야채류를 보내며 날마다 위문하지 않음이 없었다. 사부인은 원래 여공(女工)에 솜씨가 있었으니 옷을 만들고 베를 짜서 그것을 자(資)로 삼아 생활했다. 또한 장신구 중에 남은 목걸이도 있어 그 주(珠)를 팔아 양식을 충당하여 신수(薪水)의 비(費)에 부족하지 않았다. 등나무를 끌어당겨 지붕을 보수하여 몸을 비(庇)했다. 심히 간고(艱苦)를 겪기는 했지만 시월(時月)을 보내기에는 족했다. 교부(轎夫)는 집에 돌아가 사부인이 묘하에 거하는 뜻을 전했다. 교씨는 상량(商量)하며 말했다.

"신성에 돌아가지 않고 곧장 묘하에 이른 것은 출부(黜婦)로서 자처함이 아닌 것이다."

이에 한림에게 일러 말했다.

"사씨가 이미 추행(醜行)이 있어 죄를 조종(祖宗)에게 얻었는데, 어찌 감히 유씨의 묘하에 있는 것입니까?"

한림이 말했다.

"사씨가 출송된 이상 동로(同路)의 사람이 아니오. 동서남북 그이
가 갈 바에 맡길 일이오. 더구나 묘하는 오직 유씨만의 거소가 아니
오. 타인도 또한 많이 거주하오. 어찌 반드시 금지하겠소."

喬氏は悅はず、董淸と相議す、淸曰く謝氏か墓下に居るには其計三
あり、一は則ち新城に往かさるは玉環の事を發見せんとすなり、二は
則ち自から以て罪無しと爲し劉家の婦人を以て自から處るなり、三は
則ち宗族の心を得て以て他日の助けと爲さんと欲するなり、況んや其
先山は翰林か春秋往來の所なり、翰林彼か斯る深山に假處し許多の辛
苦を喫盡するを見ば、則ち豈に獨り惻憺の心なからんや、近頃外間の
噂を聞くに洶々として謝氏のために冤を稱せさるは莫しと云へり、謝
氏をして久しく彼の地に留まらしめば、恐らくは他日の憂を爲さん、
喬氏曰く然ら密かに人を遣はして刺殺せしめ以て其跡を滅せば如何に
や、淸曰く不可なり、謝氏は自から是れ娘子の敵國たり、一朝殺さる
れは則ち翰林豈に之を君に疑はざらんや、余に一計あり、前きの玉環
は尙ほ冷振の手中に在り、此れ天其使を與ふるものにして冷振は本と
妻子無し、嘗て謝氏の賢明なるを聞きて彼れ每ねに倫香の意あり、今
冷振をして謝氏を瞞取せしむれば則ち外人は謝氏の失身を聞きて必す
冤を稱せさるべし、翰林之を聞かば卽ち更に念を置かず、此の如くん
ば此計は豈に妙ならすや、

교씨는 불열(不悅)했다. 동청과 상의했다. 청이 말했다.

"사씨가 묘하에 거하는 것에는 계(計)가 셋 있습니다. 하나는 신성에 가지 않는 것은 옥환의 일을 발견하기 위해서입니다. 둘은 스스로 무죄하다 여겨 유씨 집안의 부인으로 자처함입니다. 셋은 종족의 마음을 얻어 후일의 도움으로 삼고자 해서입니다. 더구나 그 선산(先山)은 한림이 춘추(春秋) 왕래하는 곳입니다. 한림이 그가 이러한 심산에 임시로 거처하며 허다한 신고(辛苦)를 겪는 것을 보면 어찌 홀로 측은지심이 없겠습니까? 요즈음 외간의 소문을 들으니 흉흉(洶洶)히 사씨를 위해 원(寃)을 칭하지 않는 이가 없다고 합니다. 사씨로 하여금 오랫동안 저 땅에 머무르게 하면 아마도 후일의 우(憂)가 될 것입니다."

교씨가 말했다.

"그러면 몰래 사람을 보내어 척살(刺殺)하게 하여 그 자취를 없애면 어떠하냐?"

청이 말했다.

"불가합니다. 사씨는 낭자의 적국(敵國)입니다. 하루아침에 죽임을 당하면 한림이 어찌 낭자를 의심하지 않겠습니까? 제게 한 계책이 있습니다. 전(前)의 옥환은 여전히 냉진의 수중에 있습니다. 하늘이 도우셔서 냉진은 본래 처자가 없습니다. 일찍이 사씨의 현명함의 듣고 그가 늘 투향(偸香)의 뜻이 있습니다. 지금 냉진으로 하여금 사씨를 만취(瞞取)하게 하면 외인은 사씨의 실신을 듣고 반드시 원(寃)을 칭하지 않을 것입니다. 한림이 그것을 들으면 곧 다시 치념(置念)하지 않을 것입니다. 이와 같이 된다면 이 계는 어찌 묘하지 않겠습니까?"

喬氏笑て曰く甚妙なり甚妙なり、但た如何なる計を以て謝氏を斯く
や、淸曰く冷振近來吾か所に往來せず、未た密計を以て相議すべか
ら、吾れ當に先づ心腹の一人をして杜推官の家奴に假作せしめ、往き
て謝氏に言はしめん、推官は京職に除せられ大夫人に陪し京に還るを
得たり、依て娘子に面曾せんことを求むと、杜夫人の書簡を僞作して
之を送らは則ち彼れ必ず之を信じて疑はず、而して一方には冷振をし
て第宅を閑靜なる處に覓め、火燭を豫備して彼の來るを待たしめ、到
れは强て親禮を成さしめば、謝氏羽翼ありと雖も何そ能く吾か網を脫
せんや、喬氏笑ふて董淸の背を拍ちて曰く、子の胸中一に何そ妙理の
多きや、妬婦實に山中に枯死せずして冷振の妻と爲るを得は則ち渠も
豈に過望に非すやと、

교씨가 웃으며 말했다.

"심히 묘하다, 심히 묘하다. 다만 어떠한 계를 가지고 사씨를 속일까?"

청이 말했다.

"냉진은 근래 제가 있는 곳에 왕래하지 않습니다. 아직 밀계(密計)
를 가지고 상의할 만하지 않습니다. 제가 마땅히 먼저 심복 한 사람
으로 하여금 두추관(杜推官)의 가노(家奴)로 가작(假作)하게 하여, 가
서 사씨에게 이렇게 말하게 할 것입니다. '추관(推官)은 경직(京職)에
서 제수되어 대부인에 배(陪)하여 경(京)으로 돌아감을 얻었습니다.
따라서 낭자에게 면회하기를 구합니다.' 두부인의 서간을 위작하여
보내면 반드시 믿고 의심하지 않을 것입니다. 그리고 한편으로는 냉
진으로 하여금 제택(第宅)을 한정(閑靜)한 곳을 구하여 화촉을 예비
시켜 그이가 오기를 기다리게 하여 이르면 강제로 친례(親禮)를 이루

게 하는 것입니다. 사씨가 우익(羽翼)이 있다 하더라도 어찌 능히 제 그물에서 벗어나겠습니까?"

교씨가 웃으며 동청의 등을 치며 말했다.

"자네의 흉중 하나에 어찌 묘리(妙理)가 그리 많은가. 투부(妬婦) 실로 산중에 고사(枯死)하지 않고 냉진의 처가 될 것이니 그이에게도 어찌 과망(過望)이 아니겠는가?"

卽ち杜夫人の書數張を覓めて董淸に與ふ、盖し夫人の筆跡は精工にして效嚬頗る易し、董淸樣式に依りて一書を作り其私人に付託して凶謀を口授せり、仍て冷振をして備さに此計を說いて曰く、劉翰林の兩妻は俱に是れ絶色にして我は其一を得たり、兄も又た其一を得れば則ち吾か兩人の風流は猶は孫周に勝れり、冷振大に悅び覺へず蹈舞し、忽ち花燭を具へて之を待てり、時に謝夫人は方さに窓底に織りしか、忽ち聞く門外に人あり、來り問ふて曰く、此は是れ劉翰林夫人の處らるゝところなるやと、蒼頭曰く汝だ誰か家より來れるか、其人曰く城果の杜鴻臚の宅より來れり、蒼頭曰く杜老爺は大夫人と與に方に長沙の任所に在り胡爲ぞ來らんや、其人曰く汝未だ之を聞かざるか、吾か老爺は曾て長沙の推官と爲り、未だ任所に到著せず、然るに朝廷の人事局は謬て地方官に任じたるを發見し、更に翰苑の官を授け驛馬を馳せて之を召還せり、故に老爺は途中に於て此の奇報を聞き大夫人に陪して城東の本邸に歸還せるなり、大夫人汝か夫人の所在を問ふて此に住居せらるゝを知り我を送りて探侯せしめられ、大夫人の書は此に在りと、蒼頭之を納れて謝氏に呈す、謝氏杜夫人か京師に歸還せられしを聽き、滿心の歡喜を以て忙はしく其書簡を披見すれば、曰く

곧 두부인의 서(書) 몇 장을 구하여 동청에게 주었다. 생각건대 부인의 필적은 정공(精工)해서 효빈(效顰)하기 자못 쉬웠다. 동청은 양식에 따라 일서(一書)를 만들어 제 사인(私人)에게 부탁하여 흉모(凶謀)를 구수(口授)했다. 이에 지금 냉진에게[39] 자세히 이 계를 설명하여 말했다.

"유한림의 두 처는 모두 절색인데, 나는 그 하나를 얻었다. 형도 또한 그 하나를 얻는다면 우리 두 사람의 풍류는 오히려 손주(孫周)보다 나을 것이다."

냉진은 크게 기뻐하여 저도 모르게 도무(蹈舞)했다. 곧 화촉(花燭)을 갖추고 기다렸다. 때에 사부인은 바야흐로 창 아래에서 베를 짜고 있었는데, 문득 들으니 문밖에 사람이 있었다. 와서 물어 말했다.

"여기가 유한림 부인이 처하시는 곳입니까?"

창두가 말했다.

"너는 뉘 집에서 왔느냐?"

그 사람이 말했다.

"성동(城東)의 두홍려(杜鴻臚) 댁에서 왔습니다."

창두가 말했다.

"두 노야(老爺)는 대부인과 함께 바야흐로 장사의 임소(任所)에 계신데 어찌 오셨는가?"

그 사람이 말했다.

"당신은 아직 듣지 못했습니까? 우리 노야는 일찍이 장사의 추관

---

39 한문 원문은 '금(今)'으로 되어 있는 부분을 일본어 번역문은 '령(令)'으로 보아 사역으로 해석하여 '이에 냉진으로 하여금'이라고 하면 앞뒤가 맞지 않게 되었다. 한문 원문에 따르면 '이에 지금 냉진에게'로 번역할 수 있다.

(推官)이 되었는데, 아직 임소(任所)에 도착하지 않았습니다. 그러한데 조정의 인사담당기관이 잘못하여 지방관에 임명한 것을 발견하고, 다시 한원(翰苑)의 관직을 제수하여 역마(驛馬)를 달려 소환했습니다. 그래서 노야는 도중에 이 기보(奇報)를 들으시고 대부인을 배(陪)하여 성동의 본저(本邸)에 귀환하셨습니다. 대부인은 당신의 부인 소재를 물으시고 이곳에 주거하심을 알고 나를 보내어 탐후(探候)하게 하셨습니다. 대부인의 서(書)가 여기 있습니다."

창두가 그것을 받아 사씨에게 드렸다. 사씨는 두부인이 경사로 귀환하셨다는 것을 듣고, 만심(滿心) 환희하며 서둘러 그 서간을 펼쳐 보니, 이르기를,

昔日袂を分ちて焂忽に年を經たり、音信打節へて世を隔つるか如し、老身は未だ曾て一日も娘子を懷はざるの日あらず、娘子も亦た必す老身を思念せられたるなるべし、思慕の情懷を言はんと欲せば則ち長きこと蒼天の悠々として碧海の滔々たるに似たるあるのみ、老身は娘子と別れてより後ち兒に隨つて將さに長沙に向はんとす、偶ま途中にて兒か京職に移科せられしを以て舊第に還歸し、娘子が先壠の下に退處せるを聞けり、嗚呼娘子の今日あるは已に豫想せられし事乍ら、若し老身をして京に在らしめば娘子の禍を被る何ぞ是の如きことあらん、人の良なき此に至るか、一憨一憤して肝腹裂けんと欲す、變に處するの道は之を講すること熟せり矣、松楸に留まれしは誠に計を得たりと爲す、若し先兒の精靈にして昧せされば、悲悗の餘亦た必す自から之を慰められん、然れとも深山窮谷は強暴恐るべく、糲飯寒疏生計甚た艱むへし、此れ老身か娘子の爲めに痛惜して寢を忘れ食を廢する

141

所以なり、惟た娘子函かに弊舍に來り、老身と飢渴を與にし疾病を同
うし相救へば則ち何ぞ先兄の墓下に異ならんや、明朝轎夫を送るべけ
れは娘子希く之に從ひ、䕅具を結束して待てば幸甚なり、紙に臨みて
流涕滋し、先は草々不具

    옛날 분메(分袂)하고 숙홀(倏忽) 경년(經年)했다. 음신(音信)이 끊어
져 격세(隔世)한 듯하다. 노신(老身)은 아직 일찍이 하루도 낭자를 생
각하지 않은 날이 없다. 낭자도 또한 반드시 노신을 생각하였을 것
이다. 사모의 정회(情懷)를 말하려 하면 길기가 창천(蒼天)의 유유(悠
悠)함 벽해(碧海)의 도도(滔滔)함 같을 따름이다. 노신은 낭자와 헤어
지고부터 뒤에 아(兒)를 따라 장차 장사로 가려 했다. 마침 도중에서
아(兒)가 경직(京職)에 이과(移科)되어 구제(舊第)로 환귀했다. 낭자가
선롱지하(先壟之下)에 퇴처(退處)함을 들었다. 아아, 낭자의 금일이
있을 것은 이미 예상했던 일이었으나, 만약 노신으로 하여금 경(京)
에 있게 하였다면 낭자의 화를 입음이 어찌 이와 같았겠는가? 사람
의 무량(無良)함 여기에 이르렀는가. 일참일분(一慘一憤)하여 간복(肝
腹)이 찢어질 듯하다. 처변(處變)의 도는 강(講)하는 것 숙(熟)했을 것
이다. 송추(松楸)에 머무르게 된 것은 참으로 계(計)를 얻었다고 여겼
다. 만약 선형(先兄)의 정령(精靈)이 어두워지지 않았다면, 비완지여
(悲惋之餘) 또한 반드시 스스로 그것을 위로할 것이다. 그렇지만 심산
(深山) 궁곡(窮谷)은 강포(强暴)를 염려해야 한다. 여반한소(糲飯寒
疏[40]) 생계가 심히 어려울 것이다. 이 노신이 낭자를 위해 통석하여

---

40 한문 원문은 '소(蔬)'다.

침(寢)을 잊고 식(食)을 폐한 소이이다. 오직 낭자가 함(函)[41]히 폐사(弊舍)로 와서 노신과 기갈(飢渴)을 함께 하고 질병을 같이 하여 상구(相救)한다면 어찌 선형의 묘하와 다르겠는가. 명조(明朝) 교부를 보내면 낭자 바라기는 그것을 따라 염구(奩具)를 결속하여 기다린다면 행심(幸甚)이라. 지(紙)에 임하여 유체(流涕)가 더하니, 우선은 초초불구(草草不具)

謝氏は驚喜極まりて他を慮みるの餘裕なく、況んや其筆跡は旣に一毫の疑ぶへき點なし、而して書中の同居の意ば前日の誓約と符合す、豈に其間凶人の奸計あるべきを知らんや、遂に返書を認べて其人を還へしぬ、其書に曰く

사씨는 경희(驚喜) 극(極)하여 다른 것을 생각할 여유가 없었고, 더구나 그 필적은 이미 일호(一毫)의 의심할 만한 점이 없었다. 그리고 서중(書中)의 동거하자는 뜻은 전일의 서약(誓約)과 부합했다. 어찌 그 사이에 흉인(凶人)의 간계(奸計)가 있을 줄 알겠는가. 마침내 답신을 적어 그 사람을 돌려보냈다. 그 서(書)에 이르기를,

負累の人謝姪、謹みて齊沐して返書を尊叔夫人の座下に上る、伏して以みるに賤妾の賦命甚た險にして操行は淺汚、罪を夫家に得るもの周より已に多し矣、而して特に夫人の眷恤の恩、指導の義に賴りて、黜せらるへくして黜せられず、當に死すへくして死せざるもの數々な

り矣、妾愚昧なりと雖も亦た心腸を具ふ豈感激の心なからんや、尊顔に別れてより瞻慕深切にして山用間隔し、信使亦た稀なり、濱死殘喘常に再ひ仰いて徽範を拜するの期を得さるべきを恐れ、終に涯り無きの痛恨を抱けり矣、盛德愈よ厚く、妾か罪を以て卑陋なりと賤しめず、書を遣はして壽問せられ慰諭備さに至る、妾は是れ何人ぞ此の尊嚴の下眷を得るの難有き、千里感激の餘貴體の百福を欣祝する情に堪へす悲喜交も至る、噫、之を誣ゐ之を蠱すは平人の忌む所、淫穢の行は貞婦の恥づる所、而して顧みれは妾は一身にして此の兩惡を兼ぬ、因て復た人數の末に齒すべからず、而して天倫を賊害す、其罪貫盈して皇天語なし、至寃泄き難し、則ち反省して自ら義を明にするを當然となす、然るに不自然なる性命を保ちて自裁の機會を失へるは實に慚愧に堪へさる所なり、離去せれたる後松楸に止まりしものは孔遁(翰林か疑を釋くの意)の嘉ありて追慕の誠を展へんと欲する爲なりき、今此深厚なる勤苦を辱ふし妾をして活路を得せしむるの、恩惠を蒙れるは、是れ妾の感泣に堪へさる所なり、妾何ぞ敢て尊命に違ふあらん乎、惟た明日を俟て面白せむ、草々不備

　　부루지인(負累之人) 사질(謝姪), 삼가 재목(齋沐)하고 답신을 존숙당부인(尊叔堂夫人)께 올립니다. 엎드려 생각건대 천첩(賤妾)의 부명(賦命) 심히 험하고 조행(操行)은 천오(淺汚)하여 죄를 부가(夫家)에 얻음이 본래부터 이미 많았습니다. 그리고 특히 부인의 권휼(眷恤)의 은(恩), 지도의 의(義)에 힘입어 출(黜) 당하여 마땅한데 출(黜) 당하지 않고 마땅히 죽어야 하는데 죽지 않은 것 여러 차례입니다. 첩 우매하다 하더라도 또한 심복(心腹)을 갖추었습니다. 어찌 감격의 마음이 없겠습니까? 존안(尊顔)과 헤어지고 나서 첨모(瞻慕) 심절하나 산천 간격(間隔)하고 신사(信使) 또한 드물었습니다. 빈사(瀕死) 잔천(殘喘) 늘 다시 우러러 휘범(徽範)을 절할 기회를 얻지 못할까 염려하며 마침내 끝없는 통한을 품었습니다. 성덕은 더욱 두터워 첩의 죄를 비루(卑陋)하다 천시하지 않으시고, 서(書)를 보내어 수문(垂問)하시고 위유(慰諭)함이 곡진하게 이르렀습니다. 첩은 무엇이기에 이러한 존엄의 하권(下眷)을 얻었는지 감사하며 천리감격지여(千里感激之餘) 귀체(貴體)의 백복(百福)을 흔축(欣祝)하는 정 이기지 못하니 비희(悲喜) 교지(交至)합니다. 아, 무고(誣蠱)하는 것은 평인(平人)이 꺼리는 바이고, 음예(淫穢)의 행(行)은 정부(貞婦)가 부끄러이 여기는 바. 그러한데 돌아보면 첩은 일신(一身)에 이 두 가지 악을 겸했습니다. 인하여 또한 인수(人數)의 말(末)에 치(齒)할 만하지 못합니다. 그리하여 천륜을 적해(賊害)했으니 그 죄 관영(貫盈)하여 황천(皇天) 말이 없습니다. 지원(至冤)을 설(泄)하기 어렵습니다. 곧 반성하여 스스로 의를 밝히는 것을 당연하다 여겼습니다. 그러한데 부자연스런 성명을 보(保)하여 자재(自裁)의 기회를 잃은 것은 실로 참괴(慙愧)를 이기지 못하는 바입니다. 이혼당한 뒤 송추(松楸)에 머무른 것은 공이(孔邇, 한림이 의심을 풀었다는 뜻)의 뜻 있어 추모의 성(誠)을 펴기를 바라서입니다. 금차(今此) 심후(深厚)한 권고를 내리어 첩으로 하여금 활로를 얻게 하시는 은혜를 입은 것은 첩의 감읍(感泣) 감당치 못하는 바입니다. 첩이 어찌 감히 존명을 어기겠습니까? 오직 내일을 기다려 면백(面白)하겠습니다. 초초불구(草草不具)

是日夫人燭に對して孤坐し悄悵して言て曰く、此に寓せし後ち凡百

の苦難を經しと雖も、身を先壠に託して頗る自から慰めぬ、又當に離
去せんとするに方り悵缺に勝べすと、枕に憑り耿々として能く寢を成
さず、昏々の中忽にして一人あり進みて曰く、老爺と老夫人と夫人に
會見を要むと、謝氏之を見れば卽ち生前の小師か侍婢なり、謝氏之に
隨て一室に到れば則ち房樹窓欞、窈窕として幽邃なり、侍婢十餘人迎
ひ拜して曰く、老爺と老夫人と夫人を房中に待てり矣、夫人戶を開い
て入れは小師と老夫人と一處に同坐す、小師の儀容完く昔日の如く老
夫人は命服を具して端坐せらる、謝氏俯伏して哭す、小師之を止めて
曰く、兒子讒を信じ賢婦をして此に至らしむ、余未た嘗て懷に忘れさ
るなり、然れとも幽顯路殊にして相救ふを得ず、天數已に定まりて亦
た迯る可らず、時に風雲に乘じて故家を臨眺すれば哀淚を揮灑する而
已、今霄來會を請へしは他事に非す、今朝娘子の許に至れる書簡は僞
物なり眞事にあらず、其間違誤の點あり仔細に熟視すれは則ち知らる
べし矣、

　　　이날 부인 촛불을 마주하고 고좌(孤坐)하며 초창(怊悵)하여 말했다.
　　　"이곳에 우(寓)한 뒤 범백(凡百)의 고난을 겪었다 하더라도 몸을 선
롱(先壠)에 탁(託)하여 자못 스스로 위로했다. 또한 마땅히 이거(離去)
하려 함에 바야흐로 창결(悵缺)을 이기지 못하겠다."
　　　베개에 기대나 경경(耿耿)하여 능히 잠을 이루지 못했다. 혼혼(昏
昏) 중에 홀연히 한 사람이 나아와 말했다.
　　　"노야와 노부인께서 부인을 만나고자 하십니다."
　　　사씨가 보니 곧 생전 소사의 계집종이었다. 사씨가 그를 따라 일
실(一室)에 이르니 곧 방사창롱(房樹窓欞), 절조(竊窕)하고 유수(幽邃)

했다. 계집종 10여 명이 영배(迎拜)하며 말했다.

"노야와 노부인께서 부인을 방중(房中)에서 기다리십니다."

부인이 문을 열고 들어가니 소사와 노부인이 일처(一處)에 동좌(同坐)하고 있었다. 소사의 의용(儀容) 완전히 옛날과 같았고 노부인은 명복(命服)을 갖추고 단좌(端坐)하셨다. 사씨가 부복(俯伏)하고 곡하였다. 소사가 그것을 말리며 말했다.

"아자(兒子)가 참(讒)을 믿고 현부로 하여금 이 지경에 이르게 했다. 내 아직 일찍이 회(懷)에 잊은 적이 없다. 그렇지만 유현(幽顯)의 길이 달라 상구(相救)할 수 없었다. 천수(天數)가 이미 정해져 또한 도망칠 수 없었다. 때에 풍운을 타고 옛집을 임예(臨睨)하니 애루(哀淚)를 휘쇄(揮灑)할 뿐이었다. 금소(今霄) 내회(來會)를 청한 것은 타사(他事)가 아니다. 오늘 아침 낭자에게 이른 서간은 위물(僞物)이고 진사(眞事)가 아니다. 그 사이 위오(違誤)의 점 있어 자세히 숙시(熟視)하면 곧 알 것이다."

崔夫人謝氏を招きて前ましめ頂を撫して曰く、余は早く塵緣を辭し未だ新婦を見るに及はさりき、郡須らく頭を擧げて我か容貌を見よ、余は泉下に在りと雖も神魂は新婦の貞節に昧からず、祠に上りて饗を亨くるを甚た歡び、予素と酒を嗜まされども必す醉を盡してゝありき、今は喬家の淫女をして奉祀せしむ余豈に饗を亨くるの心あらんや、新婦家を移すの後ち長く此家に在り、末た嘗て祠に就かず、惟れ賢婦の此に在るに是れ依れり、今賢婦將さに遠行あらんとす是れ亦天命なり、豈悲しからずや、謝氏は夫人の足を扶持し嗚咽して對て曰く、杜夫人の招きを辱ふせしに因り城中に往かんと欲し、感慨無量に

して卽ち離るゝに忍びず、適ま尊舅の敎誨を聞きて方さに筆跡の眞に
あらさるを覺れり、小婦豈に往くべきの處ならんや、此より當に先塋
の下に老死すべし何ぞ遠行を謂はん、小師曰く此の謂に非るなり、杜
夫人の書札が僞作に非すとするも、賢婦若し此處に在らば則ち必す凶
人の欺侮を免れず、況んや賢婦の運數七年の厄あり、速かに南五千里
の地に行て而して之を避け、天定つて人に勝つを待たば防害あらず、
努力して遠行し後悔を貽すこと勿れ、謝氏曰く女子の遠行は顚沛にも
前途の吉凶を慮るべし、更に指敎を乞ひ奉る、小師曰く天機は輕々し
く泄すべからず、只一言を付せん、玆の後六年の六月望日舟を白蘋の
洲に泊して人を濟ふことを心に銘して忘れさらんことを、此地は泉
下、賢婦久しく留まる可らず須らく速かに歸去すべし、謝氏對へて曰
く今尊顔に離るれば何の日にか復た見へんと、因て聲を放ちて痛哭
す、乳母と义鬟は其夢壓あるを知り呼て而して之を覺ます、

　　최부인이 사씨를 불러 앞에 이르러 이마를 어루만지며 말했다.
　　"나는 일찍 진연(塵緣)을 사(辭)하여 여직 신부(新婦)를 보지 못했
다. 자네는 부디 머리를 들어 내 용모를 보라. 나는 천하(泉下)에 있다
하더라도 신혼(神魂)은 신부의 정절에 매(昧)하지 않다. 사(祠)에 올라
향(饗)을 형(亨)함을 심히 기뻐했다. 내 본디 술을 즐기지 않지만 반
드시 진취(盡醉)함이 있었다. 지금은 교가(喬家)의 음녀에게 봉사하
게 하니, 내 어찌 향(饗)을 형(亨)[42]할 마음이 있겠는가. 신부가 집을
옮긴 뒤 오랫동안 이 집에 있어 아직 일찍 사(祠)에 나아가지 못했다.

---

42 일본어 번역문 '향(饗)을 형(亨)'한다는 것은 한문 원문 '흠향(歆饗)'의 번역이다.

오직 현부가 이곳에 있으니 이에 의한다. 지금 현부가 장차 멀리 떠나려 하는 것 또한 천명이다. 어찌 슬프지 않겠는가?"

사씨는 부인의 발을 부지(扶持)하고 오열하며 대답했다.

"두부인의 부름을 입어서 성중(城中)에 가려고 했습니다. 감개무량하여 곧 차마 떠나지 못했습니다. 마침 존구(尊舅)의 교회(敎誨)를 듣고 참으로 필적이 참이 아님을 깨달았습니다. 소부가 어찌 가야 할 곳이겠습니까. 이제부터 마땅히 선영(先塋) 아래에서 노사(老死)할 것입니다. 어찌 원행(遠行)을 말씀하십니까?"

소사가 말했다.

"이것만 말하는 게 아니다. 두부인의 서찰이 위작이 아니라 하더라도, 현부가 만약 이곳에 있으면 반드시 흉인(凶人)의 기모(欺侮)를 면치 못할 것이다. 더구나 현부의 운수 칠년지액이 있다. 속히 남쪽 5천리 땅에 가서 그것을 피하라. 하늘이 정했는데 사람이 이기기를 기다린다면 방해되지 않는다. 노력하여 원행하고 후회를 남기지 말라."

사씨가 말했다.

"여자의 원행(遠行)은 전패(顚沛)에도 전도(前途)의 길흉을 고려해야 합니다. 다시 지교(指敎)를 청하겠사옵니다."

소사가 말했다.

"천기(天機)는 가벼이 누설할 수 없다. 다만 한 마디만 하리라. 이후 6년 6월의 망월(望月) 배를 백빈(白蘋)의 주(洲)에 박(泊)하고 사람을 제(濟)할 것을 마음에 새겨 잊지 말라. 이 땅은 천하(泉下), 현부 오래 머무를 수 없다. 모름지기 속히 돌아가야 할 것이다."

사씨가 대답하여 말했다.

"지금 존안(尊顔)을 떠나면 어느 날에 다시 뵙겠습니까?"

　　인하여 방성통곡하였다. 유모와 차환은 그 몽압(夢壓)임을 알고
불러 그녀를 깨웠다.

　謝氏驚起すれは則ち是れ南柯の一夢なり、稍や精神を靜かにして乳
母に謂て曰く、一夢甚た奇なり、因つて其情況を說きたるのち杜夫人
の書札を出し、再三熟視すれとも終に疑ふへきの跡を發見せさりし
が、忽然大悟して曰く杜鴻臚の名は强字なり、夫人常に書札を書する
に必す其字を諱めり、而して今此書中には乃ち此字あり、是れ僞書た
るを知るべし、知ちず如何なる奸人が杜夫人の筆跡を摸して是の若き
の計を爲せしやと、暫くすれば日は已に曙なり矣、夫人乳母に謂つて
曰く、小師明かに南方五千里外に往きて災殃を避くへきを敎へらる、
夢中未た詳かに其地を問ふを得さりしも、長沙府正に是れ南方五千里
外に在り、且つ杜夫人去る時水路五千餘里と言へり、舅姑の意恐らく
は我を彼に託せんと欲せらるゝならん、但だ水路遙かに隔たりて歸舟
に逢ひ難し、將に之を奈何すへきやと思案するところ、蒼頭忽ち杜推
官の轎車至れるを報しぬ、乳母曰く第だ之を來者に問へは則ち何人の
奸計たるを知らるべし、夫人曰く旣に其詐僞たるを知る何ぞ必す問は
ん、一强暴の黨に過きたるなり、彼れ若し吾が其奸詐を覺れるを知ら
ば則ち必す其怒に觸れて其禍を挑發すへし、唯告けよ余夜來風邪に罹
りて身を動かすを得ずと、乳母此の事を以て諸人に告ぐ、諸人相顧み
て頗る躊躇し、其强劫すへからさるを知り歸りて董淸に報ず、淸曰く
吾れ謝氏の性敏にして多智なるを聞く、此れ必す答書を送れる後ち疑
訝の念を生じ、人を城東に送りて杜夫人の方さに長沙に在るを探聽し
病と稱して來らさるなるべし、此の計漏泄せば則ち禍將さに測られざ

らんとす矣、冷振は初め謝氏の答書を得て欣喜踊躍たりしが、此の奇
報を聞くに及ひ蹶然として失望し董清に謂て曰く、此の事既に計畫せ
る上は中止すべからす、放任して禍を招くよりは進んて我か鬱憤をは
らすに若かず、余に心交兄弟の如きもの十餘人あり皆是れ豪俠なり、
半夜同行して彼を刦取せん若し吾か言を聽かば則ち是れ冷振の福な
り、如し或は順はずば則す刃を以て刺殺し、以て董兄の禍根を絶た
ん、清曰く此計正に我か意に合へり、凡そ事は神速なるを貴ぶ矣、

　　사씨가 경기(驚起)하니 남가일몽이라. 조금 정신을 차리고 유모에
게 일러 말했다.

　　"꿈이 심히 기(奇)하다."

　　인하여 그 정황을 설(說)한 뒤 두부인의 서찰을 꺼내 재삼 숙시(熟
視)하였지만 끝내 의심할 만한 자취를 발견하지 못하다, 홀연 대오
(大悟)하여 말했다.

　　"두홍려(杜鴻臚)라는 이름은 강자(强字)이다. 부인은 늘 서찰을 서
(書)함에 반드시 그 자(字)를 휘(諱)했다. 그런데 지금 이 서중(書中)에
는 곧 이 자(字)가 있다. 위서임을 알겠다. 어떠한 간인(奸人)이 두부
인의 필적을 모(摸)하여 이와 같은 계(計)를 꾸몄는지 모르겠구나."

　　잠시 있으니 날은 이미 서(曙)했다. 부인이 유모에게 일러 말했다.

　　"소사께서 분명 남방 5천리 바깥에 가서 재앙을 피해야 한다고 가
르치셨다. 꿈속이라 그 땅을 자세히 물을 수 없었지만, 장사부(長沙
府)는 딱 남방 5천리 바깥에 있다. 또한 두부인이 떠날 때 수로(水路)
5천여 리라고 말씀하셨다. 구고(舅姑)의 뜻은 필시 나를 그곳에 탁
(託)하려 하신 것이리라. 다만 수로는 아득히 격(隔)하여 귀주(歸舟)를

만나기 어렵다."

장차 그것을 어찌해야 할까 생각하는 중에, 창두 홀연 두추관의 교거(轎車)가 이르렀음을 알렸다. 유모가 말했다.

"다만 내자(來者)에게 그것을 물으면 어떤 이의 간계인지를 알 수 있을 것입니다."

부인이 말했다.

"이미 그 사위(詐僞)임을 안다. 어찌 반드시 묻겠느냐. 한 강포(强暴)의 무리에 불과하다. 그가 만약 내가 그 간사(奸詐)를 눈치 챘음을 알게 된다면 반드시 그 노(怒)에 촉(觸)하여 화를 도발하게 될 것이다. 다만 내가 밤사이 감기에 걸려 몸을 움직일 수 없다고 고하라."

유모가 이 일을 여러 사람에게 고했다. 여러 사람 서로 돌아보며 자못 주저했으나, 그 강겁(强劫)할 수 없음을 알고 돌아가 동청에게 보고했다.

청이 말했다.

"나는 사씨의 성(性)이 민(敏)하고 다지(多智)하다 들었다. 이것은 반드시 답서(答書)를 보낸 뒤 의심이 생긴 것이다. 사람을 성동에 보내어 두부인이 참으로 장사에 있는지 탐청(探聽)하고 병이라 칭하고 오지 않았을 것이다. 이 계(計)가 누설되면 장차 화를 헤아릴 수 없을 것이다."

냉진은 처음에 사씨의 답서를 얻고 흔희(欣喜) 용약(踊躍)했지만, 이 기보(奇報)를 들음에 이르러 궐연(蹶然)히 실망하며 동청에게 일러 말했다.

"이 일을 이미 계획한 이상은 중지할 수 없다. 방임(放任)하여 화를 부르기 보다는 나아가 내 울분을 씻음만 못하다. 내게 심교(心交)하여 형제와 같은 이가 10여 명 있다. 모두 호협(豪俠)이다. 야반에 동행하여 그녀를 겁취(劫取)하겠다. 만약 내 말을 듣는다면 이는 냉진의 복이다. 만약 혹 불순한다면 칼로 척살하여 동형(董兄)의 화근을 끊겠다."

청이 말했다.

"이 계(計)가 참으로 내 뜻에 합한다. 대저 일은 신속(神速)함을 귀히 여긴다."

却て說く謝氏は夢裡南征の說甚た分明なりと雖も猶趑趄して決せず、遂に小師の墓前に詣し香を焚き之を祝て曰く、小婦夢中に明教を荷ふと雖も女子の遠行は實に疑懼の心多し、且つ遠く松楸に別るゝは情として忍ひさる所、卜筮を以て之を決せんと欲す、伏して乞ふ舅姑の靈冥々の中に暗示を垂れ、妾の危急を衷みて昭かに爻辭を示し之をして凶を避け吉を趨はしめ給へと、祝し畢りて金淺を擲ち乾卦を妊と爲す、占辭に曰く西南に吉あり東北に利あらす西南に人に遇ふと、又曰く(翩々として歸去する女は、驚かす亦恐れず、姮娥月宮に託す、悠々として竟に是れ昌なり)謝氏歎して曰く神明の命する所なり、蒼頭をして通州渡口に往き南征の船を覓めしむれば、還り報して曰く通州の人張三は本と杜鴻臚の宅の奴子なり、免役の後ち南方に往き茶を販賣するを業となす、今彼れの舟廣西に發向せんとし路に長沙に寄航すと云へりと、夫人大に喜ひて曰く杜宅の家人は吾家の僕に異なるなし、是も亦た神靈の佑くる所ならん、卽ち盤纏を備ひ將ざに通州に往かんとし隣里に言て曰く、新城の本家に歸らんと欲するなりと、遂に舅姑の墓前に就き痛哭拜辭す、□雲悽愴、溪水嗚咽、謝夫人の悲を助

153

くるに似たり矣、僅かに墓下を離るゝ時、冷振黨を聚めて來刼すれは
家は巳に空し矣、乃ち大慼して退去せり、

　　　각설, 사씨는 몽리(夢裏) 남정(南征)의 설(說) 심히 분명했지만 여전
히 자저(趑趄)하며 결(決)하지 못했다. 마침내 소사의 묘전(墓前)에 예
(詣)하여 분향하고 축하하며 말했다.

　　　"소부(小婦) 꿈속에 명교(明敎)를 입었지만 여자의 원행(遠行)은 실
로 의구심이 많습니다. 또한 멀리 송추(松楸)에 헤어짐은 정으로서도
차마 하기 어려운바, 복서(卜筮)를 가지고 결정하고자 합니다. 엎드
려 바라기는 구고(舅姑)의 영(靈)이 명명(冥冥) 중에 암시를 내리시어
첩의 위급을 불쌍히 여겨 밝히 효사(爻辭)를 보여 그것으로 하여금
흉을 피하고 길을 좇게 하여 주옵소서."

　　　축(祝)하기를 마치고 금천(金淺)[43]을 던져 건괘를 구(姤)로 삼았다.
점사(占辭)는 말했다.

　　　"서남에 길(吉)이 있다. 동북에 이(利)가 있지 않다. 서남에서 사람
을 만난다."

　　　또한 말했다.

　　　"(편편(翩翩)히 귀거(歸去)하는 여자는 놀라지 않고 또한 두려워하
지 않는다. 항아(姮娥)가 월궁(月宮)에 탁(託)한다. 유유히 마침내 창
(昌)한다.)"

　　　사씨가 탄식하며 말했다.

　　　"신명(神明)이 명하는 바이다."

---

43 '금전(金錢)'의 오기로 보인다.

창두로 하여금 통주(通州) 도구(渡口)에 가서 남정(南征)의 배를 찾게 하니, 돌아와 보고하여 말했다.

"통주 사람 장삼(張三)은 본래 두홍려 댁의 노자(奴子)입니다. 면역한 뒤 남방에 가서 차를 판매하는 것을 업으로 삼았습니다. 지금 그의 배가 광서(廣西)로 출발하려 하는데 가는 길에 장사에 기항한다고 합니다."

부인이 크게 기뻐하며 말했다.

"두택(杜宅)의 가인(家人)은 우리 집안의 복(僕)이나 다름없다. 이것 또한 신령이 도우시는 바이구나."

즉시 반전(盤纏)을 갖추어 장차 통주로 가려 하여 인리(隣里)에 말하였다.

"신성의 본가로 돌아가고자 한다."

마침내 구고의 묘전(墓前)에 나아가 통곡 정중히 사양했다. 풍운처창(風雲悽愴), 계수오열(溪水嗚咽), 사부인의 슬픔을 돕는 듯했다. 묘하를 떠난 지 얼마 지나지 않았을 때, 냉진이 당을 모아 내겁(來劫)하니 집은 이미 비어 있었다. 이에 대참(大慙)하여 퇴거했다.

(七) 懐沙亭の柱に遺言を記し。 黄陵の廟に二妃に拜謁す。
(七) 회사정 기둥에 유언을 적다. 황릉의 묘에 이비를 배알하다.

謝氏通州に往きて張三の舟に上る、張三は謝氏か劉翰林の夫人にして將さに長沙に向はんとするを知り、之を待つこと己れか主人の如く一路敢て怠慢せず、舟行數日備さに艱難を嘗め、吳山千疊楚水萬曲、春雁已に歸りて秋風乍ち起る、夫人は身世の飄零を悼み、時序の變遷

を感じ、時々暮々惟だ涕涙ある而已舟子長沙に到着する日の近つける
を報するに及ひて夫人の心配些か解け、指を屈して以て待ちしが、華
容縣に至る時西風大に吹て舟行く得ず、且つ多病なる者舟に泊するに
依り、浦口に假泊して村舍に小憩す、遙かに見れば草屋山に依り柴扉
水に臨めり、義鬟門を叩きて人を喚べは一女子ありて出て迎ふ、年十
三四ばかり容貌絶美にして態度婢婷たり、宛かも桃花一枝春水に照耀
するに似たるあり、夫人を迎へて中堂に座せしむれば時已に夕なり矣
謝夫人問ふて曰く、姑娘は何くに往き汝獨り家に在る乎、女子對へて
曰く妾か性は林父は沒して母卜氏と與に同居す、母適ま越水里に饗神
の處ありて赴きしが猝かに惡風に值ふて尚ほ未た還り來らすと、女子
退て義鬟に問ふて夫人の旅次を承知し、自から廚房に入りて待客の饌
を具備し、燈火を堂上に照して夕飯を進む、江村の美酒を沽し武昌の
肥魚を膾にし、節果山菜淸潔にして味ふべし、夫人は酒と肉とを却け
唯蔬菜と果實に箸を下し、其慇懃に感して女子に謝して曰く遠客計ら
すも邪魔して手數を煩はせり感謝に堪へすと、女子俯伏して對て曰
く、夫人は天人なり、陋地に來臨を辱ふし光榮閭里を動かす、村家の
薄饌甚た褻慢にして實に惶懼多し敢て謝辭を受くるに當たすと、

　　사씨가 통주에 가서 장삼의 배에 올랐다. 장삼은 사씨가 유한림의
부인이며 장차 장사로 가려 하는 것을 알고 그녀를 기다리기를 제 주
인과 같이 하여 일로(一路)도 감히 태만하지 않았다. 주행(舟行) 수일
갖은 간난을 겪으며 오산천첩초수만곡(吳山千疊楚水萬曲) 춘안(春雁)
이미 돌아가고 추풍이 문득 일었다. 부인은 신세의 표령(飄翎)을 슬
퍼하고 시서(時序)의 변천을 느끼며 시시모모(時時暮暮) 그저 체루(涕

淚할 뿐이었다. 주자(舟子) 장사에 도착하는 날이 다가옴을 보고함에 이르러 부인의 마음은 조금 풀려 손가락을 꼽으며 기다렸는데, 화용현(華容縣)에 이르렀을 때 서풍이 크게 불어 배가 갈 수 없었다. 또한 다병(多病)한 자가 배에 박(泊)함으로 인해 포구에 가박(假泊)하고 촌사(村舍)에서 조금 쉬었다. 멀리 보니 초옥(草屋) 산에 의하고 시비(柴扉) 물에 임했다. 차환이 문을 두드려 사람을 부르니 여자 하나 나와서 맞이했다. 나이 13-4세 가량 용모 절미(絶美)하고 태도 비정(婢婷)했다. 흡사 도화(桃花) 일지(一支)가 춘수(春水)에 조요(照耀)하는 듯했다. 부인을 맞이하여 중당(中堂)에 앉게 하니 때는 이미 저녁이었다. 사부인이 물어 말했다.

"고낭(姑娘)은 어디 가고 너 혼자 집에 있느냐?"

여자가 대답하여 말했다.

"첩의 성(性)[44]은 임(林)이고, 부는 몰(沒)하여 모(母) 변씨(卞氏)와 함께 동거하고 있습니다. 모친은 마침 월수(越水里)에 향신(鄕神)하는 곳이 있어 나갔는데 갑자기 악풍(惡風)을 만나 아직 돌아오지 않았습니다."

여자가 물러가고 차환에게 물어 부인의 여차(旅次)를 알고 스스로 주방에 들어가 대객(待客)의 찬을 구비하고 등화(燈火)를 당상에 비추어 석반(夕飯)을 내왔다. 강촌(江村)의 미주(美酒)를 팔아오고 무창(武昌)의 비어(肥魚)를 회로 삼아 절과(節果) 산채(山菜) 청결하여 먹을 만했다. 부인은 술과 고기를 물리고 다만 채소와 과실에 젓가락을 댔다. 그 은근함에 감(感)하여 여자에게 사(謝)하여 말했다.

---

44 한문 원문, 일본어 번역문 모두 '성(性)'으로 되어 있다. '성(姓)'의 오기로 보인다.

"원객(遠客)이 생각지도 않게 실례하여 수고를 끼쳤으니 어찌 감사함을 감당하겠는가?"

여자가 부복(俯伏)하며 대답하여 말했다.

"부인은 천인(天人)이십니다. 누지(陋地)에 내림하시니 광영이 여리(閭里)를 동(動)합니다. 촌가(村家)의 박찬(薄饌) 심히 설만(褻慢)하여 실로 황구(惶懼)함이 많아 감히 사사(謝辭)를 받을 만하지 못합니다."

是の日夫人は林家に宿し翌朝出發せんとするに風浪未だ止ます終に林家に滯留すること三日に及べり、此間女子は愈欸待を致して其至誠を盡せしが、發船するに臨みて兩者の情懷依々として別るに忍ひず、夫人行李中に賷す所の指環を取り之を贈りて曰く、此物は微なれとも聊か寸志を表す留めて玉指に着け以て他日の紀念と爲せよ、女子再三謝辭して曰く路費を要する旅中何そ敢て之を取るべき、夫人曰く長沙は早や遠からす殊に路費また裕なり、固辭するなくして希くは君之を受納せよと、女子乃ち跪いて之を受け指に着けて泣て別を惜みて曰く、夫人自愛せられよ千金の軀なり、謝氏曰く若し重ねて逢ふの緣あらは則ち會合は難からす、而も念ふ吾等兩人は皆女子なり、一たび散せば萬里、相遭ふの日は期し難し悲しからすやと、仍て淚を揮て而して別る、又行く數日老蒼頭水土の疾を得て船中に死せり、夫人悲傷に堪へず、之か爲めに棹を停め張三をして江滸の高岸に疾ましめて去る、夫人の行中また一介の奴子なく只乳母と義鬟の兩人を餘すのみ、甚だ心細きを覺にて前路の遠近を張三に問へは、答へて曰く順風連りに吹かば明後日は長沙に著すへし矣、夫人甚た悅ふ、風順にして帆疾やく洞庭の口を出て岳陽の下に泊す、此地は乃ち戰國時代の楚の徼な

り、虞舜南巡して蒼梧の野に崩ず皇英二妃之を追ふて及はず、湘水の
濱に哭す、涙は叢竹を染め血痕班々たり

이 날 부인은 촌가에 숙(宿)하고 다음날 아침 출발하려 함에 풍랑
이 아직 그치지 않아 마침내 임가(林家)에 체류한 것 3일에 이르렀다.
이 사이 여자는 더욱 관대(款待)를 바치고 그 지성을 다했는데, 발선
(發船)함에 임하여 양자의 정회(情懷) 의의(依依)하여 차마 이별하지
못했다. 부인이 행리(行李) 중에 뇌(賚)한 바 지환(指環)을 집어 그것
을 증(贈)하며 말했다.

"이 물(物)은 미(微)하지만 다만 촌지(寸志)를 표한다. 받아서 옥지
(玉指)에 끼어 후일의 기념으로 삼으라."

여자가 재삼 사사(謝辭)하며 말했다.

"노비(路費)를 요하는 여행 중에 어찌 감히 그것을 취하겠습니까?"

부인이 말했다.

"장사는 이제 멀지 않다. 게다가 노비 또한 넉넉하다. 고사(固辭)
하지 말고 자네는 그것을 수납(受納)하기 바란다."

여자는 이에 꿇어앉아 그것을 받아 손가락에 끼고 울며 이별을 아
쉬워하며 말했다.

"부인은 자애하십시오. 천금의 구(軀)이십니다."

사씨가 말했다.

"만약 거듭 만날 연(緣)이 있다면 회합은 어렵지 않을 것이다. 게다
가 생각해보면 우리들 양인(兩人)은 모두 여자이다. 한 번 산(散)하면
만리(萬里), 서로 만나는 날을 기약하기 어려우니 슬프지 않은가?"

이에 눈물을 뿌리며 헤어졌다. 또 행(行)하기를 수일 노창두가 수

토(水土)의 질(疾)을 얻어 선중(船中)에서 죽었다. 부인은 비상(悲傷)을 이기지 못하였다. 이 일 때문에 도(棹)를 정(停)하고 장삼에게 강호(江滸)의 고안(高岸)에 묻게 하고 떠났다. 부인의 행중(行中)은 또한 일개(一介)의 노자(奴子) 없이 다만 유모와 차환 두 사람뿐이었다. 심히 불안함을 느껴 전로(前路)의 원근을 장삼에게 물으니, 대답하여 말했다.

"순풍이 이어서 불면 모레에는 장사에 도착할 것입니다."

부인은 심히 기뻐했다. 바람이 순(順)하여 범(帆)이 빨라 동정(洞庭)의 구(口)를 나와 악양(岳陽) 아래에 박(泊)했다. 이 땅은 곧 전국시대 초(楚)의 요(徼)이다. 우순(虞舜)이 남순(南順)하여 창오(蒼梧)의 야(野)에 붕했다. 황영(皇英) 두 비(妃)는 그를 좇아 미치지 못했고 상수(湘水)의 빈(濱)에서 곡했다. 눈물은 총죽(叢竹)을 물들이고 혈흔 반반(班班)했다.

「此れ所謂瀟湘の班行なり、其後楚の良臣屈原、懷王に事ひ忠を竭して國に報せしが、小人の讒する所と爲り江南に放たれ、離騷九章を製して以て自ら悼み汨□の水に卒す、漢の才士賈誼大臣の嫉む所となり長沙に黜けられ、文を作り水に投して以て屈原を吊せり、而して千載歸來して古蹟猶存す、此れ實に騷人志士が斷腸の處なり、若し夫れ九疑の愁雲は冥々として湘江の夜雨蕭々、月は洞庭の湖に明かに、鵑は黃陵の廟に咽ぶ、此時に當りてや遷客愁人悽然として涙下り愴然として憾を興さゝるは無し、況んや謝氏は身を潔くして人に事ひ讒せられて所を失ふ、隻影飄泊、蓬轉萍浮、魂は失侶の鴈に隨ひ怨は望子の山に結ぶ、古人の抱怨を吊し餘生の無託を愍み、舊を感し今を傷みて寧んそ感々の情に堪へんや、輾轉として蓬窓に處し徹霄眠を爲さず、此

の時南州の船多く岸上に繁れり、夜半傍船の人の相與に語るを聽け
ば、吾か長沙府の民人等は厄運未た盡きず今番の興販大に手を失す
矣、傍人曰く何の意味ぞや、答て曰く前年來任せる杜推官老爺は淸廉
正直にして善く獄訟を斷じ民間少しも怨言なかりき、不幸にして長沙
に福運なく之を失へり、今次の柳推官は金を愛し銀を貪り玉石を卞せ
ず酷しく搖槎を施す、吾等の貿易豈に手を失ふに非すやと、

　　이것이 소위 소상(瀟湘)의 반죽(班竹)이다. 그 후 초의 양신(良臣) 굴
원(屈原), 회왕(懷王)을 섬겨 충을 다하여 나라에 보답했지만, 소인에
게 참(讒)을 당하여 강남에 방(放) 당하여『이소』9장을 짓고 스스로
슬퍼하여 멱라수에서 졸(卒)했다. 한(漢)의 재사(才士) 가의(賈誼) 대
신에게 질(嫉) 당하여 장사에 출(黜) 당하여 문(文)을 짓고 물에 투(投)
하여 굴원을 조(弔)했다. 그리고 천재(千載) 귀래하여 고적(古蹟) 여전
히 존한다. 이곳은 실로 소인(騷人) 지사(志士)의 단장지처(斷腸之處)
이다. 저 '구의지수운명명(九疑之愁雲冥冥) 상강지야우소소(湘江之夜
雨蕭蕭) 월명동정지호(月明洞庭之湖) 견열황릉지묘(鵑咽黃陵之墓)'와
같아 이때를 당하여 천객(遷客) 수인(愁人) 처연히 눈물 떨구고 창연
히 흥감(興感)하지 않은 이가 없었다. 더구나 사씨는 결신(潔身)하여
사인(事人)하고서도 참(讒)을 당하여 실소(失所)했다. 척영표박(隻影
飄泊), 봉전평부(蓬轉萍浮), 혼은 실려(失侶)한 기러기를 따르고 원(怨)
은 망자(望子)의 산에 결(結)했다. 고인(古人)의 포원(抱怨)을 조(弔)하
고 여생의 무탁(無託)을 민(憫)하며 감구상금(感舊傷今)하니 어찌 척척
(感慼)한 정을 감당하겠는가? 전전(輾轉)하며 봉창(蓬窓)에 처하여 철
소(徹霄) 잠을 이루지 못했다. 이 때 남주(南州)의 배가 많이 안상(岸上)

에 번(繁)했다. 야반(夜半) 방선(傍船) 사람들이 서로 말하는 것을 들으니, '우리 장사부(長沙府) 민인(民人) 등은 액운이 아직 다하지 않았다. 이번에 흥판(興販) 크게 실수했다.'고 했다. 방인(傍人)이 말했다.

"무슨 의미인가?"

대답하여 말했다.

"전년 내임(來任)한 두 추관 노야는 청렴정직하며 옥송(獄訟)을 잘 단(斷)하여 민간에 조금도 원언(怨言)이 없었다. 불행히도 장사에 복운(福運)이 없어 그를 잃었다. 금차(今次)의 권(權) 추관은 금을 사랑하고 은을 탐하여 옥석을 가리고 않고 혹독하게 요달(搖撻)을 시(施)한다. 우리들의 무역이 어찌 실수(失手)함이 아니겠는가?"

謝氏之を聽きて推官の轉任せるを知り而も亦た他郡に移りしか將た京職に遞任せしかを詳かにせす、展轉して沉吟し恍惚として神を失せるか如し、急に張三をして之を問はしめば來り告けて曰く、吾か老爺の治績顯著にして巡按御史の奏聞する所となり、朝廷擢しで、成都の知府に陞任せられ、前日已に大夫人に陪して赴任し、新推官は乃ち湘江人なりと云ふ矣、夫人心破れ膽碎けて爲す所を知る莫し、天を仰か胸を搥ちて曰く悠々たる蒼天、明々たる白日、胡爲ぞ我をして此に至らしむるか、張三に謂て曰く杜夫人は已に成都に往き長沙は乃ち是れ客地なり、既に彼に往く可らす亦た此に留まるべからず、汝夫れ我等三人を此處に下ろし舟を縱ちて去れと、張三曰く長沙は既に去るへきの處に非す、小僕も亦久しく此に留まり難し、知たず夫人は此より何れに往かんと志さるゝや、夫人曰く此身は何處にも跡を託す可らず、汝須らく强て問ふこと勿れ、乳母と叉鬟は施すへき術を知るなく相扶

けて啼哭す、さあれ斯くてあるへきにあらねば張三は遂に三人を江岸
に下し、夫人に向て拜辭して曰く願くは夫人切に自愛せられと、乃ち
纜を解きて去る、

　　사씨가 그것을 듣고 추관이 전임(轉任)함을 알았으나, 또한 타군
(他郡)으로 옮겼는지 경직(京職)에 체임(遞任)되었는지는 상세하지
않았다. 전전(展轉)하여 침음(沈吟)하고 황홀하여 실신할 것 같았다.
급히 장삼으로 하여금 묻게 하니 와서 고하여 말했다.

　“우리 노야의 치적이 현저하여 순안(巡按) 어사가 주문(奏聞)한 바,
조정에서 탁(擢)하여 성도(成都)의 지지(知府)에 폐임(陞任)되시어 전
일 이미 대부인을 배(陪)하여 부임했고, 새 추관은 곧 상강 사람이라
합니다.”

　부인은 마음이 찢어지고 담(膽)이 부서져 할 바를 알지 못했다. 하
늘을 우러르고 가슴을 치며 말했다.

　“유유한 창천(蒼天), 명명(明明)한 백일(白日), 어찌 나에게 이 지경
에 이르게 하시는가?”

　장삼에게 일러 말했다.

　“두부인이 이미 성도로 가셨으니 장사는 곧 객지이다. 이미 그곳
에 갈 만하지 않다. 또한 이곳에 머물 만하지도 않다. 너는 우리 삼인
을 이곳에 내려주고 배를 종(縱)하여 거(去)하라.”

　장삼이 말했다.

　“장사는 이미 갈 만한 곳이 아닙니다. 소복(小僕)도 또한 오래 이곳
에 머무르기 어렵습니다. 모르겠습니다, 부인은 이제부터 어디로 가
시려 하십니까?”

부인이 말했다.

"이 몸은 어디에도 적(跡)을 탁(託)할 만하지 않다. 너는 부디 굳이 묻지 말라."

유모와 차환은 시(施)할 술(術)을 알지 못해 서로 부여잡고 제곡(啼哭)했다. 이리 있을 수만은 없어 장삼은 마침내 삼인을 강안(江岸)에 내려주고 부인에게 정중하게 사양하며 말했다.

"간절히 바라옵건대 부인께서는 자애하십시오."

이에 해람(解纜)하고 떠났다.

　乳母泣て曰く盤纏は已に罄きて四顧依るへきなし、哀れ我か夫人將さに如何せんとせらるゝか、謝氏曰く余眼ありと雖も既に人を知る能はず、行身不善にして又信を取る能はず、自から極りなきの禍を速き、此の無窮の辱に遭ふ、今に至りて生存するも寔に亦不目然なり、此の境に至りて尚ほ死を畏れんやと仍て心緒亂れて絲の如し、高丘に上りて遙かに故郷を望まんと欲す、汝等余を扶けて之に上らしめよと、兩人乃ち扶腕して一岸の絶巘に挽き上けぬ、江に俯せば、斷岸千尺、老樹叢篁の間一古亭あり、之に扁して懷沙亭と曰ふ、乃ち屈三閭が投水の處なり、後人之か爲めに亭を搆へ、古今文人の題吟甚た多し矣、夫人乳母に謂て曰く余始め杜推官遞去の語を聞き頗る前日の夢の驗無きを疑へり、此に到て怳然として大覺し神明の敎ゆる所虚ならさるを信すと、姆曰く何の意味ぞや、夫人曰く此は乃ち古の忠臣が讒に遭ひ水に溺るゝ處なり、舅姑の靈吾か罪なきを知る、故に此に到り石を抱きて水に入り、寄清節を全うして芳名を萬古に淨はしむ、是れ豈偶然ならんや、淸江の水千尺、吾か骨を此に葬るべし矣、

유모가 울며 말했다.

"반전(盤纏)은 이미 경(罄)하고 사고(四顧)에 의할 것 없습니다. 슬프구나, 우리 부인 장차 어찌하면 될까?"

사씨가 말했다.

"내가 눈이 있어도 이미 사람을 알지 못했다. 행신(行身) 불선(不善)하여 또한 신(信)을 취하지 못했다. 스스로 극(極) 없는 화를 속(速)하여 이 무궁한 욕(辱)을 만났다. 지금에 이르러 생존함도 실로 또한 부자연하다. 이 지경에 이르러 다시 죽음을 두려워하겠느냐? 심서(心緒) 난(亂)하여 실과 같다. 고구(高丘)에 올라 멀리 고향을 바라보려 한다. 너희들은 나를 부축하여 오르게 하라."

양인(兩人)이 곧 부완(扶腕)하여 일안(一岸)의 절헌(絶巘)에 만상(挽上)했다. 강을 부(俯)하니 단안천척(斷岸千尺), 노수총황(老樹叢篁) 사이에 한 고정(古亭)이 있었다. 편(扁)에 회사정(懷沙亭)이라 되어 있다. 곧 굴삼려[45]가 투수(投水)한 곳이다. 후인(後人)이 그를 위해 정(亭)을 지었고 고금의 문인의 제음(題吟) 심히 많았다. 부인이 유모에게 일러 말했다.

"내가 처음에 두추관이 체거(遞去)한다는 말을 듣고 자못 전일의 꿈이 험(驗) 없음을 의심했다. 이곳에 이르러 황연히 대각(大覺)하여 신명(神明)의 가르치신 바가 허(虛)하지 않음을 믿겠다."

모(姆)가 말했다.

"무슨 의미입니까?"

부인이 말했다.

---

45 삼려대부 굴원을 가리킨다.

"이곳은 곧 옛 충신이 참(讒)을 만나 물에 빠져죽은 곳이다. 구고
(舅姑)의 영(靈)이 내게 죄 없음을 아셨다. 까닭에 이곳에 이르러 돌을
품에 안고 물에 들어가 그 청절(淸節)을 온전히 하여 방명(芳名)을 만
고에 정(淨)하게 하셨으니, 이 어찌 우연이겠는가. 청강(淸江)의 물 천
척, 내 뼈를 여기에 장사지낼 만하다."

言訖りて水に臨み躍り入らんとす、兩人扶持して哭して曰く、賤婦
兩人は夫人に奉待し千辛萬苦して此地に到れり、生けは當に同生すへ
く死も亦同死すべし、願くは夫人に從ひ泉下に遊へは足れり矣、夫人
曰く余は是れ罪人なり罪固より當に死すべし、汝等死すへきの義な
し、何そ必す我に水中に從はん乎、盤纏は尙ほ餘資あり、余の死後汝
ち兩人分取して身を此地の人に託し、乞ふて婢僕とならば則ち叉鬟は
幼なれとも使令に服すべし、老母亦た老ゆるも炊爨に堪ゆべし、何そ
其主を得さるを患へんや、各其身を愛し善く虞なきを保つべし、倘し
北方の人に遇へは須らく、今日の語を傳へよ、又曰く死生も亦大な
り、明白ならさるべからずと、

말을 마치고 물에 임하여 뛰어들려 하였다. 양인이 부지(扶持)하
고 곡하며 말했다.
"천부(賤婦) 양인은 부인을 봉대하며 천신만고하여 이 땅에 이르
렀습니다. 살면 마땅히 동생(同生)하고 죽어도 또한 동사(同死)해야
할 것입니다. 바라건대 부인을 따라 천하(泉下)에 유(遊)하면 족하겠
습니다."
부인이 말했다.

"나는 죄인이다. 죄가 본래부터 마땅히 죽을 만하다. 너희들은 죽을 만한 의(義)가 없다. 어찌 반드시 수중(水中)에 나를 따르려 하느냐? 반전(盤纏)은 여전히 여자(餘資)가 있다. 내 사후 너희 양인이 나누어 취하여 몸을 이 땅 사람에게 탁(託)하고 계집종과 사내종이 되길 빌면 차환은 어리지만 사령(使令)에 복(服)할 만하다. 노모 또한 늙었어도 취흔(炊爨)을 감당할 수 있다. 어찌 그 주(主)를 얻음을 근심하겠느냐. 각각 그 몸을 아끼고 잘 불우(不虞)함을 보할 만하다. 만약 북방 사람을 만나면 부디 금일의 말을 전하라."

또 말했다.

"사생(死生)도 또한 크다. 명백히 하지 않을 수 없다."

遂に筆を取りて柱上に大書して曰く、某年月日謝氏貞玉水に溺れて死す、書き罷りて筆を投し天を仰き大息して曰く、天乎神乎、胡れぞ我をして此極に至らしむるや、聖人の所謂善に福し淫に禍する者皆慢說にして我を斯くや、又曰く比干か心を剖き子胥か目を抉くり屈原か水に投し伯奇か霜を履む古よりして然り、余が死は宜なり矣、北に向て之を祝して曰く、舅姑と父母の靈洋々として一處に同遊せば則ち死も憾無し矣、顧みて乳母に謂て曰く吾れ復た杯酌を奉じて小師の祠堂に上らんと欲するも豈得べけんや、知らす麟兒は生乎死乎一たび吾兒と五弟の顔を見れは則ち吾恨無し矣、三人相扶けて江流を俯瞰すれば、風濤汹湧し魚龍出沒す、陰雲四方に起り夕日輝り無く、猿啼鬼嘯怨むか如く訴ふる如し、三人大哭一聲す、夫人仍ち氣塞かりて人事を省せず、乳母と叉鬟は環坐飲泣して其手足を撫す、謝氏精神昏窒して奄々睛の々中、一陣の淸香忽ち鼻耳の邊を擁し、忽ち琤々の聲を聞

く、俄に靑衣の女童而前に立つあり、容色甚だ美にして世間の人にあ
らさるに似たり、謝氏に向ひ手を拱して曰く娘々、夫人の來るを請へ
り矣、謝氏惶忙として起ちて曰く娘々と是れ何人にして何處に在り
や、女童曰く夫人往けは則ち之を知らん矣、謝氏女童に隨ひ山後の竹
林を過きて行く百餘步、則ち粉壁朱門儼として王者の居所の若し、遂
に三重の層門を入れば則ち高殿嵬々として廣庭肅々たり、琉璃を綴つ
て而して屋を盡ひ、白玉を綴りて而して砌と爲す、燦煇炫燿人の耳目
を奪ふ、其烟火の世界に非るを知るへきなり、靑衣曰く擧動未た罷ま
ず、夫人暫く此に留まりて以て待つべし、遂に謝氏を引いて殿門の東
舍に坐せしむ、謝氏門隙より之を覘へば、金節雲旆左右に羅列し。

마침내 붓을 잡아 주상(柱上)에 '모년 월일 사씨 정옥 물에 빠져 죽
다'라고 대서(大書)했다. 쓰기를 마치고 붓을 던지며 하늘을 우러러
대식(大息)하며 말했다.

"천이여 신이여, 어찌 나로 하여금 이 극(極)에 이르게 하시는가.
성인의 이른바 선에 복하고 음(淫)에 화(禍)한다는 것 모두 만설(慢說)
로 나를 속인 것인가?"

또 말하였다.

"비간(比干)의 심장을 부(剖)하고 오자서의 눈을 결(抉)하며 굴원
이 물에 투(投)하고 백기(伯奇)가 상(霜)을 밟은 것 예부터 그러하다.
내 죽음은 마땅하다."

북향(北向)하여 축하하며 말했다.

"구고(舅姑)와 부모의 영(靈) 양양(洋洋)하여 일처(一處)에 동유(同
遊)하면 죽어도 감이 없을 것이다."

돌아보며 유모에게 일러 말했다.

"내 다시 배작(杯酌)을 봉(奉)하여 소사의 사당에 올라가기를 바랐으나 어찌 얻을 수 있겠느냐? 모르겠다, 인아는 살았는가 죽었는가. 한 번 오아(吾兒)와 오제(吾弟)의 얼굴을 보면 곧 내 한이 없을 것이다."

삼인 서로 부여잡고 강류(江流)를 부감(俯瞰)하니, 풍도(風濤) 흉용(洶湧)하고 어룡(魚龍)이 출몰했다. 음운(陰雲) 사방에서 일어나고 석일(夕日) 빛이 없었다. 원제귀소(猿啼鬼嘯) 원망하는 듯 소(訴)하는 듯했다. 삼인이 큰 소리로 울며 일성(一聲)했다. 부인이 곧 기가 색(塞)하여 인사불성이었다. 유모와 차환은 환좌(環坐) 음읍(飮泣)하며 그 수족을 주물렀다. 사씨가 정신 혼질(昏窒)하여 엄엄궤궤(奄奄瞶瞶)한 중, 일진(一陣)의 청향(淸香) 홀연 비이(鼻耳) 주변을 옹(擁)하였고, 홀연 쟁쟁지성(琤琤之聲)을 들었다. 갑자기 청의(靑衣)의 여동(女童)이 면전에 서 있었다. 용색(容色) 심히 아름다워 세간(世間)의 사람이 아닌 듯했다. 사씨에게 손을 공(拱)하며 말했다.

"낭낭(娘娘), 부인이 오기를 청했습니다."

사씨가 황망히 일어나 말했다.

"낭낭이란 어떤 사람이고 어디에 있는가?"

여동(女童)이 말했다.

"부인이 가시면 아실 것입니다."

사씨가 여동을 따라 산 뒤의 죽림을 지나가길 백여 보, 곧 분벽(粉壁) 주문(朱門) 엄(儼)하여 왕자(王者)의 거소 같았다. 마침내 삼중의 층문(層門)을 들어가니 고전(高殿) 외외(嵬嵬)하고 광정(廣庭) 숙숙(肅肅)했다. 유리(琉璃)를 철(綴)하여 옥(屋)을 덮고, 백옥을 철(綴)하여 체(砌)로 삼았다. 찬휘현요(燦輝炫燿) 사람의 이목을 빼앗았다. 그 연화

(煙火)의 세계가 아님을 알만했다. 청의가 말했다.

"거동 아직 파(罷)하지 않았습니다. 부인은 잠시 여기서 머무르며 기다려야 합니다."

마침내 사씨를 끌어 전문(殿門)의 동사(東舍)에 앉게 했다. 사씨가 문틈으로 엿보니, 금절(金節) 운패(雲旆) 좌우에 나열해 있었다.

衆樂迭ひに奏し聲音璆喨たり、又彩女數百あり各其曲を奏す、五色の神鳥は翼を奮ひ頸を引き樂に和して鳴く、其聲淸和にして能く人の不平の氣を解く、女官は命婦百餘人を導き隊を分ちて階下に立てり、星冠月佩霓裳雲履甚た差異なし、紫衣の女官兩人階上に立ち、高く珠簾を塞げ龍腦を黃金雕篆の爐に燒き、大唱鞠躬して三字を拜す、諸命婦一時に四拜し平身して而して立ド、女官之を引き次を以て殿に上る、謝氏曰く彼れ何の禮なるや、靑衣曰く今日は是れ望日なり故に諸夫人娘々の座下に朝謁するなりと、言未た訖らさるに待女殿上より來りて曰く謝夫人を請來せしや、靑衣曰く邀へて此に座せらる矣、

중악(衆樂) 질주(迭奏)하여 성음(聲音) 구창(璆暢)했다. 또한 채녀(彩女) 수백이 있어 각각 그 곡을 연주했다. 오색의 신조(神鳥)는 날개를 떨치고 목을 끌며 음악에 화(和)하여 울었다. 그 소리 청화(淸和)하여 능히 사람의 불평스런 기운을 풀었다. 여관(女官)은 명부(命婦) 백여 명을 이끌고 대를 나누어 배하(陪下)에 섰다. 성관월패(星冠月佩) 예상운리(霓裳雲履) 차이가 없었다. 자의(紫衣) 여관(女官) 양인 계상(階上)에 섰다. 높이 주렴(珠簾)을 색(塞)하고 용뇌(龍腦)를 황금 조전(雕篆)에 태우고, 대창국궁(大唱鞠躬)하며 삼자(三字)를 절했다. 제명부(諸命

婦) 일시에 네 번 절하고 평신(平身)하여 섰다. 여관이 그를 이끌어 차
례를 따라 전(殿)에 올랐다. 사씨가 말했다.

"저것은 무슨 예인가?"

청의가 말했다.

"금일은 망일(望日)입니다. 그래서 제(諸)부인 낭낭의 좌하(座下)
에 조알(朝謁)하는 것입니다."

말이 아직 끝나지 않았는데 시녀가 전상(殿上)에서 와서 말했다.

"사부인을 청래(請來)하십니다."

청의가 말했다.

"요(邀)하여 여기에 앉으십시오."

遂に謝氏を導きて砌に立ちて下向す、娘々拜謁の禮畢れば、殿上の
侍女謝夫人を促して殿に上らしむ、靑衣又謝氏を引して西階より陛殿
して伏す、娘々命して座を謝氏に賜ふ、坐定まりて仰き睹れば娘々は
龍鳳の冠を頂き風雲の袍を御し、碧玉の圭を秉り明月の佩を振ひ儼と
して白玉の床上に坐し、傍に小座あり一夫人其上に坐す、威儀服色
娘々に彷彿つり、命婦等は東西に分坐せり、年の老少貌の□孋同しか
らさる若しと雖も冠服は則ち別に差殊無し、禮貌嚴肅闃として人無き
か如し、謝氏心神悚然として席末に坐す、娘々問うて曰く夫人能く我
を知れりや否や、謝氏身を俯して對て曰く妾は是れ塵世螻蟻の人、何
そ曾て娘々に拜謁せん乎、娘々曰く夫人は能く書史に通す正に我か號
を知らむ矣、吾兩人は乃ち堯帝の二女、帝舜の二妃なり、史に所謂娥
皇、女英、辭に稱する湘君夫人は卽ち寡人の姉妹なりと、謝氏起身叩
頭して曰く人世の賤女常に書籍中より聖德を仰慕せるのみ、意はさり

171

き此に親炙せんとは、娘々曰く此に邀へしは他事にあらず、夫人千金
の軀を惜ます、三閭の跡を追はんと欲するは甚た天意にあらず、而し
て夫人な天道を以て知る無しと爲す、此は則ち夫人の聰明の蔽はる所
あるを以てなり、豈慨然たらずや、玆に邀へて以て之か開釋を爲し、
併せて些か鬱寂の懷を解かんとするなり、謝氏曰く娘々下敎此に至る
賤妾の中情を陳へ奉らん。

    마침내 사씨를 인도하여 섬돌에 세우고 하향(下向)했다. 낭낭 배
알의 예가 끝나자, 전상(殿上)의 시녀가 사부인을 재촉하여 전(殿)에
오르게 했다. 청의가 또 사씨를 이끌어 서계(西階)에서 승전(陞殿)하
여 복(伏)했다. 낭낭 명하여 좌(座)를 사씨에게 사(賜)했다. 좌정(坐定)
하고 우러러 보니 낭낭은 용봉(龍鳳)의 관을 쓰고 풍운의 포(袍)를 어
(御)했다. 벽옥(碧玉)의 규(圭)를 잡고 내일의 패(佩)를 휘두르며 엄(儼)
히 백옥의 상(床) 위에 앉아 있었다. 곁에 소좌(少座)가 있어 한 부인
이 그 위에 앉았다. 위의(威儀) 복색(服色) 낭낭에 방불했다. 명부 등은
동서에 분좌(分坐)했다. 나이의 노소 얼굴의 연치(姸嬬)는 같지 않았
다. 젊다고 해도 관복(冠服)은 별로 차수(差殊)가 없었다. 예모(禮貌)가
엄숙해서 격(隔)하여 사람이 없는 것 같았다. 사씨의 심신(心神) 송연
(悚然)하여 석말(席末)에 앉았다. 낭낭이 물어 말했다.

    "부인은 능히 나를 알겠는가? 모르겠는가?"

    사씨가 몸을 부(俯)하며 대답하여 말했다.

    "첩은 진세(塵世) 누의(螻蟻)의 사람, 어찌 일찍이 낭낭을 배알했겠
습니까?"

    낭낭이 말했다.

"부인은 능히 서사(書史)에 통했다. 참으로 내 호(號)를 알 것이다. 우리 두 사람은 곧 요제(堯帝)의 이녀(二女), 제순(帝舜)의 두 비이다. 사(史)에 이른바 아황(娥皇), 여영(女英), 사(辭)에 칭하는 상군(湘君) 부인은 곧 과인의 자매이다."

사씨가 기신(起身) 고두(叩頭)하며 말했다.

"인세의 천녀(賤女) 늘 서적 가운데 성덕을 앙모(仰慕)할 따름이었습니다. 여기서 친자(親炙)하리라고는 생각지 못했습니다."

낭낭이 말했다.

"여기에 요(邀)한 것은 다른 일이 아니다. 부인이 천금의 몸을 아끼지 않고, 삼려대부의 적(跡)을 좇으려 하는 것은 심히 천의(天意)가 아니다. 그리고 부인은 천도(天道)를 알 수 없는 것이라 여겼다. 이것은 곧 부인의 총명이 가려진 바가 있기 때문이다. 어찌 개연하지 않겠는가. 여기에 요(邀)하여 그것으로써 개석(開釋)을 삼고, 아울러 얼마간 울적한 회(懷)를 풀어주려 한다."

사씨가 말했다.

"낭낭의 하교(下敎) 여기에 이르시니 천첩(賤妾)의 중정(中情)을 진(陳)하여 올리겠습니다.

妾は曚昧にして知識無し祇だ謂ふ上天は私なし、善を作す者之に福を降し、不善なるもの之に禍を降すと、今を以て之を觀るに大に然らさるものあり、古より忠臣義士の讒禍に遭過するもの、子胥屈原の徒の如き之を言はんと欲すれば徒らに悲憤を催すのみ、引て論するに及ばず、閨中のものを以て之を言へは衛の莊姜は侍人其德を贊せさる莫し、孔子も亦且さに其詩を記して後世の法則と爲す、其才德の美如何

と爲す哉、而して猶小人に讒せられて莊公に疎せられ、今に至りて人
をして悲愴せしむ、漢の班婕妤は君に事ふるに禮を以てし、等輩に向
ては謙遜し、身を保つに智を以てし太后に奉するを願ふ、先儒の美と
する所、而も慘として趙飛燕の妬に遭ひ、廢して長信宮に處せらる、
而して製する所の詩は能く千秋流涕せしむ、此れ章々として明效なる
ものに非すや、此外の烈女賢婦の其德を修めて天の佑を獲る能はず、
其身を潔うして反て其禍を被る者古今滔々として何ぞ記するに遑あら
ん乎、妾は本と寒微早く嚴父を失ひ一も取るへきなくして、劉小師誤
つて媒言を聽き其家婦と爲し、六禮を備へて之を迎ひ一言を垂れて之
を獎めらる、妾の涯分斯に極まれり、夙夜戒愼一心祇た懼れ將さに氷
を履むで淵に臨むか如く、罪を夫家に獲る無き庶へり、小師世を捐
て、家事大に謬る、嗟呼南山の竹書を罄すと雖も妾の罪惡は尙餘あり
東海の流を決して妾か汚名を洗ふも亦盡し難し矣、面を掩うて丈夫の
門を出て淚を灑て舅姑の塋に別れ、身は江湖に一葉たり、路は瀟湘に
萬里なり、天に呼へは漠々、地を叩けは茫茫、生も歸する所なく死せ
すして何をか待たん、故に一縷の命を將て萬頃の波に投せんと欲す、
此の身は恤むに足らすと雖も此の心は誠に感むへし、兒女の偏性を以
てして能く天地の大に憾み無きなからんや、敢て無知の說を發して
娘々をして之を聞かしむ、罪萬死に合す願くは恕諒を賜へよ、

　　　첩은 몽매하여 지식이 없사오나 다만 '상천(上天)은 무사(無私)하
여, 선을 짓는 자에게 복을 내리고, 불선(不善)한 자에게 화를 내린다'
고 했습니다. 지금을 가지고 봄에 크게 그렇지 않은 것이 있습니다.
예부터 충신 의사(義士)가 참화(讒禍)를 조우한 이, 오자서·굴원의 무

리 같은 이를 말하고자 하면 헛되이 비분(悲憤)을 최(催)할 뿐입니다. 인론(引論)에 불급합니다. 규중(閨中)의 경우로 말하자면 위(衛) 장강(莊姜)은 시인(侍人) 그 덕을 찬(贊)하지 않는 이가 없습니다. 공자도 또한 참으로 그 시를 기록하여 후세의 법칙으로 삼았습니다. 그 재덕(才德)의 미(美) 어떠하다고 여기겠습니까? 그런데 또한 소인(小人)에게 참(讒) 당하여 장공(莊公)이 그이를 멀리하니 지금에 이르러 사람에게 비원(悲惋)하게 합니다. 한(漢)의 반첩여(班婕妤)는 임금을 섬김에 예로써 하고, 등배(等輩)에게는 겸손했으며, 신(身)을 보(保)함에 지(智)로써 하여 태후에 봉하기를 바랐습니다. 선유(先儒)의 미(美)라 여기는 바입니다. 그러나 참(慘)하게도 조비연(趙飛燕)의 투(妒)를 만나 폐하여 장신궁(長信宮)에 처해졌습니다. 그리하여 제(製)한 바의 시는 능히 천추(千秋) 유체(流涕)하게 합니다. 이것은 장장(章章)히 명효(明效)한 것이 아니겠습니까? 이외 열녀 현부(賢婦) 그 덕을 닦아 천우(天佑)를 획할 수 없었습니다. 그 몸을 결(潔)하였는데 도리어 그 화를 입은 자 고금에 도도(滔滔)하니 어찌 기록함에 황(遑)이 있겠습니까? 첩은 본래 한미(寒微)하고 일찍 엄부(嚴父)를 잃어 하나도 취할 것이 없었으나, 유소사께서 잘못하여 매언(媒言)을 듣고 그 가부(家婦)로 삼아 육례를 갖추어 맞아들여 일언(一言)을 내려 장(獎)하셨습니다. 첩의 애분(涯分) 여기에서 극(極)했습니다. 숙야(夙夜) 계신(戒愼) 일심(一心) 다만 구(懼)하여 장차 얼음을 밟으며 연(淵)에 임한 듯, 죄를 부가(夫家)에 얻음이 없기를 바랐습니다. 소사께서 세상을 연(捐)하시고, 가사(家事)가 크게 어긋났습니다. 아아, 남산(南山)의 죽서(竹書)를 경(罄)한다 하더라도 첩의 죄악은 여전히 남음이 있습니다. 동해의 유(流)를 결(決)하여 첩의 오명을 씻어도 또한 다하기 어

175

렵습니다. 면(面)을 가리고 장부의 문을 나와 눈을 쇄(灑)하며 구고의
영(塋)에 이별하며, 몸은 강호에 일엽(一葉)이었습니다. 길은 소상(瀟
湘)에 만리였습니다. 하늘에 호(呼)하면 막막(漠漠), 땅을 두드리면 망
망(茫茫), 살아도 돌아갈 곳 없고, 죽는다 해도 무엇을 기다리겠습니
까? 그러므로 일루(一縷)의 명을 장(將)하여 만경(萬頃)의 파(波)에 투
(投)하려 했습니다. 이 몸은 휼(恤)하기에 부족하다 하더라도 이 마음
을 참으로 척(慽)할 만합니다. 아녀(兒女)의 편생(偏生)을 가지고 능히
천지의 대(大)에 감(憾)이 없을 수 있겠습니까? 감히 무지의 설을 발
하여 낭낭으로 하여금 듣게 하였습니다. 죄 만사(萬死)에 합하나 바
라옵건대 서량(恕諒)을 사(賜)하소서.”

娘々聽き終りて左右を顧み微笑しつゝ襟を整へて謂つて曰く、君の
言を聞く盖し屈原の天問に效はんと欲する也、予其梗概を擧げて之を
言はん、吳王の狂悖なる楚子の昏暗なる罪を天に得たり、天其國祚を
傾けんと欲す、故に子胥の忠も信せられず屈原の賢も用ゐられさるは
時なり勢なり、豈に天の二子を憎む所ならん乎、莊公をして莊姜の轉
を得せしめば、則ち衛國は當に齊桓の覇を成すべし、成帝をして婕妤
の戒に服せしめば則ち漢室は周宣の中興を期すべし、二君庸愚なるを
以て天の福を受くるに足らず、故に莊姜疎んじ婕妤廢せられ、之に隨
ふに吳楚の祀を以てし、忽焉として漢衛の業は衰へたり、此れ天の四
君の罪を彰はして四人の名を揚くる所以なり、善惡の報豈誣ゆべけん
や、鍛爐百錬して黃金の堅剛を變へず、雪霰交も集り方さに松柏の勁
性を見る、千百代を過くると雖も名は愈光りて節は愈顯はる、生前の
困みは特に一時の厄なり、身後の名は萬世の榮なり、天道昭々として

豈毫末の差あらん乎、寡人姉妹は閨壺の弱女、幼にして皇考府君に學
ふ所無し、而して惟だ富貴に長せるも夫家に驕せず其試孝を竭して謹
みて舅姑に事へり、故に上帝之を嘉みし封じて此地の神と爲し以て天
下の陰敎を司る、座上の諸夫人は皆歴代の賢婦烈女なり、聲氣相應じ
踵步離れず、往々風に御し雲に乘じ聯翩として同會し、相與に義理を
講じて心を論ず、素より前世の悲歡榮辱は已に一場の春夢中に付す何
ぞ以て懷に介するに足らんや、之を以て之を觀れは我苟くも善を爲さ
ば天豈善に負かん、我苟くも惡を爲さは天豈惡を佑けんや、而も況ん
や夫人の事は古の不幸なるものとは異あり、劉氏は素と是れ積善の家
なり、誠意伯の遺澤も存せり、而も況んや小師は是れ忠臣直士、翰林
は乃ち愷悌の君子なり、唯其れ不幸にして早く智識に達し、未だ周く
天下の事理と許多の憂苦を經歷せず、益を增すは其の能くせざる所、
然る後方さに以て其智を廣うし其器を成すべし、故に天之に降すに一
時の災厄を以てし、其心を驚動し其性を堅忍ならしめんと欲し、夫人
の賢聖を退けて喬女の淫邪を納れ、其過を改め善に遷るを待て復た夫
人をして之を輔佑せしめんとする也、此れ上天劉氏を冥佑する所にし
て亦時運の免る可らさる者なり、夫人何そ是の如く大燥せんや、夫人
は身に惡名を負ひ私心至痛たりと雖も、是れ猶俘雲の大虛を過き蟾蜍
の圓光を蝕する如し、曷ぞ以て盛德の累を爲すに足らん乎、彼の夫人
を讒害する者は自から一時の志を得るを誇ると雖も、其淫亂奢侈なる
は知らさるものなし、天將さに其凶惡を厚くし之に降すに罰を以てす
べし、此れ蛇虺の人を害して自から以て能と爲し、蜣蜋の糞に入りて
其穢を知らるか如し、夫人烏ぞ彼れと曲を爭ふて是非を卞ずべけんや
と、

177

낭낭이 듣기를 마치고 좌우를 돌아보며 미소 지으며 금(襟)을 정(整)하고 일러 말했다.

"자네의 말을 들음에 생각건대 굴원의 「천문(天問)」에 효(效)하기를 바란다. 내가 그 경개(梗槪)를 들어 말하겠다. 오왕(吳王)의 광패(狂悖)함 초자(楚子)의 혼암(昏暗)함 죄를 하늘에 얻었다. 하늘이 그 국조(國祚)를 경(傾)하려 하였다. 그러므로 오자서의 충도 믿지 않았고 굴원의 현(賢)도 쓰이지 않은 것은 시(時)이고 세(勢)이다. 어찌 하늘이 이자(二子)를 증(憎)한 바이겠느냐? 장공(莊公)에게 장강(莊姜)의 보(輔)를 얻게 하니, 위국(衛國)은 마땅히 제환(齊桓)의 패를 이룰 만했다. 성제(成帝)로 하여금 첩여(婕妤)의 계(戒)에 복(服)하게 하니 한실(漢室)은 주선(周宣)의 중흥을 기할 만했다. 이군(二君)의 용우(庸愚)함을 가지고 천복(天福)을 받기에 부족했다. 그러므로 장강을 소(疏)했고 첩여를 폐하였으니, 그에 따라 오초(吳楚)의 사(祀)를 가지고 했으며 홀연히 위(漢衛)의 업(業)은 쇄했다. 이것은 하늘이 사군(四君)의 죄를 창(彰)하고 사인(四人)의 이름을 양(揚)한 소이(所以)이다. 선악의 보(報) 어찌 무(誣)할 수 있겠느냐? 하하(鍛爐) 백련(百鍊)해도 황금의 견강(堅剛)을 변치 않는다. 설산(雪霰) 교집(交集)하여 참으로 송백(松柏)의 경성(勁性)을 본다. 천백 대를 지난다 하더라도 이름은 더욱 광(光)하고 절(節)은 더욱 현(顯)한다. 생전의 인(因)은 다만 일시의 액이다. 신후(身後)의 이름은 만세(萬世)의 영(榮)이다. 천도(天道) 소소(昭昭)하니 어찌 호말(毫末)의 차(差) 있겠느냐? 과인 자매는 규호(閨壺)의 약녀(弱女), 어려서 황고부군(皇考府君)에 거(擧)될 바 없었다. 그러나 오직 부귀에 장(長)해도 부가(夫家)에 교(驕)하지 않고 그 시효(試孝)를 다하고 삼가 구고(舅姑)를 섬겼다. 그러므로 상제께서 그것

을 가(嘉)하여 이 땅의 신이 되어 천하의 음교(陰敎)를 사(司)한다. 좌
상(座上)의 제부인은 모두 역대의 현부 열녀이다. 성기(聲氣) 상응(相
應)하고 규보(跬步) 불리(不離)한다. 왕왕 바람을 어(御)하고 운(雲)에
승(乘)하여 연편(聯翩)히 동회(同會)하여 서로 의리를 강하고 마음을
논한다. 본래부터 전세(前世)의 비환(悲歡) 영욕은 이미 일장춘몽 중
에 부(付)한다. 어찌 개회(介懷)하기에 족하겠는가? 그것을 가지고 본
다면 내가 만약 선을 하면 하늘이 어찌 선을 저버리겠는가? 내가 만
약 악을 행한다면 하늘이 어찌 악을 돕겠는가? 더구나 부인의 일은
옛날의 불행한 이와 다름이 있다. 유씨는 본래 적선(積善)의 집안이
고, 성의백의 유택(遺澤)도 존(存)한다. 게다가 소사는 충신 직사(直
士), 한림은 곧 개제(愷悌)한 군자이다. 다만 그는 불행하여 지식에 통
달함이 빨라서 아직 널리 천하의 사리와 허다한 우고(憂苦)를 경력하
지 못했다. 익(益)을 증(增)하는 것은 그 능히 하지 못하는 바, 연후에
참으로써 그 지(智)를 넓히고 그 기(器)를 이룰 것이다. 그러므로 하
늘이 그에게 일시의 재액을 내려서 그 마음을 경동(驚動)하고 그 성
(性)을 견인(堅忍)하게 하시려 하여 부인의 현성(賢聖)을 물리치고 교
녀(喬女)의 음사(淫邪)를 받아들여 그 개과천선을 기다려 다시 부인
으로 하여금 그를 보우(輔佑)하게 하려는 것이다. 이는 상천(上天)이
유씨를 명우(冥佑)하는 바로서 또한 시운(時運)의 면치 못할 것이다.
부인이 어찌 이와 같이 크게 조급해 하는가. 부인은 몸에 악명(惡名)
을 지고 사심(私心) 지통(至痛)한다 하더라도 이는 부운(孚雲)[46]이 대
허(大虛)[47]를 지나며 섬여(蟾蜍)가 원광(圓光)을 식(蝕)하는 것과 같다.

---

[46] 한문 원문은 '부운(浮雲)'이다. 일본어 번역문은 오기로 보인다.
[47] 한문 원문은 '태허(太虛)'다. 일본어 번역문은 오기로 보인다.

어찌 성덕의 누를 이루기에 족하겠는가? 저 부인을 참해(讒害)하는 자는 스스로 일시의 뜻을 얻음을 자랑한다 하더라도 그 음란 사치함은 알지 못하는 이가 없다. 하늘이 장차 그 흉악을 두텁게 하여 그에게 내림에 벌로써 할 것이다. 이는 사훼(蛇虺)가 사람을 해하고 스스로 능(能)하다 여기고 치시(蚩豕)가 똥에 들어가 그 예(穢)를 알지 못함과 같다. 부인이 어찌 그녀와 곡(曲)을 쟁(爭)하여 시비(是非)를 따지려 할 것인가?"

仍て侍女に命じ茶を謝氏に獻じて曰く夫人の此に來りてより已に久し從者必す疑はん、今は歸るべし矣、謝氏曰く妾娘々の召に因りて暫く晷刻の命を延はすと雖も、顧みれは此れ失所の人、實に依るへきの處無し、去たは則ち水に投せんのみ、伏して願くは娘々如し陋を嫌はすんば希くは侍女の末に備へよ、娘々笑して曰く夫人は他日自から當に此地に來會すべし、曹大家孟德耀と肩を比すへきも但だ時運及はず、或は之を留むと雖も何そ得へけんや、南海道人は君と宿世の緣あり、姑らく身を此に託して以て天時を待たるべし、此れ亦た天意を順受するのみ、謝氏曰く妾聞く南海は天一涯に在りて道路隔絶すと、既に舟車なく又粮資に乏し何を以て身を致さんや、娘々曰く導く所の人已に目前に在り此は慮るに足らさるなり、遂に座下の東壁にある容貌秀美にして眉目嬋妍たるものを指さして曰く、此君は所謂、衛の莊姜なり、容貌淸淡なるを指して曰く此は班婕妤なり、又西壁の擧止閑雅なるを指して曰く是れ曹大家なり、又顏肥へて色黑きを指して曰く此は梁處士の妻孟光なりと、謝氏起拜して曰く諸夫人は乃ち妾の平生執鞭を願ふ所なり、料ちすも今日親しく音容に見ゆるを得んとはと、四

夫人は目を以て神を傳ふるのみ謝氏拜謝して復た此處に會せんことを
と、兩靑衣に命して謝氏を導き去らしむ、方さに殿を下れば殿上の十
二湘簾一時に齊しく下りて其聲琤々たり、謝氏因りて以て魂悸□して
欠伸して轉臥すれば、兩婢は謂ふ夫人醒めたりと、大聲に叫呼す、謝
氏起坐すれば日は已に暮れぬ矣、

　　이에 시녀에게 명하여 차를 사씨에게 헌(獻)하며 말했다.

　　"부인이 이곳에 오고 나서 이미 오래다. 종자가 반드시 의심할 것
이다. 지금은 돌아가는 게 좋다."

　　사씨가 말했다.

　　"첩이 낭낭의 부름에 따라 잠시 구각(晷刻)의 명을 늘인다 하더라
도, 돌아보면 실소(失所)의 사람, 실로 의지할 만한 곳이 없습니다. 떠
나면 곧 물에 투(投)할 뿐입니다. 엎드려 바라기는 낭낭께서 만일 누
(陋)를 혐(嫌)하지 않으신다면 바라건대 시녀의 말(末)에 비(備)하십
시오."

　　낭낭이 웃으며 말했다.

　　"부인은 후일 스스로 마땅히 이 땅에 내회(來會)할 것이다. 조대가
(曹大家) 맹덕요(孟德耀)와 어깨를 비할 것이나 다만 시운(時運)이 불
급했다. 혹은 머무른다 하더라도 무엇을 얻을 것인가. 남해도인은
그대와 숙세(宿世)의 연이 있다. 잠시 몸을 여기에 탁하여 천시를 기
다려야 할 것이다. 이는 또한 천의(天意)를 순수(順受)할 따름이다."

　　사씨가 말했다.

　　"첩이 듣기로 남해는 하늘 일애(一涯)에 있어 도로 격절(隔絕)하다
했습니다. 이미 주거(舟車)가 없고 또한 양자(糧資)가 핍(乏)한데 무엇

181

을 가지고 치신하겠습니까?"

낭낭이 말했다.

"인도할 바의 사람 이미 목전에 있다. 이것은 염려하지 않아도 좋다."

마침내 좌하(座下)의 동벽(東壁)에 있는 용모 수려하고 미목(眉目) 휘연(嬋姸)한 이를 가리키며 말했다.

"차군(此君)은 소위 위(衛)의 장강(莊姜)이다."

용모 청담(淸淡)한 이를 가리키며 말했다.

"이는 반첩여이다."

또한 서벽(西壁)의 거지(擧止) 한아(閒雅)한 이를 가리키며 말했다.

"이는 조대가이다."

또한 안(顔)이 비(肥)하고 색 검은 이를 가리키며 말했다.

"이는 양처사의 처 맹광(孟光)이다."

사씨가 기배(起拜)하며 말했다.

"제부인은 곧 첩이 평생 집편(執鞭)을 바라는 바입니다. 생각지도 못하게 금일 친히 음용(音容)을 뵈올 줄이야."

네 부인은 눈으로 신(神)을 전할 따름이었고, 사씨에게 감사하며 '다시 이 땅에서 만나기를' 하며 두 청의에게 명하여 사씨를 도거(導去)하게 했다. 참으로 전을 내려가니 전상(殿上)의 열두 상렴(湘[48]簾) 일시에 일제히 내려왔고 그 소리 쟁쟁(琤琤)했다. 사씨가 인하여 혼계(魂悸)하고 흠신(欠伸)하며 전와(轉臥)하니, 양비(兩婢)는 '부인 정신 차리시오' 하며 크게 규호(叫呼)했다. 사씨가 기좌(起坐)하니 날은 이미 저물었다.

---

48 한문 원문은 '상렴(緗簾)'이다. 일본어 번역문은 오기로 보인다.

(八) 婦人禪門に歸依し。 群小詩案を構成す
(八) 부인 선문에 귀의하다. 군소 시안을 구성하다

謝氏精神久うして乃ち治定すれは娘々の言歷々として記すべし、而
して茶香尙ほ口に在り、乃ち乳母に謂て曰く余は這の間安くに往きし
耶、對へて曰く夫人窒塞已に久しく僅に甦へるを得たり、豈所去の處
あらんや、謝氏備さに夢中の事を說き山間の竹林を指して曰く、余靑
衣に從て彼の路より去る、往來の處今認むべし矣、爾等若し我か言を
信せされば吾に隨て而して來れと、

　　사씨의 정신 오래지나 곧 치정(治定)하니 낭낭의 말 역력히 기억할
　　수 있었다. 그리고 다향(茶香)이 여전히 입에 있었다. 이에 유모에게
　　일러 말했다.
　　"나는 저간에 어디로 갔었느냐?"
　　대답하여 말했다.
　　"부인께서 질색(窒塞)한지 이미 오래고 겨우 다시 살아남을 얻으
　　셨습니다. 어찌 가신 바의 곳이 있겠습니까?"
　　사씨가 자세히 몽중의 일을 설하고 산간의 죽림을 가리키며 말했다.
　　"내가 청의(靑衣)를 따라 저 길로 갔다. 왕래한 곧 지금 인(認)할 수
　　있다. 너희들이 만약 내 말을 믿지 못하겠다면 나를 따라 오라."

遂に身を起して細路に從て入り古林の北に抵れば則ち一の古廟あり
扁して黃陵廟と曰ふ、正に所謂皇英の廟なり、物色すれば夢中に睹し
所依俙たり、殿宇は荒涼にして丹靑は剝落しぬ、廟門を入り殿上に就

183

て之を見れは皇英の玉像は儼として殿の中央に坐せり矣、謝氏拜祝し
て曰く賤妾は娘々の眷遇を荷ふこと多し、此身死せすして幸會に逢ふ
を得ば則ち誓て聖德を忘れず矣、退て廟廡に坐せば飢餒頗る甚し、義
鬟をして食を守廟の民家に乞はしめ、三人器を同うして食し、相謂て
曰か廟前着足すへき處なし神靈も亦戲るゝかと、此時暝靄乍ち收まり
月色微明なり、忽ち二人あり廟より入りて謝氏一行を見て廡下に在
り、乃ち言て曰く、比れ眞に是耶、

　　　마침내 기신(起身)하여 세로(細路)를 따라 들어가 고림(古林)의 북
쪽에 이르니 한 고묘(古廟)가 있고 황릉묘(黃陵廟)라는 편액이 있었
다. 바로 이른바 황영(皇英)의 묘였다. 물색하니 몽중에 본 바와 의희
(依俙)했다. 전우(殿宇)는 황량하고 단청(丹靑)은 박락(剝落)했다. 묘문
을 들어가 전상(殿上)에 나아가 보니 황영의 옥상(玉像)은 엄히 전 중
앙에 좌(坐)했다. 사씨가 배축(拜祝)하며 말했다.

　　"천첩(賤妾)은 낭낭의 권우(眷遇)를 입음이 많습니다. 이 몸 죽지 않
고 행회(幸會)를 만남을 얻는다면 맹세코 성덕을 잊지 않겠습니다."

　　물러나 묘묘(廟廡)에 앉으니 기뇌(飢餒)가 심하여 차환에게 밥을
수묘(守廟)의 민가에 걸(乞)하게 하여 삼인이 그릇을 같이 하여 먹고
서로 일러 말했다.

　　"묘전(廟前)에 착족(着足)할 만한 곳이 없다. 신령도 또한 희(戲)하
실까?"

　　이 때 명애(暝靄)가 문득 수(收)하고 월색(月色) 미명(微明)했다. 홀
연 두 사람이 있어 묘로 들어와 사씨 일행을 보고 무(廡) 아래에 있었
다. 곧 말하였다.

"이것 참으로 옳은 것인가?"

遂に近く前むを見れば一は是れ尼姑にして一は是れ女童なり、謝氏
に問ふて曰く娘子は禍亂に遭ひ水に投じて死せんと欲せるものなる
か、三人驚き曰く師傳何を以て吾か事を知るや、尼姑慌忙として禮を
作して曰く五等は乃ち洞庭の中、君山の上に在り、這の間夢に似て夢
にあらさる境地に觀音顯聖して曰く、淑女讒に罹りて將に水に投せん
と欲す、爾等急に黃陵廟に行き救護し來れよと、是を以て急に輕舸に
掉さし水を渡りて來れは果して娘子に此に遇へり、菩薩の言神驗此如
きや、謝氏曰く五等は頻死の人なり、幸に師傳の救を蒙る感佩實に深
し、謝する所を知らずして猥りに俗跡を以て禪庵に託するは實に心に
安んぜさる所のものあり、尼姑曰く出家の人は本と慈悲を以て心と爲
す、而して矧んや菩薩の敎あり娘子何そ以て此を出言さんやと、

마침내 앞에 다가가 보니 하나는 니고(尼姑)이고, 하나는 여동(女
童)이었다. 사씨에게 물어 말했다.

"낭자는 화란(禍亂)을 만나 물에 투(投)하여 죽으려 한 이인가?"
세 사람은 놀라 말했다.

"사부는 어찌하여 제 일을 아십니까?"
니고가 황망히 예를 갖추며 말했다.

"우리들은 곧 동정(洞庭)의 중(中), 군산(君山)의 상(上)에 있습니다.
저간 꿈과 비슷하나 꿈이 아닌 경지에 관음이 현성(顯聖)하여 말씀하
시기를 '숙녀가 참(讒)에 걸려 장차 물에 투(投)하려 한다. 너희들은
급히 황릉묘로 가서 구호(救護)하고 오라' 하셨습니다. 그러므로 급

185

히 경가(輕舸)로 도(掉)[49]하여 물을 건너오니 과연 낭자를 여기에서 만났습니다. 보살의 말 신험(神驗)이 이와 같습니다."

사씨가 말했다.

"우리들은 빈사(瀕死)의 사람입니다. 다행히 사부의 구(救)를 입은 감패(感佩) 실로 깊습니다. 사(謝)할 바를 알지 못하고 함부로 속적(俗跡)을 가지고 선암(禪庵)에 탁(託)함은 실로 마음에 편안하지 않은 바가 있습니다."

니고가 말했다.

"출가한 사람은 본래 자비를 가지고 마음을 삼습니다. 게다가 보살의 가르침이 있었습니다. 낭자 어찌 이런 말씀을 하십니까?"

　遂に相與に扶持して出て岸を下りて舟に登る、尼姑と女童が船を速る飛ふか如く忽ち順風一陣ありて黃陵廟より起り、瞬息頃刻にして已に君山に泊せり矣、君山は八百里洞庭の中に在り、一點空中に聳起して四面は水に臨み、亂岩濚廻古篁叢鬱盡し人跡の到らさる處なり、尼姑は謝氏を扶携して月下に逕を尋ね十步に九休し蘿を攀ちて庵に到る、庵名は卽ち水月にして幽邃淸淨、一塵到らず、眞に是れ別世界なり、此夜三人は足繭れ身疲れて曉を覺へさりき、尼姑は早起して佛殿を灑掃し手を盥ひ殿に上り、香を焚き磬を叩き謝氏を呼ひて之を禮拜せしむ、謝氏は乳母義鬟と沐浴して爪剪り佛壇に向て禮拜し畢りしが、其前面の贊文を觀て覺へす潛然として流涕せり、原來此の畫像は十餘年前に謝氏か贊せし所の白衣の觀音像なり、尼姑は其悲感せるを

---

49 한문 원문은 '도(棹)'다. 일본어 번역문은 오기로 보인다.

怪しみ問うて曰く娘子何故に佛に對して流涕せらるゝや、謝氏曰く畵
面寫す所の贊は卽ち吾か未だ髻せさる時に製せし所ものなり、舊跡眼
に入る鳥ぞ憾なきを得んや、尼姑大に驚きて曰く娘子は果して是れ謝
給事の令孃なるか、吾固より其音容の甚た酷似せるを疑へしも豈此地
に重會するを意はんや、小尼は當日文を乞ひしものなり、令孃尙ほ羽
化庵の妙姬を記するや、謝氏曰く無惡なる禍亂を經て心昏く眼暗し、
師若し言はされば何を以て認得せんや、

　　마침내 서로 부지(扶持)하고 나와 하안(下岸)하여 배에 올랐다. 니
고와 여동이 배를 빨리 몰아 나는 듯했다. 홀연 순풍 일진(一陣)이 있
어 황릉묘에서 기(起)하여 순식(瞬息) 경각(頃刻)에 이미 군산에 숙박
했다. 군산은 8백리 동정(洞庭)의 가운데에 있었다. 일점 공중에 용
기(聳起)하여 사면은 물에 임하고, 난암형회(亂岩縈廻) 고황총울(古篁
叢鬱), 생각건대 인적이 이르지 않는 곳이었다. 니고는 사씨를 부휴
(扶携)하여 월하에 경(逕)을 찾아 십보에 구휴(九休)하고 나(蘿)를 태
우며 암자에 이르렀다. 암자의 이름은 곧 수월(水月)이고, 유수청정
(幽邃淸淨), 일진(一塵)도 이르지 않았다. 참으로 별세계였다. 오늘밤
삼인은 족(足) 견(繭)하고 신(身) 피로하여 새벽을 알지 못했다. 니고
는 조기(早起)하여 불전을 쇄소(灑掃)하고 손을 씻고 전(殿)에 올라 향
을 사르고 경(磬)을 두드리며 사씨를 불러 예배하게 했다. 사씨는 유
모 차환과 목욕하고 손톱을 자르고 불단에 예배를 마쳤는데, 그 전
면의 찬문(贊文)을 보고 저도 모르게 산연(潸然)히 유체(流涕)했다. 원
래 이 얼굴 그림(畵像)은 10여 년 전에 사씨가 찬한 바, 백의(白衣)의
관음상이었다. 니고는 그 비척(悲慽)함을 이상히 여겨 물어 말했다.

187

"낭자 무슨 까닭으로 부처님을 대하고 유체하십니까?"

사씨가 말했다.

"화면(畵面) 사(寫)한 바, 찬(贊)은 곧 내가 아직 계(髻)하기 전에 제(製)한 바의 것입니다. 구적(舊蹟) 눈에 들어오니 어찌 감(憾)이 없을 수 있겠습니까?"

니고가 크게 놀라 말했다.

"낭자는 과연 사급사의 영양이십니까? 제가 본래부터 그 음용(音容)이 심히 비슷함을 의심했지만 어찌 이 땅에서 중회(重會)할 줄 생각했겠습니까? 소니는 당일 문(文)을 걸(乞)한 자입니다. 영양은 아직 우화암(羽化庵)의 묘희(妙姬)를 기억하십니까?"

사씨가 말했다.

"무참(無慘)한 화란을 겪어 마음이 어둡고 눈이 어두웠습니다. 사(師)께서 만약 말씀하시지 않았다면 어찌 인득(認得)했겠습니까?"

乳母も亦始めて之を知覺し相與に訖々喑々と妙姬を慰めぬ、妙姬曰く其時劉小師老爺の命に依りて文を娘子に受けしが、小師之を見て大に悅び卽ち親事を定められ賞賚少からさりき、小尼娘子の吉禮を看んと欲せしも適ま師傳の還るを促すあり故に已むことを得ず、夫人に拜辭して菩薩の畵像を奉持し、衡山に轉往し師に從て道を學ぶこと殆んと十年に近し矣、師傳示寂の後依るへき處なし、此別世界を受けて遂に小庵を構ひ法を講じ經を誦すること日月亦多し矣、時々畵像瞻仰して贊文を念誦すれは、娘子の淸咳を完承して常に中心に耿々たり、未だ知らず娘子何を以て此に至れるか、謝氏淚を垂れて細さに其經過を說けは、姬も亦た泣て曰く世事の飜覆一に此に至る哉、盈虛哀樂は天

の命數にあらさる莫し夫人須らく懷に介する勿れと、謝氏復に脩竹天
寒、海波萬里の句を詠じ喟然長呼して曰く、庵中物色なく盡一句の中
に入れり、偶然の一句語は今日の身を畫出す、萬事の前程は豈人力を
以て之を爲すべけんや、菩薩は則ち尙ほ仙童を抱けり而して我の麟兒
は隔てゝ萬里に在り、若し菩薩をして知るあらしめば豈悲矜の心なか
らんやと、日々焚香叉手して以て翰林の回心と麟兒の再遇を祈る、妙
姬從容として夫人に問ふ、既に此中に到る服色は何を以て之を爲す
耶、夫人曰く余の此に來るは已むを得さなり、士家の女は豈服色を變
するの理あらん、姬曰く吾も亦之を思へり、翰林は乃ち賢明の君子な
り、奸讒を信じて此過誤ありと雖も正明に復することの遠からさるを
知る、小尼曾て推算を師傳に學び略ほ其糟粕を知れり、請ふ夫人の四
柱を看て以て吉凶を驗する可ならん乎、遂に算起して拜賀して曰く、
八字の中に五福具備せり、卽ち今六年の災厄ありと雖も此を過くれば
則ち福壽無窮にして榮華世に赫く、願くは娘子勉めて寬抑を加へ貴體
を傷ふる勿れ、

　　유모도 또한 비로소 그를 지각하고 서로 흘흘언언(訖訖唁唁) 묘희
를 위로했다. 묘희가 말했다.

　　"그 때 유소사 노양의 명에 의해 글을 낭자에게 받았지만, 소사 그
것을 보고 크게 기뻐하여 곧 친사(親事)를 정하시고 상뢰(賞賚) 적지
않았습니다. 소니(小尼)는 낭자의 길례(吉禮)를 보고 싶었지만 마침
사부께서 돌아오라 재촉함이 있었던 까닭에 부득이 부인에게 정중
히 사양하고 보살의 얼굴 그림을 봉지하여 형산에 전왕(轉往)하여 사
(師)를 따라 도를 배우기 거의 10년 가까이 되었습니다. 사부께서 시

189

적(示寂)한 뒤 의할 만한 곳이 없었습니다. 이 별세계를 받아 마침내 작은 암자를 짓고 법을 강하고 경을 송(誦)한 세월 또한 많았습니다. 시시(時時) 얼굴 그림을 첨앙(瞻仰)하고 찬문을 염송(念誦)하니, 낭자의 청해(淸咳)를 완승(完承)하여 늘 중심에 경경(耿耿)합니다. 낭자는 어찌하여 여기에 이르렀는지 아직 모르겠습니다."

사씨는 눈물을 떨구며 자세히 그 경과를 말하니, 희(姬)도 또한 울며 말했다.

"세사의 번복(飜覆) 하나가 여기에 이르는구나. 영허(盈虛) 애락은 하늘에 명수(命數)에 있지 않음이 없습니다. 부인은 부디 개회(介懷)하지 마십시오."

사씨는 다시 '수죽천한(脩竹天寒), 해파만리(海波萬里)'의 구를 영(詠)하며 위연(喟然) 장호(長呼)하며 말했다.

"암중 물색함 없이 모두 일구(一句) 속에 들어갔습니다. 우연한 일구의 말은 금일의 신세를 그려내었습니다. 만사의 전정(前程)은 어찌 인력으로 그것을 할 수 있겠습니까. 보살은 여전히 선동(仙童)을 안았는데 제 인아는 격(隔)하여 만 리에 있습니다. 만약 보살로 하여금 알게 하신다면 어찌 비긍(悲矜)의 마음이 없으시겠습니까?"

날마다 분향 차수(叉手)하여 한림의 회심(回心)과 인아의 재우(再遇)를 빌었다. 묘희가 종용(從容)히 부인에게 물었다.

"이미 이 가운데 이른 복색(服色)은 어찌하여 하게 되었습니까?"

부인이 말했다.

"제가 여기에 온 것은 부득이해서입니다. 사가의 여자가 어찌 복색을 바꿀 이치가 있겠습니까?"

묘희가 말했다.

"저도 또한 그렇게 생각했습니다. 한림은 곧 현명한 군자이고, 간참(奸讒)을 믿어 이 과오가 있다 하더라도 정명(正明)에 복(復)할 것 멀지 않음을 압니다. 소니는 일찍이 추산(推算)을 사부에게 배워 대략 그 조박(糟粕)을 압니다. 청컨대 부인의 사주(四柱)를 보아 길흉을 험(驗)할 수 있겠습니까?"

마침내 산기(算起)하고 배하(拜賀)하며 말했다.

"팔자 중에 오복이 구비되었습니다. 곧 지금 6년의 재액이 있다 하더라도 이것을 지나면 복수(福壽) 무궁하여 영화가 세(世)에 혁(赫)합니다. 낭자는 힘써 관억(寬抑)을 더하여 귀체(貴體)를 상하지 말기를 바랍니다."

謝氏妙姬の言を聽き得て始めて前日の夢を覺り、曰く、此間に白蘋の洲ありや否や、妙姬曰く、洞庭の南に一島あり蘋蘩多く生す、其間花開の時は渾て雪を鋪くか如し、故に之を名けて白蘋洲と曰ふと、夫人仍て舅姑夢中の言を說して曰く、冥教此の如くして第だ未だ其旨を知らず矣、妙姬曰く時至れは則ち驗すべし矣、斯くて話頭は轉じて路中風に遇ひ留まりて林家に宿せる事に及び、其女子の賢なるを稱賞しけるが、姬曰く夫人の見たる小女は小尼の姪女にて秋英と名くものなり、未た襁褓を離れざる中に吾妹は死し、其父卞氏を娶りて後妻と爲せしが、未た幾はくならす其父も死去せり、卞氏秋英を小尼の許に送り之をして出家して道を學はしむ、小尼其身命を卜すれば則ち壽福にして男子を産むこと多きの命なるを以て卽ち小尼は卞氏に勸めて養育せしめたり、近頃聞くに姪女天稟孝誠にして女工も拙からず、母女相和して家道稍安しと云へり矣、謝氏曰く難んずる所のものは繼母の心

191

なるに十餘歳の女兒が志行も此の如しとは、我の若きものは豈愧さら
んやと稱歎して已まず。

　　사씨가 묘희의 말을 듣고 비로소 전일의 꿈을 기억하여 말했다.
　　"근자에 백빈(白蘋)의 주(洲)가 있습니까 없습니까?"
　　묘희가 말했다.
　　"동정의 남쪽에 일도(一島)가 있는데 빈번이 많이 생(生)합니다.
그 사이에 꽃이 필 때는 모두 눈을 포(鋪)한 듯합니다. 그래서 그곳을
백빈주라 부릅니다."
　　부인이 이에 구고가 몽중에 한 말을 설(說)하며 말했다.
　　"명교(冥敎) 이와 같은데 다만 아직 그 뜻을 알지 못하겠습니다."
　　묘희가 말했다.
　　"때가 이르면 험(驗)할 수 있을 것입니다."
　　이리하여 화두(話頭)는 전(轉)하여 노중(路中) 풍(風)을 만나 머무르
고 임가(林家)에 숙(宿)한 일에 미쳐 그 여자의 현(賢)함을 칭상(稱賞)
하니, 묘희가 말했다.
　　"부인이 본 소녀는 소니의 질녀로 이름은 추영(秋英)입니다. 아직
강보(襁褓)를 떠나지 않은 중에 제 누이가 죽고, 그 아비가 변씨를 취
하여 후처로 삼았는데, 얼마 되지 않아 그 아비도 사망했습니다. 변
씨가 추영을 소니에게 보내어 그녀에게 출가하여 도를 배우게 했습
니다. 소니가 그 신명(身命)을 복(卜)했더니 수복(壽福)하고 남자를 많
이 낳을 명이어서 곧 소니는 변씨에게 권하여 양육하게 했습니다.
요즘 듣기에 질녀 천품 효성(孝誠)하고 여공도 서툴지 않다고 합니
다. 모녀가 상화(相和)하여 가도가 초안(稍安)하다고 했습니다."

사씨가 말했다.

"난(難)한 바의 것은 계모의 마음인데 10여 세 여아가 지행(志行)도 이와 같으니 나와 같은 자는 어찌 부끄럽지 않겠습니까?"

칭탄(稱歎)을 그치지 않았다.

謝氏及ひ乳母は庵中に在り百事妙姫と其勞苦を分つ、而して又鬟と女童とは舟に乘じて粮を江外の村舍に乞ひ以て朝夕に資し、歲月空しく過かて漸く塵緣を忘るゝに至る、眞に所謂天地家無く江湖に客たる有髮僧たる者也.

사씨와 유모는 암자 중에 있으면서 백사(百事)를 묘희와 노고를 나누었다. 그리고 차환과 여동은 배를 타고 양식을 강외(江外)의 촌사(村舍)에서 빌어 조석(朝夕)에 자(資)했다. 세월은 헛되이 지나 점점 진연(塵緣)을 잊기에 이르렀다. 참으로 소위 '천지에 집이 없고 강호(江湖)에 객인 유발승(有髮僧)인 자' 였다.

謝氏初め墓下を離るゝの後冷振失望して董淸に歸り報じければ、董淸は之を村人に問へば則ち新城に往けりと云ふ、新城を探れば則ち亦蹤跡無し、深く以て疑と爲せども敢て摸捉せざりき喬氏翰林に謂て曰く謝氏人に隨つて遠く奔竄す果して是れ淫女なりき、麟兒旣に其腹に出れは則ち必す其母の惡を享けん且つ謝氏の私人あるや久し矣、若し此兒を留めば祖先を辱かしむるの悔を貽さん、翰林曰く古より多く母の惡くして子の賢なるあり、麟兒の骨格先人に似て亦我と相類す、豈其間に狐疑あらん哉、翰林喬氏か孺子を虐待せんことを恐れ心を留

めて保護せしかは、喬氏も終に害する能はさりけり焉、喬氏色を令く
し言を巧みにし妖歌淫樂して翰林を蠱惑し之を掌握の中に操弄し、自
から其汚穢の行跡の奴僕の爲めに泄れんことを恐れ、日に酷刑を加へ
威壓を以て鉗制するに至り、少しく過失あれは輙ち其膚を爍かし其舌
を刲く、家人戰慄して舌を結むて敢て言はす、目を反けて敢て視るも
のなし是に由りて益忌憚するなく振舞へり、翰林宿直の夜は則ち只藺
梅のみを率ゐて百子堂に寢ね董淸を招き入れて偃然同宿するを例と
す、家人切齒せざる無きも死を畏れて沈默しぬ、一日天子西苑に饗宴
を催す翰林之に陪食す、時に偶ま天子に不豫ありて諸臣退出するを得
ず、翌朝家に還れば時正に昧爽なり、喬女は董淸と外に宿す矣、侍婢
秋香等故らに之を發かんと欲し、翰林に告けて曰く夫人は時に百子堂
に在り矣、

　　　사씨가 처음 묘하(墓下)를 떠난 뒤 냉진은 실망하여 동청에게 돌아
　　가 보고했지만, 동청은 그것을 촌인에게 물으니 신성으로 갔다고 했
　　다. 신성을 찾아보니 또한 종적이 없었다. 깊이 의심했지만 감히 모
　　착(摸捉)하지 못했다. 교씨는 한림에게 일러 말했다.
　　　"사씨가 사람을 좇아 멀리 찬(竄)했습니다. 과연 이는 음녀(淫女)
　　입니다. 인아가 이미 그 배에서 나왔으니 반드시 그 어미의 악을 받
　　았을 것입니다. 또한 사씨의 사인(私人)이 있은 지 오래되었습니다.
　　만약 이 아이를 머무르게 두면 조상을 욕되게 만들 회(悔)를 이(貽)할
　　것입니다."
　　　한림이 말했다.
　　　"예부터 어미가 악하지만 아들이 현(賢)한 경우가 많이 있소. 인아

의 골격이 선인을 닮고 또한 나와 상류(相類)하오. 어찌 그 사이에 호의(狐疑) 있겠소."

한림이 교씨가 유자(孺子)를 학대할 것을 염려하여 마음에 두고 보호하니, 교씨도 끝내 해할 수 없었다. 교씨가 교언영색하여 요가(妖歌) 음악(淫樂)하여 한림을 고혹(蠱惑)하여 그를 장악(掌握) 중에 조롱(操弄)하니 스스로 그 오예(汚穢)의 행적이 노복에게 누설될 것을 염려하여 날로 혹형(酷刑)을 가(加)하고 위압(危壓)으로 겸제(鉗制)하기에 이르렀다. 조금이라도 과실이 있으면 곧 그 부(膚)를 삭(爍)하고 그 설(舌)을 규(刲)하니, 가인(家人) 전율하여 결설(結舌)하고 감히 말하지 못했다. 눈을 돌리고 감히 보는 자가 없었다. 이로 말미암아 더욱 기탄없이 처신했다. 한림이 숙직하는 밤은 다만 납매만을 이끌고 백자당에 자며 동청을 불러들여 언연(偃然)히 동숙(同宿)함을 예사로 했다. 가인(家人) 절치(切齒)하지 않는 이가 없으나 죽음을 두려워하여 침묵했다. 하루는 천자가 서원(西苑)에서 향연을 열었고, 한림이 그곳에 배식(陪食)했다. 때에 마침 천자에게 불예(不豫) 있어 제신이 퇴출함을 얻지 못했다. 다음 날 아침 돌아오니 때 바로 매상(昧爽)했다. 교녀는 동청과 밖에서 숙(宿)했다. 계집종 추향 등이 짐짓 그것을 발하려 해서 한림에게 고하여 말했다.

"부인은 때로 백자당에 있습니다."

喬氏は翰林の還れるを知り急き起き出で、董淸を遣りて忙はしく內堂に入れば、翰林は已に堂上に立てり矣、曰く百子堂は久しく修灑せざるに此を棄てゝ彼に寢ぬるは何故なるか、喬女曰く獨り內堂に宿せは必す夢壓を爲す故に往々出てゝ宿すと、翰林曰く斯の言正に是な

り、余も亦近來家に睡むれば則ち夢兆甚た不吉なるに外宿すれは則ち
然らず、方に以て之を訝れり、夫人の言又此の如しとせは殊に怪むべ
し、當にと卜者を招きて之を訊ねんと矣、

　　교씨는 한림이 돌아왔음을 알고 급히 일어나 나오고, 동청을 보내
고 서둘러 내당에 들어가니, 한림은 이미 당상에 서 있었다. 말하였다.
　　"백자당은 오랫동안 수쇄(修灑)하지 않았는데 여기를 버리고 그
곳에서 잠은 어째서요?"
　　교녀가 말했다.
　　"홀로 내당에서 자면 반드시 몽압(夢魘)을 하는 까닭에 왕왕 나와
서 잡니다."
　　한림이 말했다.
　　"이 말이 정히 옳소. 나도 또한 근래 집에서 자면 몽조(夢兆)가 심
히 불길한데 외숙(外宿)하면 그렇지 않소. 참으로 그것이 의아했소.
부인의 말 또한 이와 같으니 특히 이상하구려. 마땅히 복자(卜者)를
불러 물어야겠소."

　　是の時嚴丞相は仙兒の說を以て上意迎合し其恩寵を固うす、天子長
く西苑に在り祈禱を以て事と爲すに依り、諫議大夫海瑞疏を上りて嚴
崇を彈劾す、上大に怒り海瑞を廷尉に下せしかば、翰林同僚と與に上
疏して之を救解せり、上詔を下して切に叱責し且つ令を下して法を立
て、大小の臣庶敢言し或は祈天者あれは處するに極刑を以てせらる、
翰林惶恐し病と稱して出仕せず、親舊門を束ねるもの亦多し、一日朝
天舘陶の眞人來りて翰林に見ゆ、翰林從容として問て曰く、近來夢兆

不吉なり恐らく妖氣あらんと、内方に入りて其の氣を察せしむ、眞人
四顧して曰く果して妖藥の氣あり而して大段に至らずと矣、人をして
寝床及ひ房壁を毀たしむるに木人を得る尤も多し、翰林大に驚て曰く
是れ何物ぞや、眞人曰く此は則ち人を害ふもの也、相公の府中にある
侍妾に必す寵を專にせんと欲するものありて此擧を爲せしなるべし、
古へ此術を用ゆるあり能く人の精神を奪ひ人の心志を亂さしめ、之を
して駸々然として昏惑の中に入らしむること甚た多し、燒滅せは則ち
無事なり矣、卽ち取りて大に之を焚く、仍て相公に謂ふ眉間に黑氣あ
り、家運も亦不吉なるに似たり、法に云主人家を棄つと、相公若し禍
を避け災を攘ひ言を愼み行を謹のば則ち無事を保つ可し矣、

　　이 때 엄승상은 선아(仙兒)의 설을 가지고 상의(上意)를 영합하여
그 은총을 굳게 했다. 천자가 오래 서원에 있고 기도로써 일을 삼음
에 의(依)했다. 간의대부 해서(海瑞)가 상소하여 엄숭을 탄핵했다. 상
(上)이 크게 노하여 해서를 정위로 강등하니, 한림이 동료와 더불어
상소하여 그를 구해(求解)했다. 상이 조(詔)를 내려 절(切)히 질책하고
또한 영(令)을 내려 법을 세우니, 대소의 신서(臣庶) 감언(敢言)하여
혹은 기천자(祈天者) 있으면 처함에 극형으로서 한다 했다. 한림은
황공하여 칭병(稱病)하고 출사하지 않았다. 친구 문을 속(束)하는 자
또한 많았다. 일일 조천관(朝天館)의 진인(眞人)이 와서 한림을 만났
다. 한림이 조용히 물어 말했다.

　　"근래 몽조(夢兆)가 불길합니다. 아마도 요기(妖氣)가 있는 듯하니
내방(內房)에 들어가 그 기를 살펴주시오."

　　진인이 사고(四顧)하며 말했다.

197

"과연 요얼(妖孼)의 기가 있으나 대단(大段)에 이르지 않았습니다."

사람에게 침상 및 방벽(房壁)을 허물게 하여 목인(木人)을 얻음이 가장 많았다. 한림이 크게 놀라며 말했다.

"이것은 어떤 물건이오?"

진인이 말했다.

"이것은 사람은 해하는 것입니다. 상공의 부중(府中)에 있는 시첩(侍妾)에게 반드시 총(寵)을 전(專)하려 하는 자가 있어 차거(此擧)를 하게 했을 것입니다. 옛날 이 술(術)을 쓰는 이가 있어 능히 사람의 정신을 빼앗고 사람의 심지를 어지럽게 만들어 그로 하여금 침침연(駸駸然)히 혼혹(昏惑) 중에 들어가게 한 일 심히 많았습니다. 소멸하면 무사할 것입니다."

곧 취(取)하여 크게 그것을 태웠다. 이에 상공에게 일렀다.

"미간에 흑기(黑氣)가 있습니다. 가운(家運)도 또한 불길한 듯합니다. 법에 이르기를 '주인이 가(家)를 버렸다'고 했습니다. 상공이 만약 화를 피하고 재(災)를 양(攘)하며 신언(愼言) 근신하면 무사를 보(保)할 것입니다."

翰林謝して之を送りたる後心に相ふやう、前日の此變は謝氏の手に出てぬ、今は則ち謝氏巳に去り室房新に改めて木人尤も多ち、家內に必す妖人の尙ほ在るあらん、謝氏の出てしは乃ち冤罪にあらさるなき耶、元來喬女は李十娘の妖術を用して此の木人を埋め、外堂の私通を掩はんため內寢の凶夢あるを稱し翰林をして懷疑せしめんと計りしなり、然るに其凶謀を發かれぬ、豈天の其衷を誘ふにあらさらをや、翰林は喬氏の所爲たるを知らすと雖も旣に積年の妖穢物を燒棄せり、玆

に於て更に舊日淸明の氣に還り精神を收拾して靜かに坐し四五年間の
顚狂の事を念想すれは依俙として春夢の方に覺たるか若く、恍惚とし
て沉痾の頓に甦れるか如し、惕然驚悔、油然感悟、終日几に隱りて徒
らに咄々の聲を作す矣、會ま人あり成都より來りて杜夫人の書を傳致
するあり、盖き未た謝氏の黜せらるゝを知らず、眷戀の意は言表に溢
れ、勉戒の辭は心中より出づ、翰林撫玩再三にして悔悟の情自から萠
しぬ、其書に曰く

　　한림이 사(謝)하고 그를 보낸 뒤 마음으로 생각했다. '전일의 이 변
은 사씨의 손에서 나왔다고 했다. 지금은 사씨가 이미 떠나고 실방
(室房)은 새로 고쳤는데 목인이 가장 많았다. 집안에 반드시 요인(妖
人)이 여전히 있을 것이다. 사씨의 출(出)은 아마도 원죄(冤罪)가 아니
었을까.' 원래 교녀는 이십낭의 요술을 써서 이 목인을 묻어 외당(外
堂)의 사통(私通)을 가리기 위해 내침(內寢)의 흉몽(凶夢) 있음을 칭하
여 한림에게 회의(懷疑)하게 할 속셈으로 한 것이다. 그런데 그 흉모
(凶謀)를 발하게 했으니 어찌 하늘이 그 충(衷)을 유(誘)함이 아니겠는
가? 한림은 교씨의 소위임을 알지 못했다 하더라도 이미 적년(積年)
의 요예지물(妖穢之物)을 소기(燒棄)했다. 이에 있어서 다시 구일(舊
日) 청명(淸明)의 기가 돌아와 정신을 수습하고 조용히 앉아 4-5년간
의 전광지사(顚狂之事)를 염상(念想)하니 의희(依俙)하게 춘몽이 막 깨
는 것처럼, 황홀하여 침아(沈痾)의 돈(頓)에서 되살아나는 것처럼, 척
연경회(惕然驚悔), 유연감오(油然感悟), 종일 은궤(隱几)하며 공연히 돌
돌(咄咄) 소리를 내었다. 마침 사람이 성도에서 와서 두부인의 서(書)
를 전치(傳致)했다. 생각건대 아직 사씨가 출(黜)당한 것을 알지 못하

199

였다. 권련(眷戀)의 뜻은 언표에 넘치고, 면계(勉戒)의 사(辭)는 심중에서 나왔다. 한림이 무완(撫玩) 재삼하며 회오(悔悟)의 정 스스로 붕(崩)했다. 그 서에 이르기를,

老叔母、賢侄延壽に奇す、君と相別れて今幾日月、僻土遼夐、京洛渺茫、只夢想あるのみ、噫人臣と爲りて君に事へんと欲せば則ち其忠節を盡さんのみ、賢侄朝宗の緒を承け、聖賢の書を讀む、老身の戒飭を待たすして亦齊家の道を知らむ、嗚呼謝氏の賢は先兄之を知りて君獨り知らず、謝氏の行は先兄之を敬して君獨り敬せず、既に淫穢の事を以て之を端懿の身に誣し、又淫亂の行を以て之を貞淑の人に疑へり、是れ先人に及ばさる遠し矣、豈其れ志を繼て而して事を述ふる者ならん乎、先兄臨沒の時君を以て之を老身に託せらる、而して老身は先兄の意を體する能はず、君を補けて足らす君を匡して逮はず、一言一事皆先兄に反せしむ、他日何面目ありて先兄に地下に拜せんほ乎、君の愛する所は吾亦之を愛し、君の惡む所吾亦之を惡むのみ、淑慝の別に至りては嚴ならさるべからず、邪正の分は謹まさる可らす、此は則ち苟くも同うべからさるもの也、若し謝氏をして喬氏の如くならしめ、喬氏をして謝氏の如くならしめは、則ち吾當に喬氏を取りて謝氏を斥くへし矣、何ぞ彼此の分に依りて貴賤の別あらん乎、老身は只公心あり、君か愛に溺れて私を蔽ふ如き者に非るなり、惟た君別時の言を忘るゝなく謝氏をして其淸節を全らし其生命を保ち以て先兄が平日眷々の至意に副はしめよ、是れ所望なり、便忙草々

노숙모(老叔母), 현질(賢姪) 연수(延壽)에 기(奇)하다. 자네와 상별

(相別)하고 지금 몇 세월, 벽토요현(僻土遼夐), 경락묘망(京洛渺茫), 다만 몽상(夢想)이 있을 따름이라. 아, 인신(人臣)이 되어 인군을 섬기려 하면 그 충절을 다할 뿐이라. 현질이 조종(祖宗)의 서(緖)를 이어, 성현의 서를 읽었으니, 신(身)의 계칙(戒飭)을 기다리지 않아도 또한 제가(齊家)의 도를 알 것이다. 오호, 사씨의 현(賢)은 선형(先兄)이 아는데 자네는 홀로 알지 못한다. 사씨의 행(行)은 선형이 경(敬)했는데 자네는 홀로 경(敬)하지 않았다. 이미 음예지사(淫穢之事)를 가지고 그것을 단의(端懿)의 몸에 위(誣)하였으며, 또한 음란(淫亂)의 행(行)을 가지고 그것을 정숙한 사람에게 의(疑)했다. 이는 선인(先人)에게 미치지 못함이 원(遠)한 것이다. 어찌 뜻을 이어 사(事)를 술(述)한 자가 하겠는가. 선형 임몰(臨沒)의 때에 자네를 노신(老身)에게 부탁하였다. 그런데 노신은 선형의 뜻을 체(體)하지 못했다. 자네를 보(補)하기에 부족했고 자네를 광(匡)하기에 미치지 못했다. 일언(一言) 일사(一事) 모두 선형에게 반(反)하게 했다. 타일(他日) 무슨 면목이 있어 선형을 지하에서 절하겠는가? 자네가 아끼는 바는 나 또한 그것을 아끼고, 자네가 미워하는 바 나 또한 그것을 미워할 따름이라. 숙특(淑慝)의 별(別)에 이르러서는 엄하지 않을 수 없고, 사정(邪正)의 분(分)은 근(謹)하지 않을 수 없다. 이것은 구차히 동(同)할 수 없는 것이다. 만약 사씨에게 교씨와 같이 되게 하고, 교씨에게 사씨와 같이 되게 한다면, 내 마땅히 교씨를 취하고 사씨를 배척했을 것이다. 어찌 피차의 분(分)에 의해 귀천의 별(別)이 있겠는가? 노신은 다만 공심(公心)이다. 자네가 사랑에 빠져 사(私)를 폐(蔽)할 것 같은 자가 아니다. 다만 자네가 별시(別時)의 말을 잊지 말고 사씨에게 그 청절을 전(全)하게 하고 그 생명을 보(保)하여 선형이 평일 권권(眷眷) 지의

201

(至意)에 부(副)하게 하라. 이것이 소망이다. 편망초초(便忙草草)

翰林見畢りて曰く、輕々しく謝氏を去りしは余に三罪あり、謝夫人
素より幽閑なるは先人の許す所、而して木人の變事は曖昧に涉れり、
則ち此れ當に疑ふ可らずして之を疑ふものなり、性本と貞淑年亦少か
らす、玉環の事之を醜穢と言へるは則ち此れ罪に當らすして之を罪せ
るものなり、深く後嗣を慮り吾に勸めて妾を取る、掌珠の禍は春芳服
せす、則ち此れ黜するに當らして之を黜せるものなり、惜かな余は其
れ奸人の術中に陷りて而して悟らず、此を想ひ彼を思へは心甚た安か
らずと、喬女は本と慧黠の徒なり、豈機微の間に覺らざらんや、喬氏
竊に之を察し大に懼れ董淸に言ふ、淸曰く吾兩人の事家人之を知らさ
るなし、而も徒だ威勢に畏怵するを以て敢て他言せさるのみ、翰林の
意一變すれは則ち夫人を讒するものは當に雲翔して鱗集すべく吾兩人
死所を知らす矣、喬氏曰く勢巳に此の如し何を以てせは則ち免れん
か、淸曰く人旣に我に負く我亦人に負かん、潛かに毒藥を投じて以て
翰林を害せば、吾兩人永く夫婦とならん則ち豈妙ならずや、喬氏沉吟
して曰く此言は吾意に合ひ難し、若し事成らすして謀先つ泄れは、則
ち大禍立どころに至る、如かす更に萬全の計を思はんにはと、時に翰
林病餘努べて出仕せるより數日後なりき、一日喬氏書堂に在り董淸を
招き入れて計議せり、偶ま案上に起稿中の一紙あり卽ち、翰林か所製
の詩なり、取て之を視れは、詩に曰く

한림이 보기를 마치며 말했다.
"가벼이 사씨를 거(去)한 것은 내게 삼죄(三罪)가 있다. 사부인이 본래 유한(幽閑)한 것은 선인이 허한 바이다. 그리고 목인(木人)의 변사(變事)는 애매에 섭(涉)한 것, 이는 마땅히 의심할 만하지 않았는데 그것을 의심한 것이다. 성(性)이 본래 정숙하고 나이 또한 적지 않았다. 옥환의 일 그것은 추예(醜穢)라 말한 것, 이는 죄에 당(當)하지 않는데 그것을 죄로 여긴 것이다. 깊이 후사를 고려하여 내게 권하여 첩을 취했다. 장주의 화는 춘방이 복하지 않았다. 이는 출(黜)함에 해당되지 않는데 그를 출한 것이다. 안타깝구나, 나는 간인(奸人)의 술중(術中)에 빠지고도 깨닫지 못했다. 이를 생각하고 그이를 생각하니 마음이 심히 편치 않다. 교녀는 본래 혜힐(慧黠)의 도(徒)이다. 어찌 기미(機微) 간에 깨닫지 알아차리지 못했을까?"

교씨가 몰래 그것을 찰(察)하고 크게 두려워해 동청에게 말했다. 동청이 말했다.

"우리 두 사람의 일, 가사(家事) 사람이 그것을 알지 못하는 이가 없습니다. 그러나 다만 위세를 외출(畏怵)하여 감히 타언(他言)하지 못할 뿐입니다. 한림의 뜻이 일변하면 부인은 참(譖)할 자는 마땅히 운상(雲翔)하고 인집(鱗集)할 것이니, 우리 두 사람은 사소(死所)를 알지 못할 것입니다."

교씨가 말했다.

"세(勢) 이미 이와 같으니 어찌하면 면할까?"

동청이 말했다.

"사람이 이미 나를 저버리면 나 또한 사람을 저버려야 합니다. 몰래 독약을 투(投)하여서 한림을 해하면 우리 두 사람은 영원히 부부가 될 것이니 어찌 묘하지 않겠습니까?"

교씨가 침음(沈吟)하며 말했다.

"이 말은 내 뜻에 합하기 어렵다. 만약 일이 불성(不成)하여 모(謀)가 먼저 누설되면 대화(大禍)가 일어나게 될 것이다. 다시 만전의 계를 생각하는 것만 못하다."

때에 한림이 병여(病餘) 힘써 출사하고 나서 수일 뒤였다. 일일 교씨가 서당(書堂)에 있으면서 동청을 불러들여 계의(計議)했다. 마침 안상(案上)에 기고(起稿) 중인 일지(一紙)가 있었으니 곧 한림이 지은 시였다. 취하여 보니 시에 이르기를,

古人誇□後堪タリ嗤フニ. 鑑戒昭々タリ盡ゾ念ン哉. 天上書仍明主降. 水中杯爲佞臣來朝ニ無ク正士治還ルレ亂ニ. 政拂ヒ群心□瑞亦容. 惟願クハ至尊調へ玉燭□. 儘敎〆人物上ラシム春臺ニ.

　　고인이 허탄함은 뒷날 비웃음을 받게 된다 하였으니
　　그 분명한 경계를 어찌 유념치 않으리오.
　　천상의 서찰에 명철한 군주 강림하시고
　　수중의 술잔에 간사한 신하 도래하였네.
　　조정엔 바른 선비 없어 안정이 도리어 혼란으로 바뀌고
　　정치는 마음을 거슬러 상서로움도 재난이 돼버렸네.
　　오직 바라건대 지존께서 사계의 기후를 고르게 하시어
　　모든 사람들이 봄날의 누대에 오르게 하소서.

　董淸數遍吟過して喜色滿面に溢れ、喬氏に謂て曰く吾輩百年の好縁は都て此に在り、喬氏忙しく問て曰く何の謂そや、董淸曰く天子詔を下して西苑の祈禱を譏訕するものあらは當に極刑を用ゆべしと、翰林

の詩は蓋し時を歎するの作、而して大に祈禱を議し嚴丞相を古の妖人
に比せり、吾今將さに此詩を以て往いて嚴丞相に告けば則ち丞相必す
天子に上奏し法を以て之を繩せん矣、吾何そ百年の同居に難からんや
喬氏大に悅びて曰く前日の計は殆し哉行ひ難し、此は則ち人の手を假
りて而して之を除くもの甚た是れ快事也

동청이 수차례 음과(吟過)하고 희색만면에 넘쳐, 교씨에게 일러
말했다.

"우리들 백년의 호연(好緣)은 모두 이것에 있습니다."

교씨가 서둘러 물어 말했다.

"무슨 말이냐?"

동청이 말했다.

"천자가 조(詔)를 내려 서원(西苑)의 기도를 기산(譏訕)하는 자가
있으면 마땅히 극형을 쓸 것이라 했습니다. 한림의 시는 생각건대
시(時)를 탄(歎)하는 작품이며, 크게 기도를 의(議)하고 엄승상을 옛
요인(妖人)에 비했습니다. 제가 지금 장차 이 시를 가지고 가서 엄승
상에게 고하면 승상은 반드시 천자에게 상주하고 법으로써 그를 포
박할 것입니다. 제가 어찌 백년의 동거에 어려움이 있겠습니까?"

교씨가 크게 기뻐하며 말했다.

"전일의 계는 위태로워 행하기 어려웠다. 이것은 남의 손을 빌어
그를 제거하는 것이니 심히 쾌사(快事)이다."

(九) 大船に琵琶を調ひ。 甘露に瘴癘を洗ふ。

(九) 대선에 비파를 조하다. 감로에 장려를 세하다.

205

董淸は其詩を袖にして直ちに嚴丞相の門に詣り、閽者に謂て曰く、
此に秘密重大の事件あり、老爺に面謁せんと欲す、閽者之を怪しみ入
りて丞相に告く、丞相卽ち招き入れ問うて曰く、君は是れ何人にて何
の意ありてか來れるや、董淸曰く小生は卽ち劉延壽の門客なり、久し
く其家に寄託す、嘗て其論を聞けは則ち搆へて丞相を害するの心あ
り、小生其奸邪の心を知りて竊かに之を惡み、每ねに身を抽て暇を乞
はんと欲して未だ果さす、昨日延壽醉うて小生に語りて曰く、嚴丞相
は曲學を以て世に阿り邪說を以て君を導く、如今の行爲は宋徽宗の時
に異なるなし、吾未た王に格めすと雖も當さに一詩を賦して以て余か
意を表すべしと、遂に此詩を作りて之を書せり、小生此句は何の妙意
あるやを問くは、彼曰く此詩は盖し天書玉盃を論じ嚴丞相を以て之を
古の奸臣新垣平王欽若に比す、是れ其妙處なりと小生之を思ふに事若
し發露せば則ち罪必す延及ひ小生に及はん、是れ寔に畏懼く勝へす、因
て潛かに此詩を竊み以て丞相に獻し已が罪を免されんことを望む矣、

　　동청은 그 시를 소매에 넣고 즉시 엄승상의 문에 가서 혼자(閽者)
에게 일러 말했다.
　　"여기에 비밀스럽고 중대한 사건이 있습니다. 노야를 면알(面謁)
하고 싶습니다."
　　혼자는 그를 이상히 여기며 들어가 승상에게 고했다. 승상이 즉시
불러들여 물어 말했다.
　　"자네는 누구이고 무슨 뜻이 있어 왔는가?"
　　동청이 말했다.
　　"소생(小生)은 곧 유연수의 문객입니다. 오랫동안 그 집에 기탁하

고 있습니다. 일찍이 그 논을 들으니 승상을 구해(搆害)할 마음이 있습니다. 소생이 그 간사한 마음을 알고 속으로 그를 미워하여 늘 몸을 추(抽)하여 가(暇)를 걸(乞)하고자 하였으나 아직 이루지 못하였습니다. 어제 유연수가 취하여 소생에게 말하였습니다. '엄승상은 곡학아세하고 사설(邪說)로 인군을 도(導)한다. 지금과 같은 행위는 송휘종 때와 다름이 없다. 나는 아직 왕에게 격(格)하지 않았으나 마땅히 시를 부(賦)하여 내 뜻을 표할 것이다.' 마침내 이 시를 지어 썼습니다. 소생이 이 구는 무슨 묘의(妙意)가 있느냐고 물으니 그가 말했습니다. '이 시는 대개 천천(天書) 옥배(玉杯)를 논하고 엄승상을 옛 간신 신원평(新垣平), 왕흠약(王欽若)에 비(比)했다. 이것이 그 묘처(妙處)이다.' 소생이 생각함에 일이 만약 발로(發露)되면 죄가 반드시 연급(延及)하여 소생에게 미칠 것 같았습니다. 참으로 외구(畏懼)를 감당하지 못하여, 인하여 몰래 이 시를 훔쳐 승상에게 바쳐 제 죄를 면하기를 바라옵니다."

崇之を覽れば果して天書玉盃等の語あり仍て冷笑して曰く、熙の父子は獨り我に服せず、此の兒死せんと欲するかと、淸を府中に留め詩を袖にして入闕し奏して曰く近來紀綱解弛し法令廢閣す、年少の新進國禁を畏れさるは洵に感心すし、陛下希くは方さに新法を制定せよ、翰林延壽敢て王欽若の天書、新垣平の玉盃を以てして一詩を賦し朝廷を謗訕し、上は聖上を譏り下は老臣を辱かしむ、此れ大不敬なり當に極刑を以て之を處すべし、仍ち詭いて其詩を進む、上震怒して延壽を廷尉に下し將さに法を按して之を殺さんとす、太學士徐陛之を聞き仍て入朝して奏して曰く、聖主近臣を殺さんと欲し祖廷其罪を知らず、

207

請らくは其詩を下されんことを、天子之を示して曰く、延壽敢て天書
玉盃を以て寡人を譏議す、其罪豈殺すへきに非すや、徐陛奏して曰く
此の文字は乃ち詩人の多く用ゆる所の者にして時事を譏るの意明白な
らず、漢文宋眞は皆是れ太平の聖主也、延壽の罪豈に死に至らんや、
上之を然りとして天怒小や霽る。

　　엄숭상이 그것을 보니 과연 천서옥배(天書玉盃) 등의 말이 있었다.
이에 냉소하며 말했다.

　　"희(熙) 부자는 유독 내게 불복한다. 이 아이가 죽고 싶은 것인가?"

　　동청을 부중에 머무르게 하고 시를 소매에 넣고 입궐하여 주(奏)
하여 말했다.

　　"근래 기강이 해이하고 법령이 폐각(廢閣)합니다. 연소한 신진이
국금(國禁)을 두려워하지 않는 것은 참으로 감탄할 만합니다. 폐하께
서 참으로 신법을 제정하시기를 바라옵니다. 한림 유연수는 감히 왕
흠약(王欽若)의 천서(天書), 신원평(新垣平)의 옥배(玉盃)를 가지고 시
를 부(賦)하여 조정(朝廷)을 방산(謗訕)했습니다. 위로는 성상(聖上)을
기(譏)하고 아래로는 노신을 욕(辱)하게 하였습니다. 이는 큰 불경입
니다. 마땅히 극형으로 그를 처(處)해야 할 것입니다. 이에 그 시를 궤
진(詭進)했다. 상이 진노하여 유연수를 정위로 강등하고 장차 법을
안(按)하여 그를 죽이려 하였다. 태학사(太學士) 서승(徐陞)이 그것을
듣고 이에 입조(入朝)하여 주(奏)하여 말했다.

　　"성주(聖主)께서 근신(近臣)을 죽이고자 하는데 조정은 그 죄를 알
지 못합니다. 청컨대 그 시를 내려주시옵소서."

　　천자가 그것을 보이며 말했다.

"유연수는 감히 천서옥배를 가지고 과인을 기의(譏議)했다. 그 죄 어찌 죽을 만하지 않겠느냐?"

서승이 주(奏)하여 말했다.

"이 문자는 곧 시인이 많이 쓰는 바의 것으로 시사(時事)를 기(譏) 하는 뜻이 명백하지 않습니다. 한(漢) 문제(文帝)와 송(宋) 진종(眞宗) 은 모두 태평의 성주(聖主)입니다. 유연수의 죄가 어찌 죽음에 이를 만한 것이겠습니까?"

상(上)이 그렇다고 여겨 천노(天怒) 조금 제(霽)했다.

嚴崇曰く、徐陞の言此の如くんは當に遠地に流竄すべしと上之を允 す、崇家に還りて刑官に囑し、劉延壽を幸洲に配流せしむ、清嚴崇に 問て曰く延壽明かに丞相を譏れるに何爲ぞ殺さゞるか、崇曰く會ま救 解するものありて極刑を用ゐす、然れとも幸洲は瘴癘の氣多くして水 土も甚た惡く、北人此に遷流せらるれは一人の生還者なし、夫れ人を 殺すに刃を以てすると挺以てすると何そ異ならんや、清大に悅ぶ、翰 林此奇怪なる罪禍を蒙り擧家愁傷極まりなく、喬氏は詐りて痛哭の態 を裝へり、翰林配所に向て出發すれば喬氏は婢僕を率ゐて門外に送 り、痛哭して曰く、妾安んぞ獨り家に在るに忍ひんや、願くは配所に 追隨して死生を與にせん矣、

엄숭이 말했다.

"서승의 말이 이와 같다면 마땅히 원지(遠地)에 유찬(流竄)해야 할 것입니다."

상이 그것을 윤허했다. 엄숭이 집에 돌아와 형관(刑官)에게 촉(囑)

하여 유연수를 행주(幸洲)로 유배하게 했다. 동청이 엄숭에게 물어 말했다.

"연수가 분명 승상을 기(譏)했는데 어찌 죽이지 않으십니까?"

엄숭이 말했다.

"마침 구해(救解)하는 자가 있어 극형을 쓰지 못했다. 그렇지만 행주(幸洲)는 장려(瘴癘)의 기(氣)가 많고 수토(水土)도 심히 나빠 북인(北人)이 이곳에 천류(遷流)당하면 한 사람도 생환한 자가 없다. 대저 사람을 죽임에 칼로써 하는 것과 몽둥이로 하는 것이 어찌 다르겠느냐?[50]"

동청이 크게 기뻐했다. 한림이 이 기괴한 죄화(罪禍)를 입어 거가(擧家) 수상(愁傷) 망극(罔極)했다. 교씨는 거짓으로 통곡하는 태(態)를 장(裝)했다. 한림이 배소로 출발하자 교씨는 계집종과 사내종을 이끌고 문밖에서 보내고 통곡하며 말했다.

"첩이 어찌 홀로 집에 있는 것을 차마 하겠습니까. 배소에 추수(追隨)하여 사생을 함께 하기를 바랍니다."

翰林曰く今は險遠の地に去る恐らく生還の理無し、祖先を奉祀し兩兒を鞠養するの任は夫人の手に係れり、夫人吾と同しく去れは則ち家事は誰に託すへき乎、又曰く麟兒は是れ離別の妻が子なりと雖も吾か血屬たる嫡子にして其人と爲りも柔順なり、夫人我か爲めに撫育し、成人せしむるを得は則ち余は死すと雖も瞑目せん矣、喬女泣て曰く相公の兒は則ち妾の子なり何ぞ鳳兒に異ぞらんやと、翰林は之を謝せ

り、翰林出獄の時董淸の密告に因る事を語くるものあり、故に已に略
は其事情を知れり、家人に問うて曰く胡爲ぞ董生を見さるや、家人曰
く董淸家を出てゝ已に三四日に及へり矣、

한림이 말했다.

"지금은 험원(險遠)한 땅에 가니 아마도 생환할 이치가 없소. 조상
을 봉사(奉祀)하고 두 아이를 국양(鞠養)하는 임(任)은 부인의 손에 달
려 있소. 부인이 나와 같이 떠나면 가사는 누구에게 맡길 수 있겠소?"

또 말하였다.

"인아는 이별한 처의 아들이라 하더라도 내 혈속인 적자이고 그
사람됨도 유순하오. 부인이 나를 위해 무육(撫育)하고 성인이 되게
함을 얻는다면 나는 죽는다 하더라도 명목(瞑目)할 것이오."

교녀가 울며 말했다.

"상공(相公)의 아이는 곧 첩의 자식입니다. 어찌 봉아와 달리 하겠
습니까?"

한림은 사(謝)했다. 한림이 출옥할 때 동청의 밀고로 인한 일을 말
해주는 이가 있었다. 까닭에 이미 대략 그 사정을 알았다. 가인(家人)
에게 물어 말했다.

"어찌 동생을 보지 못하겠는가?"

가인이 말했다.

"동청은 집을 나간 지 이미 3-4일에 이릅니다."

翰林愈よ淸の誣ゆる所となれるを覺り深く之を問はず、只家僮數人
を率ゐ獄吏に隨て南方の配所に向て去りぬ、董淸此より後は自から嚴

211

丞相の謀士と稱し、阿媚して彼に事ひ追從して僞忠を盡せしかば、嚴
崇は大に以て其人を得たりと爲し推薦して陳留の縣令に登用せり、淸
は其夜劉家に至りて密かに喬女を見れば喬女は翰林の遠謫せられしを
幸とし董淸の知縣に任せられしを喜びて相對して歡喜し情交日常に倍
せり、淸は喬女と潛かに河間に相會して偕に陳留に往かんことを約
し、喬氏は之を許諾せり、卽ち婢僕に語りて曰く我か姉河間に在り絶
へて久しく逢はさりしが近頃病ひ重きを聞けり、依りて慰問のため往
省せんと欲すと、只心腹の女婢藺梅、雪梅等四五人及ひ麟鳳の兩兒を
率ゐて往き、麟兒の乳母及ひ他の婢僕を留めて家を守らしめぬ、麟兒
の乳母相離るゝに忍ひずして亦隨從せんことを請へば、喬女之を叱し
て曰く麟兒は已に哺乳せず且つ久しく滯留するにもあらず汝等何ぞ盡
く金珠を齎らさゞる、輕裝して河間の約に赴く行意既に決せるに誰か
能く禁止せんと發船後數日にして滹沱河に至る、麟兒方さに船窓に熟
睡せり、喬女雪梅を呼で曰く汝當に此兒を河中に投せよ、是れ乃ち禍
根を絶つなり、今若し此兒を除かされば吾と汝と俱に殆し矣、雪梅抱
きて幽處に往き將に水中に投せんと欲す、忽然感動して曰く謝夫人の
深恩厚澤は彼の江水の如し、叩して吾と喬氏と同しく謀りて既に其母
を誣ゐぬ、今又た其子を殺さば天必す之を厭はん、我れ何そ安からん
や、遂に潛かに蘆葦の中に棄け還り報して曰く、始め江水に投すれば
或は浮ひ或は沈みしか暫くして見へすなりぬと、喬女喜ひて曰く幸に
我か心腹の疾を除けり矣、河間に到るに及び淸は已に朝を辭して來
り、一縣令の威儀を備ひ巨舫を艤して喬氏を待てり、淸喬女を見て大
に悅び舟を竝べて陳留に向て去れり、

한림이 마침내 동청이 무(誣)했음을 깨닫고 깊게는 묻지 않았다. 다만 가동(家僮) 수인(數人)을 데리고 옥리(獄吏)를 따라 남방(南方)의 배소(配所)로 떠났다. 동청은 그로부터 스스로 엄승상의 모사(謀士)라 칭하며, 아미(阿媚)하여 그를 섬기고 추종하여 위충(僞忠)을 다하니, 엄승은 크게 적당한 사람을 얻었다고 여겨 추천하여 진류(陳留)의 현령에 등용했다. 동청은 그 밤 유가(劉家)에 이르러 몰래 교녀를 만나니 교녀는 한림이 원적(遠謫)당한 것을 행(幸)이라 여기고 동청이 지현에 임명된 것을 기뻐하여 상대하여 환희하고 정교(情交) 일상의 갑절이 되었다. 동청은 교녀와 몰래 하간(河間)에서 상회(相會)하여 함께 진류로 갈 것을 약속했고, 교씨는 그것을 허락했다. 즉시 계집종과 사내종에게 말하였다.

"내 누이가 하간에 있는데 절(絶)하여 오랫동안 만나지 못했는데 요즘 중병이라 들었다. 의하여 위문하러 왕성(往省)하고자 한다."

다만 심복 여비(女婢) 납매, 설매 등 4-5명 및 인아와 봉아를 데리고 갔다. 인아의 유모 및 다른 계집종과 사내종을 머물게 하여 집을 지키게 했다. 인아의 유모는 차마 상리(相離)하지 못하여 또한 추종할 것을 청하니, 교녀가 그를 질타하며 말했다.

"인아는 이미 포유(哺乳)하지 않는다. 또한 오랫동안 체류할 것도 아니다. 너희는 어찌 모두 금주(金珠)를 재(齎)하지 않느냐?"

경장(輕裝)하여 하간의 약(約)에 부(赴)할 행의(行意) 이미 결(決)함에 누가 능히 금지하겠는가? 발선(發船) 후 수일이 지나 호타하(滹沱河)에 이르렀다. 인아가 마침 선창(船窓)에 숙수(熟睡)했다. 교녀가 설매를 불러 말했다.

"너는 마땅히 이 아이를 하중(河中)에 던져라. 이는 곧 화근을 끊는

213

것이다. 지금 만약 이 아이를 제거하지 않으면 나와 너는 함께 위태로울 것이다."

설매가 안아서 유처(幽處)에 가 장차 수중에 던지려고 하였으나, 홀연 감동하여 말했다.

"사부인의 심은후택(深恩厚澤)은 저 강물과 같다. 그런데 나는 교씨와 동모(同謀)하여 이미 그 어미를 무(誣)했다. 지금 또한 그 자식을 죽인다면 하늘이 반드시 싫어할 것이다. 내 어찌 편안하겠는가?"

마침내 몰래 여위(蘆葦) 중에 버리고 돌아와 보고하여 말했다.

"처음에 강물에 던지니 혹은 뜨고 혹은 가라앉았는데 한참 지나 보이지 않았습니다."

교녀가 기뻐하며 말했다.

"다행이 내 심복의 질(疾)을 제거했다."

하간(河間)에 이름에 미쳐 동청은 이미 사조(辭朝)하고 왔다. 일현령(一縣令)의 위의(威儀)를 갖추고 거방(巨舫)을 의(艤)하여 교씨를 기다렸다. 동청이 교녀를 보고 대열(大悅)하고 배를 병(竝)하여 진류로 떠났다.

淸新たに縣官を拜し又喬女を奪ひ併せて劉家の財物を掠めて以て其囊橐を潤したれば、意氣揚々として天地に傲視せり、自から以爲らく范蠡が西施を載せて五湖に俘べるも未た以て此行に比するに足らずと、盛に酒饌を備へて喬氏と相對酌して歡を盡せり、淸自から琵琶を彈すれば喬女は霓裳羽衣の曲を舞ひ、以て其興を助け以て其媚を逞うせり、淸喬女の手を執りて自託して曰く笑ふべし劉延壽、一首の詩を作り我をして太守を得せしめ、絶代の色を我に讓りて配處に向へり、

餘す所のものは惟だ渠の形骸にして瘴毒之を侵さば則ち安んぞ支撐す
るを得んや、喬氏笑て曰く是れ君の百福具備すれはなり、此より後は
則ち終日傍に侍し徹夜同衾すとも誰が之を忌まんや、

　　동청은 새로이 현관(縣官)을 절하고 또한 교녀를 빼앗아 아울러 유
가(劉家)의 재물을 약탈하여 그 낭탁(囊橐)을 윤택하게 아니, 의기양
양하여 천지를 오시(傲視)했다. 스스로 범려(范蠡)가 서시(西施)를 태
우고 오호를 떠가는 것도 이 행(行)에 비하기에 부족하다고 여겼다.
성(盛)히 주찬(酒饌)을 준비하고 교씨와 서로 대작하여 진환(盡歡)했
다. 동청이 스스로 비파를 타면 교녀는 예상우의지곡(霓裳羽衣之曲)
을 춤추어 그 흥을 돕고 그 미(媚)를 드러냈다. 동청이 교녀의 손을 잡
고 자탁(自託)하며 말했다.

　　"우습구나, 유연수. 일수의 시를 지어 나로 하여금 태수를 얻게 하
고, 절대의 색(色)을 양보하고 배처(配處)로 향했다. 남은 바의 것은
그저 그 형해(形骸)이니 장려(瘴癘)가 침(侵)하면 어찌 지탱할 수 있으
리오."

　　교씨가 웃으며 말했다.

　　"이는 자네가 백복(百福)을 구비했기 때문이다. 이후는 종일 곁에
시(侍)하며 철야 동금(同衾)하더라도 누가 그것을 기(忌)하겠는가?"

翰林の配所に至る旅次半歳十生九死の苦楚を嘗めて僅かに謫地に到
著す、山川荒絶して風俗殊異なり、大颶は屋を滅し毒霧は天を侵し、
到底人の住居し得へき處にあらず、留まること幾ならずして水土の病
に罹り日に漸く厄重に陷り、既に醫藥の路を絶ち又保護する人も無

215

し、枕席に委頓して唯た絶命の期を待つより術もなし、自から歎して
曰く董淸の惡なかりせば我豈に此の境地に至らんや、謝氏初め言へり
董淸は非正の人なり近つく可らずと、余其言を用ゐすして自から禍を
招く亦誰をか怨み誰を咎めん唯死あるのみ、今にして之を思へは謝氏
は誠に人を知るの鑑識ありたりき、我迷うて事を處するを知らず、理
に乖き賊を認め子と爲せり、地下に先公に見ゆるも當に何の顏ありて
か伺候せむ、長吁流涕滂沱として心緖擾亂し病日に益劇しく氣力漸く
盡きて將に復た起たさらんとす、一日夜白衣の夫人あり壺を携へ來り
て曰く相公の病勢誠に殆し、此の水を飮まは則ち療ゆ可し矣、翰林曰
く君は是れ何人にして眷顧此に至るか、答て曰く吾は洞庭の君山に在
り後日當さに之を知ることあらんと、

　　　한림이 배소에 이르는 여차(旅次) 십생구사(十生九死)의 고초를 맛
보며 겨우 적지(謫地)에 도착했다. 산천 황절(荒絶)하고 풍속 수이(殊
異)했다. 대구(大颶)는 옥(屋)을 멸(滅)하고 독무는 하늘을 침(侵)했다.
도저히 사람이 주거할 수 있는 곳이 아니었다. 머무른 지 얼마 지나
지 않아 수토(水土)의 병에 걸려 날로 점차 액중(厄重)에 빠졌다. 이미
의약의 길을 끊고 또한 보호하는 사람도 없었다. 침석(枕席)에 위돈
(委頓)하여 오직 절명의 기(期)를 기다리는 방법밖에 없었다. 스스로
탄식하며 말했다.
　　“동청의 악 없었다면 내 어찌 이런 지경에 이르렀겠는가? 사씨가
처음에 말했다. ‘동청은 비정(非正)한 사람이니 가까이함이 불가합
니다.’ 내 그 말을 쓰지 않고 스스로 화를 불렀으니 또한 누구를 원망
하고 누구를 탓하겠는가? 다만 죽음이 있을 따름이다. 지금에 와서

생각하니 사씨는 참으로 사람을 알아보는 감식(鑑識)이 있었다. 내 미혹되어 일을 처리할 줄 알지 못했다. 이치에 어긋나게 적(賊)을 인정하여 자식으로 삼았다. 지하에 선공(先公)을 뵙는 것도 마땅히 무슨 얼굴이 있어 찾아뵐까?"

장우(長吁) 유체(流涕) 방타(滂沱)하고 심서(心緖) 요란(擾亂)하여 병이 날로 더욱 심해지고 기력도 점차 다해 장차 다시 일어나지 못할 것 같았다. 일일(一日) 밤에 백의의 부인이 있어 호(壺)를 들고 와서 말했다.

"상공의 병세 참으로 위태롭습니다. 이 물을 마시면 나을 것입니다."

한림이 말했다.

"당신은 누구이기에 권고(眷顧)가 여기에 이르렀습니까?"

대답하여 말했다.

"저는 동정의 군산에 있는데, 후일 마땅히 알게 될 것입니다."

遂に壺を庭中に置きて去りぬ、翰林覺めて之を異しみ其兆を知る莫し、翌朝奴僕庭中を掃除し譁然相告けて曰く怪しむへし水平地の上に湧けり矣、翰林首を扶けて之を見れは則ち正に是れ白衣夫人か壺ほ置ける處なり、深源浩々として其味淸洌試みに一杯を飮めは則ち神氣頓に爽かにして甘露を汲むが如し、瘴癘の氣雲消氷釋し四枝輕快となりて顏色舊の如し觀るもの驚訝せさるなし、翰林乃ち此に井を穿つに旱潦更に加損せずして水は混々たり、數十里の居民爭ひ來りて之を汲むも其量を減するなし、幸洲一境之かために永へに土疾無く健康地と爲るに至れり、後人此泉を名けて學士泉と言ふとかや、

217

마침내 호를 정중(庭中)에 두고 떠났다. 한림이 깨어 그것을 이상히 여겼으나 그 조(兆)를 알 길이 없었다. 다음 날 아침 노복이 정중(庭中)을 소제하다 화연(譁然)히 고하여 말했다.

"이상합니다. 물이 평지에서 솟았습니다."

한림이 부수(扶首)하여 그것을 보니 바로 백의부인(白衣夫人)이 호를 두고 간 곳이었다. 심원(深源) 호호(浩浩)하여 그 맛이 청렬(清洌)하여 시험 삼아 일배(一杯)를 마시니 신기(神氣)가 돈(頓)히 상쾌해져서 감로(甘露)를 급(汲)한 듯했다. 장려(瘴癘)의 기 운소(雲宵) 빙석(氷釋)하고 사지가 경쾌해지며 안색이 옛날처럼 되어 보는 이들이 경아(驚訝)하지 않는 이가 없었다. 한림이 곧 이 정(井)을 팜에 한로(旱澇) 다시 가손(加損)하지 않고 물은 혼혼(混混)했다. 수십 리 거민(居民)이 다투어 와서 그것을 길어도 그 양이 줄지 않았다. 행주 일경(一境)에 그 때문에 영원히 토질(土疾)이 없어지고 건강지(健康地)가 되기에 이르렀다. 후인이 이 샘을 학사천(學士泉)이라 불렀다든가.

董清喬女と赴任の後は貪饕を以て事となし、民の膏澤を浚へ人の財寶を奪ふを以て能事とし、半は則ち自から肥□半は卽ち崇に事へて猶足らさるを患とす、崇に請ふて曰く兒子誠を謁し孝を顯すも邑小にして産なく芳情に報ゆるを得ず、倘し南方富穰の邑に宰たるを得ば則ち誠意を謁くすに近からん、崇乃ち上疏して推薦に力め、陳留縣令董清は本と文學に長し併せて牧民の才に富み、政は召杜の如く治は襲黄より邁れり、宜しく恩寵を垂れられ拔擢して大邑に守たらしめ玉へ、天子缺員を待て擢用すへきを命せらる、未た幾はくならず桂林太守に缺員あり、崇以爲らく桂林は南方の大邑なり、金銀の淵叢にして商賈曾

する所なりと、遂に董淸を以て桂林太守と爲す、淸喬女と大に悅ひ吉
日を卜して新任地に赴きぬ焉

　　동청과 교녀는 부임한 뒤 탐도(貪饕)를 일삼고, 백성의 고택(膏澤)
을 준(浚)하고 남의 재보(財寶)를 빼앗는 것을 능사로 삼아, 반은 스스
로 비(肥)하고 반은 엄숭에게 넘김에 여전히 부족함을 근심으로 여
겼다. 숭에게 청하여 말했다.
　　"아자(兒子) 성(誠)을 알(謁)하고 효를 현(顯)하나 읍(邑)이 소(小)하
여 산(産)이 없어 방정(芳情)에 보답할 수 없습니다. 만약 남방 부양
(富穰)한 읍에 재(宰)가 된다면 성의를 알함에 가까워질 것입니다."
　　숭이 이에 상소하여 추천에 힘썼다. '진류 현령 동청은 본래 문학
에 장(長)하고 아울러 목민(牧民)의 재(才) 부(富)하여, 정(政)은 소소
(召杜)와 같고 치(治)는 공황(龔黃)보다 매(邁)합니다. 마땅히 은총을
내리시어 발탁하여 대읍(大邑)에 수(守)하게 하여 주십시오.' 천자가
결원을 기다려 탁용(擢用)하라는 명을 내려, 아직 얼마 지나지 않아
계림(桂林) 태수에 결원이 있어, 엄숭은 '계림은 남방의 대읍이고, 금
은이 연총(淵叢)하며 상고(商賈)가 회(會)하는 곳'이라 여겨, 마침내
동청을 계림 태수로 삼았다. 동청과 교녀는 크게 기뻐하며 길일을
복(卜)하여 새 임지로 부(赴)했다.

(十) 君をして妖女を載かしむ. 貴客故人に逢ふ。
　　(十) 군으로 하여금 요녀를 태우게 하다. 귀객 고인을 만나다.

是時天子は皇太子を冊封して、大赦を行へり、依りて劉翰林も亦恩

宥を蒙りて將に田里に歸らんとせり、翰林素より是れ京都の人なれど
も、今や嚴崇臺閣に列して萬事を專行せるに依り、京師に復るを欲せ
ず、先世の庄田武昌に在るを以て、其地に往き以て餘年を終らんと志
し、行李を收拾して旅途に上れり長沙の境に至れる時春夏の交に値
ひ、日氣炎熱にして行步甚た困しみ、暫らく休憩せんと欲して馬を路
傍の林木に繫きて繁れる雜草に坐し、心中密かに想うやう、余神明の
保佑に賴りて田里に歸り家屬を率來して一處に同會し. 荒蕪せる田畑を
整耕し江湖の魚を釣り、終に聖代の閑氓と爲らは則ち豈藥からすや
と、因りて首を上けて回顧すれは心氣甚だ快闊なり、忽ち見る紅杖を
執り靑旗を擁するもの北方より雙々來るあり、叱咤して路を攘ひ行人
避易す、翰林身を林下に潜めて一行を窺ひ見れは、一官人白馬金鞍し
て從者雲の如く、風飄驟瞥眼して過く、仔細に看取すれは乃ち董淸な
り、翰林驚駭に勝へず、反覆思へらく、彼の惡漢抑も何の官職を得た
るか、其行色を觀れば刺吏に非されば太守なり、彼の惡漢余を嚴崇に
讒したれば必す其緣に因りて活路を開き此の非分の官職を贏ち得たる
なるへしと、忽ちにして呵路の聲又至り侍女十餘皆錦衣を着け七寶車
を擁衛して來るあり、光彩日を照らし香風塵を吹き、駢闐の聲十里に
聞ゆ、翰林縮伏して深く樹陰に藏れて其過き去るを待ち、大路より行
きて一茶店に憩ふ、偶ま對門の家に一女娘あり、乍ち門を入り又乍ち
出て頻りに翰林に注目せしが、忽然前に進み拜辭して曰く、相公何を
以て此に在る乎、

　　이 때 천자는 황태자를 책봉하고 대사(大赦)를 행했다. 의하여 유
　　한림도 또한 은유(恩宥)를 입어 장차 전리(田里)로 돌아가려 하였다.

한림은 본래부터 경도(京都)의 사람이지만, 지금은 엄숭이 대각(臺閣)에 열(列)하여 만사를 전행(專行)함에 따라 경사에 돌아가고자 하지 않았다. 선세(先世)의 장전(莊田)이 무창(武昌)에 있었기 때문에, 그 땅에 가서 여년을 마치고자 지(志)하여 행리(行李)를 수습하고 여도(旅途)에 올랐다. 장사의 경(境)에 이르니 때는 춘하의 교(交)에 치(值)하였다. 일기(日氣) 염열(炎熱)하여 행보가 심히 곤(困)하여, 잠시 휴게하려 하여 말을 노방(路傍)의 임목(林木)에 묶고 무성한 잡초에 앉아, 심중에 은밀히 생각하였다. '내가 신명(神明)의 보우(保佑)에 힘입어 전리에 돌아가 가속을 솔래(率來)하고 일처에 동회(同會)하여 황무(荒蕪)한 논밭을 정경(整耕)하고 강호(江湖)의 물고기를 낚으며 마침내 성대(聖代)의 한맹(閑氓)이 된다면 어찌 즐겁지 않을까?' 인하여 고개를 들고 회고하니 심기 심히 쾌활했다. 문득 보니 홍장(紅杖)을 쥐고 청기(靑旗)를 옹(擁)한 이가 북방에서 쌍쌍으로 왔다. 질타하여 양로(攘路)하여 행인이 피역(避易)했다. 한림이 몸을 임하(林下)에 숨기고 일행을 규(窺)하니, 한 관인(官人)이 백마 금안(金鞍)하고 종자가 구름 같았는데, 풍표(風飆) 우취(雨驟) 별안간 지나갔다. 자세히 보니 곧 동청이었다. 한림이 경해(驚駭)를 이기지 못하며 반복해서 생각했다. '저 악한이 도대체 무슨 관직을 얻은 것일까? 그 행색을 보니 자리(刺史)[51] 아니면 태수일 것이다. 저 악한이 나를 엄숭에게 참(讒)했으니 반드시 그 연(緣)으로 활로를 열어 이 비분(非分)의 관직을 얻었을 것이다.' 문득 가로(呵路)의 소리가 또 이르러, 시녀 10여 명 모두 금의(錦衣)를 입고 칠보거(七寶車)를 옹위하며 왔다. 광채가 일(日)을

---

51 한문 원문은 '자사(刺史)'이다. 일본어 번역문은 오기로 보인다.

비추고 향풍(香風)이 진(塵)을 불며 변전(騈闐) 소리 10리에 들렸다. 한림이 축복(縮伏)하여 깊이 수음(樹陰)에 숨어 그 지나가는 것을 기다리다 대로에 가서 한 다점(茶店)에 쉬었다. 마침 대문(對門)의 집에 한 여랑(女娘)이 있었다. 곧 문에 들어가 또한 곧 나와 자주 한림에게 주목했는데, 홀연 앞으로 나아와 사양하며 말했다.

　"상공은 어찌하여 여기에 있습니까?"

　翰林之を諦視すれば乃ち雪梅なり、大に驚き問うて曰く余は幸にして恩赦を蒙りたれは將に北に歸らんとす、而して汝は何故に此に來れる我か一家は擧りて皆安穩なるや否や、雪梅流涕して對て曰く話頭多端にして一言能く盡くすべきにあらず、老爺曩きに過き去りしものを熟視せられしや否、翰林曰く未た知らす董淸はそも何官と爲りしぞや、开は暫く措くとするも夫人と公子は恙なきや、雪梅曰く第二の轎車に乘りしは誰人と思召し玉ふか、翰林曰く董淸の內室なるべし余豈其誰某たるを知らん、雪梅曰く董太守の內室は卽ち喬夫人なり小婢亦た陪往せしか適ま馬より落ち暫く此に入りて息へり、豈料らんや老爺を千萬夢寐の外に拜せんとはと、翰林驚愕恍惚良や久うして癡の如し、暫くして曰く世間焉んぞ是事あらんや、汝須らく細さに其事由を陳べよ、雪梅曰く小婢も亦天を欺き主に背くの罪あり、伏して乞ふ相公之を寬假し直陳して隱すこと無らしめよ、翰林曰く旣往の事は必す追咎せず、但た須らく詳言して以て我か意を釋け、

　한림이 그녀를 체시(諦視)하니 설매였다. 크게 놀라 물어 말했다.
　"나는 다행히 은사(恩赦)를 입어서 장차 북으로 돌아가려 한다. 그런데 너는 왜 여기에 왔느냐? 우리 일가는 모두 안온(安穩)하냐?"

설매가 유체(流涕)하며 대답하여 말했다.

"화두(話頭) 다단(多端)하여 일언(一言)으로 능히 다할 수 없습니다. 노야께서 조금 전에 지나간 것을 숙시(熟視)하지 않으셨습니까?"

한림이 말했다.

"아직 모르겠다. 동청은 도대체 무슨 관(官)이 되었느냐. 견(汧)[52]은 잠시 제쳐두기로 하고 부인과 공자는 무고하냐?"

설매가 말했다.

"동태수의 내실은 곧 교부인입니다. 소비 또한 배왕(陪往)했는데 마침 말에서 떨어져 잠시 여기에 들어와 쉬었습니다. 어찌 노야를 천만 몽매(夢寐) 바깥에서 절할 줄 헤아렸겠습니까?"

한림이 경악 황홀하여 양구(良久) 치(癡) 같았다. 잠시 뒤에 말했다.

"세간(世間)에 어찌 이 일이 있느냐. 너는 부디 자세히 그 사유를 말하라."

설매가 말했다.

"소비도 또한 하늘을 속이고 주인을 등진 죄가 있습니다. 복걸(伏乞)하오니 상공께서 그것을 관가(寬假)하여 직진(直陳)하고 숨김이 없게 하겠습니다."

한림이 말했다.

"기왕(既往)의 일은 반드시 추구(追咎)하지 않겠다. 다만 부디 상언(詳言)하여 내 뜻을 풀어라."

---

52 한문 원문은 '차(此)'이다. 일본어 번역문은 오기로 보인다.

雪梅叩頭して泣て曰く、謝夫人か婢僕を待たれしは父母の赤子を愛
するか如かりき、而も藺梅誤て喬氏の說を聽き、小婢を誘惑して玉環
を偸み出さしめ、猶妖巫の謀を行ひ、謝夫人をして掌珠を戕害するの
誣罪を被らしめ、終に夫人を黜せしむるに至れり、藺梅の事たる其罪
實に貫盈す、而して小婢も亦脅迫せられて誣證を作せり、小婢の罪犯
萬死も餘りあり、喬氏と董淸の私奸は已に久しく、家内詳知せざるも
のなきも死を畏れ含默して言はざりしのみ、相公に告けさりしは此れ
婢輩の不忠なり、埋凶の變は喬氏の手より出つ、而して李十娘之か主
たり、假書の謀は喬女の口より發す、而して董太守之を寫せり、潛か
に相公の詩を偸みて以て嚴丞相の怒を挑みしは、董太守の奸計にして
喬氏の贊けし所なり、此れ其大略にして餘は悉すへからず、相公出發
せられて未た久しからず、董淸は勢に因りて官を得、喬氏は盡く財貨
を取りて自から董淸を逐へり、謝夫人の粧奩は盡く喬氏の行橐に歸し
吾か相公世傳の僕隷は反つて董淸の使役に供せらる、小婢賤人と雖も
未た嘗て此の如き背理の變を見さるなり、喬氏董淸に歸くの後嫉妬滋
す甚たしく、侍女等若し董淸の前に出入すれは輒ち淫刑を施し百端の恐
喝小婢も亦一縷の命を保ち難く、將さに何時死するを知らすとて臂上炮
烙の痕を示して曰く慈母を去り虎口に歸せしは是れ誰の咎そやと、

설매가 고두(叩頭)하고 울며 말했다.

"사부인께서 계집종과 사내종을 대하시는 것은 부모가 적자(赤
子)를 아끼는 것과 같았습니다. 그런데 납매가 잘못하여 교씨의 설
을 듣고, 소비(小婢)를 유혹하여 옥환을 훔치게 하였고, 또한 요무(妖
巫)의 모(謀)를 행하여, 사부인에게 장주를 장해(戕害)한 무죄(誣罪)를

입게 하여, 마침내 부인이 출(黜)당하기에 이르렀습니다. 남매의 일삼은 그 죄 실로 관영(貫盈)합니다. 그러나 소비도 또한 협박당하여 무증(誣證)을 만들었으니, 소비의 죄 만 번 죽어도 남음이 있습니다. 교씨와 동청의 사간(私姦)은 이미 오래되어 집안에 알지 못하는 자가 없으나 죽음을 두려워하여 함묵(含默)하고 말하지 못했을 따름입니다. 상공에게 고하지 않은 것은 이 비비(婢輩)의 불충입니다. 매흉(埋凶)의 변(變)은 교씨의 손에서 나왔고, 이십랑이 그 주(主)입니다. 가서(假書)의 모(謀)는 교녀의 입에서 발했고, 동태수가 그것을 사(寫)했습니다. 몰래 상공의 시를 훔쳐서 엄승상의 분노를 도발한 것은 동태수의 간계이고 교씨가 찬동한 바입니다. 이것이 그 대략이고 나머지는 다할 수 없습니다. 상공이 출발하시고 그리 멀지 않아 동청을 세(勢)으로 관을 얻고, 교씨는 모두 재화를 취하여 스스로 동청을 좇았습니다. 사부인의 장렴(粧奩)은 모두 교씨의 행탁(行橐)으로 돌아갔고, 우리 상공 세전(世傳)의 복례(僕隸)는 도리어 동청의 사역이 되었습니다. 소비 천인이라 하더라도 일찍이 이와 같은 배리(背理)의 변을 본 적이 없습니다. 교씨가 동청에게 돌아간 뒤 질투가 더욱 심해져, 시녀 등이 만약 동청 앞에 출입하면 곧 음형(淫刑)을 베풀고 백단(百端)의 공갈, 소비도 또한 일루(一縷)의 명(命)을 보존하기 힘듭니다. 장차 어느 때 죽을지 알지 못합니다."

비상(臂上)의 포락(炮烙) 흔적을 보이며 말했다.

"자모(慈母)를 버리고 호구(虎口)에 돌아갔으니 누구를 탓하겠습니까?"

翰林曰く麟兒は何處に在るか、雪梅曰く喬氏公子を率るて滹沱河に

至り、小婢をして公子を江中に投せしむ、小婢暗かに蘆葦の間に置き、喬氏に瞞告するに已に死せりと謂へり、而も或は慮ふに老爺不昧の靈默佑する所あり、近處の人をして之を收養せしめられしならんか、翰林落膽自失久うせしが甦りて曰く麟兒若し僥倖にして死せされば則ち汝は我家の恩人なり、前日の過又何そ責むるに足らんや、然れとも道傍に兒を棄つ餓死するにあらすんは必す牛羊の踐む所となり烏鳶の飼となるを免れずと硬咽して言ふ能はず、雪梅又告けて曰く昨日鄂州を過き、偶ま人の語るを聞けは宰相夫人は長沙に往かんと欲し水に沒して死せりと、慮みるに或は謝夫人は杜推官の任所に往かんと欲し未た到著するに及はすして死せられしなるか、或は杜推官の已に轉任して京都に還られしを聞き轉して他處に向はれしか、未た其詳細を知るに及はされとも已に聞ける所を以て敢て申告すと言訖りて卽ち出て去りぬ.

　　　한림이 말했다.
　　"인아는 어디에 있느냐?"
　　설매가 말했다.
　　"교씨가 공자를 데리고 호타하(滹沱河)에 이르러 소비로 하여금 공자를 강중(江中)에 버리게 하였습니다. 소비가 몰래 갈대 사이에 두고, 교씨에게 거짓으로 이미 죽었다고 고했습니다. 혹은 생각건대 노야 불매(不昧)의 영(靈)이 묵우(默祐)한 바, 근처의 사람에게 수양(收養)하게 하지 않았겠습니까?"
　　한림이 낙담 자실(自失) 오래 하였으나 기운을 차리고 말했다.
　　"인아가 만약 요행히 죽지 않았다면 너는 우리 집안의 은인이다.

전일의 잘못은 또한 어찌 책하기에 족하겠느냐. 그렇지만 도방(道傍)에 아이를 버렸다. 아사하지 않았다면 반드시 우양(牛羊)에게 밟히거나 오연(烏鳶)의 먹이가 됨을 면치 못했을 것이다."

경열(硬咽)하여 말을 할 수 없었다. 설매가 또 고하여 말했다.

"작일 악주(鄂州)를 지나다 우연히 사람들이 말하는 것을 들으니 재상 부인은 장사에 가고자 하였고, 물에 투(投)하여 죽었다고 합니다. 생각건대 혹은 사부인은 두 추관의 임지에 가시려 했으나 아직 도착함에 미치지 못하여 돌아가셨거나 혹은 두 추관이 이미 전임(轉任)하여 경도로 돌아감을 듣고 전(轉)하여 타처로 향하셨든지, 아직 그 상세히 알기에 미치지 못하지만 이미 들은 바로 감히 신고합니다."

말을 마치고 곧 떠났다.

是時喬氏正に雪梅の久くして來らさるを疑ひしか、日暮れて歸れば直ちに之を詰問するに雪梅答へて曰く落馬の際打撲を受けて痛甚しく速かに來る能はさりしのみと、喬氏性本と猜疑多き婦人なれは容易に之を信せず、人を使はして密に馬卒に問はしむ、馬卒曰く店に憩へる時偶ま一行人に遇へり、與に語りて憩を移し爲めに遲延せるのみ、又問ふ其行人は誰なりしか、曰く從者に問は謫客劉翰林に逢ふて來れるなりと云へり矣、喬氏其形容行色を問ふて其劉翰林に違はさるを知り、急に董清と善後策を議す、清大に驚きて曰く余は彼か必す南方の配所に死沒せるものと思へしに、今尚ほ生存して宥免せられて歸らんとは、他日意を得れは豈肯て我を不問に付せんやと、急に健壯なる家丁十餘人を發ち命して延壽を追及せしめ佯はり呼て賊と爲し延壽の頭を持して來り示さしむ、衆丁令を聽て而して去る。

이 때 교씨는 바로 설매가 오랫동안 오지 않음을 의심했는데, 날이 저물어 돌아오니 즉시 문책함에 설매가 대답하여 말했다.

"낙마했을 때 타박상을 입어 통(痛)이 심하여 속히 올 수 없었을 뿐입니다."

교씨의 성(性) 본래 시의(猜疑)가 많은 부인이라 쉽사리 그것을 믿지 않았다. 사람을 시켜 은밀히 마졸(馬卒)에게 묻게 했다. 마졸이 말했다.

"점(店)에서 쉴 때 우연히 한 행인을 만났습니다. 더불어 말하여 게(憩)를 옮겼기 때문에 지연되었을 뿐입니다."

또 '그 행인은 누구냐'고 물으니, 말했다.

"종자에게 물으니 적객(謫客) 유한림을 만나고 왔다고 합니다."

교씨가 그 형용 행색을 묻고 유한림이 틀림없음을 알았다. 급히 동청과 선후책을 의(議)했다. 동청이 크게 놀라 말했다.

"나는 그가 반드시 남방의 배소에서 사몰(死沒)했으리라 생각했더니, 지금 여전히 생존하여 유면(宥免)되어 돌아올 줄이야. 후일 뜻을 얻으면 어찌 기꺼이 나를 불문에 부치겠는가?"

급히 건장한 가정(家丁) 10여 명을 발명(發命)하여 연수를 추급하게 하고 거짓으로 적을 가장하고 연수의 목을 가져와 보이게 했다. 중정(衆丁)은 명령을 듣고 떠났다.

　是より先雪梅、藕梅に脅かされ其惡を助けて喬氏の腹心と爲れるも而も危佈の心常に去らず、且つ董淸淫穢日に甚だしく婢女の輩に至る迄悉く奸せられざるなし、故に喬女の妬忌亦日に甚だしく爲めに殺害せらるゝもの數人に及ぶ、雪梅藕梅の兩婢は喬氏に取りて功多きも稍

もすれば害せられんとす、雪梅は既に其前事を悔ひ怨を含むこと久し
きも之を愬ふるに處無く時機を伺ひ居りたるに偶々故主に逢ひ胸襟を
開け盡く之を語る而して喬女、董淸の既に之を知り密議せるを見るに
及び自ら免からざるを知り自頸して死す、喬女果して之を殺さんと欲
して雪梅の房を訪へば則ち已に死せり矣。

　　이보다 앞서 설매, 납매에게 협박당하여 그 악을 돕고 교씨의 복심
(腹心)이 되었으나 위포(危怖)의 마음이 늘 떠나지 않았다. 또한 동청
의 음예(淫穢) 날로 심해져 비녀(婢女)의 배(輩)에 이르기까지 모두 간
(奸)하지 않음이 없었다. 까닭에 교녀의 투기 또한 날로 심해졌기 때
문에 살해당한 이 몇 사람에 미쳤다. 설매 납매 양비(兩婢)는 교씨에
게 공이 많았으나 여차 하면 해하려 하였다. 설매는 이미 그 전사(前
事)를 후회하고 원망을 품기 오래나 그것을 호소할 곳 없어 시기를 엿
보고 있었는데 우연히 고주(故主)를 만나 흉금(胸襟)을 열어 모두 말하
였다. 그리고 교녀와 동청이 이미 그것을 알고 밀의(密議)함을 봄에
미쳐 스스로 불면(不免)함을 알고 자경(自頸)하여 죽었다. 교녀는 과
연 그녀를 죽이고자 하여 설매의 방을 방문한데 이미 죽어 있었다.

翰林、雪梅の談を聽き路すから首を低れ嘆して曰く、余實に愚迷に
して妖說を信じ自ら賢人と絶ち、惡を積み罪を重ね身を亡ほ家を破
り、上は祖先の祀下に奉するを得ず、下は妻孥の身を保つ能はず、他
郷に漂泊し歸するに處無し徒らに萬古の愚夫たるに非ずんは實に覆載
の一罪人也、夫婦の義已に夫人に絶ち父子の情麟兒に賴り無し、罪已
に偏紀を犯す何の顔ありて此世に永らへんやと鄂州盤桓の州渚に到

229

り、人に逢へは則ち夫人の消息を問ふも敢て之を知る者無し、翰林哀痛に堪ず江村の漁舍普ねく到らざる處無し、而も死生其的報を知る無し、最後に一人に逢ふ其人曰く今を距る五六年前京師某宰相の家夫人長沙に下れる者あり、其舟人方に懷沙亭の村舍に住す往て問へば則ち知ることを得んと、翰林大に喜び卽ち往て之を問へは村人齊しく云ふ果して然り矣

한림, 설매의 이야기를 듣고 길에서 고개를 떨어뜨리고 탄식하며 말했다.

"내가 실로 우미(愚迷)하여 요설(妖舌)을 믿고 스스로 현인(賢人)과 절(絶)하여 악을 쌓고 죄를 거듭하여 몸을 망(亡)하고 집안을 파(破)했다. 위로는 조상의 사하(祀下)에 봉함을 얻지 못하고, 아래로는 처나(妻拏)의 몸을 보(保)하지 못했다. 타향에 표박하여 돌아갈 곳이 없고 다만 만고의 우부(愚夫)일 뿐만 아니라 실로 복재(覆載)의 한 죄인이다. 부부의 의가 이미 부에게 끊어지고 부자의 정 인아에게 뇌(賴)가 없다. 죄가 이미 편기(偏紀)를 범했으니 무슨 낯이 있어 이 세상에서 영(永)할까?"

악주 반환(盤桓)에 이르렀다. 사람을 만나면 부인의 소식을 물었으나 감히 아는 자가 없었다. 한림이 애통을 견디지 못하고 강촌의 어사(漁舍) 두루 이르지 않은 곳이 없었다. 그러나 사생(死生) 그 적보(的報)를 아는 이가 없었다. 최후에 한 사람을 만났다. 그 사람이 말했다.

"거금(距今) 5-6년 전 경사(京師) 모 재상가 부인이 장사에 내려가는 이가 있었다. 그 주인(舟人)이 바로 회사정(懷沙亭)의 촌사(村舍)에 사니 가서 물으면 알 수 있을 것이다."

한림이 크게 기뻐하여 즉시 가서 물으니 촌인이 모두 '과연 그렇
다'고 말했다.

曾て某年某月に一年少の夫人あり、白衣を着し老嫗義鬟を率ひ舟に
乘て此に到り彼の北亭に登り半日其風光を玩賞し仍て他處に往けり
と、傍らに一女有り曰く其夫人行色慘憺として哭聲實に人を感動せし
む豈玩景の理有らん哉聞くならく其時巳に溺死せり矣、翰林聽き終り
て身體旣に裂くるか如く哀淚泉の如し夫人の跡を尋ねんと欲して懷沙
亭に上れば但だ見る楚水萬丈、吳山千疊闃として人聲無く、猿啼き鵑
咽ふを聞く而已、上下彷徨舍て去るに忍ひず、仍て壁上古人の題詠を
讀まんとすれば白く紫柱を削りて一行の書あり曰く「某年某月日謝氏貞
玉投水而死」と翰林大聲一叫氣絶して地に仆る從者之を救ひ扶けて之を
起す、哭淚絶へず手を以て地を叩て曰く、夫人をして此に至らしむる
は延壽の罪也、切齒臍を噬むと雖も何そ及ばんや、吾れ何を以て頭を
擡げ目を擧げ天を見人に對せん乎、祖宗の靈吾れを何とか曰はん夫人
の魂亦吾れを如何にか視る、吾れ地を堀て而して入り亦江に投じて死
する能はず、顧みるに何を以て吾か罪を贖ひ吾か責を塞かんやと江に
臨み聲を放つて大に哭く、波濤之か爲めに嗚咽し天地之か爲めに黯憺
たり、日沈んで漸く黃昏に及び四隣闃として海波渺然、翰林の悲懷夫
人の哀怨前後一般のみ矣.

일찍이 모년 모월에 한 연소(年少)한 부인이 있었다. 백의를 입고
노구(老嫗)와 차환을 데리고 배를 타고 여기에 이르렀다. 저 북정(北
亭)에 올라 반일(半日) 그 풍광(風光)을 완상하고 이에 타처로 갔다. 곁

231

에 일녀(一女)가 있어 말했다.

"그 부인 행색이 참담하고 곡성 실로 사람을 감동하게 했다. 어찌 완경(玩景)의 이(理)가 있겠는가? 그때 이미 익사했다고 들은 것 같다."

한림이 듣기를 마치고 신체가 이미 찢어지는 것 같고 애루(哀淚) 샘과 같았다. 부인의 자취를 찾으려 하여 회사정에 오르니 다만 보이는 것은 초수만장(楚水萬丈) 오산천첩(吳山千疊), 격(閡)하여 인성(人聲)이 없고, 원숭이 울음소리 두견새 울음소리가 들릴 뿐이었다. 상하 방황하며 차마 사거(舍去)하지 못했다. 이에 벽상(壁上) 고인의 제영(題詠)을 읽으려 하니 하얗게 자주(紫柱)를 깎아 일행(一行)의 서(書)가 있었다. '모년 모월일 사씨 정옥 투수이사(投水而死)' 한림이 대성(大聲) 일규(一叫) 기절하여 땅에 부(仆)했다. 종자가 그를 구부(救扶)하여 일으켰다. 곡루(哭淚) 끊이지 않고 손으로 땅을 치며 말했다.

"부인에게 이 지경에 이르게 한 것은 유연수의 죄요. 절치(切齒) 제(臍)를 서(噬)한다 하더라도 어찌 미치겠소? 내 무엇을 가지고 머리를 들며 눈을 들어 하늘을 보고 사람을 대하겠소? 조종의 영(靈) 나를 무어라 하겠소? 부인의 혼 또한 나를 어떻게 보겠소? 내 땅을 파고 들어가고 또한 강에 투(投)하여 죽을 수도 없소. 돌아보건대 무엇으로써 내 죄를 속(贖)하고 내 책(責)을 색(塞)하겠소?"

강에 임하여 방성대곡했다. 파도도 그 때문에 오열하고 천지도 그 때문에 암담했다. 해가 저물어 점차 황혼에 이르러 사린(四隣)이 격(閡)하고 해파(海波) 묘연(渺然)했다. 한림의 비회(悲懷) 부인의 애원(哀怨) 전후 일반일 따름이었다.

翰林博具を設けて夫人の孤魂を慰めんと欲し從者と共に村舎に還り

明日を以て酒を買ひ之に奠せんとす、燈を呼び筆を執り哀辭を草せん
と欲すれば悲哀胸塞かりて涙紙を濕ほし夜深ふして沈吟未た一句を成
さず、從者困倒鼾聲已に雷の如し、忽ち窓外人語喧囂喊聲大に起るを
聞く、翰林大に驚き戸を開て之を視れば則ち一隊の兇徒或は棍棒を持
ち或は利刃を提け窓を排し厲聲疾呼して曰く劉延壽愼んぞ逃走する勿
れと、翰林大に驚き筆を投じ未だ從者を喚ひ起すに及はす北窓を蹴り
開き挺身躍り出てたり、深夜東西を辨せす顛倒疾走の狀恰かも鳥の籠
を脱れしか如く魚の網に漏れしか如し、百餘步に至りて顧みれば火光
漸く近く追跡甚だ急なり、翰林大に苦み流汗踵に至る．林盡きて路も亦
窮まり大水前を阻む身羽翼無ければ飛ふこと能はず、進退茲に窮まる
兇徒は相語て曰く延壽は必らす江畔林藪の中に匿れん、渠れ何そ能く
天に登り地に入らんや、左右林下を搜索せは必らす之を捕へんと火光
漸く遍り近つく、翰林天を仰き嘆して曰く余豈此に地するを死らんや
料、吾れ將に屍を魚腹に葬らんのみと直ちに江頭に走り水に投せんと
欲す、忽ち風使に因て人聲有る聞く、翰林意くらく江上或は漁船有ら
んと遂に馳せて渡口に向ふ月色晝の如し、果して一隻の小船沙汀に泊
し兩人船頭に坐し、手に滄波を弄し口に古詩を咏して曰く。

　　한림이 박구(薄具)를 설(設)하고 부인의 고혼(孤魂)을 위로하려 하
여 종자와 함께 촌사(村舍)에 돌아갔다. 내일 술을 사고 전(奠)하려 했
다. 등을 호(呼)하고 붓을 잡아 애사(哀辭)를 초(草)하려 하니 비애 흉
색(胸塞)하여 눈물이 종이를 적셨다. 밤 깊도록 침음(沈吟)하여 아직
일구도 이루지 못했다. 종자는 곤도(困倒)하여 한성(鼾聲) 이미 우레
같았다. 홀연 창외(窓外) 인어(人語)가 훤효(喧囂)하고 함성이 크게 일

어남을 들었다. 한림이 크게 놀라 문을 열어 보니 일대(一隊)의 흉도(兇徒) 혹은 곤봉을 들고 혹은 이인(利刃)을 제(提)하여 창을 배(排)하고 여성(厲聲) 질호(疾呼)하며 말했다.

"유연수 삼가 도주하지 말라."

한림이 크게 놀라 붓을 던지고 아직 종자를 환기함에 미치지 못해 북창을 발로 차서 열고 정신(挺身) 약출(躍出)하였다. 심야에 동서를 불변(不辨)하며 전도(顚倒) 질주하는 모습이 흡사 새가 조롱을 벗어나는 것 같고 물고기가 그물에서 빠져나가는 것 같았다. 백여 보에 이르러 돌아보니 화광(火光)이 점차 가까워지고 추적이 심히 급했다. 한림이 크게 괴로워하며 유한(流汗)이 종(踵)에 이르렀다. 숲이 다하고 길도 역시 궁하여 대수(大水)가 앞을 막았다. 몸에 우익(羽翼)이 없으니 날아갈 수 없었다. 진퇴 이에 궁하니 흉도는 서로 말하였다.

"유연수는 반드시 강반(江畔) 임수(林藪) 속에 숨었을 것이다. 그가 어찌 능히 하늘에 오르거나 땅에 들어갔겠느냐? 좌우가 숲을 수색하면 반드시 그를 잡을 것이다."

화광(火光) 점차 핍근(逼近)했다. 한림이 하늘을 우러러 탄식하며 말했다.

"내 어찌 이 땅에서 죽을 줄 헤아렸겠는가? 내 장차 시체를 어복(魚腹)에 장사지낼 따름이구나."

곧 강두(江頭)로 달려가 물에 투(投)하려 하였다. 홀연 풍편(風便)에 인해 인성(人聲)이 있음을 들었다. 한림은 강상(江上)에 혹 어선이 있을 것이라 생각하고 마침내 달려 도구(渡口)로 향하는데 월색(月色) 그림 같았다. 과연 일척의 소선(小船) 사정(沙汀)에 박(泊)하고 두 사람이 선두에 앉아 있다. 손으로 창파(滄波)를 농(弄)하고 입으로 고시를 읊었다.

緣水明秋月。 南湖採白蘋。 荷花嬌欲語。 愁殺蕩舟人。

　　맑은 물에 가을 해 빛나는데
　　남쪽 호수에서 흰 마름을 따네.
　　연꽃은 수줍게 말 건네려는 듯
　　배 젓는 사람을 수심 겹게 만드네.

又一女有り之に和して曰く.

　　또 일녀(一女)가 있어 그것에 화답했다.

江南春已暮. 汀洲採白蘋. 洞庭有歸客. 瀟湘逢故人.

　　해가 떨어지는 강남의 봄이네,
　　물가 모래섬에서 흰 개구리밥 따는데.
　　동정호 부근에서 돌아오는 나그네,
　　소상강가에서 내 님을 만났단다.

歌罷んで兩人相對座し意氣安閑として悠々自適の狀あり.

　　노래 파(罷)하고 두 사람 상대하여 앉아 의기 안한(安閑)하고 유유
　　자적한 상(狀)이 있었다.

235

是より先謝夫人夢に舅姑より白蘋の洲に於て人を濟ふの說を聞きし
より、心に常に之を思ひ未だ敢て忘れず、妙姬に問ふて又蘋洲の此に
在るを知りたり、然れども未だ濟ふ可き人の何者たるやを知らさるな
りき、荏苒の間已に六年を過く時遇々四月の旬後なり謝夫人尼姑に謂
て曰く舅姑夢中の敎へ分明に耳に在り而して年を以て之を計ふれば則
ち數已に周し矣、月を以て之を考ふれば則ち時且に至れり矣、望日之
を白蘋洲に試みんと欲す如何と、尼姑曰く小尼も亦前夜偶々一夢を得
たり、菩薩顯はれて曰く謝夫人夢中の語汝も亦之を聞きたりや、劉翰
林厄會未た盡きずして奇禍亦迫る汝若し救はずん𠮷則ち平素吾れを信
するの誠とに負く也と、江月將に圓し時機失ふ可からず月滿つるの期
は望に非すして何そや、夫人既に小師の囑を承く小尼も亦菩薩の敎く
を荷ふ、事已に前より定まれる所今復何をか疑はんと、卽ち謝夫人及
女童と船を此に艤し之を待つこと已に久し矣、翰林疾く呼て曰く女娘
女娘、我を救へ我を救へと。

　이에 앞서 사부인 꿈에 구고(舅姑)에게 백빈(白蘋)의 주(洲)에서 사
람을 제(濟)하라는 설을 들었기 때문에 마음에 늘 그것을 생각하여
감히 잊지 못했다. 묘희에게 물어 또한 빈주(蘋洲)가 여기에 있음을
알았다. 그렇지만 아직 제(濟)해야 할 사람이 누구인지 알지 못했다.
임염지간(荏苒之間)에 이미 6년을 지나서 때는 마침 4월의 순후(旬後)
였다. 사부인이 니고에게 일러 말했다.

　"구고 꿈속의 가르침 분명히 귀에 있어 연(年)으로써 그것을 셈하
면 숫자가 이미 다가왔습니다. 월(月)로써 그것을 고(考)하면 시차(時
且)에 이르렀습니다. 망일(望日) 그것을 백빈주에서 시험해보고자 합

니다. 어떠합니까?"

니고가 말했다.

"소니도 또한 전야(前夜) 마침 일몽(一夢)을 얻었습니다. 보살이 나타나 말씀하셨습니다. '사부인 몽중의 말 너도 또한 그것을 들었느냐?[53] 유한림의 액회(厄會) 아직 다하지 않아 기화(奇禍) 또한 박(迫)하니 네가 만약 구하지 않으면 평소 나를 믿는 것 성(誠)에 부(負)하는 것이다. 강월(江月) 장차 원(圓)할 것이니 시기 불가실(不可失)이라.' 달이 차는 기(期)는 망(望)이 아니고 무엇이겠습니까? 부인 이미 소사의 촉(囑)을 받았고 소니도 또한 보살의 가르침을 하(荷)했습니다. 일이 이미 전부터 정해진 바 지금 다시 무엇을 의심하겠습니까?"

즉시 사부인과 여동과 더불어 배를 여기에 의(艤)하여 기다린 지 오래되었다. 한림이 질호(疾呼)하여 말했다.

"여낭(女娘)이여, 여낭이여, 나를 구하소서, 나를 구하소서."

尼姑卽ち船窓より出て來り女童を呼て曰く速かに舟を泊して彼の相公を載せよ、女童卽ち舟を泊ず、翰林惶てゝ船に上つて曰く賊有り追ひ來る須らく船を他處に移すべしと、因て急に船を移さんとするの時賊已に群かり到り大に呼て曰く、船を回せ船を回せ然らずんは則ち盡く汝等を殺さんと、女童答へず舟を撑かして去る、賊曰く船上の客は乃ち人を殺すの賊也、桂林府董太守吾等を發して之を捕へしむ汝若し之を捕へ來らは當らに厚賞を受くべし、若し違はゝ太守亦將に掌捕し、汝等賊と共に同しく殺戮せられんと、翰林方さに董淸の發せる賊

---

53 소니도 또한 전야~그것을 들었느냐 : 관음의 현몽시기 전날 밤으로 나타나는 것이 한문본 C계열의 특성이다.

なるを知り憤然に勝へず、乃ち三人に謂て曰く彼等の言ふ所皆詐はり
なり、我は是れ劉翰林にして彼等は乃ち眞の強盗なり信すること勿れ
と女童因て彼等に謂て曰く汝等は皆悖逆の徒也吾豈に汝等の言を信せ
んやと彼等大に怒て曰く爾ち女童敢て官令を拒みて將に何くに去らん
とするかと女童揖を撃ち朗かに歌て曰く.

　　　니고가 즉시 선창(船窓)에서 나와서 여동(女童)을 불러 말했다.

　　　"속히 배를 박(泊)하여 저 상공을 태워라."

　　　여동이 즉시 배를 박하니 한림 황(惶)하여 배에 올라 말했다.

　　　"적이 있어 쫓아오니 부디 배를 타처로 옮겨야 할 것입니다."

　　　인하여 급히 배를 옮기려 할 때 적(賊)이 이미 무리지어 이르러 큰
소리로 부르며 말했다.

　　　"배를 돌려라 배를 돌려라. 그렇지 않으면 모조리 너희들을 죽일
것이다."

　　　여동이 답하지 않고 배를 탱(撑)하여 떠났다. 적이 말했다.

　　　"선상의 객은 곧 사람을 죽인 적(賊)이다. 계림부 동태수께서 우리
들을 발(發)하여 그를 잡아오게 했다. 네가 만약 그를 잡아오면 마땅
히 후상(厚賞)을 받을 것이고, 만약 듣지 않으면 태수께서 또한 장차
나포(拿捕)하여 너희들을 적과 함께 같이 살육하실 것이다."

　　　한림이 바로 동청이 발(發)한 적임을 알고 분연(憤然)히 불승(不勝)
했다. 이에 삼인에게 일러 말했다.

　　　"저들이 말하는 바는 모두 거짓입니다. 나는 유한림이고 저들은
곧 진짜 강도이니 믿지 마십시오."

　　　여동이 인하여 그들에게 일러 말했다.

　"너희들은 모두 패역(悖逆)의 무리이다. 내 어찌 너희들의 말을 믿겠느냐?"

　그들이 크게 노하여 말했다.

　"너의 여동이 감히 관령(官令)을 거역하고 장차 어디로 가려 하느냐?"

　여동이 읍(揖)을 격(擊)하고 낭(朗)하게 노래하여 말했다.

　滄浪之水淸マハ可シ以テ濯ヲ我纓□. 滄浪之水濁ラハ兮可シ以テ濯フ我足□.

　船行甚た疾く已に中流に在り、賊其及ふ可からさるを知り盡く散し去る、時に落月西に傾き旭日東天より昇り舟は已に君山の下に泊す、翰林方寸稍や定まり尼姑に謝して曰く師傳は如何なる人にして余の殘命を救ひしやと尼姑延壽を扶け起して曰く相公取て俯謝することなく速かに船窓に入て故人と相見よと翰林其何の故なるを審かにせず、忽ち船底女子の哭聲を聞く矣

　　청량의 물이 맑으면,
　　내 갓끈을 씻고.
　　청량의 물이 흐리면,
　　내 발을 씻으리라.[54]

　선행(船行) 심히 빨라 이미 중류(中流)에 있었다. 적이 미칠 수 없음

---

54 『초사』「어부사(漁父辭)」에 나오는 말이다.

을 알고 모두 산거(散去)했다. 때에 낙월(落月) 서쪽으로 기울고 욱일 (旭日) 동천에서 올랐다. 배는 이미 군산 아래에 숙박했다. 한림의 방 촌(方寸) 조금 진정되어 니고에게 사(謝)하여 말했다.

"사부는 여하한 사람이기에 제 잔명(殘命)을 구하셨습니까?"

니고가 연수를 부기(扶起)하며 말했다.

"상공은 굳이 부사(俯謝)할 것 없이 속히 선창에 들어가 고인(故人) 과 상견하십시오."

한림이 무슨 까닭인지를 심(審)하지 않았는데, 홀연 선저(船底)에 서 여자의 곡성을 들었다.

(十一) 奸人惡稔に身斃れ、天道否極して泰來る、

(十一) 간인 악임에 신폐하고, 천도 비가 극하여 태가 내하다.

翰林船窓に入れ一夫人有り、素服を以て出て迎へり、翰林俯伏して 拜す、曙色朦朧として未た其如何の人なるを知らす只其聲を聞けは恰 かも謝夫人に似たり、翰林癡疑交々集まり神魂恍惚として大哭し始め て問ふて曰く、夫人は鬼か人か眞か夢か、吾は夫人か既に此世の人に 非すと思ひしに料らさりき復た此處に相見んとはと、夫人涙を垂れて 對て曰く餘生を盜み自ら死する能はすして今に至り復た尊顔を拜して 感愧交々至る、第だ未た知らす相公何故に其有樣にして此處に至れる やと、翰林曰く信無く義無きの吾れ今實に夫人に對する面目あらん や、吾今前非を悔ゆ聖人尚過を改むるを許す夫人亦須らく寬假し此劉 延壽滿腔の言を聽けと、仍て謝夫人家を出てし後の事及雪梅が長沙の 路上に於て言ひし事等詳細に物語りぬ、夫人曰く家に此の如きの變あ

りたること妾は今日迄之を知らさりしと仍て大に哭す翰林も亦泣く、
又雪梅、麟兒を林中に捨て置きしことを語り因て曰く天或は之を殺さ
すと、夫人之を聞き痛哭して曰く雪梅の言何ぞ信するに足らん假令沈
水は免かるとも生命は保ち難からんと。

　　한림이 선창(船窓)에 들어가니 한 부인이 있었다. 소복(素服)으로
나와 맞이했다. 한림이 부복(俯伏)하여 절했다. 서색(曙色) 몽롱(朦朧)
하여 아직 어떤 사람인지를 몰랐다. 다만 그 목소리를 들으니 흡사
사부인 같았다. 한림의 치의(癡疑) 교교(交交) 집(集)하고 신혼(神魂)
황홀하여 큰 소리로 울기 시작하며 물어 말했다.
　　"부인은 귀신이오, 사람이오, 진짜요, 꿈이요. 나는 부인이 이미
이 세상 사람이 아니라고 생각했으니 다시 이곳에서 상견(相見)하리
라고는 헤아리지 못했소."
　　부인 눈물을 떨구며 대답하여 말했다.
　　"여생을 훔쳐 스스로 죽을 수 없어 지금에 이르러 다시 존안(尊顔)
에 절하니 감괴(感愧) 교교(交交) 이릅니다. 다만 상공(相公)이 왜 이런
모습으로 이곳에 이르렀는지 아직 알지 못하겠습니다."
　　한림이 말했다.
　　"신(信)이 없고 의(義) 없는 내가 지금 실로 부인을 대할 면목이 있
겠소. 내가 지금 전비(前非)를 회(悔)하오. 성인께서도 개과(改過)를
허했으니 부인도 또한 부디 관가(寬假)하여 이 유연수 만강(滿腔)의
말을 들어주시오."
　　이에 사부인이 집을 나간 뒤의 일과 설매가 장사 노상(路上)에서
말한 일 등 상세히 이야기했다. 부인이 말했다.

241

"집안에 이와 같은 변이 있는 줄 첩은 금일까지 몰랐습니다."

이에 큰 소리로 우니 한림도 또한 울었다. 또한 설매가 인아를 임중(林中)에 버려둔 것을 말하고 인하여 말했다.

"하늘이 혹 죽이지 않았을 것이오."

부인이 그것을 듣고 통곡하며 말했다.

"설매의 말 어찌 믿기에 족하겠습니까? 가령 침수는 면했다 해도 생명은 보(保)하기 어려웠을 것입니다."

翰林語を轉して曰く昨日懷沙亭に到り柱に寫せし書を見るを得て始めて夫人の投水せしを知りぬ因て薄具を設けて以て微誠を表せんとせしに忽ち董淸の送れる兇徒に遇ひ、蒼黃身を脫して盡く僮僕を失ひ死處を料らす、然るに夫人の力に賴て救はれたり、夫人は何を以て此身の危きを知り舟を泊して之を待ちたりや、懷沙亭の柱書亦何の故そやと、謝氏曰く往時を語るは徒らに感慨悲嘆を增さんも旣に相公の質問を承く請ふ其槪略を述べん。

한림이 말을 전(轉)하여 말했다.

"어제 회사정(懷沙亭)에 이르러 기둥에 사(寫)한 서(書)를 볼 수 있었는데 처음에 부인이 투수(投水)하지 않았음을 알지 못하고 인하여 박구를 설(設)하여 미성(微誠)을 표하려 하던 참에 홀연 동청이 보낸 흉도를 만나 창황(蒼黃) 탈신(脫身)하여 모두 동복(僮僕)을 잃고 죽을 자리를 헤아리지 못했소. 그런데 부인의 힘을 힘입어 구원을 받았소. 부인은 어찌하여 이 몸의 위험을 알고 배를 박(泊)하여 기다렸소. 회사정의 주서(柱書)는 또한 무슨 까닭인고?"

사씨가 말했다.

"옛날을 말하는 것은 헛되이 감개 비탄을 더하겠으나 이미 상공의 질문을 받았으니 그 개략을 술(述)하겠습니다.

妾の曾て家を遂はれて墓下に在る時、奸計に陷り幾んど危からんとす、然るに夢に舅姑に謁し冥敎を奉するを得て禍を南方に避け跡を禪庵に託す、今日舟を泊して相公を濟ふは皆之れ夢中舅姑の敎へらるゝ所と又一面には師傳の助けに賴れり、然らすんは妾は當時既に奸賊の禍を免かれず亦何を以て今日あるを致さんや、懷沙亭の柱に題し以て水に投し死せんとして師尼の爲めに救はれ屍を魚腹に葬らざるを得て此に至る當時豈相公の眼に入るを思はんや實に因緣と謂ふ可き也と、翰林顧て妙姬に謝して曰く師尼は素と之れ羽化庵の妙姬に非すや而も音信を絶つこと已に久しく茫として其消息を知らざりき、初め我等兩人の緣は師尼の紹介に依れり而して今我等兩人の命師尼の爲めに活くるを得たり、吾等何を以て師尼の恩を報ひんやと、妙姬曰く是れ皆相公及夫人の洪福に由れり、天道善にくみす何そ老尼の功ならんや、此處は船中にして久しく話すの地に非ず、請ふ小庵に往て從容寬談せられよと、遂に輿に船より下りて庵に入れり、乳母、義鬟亦各々出て迎へ翰林を拜して輿に泣く。

첩이 일찍이 집에서 쫓겨나 묘하(墓下)에 있을 때, 간계(奸計)에 빠져 몇 번이나 위험해질 뻔 했습니다. 그런데 꿈에 구고(舅姑)를 알(謁)하고 명교(冥敎)를 봉함을 얻어 화를 남방으로 피해 자취를 선암(禪庵)에 탁(託)했습니다. 금일 배를 박(泊)하고 상공을 제(濟)한 것은 모두 꿈속 구고의 가르치신 바와 또 일면으로는 사부의 도움 덕입니다.
그렇지 않았다면 첩은 당시 이미 간적(奸賊)의 화를 면치 못했을 것
이고 또한 어찌 금일이 있음을 치(致)했겠습니까? 회사정의 주(柱)에
제(題)하고 물에 투(投)하여 죽으려 하였는데 사니 덕분에 구함을 받
아 시체를 어복(魚腹)에 장사지내지 않음을 얻어 이에 이르렀습니다.
당시 어찌 상공의 눈에 입(入)함을 생각했겠습니까? 실로 인연이라
이를 만합니다.”

한림이 고(顧)하여 묘희에게 사(謝)하며 말했다.

“사니는 본래 우화암의 묘희가 아니십니까? 그러나 소식(편지)을
끊은 지 오래되어 망(茫)히 그 소식을 알지 못했습니다. 처음 우리 두
사람의 연은 사니의 소개에 의(依)해서였고 지금 우리 양인의 명(命)
이 사니 덕분에 살 수 있었습니다. 우리들은 무엇으로 사니의 은을
갚겠습니까?”

묘희가 말했다.

“이는 모두 상공과 부인의 홍복(洪福)에서 유(由)한 것입니다. 천
도(天道)는 선(善)을 편듭니다. 어찌 노니(老尼)의 공이겠습니까? 이
땅은 선중(船中)이라 오래 이야기할 곳이 아닙니다. 소암(小庵)에 가
서 종용(從容) 관담(寬談)하시지요.”

마침내 함께 배에서 내려 암자에 들어갔다. 유모, 차환 또한 각각
맞이하여 한림을 절하고 더불어 울었다.

翰林謝氏に謂て曰く吾れ死地を脱るゝと雖も家已に亡ひ身已に辱め
らる、將さに南の方武昌に赴き躬ら薄田を耕へして少く家道を成し以
て家廟を迎へ來り門を杜ちて書を讀み身修め以て既往の過ちを補はん

と欲す、夫人余の舊惡を念はす余を見棄てすして同行を諾するや否や
と、謝氏袵を斂て曰く相公若し棄てすんは妾豈敢て相公に背かんや、
妾の落托此處に至れるは已む得されは也、相公今方さに困頓の中に在
り妾豈家道を挽回するの心無からんや第だ昔日家を離るゝの時既に宗
族を會して祠堂に告げらる今無斷にして復た入るは宜しからすと、翰
林曰く余未だ思ひ此に及はす夫人の言正に禮に合へり余當に先つ去て
家廟を奉し來り尙麟兒を尋ね得て禮を備へ夫人を迎へんと謝氏曰く相
公の言是なるも而も第だ相公の單身援け無きは憂慮に堪へず、董賊の
邑は武昌を去ること遠からず、若し相公の彼の地に在るを知らば彼れ
必らす復た兇徒を發して之を害せん念ふて此に及へは覺へす心膽を寒
からしむ、祖先の祠宇を奉安し夫婦一家に聚まるは是目下の急務なり
と雖も而かも妾意ふに姑らく姓名を變して跡を藏くし人をして舊翰林
たるを知らさらしめ、以て時勢の趨向を視て而して善處せよと、翰林
曰く夫人の言誠に金玉の如し余當さに之に從ふべし、但し董賊の才桂
林の太守を得て來り臨む必らす輕輕に轉免せられさるべし、夫人曰く
然らす天道善人に組みす、善惡の應報立ろに至らん、奸喬女の如く惡
董賊の如き者安んぞ敗れさるの理あらん、相公姑たく之を待たれよ
と、翰林曰く諾と遂に相與に舊を叙せり。

　한림이 사씨에게 일러 말했다.

　"내 사지를 벗어났다 하더라도 집안은 이미 망하고 몸은 이미 욕
을 당하였소. 장차 남방 무창(武昌)으로 부(赴)하여 몸소 박전(薄田)을
갈아 조금 가도(家道)를 이루어 가묘(家廟)를 영래(迎來)하겠소, 두문
(杜門) 독서 수신하여 기왕(旣往)의 잘못을 보(補)하고자 하오. 부인은

내 구악(舊惡)을 불념(不念)하여 나를 버리지 말고 동행을 허락하시겠소.”

사씨가 옷섶을 여미며 말했다.

“상공이 만약 버리지 않는다면 첩이 어찌 감히 상공을 등지겠습니까? 첩의 낙탁(落托) 이 땅에 이른 것은 부득이한 것입니다. 상공이 지금 바야흐로 곤돈(困頓) 중에 있는데 첩이 어찌 가도를 만회하려는 마음이 없겠습니까? 다만 지난 날 집을 떠날 때 이미 종족을 회(會)하여 사당에 고하셨습니다. 지금 무단으로 다시 들어가는 것은 마땅하지 않습니다.”

한림이 말했다.

“내 아직 생각이 여기에 미치지 못했소. 부인의 말 정히 예에 합하오. 내 마땅히 먼저 가서 가묘(家廟)를 봉래(奉來)하고 또한 인아를 찾아서 예를 갖추어 부인을 맞이하겠소.”

사씨가 말했다.

“상공의 말이 옳습니다. 다만 상공 단신으로 도움이 없음은 우려스럽습니다. 동적(董賊)의 읍(邑)은 무창에서 멀지 않습니다. 만약 상공이 그 땅에 있음을 안다면 그는 반드시 다시 흉도(兇徒)를 발하여 해할 것을 생각하여 여기에 미친다면 심담(心膽)을 한(寒)하게 될 것입니다. 조상의 사우(祠宇)를 봉안하고 부부 일가에 모이는 것은 목하의 급무라 하더라도 첩이 생각건대 잠시 성명을 바꾸고 자취를 감추어 사람들에게 옛 한림임을 알지 못하게 하여 시세(時勢)의 추향(趨向)을 보고 선처하십시오.”

한림이 말했다.

“부인의 말이 참으로 금옥과 같소. 내 마땅히 따르리다. 다만 동적

(董賊)의 재(才)가 계림 태수를 얻어 내림(來臨)했소. 반드시 가볍게
전면(轉免)되지 않을 것이오."

부인이 말했다.

"그렇지 않습니다. 천도(天道)는 선인(善人)을 편듭니다. 선악의 응
보(應報) 곧 이를 것입니다. 간악한 교녀, 동적 같은 자가 어찌 패하지
않을 이치가 있겠습니까? 상공은 잠시 기다리십시오."

한림이 말했다.

"좋소."

마침내 서로 서구(敍舊)했다.

翰林更に夫人に謂て曰く吾れ曾て謫所に在りて水土の疾を患ひ頗る
重態に陥れり、夢に君山の神人に遇ふ神人賜ふに甘水を以てせり、故
に沈痾體を去り死せさるを得たり、今日恙なくして又夫人に此處に遇
ふ豈異ならすや、夫人曰く此れ必らす觀音の神助なりと共に佛前に至
り香を樊きて禮拜す、是日翰林獨り外堂に宿し妙姫船を備へて鄂州に
送る、翰林夫人と涙を揮て別れ鄂州に到つて歸船を得潛かに乘て武昌
に到れは則ち變亂中相失ひし奴僕皆已に來りて此に會し翰林を見て歡
喜踊躍再生の人に逢ひしが如し、是より先賊徒は只翰林を追ふて他人
を害せす、故に奴僕皆無難なるを得たり。

한림이 다시 부인에게 일러 말했다.

"내 일찍이 적소(適所)에서 수토(水土)의 질(疾)에 걸려 자못 중태
에 빠졌었소. 꿈에 군산의 신인(神人)을 만나 신인이 감수(甘水)를 하
사하셨소. 그래서 침아(沈痾)가 체(體)를 떠나 죽지 않을 수 있었소.

금일 또한 부인을 여기에서 만나니 어찌 이상하지 않소?"

부인이 말했다.

"이는 반드시 관음의 신조(神助)입니다."

함께 불전에 이르러 향을 사르고 예배했다. 이 날 한림은 홀로 외당(外堂)에 숙(宿)하고 묘희는 배를 갖추어 악주(鄂州)로 송(送)했다. 한림은 부인과 눈물을 뿌리며 헤어지고 악주에 이르러 귀선(歸船)을 얻어 몰래 타고 무창에 이르니 변란 중에 상실(相失)한 노복이 모두 이미 와서 여기에서 회(會)하였다. 한림을 보고 환희 용약(踊躍)하니 마치 재생한 사람을 만난 듯했다. 이보다 앞서 적도(賊徒)는 다만 한림을 좇고 타인(他人)을 해하지 않았다. 그러므로 노복이 모두 무난할 수 있었다.

賊衆翰林を失ひ歸て董淸に報す、淸喬女と大に懼れ相議して曰く吾れ延壽と勢ひ兩立せす必らす之を殺して以て他日の憂ひを除かんと更に翰林の去處を探さしむ、之れより先董淸の桂林に赴任する時冷振京に在り賭博して盡く家産を失ひ窮して依る所無し遂に桂林に來りて董淸を訪へは淸甚だ喜ひ留めて心腹と爲す、凡そ利を謀り私服を肥やすの事相與に之を議し錙銖分毫をも留めす、富貴の家を繹ね無實の罪を構へて之を殺し其産を奪ひ、往來の商人に毒を飮まして之を害し其財を沒收す、毒旣に一境に流れ害隣州に及び民の之を視ること猛虎の如し、而かも嚴崇の愛顧を蒙むりし故を以て勢焰熾にして能く誰何する者無し、喬女府に到る未だ久しからすして鳳雛死せり、天の惡人に報ゆる昭々たり、藺梅、董淸の胤を胎む、喬女之を嫉むこと讐の如く董淸の外出に乘じ布衾を以て之を壓殺し詭て病死と稱せり董淸も亦其

殺死なるを知らす。

　적중(賊衆) 한림을 실(失)하고 돌아가 동청에게 보고했다. 청과 교
녀는 크게 두려워하며 상의하여 말했다.

　"나와 연수 세(勢) 양립하지 못합니다. 반드시 그를 죽여서 후일의
근심을 제거하겠소."

　다시 한림의 거처를 찾게 했다. 그에 앞서 동청이 계림에 부임할
때 냉진은 경(京)에 있으면서 도박으로 가산을 모두 잃어 궁하고 의
할 바가 없어 마침내 계림에 와서 동청을 찾아오니 동청은 심히 기뻐
하며 머물게 하여 심복으로 삼았다. 대저 이(利)를 모(謀)하고 사복(私
腹)을 불리는 일 서로 더불어 의(議)했다. 치수(錙銖) 분호(分毫)를 불
류(不留)했다. 부귀한 집을 역(繹)하여 무실(無實)의 죄를 엮어 그를
죽이고 그 재산을 빼앗고, 왕래하는 상인에게 독을 먹여 그를 해하
고 그 재(財)를 몰수했다. 독이 이미 일경(一境)에 흐르고 해가 인주
(隣州)에 미쳐 백성이 그들을 보기를 맹호처럼 했다. 더구나 엄숭의
애고(愛顧)를 입은 까닭에 세(勢) 염치(焰熾)하여 능히 누가 어찌할 자
가 없었다. 교녀가 부(府)에 이른 지 오래지 않아 봉아가 죽었다. 하늘
이 악인에게 갚음이 소소(昭昭)했다. 납매는 동청의 윤(胤)을 배었다.
교녀가 그를 질투하기가 원수 같았다. 동청이 외출한 틈을 타 포대
(布袋)로 납매를 압살하고 거짓으로 병사했다 칭했다. 동청도 또한
살사(殺死)임을 알지 못했다.

　桂林は大州也、文簿旁午として訟獄甚だ繁し、所屬の各邑事有れば
則ち自ら巡察し府に在るの日甚だ少なし、冷振遂に喬氏と通し倏然同

寝し正に劉翰林の家に在て董淸と密通して憚る所無きか如し、爾に出
つる者は爾に反へるとは眞に此謂ひ也。

　계림은 대주(大州)이다. 문부(文簿) 방오(旁午)하고 송옥(訟獄) 심히
번(繁)했다. 소속된 각읍의 일이 있으면 스스로 순찰하여 부에 있는
날이 심히 적었다. 냉진이 마침내 교씨와 통(通)하고 언연(偃然) 동침
하였으니 참으로 유한림의 집에서 동청과 밀통하며 탄(憚)하는 바
없음과 같았다. '너에게 나온 것은 너에게 돌아간다'[55]는 것은 참으
로 이를 이름이다.

　董淸人を派して劉翰林の蹤跡を探偵せしめしも得す心甚た安からす
常に針氈に座するか如し、左れは益々心を竭して嚴崇に諂ひ、銀十萬
貫其他の金寶物品を得て冷振をして嚴丞相の家に運ひ以て丞相の晬日
を賀せしむ、冷振の京師に到るに及ひ天子稍々嚴崇の奸を覺り其職を
奪ふて田里に放ち其財納官に罪すと聞き、冷振大に驚き思ふやう、董
淸貪黷の罪法を以て之を論せは誅に當る而も人嚴崇の勢を畏れて敢て
口を發せす、今則ち水山已に消ゆ社鼠何くにか依らん董淸亦將に久し
からさるべし、今中より謀計を用ひ座して漁人の功を收むるに如かす
と、卽ち闕に詣り登聞皷を擊ち奏して曰く臣は本と北方の人也、頃日
南方に事有りて桂林の地を過き太守董淸が不公不法兇惡を逞くし無辜
の人を殺して財物を奪ひ、庶民を虐くるを目擊せり桂林の民人太守を
畏るゝこと虎よりも甚たし、臣は其害を蒙らすと雖も而も憤惋に勝へ

す、敢て愁怨の庶民に代はり其妖惡の罪を陳ふ、遂に董淸が權奸に付
託して官爵を竊取し商賈を劫掠し庶民を剝害し兇徒を聚集して將に不
軌の謀を生まんとする十二條を記して奏聞せり、天子之を見て震怒し
乃ち其奏を朝廷に下し命して董淸を囚へしめ、本府實狀を得れは冷振
の奏する所と符契を合すか如し、嚴崇已に廢せられたれば誰あつて之
を辯護する者もなく、董淸鉅萬の財有りと雖も最早如何ともすること
能はす五刑を具くて長安の市に處斬せられたり、人皆之を快とす、官
其財黃金三萬兩白金五千兩を沒收し其餘の珠玉錦繡等の物品擧けて數
ふ可からす、妻妾奴婢は官より斥賣せり、冷振は價を官に納めて喬女
を買ひ二人久しく京師に住す、而して奸跡の露顯せんことを恐れ遂に
喬女と共に山東に向はんとす、喬女一場の禍敗に遭ふと雖も冷振に隨
ふは本と其願ふ所且つ自ら携ふ所の奇貨數箱と曾て冷振の賣らし來り
し十萬貫と金珠其手中に在るを以て兩人心甚た愉快に堪へす車を雇ふ
て分載し東昌府の境を過ぐ喬女遠路を馳せ憊るゝこと甚だしく冷振一
旅店に就て酒肉を買ひ以て喬女を慰む、兩人酒に醉ふて倒れ睡れり、
車夫鄭太素之れ賊黨にして其行資の豊富なるが如きを見流涎久し是夜
兩人の醉臥せるに乘じ其財實を奪ふて逃け去る、兩人醉眠より醒めて
始めて之を覺り如何ともする能はす赤手空拳忽ち糊口に窮するに至り
素より出發すること能はされば暫らく此地に留まることゝし仍て鄭太
素の蹤跡を探索したりけれども其影だに見へさりき。

동청이 사람을 파(派)하여 유한림의 종적을 탐정하게 했으나 얻지
못해 마음이 심히 부란하여 늘 바늘방석에 앉은 것 같았다. 그러하
니 더욱 마음을 다하여 엄숭에게 첨(諂)하여 10만 관의 은금(銀金) 보

패(寶貝) 등 물품을 얻어 냉진에게 엄승상의 집에 옮겨 승상의 쉬일(睟日)을 하(賀)하게 했다. 냉진이 경사에 이름에 미쳐 천자가 차츰 엄숭의 간(奸)을 깨달아 그 직(職)을 빼앗고 전리(田里)에 방(放)하며 그 재납관(財納官)에 죄를 주었다는 소식을 듣고 냉진은 크게 놀라 생각했다. '동청 탐암(貪黯)의 죄 법으로 논한다면 마땅히 주(誅)당해야 하나 사람들이 엄숭의 세(勢)를 두려워하여 감히 입을 발하지 못했다. 지금 수산(水山)이 이미 사라졌으니 사서(社鼠) 어디에 의지할고. 동청 또한 장차 오래가지 못할 것이다. 지금부터 모계(謀計)를 써서 앉아서 어인(漁人)의 공(攻)을 거둠만 못하다.' 즉시 예궐(詣闕)하여 등문고(登聞鼓)를 치고 주(奏)하여 말했다.

"신은 본래 북방 사람입니다. 얼마 전 남방에 일이 있어 계림 땅을 지나는데, 태수 동청이 불공(不公) 불법 흉악을 영(逞)하여 무고한 사람을 죽이고 재물을 빼앗으며 서민을 학(虐)함을 목격했습니다. 계림의 민인은 태수를 두려워하는 것 호랑이보다 심했습니다. 신은 그 해를 입지 않았다 하더라도 분완(憤惋)을 이기지 못했습니다. 감히 수원(愁怨)의 서민을 대신하여 그 요악(妖惡)의 죄를 진(陳)합니다."

마침내 동청이 권간(權奸)에게 부탁하여 관작(官爵)을 절취(竊取)하고 상고(商賈)를 겁략(劫掠)하며 서민을 박해하고 흉도를 취집(聚集)하여 장차 불궤(不軌)의 모(謀)를 생(生)하려 한다는 12조목을 기록하여 주문(奏聞)했다. 천자가 그것을 보고 진노하여 이에 그 주(奏)를 조정에 하명하여 동청을 잡아오게 하였다. 본부(本府) 실상을 얻으니 냉진의 주(奏)한 바와 부계(符契)를 합한 듯했다. 엄숭이 이미 폐하여 졌으므로 누가 있어 그를 변호할 자도 없었다. 동청이 거만(鉅萬)의 재(財)가 있다 하더라도 이제 어찌할 방도가 없어, 오형(五刑)을 구

(具)하여 장안(長安)의 저자에서 참형을 당하였다. 사람들이 모두 그
것을 쾌히 여겼다. 관(官)이 그 재(財) 황금 3만 냥 백금 5천 냥을 몰수
하고 그 나머지 주옥(珠玉) 금수(錦繡) 등 물품 모두 헤아릴 수 없었다.
처첩 노비는 관에서 척매(斥賣)했다. 냉진은 관(官)에 납가(納價)하여
교녀를 사서 두 사람 오래 경사(京師)에 살았다. 그러나 간적(奸跡)이
드러날 것을 두려워해 마침내 교녀와 함께 산동(山東)으로 가려 했
다. 교녀는 일장(一場)의 화패(禍敗)를 만났다 하더라도 냉진을 수(隨)
한 것은 본래 그 바라는 바이고 또한 스스로 휴(携)한 바 기화(奇貨) 몇
상자와 일찍이 냉진이 가져온 10만 관과 금주(金珠)가 수중에 있음
으로 두 사람의 마음은 심히 유쾌하여 견딜 수 없었다. 수레를 고(雇)
하여 나누어 싣고 동창부(東昌府)의 경(境)을 지났다. 교녀 원로(遠路)
를 달려 비(憊)하기가 심하여 냉진은 한 여점(旅店)에서 주육(酒肉)을
사서 교녀를 위로했다. 두 사람 술에 취해 쓰러져 잠들었다. 차부(車
夫) 정태소(鄭太素)는 적당(賊黨)으로 그 행자(行資)의 풍부한 것 같음
을 보고 유연(流涎)한 지 오래였다. 이날 밤 두 사람이 취와(醉臥)함을
틈타 그 재보(財寶)를 빼앗아 도망쳤다. 두 사람 취면(醉眠)에서 깨어
비로소 그것을 깨달으니 어찌할 수 없었다. 적수공권(赤手空拳), 홀연
호구에 궁함에 이르렀다. 본래 출발할 수 없는지라 잠시 이 땅에 머
무르기로 하고 이에 정태소의 종적을 탐색했지만 그 그림자조차 보
이지 않았다.

或日天子朝に臨み，地方の太守虐政を布きて庶民を苦むるの事に及ひ
左右に問て曰く頃者董淸の罪狀を見るに眞に是れ國賊也初め何人の推
薦に因るかと徐陞奏して曰く董淸初め如何の人なるを知らす而かも嚴

崇薦めて陳留の守令と爲し其後其治蹟を稱して又擢してゝ桂林の太守
と爲すと天子曰く余今にして之を思へは嚴崇の薦むる所は皆之小人に
して嚴崇に排斥せられたる者は皆是君子也と卽ち吏部をして嚴崇薦む
る所の者百餘人を淘汰せしめ曾て排斥せられし者を登用せり、是に於
て諫議大夫海瑞都御史と爲り，翰林學士劉延壽吏部侍郎と爲り其他淸廉
にして愛民の聲へある地方官杜臆等十餘人を擢んて皆京官に陞す、且
つ料を設けて盛んに人材を募る。

어느 날 천자 조(朝)에 임하여 지방의 태수(太守) 학정(虐政)을 포
(布)하여 서민을 괴롭힌 일에 미쳐 좌우에게 물어 말했다.

"경자(頃者) 동청의 죄상을 봄에 참으로 국적(國賊)이었다. 처음에
누구 추천에 인하였느냐?"

서승이 주(奏)하여 말했다.

"동청 처음에 어떠한 사람인지를 알지 못했습니다. 그러나 엄숭
이 천(薦)하여 진류 수령으로 삼았고 그 뒤 그 치적을 칭하고 또 탁
(擢)하여 계림 태수로 삼았습니다."

천자가 말했다.

"내 지금에 생각하니 엄숭이 천(薦)한 바는 모두 소인(小人)이고,
엄숭에게 배척당한 자는 모두 군자이다."

즉시 이부(吏部)로 하여금 엄숭이 천(薦)한 바의 자 백여 명을 도태
시키게 하고, 일찍이 배척당한 자를 등용했다. 이에 간의대부(諫議大
夫) 해서(海瑞)는 도어사(都御史)가 되었고, 한림학사 유연수는 이부
시랑(吏部侍郎)이 되었으며, 기타 청렴하고 애민(愛民)의 성(聲)이 있
는 지방관 두억(杜臆) 등 10여 명을 탁(擢)하여 모두 경관(京官)으로

승(陞)했다. 또한 설과(設科)하여 성(盛)히 인재를 모(募)했다.

　時に謝給事の子希郎母の喪服を終へて妻を娶り家を保ちて家道亦稍
や豊かなり、初め姉謝夫人の密書に因て其長沙に往て身を杜夫人に託
するを知れり既にして杜推官は成都に轉任せし由を聞き急き謝夫人に
報せんと欲せしも發程已に久しかりしを以て如何ともする能はす、意
へらく已に長沙に到り隨て成都に往きしならん、知らす中途に於て狼
狽し辛苦艱難したること無きや、分袂以來音信頓と絶へけるが、骨肉
の情に堪へす、文官試驗を了へたる後船を雇ふて蜀に入り其存沒を訪
はんと欲す、偶々邸報見て杜太守已に順天府尹と爲るを知り其入京の
日は必らす謝夫人も偕に來るならんと思ひ出發を思ひ止まり兎も角も
杜夫人の來京を待つことゝせり、俄かにして試驗の期日迫まり來り謝
生試驗を濟まして歸れは杜氏の一行已に京師に着したり、謝生往て久
濶を叙し姉の消息た問ふ、杜府尹涙を流して曰く謝兄未だ令姉の奇を
聞かさる耶余曾て長沙に在る時令姉南來の船に乘て將に我れに依らん
と欲し來つて長沙に到れは余已に成都に轉任せり令姉窮して遂に湘水
に投身由適々何人か來て之を救ひ而して其往く所を知る莫し、其後船
人の談を聞き人を湘水に送て探索したれとも杳として消息無し、然る
に先年又湘人の語を聞けは劉翰林謫所より湘江に到り、亭上謝夫人が
書する所の文字を見て痛く其溺死を悲み將に奠を設けて之を吊はんと
欲すれば其賊黨に追迫せられ其去る處を知らすと云ふ、此れ即ち必ら
す劉兄ならん、而して今や朝廷吏部侍郎を以て之を召すも其存沒を知
る莫しと。

때에 사급사의 아들 희랑(希郎) 모(母)의 상복(喪服)을 마치고 취처(娶妻) 보가(保家)하여 가도(家道) 또한 점점 풍(豊)해졌다. 처음 누이 사부인의 밀서(密書)에 인하여 장사에 가서 몸을 두부인에게 탁(託)함을 알았다. 이윽고 두 추관은 성도로 전임(轉任)한 것을 듣고 서둘러 사부인에게 보고하려 했으나 발정(發程) 이미 오래되어 어찌할 수 없었다. 이미 장사에 이르러 수(隨)하여 성도에 갔으리라 생각했지 중도에서 낭패(狼狽)하여 신고(辛苦) 간난(艱難) 무한했음을 알지 못했다. 분몌(分袂) 이래 음신(音信) 돈(頓)히 절(絶)하니 골육의 정을 감당하지 못했다. 문관 시험을 마친 뒤 배를 고(雇)하여 촉(蜀)에 들어가 그 존몰(存沒)을 방(訪)하려 했다. 마침 저보(邸報)를 보고 두 태수 이미 순천 부윤(府尹)이 되었음을 알고 입경(入京)의 날에는 반드시 사부인도 함께 오리라 생각하고 출발할 생각을 그만두고 하여튼 두 부인의 내경(來京)을 기다리기도 했다. 갑자기 시험의 기일 박래(迫來)하여 사생(謝生) 시험을 마치고 돌아오니 두씨 일행 이미 경사에 도착했다. 사생은 가서 구활(久闊)을 서(敍)하고 누이의 소식을 물었다. 두 부윤 눈물을 흘리며 말했다.

"사형(謝兄) 아직 영자(令姉)의 기(奇)를 듣지 못하셨습니까? 제가 일찍이 장사에 있을 때 영자 남래(南來)의 배를 타고 장차 제게 의(依)하려 오셔서 장사에 도착하셨는데, 저는 이미 성도로 전임(轉任)했습니다. 영자 궁하여 마침내 상수(湘水)에 투신하신 것인데 마침 누가 와서 구하였고 그 간 바를 아는 이 없습니다. 그 뒤 선인(船人)의 이야기를 듣고 사람을 상수에 보내어 탐색했지만 묘(杳)히 소식이 없습니다. 그런데 선년(先年) 또 상인(湘人)의 말을 들으니 유한림 적소(謫所)에서 상강에 이르렀고, 정상(亭上) 사부인이 서(書)한 바 문자를 보고 그 익사를 통비(痛悲)하며 장차 전(奠)을 설하고 조(弔)하려 하였는데 적당(賊黨)에게 추박(追迫) 당하여 간 곳을 모른다고 합니다. 이는 곧 반드시 유형(劉兄)일 것입니다. 지금 조정 이부시랑으로 소(召)하나 그 존몰(存沒)을 아는 이 없습니다.”

謝生之を聞て大哭して曰く若し則ち然らは吾か姉及劉兄は已に此世の人に非るべしと、杜尹曰く湘江の人は多く死せしには非るべしと云へり、謝生須らく哀みを過こすこと勿れ更に其消息を確むること可也と、謝生之を然りとし家に還て旅裝を整へ將に出發せんとすれは試驗の成績已に發表せられ謝生は甲料第二を占め得たり、則ち直ちに江西南昌の推官に拜せらる、南昌は長沙を距ること遠からず、謝生は及第して南昌に赴くを喜ひと爲さす姉の去處を尋ぬる□以て幸と爲し遂に家を挈へて赴任せり、此時翰林は董淸の禍を避け蹤跡を藏まし名を改めて自ら學生と稱す、武昌の人亦學生の前身を知る者無く朝夕農耕に勵み、人を君山に送て夫人に供給せり、一日家僮君山より來り報して曰く小人岳州を過き遇々四門に掛榜あるを見しに相公の名を書して其去處を訪ふ、小人密に之を人に問へは則ち皆曰く劉翰林今吏都侍郎を拜し朝廷より馬を送て謫所に召せは則ち旣に已に謫所を去る久しと故に榜を揭げて其去處を尋ぬと云ふ、故に敢て上報すと翰林思考して曰く嚴崇尙朝權を握らは我れに此職の到る理無しと卽ち武昌府に到り刺を太守に通す、太守大に驚き倉惶出て迎へ拜して曰く聞く老先生吏部侍郎に拜せられ朝廷より召すと云ふ然るに先生如何して此に到れるかと仍て官報を出して之を示せり、翰林始めて嚴崇の敗れ董淸の死せるを知り歸て一札を寫して謝夫人に送り其吏部を拜せしに依り命を承け

て京師に赴くの意を傳ふ、且つ曰く董賊巳に死し嚴奸亦廢せらる、方
今朝廷小人無しと雖も自ら意ふ瑕釁の跡を以て淸顯の職に堪へ難し、
乞ふて南方の一邑を求め當に相迎ふべし、侍郎の職敢て久しく留まら
すと依て武昌を發し京師に向ふ、沿道の諸大小官相迎へ相送り乃ち南
昌に至る、一地方官あり遠くより來つて劉侍郎を迎へ一書を致せり、
其姓名を視れば則ち謝景顏也、侍郎初め其誰人なるを知らす、其相見
るに及び未だ一言を交へさるに謝推官淚を流して無限の感慨に堪へざ
るもの如し、侍郎曰く余足下と未た一面の識なきか如し何そ悲感せら
るゝ此の如きやと、推官曰く一別以來杳として其死生消息を知らさり
き今尊顏を拜するを得て何そ悲感せさらんやと、侍郎始めて其謝公子
なるを知り一喜一悲其手を握り泣て曰く延壽愚迷にして自ら無罪の令
姊を虐待したり、今に到て方に其非を覺れり今君に對面して慙愧に堪
へすと、推官又切に悲んて曰く姊の心事今日に及ひ明白せりと雖も今
や其死生如何を知るなく慘憺の情に絶へすと侍郎曰く賢弟は尙未だ令
姊の所在を知らさるかと因て詳かに前後の次第を物語れり、推官喜悅
に堪へす謝して曰く誰れか過ち無からん之を改むるを貴しと爲す、初
め奸人に溺れらると雖も終に能く自ら善道に反る前愆を洗ふ可き也と
因て侍郎を送り書面を以て謝氏に告く其文に曰く

　　사생(謝生)이 듣고 큰 소리로 울며 말했다.
　　"만약 그렇다면 제 누이와 유형은 이미 이 세상 사람이 아닐 것입
니다."
　　두윤(杜尹)이 말했다.
　　"상강(湘江)의 사람은 죽지는 않았으리라 많이 말합니다. 사생은

부디 너무 슬퍼하지 마십시오. 다시 그 소식을 확인할 수 있을 것입니다.”

사생이 그렇다고 여겨 집에 돌아가 여장(旅裝)을 정(整)하고 장차 출발하려 하니 시험 성적이 이미 발표되어 사생은 갑과 제2등을 차지했다. 즉시 강서(江西) 남창(南昌)의 추관(推官)에 절했다. 남창은 장사와 거리가 멀지 않았다. 사생은 급제하여 남창에 부(赴)함을 기쁨으로 여기지 않고 누이의 거처를 찾을 수 있는 것을 가지고 행(幸)이라 여기며 마침내 집을 설(挈)하고 부임했다. 이 때 한림은 동청의 화를 피해 종적을 감추고 개명하여 스스로 학생이라 칭했다. 무창의 사람 또한 학생의 전신(前身)을 아는 자 없어 조석으로 농경에 힘쓰고 사람을 군산에 보내어 부인에게 공급했다. 하루는 가동(家僮)이 군산에서 와서 보고하여 말했다.

“소인 악주를 지나다 우연히 사문(四門)에 괘방(掛榜) 있음을 보았는데 상공의 이름을 서(書)하고 그 거처를 방(訪)했습니다. 소인이 몰래 사람에게 물으니 모두 말했습니다. ‘유한림 지금 이부시랑을 배하여 조정에서 말을 보내어 적소(謫所)를 떠난 지 오래된 까닭에 방을 걸어 그 거처를 심(尋)한다.’ 그러므로 감히 상보(上報)합니다.”

한림이 생각하며 말했다.

“엄숭이 여전히 조권(朝權)을 쥐고 있다면 내게 이 직(職)이 이를 이치가 없다.”

즉시 무창부에 이르러 자(刺)를 태수에게 통했다. 태수가 크게 놀라 창황(倉惶) 나와 맞이하여 절하며 말했다.

“노선생 이부시랑에 절하고 조정에서 소(召)한다고 들었습니다. 그런데 선생은 어찌하여 여기에 이르셨습니까.”

이에 관보(官報)를 내어 보여주었다. 한림이 비로소 엄숭이 패하고 동청이 죽은 것을 알아 돌아와 일찰(一札)을 사(寫)하여 사부인에게 보내어 이부(吏部)를 절함에 의하여 승명(承命)하여 경사로 부(赴)할 뜻을 전했다. 또한 말했다.

"동적(董賊) 이미 죽고 엄간(嚴奸) 욕사 폐(廢)당하였소. 방금 조정에 소인이 없다 하더라도 스스로 생각하기에 하흔(瑕釁)의 적(跡)을 가지고 청현(淸顯)의 직을 감당하기 어렵소. 걸(乞)하건대 남방 일읍(一邑)을 구하여 마땅히 상영(相迎)해야 할 것이오. 시랑의 직 감히 오래 머무르지 않을 것이오."

무창을 발(發)하여 경사로 향했다. 연도(沿道)의 제대소관(諸大小官)이 영송(迎送)했고 곧 남창에 이르렀다. 한 지방관이 있어 멀리서 와서 유시랑을 맞이하여 일서(一書)를 치(致)했다. 그 성명을 보니 곧 사경안(謝景顔)이었다. 시랑이 처음에 누구인지를 알지 못했다. 상견(相見)함에 미쳐 아직 일언(一言)을 나누기도 전에 사 추관 눈물을 흘리며 무한한 감개를 견디지 못하는 것 같았다. 시랑이 말했다.

"제가 족하(足下)와 아직 일면식도 없는 것 같은데 어찌 비감(悲感)하심이 이와 같습니까?"

추관이 말했다.

"일별(一別) 이래 묘(杳)하여 그 사생(死生) 소식을 알지 못했습니다. 지금 존안을 절함을 얻으니 어찌 비감(悲感)하지 않겠습니까?"

시랑이 비로소 사공자임을 알고 일희일비 그 손을 잡고 울며 말했다.

"연수 우미(愚迷)하여 스스로 무죄한 영자(令姊)를 학대했소. 지금에 이르러 참으로 그 잘못을 깨달았소. 지금 자네와 대면하니 참괴(慙愧)를 이기지 못하겠소."

추관 또한 절비(切悲)하며 말했다.

"누이의 심사(心事) 금일에 이르러 명백해졌다 하더라도 지금 그
사생 여하를 알지 못하여 참담한 부절(不絶)합니다."

시랑이 말했다.

"현제(賢弟)는 아직 영자의 소재(所在)를 알지 못하는가?"

인하여 자세히 전후 차제를 이야기했다. 추관은 희열을 이기지 못
하고 사(謝)하며 말했다.

"사람이 누구인들 잘못이 없겠습니까. 그것을 고치는 것을 귀하
게 여깁니다. 처음 간인(奸人)에게 빠졌다 하더라도 마침내 능히 스
스로 선도(善道)로 돌아와 전건(前愆)을 씻어야 할 것입니다."

인하여 시랑을 보내고 서면으로 사씨에게 고하였다. 그 문(文)에
이르기를,

舍弟南昌府推官累顔頓首して書を姉氏座下に上る、嘗て伏て聞く否
極つて泰來るは天道の常、禍消て福臻るは人事の恒

사제(舍弟) 남창부 추관 누안(累顔) 돈수(頓首)하여 서(書)를 자씨 좌
하(座下)에 올립니다. 일찍이 엎드려 듣건대 비(否)가 극(極)하면 태
(泰)가 내(來)하는 것은 천도(天道)의 상(常), 화가 소(消)하고 복이 진
(臻)하는 것은 인사의 항(恒)이라 했습니다.

姉氏始め長沙に向はるゝ時弟之を送るを得ず、湘江に流落せらるゝ
や弟之を救ふを得す、孔懷の情果安くに在りや、嗚呼江湖に飄蕩し棲
泊所無く飢寒身に迫り生命保ち難く而かも我か姉氏は一節を顚沛の際

261

に全ふし、一生を險阻の中に得らる豈門戸の光先靈の助けに非ずや、姉氏曾て深潭に投せんとせられしと杜公より之を聞きたるが君山に來て姉兄に遇ひ其消息を知るを得喜甚ふして其喜を知らず、悲極つて其悲を知らず悲喜名狀し難しとは正に此事を云ふならんか、弟祖宗の餘慶に藉り姉氏の勤念を荷ひ南昌の推官と爲る而かも弟の一官を以て幸と爲さす、惟だ姉氏の安寧を聞くを得たるを以て一家の慶と爲す、姉兄も亦淸顯の職に復し上は祖先を奉じ下は妻子を保つこと以て期すへし、豈姉氏の幸福たらさらんや、方に上官に請ひ久しからす裝を整へて出發し問侯の禮少らくも遲滯すへからす、先つ尺書を以て滿腔の情懷を伸ふ伏て顯はくは姉氏千萬保持せよ。

　　자씨 처음 장사로 향할 때 제(弟) 송(送)함을 얻지 못했습니다. 상강에 유락(流落)하심도 제(弟) 그것을 구하지 못했습니다. 공회(孔懷)의 정 과연 어디에 있습니까? 오호, 강호에 표탕(飄蕩)하여 서박(棲泊)할 곳 없고 기한(飢寒) 몸에 박(迫)하여 생명을 보(保)하기 어렵습니다. 더구나 우리 자씨(姉氏)는 일절(一節)을 전패(顚沛)의 때에 전(全)하고 일생을 험조(險阻) 중에 얻었습니다. 어찌 문호의 광(光) 선령(先靈)의 도움이 아니겠습니까? 자씨 일찍이 심담(深潭)에 투(投)하려 했다고 두공(杜公)에게서 들었는데, 군산에 와서 자형(姉兄)을 만나 그 소식을 알 수 있어 기쁨 심하여 그 기쁨을 알지 못했습니다. 슬픔 극(極)하여 그 슬픔을 알지 못했습니다. 비희(悲喜)를 명상(名狀)하기 어렵다는 것은 바로 이 일을 이르는 것이 아니겠습니까? 제(弟) 조종(祖宗)의 여경(餘慶)에 자(藉)하고 자씨의 근념(勤念)을 하(荷)하여 남창의 추관이 되었으나, 제(弟) 일관(一官)으로 행이라 여기지 않고 오직 자씨의 안녕을 문(聞)할 수 있음으로 일가의 경(慶)으로 삼았습니다.
자형도 또한 청현(淸顯)의 직에 복(復)하였습니다. 위로는 조선을 봉
(奉)하고 아래로는 처자를 보(保)함으로써 기할 만합니다. 어찌 자씨
의 행복이 아니겠습니까? 바로 상관(上官)에게 청하여 오래지 않아
장(裝)을 정(整)하여 출발하여 문후(問候)의 예 조금이라도 지체하지
않을 것입니다. 먼저 척서(尺書)로 만강(滿腔)의 정회를 신(伸)합니다.
자씨 천만 보지(保持)하기를 복원(伏願)합니다.

南昌の官人君山に至りて書を謝夫人に呈す、謝夫人披見して驚駭し
暫く人事を省せず、久くして氣定まり、喜色眉間に洋々たり、乃ち返
書を認む、其書に曰く

　　　남창의 관인(官人) 군산에 이르러 서(書)를 사부인에게 정(呈)했다.
　　　사부인 피견(披見)하고 경해(驚駭)하여 잠시 인사불성이었다. 한참
　　　지나서 기(氣)가 안정되고 희색(喜色) 미간에 양양(洋洋)했다. 이에 답
　　　장을 적었다. 그 서(書)에 이르기를,

噫人の重する所の者は死生にして而して之を忘るゝ已に久し、人の
輕する所のものは禍福にして之に任する已に極まれり、更に事を間す
る無し、此の心腸を攬るに惟だ一念を以てし、未た曾て君の消息に懸
念せざることあらさるも、湖水天に接し、人路世を隔ち、書信を發送
して相通するの計無し、日月流るゝ如く過きて喪禮も已に三年の服を
終へたり、然も未だ一たひも靈几に哭するを得ず、以て終天の痛を洩
す、自ら人理滅絶して縷命の遅離を愧だぬ、今は乃ち賢弟よりの音信

遠く此地に及べり、披見して頗る居常の鬱情を慰籍せるも其感懷は奚ぞ面のあたり相會見するの樂きに當らん耶、況んや賢弟は雲路に立揚して志氣を展布し(官途に就きて立身出世せることなり)先人の遺緒庶くは地に墜ちず、我家の慶幸熟ぞ此に愈らん、鳴呼板輿の奉榮之より大なるは莫し、專誠の供養已に至れり矣而して風樹停まず榮養逮ぶ莫し、(樹靜ならんと欲するも風止まず子養はんと欲するも親待たすの意なり)哀痛の情は君と我と一般なり、既往に於ける危禍の毒と顚沛の困みは、之を言へは氣昏く之を思へは鳴咽の極みなり、往事を想起して我か賢弟の心を蹙むるは欲せさる所なり、官事若し暇あらば一たひ我か居所を訪問せられんことを、心緒亂れて措辭其要を盡さす、草々不具

　희(噫), 사람에게 중한 바는 사생(死生)인데 그것을 잊은 지 이미 오래다. 사람에게 경(輕)한 바의 것은 화복인데 그것에 임(任)한 것 이미 극(極)했다. 다시 사(事)를 간(間)함이 없다. 이 심장(心腸)을 남(攬)함에 오직 일념으로 했다. 일찍이 네 소식을 염려하지 않은 적이 없었으니 호수(湖水) 하늘에 접하고 인로(人路) 격세하여 서신을 발송하여 상통할 계(計)가 없었다. 일월 흐르는 것처럼 지나가 상례(喪禮)도 이미 3년의 복(服)을 마쳤다. 그러나 아직 한 번도 영궤(靈几)에 곡함을 얻지 못했으니 종천(終天)의 통(痛)을 설(洩)한다. 스스로 인리(人理) 절멸하고 누명(縷命)의 지리(遲離)를 괴(愧)한다. 지금은 곧 현제에게서 음신(音信) 멀리 이 땅에 미쳤다. 피견(披見)하고 자못 거상(居常)의 울정(鬱情)을 위자(慰藉)했으나 그 감회는 어찌 얼굴을 맞대고 회견하는 즐거움에 당할까? 더구나 현제는 운로(雲路)에 입양(立揚)하

고 지기(志氣)를 전포(展布)하여(관도(官途)에 나아가 입신출세한 것
이다) 선인의 유서(遺書) 땅에 떨어지지 않은 것 같다. 우리 집안의 경
행(慶幸) 무엇이 이보다 더할까? 오호, 판여(板輿)의 봉영(奉榮) 이보
다 큰 것이 없다. 전성(專誠)의 공양(供養) 이미 지극하니 풍수부정(風
樹不停) 영양막체(榮養莫逮), ('수욕정이풍부지(樹欲靜而風不止) 자욕양
이친부대(子欲養而親不待)'의 뜻이다) 애통의 정은 너와 네가 일반이
다. 기왕에 있어서 위화의 독과 전패(顚沛)의 곤(困)은 그것을 말하자
면 기(氣) 혼(昏)하고 그것을 생각하면 오열의 극(極)이다. 지난 일을
상기(想起)하여 우리 현제의 마음을 축(魗)하는 것은 바라지 않는 바
이다. 관사(官事) 만약 가(暇) 있으면 한 번 내 거소를 방문하기를. 심
서(心緒) 난(亂)하여 조사(措辭) 그 요(要)를 다하지 못한다. 초초불구
(草草不具)

且て說く、侍郎は重ねて入りて門を修め、祇みて恩除を謝すれば、天
子特に嘉獎を垂れて深く佞臣に欺瞞されたるを悔み給ふ、侍郎奏して日
く、聖恩天の如く粉骨尙ほ酬ひ難し、臣は本と庸疎にして且つ慘憺たる
一身上の奇禍を閱せり、顧みて自己の才量を念ひ密かに其職に堪へさる
べきを恐る、願くは江湖の間に一縣を得て其賦稅を治め民心を統理し以
て國恩の萬一に報答せんことを希ふと、上意之を快く允許せられて日
く、卿の意寔に此の如くんば朕豈に强迫せんや、亦治民の才を卿に試み
んと欲すと、特に劉延壽を拜して江西の布政司と爲し給へぬ、侍郎叩頭
して厚恩を謝し來りて舊宅を尋ぬ、塵埃は中堂に堆積し、草木は蕪雜に
繁りて祠前に狼籍とし、墻壁は頹亂し庭階は荒廢し復た昔時の繁華の痕
跡も無し矣、奴僕は盡く散して餘すなく、只だ麟兒の乳母等數人あるの

みなり、小閣の中より奔り出て地に伏して號哭して曰く、今日は是れ何日ぞ乃ち此の慶事あるのみなり、小閣の中より奔り出て地に伏して號哭して曰く、今日は是れ何日ぞ乃ち此の慶事あると前後不覺に驚喜するばかりなり、侍郎乃ち入りて祖宗の祠堂に哭す、

    차설(且說), 시랑(侍郎)은 중입(重入)하고 수문(修門)하여, 삼가 은제(恩除)를 사(謝)하니, 천자께서 특히 가장(嘉奬)을 내리고 깊이 영신(佞臣)에게 기만당한 것을 후회하셨다. 시랑이 주(奏)하여 말했다.

    "성은이 하늘과 같아 분골(粉骨)하더라도 갚기 어렵습니다. 신은 본래 용소(庸疏)하고 또한 참담한 일신상의 기화(奇禍)를 열(閱)했습니다. 돌아보아 자기의 재량을 생각하니 아마도 그 직을 감당하지 못할까 두렵습니다. 강호 간(間)에 일현(一縣)을 얻어 그 부세(賦稅)를 다스리고 민심을 통리(統理)하여 국은(國恩)의 만에 하나라도 보답하기를 바랍니다."

    상의(上意) 그것을 쾌히 윤허하시며 말하였다.

    "경의 뜻 진실로 이와 같다면 짐이 어찌 강박하겠는가? 또한 치민(治民)의 재(才)를 경에게 시험하고 싶다."

    특히 유연수를 절하여 강서(江西)의 포정사(布政司)로 삼으셨다. 시랑이 머리를 조아리며 후은에 사(謝)하고 구택을 찾으니 진애(塵埃) 중당(中堂)에 퇴적(堆積)하고, 초목은 무잡(蕪雜)하게 번(繁)하여 사전(祠前)에 낭자(狼藉)하며 장벽(墻壁)은 퇴란(頹亂)하고 정계(庭階)는 황폐하여 다시 옛날의 번화했던 흔적도 없었다. 노복은 모두 산(散)하여 남은 자가 없고, 다만 인아의 유모 등 수인(數人)이 있을 뿐이었다. 소합(小閤) 중에서 달려 나와 복지(伏地)하여 호곡(號哭)하며 말했다.

"금일은 이 무슨 날이기에 곧 이 경사가 있습니까?"

전후 불각(不覺) 경희(驚喜)할 따름이었다. 시랑이 이에 들어가 조
종의 사당에 곡했다.

卽ち往て杜夫人を拜すれば、杜夫人は扶け起して泣て曰く、七年の
間人事屢々變せり、聚散は常無く榮枯は數あり、之を言ふも益なく而
して衰朽の身今に至りて生存し、復つ賢姪を久濶の餘に見るを得んと
は矣、侍郎曰く叔母頻年道路に辛苦せられ、而も顔貌は疇昔に減せ
ず、以て懷を慰するに足れり、小姪不肖にして盛敎に孤負し、無罪の
妻を窘して亡家の禍を招けり、今叔母を拜し更に何の言ふべき辭かあ
らんや、聖主の恩を荷ふて萬死に生還し、祖宗の靈に賴りて夫婦重ね
て逢ふ、是豈に初心の及ふ所ならんや、小姪方さに心を改め慮を易へ
て過ちを悔ゐぬ、伏して望むらくは叔母前過を責めず偏へに矜恤を垂
れ玉はんことをと、杜夫人驚喜して曰く誠に汝の言の如し、謝氏は果
して恙なきか、賢姪既に後悔の情切なるあり余何そ追咎せむ、唯だ麟
兒の行衛を知らず、亦何を以て能く黜送せる謝夫人を求めて再ひ相見
ることを得べきかと、侍郎依りて具さに事の仔細を杜夫人に告ぐ、夫
人淚を揮て曰く悲かな賢婦人が幾多の幸苦を喫し盡せる事よ矣、劉謝
二氏の宗族亦皆□喜して來り賀す、侍郎萬事のこと心にかゝりて久し
く留まるを得ず、別を杜夫人に告けて卽ち江西に向ふ、謝推官も亦其
管下に在り、謝推官□きに令姉を訪はんと欲せるも適ま病ありて未だ
君山の行を果さゞりしが劉布政の着任に當り義兄たり劉氏に言て曰
く、姉上の行暫くも緩るすべからず、而して兄上は公務多事なり小弟
當さに往きて陪來ずべし矣、布政曰く余も亦君と同往せんと思へども

守土の臣は敢て境を越へず、賢弟須らく往きて同伴を請ふ、余は當に
境に出てゝ之を迎ふべし矣、

　　즉시 가서 두부인에게 절하니, 두부인은 부기(扶起)하고 울며 말
했다.
　　"7년 간 인사(人事) 누누(屢屢) 변했네. 취산(聚散)은 무상(無常)하고
영고(榮枯)는 유수(有數)하니 말해도 무익하고 쇠후(衰朽)의 몸 지금
에 이르러 생존하니 다시 현질(賢姪)을 구활(久闊)의 여(餘)에 봄을 얻
는구려."
　　시랑이 말했다.
　　"숙모 빈년(頻年) 도로에 신고(辛苦)하시고도 안모(顔貌)는 주석(疇
昔)에 감(減)하지 않으시니 회(懷)를 위(慰)하기에 족합니다. 소질이
불초(不肖)하여 성교(盛教)에 고부(孤負)하고 무죄한 처를 고(辜)하여
망가(亡家)의 화를 불렀습니다. 지금 숙모를 절하여 다시 무슨 할 말
이 있겠습니까? 성주(聖主)의 은(恩)을 입어 만사(萬死)에 생환하고
조종(祖宗)의 영(靈)에 힘입어 부부 다시 만났습니다. 이 어찌 초심이
미칠 바이겠습니까? 소질 바야흐로 개심(改心) 역려(易慮)하여 잘못
을 회(悔)합니다. 복망(伏望)하건대 숙모께서 전과(前過)를 책하지 마
시고 오로지 긍휼을 내리어 주십시오."
　　두부인 경희(驚喜)하며 말했다.
　　"진실로 자네의 말과 같다. 사씨는 과연 양(恙) 없는가. 현질 이미
후회의 정 절(切)하니 내 어찌 추구(追咎)하겠는가. 다만 인아의 행위
(行衛)를 알지 못한다. 또한 어찌하여 능히 출송(黜送)한 사부인을 구
하여 다시 볼 수 있을까?"

시랑이 의하여 일을 자세하게 두부인에게 고했다. 부인 눈물을 뿌리며 말했다.

"슬프구나, 현부인이 기다(幾多)한 신고를 끽(喫)한 일이여."

유씨 사씨의 종족(宗族) 또한 모두 흔희(欣喜)하며 와서 하(賀)했다. 시랑이 만사가 마음에 걸려 오래 머무를 수 없었다. 두부인에게 이별을 고하고 즉시 강남으로 향했다. 사추관도 또한 관하(管下)에 있었다. 사추관은 지난번에 영자(令姉)를 방문하고 싶었으나 마침 병이 있어 아직 군산에 가질 못했는데 유포정(劉布政)의 착임(着任)에 당하여 의형인 유씨에게 말하였다.

"누이에게 가는 일을 잠시도 늦출 수 없습니다. 형님은 공무 다사하니 소제 마땅히 가서 배래(陪來)하겠습니다."

포정(布政)이 말했다.

"나도 또한 자네와 같이 가고자 하나 수토(守土)의 신은 감히 월경(越境)하지 못하니 현제(賢弟) 부디 가서 동반(同伴)을 청하시게. 나는 마땅히 경(境)에 나가서 맞이할 것이네."

是に於て謝推官は大船を裝ひ諸具を備へ江に浮ひて去れり、布政又書を夫人に寄せ、且つ金銀綵緞を妙姬に送りて以て其恩を謝しぬ、謝推官行きて君山に到着すれは、夫人は己に推官の前書を見て其早晩來迎すへきを知り、妙姬義鬟等悉く出てゝ船頭に拜し、迎へて庵中に入り夫人と相見せしむ、兄弟相離るゝ玆に七載死生苦樂邈として相知るかりしに、昔日の兒童は成長して已に朝士と作り、志を雲衢に得て家聲を墜さす、姉弟相互の喜悅は豈但た邂逅の樂みのみならんや、相扶痛哭して其言ふ所を知らす、夫人は布政の書狀を見て、近道の方伯と

269

爲れるを知り而して推官も亦其管下に在るを以て尤も幸福と爲せり、
推官妙姬に向て縷々厚恩を謝し、布政より送れる所の金帛及ひ自家の
禮物を取りて其誠意を表しぬ、妙姬謝して曰く此れ兩相公及ひ夫人の
洪福に非るなし、而して亦天の賜ふ所、神の祐くる所、小尼何の功業
ありてか敢て厚禮に當らん乎、辱賜の物は悉く謹みて佛事に用ゐ、兩
相公及ひ夫人の爲めに千壽を祝して萬福を禱るべしと、是夜推官は留
まりて外堂に宿す、翌晨謝夫人將に出發せんとすれば、妙姬及ひ女童
山を下りて見送り淚を垂れて別を惜み各其健康を祈れり、行きて江西
の境に到れば劉布政已に出て界上に待てり矣、雲帆彩幕湘江に耀映
し、玉節紅旗江洲を掩翳す、兩船相近けは侍婢新製の衣裳を夫人に奉
獻す、夫人始めて素服を脫して華服を換着し、劉布政と相會す、人世
の樂事此に極まれり矣、天道の福善洵に信なり矣、衆妓道を擁して各
其樂を奏し、笙簫大に轟き鼓樂地を動かせり、府中に到りて直ちに家廟
に上り祇みて祖宗に謁し、布政祝文を作りて以て更に謝氏を迎ふるの意
を告けぬ、辭意悲切にして聞くもの淚を流さゝるは莫し、其文に曰く

　　　이에 사추관은 대선(大船)을 장(裝)하고 제구(諸具)를 갖추어 강에 부
　거(浮去)했다. 포정은 또 서(書)를 부인에게 보내고, 또한 금은 채단(綵
　緞)을 묘희에게 보내어 그 은(恩)을 사(謝)했다. 사추관 가서 군산에 도
　착하니 부인은 이미 추관의 전서(前書)를 보고 조만간 내영(來迎)할 것
　을 알았다. 묘희 차환 등 모두 나와 선두(船頭)에 절하고 맞이하여 암중
　(庵中)에 들어가 부인과 상견(相見)하게 했다. 형제 상리(相離)한 지 이
　에 7년, 사생 고락(苦樂) 막(邈)하여 서로 알지 못했는데 옛날 아동은
　성장하여 이미 조사(朝士)가 되고 뜻을 운구(雲衢)에 얻어 가성(家聲)을

떨어뜨리지 않았다. 자제(姉弟) 상호의 희열은 어찌 다만 해후의 즐거움뿐이겠는가. 상부(相扶) 통곡하며 말할 바를 알지 못했다. 부인은 포정의 서장(書狀)을 보고 근도(近道)의 방백이 됨을 알았고 추관도 또한 그 관하(管下)에 있어 더욱 행복이라 여겼다. 추관 묘희에게 누누이 후은(厚恩)을 사(謝)하고 포정이 보낸 바 금백(金帛) 및 자가(自家)의 예물을 취하여 성의를 표하였다. 묘희 사(謝)하며 말했다.

"이는 두 상공(相公) 및 부인의 홍복이 아님이 없으니, 또한 하늘이 사(賜)한 바, 신이 우(祐)한 바, 소니 무슨 공업(功業)이 있어 감히 후례(厚禮)에 해당하겠습니까? 욕사(辱賜)의 물(物)은 모두 삼가 불사(佛事)에 쓰고 두 상공 및 부인을 위해 천수(千壽)를 축(祝)하고 만복을 빌겠습니다."

시야(時夜) 추관은 머물러 외당에 숙(宿)했다. 익신(翌晨) 사부인 장차 출발하려 하니, 묘희 및 여동(女童) 산을 내려와 전송하고 눈물을 흘리며 이별을 아쉬워하며 각각 그 건강을 빌었다. 가서 강서의 경(境)에 이르니 유포정 이미 나와 계상(界上)에서 기다렸다. 운범(雲帆) 채막(彩幕) 상강에 요영(耀映)하고 옥절(玉節) 홍기(紅旗) 강주(江洲)를 엄예(掩翳)했다. 두 배 서로 가까워지니 시비 신제(新製) 의상을 부인에게 봉헌했다. 부인 비로소 소복을 벗고 화복(華服)을 환착(換着)하고 유포정과 상회(相會)했다. 인세의 낙사(樂事) 이에 극(極)했다. 천도(天道)의 복선(福善) 진실로 신(信)했다. 중기(衆妓) 도(道)를 옹(擁)하고 각각 그 악(樂)을 주(奏)하니, 생소(笙簫) 굉천(轟天)하고 고악(鼓樂) 동지(動地)했다. 부중(府中)에 이르러 즉시 가묘에 올라 삼가 조종에 알(謁)하고 포정 축문을 지어 다시 사씨를 맞이하는 뜻을 고했다. 사의(辭意) 비절(悲切)하여 듣는 이가 눈물을 흘리지 않는 이가 없었다.

　　그 문에 이르기를,

　　不肖の孫延壽越宿(數日の意)齊沐して敢て昭かに祖宗の靈に告ぐ、伏
して以みるに天彝倫を叙し其目は則ち五なり、君子の身を修むるは實
に內輪に資し、剛柔文々濟して內外主を分つ、祖を敬し宗を敬し父に
事ひ母に事ふ、家道庸成して人紀極樹す、始を託し端を造り(詩經の語
なり)陰化斯に普し、曰く惟れ謝氏は名門の閨媛にして操行は禮を以て
し躬を修むるに矩を以てし、早く挑天を詠して夙に春府(先君の事なり)
に事ふ、誠孝光あり辭氣忤ふなし、我を蘋繁に奉じて我か門戶を盛に
す、李守の介潔、孟安の貧□(李守、孟安は人名)是れ令德あり、偏に春
撫(先君の撫育)を荷ふて因りて賢婦を以て數々獎詡を垂れらる、凶變に
遭ふに及ひて與に草土(喪服の事なり)を其にし、敬恪愆まらず、恩義兩
全あり、子は實に不肖事を處する廉粗にして晩年に邪□(奸妾)を畜ひ、
媚撫に蠱せられ(佞媚に逆ふこと)賤を以て尊を加ひ、簧舌頻り鼓す(賤
しき醜婦に禮貌を加ひ巧言頻りに人を迷はずなり)夫の夢熊に迕び(熊を
夢みれは男子を産む)密かに禍罟を布く、寵を恃みて益恣心を逞ふし、
是れ許是九舞、陰かに妖巫を結ひ、潛かに奸豎に和し、牙と爲り爪と
爲り翼の若く羽の若く、謀凶して佩玉を竊み、變慘蠱を痊め、自から
天倫を賊ふ、我か激怒を瞞し徒らに裙峰を信じ、市虎を卞する莫し、
(劉延□自から妖婦のために瞞着せられ徒らに裙蜂(姦通を疑ふの故事)
乃ち謝夫人の貞操を疑ひ其信僞を辨するの常識を失へるを慚愧せるな
り)黜陟大た遽にして悔ゆと雖も補ひ曷し、糟糠の妻をして、浦湘に潔
泊せしむ、母は其節を全うし、兒は其乳を失ふ、大江の春波、孤舟の
夜雨、哭聲哀々たり、踽々に倦踪し、江旱に困依し、飢を廟廡に託

す、志を沈潭に決し、名を書柱に表す、轉して禪門に依り、尼と與に
伍たり、俗跡齟齬し、生理訾窳す、我の故微りせは、曷ぞ此苦に罹ら
む、嗚呼小子も亦激怒を被むり、始め試案に座し、終に椹斧を貸り、
行々楚澤に吟じ、彼の宿莽を攬る、風土性を傷ひ、瘴癘を成し、身は
落葉に颺ひ、命は弱縷よりも危し、陰崖の死草、忽ち和溫に燭し、鵬
を賦する賈の如く、網を解く禹の如し、顚踣贏、干水之滸、人は葡萄
を憐れみ、衆は襤褸み笑ふ、薄言稅駕、繫彼村塢、餘禍又た熾にし
て、遽かに賊膚に逢ひ、群凶吻を鼓し、疲僕戰股し、夜色蒼々たり、
江月未午ならず、片舸衣を□げ、一聲の柔櫓ありて、終に利涉するを
獲たり、先靈の佑くるとこみ、短逢乍ち揭けて、恍惚として親あり、
舊緣重ねて續き、新歡且つ睹る、齒酸室靡く、功を計りて堵に安ん
ず、武昌に田あり、厥の土膴々たり、興は食魚に在り、將に農圃を理
し、恩簪履に及び、榮は圭組に溢る、强て入りて門を修め、來りて古
宇に奠ず、警魂收まる莫く、散財魂腐たり、乞ふて外藩を守り、斗印
一部(布政使の大印章なり)出て牙纛を建て、坐して廂庾を亨く、軒に白
帘を排ね庭に翠釜を列ね、榮養逮ふ莫し、何を恃みて何ぞ怙らむ、家
亡ひて先祖を辱かしむ、寔に是れ自から取れるなり、今に及ひて開悟
するも、益愚魯を訟ふるのみ、懲防く能はず、慚杜つ能はず、耳あり
て而して瞶□、目ありて而して瞽、悔心咋ち指し、悲切肚まず、愆尤
山積して、敢て人の數に備はる、行を修め過を補ひ、先武に踵かを擬
す、計禮訓あり、更に肺腑に銘し、祠廟是れ奉ず、夫婦團聚、何の顏
ありて展拜せむ、汗流仰俯、裳服維れ新たなり、對話仍て告げ、聯裙
進退す、眉を竝へて僂僂す、虔恭誠を露はす、辯香一炷、茲甚其由、
敢て列祖に告ぐ。

273

　불초 손(孫) 연수 월숙(越宿)(수일(數日)이라는 뜻) 재목(齋沐)하여 감히 밝게 조종의 영에 고합니다. 엎드려 돌아봄에 천(天) 이륜(彝倫)을 서(敍)한 목(目)은 곧 다섯입니다. 군자가 수신하는 것은 실로 내보(內輔)에 자(資)하고, 강유(剛柔) 교교(交交) 제(濟)하고 내외(內外) 주(主)를 분(分)합니다. 경조(敬祖) 경종(敬宗)하고 사부(事父) 사모(事母)하여 가도(家道) 용성(庸成)하고 인기(人紀) 극수(極樹)하여 탁시조단(託始造端)하고(『시경』의 말이다) 음화(陰化) 이에 보(普)합니다. 왈(曰), 이 사씨는 명문의 규원(閨媛)으로 조행(操行)은 예로써 하고 몸을 수(修)함에 구(矩)로써 하여 일찍 도요(挑[56]夭)를 영(詠)하고 숙(夙)에 춘부(春府)(선군(先君)을 가리킨다)를 섬겨 성효(誠孝) 광(光)이 있고 사기(辭氣) 오(忤)함이 없었습니다. 저를 빈번히 봉(奉)하여 저희 문호(門戶)를 성(盛)하게 했습니다. 이수(李守)의 개결(介潔), 맹안(孟安)의 빈구(貧窶)(이수, 맹안은 인명) 영덕(令德)이 있습니다. 오로지 춘무(春撫)(선군의 무육(撫育))을 하(荷)하여 인하여 현부로써 삭삭(數數) 장후(獎詡)를 내리셨습니다. 흉변(凶變)을 만남에 미쳐 함께 초토(草土)(상복을 가리킨다)를 함께 하여 경각(敬恪) 건(愆)이 없어 은의(恩義) 양전(兩全)함이 있었습니다. 아들은 실로 불초하여 처사함에 염조(廉粗)하여 만년에 사잉(邪媵)(간첩(奸妾))을 축(畜)하여 미무(媚撫)에 고(蠱)하여 (영미(佞媚)에 역(逆)하는 짓) 천(賤)으로써 존(尊)을 가(加)하고 황설(簧舌) 자주 고(鼓)했습니다. (천한 추부(醜婦)에게 예모(禮貌)를 가(加)하고 교언(巧言) 자주 사람을 미(迷)한 것이다) 부(夫)의 몽웅(夢熊)을 태(迨)하여 (곰을 꿈꾸면 남자를 낳는다) 몰래 화고(禍罟)를 펴며 총(寵)을

---

56 한문 원문은 '도요(桃夭)'다. 일본어 번역문은 오기로 보인다.

믿고 더욱 자심(恣心)을 영(逞)하였습니다. 사(詐)하기를 구무(九舞) 몰래 요무(妖巫)를 결(結)하고, 은밀히 간수(奸竪)와 화하여 아(牙)로 삼고 조(爪)로 삼으며 익(翼)과 같고 우(羽)와 같아 모흉(謀凶)하여 패옥(佩玉)을 훔치고 변참(變慘) 고(蠱)를 예(瘞)하고 스스로 천투(天倫)를 적(賊)했습니다. 제가 격노를 만(瞞)하여 헛되이 군봉(裙峰)을 믿고 시호(市虎)를 변하지 못했습니다.(유연수 스스로 요부 때문에 만착(瞞着)당하여 헛되이 군봉(裙峰) (간통을 의심하는 고사) 즉 사부인의 정조를 의심하고 그 신위(信僞)를 변(辨)할 상식을 잃었음을 참괴(慙愧)한 것이다) 출척(黜陟) 크게 거(遽)하여 회(悔)하나 어찌 보(補)하겠습니까? 조강지처를 포상(浦湘)에 결박(潔泊)하게 하였습니다. 모(母)[57]는 그 절(節)을 온전히 하였고, 아(兒)는 그 유(乳)를 잃었습니다. 대강(大江)의 춘파(春波), 고주(孤舟)의 야우(夜雨), 곡성(哭聲) 애애(哀哀)했고, 우우(踽踽) 권종(倦踪)하니, 강고(江皋)에 곤의(困依)하고, 기(飢)를 묘무(廟廡)에 탁(託)했습니다. 지(志)를 침담(沈潭)에 결(決)하고 명(名)을 서주(書柱)에 표(表)했습니다. 전(轉)하여 선문(禪門)에 의하고 니(尼)와 더불어 오(伍)했습니다. 속적(俗跡) 저어(齟齬)하고 생리(生理)자유(訾窳)했습니다. 제가 고징(故徵)했다면 어찌 이 고(苦)에 걸렸겠습니까? 오오 소자도 또한 격노(激怒)를 입었습니다. 처음에 시안(詩案)에 앉고 마침내 심부(椹斧)를 대(貸)했습니다. 행행(行行) 초택(楚澤)에 음(吟)하고 저 숙망(宿莽)을 남(攬)했습니다. 풍토 성(性)을 상(傷)하여 장려(瘴癘)를 이루었습니다. 몸은 낙엽에 표(飄)하고 명(命)은 약루(弱縷)보다 위태로웠습니다. 음애(陰崖)의 사초(死草) 홀연 화

---

57 '무(毋)'로 보아 전체 문장을 '그 절(節)을 온전히 하지 못했고'로 해석하는 편이 문맥상 자연스럽다.

온(和溫)에 촉(燭)하여 붕(鵬)을 부(賦)하는 가(賈)와 같고 망(網)을 해
(解)하는 우(禹) 같았습니다. 전부리(顛踣羸) 간수지호(干水之滸) 사람
은 포복(葡萄)을 연(憐)하고 중(衆)은 남루(襤褸)를 비웃습니다. 박언
탈가(薄言稅駕) 계피촌오(繫彼村塢) 여화(餘禍) 또한 치(熾)하여 갑자기
적로(賊虜)를 만나 군흉(群凶) 문(吻)을 고(鼓)하고, 피복(疲僕) 전고(戰
股)하며 야색(夜色) 창창(蒼蒼)했습니다. 강월(江月) 아직 오(午)되지
않은데 편가(片舸) 의(衣)를 별(撇)하고 일성(一聲)의 유로(柔櫓) 있어
마침내 이섭(利涉)을 얻었습니다. 선령(先靈)이 도운바, 단봉(短蓬) 곧
게(揭)하고 황홀히 친(親) 있었습니다. 구연(舊緣) 거듭 이어지고 신환
(新歡) 또한 도(睹)합니다. 치산(齒酸) 실미(室靡) 공(功)을 계(計)여 안
도했습니다. 무창에 전(田)이 있고 그 땅 무무(膴膴)했습니다. 흥(興)
은 식어(食魚)에 있고 장차 농포(農圃)를 이(理)하여 은(恩)이 잠리(簪
履)에 미치며 영(榮)은 규조(圭組)에 일(溢)했습니다. 강입(强入)하여
수문(修門)하고 고우(古宇)에 내전(來奠)했습니다. 경혼(驚魂) 거둘 길
없고 산재(散財) 혼부(魂腐)했습니다. 외번(外蕃)을 수(守)하기를 걸
(乞)하여 두인(斗印) 일부(一部) (포정사의 대인장(大印章)이다) 나와
서 아독(牙纛)을 세우고 좌(坐)하여 상유(廂庾)를 형(亨)했습니다. 헌
(軒)에 백역(白帟)을 배(排)하고 정(庭)에 취부(翠釜)를 열(列)합니다.
영양(榮養) 막체(莫逮)하니 무엇을 시(恃)하고 무엇을 호(怙)하겠습니
까. 가망(家亡)하여 선조를 욕되게 하니 참으로 스스로 취한 것입니
다. 지금에 미쳐 개오(開悟)함도 더욱 우로(愚魯)를 송(訟)할 뿐입니
다. 징(懲)을 방(防)하지 못했고 참(讒)을 두(杜)하지 못했습니다. 귀가
있으나 귀(聵)하고 눈이 있으나 고(瞽)했습니다. 회심(悔心) 사지(咋
指)하고 비절(悲切) 불두(不肚)합니다. 건우(愆尤) 산적(山積)하여 감히

인수(人數)에 비(備)하겠습니까. 행(行)을 수(修)하고 과(過)를 보(補)하여 선무(先武)에 의종(擬踵)합니다. 계례(計禮)에 훈(訓)이 있으니 다시 폐부(肺腑)에 명(銘)하고 사묘(祠廟)에 봉(奉)합니다. 부부 단취(團聚)하나 무슨 낯이 있어 전배(展拜)하겠습니까. 한류앙부(汗流仰俯) 상복유신(裳服維新) 대화(對話) 이에 고하고 연군(聯裙) 진퇴(進退)하고 눈썹을 나란히 하여 구루(傴僂)하여 건공(虔恭) 성(誠)을 노(露)합니다. 변향일주(辮香一炷) 자심구유(玆甚具由) 감히 열조(列祖)에 고합니다.

江西の木小の民人等一時に來り會して夫婦の復緣せる兄弟の團欒せるを祝賀せずなく、以て一道の慶事にして千古の奇遇と爲せり焉、內外に祝宴を張り盡く醉うて而して散會せり、翌日謝推官は夫人を招待して衙中に到り、父母の靈前に拜謁せしめ、重ねて祝宴を張り一同を會し、喜氣堂に滿ちしか唯麟兒の所在不明にして膝下に存せざるを以て、布政と夫人と共に愁情轉た切にして追懷の念に堪へず、多數の家僕を發して麟兒の蹤跡を尋ねしめしも終に其意を果さゞりき、斯くて時日徒らに過きて已に半歲を經たり、或る日夫人從容として布政に謂て曰く、妾願くは一言を相公に獻せむ幸に嘉納せらるゝや否、布政曰く夫人の言ふ所我れ豈敢て違はんや、夫人曰く妾當初謬りて妖人を薦めて以て相公の家に禍し、而して妾も亦萬端の苦辛を經驗せり、今にして之を思へは毛骨悚然として立つを覺ゆ、然れども顧念すれば身體已に衰へて健康大ち舊と異なれり、妾年早や四十に近くして產期既に去り後嗣を得るの望み無し、豈噎を以て食を廢すべけんや、布政曰く夫人の言我れ從はざる所無し、然れども唯此の言のみは決して實施すべからざるなり、麟兒の死生も亦確かに定れりとにはあらず、徒らに

後嗣を得ることのみに懸念して再ひ無益の賤人を蓄へんや、夫人曰く
相公何ぞ夫れ思はさるの甚しきや、妾も亦羹に懲りしものなり、豈戒
慎の心無らん哉、三千の刑は嗣なきを以て大なりと爲す、妾每に相公
に從て祖宗の祠廟に拜謁するに當り、一身子々して形影相吊し、而し
て目前に一塊の肉無く、祖宗の祠一髮より危し、吾か夫婦の傷心を以
て祖宗の疚懷を想像すれば、凜々惕々として心自から安からず、亦豈
然らざらんや、布政曰く夫人の言は理あるに似たれども麟兒の死は猶
ほ未た的確ならず、夫人の年齡も亦絶産の期に達せず、夫人年老へて
後ち當さに徐ろに之を議するも遲からざるべしと、

　　강서의 대소(大小) 민인(民人) 등 일시에 참석하여 부부의 복연(復
緣)과 형제의 단란(團欒)을 축하하지 않는 이가 없었다. 이것으로 일
도(一道)의 경사이고 천고(千古)의 기우라 여겼다. 내외로 축연을 베
풀고 모두 취하여 산회(散會)했다. 익일 사추관은 부인을 초대하여
아중(衙中)에 이르렀다. 부모의 영전에 배알하게 하고, 거듭 축연을
베풀어 일동을 회(會)하니 희기(喜氣) 만당(滿堂)했는데 오직 인아의
소재가 불명하여 슬하에 존(存)하지 않았기 때문에 포정과 부인 함
께 수정(愁情) 전절(轉切)하여 추회의 염(念) 이기지 못했다. 다수의
가복(家僕)을 발하여 인아의 종적을 찾게 하였으나 끝내 그 의(意)를
이루지 못했다. 이리하여 시일 헛되이 지나가 이미 반년이 지났다.
어느 날 부인이 종용(從容)히 포정에게 일러 말했다.
　　"첩이 일언(一言)을 상공에게 헌(獻)하고자 하니 가납(嘉納)하시겠
습니까?"
　　포정이 말했다.

"부인이 말하는 바 내 어찌 감히 어기겠소."

부인이 말했다.

"첩이 당초에 잘못하여 요인(妖人)을 천(薦)하여 상공의 집에 화를 입히고 첩도 또한 만단(萬端)의 고신(苦辛)을 경험했습니다. 지금 그 것을 생각하면 모골(毛骨)이 송연히 서는 느낌입니다. 그렇지만 고념 (顧念)하면 신체 이미 쇠하고 건강이 크게 옛날과 다릅니다. 첩의 나이 벌써 40에 가깝고 산기(産期) 이미 떠나 후사를 얻을 가망이 없으니, 어찌 일(噎)하여 폐식(廢食)하지 않을 수 있겠습니까?"

포정이 말했다.

"부인의 말 내가 부종(不從)한 바가 없소. 그렇지만 다만 이 말만은 결코 실시할 수 없겠소. 인아의 사생도 또한 확정된 것이 아니오. 함부로 후사를 얻는 것만 염려하여 다시 무익한 천인(賤人)을 축(蓄)하겠소."

부인이 말했다.

"상공 어찌 생각하지 않음이 심하십니까? 첩도 또한 갱(羹)에 징 (懲)한 자입니다. 어찌 계신(戒愼)의 마음 없겠습니까? 3천의 형(刑)은 무사(無嗣)를 큰 것으로 여깁니다. 첩은 늘 상공을 좇아 조종(祖宗)의 사묘에 배알함에 당합니다. 일신 혈혈(孑孑)하여 형영(形影) 상조(相弔)하고 목전에 일괴(一塊)의 육(肉) 없으니 조종의 사(祠) 일발(一髮)보다 위태롭습니다. 우리 부부의 상심을 가지고 조종의 구회(疚懷)를 상상하면 늠름척척(凜凜惕惕)하여 마음이 저절로 편치 않습니다. 또한 어찌 그렇지 않겠습니까?"

포정이 말했다.

"부인의 말은 이치가 있는 것 같지만 인아의 죽음은 여전히 아직 적확(的確)하지 않소. 부인의 연령도 또한 절산(絶産)의 기(期)에 달하

지 않았소. 부인 연로한 뒤 마땅히 서서히 그것을 의(議)해도 늦지 않
을 것이오.”

夫人商量するに相公が斯く言ふ所以のものは恐らく前の喬女の惨禍
に懲悔すること深く、而して新妾の亦不善なるへきを慮るに因る、始
めは余れ年少にして未た事理を暗んせず、終に喬女の陥る〻所と爲れ
るのみ、若し其德性の美なること湘江の林女の如くなれば□ち何ぞ慮
るに足らんや、曾て妙姬の言を聞くに、林家の女は特り容貌の美なる
のみに非ずして貴子を多産するの像ありと言へり、今若し之を求めば
此に過きたるはあらじ、但し其年齡を計るに已に他に嫁せるやも知る
べからず、歸來の時匆忙にして彼を訪ぬるの機會を得さりしは、遺憾
なりきと、仍て念ふに曩きに長沙行の途上に死沒せる蒼頭の遺骸も葬
らさるへからず、皇英兩妃の冥佑にも報ゐさるべからず、妙姬の厚恩
にも酬ゐさるべからず、此の三事に因りて之を禪庵に送らは則ち林女
の去就は自から聞くことを得べきなりと、遂に布政に勸めて家人を發
送し、私財を傾け出して卽ち棺槨を具ひ以て蒼頭の屍を厚葬し、親し
く自から祭文を製りて之を吊慰し、黃陵の墓を重修して以て皇英の靈
に謝し、且つ金帛を妙姬及び林女に送り以て感銘の意を致しぬ、妙姬
は前後に得し所の物を以て大に一庵を建築し、舊に仍りて水月庵と號
し九層の高塔を君山の絶頂に築き、之を名けて夫人塔と曰へり、叉鬟
林家に到れは則ち卞氏は已に沒して女子のみ存せしが叉鬟を見て大に
喜び夫人の安否を問へり、叉鬟夫人の言を傳へて其齎す所の金帛を授
くるに、女子は再三拜謝して之を受けぬ、叉鬟還りて夫人に逐一之を
報告するに、夫人は其改葬重修、謝恩の三事の宿願を遂げたるを悅ひ

併せて林女の未た嫁せずして家に在るを知り、必ず相公のために之を
取りて後嗣を得んことを希へり矣。

　부인 상량(商量)했다. '상공이 이렇게 말하는 바는 전에 교녀의 참
화에 징회(懲悔)함이 깊고, 신첩(新妾) 또한 불선(不善)할 것을 고려하
기 때문이다. 처음에는 내가 연소하여 아직 사리에 암(暗)하지 않았으
나, 끝내 교녀에게 함(陷)하는 바 되었을 따름이다. 만약 그 덕성 미(美)
하기가 상강의 임녀 같지 않다면 곧 어찌 고려함에 족하겠는가. 일찍
이 묘희의 말을 들으니, 임가의 여(女)는 다만 용모의 미뿐만 아니라
귀자(貴子)를 다산하는 상(像)이 있었다고 한다. 지금 만약 그것을 구
한다면 이에 과(過)함이 없을 것이다. 다만 그 연령을 헤아림에 이미
다른 곳에 시집갔을지도 모른다. 귀래(歸來)의 때 바빠서 그이를 방
(訪)할 기회를 얻지 못한 것은 유감이었다.' 이에 생각했다. '지난번에
장사로 가는 도상(途上)에서 사몰(死沒)한 창두의 유해도 장사지내지
않을 수 없고, 황영(皇英) 두 비의 명우(冥佑)에도 보(報)하지 않을 수 없
으며 묘희의 후은(厚恩)에도 수(酬)하지 않을 수 없었다. 이 삼사(三事)
로 인하여 선암(禪庵)에 보내면 임녀(林女)의 거취는 자연히 듣게 될 것
이다.' 마침내 포정에게 권하여 가인(家人)을 발송(發送)하여 사재(私
財)를 경출(傾出)하여 즉시 관곽(棺槨)을 갖추어 창두의 시신을 후장(厚
葬)하고 친히 제문을 지어 그를 조위(弔慰)하고 황릉(黃陵)의 묘를 중수
하여 황영의 영에 사(謝)하고 또한 금백(金帛)을 묘희 및 임녀에게 보내
어 감명의 뜻을 치(致)했다. 묘희는 전후에 얻은 바의 물(物)로 크게 한
암자를 건축하고, 잉구(仍舊)하여 수월암(水月庵)이라 호(號)하고 9층
고탑(高塔)을 군산의 절정에 축(築)하고 부인탑(夫人塔)이라 이름을 붙

281

였다. 차환이 임가(林家)에 이르니 변씨는 이미 몰(沒)했고 여자만 존(存)했는데 차환을 보고 크게 기뻐하여 부인의 안부를 물었다. 차환이 부인의 말을 전하고 그 재(齎)한 바 금백(金帛)을 수(授)함에, 여자는 재삼 배사하고 그것을 받았다. 차환이 돌아와 부인에게 축일(逐一) 그것을 보고함에, 부인은 그 개장(改葬), 중수(重修), 사은(謝恩)의 세 가지 숙원을 이룸을 기뻐하고 아울러 임녀가 아직 시집가지 않고 집에 있음을 알고 반드시 상공을 위해 그녀를 취하여 후사를 얻기를 바랐다.

(十二) 謝氏は麟兒を得て。 喬女は誅戮を受く。
  (十二) 사씨는 인아를 얻고, 교녀는 주륙을 수하다.

當初雪梅は麟兒を殺すに忍ひす、之を林中に棄てゝ而して去れり、荊州の人玩三なるもの興販を曰て此に至り、偶ま林前を過きて兒啼の聲を聽き、怪みて入り見れば則ち年甫四歳はかり像表凡ならず、若し子なきの富人に賣らば必ず高價を得へしと想ひ、之を抱きて船中に歸り江流に周流せしも未た善き顧客に逢ふに及ばす、武昌に到るに及び猝かに大風に値ひ、十餘の商船一時に覆沒せしか、不思議にも玩三の船のみは驚濤海浪の中に出沒して檣楫盡く破壞し積載する所の貨物盡く失へるに似す竟に沈沒を免れたり、斯くて風力の爲めに疾駈し華容に抵りしか、玩三と麟兒と生命を全ふするを得しかども囊底一物を餘さず、暫く哺養に力めしも遂に厭苦の心を生じ、林家の籬外に麟兒を棄てゝ去りぬ、

  당초 설매는 인아를 차마 죽이지 못하고 그를 임중(林中)에 버리고 떠났다. 형주(荊州) 사람 완삼(玩三)이라는 이가 흥판(興販)으로 여기에 이르러 우연히 임전(林前)을 지나다 아이 울음소리를 듣고 이상히 여겨 들어가 보니 나이 겨우 4세 가량이고 상표(像表) 불범(不凡)했다. 만약 자식 없는 부인(富人)에게 팔면 반드시 고가를 얻으리라 생각하고 그를 안고 선중(船中)으로 돌아왔다. 강류(江流)[58]를 주류(周流)했으나 좋은 고객을 만남에 미치지 못했다. 무창에 이름에 미쳐 갑자기 대풍(大風)을 만나 상선 10여 척 일시에 복몰(覆沒)했는데 신기하게도 완삼의 배만은 경도(驚濤) 해랑(海浪) 중에 출몰하여 장즙(檣楫) 모두 파괴되고 적재한 바 화물 모두 잃었지만 마침내 침몰을 면했다. 이렇게 풍력 덕분에 질구(疾驅)하여 화용(華容)에 이르렀는데, 완삼과 인아 생명을 전(全)함을 얻기는 했지만 수중에 일물(一物)도 남지 않았다. 한동안은 포양(哺養)에 힘썼지만 마침내 염고(厭苦)의 마음이 생겨 임가(林家)의 이외(籬外)에 인아를 버리고 떠났다.

時に林女は卞氏を同宿せしに、昧爽に一夢を感せり、夢中に一怪獸ありて籬外に臥す、火光天に觸れ閃爍晝くか如し、金體玉鱗にして頭に一角あり、龍に非す、熊に非す、亦虎にあらさる也、覺めて後ち心甚た驚怪して巳まず、卞氏に謂て曰く夢非常に非ず必す符驗あらむと、出てゝ籬外を視れば則ち幼兒の臥睡するありて狀貌最も奇異なり、女之を愛して抱き入れば、卞氏曰く年荒此の如し、必す是れ乞食の棄つる所なるべし、吾か家甚た貧なれは何を以て養育すべきか、林女曰く母親子無し此の子を育てゝ後嗣と爲さは甚ち是れ慶事なり、且

---

58 한문 원문은 '강호(江湖)'다. 일본어 번역문은 오기로 보인다.

つ小女の夢頗る奇徴あり、其容貌を見るに亦凡兒に非る也、他日必す
貴人と爲るべし矣、卞氏も同意して遂に之を養へり、林女の撫愛する
こと宛かも肉身に異ならず、

때에 임녀(林女)는 변씨와 동숙(同宿)했는데 매상(昧爽)에 꿈을 꾸었
다. 꿈속에서 한 괴수(怪獸)가 있어 이외(離外)에 누웠는데 화광(火光)
하늘에 닿고 섬삭(閃爍) 화(畵)한 듯하여 금체(金體) 옥린(玉鱗) 머리에
일각(一角)이 있어 용도 아니고 곰도 아니며 또한 범도 아니었다. 깬 뒤
마음에 심히 경괴(驚怪)하여 그치지 않았다. 변씨에게 일러 말했다.

"몽비(夢非)[59] 비상합니다. 반드시 부험(符驗)이 있을 것입니다."

나가서 이외(離外)를 보니 유아(幼兒)가 와수(臥睡)하고 있는데 상
모(狀貌) 가장 기이했다. 여자가 그를 애(愛)하여 안고 들어오니 변씨
가 말했다.

"연황(年荒) 이와 같으니 반드시 걸식(乞食)이 버린 바일 것이다.
우리 집 심히 가난하니 무엇으로 양육할 수 있겠느냐?"

임녀가 말했다.

"모(母) 친자(親子)가 없으니 이 아이를 길러 후사로 삼으면 심히
경사입니다. 또한 소녀의 꿈 자못 기징(奇徵)이 있습니다. 그 용모를
봄에 또한 범아(凡兒)가 아닙니다. 후일 반드시 귀인이 될 것입니다."

변씨도 동의하여 마침내 그를 길렀다. 임녀의 무애(撫愛)함이 흡
사 육신과 다르지 않았다.

---

59 한문 원문은 '몽조(夢兆)'다. 일본어 번역문은 오기로 보인다.

卞氏の死後は林女麟兒と相與に同居するに、遠近の人其賢淑を慕
ひ、其才貌を愛し、多く聘を納れて妻と爲さんと侑むるものあれども
林女皆之を許さす、但た言ふ我れ方さに喪中に在り且つ女子には自主
の義無く、叔母は出家して君山に在り、早晩喪服の終る俟ちて自から
之を處すへく强暴の辱を避けんと欲す、羈□の辭ありと雖も質は農家
の婦たるを欲せずと、常に叔母の出家に擬從せんと思へども、一念麟
兒の身上に係り猶豫して未た決せざるなり、又鬟の來到せし時は麟兒
適ま出遊して相見るを得さりしのみ、夫人林女の賢を說きて布政に告
け、仍て切に勸めて曰く妾は是れ已に虎に傷つくもの也、林女の才德
若し親から見すして一毫も疑ふへきことあらば豈敢て復に相公に薦め
ん乎、況んや此は是れ妙姬の姪なり、吾れ兩人妙姬あるに非れば決し
て會合し難し、相公獨り妙姬の顔を看すやと、布政其誠心に感して遂
に之を許せり、夫人甚だ喜び又又鬟を遣はして以て其意を通すれば、
林女答て曰く相公と夫人と妾の卑鄙なるを以てせすして、將さに收め
て侍妾と爲さんと欲す榮華實に極まれり矣、然も敢て他意あり、亡母
の終期は只一朔を隔つるのみ、特に家に甥兒ありて亦妾か身に依れ
り、情誼獨り家に留めて他に往き難し、妾此に於て其の善處の道を知
る莫き也、又鬟曰く此の儀は則ち當に相公と夫人とに稟告すべし、然
れとも未た曾て娘子の弟ありしを聞かず、年令幾何にして其名は何と
言ふぞやと、

　　변씨의 사후에는 임녀 인아와 서로 동거함에 원근의 사람 그 현숙
(賢淑)을 모(慕)하고 그 재모(才貌)를 아껴 납빙(納聘)하여 처로 삼으려
유(侑)하는 이 많이 있었지만 임녀는 그것을 모두 허락하지 않았다.

285

다만 '나는 바야흐로 상중(喪中)에 있고 또한 여자에게는 자주(自主)의 의(義)가 없습니다. 숙모는 출가하여 군산에 있으니 조만간 상복(喪服)이 끝남을 기다려 스스로 거기에 처하여 강포(強暴)의 욕(辱)을 피하고자 합니다. 기미(羈縻)의 사(辭) 있다 하더라도 실은 농가의 부(婦)됨을 바라지 않습니다.'라고 말했다. 늘 숙모의 출가(出家)에 의종(擬從)하려 생각해도 일념 인아의 신상에 걸려 유예(猶豫)하고 아직 결정하지 못했다. 차환이 내도(來到)한 때는 인아가 마침 출유(出遊)하여 상견함을 얻지 못했을 따름이다. 부인이 임녀의 현(賢)을 설(說)하고 포정에게 고하여, 이에 절권(切勸)하며 말했다.

"첩은 이미 범에 상처를 입은 자입니다. 임녀의 재덕(才德) 만약 친견(親見)하여 일호(一毫)라도 의심할 만한 것이 있었다면 어찌 감히 다시 상공에게 천(薦)했겠습니까? 더구나 이는 묘희의 질(姪)입니다. 우리 두 사람 묘희가 있지 않았다면 결코 회합하기 어려웠을 것입니다. 상공 홀로 묘희의 얼굴을 보지 않았습니까?"

포정이 그 성심에 감동하여 마침내 허락했다. 부인이 심히 기뻐하며 또한 차환을 보내어 그 뜻을 통(通)하게 하니 임녀가 대답하여 말했다.

"상공과 부인 첩의 비루함을 개의치 않고 장차 거두어 시첩으로 삼으려 하시니 영화 실로 극(極)했습니다. 그러나 감히 타의(他意)가 있습니다. 망모(亡母)의 종기(終期)는 다만 일삭(一朔)을 격(隔)했을 뿐입니다. 특히 집에 남아(嫏兒)가 있고 또한 첩의 몸에 의합니다. 정의(情誼) 홀로 집에 머무르게 하고 다른 곳에 가기 어렵습니다. 첩이 이에 선처의 도를 알지 못합니다."

차환이 말했다.

 "이 의(儀)는 마땅히 상공과 부인에게 품고(稟告)할 만합니다. 그
렇지만 일찍이 낭자에게 제(弟)가 있음을 들은 적이 없습니다. 나이
는 몇 살이고 그 이름은 무엇이라 합니까?"

　時に忽ち一兒ありて外より歸り來るを見れは年纔十餘歲、風骨逸邁
にして其鄉村に生長する風童にあらさるを知る、林女曰く此は是れ繼
母の生む所にして年十一歲なり、前きには適ま外出して相見ゆるに及
ばざりきと、叉鬟再三之を熟視して心に甚た之を疑へり、卽ち歸りて
林女の言ふ所を夫人に報告するに、布政曰く喪期の終るを待つも亦妨
け無し矣夫人曰く母なきの稚弟相離るべからされば府中に帶來するも
固より差支なし、豈に斯る事情に拘はるべけむ乎、叉鬟又告けて曰く
林家の兒は容貌凡ならず、所在不明の公子を見るに彷彿たる感あり、
妾之を一見して悲感の情に堪へず、其年齡を問へは亦頗る相似たるあ
り、其撫育する所の幼兒は則ち疑なき能はず、而して林女は自から繼
母の生む所なりと言ふを聞て敢て更に問はさりきと、夫人歎して曰く
麟兒能く生存せば則ち當に北方に在るべし、而して安んぞ敢て此地に
到らむ、況んや歲月悠久うして音容漸く忘れぬ、今日生きて相逢ふと
も何そ之を認記すべけむやと仍りて流涕して復た言はず、布政終に吉
日を撰びて林氏を迎へぬ、容姿の端正にして德性の柔順なる夫人の言
に過ぎたるあり、布政夫人に謂て曰く人を知るは難しと雖も此女と喬
家の淫婦とは天淵の差あり、夫人今番の推薦は寔に差はすと謂ふへし
矣、夫人曰く其臂を九折して方さに良醫さりと云へり、妾の藻鑑も亦
或は之に類せむ矣、林氏府中に到るの後上下和睦して苟くも雜言無
く、一家の內和氣藹然たり、

때에 홀연 일아(一兒)가 밖에서 돌아옴을 보니 나이 겨우 10여 세, 풍골(風骨) 준매(俊邁)하여 그 향촌(鄕村)에 생장(生長)하는 풍동(風童)이 아님을 알았다. 임녀가 말했다.

"이 아이는 계모가 낳은 바로 나이 11세입니다. 전에는 마침 외출하여 상견함에 미치지 못했습니다."

차환 재삼 그를 숙시(熟視)하고 마음에 심히 그것을 의심했다. 즉시 돌아와 임녀의 말한 바를 부인에게 보고함에 포정(布政)이 말했다.

"상기(喪期)를 마치기를 기다리는 것도 또한 무방할 것이오."

부인이 말했다.

"어미 없는 치제(稚弟)와 상리(相離)할 수 없다면 부중에 대래(帶來)하는 것도 본래 괜찮습니다. 어찌 이러한 사정에 구애받겠습니까?"

차환이 또 고하여 말했다.

"임가의 아(兒)는 용모가 불범(不凡)했습니다. 소재 불명의 공자를 봄에 방불한 감이 있었습니다. 첩이 일견하고 비감(悲感)의 정을 이기지 못했습니다. 그 연령을 물으니 또한 자못 닮았습니다. 그 무육(撫育)하는 바 유아(幼兒)는 의심이 없을 수 없었습니다. 그러나 임녀가 스스로 계모가 낳은 바라고 말함을 듣고 감히 다시 묻지 못했습니다."

부인이 탄(歎)하여 말했다.

"인아 능히 생존했다면 마땅히 북방에 있을 것이다. 어찌 굳이 이 땅에 이르렀겠느냐? 더구나 세월 유구(愈久)하여 음용(音容) 점차 잊었다. 금일 살아서 상봉해도 어찌 그를 인기(認記)할 수 있겠느냐?"

이에 유체(流涕)하며 다시 말하지 않았다. 포정이 마침내 길일을 택하여 임씨를 맞이했다. 용자(容姿) 단정하고 덕성의 유순함 부인의 말보다 과함이 있었다. 포정이 부인에게 일러 말했다.

"사람을 알기는 어렵다 하더라도 이 여인과 교가의 음부(淫婦)라 는 것은 천연(天淵)의 차가 있소. 부인 이번 추천은 실로 어긋나지 않 았다고 이를 만하오."

부인이 말했다.

"그 비(臂)를 구절(九折)해야 바야흐로 양의(良醫)라 일렀습니다. 첩의 조감(藻鑑)도 또한 혹 그것에 유(類)할 것입니다."

임씨 부중에 이른 뒤 상하화목하고 조금도 잡언(雜言)이 없어 일가 지내 화기(和氣) 애연(藹然)했다.

一日麟兒の乳母林氏の房中に到りて語公子の事に及び哽咽して言を 成さず、仍て曰く頃日叉鬟の言を聞くに娘子の小弟容貌年歳頗る公子 と彷佛たりと云へり若し一見するを得は公子に對するか如けむ、何そ 招きて之を示されさるやと、林氏聽き了りて頗る疑ふ所あり、問ふて 曰く當初公子は何處に失はれしにや、乳母泣て曰く喬氏が溏沱河に棄 てしと云ふ矣、林女自ら念へらく北京は此を距る遠しと雖も、水路相 通じ商船往來せり、安んぞ其麟兒にあらさるを知らむやと、元來林女 は相公の家に來るに方り、姑く麟兒を從兄の家に托して外に居住せし めければ、卽ち人を送りて伴ひ來らしむ、暫くして麟兒至り乳母と對 坐する良々久うして恍惚語なく、相知の情あるに似たり、林氏曰く果 して公子の如き乎、乳母曰く大小異なれとも骨格は宛然たり、吾か公 子の額上には峭骨あり、相公毎ねに先小師に酷似せるを言へり矣、此 兒も亦然り、覺へず愴懷を催すと、林氏曰く此兒實は繼母の生む所に あらず、曾て某年月日水邊に得たるものなり、其時の夢兆甚だ奇なり き故に收めて之を養へり、而して渠も亦每に言へり我は是れ大家に生

長せりと、且つ能く林中人に遇ひ舟に乘じて周流せしが風に遇ふて來
泊せる事情を說き、妾も亦居常疑へること久しかりき、今其儀形是の
如く相似たりとせば則ち亦た疑ふへき餘地あることなし矣、

　　하루는 인아의 유모가 임씨의 방중에 이르러 공자(公子)의 일을 말
함에 경열(硬咽)하여 말을 불성(不成)했다. 이에 말했다.

　　"요즘 차환의 말을 들음에 낭자의 소제(小弟) 용모 연세 자못 공자
와 방불(彷佛)하다고 했습니다. 만약 일견함을 얻는다면 공자를 대하
는 것과 같을 것입니다. 어찌 불러 보여주시지 않습니까?"

　　임씨가 듣기를 마치고 자못 의심스러운 바가 있어 물어 말했다.

　　"당초 공자는 어디에서 잃어버렸습니까?"

　　유모가 울며 말했다.

　　"교씨가 호타하(滹沱河)에 버리라고 말했습니다."

　　임녀가 스스로 '북경은 거(距) 멀다 하더라도 수로(水路) 상통하여
상선 내왕한다. 어찌 인아가 아님을 알겠는가.' 하고 생각했다. 원래
임녀는 상공의 집에 올 때, 잠시 인아를 종형 집에 탁(托)하여 바깥에
거주하게 했는데, 즉시 사람을 보내어 반래(伴來)하게 했다. 한참 뒤
에 인아가 이르러 유모와 대좌했다. 양양(良良) 구(久)하여 황홀 불어
(不語)하니 상지(相知)의 정이 있는 듯했다. 임씨가 말했다.

　　"과연 공자 같은가."

　　유모가 말했다.

　　"대소(大小) 다르지만 골격은 완연합니다. 우리 공자의 액상(額上)
에는 초골(峭骨)이 있습니다. 상공이 늘 선소사와 너무 닮았음을 말
씀하셨습니다. 이 아이도 또한 그러합니다. 불각(不覺) 창회(悵懷)를

최(催)합니다.”

임씨가 말했다.

“이 아이 실은 계모가 낳은 바가 아닙니다. 일찍이 모년 월일 수변(水邊)에서 얻은 것입니다. 그 때의 몽조(夢兆) 심히 기(奇)한 까닭에 거두어 길렀습니다. 그도 또한 늘 말하길 ‘나는 대가(大家)에서 생장했다.’고 했습니다. 또한 능히 임중(林中) 사람을 만나 배를 타고 주류(周流)했지만 바람을 만나 내박(來泊)한 사정을 말하여 첩도 또한 거상(居常) 의심한 지 오래되었습니다. 지금 그 의형(儀形) 이같이 비슷하다면 의심할 만한 여지없습니다.”

麟兒此の話を聞き泣て謂て曰く此れ必す我か乳母ならん、夫人の我を率て出去せんとするや、我を乳母に留め之を家を守らしむ、母は我を放すに忍びす我は母に離るに忍びす、乃ち路上に啼哭して去れり我れ何ぞ之を忘れん乎、乳母抱持し大哭して曰く果して是れ麟兒公子なり、然らされば何を以て能く別時の事を言はんやと、家人震動し奔りて夫人に告くれば、夫人は顚到して來り見るに天理感理自から掩ふ能はす、一たび其形容を見て方寸巳に動き抱きて痛哭して曰く爾だ能く我を認る乎、麟兒泣て曰く尙母親出去の光景を記臆す、乳母余を抱きて轎上に進むれば、母親更に轎內に入れ哺乳せしめて去られぬ余何そ之を識らざらむや、家人此言を聞き震動せざるなく、哭聲內外に聞へぬ布政時に外軒に在り此報を聽くや、徒跣して入り見れ八年前に遺失せる所の兒は健全にて房中に在るあり、癡の如く狂の如く驚喜して定むる能はす、公子を扶持して將さに喪神せんとするに至る、大哭良々久うして始めて沈着に歸し、林氏を回顧して細さに其事由を問ふたる

後ち、謝して曰く君は吾家に於て實に恩人たり、豈尋常姫妾の禮を以
て之を待つべけむやと、林女再拜して曰く天公子を以て妾に授け之を
して養育せしのみ、妾何の功かあらん、

인아 이 이야기를 듣고 울며 일러 말했다.

"이는 반드시 제 유모일 것입니다. 부인이 나를 끌고 출거(出去)하
려 하여 나를 유모에게 머무르게 하여 집을 지키게 했습니다. 모(母)
는 나를 차마 방(放)하지 못했고 저는 차마 모를 떠나지 못했습니다.
이에 노상(路上)에서 제곡(啼哭)하며 떠났습니다. 제가 어찌 그것을
잊겠습니까?"

유모 포지(抱持)하고 큰 소리로 울며 말했다.

"과연 이는 인아 공자입니다. 그렇지 않다면 어찌하여 능히 별시
(別時)의 일을 말하겠습니까?"

한 번 그 형용을 보고 방촌(方寸) 이미 움직여 껴안고 통곡하며 말
했다.

"네가 능히 나를 알아보겠느냐?"

인아 울며 말했다.

"아직도 모친 출거(出去)의 광경을 기억합니다. 유모가 저를 안고
교상(轎上)에 나아가니, 모친 다시 교내(轎內)에 들어와 포유(哺乳)하
게 하고 떠났습니다. 제가 어찌 그것을 기억하지 못하겠습니까?"

가인(家人) 이 말을 듣고 진동(震動)하지 않는 이가 없어 곡성(哭聲)
내외로 들렸다. 포정은 때에 외헌(外軒)에 있었는데 이 보(報)를 듣자
마자 도선(徒跣)하여 입견(入見)하니 8년 전에 유실(遺失)한 바의 아이
는 건전(健全)하여 방중(房中)에 있었다. 치(癡)한 것처럼 광(狂)한 것

처럼 경희(驚喜)하여 능히 정할 수 없었다. 공자를 부지(扶持)하고 장차 상신(喪神)하려 함에 이르렀다. 큰 소리로 울고 양량(良良) 구(久)하고 비로소 침착(沈着)에 귀(歸)했다. 임씨를 회고하여 자세히 그 사유를 물은 뒤, 사(謝)하여 말했다.

"자네는 우리 집에 있어 실로 은인이다. 어찌 심상(尋常) 희첩(姬妾)의 예로 대할 수 있겠는가?"

임녀 재배하며 말했다.

"하늘이 공자를 첩에게 주시고 양육하게 하셨을 뿐입니다. 첩이 무슨 공이 있겠습니까?"

謝夫人は林女の床しき言に感歎して之を遇すること骨肉の如し矣、謝推官及ひ管下の衆官皆此の奇報を傳へ奔駢來賀して各々禮物を送呈す、布政或は之を受け或は之を辭せしが、南豊の縣令も亦玩好の物を送りて以て賀禮を修めぬ、其中に一雙の玉環あり、客散する後ち布政は南豊令を邀ひ入れ、從容問うて曰く贈らるゝ所の禮幣敢て領受せず而も留むる所の玉環亦一重寶なり之を受くる安からずして唯一事の問ふべきあり、此の物本と吾家の傳ふる所の物なりしか、年前偶然にして紛失せり矣、先生何處より之を求められしか、願くは其詳細を聞くを得んかと、縣令曰く去年一介の女子ありて賣らんことを侑むるあり偶々其價の廉なりしを以て之を求め置けるが、此の大慶に遭遇して微誠を表するの用に供せるなり、豈其の老先生傳家の舊實たるを知らんや、鬻く所のものは今尙ほ必す府中に居住すべければ當に調査して報告せむと、

사부인은 임녀의 상(床)한 언(言)에 감탄하며 그를 대하는 것 골육
과 같았다. 사추관 및 관하(管下)의 중관(衆官) 모두 이 기보(奇報)를 전
하여 분변(奔騈) 내하(來賀)하며 각각 예물을 송정(送呈)했다. 포정 혹
은 그것을 받고 혹은 사(辭)했는데 남풍 현령도 또한 완호(玩好)의 물
(物)을 보내어 하례를 수(修)했다. 그 중에 일쌍의 옥환이 있었다. 객이
산(散)한 뒤 포정은 남풍 현령을 맞아들여 종용(從容) 물어 말했다.

"증(贈)하신 바 예폐(禮幣) 감히 영수하지 못하겠습니다. 더구나
유(留)한 바 옥환 또한 한 중보(重寶)입니다. 그것을 받기는 편안치 않
고 다만 일사(一事)를 물을 것이 있습니다. 이 물 본래 우리 집의 전하
는 바 물(物)인데 연전(年前) 우연히 분실했습니다. 선생 어디에서 그
것을 구하셨습니까? 그 상세히 듣기를 바랍니다."

현령이 말했다.

"작년 일개(一介) 여자가 있어 팔려는 것을 유(侑)함이 있어 우연히
그 값이 염(廉)하여 구치(求置)했는데 이 대경(大慶)을 조우하여 미성
(微誠)을 표하는 용(用)에 공(供)한 것입니다. 어찌 그것이 노선생 전가
(傳家)의 구보(舊寶)임을 알았겠습니까? 파는 바의 자는 지금 여전히
반드시 부중에 거주할 것이니 마땅히 조사하여 보고하겠습니다."

卽ち縣內に還りて向者珠玉を賣るもの方さに何處に在るやを問へ
は、下吏告けて邑中に在りと云へり、知縣乃ち之を招來せしめて詰問
すらく爾は夫れ何人にして此地に流寓せるより幾年を經たるかと、女
對へて曰く夫の姓は鄭にして本と河間の開封府に居住せしが、前年夫
に從うて此地に至り不幸に夫の死去に逢ひ尙未た家に還らさるなり
と、知縣曰く前日賣りし所の玉環は閭家の物に非す予固より之を疑へ

り矣、今一京人あり之を見て曰く此は乃ち御庫の所藏品にして曾て盜兒の偸む所となりしものにて方に搜捕中に屬すと云へり、爾だ若し出處を告けされば當に捉□て京師に送るべし矣、女戰慄して曰く小的當に直告すべし、亡夫曾て河間に在る時は車夫たり、一日多數の財寶を得て來れり、妾其出處を問へは則ち答へて云ふ、冷振なるもの桂林太守董淸の家藏と其妻喬氏とを偸み、將に山東に往かんとし蹤跡頗る奇怪なるを以て、同類兄弟と與に冷振と喬氏の醉臥せるを窺ひ其實物を竊取して分配せるなりと云へり、然るに冷振は東昌府に屆出で驚吏を派して物色頗る急なりしかば亡夫は遁逃して此地に來り踪跡を秘せるなり矣、冷振は御庫の物を偸み妾か夫は冷振の財を偸めり、若し御庫盜出の罪を治むれば則ち冷振之に當り、妾か夫は他人の財を橫取して罪重けれども已に死去せり、其罪豈妾に延ふべけんやと、知縣卽ち其顚末を擧げて布政に回報せしかは、布政徐ろに之を見て曰く山東の怪小年は是の人にあらざるなきや、東昌を訪問せば則ち蹤跡を知るべしと、卽ち怜悧なる家僮及ひ官丁を發して密かに東昌府に問察せしめぬ、

　　　즉시 현내(縣內)에 돌아가 전에 주옥(珠玉)을 팔던 이 바야흐로 어디에 있느냐 물으니, 하리(下吏) 고하여 '읍중에 있습니다.'라고 했다. 지현(知縣) 이에 그를 초래하게 하여 문책하였다.

　　"너는 누구이고 이 땅에 유우(流寓)한 지 몇 년이 지났느냐?"
　　여자가 대답하여 말했다.
　　"부(夫)의 성은 정(鄭)이고 본래 하간(河間)의 개봉부(開封府)에 거주했지만, 전년 부를 좇아 이 땅에 이르렀습니다. 불행히 부의 죽음을 만나 여전히 집에 돌아가지 못했습니다."

295

지현이 말했다.

"전일(前日) 팔던 바 옥환은 여가(閭家)의 물(物)이 아니다. 내 본래부터 그것을 의심했다. 지금 한 경인(京人)이 있어 그것을 보고 말했다. '이것은 곧 어고(御庫)의 소장품으로 일찍이 도아(盜兒)에게 도난당한 바의 것이라 바야흐로 수포(搜捕) 중에 속(屬)한다'고 했다. 네가 만약 출처를 고하지 않으면 마땅히 잡아서 경사(京師)로 보낼 것이다."

여자는 전율하며 말했다.

"소적(小的) 마땅히 직고(直告)하겠습니다. 망부(亡夫) 일찍이 하간에 있을 때는 차부(車夫)였습니다. 일일 다수의 재보(財寶)를 얻어 왔습니다. 첩이 그 출처를 물으니 대답하여 말했습니다. '냉진이라는 자가 계림태수 동청의 가장(家藏)과 그 처 교씨를 훔쳐 장차 산동(山東)에 가려고 하는데 종적 자못 기괴함을 보고 동류(同類) 형제와 더불어 냉진과 교씨가 취와(醉臥)함을 엿보아 그 보물을 절취하여 분배하였다.'고 했습니다. 그러한데 냉진은 동창부에 신고하여 경리(警吏)를 파(派)하여 물색(物色), 자못 급하였으니 망부는 둔도(遁逃)하여 이 땅에 와서 종적을 숨겼습니다. 냉진은 어고의 물(物)을 훔쳤고 첩의 부(夫)는 냉진의 재(財)를 훔쳤습니다. 만약 어고 도출(盜出)의 죄를 치(治)한다면 냉진이 그것에 당(當)합니다. 첩의 부는 타인의 재를 가로채어 그 죄가 중하지만 이미 사망했습니다. 그 죄 어찌 첩에게 연(延)하겠습니까?"

지현이 곧 그 전말을 들어 포정에게 회보(回報)하게 하니, 포정이 찬찬히 그것을 보고 말했다.

"산동의 괴소년은 아마도 이 사람일 것이다. 동창을 방문하면 종적을 알 수 있을 것이다."

즉각 영리한 가동 및 관정(官丁)을 발(發)하여 은밀히 동창부에 문찰(問察)하게 하였다.

此の時喬女は冷振に□て東昌に在り、家産空乏にして徒ちに四壁の飢寒あるのみ、貧窮甚しく其苦に勝へず、日夜冷振を罵りて曰く我は是れ翰林學士の夫人にして桂林太守の內室なり、身は五色に厭き日は八珍に飫か、步を移せは蓮を生じ睡を落せは珠を成す、而も汝に從てより辛苦萬般にして寧ろ自吻せんと欲す如此の景像を見さるなりと、冷振が失ふ所の財は旣に推からす、喬氏の侮辱を受くる亦堪へ難きものあり、遑々踽々として措く所を知らず矣、適ま府中に王家の子あり、家富み年少にして且つ放蕩兒なり、冷振之を見て奇貨措くべしと爲し、遂に之と交りを訂し日々娼家酒樓に誘引して之を蠱惑し以て其財物を瞞取せしかは家道稍や饒にして衣食餘あるに至れり、王公子の叔父に隣邑の宰たる者あり、之を聞きて大に怒り卽ち公子を招さて大に嚴譴を加ひ、官丁を派遣して冷振を捉捕せしめ大捉を以て臀を打つこと一百、冷振當に死せんとして家に歸りしが瘡毒漸く身に發して膚肉腐爛し數日にして死せるは自業自得なりけり、さ례ば喬氏は依るへき所なく踽々として終に乞食と零落せしが、偶ま徐州の趙婆なるもの東昌に到り喬女の美色を見て之に勸めて曰く、子の花容月態を以て我に從ひ來らは一身の豪華を得へく何そ自ら苦む此の如くならんと、喬女は正に色迫の中に在り欣然として隨ひ去り、遂に妓籍に入りて七娘と號するに至りぬ、喬女年三十に達すと雖も殘んの姿態尙ほ衰へす、加ふるに數曲の舞技に堪能なるありて喬名一時に驚動し、公子王孫の雲集霧聚するあり、七娘の名は頓に徐州に喧傳せられたり、劉布政の

送遺せる家丁は東昌に到りしも喬女既に去りし後なりしかは、

이 때 교녀는 냉진을 따라 동창에 있었다. 가산 공핍(空乏)하여 사벽(四壁)의 기한(飢寒)이 있을 뿐, 빈궁 심하여 그 고(苦)를 이기지 못했다. 일야(日夜) 냉진을 매(罵)하여 말했다.

"나는 한림학사의 부인이고 계림태수의 내실이었다. 몸은 오색에 염(厭)하고 입은 팔진(八珍)에 어(飫)했으며 발걸음을 옮기면 연(蓮)을 생(生)했고 침을 떨구면 주(珠)를 이루었다. 그러나 너를 따르고부터 신고(辛苦) 만반(萬般)하여 차라리 자문(自刎)하고 싶을 지경이다. 여차(如此)한 경상(景像)을 보지 못하겠다."

냉진은 잃은 바 재(財)를 이미 추(推)할 수 없었고 교씨의 모욕을 받는 것 역시 감당하기 어려운 데가 있었다. 황황우우(遑遑踽踽)하여 조(措)할 바를 알지 못했다. 마침 부중에 왕가(王家)의 자식이 있었다. 집안 부유하여 연소하고 또한 방탕아였다. 냉진이 그를 보고 기화(奇貨) 조(措)할 만하다고 여겼다. 마침내 그와 사귐을 정(訂)하여 일일(日日) 창가 주루에 유인하여 그를 고혹하여 그 재물을 만취(瞞取)하니 가도(家道) 점점 요(饒)하여 의식(衣食) 남음이 있기에 이르렀다. 왕공자의 숙부에 인읍(隣邑)의 재(宰)인 자가 있었다. 그것을 듣고 크게 노하여 즉시 공자를 불러 크게 엄견(嚴譴)을 가하고 관정을 파견하여 냉진을 착포(捉捕)하게 하여 대곤(大棍)으로 볼기를 치기를 백대, 냉진 마땅히 죽으려 집에 돌아갔는데 창독(瘡毒)이 점점 몸에 발하여 부육(膚肉) 부란(腐爛)한 지 수일이 지나 죽음은 자업자득이었다. 그리하여 교씨는 의할 바 없어 우우(踽踽)하여 마침내 걸식으로 영락했는데 우연히 서주의 조파(趙婆)라는 자가 동창에 이르러 교녀의 미색을 보고 권하여 말했다.

"그대의 화용월태(花容月態)로써 나를 따라 오면 일신의 호화를 얻을 것인데 어찌 스스로 고(苦)하기를 이와 같이 하시오."

교녀는 정(正)히 색박(色迫)한 중에 있어 흔연히 따라갔다. 마침내 기적(妓籍)에 들어가 칠랑(七娘)이라 호(號)하기에 이르렀다. 교녀 나이 서른에 달했다 하더라도 남은 자태 여전히 쇠하지 않았다. 게다가 여러 곡의 무기(舞技)에 익숙하여 교명(喬名) 일시에 경동(驚動)하고 공자(公子) 왕손 운집 무취(霧聚)함이 있었다. 칠랑의 이름은 갑자기 서주에 훤전(喧傳)되었다. 유포정이 송견(送遣)한 가정(家丁)은 동창(東昌)에 이르렀으나 교녀 이미 떠난 뒤인지라,

還りて除州に到り一酒店に入りて休憩せるに、適ま麟家の樓上に一娼婦あり、箔を捲いて立ち往來の行人を望見す、家丁之を一見して其喬女たるを知り、酒店の主人に問うて曰く、彼の樓上の娘子に其名を何と云ふかと、店主曰く名娼七娘なるものなり、又曰く此州の人なるか又は他處より來れるものなるかと、答へて曰く素と是れ東昌の人にて此地に來りてより未た久しからず矣、家丁乃ち歸りて冷振は已に死し喬女は娼婦と爲れるを報ず、布政曰く淫女必ず冷振の死後流落して娼婦となれるならんと、仍て更に官丁を遣はし捉ひ來りて之を殺さんと欲す、夫人曰く彼れ殺すべしと雖も今は娼女と爲りて已に無窮の辱を受く、天の報復亦足れりと謂ふべし、況んや官府は私室と異なれり、豈鄙陋の事を以て吏人の瞻聽を煩はすべけん乎、布政之を然りとし、然も必す殺して以て其憤惋の心を洩らさんと欲せり、

299

돌아가 제주에 이르러 한 주점에 들어가 휴게함에, 마침 인가의 누상(樓上)에 한 창부가 있어 박(箔)을 권(捲)하고 서서 왕래하는 행인을 망견(望見)했다. 가정 일견하고 교녀임을 알아 주점 주인에게 물어 말했다.

"저 누상의 낭자 그 이름을 무어라 하오?"

점주가 말했다.

"명창(名娼) 칠랑이라는 이요."

또 말했다.

"이 주의 사람이오? 또는 타처에서 온 이요?"

답하여 말했다.

"본래 동창 사람으로 이 땅에 온 지 아직 오래지 않소."

가정이 이에 돌아와 냉진은 이미 죽었고 교녀는 창부가 되었음을 보(報)했다. 포정이 말했다.

"음녀 반드시 냉진이 죽은 뒤 유락(流落)하여 창부가 되었을 것이다."

이에 다시 관정을 보내 잡아와서 죽이고자 하였다. 부인이 말했다.

"저는 죽어 마땅하다 하더라도 지금은 창녀가 되어 이미 무궁한 욕을 받고 있습니다. 하늘의 보복 또한 족하다 이를 것입니다. 더구나 관부는 사실(私室)과 다릅니다. 어찌 비루한 일을 가지고 이인(吏人)의 첨청(瞻聽)을 번거롭게 하겠습니까?"

포정이 그 말이 옳다고 여겼으나 반드시 죽여 그 분완(憤惋)의 마음을 풀고자 하였다.

布政江西に官仕すること三年、上は祖宗の遺訓を法とり、內は夫人の善導を聽き、民を愛し政を勤め身を持するに正を以てし、敎化流行

し一路大に治まる、天子特に璽書を以て之を褒賞せられ、擢んで禮部
尙書と爲す、劉尙書駟に乗し京に上らんとして路に除州を過ぎ、喬女
の事を知らんと欲し、先づ家人をして酒店を探らしむれば則ち喬七娘
は果して彩鸞たり、尙書驂を停め媒妁を招見し先づ之を賞して後ち告
けて曰く、汝吾か言を以て往き喬七娘に説くこと此の如くすべしと、
媒婆其賜物を謝し往きて喬女に謂て曰く、今者禮部崔尙書召命を承け
て此地を過き、娘子の芳名を□きて將さに少室と爲さんと欲し、老身
に命じて好縁を結はしめらる、吾れ崔尙書を見るに德行賢順にして風
采は逡邁なり、年未た四十ならず富貴は天子に亞ぐ、夫人ありと雖も
矇にして家を治められず、尙書本と鍾鼓の樂無し、娘子若し彼の家に
入ち則ち名は宰相の妾なりと雖も實は是れ尙書の妻なり、七娘の意志
如何と爲すやと、喬女は自ら念へり吾れ娟樓に寄食するも衣食粗雜に
して年齡また當に老んとし前途甚だ多望ならず、況んや趙婆已に沒し
て去就は任意なりとし遂に欣々として之を承諾しぬ、媒婆又曰く尙書
は夫人と同所せるが故に娘子を携帶するは都合宜しからず、依りて一
行より後ること一日、隨從して京城に入り之と親緣を結ふを好と爲す
矣、喬女曰く婆言亦理あり一に敎の如くせんと、

포정이 강서에 관사(官仕)한 지 3년, 위로는 조종(祖宗)의 유훈을
본받고, 안으로는 부인의 선도(善導)를 들어 백성을 아끼고 정(政)을
힘쓰며 몸가짐을 바르게 하였다. 교화 유행하여 일로(一路) 크게 다
스려졌다. 천자 특히 새서(璽書)로써 그를 포상하시고 발탁하여 예부
상서(禮部尙書)로 삼았다. 유상서 일(駟)을 타고 상경하고자 하여 길
에 제주를 지났는데 교녀의 일을 알고자 하였다. 먼저 가인(家人)에

게 주점을 탐(探)하게 하니 교칠랑은 과연 채란(彩鸞)했다. 상서 참(驂)을 멈추고 매작(媒妁)을 초견(招見)하여 먼저 그를 상(賞)한 뒤 고하여 말했다.

"너는 내 말로써 가서 교칠랑에게 이와 같이 말해야 할 것이다."

매파 그 사물(賜物)을 사(謝)하고 가서 교녀에게 일러 말했다.

"금자(今者) 예부 최상서 소명(召命)을 받아 이 땅을 지나다 낭자의 방명(芳名)을 듣고 장차 소실로 삼고자 하여 노신에게 명하여 호연(好緣)을 맺고자 하십니다. 내가 최상서를 봄에 덕행 현순(賢順)하고 풍채는 준매(逡邁)[60]합니다. 나이는 아직 40이 되지 않았으나 부귀는 천자에 버금갑니다. 부인이 있으나 몽(矇)하여 치가(治家)하지 못합니다. 상서 본래 종고(鐘鼓)의 악(樂)이 없으니 낭자가 만약 저 집에 들어가면 명(名)은 재상의 첩이라 하더라도 실은 상서의 처입니다. 칠랑의 의지 여하하신지요."

교녀 스스로 생각했다. '내 창루에 기식하나 의식 조잡하고 연령 또한 마땅히 늙을 것이니 전도 심히 다망(多望)하지 않다. 더구나 조파는 이미 몰하여 거취는 임의이다.' 마침내 흔흔히 그것을 승낙했다. 매파가 또 말했다.

"상서는 부인과 동소(同所)하는 까닭에 낭자를 휴대함은 형편이 불의(不宜)합니다. 의하여 일행보다 늦기를 일일(一日), 수행하여 경성(京城)에 들어와 친연(親緣)을 맺는 것이 좋을 듯합니다."

교녀가 말했다.

"파의 말 또한 일리가 있으니 가르침과 같이 할 것이다."

---

60 한문 원문은 '준매(俊邁)'다. 일본어 번역문은 오기로 보인다.

媒婆歸りて此儀を尙書に報すれば、尙書は衣服首飾車馬僕從を具備
し喬女をして一日後れて來らしめぬ、尙書京に歸り入闕して恩を謝
し、舊第に還りて大に宗族を會し宴を設けて祝筵を開く、此日謝夫人
は杜夫人と始めて會見せしが別後已に過くること十年、悲喜の情交々
至り形容すべくもあらず、謝夫人林女を喚びて杜夫人に謁せしめて曰
く、新人は前人と異なれり幸に前人を以て新人を待ち給ふこと勿れ
と、杜夫人笑うて曰く弓に傷き彈に驚くものあり、熱に懲りて韲を吹
くは人の常情なり、然も夫人の傷ける所、懲りし所特に弓羹の比に非
ず、猶は且つ驚吹して之を爲さゝるは何ぞ情に反して智に過┐るや、
若し任姒をして此境地に遭遇せしめは必ず肯て之を爲さゝるへきな
り、然れども夫人の鑑識前に明なる能はすして能く後に明なるは則ち
賀すべきなりと言へば坐中皆大に笑へり、尙書杜夫人に告けて曰く、
小侄山東の路上に於て美人を得たり叔母も亦之を見んと欲する乎、杜
夫人曰く賢侄の家中一に何ぞ美人の多きや希くは一觀すべきなり、尙
書左右を顧みて七娘を喚ひ來らしむ、

매파 돌아가 이 의(儀)를 상서에게 보(報)하니, 상서는 의복 수식
(首飾) 거마(車馬) 복종(僕從)을 구비하여 교녀로 하여금 하루 늦게 오
게 하였다. 상서 경(京)에 귀(歸)하여 입궐하여 사은(謝恩)하고 구제
(舊第)에 돌아가 크게 종족을 회(會)하고 잔치를 벌여 시연(視筵)을 열
었다. 이 날 사부인은 두부인과 처음 회견했는데 별후(別後) 이미 10
년이 지났으니 비희(悲喜)의 정(情) 교교(交交) 지극하여 형용할 수 없
었다. 사부인 임녀를 불러 두부인을 뵙게 하고 말했다.

"신인(新人)은 전인(前人)과 다릅니다. 부디 전인을 근거로 신인을

대하지 말아 주십시오."

두부인이 웃으며 말했다.

"활에 다쳐 탄(彈)에 놀라는 자 있고, 열(熱)에 징(懲)하여 첨(鐵)을 취(吹)하는 것은 사람의 상정(常情)이네. 더구나 부인이 다친 바, 징(懲)한 바 다만 궁갱(弓羹)에 비할 바가 아니네. 그런데도 또한 경취(驚吹)하여 그것을 하지 않음은 어찌 정에 반(反)하고 지(智)에 과함인가? 만약 임사로 하여금 이 경지에 조우하게 하면 반드시 그것을 기꺼이 하지는 않을 것이다. 그런데도 부인의 감식 전에 능히 명(明)하지 못하고 능히 후에 명(明)함은 하(賀)할 만하다."

좌중 모두 크게 웃었다. 상서 두부인에게 고하여 말했다.

"소질 산동의 노상에서 미인을 얻었는데 숙모님도 또한 보시겠습니까?"

두부인이 말했다.

"현질의 가중(家中) 어찌 미인이 많은가. 일관(一觀)하기를 바라네."

상서 좌우를 돌아보며 칠랑을 불러오게 했다.

此時喬女は近榜の家に假寓せしめたれはなり、喬女轎漸く尙書の門に近づきけれは喬女は驚いて曰く此は是れ劉翰林の第なり何故に我を此宅に伴ひ來るかと、從者曰く翰林謫居の後ち吾老□此の邸宅を買求ぬたるなり、喬女曰く我れ固と此家に緣あり、想ふに必す復た百子堂に入るならんと、門を入りて轎を下れ又鬟誘ふて陛下に到り蒙を發き告けて曰く夫人堂上に坐せらる、須らく禮して之に謁せらるべし、喬女仰き視れは劉翰林謝夫人堂上に正坐し其左右に羅列せるものは皆劉氏の宗族ならさるなし、玆に於て遒かの喬女も肝膽墮落して地に匍匐

して身を置くに所無く、俯伏叩頭して相公我を活せよと呌へり、尚書
厲聲大叱して曰く淫女自から其罪を知る乎、對て曰く豈之を知らさら
んや、妾擢髮すと雖も亦餘罪あり矣、

이 때 교녀는 근방의 집에 가우(假寓)하게 해 두었다. 교녀의 가마
점점 상서의 문에 가까워지니 교녀는 놀라 말했다.

"여기는 유한림의 집이다. 어떠한 이유로 나를 이 집에 데려왔는가?"
종자가 말했다.

"한림 적거(謫居)한 뒤 우리 노야 이 저택을 구매하셨소."
교녀가 말했다.

"내 본래 이 집에 연이 있다. 생각함에 반드시 다시 백자당에 들어
가게 되리라."

문에 들어가 가마에서 내리니 차환 유(誘)하여 계하(階下)에 이르
러 몽(蒙)을 발하고 고하여 말했다.

"부인 당상에 앉으십시오 모름지기 예로 알(謁)하셔야 할 것입니다."

교녀 우러러 보니 유한림 사부인 당상에 정좌했고, 그 좌우에 나
열한 이들은 모두 유씨의 종족 아닌 이가 없었다. 이에 그 대단한 교
녀도 간담이 타락하여 땅에 포복하여 몸을 둘 곳이 없었다. 부복(俯
伏) 고두(叩頭)하며 '상공 나를 살려주시오' 하고 외쳤다. 상서 여성
(厲聲) 대질(大叱)하며 말했다.

"음녀는 스스로 그 죄를 아는가."
대답하여 말했다.

"어찌 모르겠습니까? 첩 탁발한다 하더라도 또한 여죄가 있을 것
입니다."

尚書曰く汝に十二大罪あり、爾だ當初夫人が戒めて淫樂に耽るなか
らんことを訓すや其好意に反し人彘の說を以て巧みに吾に讒せるは罪
の一也、李十娘と共に妖術を爲し丈夫の心を蠱惑せるは罪の二也、奸
婢を媒介して董淸と通じ一黨を爲せるは罪の三也、自から咀呪を作し
て夫人を推誘せるは罪の四也、玉環を偸出し夫人の淫行を誣告せしは
罪の五也、吾の出つるに乘じ董淸と百子堂に偃臥し吾か淸門を辱めし
は罪の六也、奸賊を指揮して己か子を殺し而して夫人を大惡に陷れし
は罪の七也、潛りに僞書を作り密かに賊徒を遣はして夫人を害せんと
欲せしは罪の八也、陰に奸人を喉かして嚴崇に讒し家長を構陷せしは
罪の九也、家財を掠取して奸人に隨へるは罪の十也、劉氏を滅ばさん
と欲し麟兒を謀殺せんとせるは罪の十一也、長沙の路上に賊を送り我
を害せんとせるは罪の十二也、淫女の十二大罪は天地間に容れ難し而
も尙ほ生きんとする乎、吾れ故國に生還して位は尙書に至り、禮して
謝夫人に逢ひ又彼方に坐せる林氏を得て妾と爲し、麟兒も亦生還して
今は膝下に在り、日として樂からさるはなし、是れ豈に神明の助くる
所福善の致つ所に非す耶、

상서가 말했다.

"너에게 12가지 대죄가 있다. 네가 당초 부인이 계(戒)하여 음악
(淫樂)에 탐하지 말라고 훈(訓)하자 그 호의에 반하여 인체(人彘)의 설
(說)로써 교묘하게 나에게 참(讒)한 것이 첫 번째다. 이십랑과 함께
요술을 부려 장부의 마음을 고혹한 것이 죄의 두 번째다. 간비(奸婢)
를 매개하여 동청과 통하고 일당을 이룬 것이 죄의 세 번째다. 스스
로 저주를 짓고 부인을 추위(推誘)한 것은 죄의 네 번째다. 옥환을 투

출(偸出)하여 부인의 음행(淫行)을 무고한 것은 죄의 다섯 번째다. 내가 출타한 것을 틈 타 동청과 백자당에서 언와(偃臥)하여 우리 청문(淸門)을 욕되게 한 것이 죄의 여섯 번째다. 간적(奸賊)을 지휘하여 제 자식을 죽이고 부인을 대악(大惡)에 빠뜨린 것이 죄의 일곱 번째이다. 몰래 위서(僞書)를 짓고 몰래 적도를 보내어 부인을 해하고자 한 것이 죄의 여덟 번째다. 은밀히 간인(奸人)을 사주하여 엄숭에게 참(讒)하여 가장(家長)을 구함(構陷)한 것이 죄의 아홉 번째다. 가재를 약취(掠取)하고 간인을 따른 것이 죄의 열 번째다. 유씨를 멸하고자 인아를 모살(謀殺)하려 한 것이 죄의 열한 번째다. 장사의 노상에 적(賊)을 보내 나를 해하려 한 것이 죄의 열두 번째다. 음녀의 12가지 대죄는 천지간에 용납되기 어려우니 그러고도 여전히 살고자 하는가? 내 고국에 생환하여 지위는 상서에 이르렀고, 예(禮)로 사부인을 만나고 또한 저쪽에 앉으신 임씨를 얻어 첩으로 삼았으며, 인아도 또한 생환하여 지금은 슬하에 있다. 날로 즐겁지 않음이 없다. 이 어찌 신명이 도운 바 복선(福善)이 치(致)한 바가 아니겠는가?”

喬女叩頭して曰く是れ皆妾か罪にして萬死猶輕し、更に夫人に向ひ哀を乞ふて曰く妾は實に夫人に負けり、然も夫人は大慈大悲なり特に賤妾を憐みて殘命を活かし給はんことを、夫人曰く吾か一身を凌辱せるの怨は記念せさるへし、然れとも其罪を祖宗に得て禍を相公に貽せるに至りては吾も亦救ふも道なきを悲むと、喬女は飽く迄も哀を請ふて止まされば、尙書左右に喝して喬女を結縛せしめて罪に行はんとす、夫人曰く喬女萬死に合すと雖も曾て相公に配せるもの名位は輕からず、縱ひ之を殺すと雖も其體を全ふせらるべし、

307

교녀 고두(叩頭)하여 말했다.

"이는 모두 첩의 죄이니 만사(萬死)[61]해도 여전히 가볍습니다."

다시 부인에게 걸애(乞哀)하며 말했다.

"첩은 실로 부인에 부(負)했습니다. 그러나 부인은 대자대비하시니 특히 천첩을 불쌍히 여겨 잔명(殘命)을 살려 주십시오."

부인이 말했다.

"내 일신을 능욕한 원(怨)은 기념하지 않을 수 있다. 그렇지만 그 죄를 조종에 얻고 화를 상공에게 이(貽)함에 이르러서는 나도 또한 구원할 길 없음을 슬프게 여긴다."

교녀는 끝끝내 애(哀)를 청하여 그만두지 않으니 상서 좌우에 갈(喝)하여 교녀를 결박하게 하고 행죄(行罪)하려 했다. 부인이 말했다.

"교녀 만사(萬死)에 합(合)한다 하더라도 일찍이 상공을 배(配)한 이라는 명위(名位)는 가볍지 않습니다. 가령 죽인다 하더라도 그 몸을 온전히 해야 할 것입니다."

尙書其言に從ひ喬女を東廂に携行して之を縊殺し尸屍を郊外に棄つれば、鳥鳶其肥を喙ばみ狗彘其骨を喫し數日にして盡きぬ矣、尙書已に喬女を殺し、夫人は春芳の寃を追念し其遺骸を覓めて厚く之を葬り文を作りて之を祭れり、猶李十娘が妖惡を違うせる事を思ひ捕へて以て其憤恨を洩さんと欲し、人を遣はして之を探らしむれば二年前に宮人金英の獄に連坐し法に伏して已に死せりと云ふ、林氏の賢德は日に顯著にして神明の黙佑する所十年の內に三男を生めり、熊兒駿兒鴛兒

---

[61] 아무리 해도 목숨을 건질 수 없음.

卽ち是なり、皆父兄の風彩を具へさるはなし、

상서 그 말을 따라 교녀를 동상(東廂)에 휴행(攜行)하여 액살(縊殺)
시키고 시체를 교외에 버리니 오연(烏鳶) 그 비(肥)를 훼(喙)하고 구체
(狗彘) 그 골(骨)을 끽(喫)하여 수일이 지나 다했다. 상서 이미 교녀를
죽이고 부인은 춘방의 원(寃)을 추념하여 그 유해(遺骸)를 찾아 후하
게 장사 지내고 작문하여 그를 제(祭)했다. 또한 이십랑이 요악(妖惡)
을 부린 일을 생각하여 잡아 그 분한(憤恨)을 씻으려 하여 사람을 보
내어 그를 찾게 하니 2년 전에 궁인(宮人) 금영(金英)의 옥(獄)에 연좌
되어 법에 복(伏)하여 이미 죽었다고 했다. 임씨의 현덕은 날로 현저
해서 신명이 묵우(默祐)하는 바 10년 내에 3남을 낳았다. 웅아(熊兒),
준아(駿兒), 난아(鸞兒)가 곧 이들이다. 모두 부형의 풍채를 갖추지 않
은 이가 없었다.

尚書は穆宗の朝に至り丞相に昇進し天子を佐けて太平を致しぬ、皇
后は謝夫人の淑德貞操を聞し召し往々引見して賞賜せられ便ち六宮に
繋りて皆之を師とせり、丞相の四子は皆登科して朝廷に奉仕し、杜推
官謝知縣も亦高官に躋り、門戸の盛なること比すべきものなし、丞相
は夫人と與に年皆八十歳に達し疾無くして天命を全うしぬ、其後麟兒
は兵部尚書と爲り、熊兒は吏部郎と爲り、駿兒は諫議大夫と爲り、鸞
兒は大常卿と爲り、林氏も亦無窮の福を亨けたり矣、謝夫人の著書と
しては女訓十二篇、續烈女傳三卷ありて世に行はる、古より舅姑を尊
ふの懿範、閨壺を治むるの正法、謝夫人の右に出つる者無し、嗚呼賢
哉、歳戊子春、昨非庵書す。

309

　　상서는 목종(穆宗)의 조(朝)에 이르러 승상으로 승진하여 천자를 도와 태평을 이루었다. 황후는 사부인의 정숙과 단아함과 정조를 듣고 불러서 왕왕 인견(引見)하고 상사(賞賜)하시니, 곧 육궁(六宮)에 계(繫)하여 모두 그녀를 사(師)로 삼았다. 승상의 네 아들은 모두 과거에 급제하여 조정에 봉사했고, 두추관(杜推官) 사지현(謝知縣)도 또한 고관에 올라 문호(門戶)의 성함 비할 데가 없었다. 승상은 부인과 더불어 나이 모두 80세에 달했고 질병 없이 천명을 전(全)했다. 그 뒤 인아는 병부상서(兵部尙書)가 되었고, 웅아(熊兒)는 이부랑(吏部郞)이 되었으며, 준아(駿兒)는 간의대부(諫議大夫)가 되었고, 난아(鸞兒)는 대상경(大常卿)이 되었다. 임씨도 또한 무궁한 복을 누렸다. 사부인의 저서로서는 『여훈(女訓)』12편, 『속열녀전』3권이 있어 행세했다. 예부터 구고(舅姑)를 존(尊)하는 의범(懿範), 규호(閨壼)를 다스리는 정법(正法), 사부인보다 뛰어날 자 없었으니, 오호 현재(賢哉)라. 세(歲) 무자(戊子) 춘(春), 작비암(昨非庵) 서(書)하다.

제2장

자유토구사의
〈사씨남정기 일역본〉(1921)

金春澤 著, 島中雄三 譯, 『通俗朝鮮文庫』2, 自由討究社, 1921.

김춘택(金春澤) 著, 시마나카 유조(島中雄三) 역

▌해제 ▌

　자유토구사의 <사씨남정기 일역본>(1921)은 시마나카 유조가 호소이 하지메의 부탁을 받고 번역한 작품이다. 시마나카는 호소이의 의뢰를 받은 후 『통속조선문고』 간행예정 서목을 읽고 <사씨남정기>를 읽었다. 그 서목의 내용은 과거 아오야기 쓰나타로의 <사씨남정기> 서문의 내용과 같다. 즉, 집안에서 재산상속이나 총애하는 신하·애첩을 둘러 싼 파벌 다툼 등으로 생기는 분쟁이라는 내용과 함께, 김춘택이 이 소설을 쓴 동기가 숙종에게 소설을 의탁하여 풍유한 것이라는 내용이 그 골자이다. 시마나카는 작업을 시작하자 사부인과 교녀의 성격이 선명히 드러난 원서에 몰입하게 되었음을 말했다. 또한 조선의 옛 궁정정치의 일단과 유한림 일가의 분규를 통해 조선 상류 가정

311

의 모습을 알 수 있는 작품이라고 지적했다. 작품의 저본은 한
문본『사씨남정기』로 보인다. 그것은 한국인 공동번역자 없이
시마나카 홀로 번역을 수행한 사실에서 알 수 있다. 또한『사씨
남정기』는 호소이의『조선문화사론』(1911)에서도 언급된 작품
이며,『조선도서해제』(1915/1919),『통속조선문고』간행 예정 도
서목록에도 수록된 작품이었기 때문이다.

┃참고문헌 ─────────

서신혜,「일제시대 일본인의 고서간행과 호소이 하지메의 활동－고소
　　　설 분야를 중심으로」,『온지논총』16, 온지학회, 2007.
윤소영,「호소이 하지메의 조선인식과 제국의 꿈」,『한국 근현대사 연
　　　구』45, 한국근현대사학회, 2008.
박상현,「제국일본과 번역－호소이 하지메의 조선 고소설 번역을 중심
　　　으로」,『일어일문학연구』제71집 2권, 한국일어일문학회, 2009.
최혜주,「한말 일제하 재조일본인의 조선고서 간행사업」,『대동문화연
　　　구』66, 성균관대 대동문화연구소, 2009.
다카사키 소지, 최혜주 역,『일본 망언의 계보』(개정판), 한울아카데미,
　　　2010.
박상현,「번역으로 발견된 '조선(인)' － 자유토구사의 조선고서번역을
　　　중심으로」,『일본문화학보』46, 한국일본문화학회, 2010.
박상현,「호소이 하지메의 일본어 번역본『장화홍련전』연구」,『일본
　　　문화연구』37, 동아시아일본학회, 2011.
이상현,「『조선문학사』(1922) 출현의 안과 밖」,『일본문화연구』40, 한
　　　국일본문화학회, 2011.
이상현,『한국고전번역가의 초상, 게일의 고전학 담론과 고소설 번역
　　　의 지평』, 소명출판, 2013.

(一) 白衣像の贊良緣を結ぶ

(1) 백의의 상의 찬으로 좋은 인연을 맺다.

大明の嘉靖の末、北京の順天府に劉熙といふ宰相があつた。世宗皇帝に事へて禮部尚書となり、文章德望共に一代の名臣であつたが、太學士嚴崇といふ人と意見が合はないで職を辭した。天子は特に太子小師の殊遇を加へて之を慰め給うた。で、小師は朝廷に出仕しなかつたが、時の士大夫は皆小師を尊敬し、其の名を仰がざるはなかつた。

대명가정(大明嘉靖)말, 북경 순천부(順天府)에 유희라는 재상이 있었다. 세종황제를 받들어 예부상서(禮部尚書)가 되었으며 문장과 덕망이 모두 당대의 이름난 신하였지만 태학사 엄숭이라는 사람과 의견이 맞지 않아 관직을 사양했다. 이에 천자는 태자소사(太子小師)의 벼슬을 내리고 특별히 대우하며 이를 위로했다. 소사는 조정에 출사하지는 않았지만 당대의 사대부는 모두 소사를 존경했으며 그 이름을 추앙하지 않는 자가 없었다.

元來小師は誠意伯劉基の後で、門閥ではあり、財産はあり、邸宅と云ひ庭園と云ひ其の立派なことは宛ら王公にも比すべきであつたが、性質は素と恭儉な人とて、家を治むるにも節度があつた。妹一人あつて、鴻臚小杜強と云ふ人の妻となつたが、間もなく寡婦となつてから、小師の愛は彌々加はつた。息子は唯一人あつて名を延壽といひ、小師は非常に之を愛したが、敎育は頗る嚴格であつた。此の延壽の生まれたのは、小師夫妻が四十を過ぎて後であつたが、母夫人は此の子

313

のまだ襁褓の中に在るうちに、早くも世を去つてしまつた。然るに延
壽は、生れつき玉のやうな、美くしい子供であつた上に、年纔に十三
で驚くべき文章の才を示したので、父小師も非常に奇らしいことに思
つて、益々之を愛すると共に、母夫人が其子の生立ちを見ないで死ん
だことを殘念に思つた。年十四で延壽は省試第一に當り、十五で登弟
した。それも初めは第一位にしようとしたのであるが、試驗官は餘り
に年が少いからといふので第四位に置き、翰林編修の官につかしめ
た。そこで延壽の名は一時に世間を驚かしたが、延壽自らは年小にし
て政に與るを不可とし、十年讀書の後を待つて犬馬の勞を盡さうとい
ふので、疏文を上つて職を辭した。疏の全文は次の如くである。

　　원래 소사는 성의백(誠意伯) 유기(劉基)의 후예로 문벌은 말할 것도
없으며 재산도 있으며 저택과 정원의 그 훌륭함은 마치 왕공(王公)에
비유할 만했다. 성질(性質)[1]은 꾸밈이 없고[2] 공손하며 검소한 사람으
로 집을 다스리는 데 절도가 있었다. 여동생이 한 명 있었는데 홍려
소경(鴻臚小卿) 두강(杜强)이라는 사람의 부인이 되었지만 얼마 되지
않아 과부가 되어 소사의 사랑은 더욱 더해 갔다. 유일하게 아들이
하나 있었는데 이름을 연수(延壽)라고 했다. 소사는 이를 상당히 사
랑했지만 교육은 매우 엄격했다. 이 연수가 태어난 것은 소사 부부
가 40을 넘긴 후였는데 모부인(母夫人)은 이 아이가 아직 포대기[3]에

---

1 성질: 타고난 본성이라는 뜻을 나타낸다(棚橋一郎·林甕臣編,『日本新辞林』,三
省堂, 1897).
2 꾸밈이 없고: 일본어 원문은 '素'다. 꾸미거나 치장하지 않은 실체 그대로의 뜻
혹은 평범한 의미를 나타낸다(棚橋一郎·林甕臣編,『日本新辞林』,三省堂, 1897).
3 포대기: 일본어 원문은 '襁褓'다. 어린아이를 감싸 안는 옷. 혹은 어린아이의 대

있을 때 일찍이 세상을 떠나버렸다. 그런데 연수는 태어날 때부터
옥과 같이 아름다운 아이였으며 게다가 나이가 불과 열세 살이었을
때 놀라울 정도로 문장의 재주를 보였기에 아버지 소사도 상당히 기
이하게 생각하여 더욱 이를 사랑함과 더불어 모부인이 그 아이의 성
장을 보지 못하고 죽은 것을 유감스럽게 생각했다. 나이 열넷에 연
수는 성시(省試) 제일에 이르렀으며 열다섯에 과거에 급제했다. 그것
도 처음에는 일등이 될 뻔 했지만 시험관이 나이가 너무 어리다는 이
유로 네 번째로 두어 한림편수(翰林編修)의 지위에 오르게 되었다. 이
에 연수의 이름은 일시에 세상을 떠들썩하게 했다. 하지만 연수는
스스로 어린 나이에 정치를 하는 것은 불가하다하며 10년 동안 책을
읽은 후를 기다려서 견마지로(犬馬之勞)하겠다는 소문(疏文)을 올려
직위를 물러났다. 소(疏)의 전문은 다음과 같다.

翰林編修官臣劉壽謹みて百拜頓首皇帝陛下に上言す。臣窃に伏して
思ふに、學無ければ以て君德を輔くべからず、術無ければ以て國政を
賛すべからず、而も學術は必ず涵蓄錬達して後方に之を事業の上に措
くべし。臣の君に事ふる既に其祿を利し其榮とするのみにあらず、則
ち其具にあらずして冒進するは濫なり。君の臣を使ふ亦其官を尊み其
祿を崇ぶのみにあらず、則ち其材にあらずして虚しく受くるは錯れ
り。臣年僅に乳臭、忝くも科第を竊む、古人の所謂年小の功名は不幸
なりといふもの臣窃に之に當れり。科を窃む者未だ必ずしも文章に巧
ならず、政に從ふ者未だ必ずしも才識に優れず、則ち科を窃み政に從

소변으로 옷을 더럽히지 않게 하기 위한 용도로 허리 아래에 두르는 것을 뜻한
다(松井簡治·上田万年編,『大日本国語辞典』04, 金港堂書籍, 1919).

ふは自ら是の兩事を兼ぬるなり。臣未だ一經の業に專らならず、且つ
三長の才無くして、而も徒らに早くも第一科を得たるを以て百年の能
事となせば足るも、自ら才力を揣らず揚々として冒進するは、豈以て
名器を汚して恩寵を辱うするに足らざらんや。伏して乞ふ、陛下、臣
が年幼にして事に任ずるに足らざるを諒とし、臣が才弱にして職を冒
すに足らざるを察し、特に十年の暇を許し、詳かに六經の業を攻へ、
學を爲す必ず博、術を擇ぶ必ず精、然る後出仕して事に從はしめば、
臣庶幾くば上淸白の治を賛し、下瘝□の制を免れしめん。惟くは皇帝
陛下裁察して衿憐せよ、幸甚。

　　한림편수(翰林編修) 관신(官臣) 유수(劉壽) 백배돈수(百拜頓首)하여
황제폐하에게 삼가 아룁니다. 신이 엎드려 생각하건대 배움이 없으
면 이로써 군덕(君德)을 도울 수 없으며 계략이 없으면 이로써 국정
을 도울 수 없습니다. 게다가 학술은 반드시 함축 연달(鍊達)하여야
훗날 이것으로 일을 행할 수 있습니다. 신하가 임금을 섬기는 데 그
녹봉과 영화만을 탐해서는 안 됩니다. 즉 갖추어지지 않은 사람이
무릅쓰고 나아간다면 어지럽힐 뿐입니다. 임금이 신하를 등용하시
는 것 또한 그 지위를 높이고 그 녹봉을 높이는 것만은 아닙니다. 즉
그 재주가 없이 공허하게 받아들이는 것은 어지럽힐 뿐입니다. 신의
나이 아직 어리고 미숙합니다. 부끄럽게도 과제(科第)에 붙었습니다
만, 옛 사람이 말하기를 어린 나이의 공명은 불행이라고 합니다. 신
이 바로 이에 해당합니다. 과거를 통과했지만 아직 문장 솜씨가 좋
지 않습니다. 정치에 나아간다고 하더라도 재식(才識)이 뛰어나지는
않습니다. 즉 과거를 통과하여 정치에 나아가는 것은 스스로 이 두

가지를 다했을 때라고 생각합니다. 신은 아직 일경(一經)의 학업도 온전하지 못하고 또한 삼장(三長)의 재주도 없습니다. 공연히 일찍 과거에 나와 일등을 한 것으로 백 년 동안 해야 할 일을 다 한 것이 된다면 충분하겠지만 스스로의 재력(才力)을 생각하지 못하고 무릅쓰고 나아간다면 아마도 이로써 명기(名器)를 더럽히고 은총을 욕되게 하는 것임에 틀림없을 것입니다. 엎드려 바라건대 폐하, 신이 나이가 어려 일을 맡음에 있어서 부족함을 살펴 주십시오. 또한 신의 재주가 모자라 관직을 맡음에 부족함이 있는지 살펴 주십시오. 특별히 10년의 시간을 허락해 주신다면 자세히 육경(六經)의 학업을 성취하겠습니다. 학문을 닦아 반듯이 견문을 넓히고 계략을 가리어 반듯이 능통하도록 하여 그러한 후에 출사하여 일을 하도록 해 주신다면 신은 바라건대 위로는 청백(淸白)의 정치를 돕고 아래로는 질병에서 벗어날 수 있도록 하겠습니다. 바라옵건대 황제폐하께서 재찰(裁察)하시어 어여삐 여겨주시기를 바랍니다. 행심(幸甚).

天子は之を御覧になつて其の志を嘉みし、詔を下して特に本職の待遇で五年間の休暇を賜ひ、且つ益々の聖賢の書を讀み治國の道を講じた上、二十になつたらば來つて朕を輔翼せよとの御諚であつた。そこで一家皆感激して聖恩の厚きを拜し、いよいよ戒愼して忠義を勵み、陛下の殊遇に答へ奉るべきを誓つたのである。

천자는 이것을 보시고 그 뜻을 기리어 조(詔)를 내렸는데 특별히 본직으로 대우하여 5년간의 휴가를 하사했으며 또한 더욱 성현의 글을 읽고 나라를 다스리는 길을 익힌 후에 스물이 되면 돌아와서 짐

을 보필하도록 하라는 분부였다. 이에 일가 모두 감격하여 두터운
성은에 경의를 표하고 더욱더 경계하고 삼가며 충의에 힘썼으며, 폐
하의 특별한 대우를 받들어 보답할 것을 맹세했다.

延壽の登第後、結婚の申込が頻りにあつたのをいづれも斷はつて居
たが、此の時になつて漸く、誰か一人賢婦人を求めて延壽に妻はさう
と云ふので、妹の杜夫人と相談して大勢の媒介人を招び集め、恰好な
娘のある家を訊いて見た。媒介人たちは夫々唇をそらして、矢鱈に褒
めたり貶したりしたが、とうとう朝からお晝になつても定まらない。
小師も頗る弱つてゐると、中に一人年長の朱婆といふのがあつて、こ
れは最初から默つてばかり居たが、皆の者が大方語りをはつてからや
つと口を切つた。『先程から聽いてゐると。皆さんの言ふことはそれぞ
れ偏つて居て少しも公平な意見はないやうである。私は敢て直諫する
ではないが、もし權門富貴に求めるなら當朝では嚴丞相の孫女が第
一、また若し窈窕たる賢婦をといふことであれば新城の謝給事の娘ほ
どの者はないと思ふ』と言つた。

연수가 등제한 후 결혼 신청이 빈번하게 있었던 것을 전부 거절하
고 있었는데, 이때가 되어서 점차 누군가 현명한 부인 한 사람을 구하
여 연수의 부인으로 삼자고 하기에 여동생인 두부인과 상담하여 많
은 중매인을 불러들여 적당한 딸이 있는 집을 살펴봤다. 중매인들은
각각 말을 얼버무리며 공연히 칭찬하거나 폄하하거나 했기에 마침
내 아침부터 점심이 되어도 결정 나지가 않았다. 소사도 상당히 약해
져 있을 때 그 중에서 나이 많은 주파(朱婆)라는 사람이 처음에는 잠

자코만 있다가 모두가 대부분 말을 하고 나서 겨우 입을 열었다.

"아까부터 들어보니 여러분들이 말하는 것은 제각각 치우쳐 있어서 조금도 공평한 의견이 없는 듯합니다. 나는 일부러 직간(直諫)[4]하는 것은 아니지만 혹시 권문(權門)과 부귀를 원한다면 지금의 왕조에서는 엄승상의 손녀가 제일이고, 또한 혹시 절조(竊窕)가 있는 현명한 부녀자를 바라는 것이라면 신성(新城)의 사급사의 딸만한 사람도 없다고 생각합니다."

라고 말했다.

小師は『いや、私は富貴を願ふのではない。何處までも賢婦を望むのだが、その謝給事といふのは屹度直諫して死んだ謝公譚のことに違ひない。あれなら淸簡正直な人で、緣を結ぶには申分のない人だ。但し娘といふのは何んなものか。』と言ふ。朱婆『私の從妹が乳母に雇はれて其の娘さんを育てたのですから、賢いことは能く知つて居ます。それに私も曾て一度その孃さんを見ましたが、その時年十三といふのにもう立派に婦德を備へ、容貌のいいことは天女の天降つたかと思ふやうでした。聞けば婦藝何一つ出來ないものはなく、學問でも文章でもちよつと肩を並べるものはないと云ふことです。』

소사는 "아니다. 나는 부귀를 바라는 것이 아니다. 어디까지나 현명한 부녀자를 바라는 것인데 그 사급사라는 사람은 필시 직간하다가 죽은 사공담임에 틀림없다. 그렇다면 청간정직(淸簡正直)한 사람

---

4 임금이나 웃어른에게 그의 잘못된 말이나 행동을 직접적으로 말함.

으로 인연을 맺기에 더할 나위 없는 사람이다. 다만 딸이라는 사람이 어떠한 사람인지?"

라고 말했다.

주파 "저의 사촌 여동생이 유모로 고용되어 그 따님을 키웠기에 현명한 것은 익히 알고 있습니다. 게다가 저도 일찍이 한 번 그 따님을 본 적이 있습니다만, 그때 나이 13살이라고 하는데 이미 훌륭한 부덕(婦德)을 갖추고 있었으며 용모의 뛰어남은 천녀(天女)[5]가 하늘에서 내려온 것처럼 생각되었습니다. 들으니 부녀자의 재주를 어느것 하나 못하는 것이 없고, 학문에서도 문장에서도 어깨를 나란히 할 만한 사람이 조금도 없다고 합니다."

杜夫人之を聽いて暫く考へて居たが、『さう言へば四五年前羽化庵の妙姬尼が、私に言ひました。新城の謝給事の娘さん程の優れたのは珍らしいつて。私は其時延壽の良緣はこれだなと思つて居たのですが、まだ兄上には相談する機會がなかつたのです。』と言ふ。小師『妹の言ふことと朱婆の話とがさう符合してる所を見ると、定めて賢婦にちがひない。だが婚姻は大事だから輕卒にしてはならない。何とかして詳しく知る工夫はないものか。』杜夫人『いい工夫があります。私の處に吳道子の書いた南海觀音の畫像があります。あれを羽化庵に普施しようと思つてゐた際ですから、その軸を妙姬の手から謝家へ送つて令孃の一文を求めたら、文と筆蹟とを併せて知ることができませう。その序に妙姬に容貌のよしあしを見て來てもらへばこれが一番いいぢやありま

---

5 천녀: 천상계(天上界)에 산다고 하는 여자를 지칭한다(松井簡治·上田万年編, 『大日本国語辞典』03, 金港堂書籍, 1917).

せんか。』小師『成程それが好い。處でその文の題だが、閨中の處女が作
るに適したやさしい題があるか知ら。』杜夫人『題がむつかしくでもなけ
れば、才も不才も、見わけられないではありませんか。』

小師『如何にも然うだな。』そこで媒介人たちを悉く歸へし、羽化庵へ
使を走らして、妙姬を呼び寄せ、詳しくその譯を話して、畵軸を贈
り、新城の方へ持つて行つてもらつた。

두부인은 이것을 듣고 잠시 생각하다가,

"그러고 보니 4-5년 전 우화암(羽化庵)의 묘희(妙姬) 비구니가 저에
게 말하기를 신성에 사는 사급사의 따님만큼 뛰어난 사람은 드물다
고 했습니다. 저는 그때 연수의 좋은 인연은 이 사람이라고 생각했
습니다만, 아직 오라버니에게는 상담할 기회가 없었습니다."

라고 말했다.

소사 "여동생이 말하는 것과 주파라는 자의 이야기가 그렇게 부
합하는 것을 보면 틀림없이 현명한 부인임에 틀림없다. 하지만 혼인
은 중대한 일이니까 경솔하게 해서는 안 된다. 어떻게 해서든 상세
하게 알 수 있는 방법은 없는 것인가?"

두부인 "좋은 방법이 있습니다. 제가 있는 곳에 오도자(吳道子)가
그린 남해관음(南海觀音)의 얼굴 그림(畵像)이 있습니다. 그것을 우화
암(羽化庵)에 보시하려고 생각하던 차였는데, 그 두루마리를 묘희로
하여 사씨 집에 가지고 가게 해서 따님의 글을 요구한다면 글과 필적
을 아울러 알 수 있지 않겠습니까? 그때 묘희에게 용모의 좋고 나쁨
을 보고 오게 한다면 이것이 가장 좋은 방법이지 않겠습니까?"

소사 "과연, 그것이 좋겠다. 그런데 그 글의 표제가 규중의 처녀가

짓는 데 적합한 간단한 표제가 있겠느냐?”

두부인 “표제가 어렵지도 않다면 재능이 있는지 없는지를 구별할 수 없지 않겠습니까?”

소사 “정말 그건 그렇구나.”

이에 중매인들을 모조리 돌려보내고 우화암으로 하인을 보내어 묘희를 불러들여서 상세히 그 이유를 이야기하고 화축(畫軸)을 주며 신성 쪽으로 가지고 가게 했다.

　妙姫は、京師から程遠からぬ新城の謝家へ行つて、夫人にお目にかかりたいと言つた。夫人は佛法の歸依者で妙姫とは面識がある。そこで妙姫を座敷へ通して、互に時候の挨拶があつてから、夫人は言つた。『暫くお目にかかりませんでしたが、今日貴尼が入らつしやるとは何ういふ風の吹き廻はしでせうね。』妙姫『全く大變御無沙汰いたしました。近來堂が餘りに破損して居りましたので修繕を致して居りましたが、その爲めすつかり暇がなくて、失禮ばかりして居ります。やつと出來上りましたから、今日は夫人に普施をお願ひしたいと思つて參りました。』夫人『それは佛事ならいとお安い御用ですが、ただもう御存じの貧乏なものですから。』『いえ、私のお願ひは金錢では御座ません。千金の寄附よりも難有いものがありますので。』『へい、それでは何で御座ませう。』妙姫はそこで『實は今度或る壇家から觀音の畫像を貰ひましたが、賛がなくて物足りなく思つて居ります。それで一つおお孃さんにお願ひして賛を書いて頂きたいと思ふので、もしそれがお願ひ出來れば此上ない山門の寶になるので御座ます。』夫人『成る程娘は書物を讀むことは知つて居りますが、さういふものが出來ますか何うか。一度き

いて見ませう。』といふので、召使に云ひつけて令嬢をよんだ。

묘희는 서울에서 그리 멀지 않은 신성에 있는 집으로 가서 부인을 뵙고 싶다고 했다. 부인은 불법에 귀의한 사람으로 묘희와는 안면이 있었다. 이에 묘희를 연회석으로 안내하고 서로 절기에 맞는 인사를 한 후에 부인은 말했다.

"한동안 만나 뵙지 못했습니다만, 오늘 당신이 오신 것은 무슨 바람이 불어서입니까?"

묘희 "참으로 오랫동안 적조했습니다. 근래에 당(堂)이 너무나도 파손되었기에 수선을 했습니다만 그로 인해 전혀 여유가 없어서 실례를 했습니다. 겨우 완성했기에 오늘은 부인에게 보시를 부탁드리고자 생각하여 찾아왔습니다."

부인 "그것은 불사(佛事)라면 참으로 문제가 없습니다만, 다만 잘 아시다시피 가난하기에."

"아닙니다. 저의 부탁은 금전이 아닙니다. 천금의 기부보다도 감사한 일이 있습니다."

"네, 그렇다면 무엇입니까?"

묘희는 이에, "실은 이번에 어떤 단가(檀家)[6]로부터 관음의 얼굴 그림을 받았습니다만, 찬(贊)[7]이 없어서 부족하다고 생각하고 있었습니다. 그래서 따님에게 한 가지 부탁을 드립니다. 찬을 적어 주셨으면 하고 생각하는데, 혹시 그것이 가능하다면 더할 나위 없는 보

---

6 단가: 절에 소속되어 승려나 절에 공물 등을 공양하는 단나(檀那)의 집안을 가리킨다(棚橋一郎·林甕臣編, 『日本新辞林』, 三省堂, 1897).
7 시문(詩文).

배가 될 것입니다."

　부인 "그렇군요. 딸이 글을 읽는 것은 알고 있었습니다만, 그러한 것이 가능한지 어떤지, 한 번 물어보겠습니다."

　라고 말하며 하인에게 일러 아가씨를 불렀다.

　令嬢は靜に出て來て妙姫に挨拶した。妙姫一見見て心のうちに驚いて、これはきつと觀音樣の化身に違ひない。さうでなくて此樣氣高い人があらうかと。そこで令嬢に向つて『私は四年前にお目にかかつたことがありますが、お孃さんは覺えてゐらつしやいますか』と言ふ。令嬢『どうして忘れるものでせう。』夫人は令嬢を顧みて、『此の方が今日遠方からお出で下さつたのは、お前の文章を望まれてだが、お前にさういふものが出來るかい。』と言ふ。令嬢『さういふものを御所望なら、文人墨客の俊れた人が澤山ある筈ですのに、私如き女風流に仰やるのはどうしてでせう。殊に詩とか贊とかは女のすることではないのですもの。折角ですがお斷りいたしたいものです。』

　아가씨는 조용히 나와서 묘희에게 인사했다. 묘희는 한번 보고 마음속으로 놀랐다. 이것은 필시 관음님이 변한 것임에 틀림없다. 그렇지 않다면 이토록 기품이 있는 사람이 있을까 라고 생각하며, 이에 따님을 향해,

　"저는 4년 전에 만나 뵌 적이 있습니다만, 아가씨는 기억하고 계십니까?"

　라고 말했다.

　아가씨 "어찌 잊겠습니까?"

부인은 딸을 돌아보며,

"이 분이 오늘 먼 곳으로부터 오신 것은 너의 문장을 바랬던 것인데, 너에게 그러한 것이 가능하겠느냐?"

라고 말했다.

아가씨 "그러한 것을 소망하신다면 문인묵객(文人墨客)으로 뛰어난 사람이 많이 있을 터인데, 저와 같은 여풍류(女風流)에게 말씀하시는 것은 왜 그러시는 것입니까? 특히 시(詩)나 찬은 여자가 하는 것은 아닌 것 같습니다. 어쨌든 거절하고 싶습니다."

妙姫『私のお願ひ致しますのは、さういふ閑詩文の類とは違ふので御座ます。折角斯ういふ觀音像が手に入つたのですから、どうかしてその神を傳へその德を頌したいといふ考えで。それに私の思ひますには觀音は女子の御身ですから、どうしても婦人でなくては不可と思ひます。して見れば御嬢さんの外にお願ひ出來る人はないのです。是非どうかお聞届け願ひたいもので御座ます。』夫は言ふ。『お前で出來ないことならお斷りなさい。けれど若し出來るのなら普施の一端にもなることだから、御受けした方がいいではないか。』そこで令嬢も遂に斷ることが出來ないで、『では試みに拜見して』といふので、妙姫が持つて來た觀音像を見ると、海波涯りなき一孤島に白衣の觀音が一介の童子を抱いて坐つて居られる。その手法の妙、宛として生けるが如き有樣に、令嬢『私は儒家の文字は學びましたが、佛語は少しも知りませんから、とても』妙姫『青い葉と白い花とは、色は違つて居ても根は同じであります樣に、孔子の道も釋迦の道も元來違つたものではないと思ひます。ですから、儒家の語で菩薩を頌して頂きますれば、それで結構

で御座ます。』そこで令嬢は手を洗ひ香を焚いて、立どころに觀音大師
の贊百二十八字を書き、未に某年月日謝氏貞玉再拜と認めた。妙姬も
素よい文字のある者とて、之を觀て歎服すること限りなく、幾度も御
禮を云つて謝氏の門を辭した。

　　묘희 "제가 바라는 것은 그러한 한시문(閑詩文)의 종류와는 다른
것입니다. 어쨌든 그러한 관음상을 얻었기에 아무쪼록 그 신(神)을
전달하고 그 덕을 칭송하고 싶다는 생각입니다. 게다가 제가 생각하
기에는 관음은 여자의 몸이니까 아무래도 부인이지 않으면 안 된다
고 생각합니다. 그렇게 보면 아가씨 말고 부탁할 수 있는 사람이 없
습니다. 아무쪼록 들어 주시기를 바랍니다."
　　부인은 말했다.
　　"네가 할 수 없는 것이라면 거절하여라. 하지만 혹시 가능하다면
보시의 의미도 있으니까 받아들이는 것이 좋지 않겠느냐?"
　　이에 아가씨도 마침내 거절할 수가 없기에,
　　"그렇다면 시험 삼아 보겠습니다."
　　라고 말하고 묘희가 가지고 온 관음상을 보니, 끝없이 물결이 이
는 외로운 섬에 흰 옷을 입은 관음이 동자 하나를 안고 앉아 있었다.
그 수법이 묘하여 마치 살아있는 것과 같았는데, 아가씨 "저는 유가
(儒家)의 글을 배우기는 했습니다만, 불어(佛語)는 조금도 알지 못하
므로 아무래도"
　　묘희 "파란 잎과 하얀 꽃은 색은 다르더라도 뿌리는 같은 것인 것
처럼 공자의 길도 석가의 길도 원래 다른 것이 아니라고 생각합니다.
그러므로 유가의 말로 보살을 칭송하신다면 그것으로도 좋습니다."

이에 아가씨는 손을 씻고 향을 피위 그 자리에 서서 관음대사의 찬백(贊百) 28자를 적고 마지막에 모년 월일 사씨정옥재배(謝氏貞玉再拜)라고 적었다. 묘희도 원래 문장이 뛰어난 자였는데 이것을 보고 매우 탄복하며 몇 번이고 예를 말하고 사씨의 집을 떠났다.

こちらは劉小師、杜夫人共々今や遅しと妙姬の歸るを待つて居ると、そこへ妙姬が畵幅をさげて入つて來た。その顔には包みきれぬ微笑が浮んで居る。杜夫人先づ口を切つて、『如何でした。娘さんを御覽になりましたか。』妙姬『えええ、見ましたとも。』杜夫人『それで、何んなでしたか。』妙姬『まづ、此の軸の觀音樣そつくりです。』と云つて一々詳しく問答の樣子を話した。それを聽いた小師『そして其の賛は……』と、急いで軸を掛けて見ると、筆蹟見事に次のやうに書かれてあつた。

吾聞大師。古之聖女。念二其德音一、比二周任姒一。
關雎葛覃。是夫人事。獨在二空山一。豈其本意。
皐稷佐レ世。夷齊俄死。非二道不一同。所レ遇有レ異。
我觀二遺像一。白衣抱レ子。因レ圖想レ人。始知二其概一。
維昔節婦。斷髮毀レ體。離レ群絶レ世。惟義是取。
西文殘缺。流俗好レ詭。徒事傅會, 有レ害人二紀一。
嗟乎大師。胡爲在レ此。脩竹天寒。海波萬里。
何以自慰。芳名百禩。試題二此賛一、流涙墮レ地.。

이쪽에서는 유소사와 두부인이 함께 이제나저제나 하고 묘희가 돌아오기를 기다리고 있었는데, 그때 묘희가 화폭을 들고 들어왔다.

그 얼굴에는 숨길 수 없는 미소를 띠고 있었다. 두부인이 우선 말을
꺼내며,

"어땠습니까? 아가씨를 만나보셨습니까?"

묘희 "네네, 보고말고요."

두부인 "그래서 어땠습니까?"

묘희 "우선 이 두루마리의 관음님을 쏙 빼닮았더군요."

라고 말하고 일일이 상세히 문답의 모습을 이야기했다. 그것을 들
은 소사는

"그렇다면 그 찬은……"

라고 말하며 서둘러 두루마리를 걸어 보니, 필적은 훌륭하게 다음
과 같이 적혀 있었다.

내 듣자니 대사님은

옛날의 성스러운 여인이라

그 덕음을 생각하면

주나라의 임사[8]에 비견될 것이라

「관저」[9]와 「갈담」[10]에서 말한

그것이 부인의 일이었을 것인데

---

8 임사 : 중국 주나라 문왕의 모친인 태임(太任)과 무왕의 모친인 태사(太姒)를 합
  쳐서 부르는 말로 현숙한 덕을 갖춘 후비(后妃)의 전형으로 꼽힌다.
9 관저 : 『시경』 국풍(國風) 주남(周南) 첫 번째 시다. 주나라 문왕과 후비인 태사
  (太姒)의 덕을 노래한 시이다.
10 갈담 : 『시경』 국풍 주남 두 번째 시다. 문왕의 후비인 태사가 부도(婦道)에 철저
  하여 귀하게 되어서도 부지런하고 부유하면서도 검소하며 자라서도 스승을 공
  경함에 해이하지 않고 출가해서도 부모에 대한 효성이 지극하였음을 노래한 시
  이다.

중이 되어 빈산에 홀로 있은 것이

어찌 본심이었겠는가

고요[11]와 후직[12]은 치세를 보좌하고

백이[13]와 숙제는 절개를 지키다 굶어죽은 것은

도가 서로 달라서 그렇게 된 것이 아니고

만난 시대가 서로 달라서 그렇게 된 것이라오

내가 남겨진 얼굴 그림을 살펴보니

흰 옷을 입고 아이를 안고 있구나

얼굴 그림을 통해서 그 사람을 상상해 보고는

비로소 대략을 알게 되었다오

옛날 정절을 지킨 부인이

머리를 자르고 스님이 되어

사람들을 떠나 세상과 인연을 끊고

오직 바른 도리를 취한 것이라오

불가의 문자는 이지러져 온전하지 못한데다

시속에서는 궤변을 늘어놓기를 좋아하여

단지 견강부회하는 것만 일삼으니

인륜과 기강에 해를 끼치게 되었다오

---

11 고요 : 중국 순임금의 신하로 법리(法理)에 통달하여 법을 세워 형벌을 제정하고
　옥(獄)을 만들었다.

12 후직 : 중국 주나라의 전설적인 시조이다. 농경의 신이자 오곡의 신이기도 하다.
　성은 희(姬)이고, 이름은 기(棄)이다.

13 백이 : 중국 은나라 말기와 주나라 초기의 전설적인 성인(聖人)이다. 주나라 무
　왕이 은나라 주왕을 멸하자, 신하가 임금을 토벌한다고 반대하며 주나라의 곡
　식을 먹기를 거부하고 동생 숙제와 함께 수양산(首陽山)에 들어가 고사리를 캐
　먹다가 끝내는 굶어죽었다고 한다.

아, 대사님은
어찌해서 이곳에 계신 것인가
하늘은 찬데 대나무는 쭉쭉 자라 있고
만 리의 바다에는 파도가 일렁이누나
무엇으로 스스로를 달래셨는가
한 평생의 꽃다운 이름이 빛나는 구려
이렇게 얼굴 그림의 찬을 짓고 나니
르는 눈물 땅에 줄줄 떨어진다오

讀み終つて小師は驚いた。『これ全く天下の奇才である。年齒もいか
ぬ娘にして此の正論を吐くとは。』そこで杜夫人に向つて、我が子の嫁
たるものは此の娘の外にないと思ふ旨を語つた。ややあつて妙姫は、
前祝ひの詞を述べ、畵像をもらつて、南岳に在る師傳のもとへ往く旨
を告げて辭し去つた。小師は思つた。『謝氏の家には主人が無いのだか
ら、親しく出掛けていつて婚儀を申込むことができない。誰れか媒介
人を賴まなくては。』そこで再び朱婆を喚んでその意を先方に傳へさし
た。

다 읽고 나서 소사는 놀랐다.

"이것은 정말로 천하의 기이한 재주이다. 연령도 아직 어린 여자
아이가 이러한 정론을 말할 수 있다는 것은:"

이에 두부인을 향하여 우리 아이의 며느리가 될 만한 사람은 이
딸아이 외에는 없다는 생각을 말했다. 잠시 후 묘희는 미리 축하의
말을 올리고 얼굴 그림을 받아들고는 사전(師傳)이 있는 남악(南岳)

으로 간다는 뜻을 고하고 물러갔다. 소사는 생각했다.

"집에는 주인이 없으니까 친근하게 나아가서 혼인[14]을 신청할 수가 없다. 누군가 중매[15]인을 부탁하지 않으면."

이에 다시 주파를 불러서 그 뜻을 상대에게 전하도록 했다.

處が朱婆は謝家に行つて、頻りに劉家の富貴と延壽の文才とを激賞し、『今時劉家と緣に繋がることを喜ばないものは滅多になからうと思ひますが、劉家では特に御宅の令嬢の才色を聞いて、是非貰ひ受けたいといふお話なんですから、お宅にとつても、誠に結構な御緣と思ひます。』と言つた。謝夫人も非常に喜んで、兎も角一應娘の意嚮を確かめてからと、朱婆を待たして令嬢に其の話を傳へ、『私は大變いい話だと思ふのだが、此の事はお前の生涯にかかる大事なのだから、自分の考へを隱さずに仰やい。』と言ふ。令嬢『劉小師は何といつても當世の賢相、これと緣組するのは結構なことに違ひありませんけれど、媒介人の言ふことが少し氣に入らないと思ひます。昔から君子は德を貴んで色を賤しむと申します。それにあの媒介人は、容色の事ばかり彼是言つて德を言はない處を見ると、或は先方の意を十分傳へることができないものと思はれます。さうでなければ小師の賢相といふ評判も、一向あてにはなりません。これは少し考へものだと思ひます。』と。母夫人そこで朱婆に向つて、『釣り合はぬは不緣の基といふこともあり、

---

14 혼인: 일본어 원문은 '婚儀'다. 혼례 또는 혼인을 뜻한다(棚橋一郎·林甕臣編, 『日本新辞林』, 三省堂, 1897).

15 중매: 일본어 원문은 '媒介'다. 쌍방의 사이를 주도하는 것 혹은 쌍방의 사이를 맺어주는 것을 뜻한다(松井簡治·上田万年編, 『大日本国語辞典』04, 金港堂書籍, 1919).

殊に娘は貧家に育つて、裁縫や手藝のことは一通り心得て居ります
が、迚も富豪の家庭に主婦となるやうな容色も才もある者ではありま
せん。折角貰つて頂いて、御期待に背くやうではお氣の毒ですから、
どうか其の旨惡からずお傳へ下さい。』とて再三押し返すのをはつきり
斷つてしまつた。

그런데 주파는 사씨 집에 가서 끊임없이 유씨 집안의 부귀와 연수
의 문장과 재주를 극찬하며,

"오늘날 유씨 집안과 인연을 맺게 되는 것을 기뻐하지 않는 사람
은 좀처럼 없을 것이라고 생각합니다만, 유씨 집에서는 특히 댁의
따님의 재색(才色)을 듣고 꼭 맞이하고 싶다는 이야기이니까 댁에게
도 참으로 좋은 인연이라고 생각합니다."

라고 말했다. 사부인도 상당히 기뻐했지만 어쨌든 일단은 딸의 뜻
을 확인한 후에 라고 하며 주파를 기다리게 하고 딸에게 그 이야기를
전하며,

"나는 대단히 좋은 이야기라고 생각하지만 이 일은 너의 생애가
걸린 중요한 일이니까 자신의 생각을 숨기지 말고 말하여라."

라고 말했다.

아가씨 "유소사는 뭐라고 해도 당대의 뛰어난 재상으로 이와 인
연을 맺는 것은 좋은 일임에 틀림없습니다만 중매인이 말하는 것이
조금 마음에 들지 않는다고 생각합니다. 예로부터 군자는 덕을 귀중
히 여기고 색을 천하게 여긴다고 했습니다. 그런데 저 중매인은 용
색만 이것저것 이야기하고 덕을 말하지 않는 것을 보면, 어쩌면 상
대방의 뜻을 충분히 전달하지 못하는 것이라고 생각합니다. 그렇지

않다면 소사가 뛰어난 재상이라는 평판도 전혀 신뢰가 가지 않습니다. 이것은 좀 더 생각해 볼 문제라고 생각합니다."

라고 말했다. 모부인은 이에 주파를 향하여,

"어울리지 않는 것은 인연이 아닐 수도 있습니다. 특히 딸은 가난한 집안에서 자라서 재봉과 수예 등은 대강 익혔습니다만 상당한 부잣집 가정의 주부가 될 만한 용색도 재주도 있는 사람은 아닙니다. 어쨌든 며느리로 받아주셨는데 기대에 미치지 못한다면 죄송한 일이니까 아무쪼록 그 뜻을 언짢게 생각지 말아달라고 전해주십시오."

라고 재차 반복하여 단호히 거절해 버렸다.

朱婆も詮なく、歸つてその事を小師に話すと、小師はやや久しく考へて居つたが、『一體どんな風に言つたのか』と朱婆に問ふ。朱婆は有りの儘を話すと小師は笑つて、『いや、自分が惡かつた。お前に能く敎へて置かなかつたからいけない。』

주파도 하는 수 없이 돌아와서 그 일을 소사에게 말하자, 소사는 한동안 생각에 잠겨 있다가,

"도대체 어떻게 말했느냐?"

라고 주파에게 물었다. 주파가 있는 그대로를 말하자 소사는 웃으며,

"아니다. 내가 나빴다. 너에게 잘 가르쳐 주지 않으면 안 되었는데."

そこで小師は自ら新城へ往つて知縣に會ひ、くはしく事の次第を話して媒妁を賴んだ。知縣『外ならぬ老先生の御依賴承知しました。だが何う言つて申込めば宜しいでせうか。』小師『別段餘計の事は言はずと

333

も、ただ謝給事の清德を慕ひ、淑女の賢明を欽する餘り、切に婚を求むといふ意を語つて頂けば結構です。』知縣『承知しました。』で、早速吏員を使はして訪問の旨を通じ置き翌朝知縣は謝家を訪うた。謝家では兼ねて容間を掃除して待つてゐたが、先づ乳母が出て來て來意を問ひ、知縣から仔細に劉家の所存を聽き取つて次の室に引き取つたが、やがて謝夫人の旨を受けて、改めて知縣に謝し、且つ『仰せ付けの劉家との婚儀、まことに結構に存じます。』といふ譯で、ここにめでたく緣談まとまり、直に書面を以てこれを劉家に傳へたので、小師の喜び此の上なく、早速黃道吉日を選んで婚禮の式を擧げることとなつた。その擧式の立派なことは言ふに及ばない。

　　이에 소사는 직접 신성에 들어가서 지현을 만나 자세히 일의 사정을 이야기하고 매작(媒妁)[16]을 부탁했다.

　　지현 "다름 아닌 어르신네의 의뢰는 잘 알겠습니다. 하지만 어떻게 말하여 청혼을 넣으면 좋겠습니까?"

　　소사 "특별히 쓸데없는 것은 말하지 않더라도, 다만 사급사의 깨끗한 덕을 사모하고 숙녀의 현명함을 공경하는 나머지 절실하게 혼인을 원한다는 뜻을 말씀하신다면 그것으로 족합니다."

　　지현 "잘 알겠습니다."

　　이에 서둘러 이원(吏員)으로 하여 방문의 뜻을 전달했다. 다음 날 지현은 사씨 집을 방문했다. 사씨 집에서는 두루두루 용모를 단정히 하고 집안 곳곳을 청소하며 기다리고 있었는데, 우선 유모가 나와서

---

16 매작: 남녀의 인연을 맺어주는 것 또는 그 사람을 뜻한다(松井簡治·上田万年編, 『大日本国語辞典』04, 金港堂書籍, 1919).

찾아온 뜻을 물었다. 지현으로부터 상세히 유씨 집안의 생각[17]을 듣고서는 다음 방으로 안내했다. 이윽고 사부인은 뜻을 받들어 다시 한 번 지현에게 감사하며 또한

"존경받는 유씨 집안과의 혼인은 참으로 나무랄 데가 없다고 생각합니다."

이리하여 이에 경사스럽게 연담이 성립되어서 바로 서면으로 이것을 유씨 가문에 전달했는데, 소사의 기쁨은 더할 나위 없었다. 서둘러 황도(黃道) 길일을 택하여 혼례식을 올리게 되었다. 그 거식(擧式)의 훌륭함은 두말할 것도 없었다.

(二) 詩は關雎樛木、曲は霓裳雨衣
(2) 시는 관수규목, 음악은 예상우의

世に窈窕たる淑女と君子の好逑とは、まこと流翰林と謝令孃との婚儀であつた。翌日は棗栗の禮を小師に奉じ、翌々日は家廟に上つて祖宗に申告する等、それぞれ式を濟ましたが、親戚と云ひ賓客と云ひ、席に集まるほどの者は、眼を聳ててひとしく新夫人の容姿と態度の立派なのに驚歎し、口をきはめて其の美を褒めそやした。

세상에 요조숙녀와 군자호술(君子好逑)이란 참으로 유한림과 사영양과의 혼인을 말하는 것이었다. 다음 날 조율(棗栗)의 예를 소사가 받들고, 그 다음 날은 가묘(家廟)에 올라가서 조종(祖宗)에 고하는

---

17 생각: 일본어 원문은 '所存'이다. 마음에 있는 바 또는 심중에 생각하는 바라는 뜻이다(松井簡治・上田万年編, 『大日本国語辞典』02, 金港堂書籍, 1916).

등 각각의 식을 올렸는데 자리에 참석한 친척이나 빈객(賓客)은 깜짝 놀라 한결같이 신부인(新夫人)의 용모와 자태 그리고 태도의 훌륭함에 경탄하며 온갖 말을 다하며 그 아름다움을 칭찬했다.

やがて小師は新夫人を招き、『私は嘗て貴女の觀音の賛を見て、才華の喚發したのを知つた。定めて吟咏の詩なども少くなからうと思ふが』と言つた。新夫人『口に風月を談じ手に翰墨を弄ぶと云ふやうなことは、元來女のすることではないと承つて居ります。まして私如き愚鈍なものが何うして出來ませう。觀音の賛は唯だ母が强つての言葉に從つたばかり、迚も恥ずかしくてお目にかけられるやうなものでは御座ません。』小師『翰墨は女の事でないとすると、古人の書物を讀まれたのは何ういふ意で』新夫人『それは唯だ善惡の道を知る爲のものに過ぎません。』小師『貴女は今私の家へ來て、これから何うして夫を助けようとお思ひか。』『私は早く父を失ひまして、一向其等の敎を承つたことが御座ません。ただ此家へ參ります折、母が私に向つて呉々も夫を尊敬し、決して命に背いてはならないと申し聞けました。生涯此の敎へを守つてさへ居りますれば、先づ大した過ちは無からうかと存じて居ります。』『では、夫に背かないのを婦德とするなら、もし夫に過ちのあつた時には何うします。』『いや、さういふ意味では御座ません。古語にも夫婦の道は諸を五倫に兼ぬとありまして、父に爭子、君に爭臣、夫婦の道とても矢張り之と違つたことは御座ませんが、もし夫たる者が妻の言葉をのみ聽いて居ては、牝鷄の晨を司り哲婦の城を傾くる虞がないとは申されまいと存じます。』

이윽고 소사는 신부인을 불러서,

"나는 일찍이 그대가 적은 관음의 찬을 보고 뛰어난 재능이 번득이는 것을 알았다. 틀림없이 읊을 수 있는 시가 적지 않을 것이라고 생각한다만."

라고 말했다.

신부인 "입으로는 풍월을 말하고, 손으로는 글을 짓는 것과 같은 것은 원래 여인네가 하는 일이 아니라고 알고 있습니다. 하물며 저와 같이 우둔한 사람이 어떻게 가능하겠습니까? 관음의 찬은 다만 어머니가 하시는 말씀을 따른 것뿐인데 너무나 부끄러워 보일만한 것은 아닙니다."

소사 "글을 짓는 것은 여인네가 할 일이 아니라고 한다면 옛날 사람들의 서적을 읽은 것은 어떠한 마음이냐?"

신부인 "그것은 오직 선악의 도를 알기 위함에 지나지 않습니다."

소사 "그대는 지금 우리 집에 와서 지금부터 어떻게 하여 남편을 도우려고 생각하느냐?"

"저는 일찍이 아버지를 여의고 줄곧 그러한 가르침을 받은 적이 없습니다. 다만 이 댁에 들어올 때 어머니가 저에게 아무쪼록 남편을 존경하고 결코 분부를 배반해서는 안 된다고 말씀하셨습니다. 평생 이 가르침을 지키기만 한다면 우선 큰 잘못은 없을 것이라고 생각합니다."

"그렇다면 남편을 배신하지 않는 것을 부덕(婦德)이라고 한다면 혹시 남편에게 잘못이 있을 때에는 어떻게 할 것이냐?"

"아닙니다. 그러한 의미는 아닙니다. 옛말에도 부부의 도는 모두 오륜에 겸하지 않는 것이 없습니다. 아비의 잘못은 자식이 바로잡도

록 호소하고, 임금의 잘못은 신하가 바로잡도록 호소하니, 부부의
도 역시 이것과 다르지 않다고 생각합니다만 혹시 남편 되는 사람이
부인의 말만을 듣고 있다고 해도 암탉이 새벽을 알리듯 사리에 밝고
현명한 여자[18]가 성(城)을 위태롭게 하는 걱정은 없을 것이라고 생각
합니다."

小師杜夫人を顧み、『嫁は誠に孟光、班昭にも比すべき賢婦人であ
る。迚も世間普通の女ではない。』翰林に向つて、『これほどの賢婦人を
迎へることのできたのは、實にお前の仕合といふものだ。もう私は何
の心配もない。』そこで召使の女を呼んで小箱を持つて來させ、鏡一
面、玉一環一雙を取り出して『これは家の寶であるが、貴女の美と德と
は、此の鏡の玉との如くである。之を貴女の表章にするが宜い、』とて
新夫人に與へた。新夫人厚く之を押し頂いた。

　　소사는 두부인을 돌아보며,
　　"며느리는 참으로 맹광(孟光)과 반소(班昭)에도 비할만한 현명한
부인이다. 참으로 세상의 보통 여인네와 다르구나."
　　한림을 향하여
　　"이토록 현명한 부인을 맞이하게 된 것은 실로 너의 행운덕분이
다. 이미 나는 아무런 걱정이 없구나."
　　이에 하녀를 불러 작은 상자를 들고 오게 하고는 거울 한 면과 옥
반지 한 쌍을 꺼내어서,

---

18 현명한 여자: 일본어 원문은 '哲婦'다. 총명한 부인 또는 영리한 부인을 뜻한다
(松井簡治·上田万年編, 『大日本国語辞典』03, 金港堂書籍, 1917).

"이것은 집안의 보배인데, 그대의 아름다움과 덕은 이 거울의 구슬과 같은 것이다. 이것을 그대에게 표창하는 것이 좋겠다."

라고 말하고 신부인에게 전했다. 신부인은 감사히 이것을 받아들였다.

爾來新夫人の孝養の仕方と云ひ、婢僕の使ひ方と云ひ、家政の執り方と云ひ、誠に主婦として申分なく、琴瑟和合して閨門の内雍々藹々たる有樣に、早くも三年の月日は經つた。が、樂極まつて哀到るは浮世の習ひで、父小師此の頃から疾を得て、日に重態に陷つた。翰林夫妻晝夜側に在つて帶も解かずに看病したが、少しも効驗が見えなかつた。小師は自ら命數を悟り、一日息夫妻並に杜夫人を顧みて、それぞれ後事を言ひのこして此の世を辭した。翰林夫妻の悲しみは譬ふるものなかつたが、日を擇んで代々の墓に葬り、恭しく其の喪に服した。

그 후 신부인의 효도하고 봉양함이나 계집종과 사내종[19]을 부리는 방법이나 가정을 다스리는 방법이나 참으로 주부로서는 부족함이 없으며 부부 사이의 금슬(琴瑟) 또한 규문(閨門) 안에서 화목한 모습으로 어느덧 3년이라는 시간이 흘렀다. 하지만 즐거움이 극에 달하여 슬픔에 이르는 것은 헛되고 덧없는 세상[20]과 같은 것으로 아버지 소사는 이때부터 병을 얻어 나날이 중태에 빠졌다. 한림 부부는 밤낮으로 곁에 있으며 허리띠도 풀지 않고 간병했는데 조금도 효험

19 계집종과 사내종: 일본어 원문은 '婢僕'이다. 하남 하녀 혹은 하인의 뜻을 나타낸다(松井簡治·上田万年編,『大日本国語辞典』04, 金港堂書籍, 1919).
20 헛되고 덧없는 세상: 일본어 원문은 '浮世'다. 이는 마음이 들떠서 고정되지 않는 세상을 뜻한다(松井簡治·上田万年編,『大日本国語辞典』04, 金港堂書籍, 1919).

이 보이지 않았다. 소사는 스스로 운명을 깨닫고, 하루는 아들 부부 및 두부인을 돌아보며 각각에게 뒷일을 부탁한다는 말을 남기고 이 세상을 떠났다. 한림 부부의 슬픔은 비유할 바가 없었지만 날을 정하여 공손히 상복을 입고 조상 대대로의 묘에 장사를 지냈다.

　かくてまた忽ちに三年は過ぎ去つて翰林は喪服を終へて職に就いたが、頻りに文章を以て政治の得失を痛論したので、時の嚴丞相に悅ばれず、官祿も從つて陞らなかつた。茲に新夫人は年二十三となり、結婚してから軈て十年にもならうとするのに、まだ子といふものが一人もなかつた。夫人は心私かに之を憂ひ、且つ自分は身體が弱いから迚も子供は生れないのであらうと思つた。そこで子供を得るために、夫にすすめて妾を蓄へるやう申し入れたが、翰林は元より冗戲と思つて、ただ笑つてばかり取り合はうとはしなかつた。

　이리하여 또한 홀연히 3년이 지나 한림은 상복을 끝내고 관직에 올랐지만 빈번히 문장으로 정치의 득실을 격렬히 논했기에 당대의 엄승상을 달가워하지 않고 관록도 따라서 오르지 못했다. 이때 신부인은 나이 23살이 되고 마침내 결혼해서 10년이 되려고 했는데 아직 아이가 하나도 없었다. 부인은 남몰래 이것을 걱정하며 또한 자신의 몸이 약하기에 더욱 아이가 태어나지 않는 것이라고 생각했다. 이에 아이를 얻기 위해서 남편에게 권유하여 첩을 두도록 말했지만 한림은 처음부터 농담이라고 생각하고 그저 웃기만 하고 상대를 하지 않았다.

謝夫人はそつと媒介人をよんで、彼此良家の女を物色せしめたが、此の事を召使の口から聞いた杜夫人は、大に驚いて謝夫人に向ひ、『貴女は妾を探して居ると聞いたが、それは本當のことですか。』と言ふ。謝夫人『左樣です。』 杜夫人『一馬に二鞍なく一器に二匙なしと云つて、家に妾あるは家庭紊亂の基とされて居るのは御存じの通り。もし夫が之を求めても妻たる者は諫むべきであるのに、自ら求めて禍を招かうとは何うしたお考へか。』謝夫人『私が此家へ參りましてからもう九年、まだ一人も子といふものが御座ません。昔の掟からすれば離縁されても致方ないので御座ます。妾ぐらゐを厭うて劉家の世嗣を絶やしては相濟みません。』

　　사부인은 조용히 중매인을 불러서 이런저런 좋은 집안의 여인을 찾아보게 했는데 이 일을 하인에게 들은 두부인은 크게 놀라서 사부인을 향하여,

　　"그대가 첩[21]을 찾고 있다고 들었습니다만 그것은 정말입니까?"
　　라고 말했다.
　　사부인 "그렇습니다."
　　두부인 "말 한필에 두 개의 안장이 없듯이 그릇 하나에 두 개의 숟가락이 없다고 합니다. 집에 첩이 있는 것은 가정이 문란해지는 근원이 되는 것은 아시다시피입니다. 혹시 남편이 이것을 원한다고 하더라도 부인되는 사람은 마땅히 제지해야만 하는데 스스로 원하여 화를 자청한다는 것은 무슨 생각에서입니까?"

21　첩: 부인 이외의 처라는 뜻을 나타낸다(棚橋一郎·林甕臣編, 『日本新辞林』, 三省堂, 1897).

사부인 "제가 이 집에 오고 나서 9년인데 아직 아이가 한 명도 없
습니다. 옛날의 법규로 생각해 보면 이혼[22]을 당해도 어쩔 수 없는
것입니다. 첩 정도를 싫어해서 유씨 집안의 대를 끊게 하는 것은 죄
스러운 일입니다."

杜夫人『人にはいろいろあつて、杜氏の一門にも三十過ぎてから男の
子を生み、次々五人の男を生んだ人もあれば四十を過ぎてから孕んだ
人もあります。貴女はまだ二十を過ぎたばかりなのに、そんな心配を
して何うするものですか。』謝夫人『私は身體が弱くて月經なども不順が
ちですから、迚も子供は出來ません。それに道理から云つても一妻一
妾は男子の常ぢや御座ませんか。たとへ關雎樛木の德は私に無くて
も、世間の女のやうに無暗に嫉妬するやうなことは無いつもりで居り
ます。』

두부인 "사람에게는 여러 가지 문제가 있습니다. 두씨(杜氏) 일문
(一門)[23]에도 30이 넘어서 남자아이를 낳고 줄줄이 다섯 명의 아들
을 낳은 사람도 있고 40이 넘어서야 임신을 한 사람도 있습니다. 그
대는 아직 갓 스물을 넘겼을 뿐인데 무엇하러 그렇게 걱정을 하십
니까?"

사부인 "저는 몸이 약해서 월경 등도 불순한 경향이 있기에 더욱

---

22 이혼: 일본어 원문은 '離緣'이다. 이는 인연을 끊는 것으로 부부 또는 양부모와
자녀 간의 관계를 끊는 것을 뜻한다(棚橋一郎·林甕臣編, 『日本新辞林』, 三省堂,
1897).
23 일문: 일가족 또는 동성(同姓)의 일족(一族)을 뜻한다(松井簡治·上田万年編, 『
大日本国語辞典』04, 金港堂書籍, 1919).

더 아이가 안 생깁니다. 게다가 도리로 생각해 보아도 일처일첩(一妻
一妾)은 남자에게는 일상적이지 아니지 않습니까? 설령 관수규목(關
雎樛木)의 덕이 저에게 없다고 하더라도 세상의 여인네와 같이 무턱
대고 질투하는 것은 하지 않으려고 합니다."

杜夫人笑つて、『關雎樛木の化と云へば、成る程それは太姒不妬の德
に違ひありませんけれど、元來は文王の德が大勢の女を怨みつらみの
無いやうにしたのが基で、決して太姒の德ばかりではありません。そ
こは能く考へなくてはなりますまい。』謝夫人『何も私は聖人を望む譯で
はありませんけれど、ただ近頃の女は兎角嫉妬が家を紊るといふこと
を口實にして家の祭祀を絶つことを顧みないのが普通のやうで御座ま
す。私はこれを歎はしいことに存じて居ります。もし夫が淫邪に溺れ
るやうでしたら、無論私はどんな疑を受けても諫めないでは置きませ
ん。』杜夫人は止めても止まり難き謝夫人の志を見てとり、『もしその妾
が性質のいい女であつて呉れたらいいが、さうでもなくて夫の心が其
の女に傾いたら、取り返したのならない事になります。いつか屹度私
の言葉を思ひ當たる時が來るでせう。』と言つて、歎息して其の場を去
つた。

두부인은 웃으며,
"관수규목의 화(化)라는 것은 참으로 그것은 태사(太姒)를 질투하
지 않는 덕에 틀림없습니다. 하지만 원래는 문왕의 덕이 많은 여인
들이 원망하지 않도록 한다는 것이 기본으로 결코 태사의 덕뿐만은
아닙니다. 그것은 잘 생각하지 않으면 안 됩니다."

사부인 "저는 그렇게 성인을 바라는 것은 아닙니다. 다만 근래의 여인들은 어쨌든 질투가 집을 문란하게 한다는 것을 구실로 하여 집의 제사를 끊지 않게 하는 것을 돌아보지 않는 것이 보통인 것처럼 되었습니다. 저는 이를 탄식하는 것입니다. 혹시 남편이 외설에 빠진다면 저는 물론 어떠한 의심을 받더라도 직언하여 잘못을 고치게 할 것입니다."

두부인은 말려도 말리기 어려운 사부인의 의지를 보고,

"혹시 그 첩의 성질이 좋은 여인이라면 좋겠지만 그렇지 않더라도 남편의 마음이 그 여인에게 기울었다면 돌이킬 수가 없는 것입니다. 언제가 반드시 제 말이 짐작이 갈 때가 올 것입니다."

라고 말하고 탄식하며 그 장소를 떠났다.

　その翌日媒介が來て、『恰度好い女がありました。だが少し好すぎるのが心配で、』『それはまた何故？』『と申しますのは、夫人の御註文は御世嗣が欲しいのですから、身體さへ壯健であればいい譯ですが、その女は才氣といひ容貌といひ、一通りの女ではありません。』と言ふ。且つその言ふ所によれば、性は喬、名は彩鸞、河間府の生れで、もと宦家の娘であつたが、父母に死に別れ、今年十六まで姉の手許に養はれて居た。常に自ら、貧乏人の女房になるよりは名家の妾になる方がいいと言つて、かねて斯ういふ口を望んでゐたのであるから、これほどあつらへ向の女はまたとない、と云ふのであつた。

그 다음날 중매인이 와서,

"마침 좋은 여인이 있습니다. 하지만 조금 너무 좋은 것이 걱정인지라."

"그것은 또 어찌하여?"

"그렇게 말하는 것은 다름 아니라 부인이 주문하신 것은 대를 이을 후손[24]을 원한다는 것이니까 몸만 튼튼하고 건강하면 좋은 것입니다만 그 여인은 재기(才氣)도 용모도 보통 여인이 아닙니다."

라고 말했다. 또한 그 말하는 것을 들어보면, 성은 교(喬)이고, 이름은 채란으로 하간부(河間府)에서 태어났으며 원래 관리 집안의 딸이었는데 부모와 사별하고 올해 16살에 이르기까지 언니 손에서 자랐다고 한다. 항상 스스로 말하기를 가난한 집안의 부인이 되기보다는 이름난 가문의 첩이 되는 것이 좋다고 하며 전부터 이렇게 말하는 것이 이루어지기를 바라고 있었기에 이정도로 맞는 여인은 다시는 없다는 것이었다.

謝夫人大に喜んで、早速此の事を夫翰林に話すと、妾を置くといふことは素々私の本意ではないが、しかし夫人の好意も無下に拒むことはできまい。果してさういふ女ならば連れて來さして然るべし、と言ふので、夫人は吉日を選んで迎ひの轎をやり、ここに望み通り喬氏を妾としてよび入れた。見たところ喬氏は、姿形の美しいばかりか、立居振舞の輕捷なるは海棠の一枝、露を含んで風に揺れるかと思ふばかり、皆人激賞して已まなかつた。翰林も夫人も共に喜色を浮べて居つたが、ひとり心中喜ばないのは杜夫人であつた。

---

24 대를 이을 후손: 일본어 원문은 '世嗣'다. 제후의 뒤를 이을 사람이라는 뜻이다 (松井簡治・上田万年編, 『大日本国語辞典』03, 金港堂書籍, 1917).

사부인은 크게 기뻐하며 서둘러 이 사실을 남편 한림에게 말하자, 첩을 둔다는 것은 원래 자신의 본뜻은 아니지만 부인의 호의를 매정하게 거절할 수가 없다하며 과연 그러한 여인이라면 데리고 와도 좋다고 말하기에 부인은 길일을 택하여 마중을 가는 가마를 보내고 이에 바라는 대로 교씨를 첩으로 하여 맞아들였다. 보기에도 교씨는 자태가 아름다울 뿐만 아니라 행동거지 또한 재빠른 것이 해당화 한 가지같이 이슬을 머금은 바람이 흔들리는 듯 모든 사람들의 격찬이 끊이지 않았다. 한림도 부인도 함께 얼굴에 희색을 띄웠는데 홀로 마음 속에서 기뻐하지 않는 것은 두부인이었다.

その夜、翰林は新妾と共に一夜を過したので、杜夫人と謝夫人とは一夜を女同士の物語りに明かした。杜夫人『ただ妾といふだけなら性質の素直な温なしい女で澤山のに、どうしてああいふ美人を求めたでせう。私はこれが劉家の禍の因でなければいいがと心配してゐます。』謝夫人『容貌のいいのは成るほど必要がないとは申すものの、餘り惡くても夫の近づきになりますまい。それに美人だからとて妖婦とかぎつた譯ではありますまいから。』こんな話でその夜は笑つて別れた。

그날 밤 한림은 새로운 첩과 함께 하룻밤을 보내었기에 두부인과 사부인은 하룻밤을 여자끼리 이야기하면서 밤을 새웠다.

두부인 "다만 첩이라고 한다면 성질이 고분고분하고 따뜻한 여인으로 충분하거늘 어찌 저런 미인을 구했습니까? 저는 이것이 유씨 가문의 화의 근원이 되지 않기를 바라며 걱정하고 있습니다."

사부인 "용모가 좋은 것은 과연 필요가 없다고 말할 수 있지만 너

무 나쁘더라도 남편이 곁에 두지 않을 것입니다. 게다가 미인이라고
해서 다 요부인 것은 아니니까요."

　이러한 이야기로 그날 밤은 웃으며 헤어졌다.

　翰林喬氏のために一堂をしつらへ、之を百子堂と名づけ、喬氏を喬娘
子と名のらせて、四人の婢女にかしづかしめた。喬娘子は性質のさかし
い女であつたから、巧みに翰林の意を迎へ、謝夫人に對しても誠しやか
に仕へたので、家中の者は皆喬氏をほめてゐた。やがて半歳たたぬうち
に、姙娠の身となつたのを見て、翰林夫妻の悅びは一方でなかつた。

　한림은 교씨를 위하여 당(堂)을 장만하고 이를 백자당(百子堂)이
라고 이름 지었다. 교씨를 교낭자(喬娘子)라고 부르며 네 사람의 여
종들로 하여 시중을 들게 했다. 교낭자는 성질이 약삭빠른 여자였기
에 교묘하게 한림의 뜻에 영합하여 사부인에 대해서도 정말인 듯이
섬기었는데 이에 집 안 사람 모두는 교씨를 칭찬했다. 이윽고 반년
도 지나지 않았는데 임신을 하게 된 것을 보고 한림 부부의 기쁨은
이만저만이 아니었다.

　處が喬氏は、その腹の子の男であるか女であるかを氣遣うて、ある
賣卜者に問うて見たのに、女であればいいが、もし男であつたら夭死
すると云ふ見立てであつた。と聞いて喬氏はいたく心配して居ると、
侍婢の藹梅が『私の隣家に李十娘といふ女があつて、何事でも知らない
といふことがありません。一度之に問うて御覽になつてはと、』とい
ふ。そこで早速その女をよんで胎兒を診察せしめると、十娘はつらつ

ら脈をみて正に女に違ひないとの診斷である。喬氏はいたく失望し
て、私の此家に在る目的は唯世嗣を得んがためである。もし女ならい
つそ生れないがましだと言へば、十娘『私は曾て異人から、女の胎兒を
男にかへる方法を教はりました。それをお試みになつては如何です。』
と言ふ。『いや、さういふ法があるなら幾らでも御禮はするから、』とば
かり、非常に喜んでその事を賴むと、女は一種の呪符を造つて喬氏の
枕もとにをさめ、『いづれお生れになつてから御祝に參ります、』と言つ
て歸つた。

　　　그런데 교씨는 그 배속의 아이가 아들인지 딸인지가 마음이 쓰여
어느 점쟁이에게 물어 보았는데, 여자아이라면 좋지만 혹시 남자아
이라면 요절한다는 진단이었다. 이런 말을 들은 교씨가 몹시 걱정하
고 있으니 몸종인 알매(蘗梅)가,
　　　"제 이웃집에 이십낭(李十娘)이라는 여인이 있는데 무엇이든지 모
르는 것이 없습니다. 한번 이것을 물어보시는 것이 어떻습니까?"
　　　라고 말했다. 이에 서둘러 그 여인을 불러서 태아를 진찰하게 했
는데 십낭은 곰곰이 맥을 보고는 틀림없이 여자아이임에 틀림없다
고 진단했다. 교씨는 몹시 실망하며 자신이 이 집에 있는 목적은 오
직 대를 얻기 위함인데 혹시 여자아이라면 차라리 태어나지 않는 것
이 좋다고 말하자,
　　　십낭 "저는 일찍이 재주가 신통하고 비범한 사람에게서 여자아이
를 남자아이로 바꾸는 방법을 배웠습니다. 그것을 시도해 보는 것이
어떠합니까?"
　　　라고 말했다.

"아니, 그런 방법이 있다면 얼마든지 사례는 할 테니까."

라고 말하며 매우 기뻐하며 그 일을 부탁하자 여인은 한 종류의 주술을 만들어서 교씨의 머리맡에 두게 하고,

"조만간 태어나면 축하인사차 오겠습니다."

라고 말하고 돌아갔다.

流石の喬氏も半信半疑であつたが、十月たつて生れた兒は果して玉のやうな男の兒であつた。翰林の喜びは譬ふるに物なく、それ以來喬氏に對する愛情は一層深くなりまさつた。兒は掌中の珠といふ譯で掌珠と名づけ乳母を入れて育てさせたが、謝夫人の此の兒に對する可愛がり方は、全く自分の子も同樣で、他所目にはどちらの子だか分りかねる位であつた。

역시 교씨도 반신반의했지만 열 달이 지나서 태어난 것은 과연 구슬과 같은 남자아이였다. 한림의 기쁨은 비유할 데가 없었다. 그 이후로 교씨에 대한 애정은 한층 깊어져만 갔다. 아이는 손 안에 있는 보배와도 같았기에 이름을 장주(掌珠)라 하고 유모를 들여서 키웠다. 이 아이에 대한 사부인의 사랑은 완전히 자신의 아이와 똑같았기에 다른 사람이 보기에 누구의 아이인지 모를 정도였다.

其の後劉家の家道は益々昌んで、閨門も至極無事であつたが、時は暮春の一日、翰林天子に陪して宴に侍し、その留守中を謝夫人ひとり書齋に在つて古書に讀み耽つてゐると、侍婢春芳が來て、『庭の牡丹が今眞盛りでございます。今日は幸のお暇、御覽なされては、』と言ふ、

そこで夫人は五六人の侍女を連れて庭の小亭に降り立つて見ると、げ
に百花亂れ咲いて幽香衣を襲ひ、何とも云へない絶景である。で、茶
を入れさして喬氏を招き、共に賞翫しようと思つて居ると、折から風
のたよりに美い琴の音が聞えて來た。夫人は耳を傾けて、『これはめづ
らしい。誰れの手ずさびか。』と問ふ。侍婢『喬娘子でございます。』夫人
『娘子の琴といふものは私は聽いたことがない。あれは今日に限つての
事か。』と言ふと、侍婢『娘子は琴がお好きで、お閑の節にはきつと彈じ
られるのが例でございます。ただ百子堂は少し離れて居りますので、
夫人のお耳には入らなかつたかと存じます。』といふ。言つてゐるうちに
絃聲はやんで、つづいて淸らかな歌が聞えた。唐の時人の名詩である。

待月西廂下、迎テ風戶半開。
佛レ墻花影動、疑是玉人來。

更にまた一絶。

水國兼葭夜有レ霜、 山光月色共蒼蒼。
誰言千里自二今夕一、 離夢杳如二關塞長一。

　　その 후 유씨 집안의 가도(家道)는 더욱 번성하고 규문(閨門)[25]도 지
극히 무사했다. 때는 늦은 봄 어느 날 한림이 천자를 모시고 연회의
시중을 들고 있을 때, 집을 지키고 있던 사부인은 홀로 서재에서 고

　25　규문: 침소의 입구 또는 부인의 거처를 뜻한다(松井簡治·上田万年編, 『大日本国
　　語辞典』02, 金港堂書籍, 1916).

서를 읽고 있었다. 여종인 춘방(春芳)이 와서,

"정원에 목단이 지금 활짝 피었습니다. 오늘은 다행히 여유로우니까 꽃을 보심이 어떠신지요?"

라고 말했다. 이에 부인이 5-6명의 여종을 데리고 정원의 작은 정자로 내려가 보았더니, 활짝 핀 온갖 꽃이 그윽한 향기의 옷을 걸치고 있었는데 그 모습이 뭐라 말할 수 없는 절경이었다. 그리하여 교씨를 불러 차를 마시며 함께 감상하려고 생각했다. 그러자 바람과 함께 아름다운 금의 소리가 들려 왔다. 부인은 귀를 기울이며,

"이것은 진귀한 일이구나. 누구의 놀이이냐?"

라고 물었다.

여종 "교낭자이십니다."

부인 "낭자의 금소리를 나는 들어 본 적이 없거늘 그것은 오늘만 그런 것이냐?"

라고 말하자,

여종 "낭자는 금을 좋아하여 한가한 때는 항상 연주하곤 합니다. 다만 백자당(百子堂)은 조금 떨어져 있기에 부인의 귀에는 들리지 않았을 것이라 생각됩니다."

라고 말했다. 말하는 사이에 음악소리는 끝나고 계속해서 청아한 노래가 들려왔다. 당나라 시인의 명시(名詩)이다.

서쪽 곁채 아래에서 달을 기다리다
지게문 반쯤 열고 바람을 맞이하노라
절 담장에 꽃 그림자 흔들거리니
아마도 옥인이 오신 듯하네

새로이 다시 한 구절

수국의 갈대숲에 밤들어 서리오니
산색과 달빛은 온통 다 푸르구려
이 밤에 천리 길을 떠난다고 뉘 말했나
이별의 꿈 아득아득 변방 요새는 멀구려

その聲喜ぶが如く、悲しむが如く、激するが如く、思慮するが如く、人をして感動せしめざればやまない。夫人は、やや暫く沈吟の後、婢秋香に命じて、喬氏に此處まで來るやうにと言はしめた。やがて喬氏は秋香に伴はれて其處に現はれた。そして夫人と共に欄によつて茶を啜り花を賞づることしばらく、その時、夫人は言つた。『琴と云ひ歌と云ひ、私は初めて聞きましたが、まことに感服の外はありません。』喬氏『音樂については、私は何の能もありません。圖らずお耳に入つてお恥かしう存じます。』夫人『どうしてどうして、琴には申分ありません。ただ姉妹の誼みで憚りなく申せば、今のは唐人が霓裳羽衣の曲、俗人の喜ぶところではあるが、亡國の音を免れない。詩はまた失節の女薛濤、卽ち春樓の娼婦である。そこで何うしても淫蕩の調をかくすことが出來ません。古今の美調妙曲は他にいくらもあらうから、故らああいふものを擇ぶには當るまいと思ひます。』喬氏『御敎示まことに身にしみて難有う存じます。』夫人はなほも慰めて、『かういふことは皆、貴女を愛するからこそ申すので、決して惡く思つて呉れてはいけません。此の後はどうか私にも過ちがあつたら遠慮なく言つてくださいよ。』と。かくて兩人睦じく、日の暮れるまで語りかはした。

그 소리가 기쁜 듯 슬픈 듯 생각에 잠긴 듯 사람으로 하여 감동을 멈추지 않게 한다. 부인은 한동안 망설인 후 하녀 추향(秋香)에게 명하여 교씨를 이곳까지 오도록 전하게 했다. 이윽고 교씨는 추향을 따라 그곳에 나타났다. 그리고 부인과 함께 난간에서 차를 마시며 한동안 꽃을 감상했다. 그때 부인은 말했다.

"금 소리도 노래 소리도 나는 처음 들었습니다만, 참으로 감복 외에는 다른 말이 필요 없습니다."

교씨 "음악에 대해서 저는 어떠한 능력도 없습니다. 뜻밖의 말씀을 듣고 부끄럽게 생각합니다."

부인 "왜입니까? 금에는 부족한 점이 없습니다. 단 자매의 정분으로 허심탄회하게 이야기한다면, 지금의 것은 당인(唐人)의 예상우의(霓裳羽衣) 곡으로 속인(俗人)의 즐거움이기는 하지만 망국의 소리에 지나지 않습니다. 시는 또한 주절(朱節)의 여인 설도(薛濤), 즉 춘루(春樓)의 창부입니다. 게다가 뭐니 뭐니 해도 음탕한 가사를 숨길 수가 없습니다. 고금(古今)의 아름다운 가사와 기묘한 곡조는 이것말고도 얼마든지 있거늘, 어찌하여 저런 것을 택했는지, 좋지 않다고 생각합니다."

교씨 "가르침은 정말 마음에 사무치도록 감사하게 생각합니다."

부인은 더욱더 위로하며,

"이러한 것은 모두 그대를 사랑하기에 말하는 것이니까, 결코 나쁘게 생각하지 말아 주십시오. 이 후 아무쪼록 나에게도 잘못이 있다면 사양 말고 말해 주십시오."

라고 말했다. 이리하여 두 사람은 사이좋게 날이 저물 때까지 이야기했다.

(三) 喬女の讒言、門客の姦計
(3) 교씨의 중상모략, 식객의 간사한 계략

その晩翰林は宮中から歸つて喬氏の室に入つたが、酒の氣が殘つて居て眠れさうもない。そこで欄にもたれてしばし朧の月をながめて居ると、此の際なくてならぬものは喬氏の歌である。で、それを命ずると、喬氏は何時に似合はず頭を横にふつた。『この頃咽喉を痛めて居ますから聲が出來ません。』と言ふ。翰林『では琴を彈いて俺の歌に合はせよ。』といつたが、喬氏は幾度強ひられても諾とは云はず差し俯いたきりシクシク泣き出した。不思議に思うて、『お前が家へ來てから餘程になるが、曾て不愉快な顔を見せたことはないのに、どうしたといふものだ。』が、喬氏は尚ほも泣いてばかり居て答へない。再三再四問はれるに及んで漸く言つた。『默つて居ては旦那樣のお叱りを受けるし、話すれば夫人から怨まれようし、私は何うしていいか分りません。』翰林『何事でもすべて俺にだけは話してきかせよ。決して惡くはしないから。』そこで喬氏は涙を垂れつつ、『私の卑しい歌で旦那樣の御身に疵がつかうとは思ひませんで、これまでは唯だ仰せに從つて居りましたが、今朝夫人が私をよんでお叱りになるにはお前を此の家に入れたのは、世嗣が欲しい爲めばかりだ。それをお前は頻りにお世辭を使つたり、御化粧に身をやつしたり、淫らしい歌をうたつたりして、始終旦那樣を迷はせるやうなことをして居る。今は唯だ叱つて置くが、この後も改めないやうだつたら、私は女でも家には呂太后の劍もあれば毒藥もある、とのお言葉でした。私はもともと貧家の女で、今此うして身に餘る榮華をさせて頂きますのも皆偏に旦那樣の御恩、死んでも恨

みとは思ひませんが私風情のために旦那樣の名に疵がつきましては誠
に恐入りますから。』と思ひも寄らぬことを言ふ。

　　그날 밤 한림은 궁중에서 돌아와서 교씨방으로 들어갔는데 술기
운이 남아 있어 잠들 수가 없었다. 이에 난간에 기대어 한동안 으스름
달을 바라보고 있었는데 이때 없어서는 안 되는 것이 교씨의 노래였
다. 그것을 명하자 교씨는 평소와는 다르게 머리를 옆으로 흔들었다.
　“요즘 목이 좋지 않아서 소리가 나오지 않습니다.”
　라고 말했다.
　한림 “그렇다면 내 노래에 맞추어 금을 연주하여라.”
　라고 말했는데 교씨는 몇 번을 강요해도 네라고 말하지 않고 바싹
기댄 채 훌쩍훌쩍 울기 시작했다. 이상하다고 생각하여,
　“네가 우리 집에 오고부터 시간이 꽤 지났는데 일찍이 언짢은 얼
굴을 보인 적이 없었거늘, 왜 그러느냐?”
　하지만 교씨는 더욱 울기만 하면서 대답하지 않았다. 몇 번이고
거듭 묻자 겨우 말했다.
　“잠자코 있으면 서방님이 화나실 것이고, 말하면 부인으로부터
원망을 들을 것이니 저는 어떻게 해야 할지 모르겠습니다.”
　한림
　“무슨 일인지 모두 나에게만은 말하여 주어라. 결코 나쁘게는 하
지 않을 것이니.”
　이에 교씨는 눈물을 흘리면서,
　“저의 천한 노래로 서방님에게 흠집이 나리라고 생각지 못했기에
지금까지 그냥 따랐습니다만 오늘 아침 부인이 저를 불러 화를 내시

355

면서 너를 이 집에 들인 것은 대를 잇기 위함이었을 뿐이라고 말씀하
셨습니다. 그러한 것을 제가 자주 발림 말을 하고 화장으로 몸을 치
장하면서 음탕한 노래를 불러 항상 서방님을 미혹하게 한다는 것입
니다. 지금은 그냥 화만 내시고 계시지만 나중에도 고쳐지지 않는다
면 자신은 여자지만 집에는 여태후(呂太后)의 검도 있고 독약도 있다
고 말씀하셨습니다. 저는 원래 가난한 집안의 여자로 지금 이렇게
분에 넘치는 영화를 누리는 것도 모두 오로지 서방님의 은혜입니다.
죽어도 후회는 없습니다만 저 같은 것 때문에 서방님의 이름에 흠집
이 난다는 것은 참으로 죄송한 일이기에."
　라고 생각지도 못한 것을 말했다.

　翰林は驚いて、夫人は決して嫉妬しないことを誇りとして居るもの
だのに、去りとは合點の行かないことである。且つ又夫人は喬氏に對
し、曾て缺點を言つたこともなく、いつでも禮を以つて待遇して居
る。これは喬女の言ふ方が嘘ではないかなと、暫くは默つて考へてゐ
たが、『お前を妾に入れたといふのも、最初は夫人の勸めに因るので、
夫人がお前にそんな事をいふとは受け取れない。これは屹度召使ども
の讒言だらう。よし又一時の怒りによるとしても本來は柔順な女だか
ら、決してお前をどうかうする氣違ひはない。まして俺といふものが
附いてゐるぢやないか。』と言つて呉々も喬氏を慰めたが、喬氏の意は
解けさうもなく、唯あやまつてのみ其の場は過ぎた。

　한림은 놀라서 부인이 결코 질투하지 않는 것을 자랑으로 여기고
있었는데 그러하다는 것은 이해가 안 가는 일이다. 또한 부인은 교

씨에 대해서 일찍이 결점을 말한 적도 없었고 항상 예를 다해 대했다. 이것은 교씨가 거짓말을 하는 것이 아닌가 하고, 한동안 잠자코 생각했는데,

"너를 첩으로 들인 것도 처음에 부인의 권유에 의한 것인데 부인이 너에게 그러한 것을 말했다는 것은 받아들일 수가 없다. 이것은 필시 하인들의 중상모략²⁶일 것이다. 설사 한때 화가 났다고 하더라도 본래는 유순한 여인이니까 결코 너를 어떻게 하지는 않을 것이다. 하물며 내가 곁에 있지 않느냐?"

라고 말하며 아무쪼록 교씨를 위로하려고 했지만 교씨의 뜻은 풀릴 기미가 보이지 않았다. 오직 사과하기만 하고 그날은 그냥 지나갔다.

古語に、虎を畵くに皮は畵くも骨を畵くは難し、人を知るに面は知るも心を知らずとある。謝夫人の如きも、喬氏の外貌の恭順な處を見て善人と思ひ込み、ただ淫邪の曲が夫の耳に入るのを氣遣うて、心から之を戒めたのであつたが、反つて喬氏はそれを恨んで讒言を爲し、將來これが因(もと)で大きな禍となるのである。

옛날 말에 호랑이를 그릴 때 가죽은 그릴 수 있어도 뼈를 그리는 것은 어렵고, 사람을 알려고 해도 얼굴은 알 수 있어도 마음은 알 수는 없다고 했다. 사부인처럼 교씨도 외모가 공순한 모습을 보고 선

---

26 중상모략: 일본어 원문은 '讒言'이다. 사실을 없는 사실을 억지로 갖다 붙이며 사람을 나쁘게 말하는 것을 뜻한다(松井簡治·上田万年編, 『大日本国語辞典』02, 金港堂書籍, 1916).

한 사람이라고 생각했는데, 다만 남편이 음란한 곡을 듣는 것이 신경 쓰여 마음으로부터 그것을 경계하려고 했던 것인데 오히려 교씨는 그것을 원망하여 중상모략을 하고 훗날 이것이 원인으로 커다란 화가 되었다.

翰林は喬氏がそんな惡い女とは夢にも思はなかつたけれども、さりとて謝夫人を疑ふことは尙更に出來なかつた。で、喬氏も其れ以來讒言する機會もなかつたのであるが、ある侍婢藺梅が喬氏に言ふには、『秋香さんから聞きますと夫人は此頃姙娠ださうです』と。之を聽いて喬氏は非常に驚いた。『十年もたつてから姙娠する例は間々世間にもあることだか、それは何か月經不順のためではないか知ら』と口には言つたが心には、『若しさうだつたら自分は何うしたらいいか。これは大變なことが出來た』と、ひたすら思案に日を募らしてゐたが、するうちに、夫人の姙娠といふ事實が愈々確かになつて來た。

한림은 교씨가 그러한 나쁜 여인이라고는 꿈에도 생각지 못했지만 그렇다고 해서 사부인을 의심하는 것은 더욱 할 수 없었다. 그리고 교씨도 그 이후로 중상모략의 기회도 없었다. 하지만 어느 날 몸종[27] 알매가 교씨에게 말하기를,

"추향으로부터 들으니 부인이 요즘 임신하셨다고 합니다."

라는 것이다. 이것을 듣고 교씨는 상당히 놀랐다.

"10년이나 지나서 임신하는 경우는 세상에도 있는 일이다만, 그

---

27 몸종: 일본어 원문은 '侍婢'다. 시중드는 여자를 뜻한다(松井簡治·上田万年編, 『大日本国語辞典』02, 金港堂書籍, 1916).

것은 혹시 월경이 불순한 때문이 아니냐?"

　라며 말로는 그렇게 이야기했지만 마음으로는,

　"혹시 그렇다면 자신은 어떻게 하면 좋으냐? 이것은 큰일이 생겼구나."

　라고 생각했다. 한결같은 생각으로 날이 저물었는데 그러는 사이에 부인이 임신했다는 사실이 점점 확실해 졌다.

　一家中の欣びは非常なものであつたが、ひとり喬氏は面白くない心を何うすることもできなかつた。そこで何とかして堕胎したいものだと、藺梅に言ひ含めて堕胎藥を夫人に勸めさせようとしたが、その機會の來ないうちに、夫人は早くも月滿ちて、生み落したのはこれまた玉のやうな男の子であつた。殊に骨格の非凡さと云ひ氣象の俊邁さと云ひ(33)迚も掌珠の唯美くしいばかりなのとは比較にならぬほどであつたので、翰林の喜びは譬ふるに物なく、麟兒と名づけて、年長ずるままに掌珠と一處に遊ばせてあつたが、翰林は外から歸つて來ても、先づ着物を解くより先きに麟兒を抱き上げて頭を撫で、『此の兒の額のあたりはお祖父樣にそつくりだ。將來此の家を大きくするのは此の兒だらう。乳母、能く氣をつけて育てて呉れ。』と言ひすてて自分の居間に入つてしまふ。掌珠の乳母は喬氏の處へ來て此の事を話し、『旦那樣はちつとも此の坊ちやんを構つてくださいません。』と言つて泣くのを、喬氏は慰めて、『夫人と私とは容貌と云ひ、文采と云ひ、とても比較にならない上に、あちらは本妻、此方はめかけ、ただ私に男の子があつて夫人に子が無かつたからこそよかつたものの、夫人に男の子が出來てしまへば、當然麟兒が此の家の主人、此方の掌珠などは有つて

も無くてもいいものです。殊に夫人は顔付とは反對に心は仲々よく
ないのだから、もし夫人の讒言で旦那の心が變つたとすれば、私と
いふものは此の先何うなることやら分らない。思へば果敢ないもの
だ。』と言ふ。そこで例の十娘をよんで相談すると、此の十娘は前に喬
氏から澤山の金銀を貰つて、既にその復心となつて居るものであるか
ら、これより益々種々の惡計をめぐらして、喬氏の陰謀を助けること
になるのである。

집안에 기쁨은 상당했지만 교씨는 홀로 불편한 마음으로 아무것
도 할 수 없었다. 이에 어떻게 해서든 낙태를 시키고 싶다는 것을 알
매에게 말하고 낙태시키는 약을 부인에게 권하게 하려고 했지만 그
기회가 오기도 전에 부인은 어느덧 만삭이 되었고 태어난 것은 또 다
시 옥과 같은 남자아이였다. 특히 골격이 비범하다고 하고 기상이
영민하다[28]고 하니 오직 아름답기만 하는 장주와는 비교가 안 되는
것이었다. 그리하여 한림의 기쁨은 비유할 만한 것이 없었다. 린아
(麟兒)라고 이름을 짓고 나이가 들어감에 장주와 한 곳에서 놀게 했
다. 한림은 밖에서 돌아와서는 우선 옷을 벗기 전에 먼저 린아를 안
아들고 머리를 쓰다듬으며,

"이 아이의 이마 부위는 할아버지를 쏙 빼닮았다. 장차 이 집을 크게
하는 것은 이 아이일 것이다. 유모, 세심히 주의를 해서 잘 키우게나."

라고 말을 던지고 자신의 방으로 들어가 버렸다. 장주의 유모는
교씨가 있는 곳으로 와서 이 사실을 이야기하며,

---

28 영민하다: 일본어 원문은 '俊邁'다. 어떤 일에 상당히 뛰어난 것 혹은 그런 사람
을 뜻한다(松井簡治·上田万年編, 『大日本国語辞典』02, 金港堂書籍, 1916).

"주인 어르신은 조금도 이 도련님을 개의치 않습니다."

라고 말하며 우는 것을 교씨는 위로하며,

"부인과 나와는 용모도 그렇고 문학적 재능도 그렇고 너무나 비교가 안 된다. 게다가 그 쪽은 본처이고 나는 첩이다. 다만 나에게 남자아이가 있고 부인에게 아이가 없었기에 좋았다만 부인에게도 남자아이가 생겨 버렸으니 당연히 린아가 이 집의 주인이고 이쪽의 장주 등은 키우든 말든 상관없는 일이다. 특히 부인은 얼굴과는 다르게 마음은 좀처럼 좋지 않으니 혹시 부인의 중상모략으로 서방님의 마음이 변하기라도 한다면 나 같은 것은 앞으로 어떻게 될지 모르는 일이다. 생각해 보니 허무한 일이다."

라고 말했다.

이에 일전의 십낭을 불러서 상담을 했다. 이 십낭은 전에 교씨로부터 많은 금은을 받아서 이미 그 심복이 되었는데 앞으로 더욱 여러 가지 나쁜 계략을 짜내어서 교씨의 음모를 돕는 역할을 하게 되었다.

ある日翰林家に歸つて見ると、吏部石郎中から一通の推薦狀が届いて居た。それによると蘇州の秀才董淸といふもの、落魄して自分の家に寄食して居るが、今回遠くへ赴任することになつた結果董淸の往き處がない。聞けば先生の處で書記生が入用だといふことであるから、一つ此の董淸を使つて見て呉れないか、といふのである。元來此の董淸といふ男は、常に酒色の徒無賴の輩と交はり、彼方の家此方の家と轉々寄食して世を渡つて居る者であつたが、生來容貌の美しいのと、言語應對の明瞭なのと、殊に筆蹟の見事なのとによつて、しばしば士大夫に愛せられ、後には擯斥せられるまでも、初めは頗る重寶がられ

る質の人間である。恰も劉翰林は、一人書記生を欲しいと思つて居た折柄であつたから、試みに董淸をよんで會つて見ると、風采もよく應對も頗る明瞭なので、大に氣に入つて、早速書記に採用することにした。此の董淸は啻に書をよくするといふばかりでなく、性質が頗る恰悧であつたから、翰林に代つて何かを處理するに殆ど意に適はないといふことがない。で翰林も大に其の才氣を愛して、遂には董淸の言ふこととさへあれば何でも用ゐると云ふ有樣になつた。

　　어느 날 한림이 집에 돌아와 보니 이부(吏部) 석랑중(石郎中)에게서 한통의 추천장이 도착해 있었다. 그것에 의하면 소주(蘇州)의 수재 동청(董淸)이라는 사람이 몰락하여 자신의 집에 기거하고 있는데 이번에 먼 곳으로 부임하게 되어 동청이 있을 곳이 없다는 것이다. 듣자니 선생님 댁에 서기(書記)가 필요하다고 하니 한번 이 동청을 써 봐 주시면 어떨까 하는 것이다. 원래 이 동청이라는 남자는 항상 주색에 빠져서 건달[29]들과 교류를 하며 이집 저집을 전전하며 기거하고 있었다. 하지만 태어나기를 용모가 아름답고, 언어 응대(應對)가 명료하며, 특히 글 솜씨가 훌륭하여 종종 사대부에게 사랑을 받았다. 나중에는 빈척(擯斥)[30]당하더라도 처음은 굉장히 귀중한 보배처럼 대했다. 마침 유한림은 서기 한 사람이 있었으면 하고 생각하던 중이었기에, 시험 삼아 동청을 불러서 만나 보았더니 풍채도 좋고 응대도 굉장히 명료하기에 크게 마음에 들어 서둘러 서기로 채용하

---

29 건달: 일본어 원문은 '無賴'다. 일정한 직업이 없는 사람 혹은 무법자를 뜻한다(松井簡治·上田万年編, 『大日本国語辞典』02, 金港堂書籍, 1916).

30 빈척: 물러나다는 뜻이다(松井簡治·上田万年編, 『大日本国語辞典』04, 金港堂書籍, 1919).

기로 했다. 이 동청은 비단 글을 잘 적는 것뿐만 아니라 성질이 굉장
히 영리했기에 한림을 대신하여 무언가를 처리하는 것에 거의 만족
스럽지 않은 것이 없었다. 그래서 한림도 크게 그 재기(才氣)를 사랑
하여 마침내 동청이 말하는 것은 무엇이든지 채택할 정도였다.

　ある日謝夫人は翰林に向ひ、聞けば彼の董清といふのは、以前いろ
いろ如何はしい所業のあつた人間だといふことであるから、ああいふ
者は解雇された方よくはないかと言つて見たが、翰林は別に氣にもと
めず、『いや、それは私も聞かぬではないが、果して事實か何うか分ら
ないのみならず、元來あれは友人と云ふ譯ではなく、言はば手を借り
るだけの事だから、品行ぐらゐは何うでもいいと思ふ。』夫人『でも不正
な輩と久しく一處に居りますれば、鮑魚の市に居て臭きを知らずの譬
もあります。もしお父上が御存命であつたら決してああいふ者を近け
はなさるまいと存じます。』翰林『それは尤もだが、世間の惡評といふも
のもあてにはならない。今暫く見てから適宜の處置を取るもよから
う。』といふので、夫人の言は遂に容れられなかつた。

　　어느 날 사부인은 한림을 향하여 듣자하니 그 동청이라는 사람은
이전에 여러 가지 의심스러운 소행이 있었던 인물이라고 하니 그러
한 사람은 해고하는 것이 좋지 않으냐고 말해 보았는데 한림은 별로
신경 쓰지 않고,
　　"아니오, 그것은 나도 듣지 못한 것이 아니나 과연 사실인지 어떤지
를 모르는 것일 뿐더러 원래 그 자는 친구가 아니라 말하자면 손을 빌
리는 것일 뿐이니 품행정도는 어떠하더라도 상관없다고 생각하오."

부인 "하지만 부정한 무리와 오래도록 한 곳에 있다 보면 건어물 시장에서 냄새를 모르는 것과 같습니다. 혹시 아버님이 계신다면 결코 저런 자를 가까이 하게는 하지 않을 것이라고 생각합니다."

한림 "그것은 그렇소만 세상의 악평도 믿을 수는 없습니다. 한동안 살펴보고 적절한 처분을 취하는 것이 좋지 않겠소."

라고 말하고 부인의 말은 결국 받아들이지 않았다.

此の事を聞いた喬氏は、董清を味方に取り入れるのが何よりだといふので、そつと藺梅に旨を含めて、共に秘密の相談にあづからせたが、此の頃より翰林の心は次第に喬氏に沈溺し、以前とは全く趣を異にして來たので、謝夫人はじめて心配し、いろいろ心を碎いて見るけれども、扨てこれといふ妙案もなくて日は過ぎた。

이 일을 들은 교씨는 동청을 자신의 편으로 만드는 것이 급선무라 생각하고 슬쩍 알매에게 뜻을 전하고 함께 비밀스럽게 의논을 했다. 이때부터 한림의 마음은 차차 교씨에게 빠져들고 이전과는 전혀 모습이 달라졌기에 사부인은 처음으로 걱정했다. 여러모로 마음을 써 보았지만 이렇다 할 묘안도 없이 시간만 흘렀다.

一方喬氏は十娘に向ひ、『世間に呪咀の術といふがあるさうだが、御身はきつと知るであらう。もし出來るなら謝夫人母子を無きものにしては呉れまいか。すれば私の生きてるかぎり何んな御禮でもして御恩には報ゆるから。』と言つた。十娘、暫く考へた後、『私の術は一度やれば忽ち効驗は現はれますが、それを行ふには宰相の家が、どうも人の

出入が多くて不便でなりません。露顯すれば私は兎も角、あなたは屹度譴せられるに違ひないのですから、それよりも斯うしたら如何でせう。』とて一策を授けた。それは、他日公子が病氣の折、喬氏も共々假病を作つて床に就き、その間に謝夫人が喬氏母子を呪咀して居る事實を假作して發覺させ、他方にはまた謝夫人呪咀の流言を放つて翰林に疑念を抱かせると云ふ趣向である。

　　한편 교씨는 십낭을 향하여,

　　"세상에 저주하는 기술이 있는 듯한데, 너는 필시 알고 있지 않느냐? 혹시 가능하다면 사부인 모자를 없애 주지 않겠느냐? 그렇게만 해 준다면 내가 살아 있는 한 어떠한 사례라도 해서 은혜에 보답할 테니까."

　　라고 말했다. 십낭은 잠시 생각한 후에,

　　"제가 주술을 한번 하면 금방 효험이 나타나기는 합니다만, 그것을 행하기에는 재상의 집이 아무래도 사람의 출입이 너무 많아서 불편합니다. 탄로가 나면 저는 물론이거니와 당신도 필시 앙갚음을 당할 것임에 틀림없습니다. 그렇기 때문에 이렇게 하면 어떻습니까?"

　　라고 말하며 한 가지 책략을 내놓았다. 그것은 훗날 공자가 병에 걸렸을 때, 교씨도 함께 꾀병으로 들어 눕고 그동안 사부인이 교씨 모자를 저주하고 있었다는 사실을 거짓으로 꾸며 발각시키는 것이었다. 다른 방법으로는 또한 사부인이 저주한다는 터무니없는 소문을 내어 한림이 의심하게 만든다는 방향이었다.

喬氏は喜んで其の機會の來るのを待つて居ると、四五日して掌珠が

風邪の氣味で乳を吐いた。奸計を行ふのは此の機會であると思つた
が、さて謝夫人呪咀の筆蹟を摸する者は、董淸の外にあり得ない。そ
こで藹梅に向ひ、『一つ此の事を董淸に話して賴んで見ては呉れまい
か。しかし輕々しく賴んで謀がもれては大變だが、』と言ふ。藹梅『大丈
夫でございます。必ず承知するに違ひありません。』喬氏『此の事がもし
成功したら、千金二千金はおろか、何んな報酬でもするほどに、どう
か此の事をも傳へてお呉れ。』とて謝夫人の筆蹟を藹梅に渡した。その
夜藹梅はそッと董淸の住居を訪れたが、翌朝微笑を含んで歸つて來
た。喬氏『首尾はどうだつたの。』藹梅『首尾は上々吉、ですが報酬は少
し高過ぎるやうです。』喬氏『その事は昨日も言つたぢやないか。いくら
高くても構はないつて。』藹梅笑つて、『その報酬といふのはお金のこと
では御座ません。』と言ひながら、耳に口を寄せて密に何事かささやく
と、喬氏は微かに笑つてのみ、何とも返事をしなかつたが、それ以
來、翰林正寢に宿する夜は、卽ち董淸門をくぐつて百子堂を訪るる例
となり、三人以外此の情事を知る者とては絶えて無かつた。

　　　교씨는 기뻐하며 그 기회가 오기만을 기다리고 있었는데, 4-5일
이 지나 장주가 감기 기운이 있어 젖을 토했다. 간사한 계략을 행하
는 것은 이 기회다 생각했는데 사부인이 저주하고 있다는 필적을 본
뜰 사람은 동청 말고는 없었다. 이에 알매를 향하여,
　　"이 일을 동청에게 말하고 부탁해 봐 주지 않겠느냐? 하지만 경솔
하게 부탁하여 모략이 세어나가서는 큰 일이다만."
　　라고 말했다.
　　알매 "괜찮습니다. 반드시 허락함에 틀림없습니다."

교씨 "만약에 이 일이 성공한다면 천금 2천금뿐이겠느냐? 어떠한 보수도 할 것이라고 아무쪼록 이 일을 전달해 주거라."

라고 말하며 사부인의 필적을 전달했다. 그날 밤 알매는 몰래 동청의 주거를 방문했는데, 다음 날 아침 미소를 띠며 돌아왔다.

교씨 "일의 전말은 어떠하냐?"

알매 "일의 전말은 최상급입니다. 하지만 보수가 조금 너무 높은 것 같습니다."

교씨 "그 일은 어제도 말하지 않았느냐? 아무리 높다고 하더라도 상관없다고."

알매는 웃으며,

"그 보수라는 것은 돈이 아닙니다."

라고 말하면서 귀에다가 입을 대고 몰래 무언가를 속삭이자, 교씨는 조용히 웃기만 할뿐 아무런 대답도 하지 않았다. 하지만 그 이후로 한림이 본채에서 잠이 드는 밤은 바로 동청이 문을 넘어 백자당(百子堂)을 방문하게 되었다. 세 사람 이외에 이 사정을 아는 사람은 전혀 없었다.

(四) 貞潔の賢婦は去り凶淫の妖婦驕る
(4) 정결하고 현명한 부인은 떠나고 음흉한 요부는 건장하다.

翰林は掌珠が病氣の上に、喬氏までが病と稱して食餌さへ取らないのを見て、非常に心を痛めて居つたが、ある日臈梅が、臺所を掃除してゐると、こんなものがあつたと云つて、一つの骨に細かく字を書いたものを喬氏の處へ持つて來た。翰林も共に手にとつて見たが、見る

や否忽ち顔色を變へて暫くは何とも言ふことが出來なかつた。それは正しく喬氏母子を呪詛する意味の文句であつたのである。喬氏は泣いて言ふ。『私は十六で此家へ參つてから四年になりますが、曾て人から怨みを受けるやうな事を言つた覺えもありませんのに、一體誰がこんな酷いことをするのでせう。』翰林はその筆跡を見て、半時ばかりは唯だ溜息をつくのみであつたが、『深く探索すると却て思はぬ人を罪しなければならないやうになる。これは燒き棄ててしまへばいい。』と言つて、藾梅に命じて燒かせてしまひ、そして、『決して口外してはならないよ。』と言つて出て行つてしまつた。藾梅は喬氏に向ひ、『何故もつと突ッ込んで仰やらなかつたの』と言つたが、喬氏は『疑ひさへ掛かれば大丈夫こッちのものよ。』と言つて、更に第二の謀計に取りかかつた。

　　한림은 장주가 병인데다가 교씨마저 병으로 식음을 전폐하고 있는 것을 보고 매우 마음을 아파하고 있었다. 그러던 어느 날 알매가 부엌을 청소하다가 이러한 것이 있었다고 말하면서 하나의 뼈에 가늘게 글이 적힌 것을 교씨가 있는 곳으로 들고 왔다. 한림도 함께 손에 들어 보았는데 보자마자 바로 얼굴색이 변하며 잠시 동안 아무런 말도 할 수가 없었다. 그것은 분명히 교씨 모자를 저주하는 의미의 글이었다. 교씨는 울면서 말했다.

　　"저는 열여섯에 이 집에 들어와서 4년이 되었습니다만 일찍이 남에게 원망을 들을만한 일을 말한 기억이 없습니다. 도대체 누가 이런 가혹한 일을 했단 말인가요?"

　　한림은 그 필적을 보면서 잠시 동안은 누구인가 하고 한숨만 쉬고 있었는데,

"잘 살펴보면 오히려 생각지도 못한 사람을 벌주지 않으면 안 될지도 모르니 이것은 태워 버리는 것이 좋겠다."

라고 말하며 알매에게 명하여 태워 버리게 했다. 그리고,

"결코 입 밖으로 내어서는 안 된다."

라고 말하면서 나가 버렸다. 알매는 교씨를 향하여,

"왜 더욱 깊이 관여하지 않습니까?"

라고 말했지만 교씨는

"의심만이라도 하고 있으면 괜찮다. 내 생각대로 된 것이나 다름없다."

라고 말하고 더욱 두 번째 음모[31]에 착수했다.

元來翰林はその筆蹟を一目見た時、直ちに謝夫人を疑つたが、追究して事端をしげくせんことを恐れ、殊更火中するの策を取つたのであるが、心ひそかに思つた。『曩に喬女が謝夫人の妬心を語つたが、まさかと思つて自分は信じなかつた。だが、こんな事になつては捨てて置けない。一體喬女の事は元々彼女の好意に出たものであるが、自分の子が生れたために、かうまで心が變つたものか。何にしても口では聖人の樣な事を言つて、こんな事をするとは怪しからぬ。』と。爾來口には現はさずとも、心の中では謝夫人に對して、前とは餘程ちがつた感情をいだくやうになつたのは已むを得ない。

원래 한림은 그 필적을 한번 보았을 때 바로 사부인을 의심했지만

---

31 음모: 일본어 원문은 '謀計'다. 꾀하다 혹은 모략이라는 뜻이다(松井簡治·上田万年編,『大日本国語辞典』04, 金港堂書籍, 1919).

추궁하여 사단(事端³²이 나는 것을 두려워하여 일부러 불속에 넣는
방법을 택했다. 하지만 마음속 몰래,

"예전에 교씨가 사부인의 질투를 말했는데 설마라고 생각하며 자
신은 믿지 않았다. 하지만 일이 이렇게 된 이상 내버려 둘 수는 없다.
원래 교씨의 일은 전부 그녀의 호의에서 시작되었는데 자신의 아이
가 태어났다고 해서 이렇게까지 마음이 변하는 것인가? 무엇보다도
입으로는 성인인척 하면서 이런 일을 한다는 것이 수상하구나."

라고 생각했다. 이후 말은 하지 않았지만 마음속으로는 사부인에
대하여 전과는 상당히 다른 감정을 가지게 된 것은 어쩔 수 없는 일
이었다.

此の頃謝夫人の母堂、新城にあつて病に罹り、是非一度夫人に來て
もらひたいと云ふ便りがあつた。そこで夫人は翰林に乞うて、『何分重
態のやうですから、もし今會はないでゐると一生會へないことになら
んともかぎりません。どうか一寸歸して頂きたう存じます。』と言ふ。
翰林快くこれを許し、『では直ぐ行つて看護するがいい。私も閑を見て
行くから。』と言ふに夫人は喜んで、喬氏に向ひ、『病氣の都合では或い
は遲くなるかも知れないから、家政萬端のことはよろしく賴みます。』
と言ひ置いて、その日すぐ麟兒をつれて實家に歸つた。絶えて久しく
會はなかつた娘の顔を見て母堂の喜びはたとふるものもなかつたが、
それがために病は一層重態となり、藥もその效かなかつたので、謝夫
人は母堂の側に侍して少しも離るることが出來ず、空しく月日は流る

---

32 사단: 일본어 원문은 '事端'이다. 사정의 실마리 혹은 사건의 단서라는 뜻이다
(松井簡治·上田万年編,『大日本国語辞典』04, 金港堂書籍, 1919).

る如くに過ぎた。

　　이때 신성에 계신 사부인의 어머니가 병에 걸리어 꼭 한 번만이라
도 부인을 만났으면 하는 연락이 왔다. 이에 부인은 한림에게 청하여,
　　"다소 중태인 듯하니 혹시 지금 만나지 못하면 일생 만나지 못할
수도 있습니다. 아무쪼록 잠시 가게 해 주셨으면 합니다."
　　라고 말했다. 한림은 흔쾌히 이것을 허락하며,
　　"그렇다면 바로 가서 간병하는 것이 좋겠소. 나도 틈을 봐서 갈 테
니까."
　　라고 말하니 부인은 기뻐하며 교씨를 향하여,
　　"병으로 어쩌면 늦어질지도 모르니까, 가정의 모든 일[33]을 잘 부
탁합니다."
　　라는 말을 남기고 그날 바로 린아를 데리고 친정으로 갔다. 오래
도록 전혀 만나지 못했던 딸의 얼굴을 본 어머니의 기쁨은 비유할 바
가 없었지만 그로 인해 병은 한층 중태에 빠지게 되었다. 약도 효과
가 없었기에 사부인은 어머니 곁에서 모시면서 조금도 떨어지지를
못했다. 공허하게 시간은 흐르는 것처럼 지나갔다.

　　當時地方は甚だしい飢饉で、人民の流散するものが多かつた。天子
之を憂ひたまひ、有德の役人を選んで四道に派遣し給うたが、翰林も
その一人であつたので、卽日朝を辭して夫人に暇を告ぐる間もなく山
東に旅立つた。そこで喬氏は董淸に言ふやう、『旦那も夫人も共に留守

---

33 모든 일: 일본어 원문은 '萬端'이다. 다양한 사정 혹은 다양한 방법을 쓰는 것이
라는 뜻이다(松井簡治·上田万年編, 『大日本国語辞典』04, 金港堂書籍, 1919).

とは好い都合です。此の間に計をめぐらさなくてはなりませんが、さ
て何うしたらいいでせう』と。董淸『それには好い工夫がある、どうで
も夫人が死なねばならんやうにする工夫がある。』と云つて、聲をひそ
めて喬氏の耳にささやくと、喬氏膝を打つて『あなたは眞個に知慧者だ
わね。だけどそれを誰れにやらせたものですか。』董淸『私に冷振といふ
腹心の者があります。これにやらせれば成功するに違ひない。だが夫
人の首飾なり何なりを盜ませるのに何うするか。』喬氏『それには雪梅と
云つて、藺梅の從妹が居ます。この女ならやれるでせう。』と云つて、
早速雪梅を呼んで先づいろいろの物をやり、更に藺梅の口から謝夫人
の首飾を盜み出すやうに賴ませた。雪梅『鍵さへあれば盜めないことも
ないでせうが、一體そんなものを何にするんでせう。』藺梅『何にするか
はきかなくてもいいのさ。ただ決して口外してはなりませんよ。』そこ
で、喬氏の手にあつた十個ばかりの鍵の中から合鍵を見つけて雪梅に
手渡す。雪梅恐る恐る夫人の室に忍び入り、小箱の中から一つの玉環
を盜み出して、『これは劉家傳家の寶で、先の旦那が特に夫人にお讓り
になつたものださうで御座ます』と言つて喬氏の處へもつて來た。喬氏
は大に喜んで雪梅の功を褒め、更に淸董とその後の密議を凝らした。

　당시 지방은 심각한 기근으로 많은 백성들이 떠돌아 다녔다. 천자
(天子)[34]가 이것을 걱정하여 덕이 있는 관리를 뽑아 사도(四道)에 파견
했는데 한림도 그 중 한 사람이었기에 바로 그날 아침 부인에게 알릴
틈도 없이 산동(山東)으로 떠났다. 이에 교씨는 동청에게 말하기를,

---

34 천자(天子): 일본어 원문에 표기되어 있는 '天子'는 천하의 주인 혹은 일국의 군
　주의 존칭을 뜻한다(棚橋一郞·林甕臣編, 『日本新辞林』, 三省堂, 1897).

"서방님도 부인도 함께 없으니 좋은 기회입니다. 이때에 계략을 꾸미지 않으면 안 되는데, 자 무엇을 하면 좋을까요?"

라고 말했다.

동청 "그것에는 좋은 방법이 있다. 아무래도 부인이 죽지 않으면 안 되는 방법이 있다."

라고 말하며 소리를 조용히 하여 교씨귀에 대고 속삭이자, 교씨는 무릎을 치며,

"당신은 정말로 지혜로운 사람이군요. 하지만 그것을 누구에게 시킵니까?"

동청 "나에게 냉진이라는 심복이 있습니다. 그에게 시킨다면 틀림없이 성공할 것이다. 하지만 부인의 목걸이라던가 다른 어떤 것을 훔치게 하는 것은 어떻게 하면 좋은가?"

교씨 "그것은 설매(雪梅)라고 알매의 사촌이 있습니다. 그 여자라면 할 수 있을 것입니다."

라고 말하고 서둘러 설매를 불러서 우선 여러 가지 물건을 준 후에, 알매에게 사부인의 목걸이를 훔치도록 부탁시켰다.

설매 "열쇠만 있다면 못 훔칠 것도 없습니다만, 그러한 것을 전부 무엇에 쓰려고 합니까?"

알매 "무엇에 쓰려는지 알려고 하지 않는 것이 좋다. 다만 결코 입 밖에 내어서는 안 된다."

이에 교씨의 손에 든 열 개의 열쇠 중에서 보조 열쇠를 찾아서 설매에게 건네주었다. 설매는 조심조심 부인의 방으로 몰래 들어가서 작은 상자에서 옥 반지 하나를 훔쳐내어서는,

"이것은 유씨 가문 대대로 내려오는 보물로 먼저 서방님이 특별히

부인에게 건네 준 것이라고 합니다."

　　라고 말하며 교씨가 있는 곳으로 들고 왔다. 교씨는 크게 기뻐하며 설매의 공을 칭찬하며 더욱 동청[35]과 그 후 비밀회의를 하며 궁리했다.

　　却說、謝夫人の母堂は、とうとう亡くなつてしまつたので、夫人は本家に使をやつて『葬式萬端濟むまでは歸れないから、家の事は凡て喬氏にお任せする』旨申し送つた。そこで喬氏は、藺梅を新城にやつて弔ひの詞を述べさすと同時に、董淸と相談して早速その振冷といふ男を翰林の出張地へ出發さした。

　　각설하고 사부인의 어머니는 드디어 돌아가시고 말았기에 부인은 본가에 소식을 알리며,

　　"장례식이 다 끝나기까지는 돌아가지 못하니까 집안일을 모두 교씨에게 맡깁니다."

　　라는 내용을 보냈다. 이에 교씨는 알매를 신성으로 보내어 조문의 말을 전함과 동시에 동청과 함께 의논하여 서둘러 냉진[36]이라는 남자를 한림의 출장지로 출발시켰다.

　　此の時翰林は、山東地方の民情を視察するために、變裝して村々を歩いてゐたが、ある日酒店に入つて酒を飲んで居ると、一人の若い男がひよッこり入つて來て世間話をもちかけた。見ると風采と云ひ擧動

35　원래는 동청인데 원문에는 청동으로 잘못 표기되어 있다.
36　원래는 냉진인데 원문에는 진냉으로 나온다. 오류다.

と云ひ、如何にも立派な男であるところから、翰林すつかり惚れ込んで、忽ち此の若者と懇意になり、それより數日間これと同行同宿するやうな間柄になつた。此の若者は自ら張震と稱したが、これが振冷であることは斷るまでもない。ある朝若者が起きて衣物を着る處を見ると、彼は一雙の玉環をもつてゐて、下着の帶につけるところであつた。翰林一目見てすぐ我家の家寶であることに氣が付いたが、さういふ者を此の男が持つて居る筈がないと思はれたから、詳しく出所を探らうと思つて、『君は大變いい玉をお持ちだが、一寸見せてください。』と言ふと、男は暫く躊躇してゐたが、再三言はれて漸く出して見せた。翰林手にとつてつくづく見ると、疑ひもなく我が家の重寶に違ひないので、不思議でたまらず、『これは誠に結構な玉だが、之を頭髪で結んで帶につけてゐるところを見ると必ず情婦からの贈物にちがひない。どうか一つ詳しい話をきかして呉れまいか。』と言つて玉環を若者に返すと、若者は恥かしさうにして默つて居たが、『何、別段のことはありません。』とばかり、敢て言はうとはしなかつた。

　이때 한림은 산동 지방의 민정을 시찰하기 위해 변장하여 여러 마을을 돌아다니고 있었다. 어느 날 주점에 들어가서 술을 마시고 있자니 젊은 한 남자가 불쑥 들어와서 세상 이야기를 꺼냈다. 보아하니 풍채나 거동이나 정말 훌륭한 남자였기에 한림은 완전히 넋을 잃고 바로 이 젊은이와 친해졌다. 그날로부터 수일간 이 사람과 동행 동숙하는 사이가 되었다. 이 젊은이는 스스로 장진이라고 칭했지만, 이자가 냉진[37]이라는 것은 두말할 필요가 없다. 어느 아침 젊음이가 일어나서 옷을 입는 것을 보니 그는 한 쌍의 옥 반지를 가지고 있으며 속옷의 허리에 붙이고 있었다. 한림이 한 번 보고 바로 자신의 집안의 가보라는 것을 알아차렸지만 그러한 것을 이 남자가 가지고 있을 리가 없다고 생각했기에 출처를 상세히 물어 보려고 생각했다.

"그대는 매우 좋은 옥을 가지고 있군요. 잠시 보여 주십시오."

라고 말하자 남자는 잠시 주저했지만, 재삼 말을 들었기에 잠시 꺼내어 보여주었다. 한림이 손에 들어 자세히 보았더니 의심할 여지도 없이 자신의 집안의 귀중한 보배임에 틀림없었다. 너무나 이상해서 참을 수 없었다.

"이것은 참으로 좋은 옥입니다만 이것을 머리털로 묶어서 허리에 붙여 두는 것을 보니 필시 정부(情婦)에게서 받은 물건임에 틀림없는 것 같습니다. 부디 상세히 이야기를 들려주시지 않겠습니까?"

라고 말하고 옥 반지를 젊은이에게 돌려주자, 젊은이는 부끄러운 듯 잠자코 있었다.

"뭐, 특별한 것은 없습니다."

라고만 말하고 굳이 말하려고 하지 않았다.

翰林の疑ひはますます釋けず、或は召使どもが偸んで賣たつものかとも思ふが、これは何うでも確かめなくてはならないと、二三日してから再び醉に乘じて此の事を問うて見た。が、若者は詳しくその由來を語らうとせず、ただ『韓壽が賈女、子雲が安妃』のそれにも似たる情人のあるあり、しかも宮廷深く鎖してまた逢ひ難きの怨みに泣く、との旨を述べて、遂に去つてしまつた。翰林、若者と別れてからは、絶

---

37 원래는 냉진인데 원문에는 진냉으로 잘못 표기되어 있다.

えずこの事ばかり思ひかへして居つたが、如何に考へてもあるまじき
ことに思はれるので、結局似たものが今一つあるのかも知れないと云
ふことで、半年あまりの後家に歸つた。

　　한림의 의심은 더욱 풀리지 않고 어쩌면 하인들이 훔쳐서 판 것이
아닌가하고 생각했지만 이것은 아무래도 확인하지 않으면 안 된다
고 생각하여 2-3일 후에 다시 술기운에 의지하여 물어보았다. 하지
만 젊은이는 상세히 그 이유를 말하려고 하지 않았다. 다만,
　　"한수(韓壽)라는 가녀(賈女), 자운이라는 안비(安妃)"를 닮은 정인
(情人)으로 게다가 궁정 깊은 곳에 있어서 만나기 어려워 슬피 운다
는 내용만 말하고 마침내 떠나가 버렸다. 한림은 젊은이와 헤어지고
나서는 끊임없이 이 일만 생각하고 있었는데 아무리 생각해도 있을
수 없는 일이기에 결국 비슷한 것이 하나 더 있을지도 모른다고 생각
하고 반년 정도 후에 집으로 돌아갔다.

　家に歸つて謝夫人をはじめ、喬氏や二兒の無事な顔を見て喜んだ
が、忽ち東昌で出會つた先の若者のことを思ひ浮かべ、謝夫人に向つ
て、『先年父上から頂いた玉環は何處にある。』夫人『手匣の中にしまつ
て御座います。何故？』翰林『少し疑はしいことがある。あるなら持つ
て來て御覧。』謝夫人翰林の顔色のただならぬを見て、手匣を持つて來
させて見ると、驚いた。他の品はちやんとその儘であるのに、玉環だ
けは影も見えない。謝夫人『確かに此に入れて置いたものが、まァ何う
して無いでせう。』翰林『自分が人に呉れおいて、それを私に訊くこと
か。』

377

집에 돌아와서 사부인을 시작으로 교씨와 두 아이의 무사한 얼굴을 보고 기뻤지만 갑자기 동창(東昌)에서 만난 일전의 젊은이의 일을 떠올려 사부인을 향하여,

"몇 해 전 아버님에게서 받은 옥반지는 어디에 있소?"

부인 "작은 상자 안에 넣어 두었습니다. 왜 그러십니까?"

한림 "조금 괴이한 일이 있었소. 있다면 들고 와 보시오."

사부인은 한림의 얼굴색이 심상치 않은 것을 보고 작은 상자를 들고 오게 하여 보고는 놀랐다. 다른 것은 그대로 잘 있는데 옥반지만은 그림자도 보이지 않았다. 사부인

"확실히 여기에 넣어 둔 것이 어찌 없는 것일까요?"

한림 "자신이 남에게 주고는 그것을 나에게 속이는 것이 아니요?"

謝夫人、夫の怒つた樣子を見て、何と言譯したものかが分らない。ただただ驚き呆れて居るところへ、杜夫人の來られたことを召使が知らせて來た。翰林あたふたと叔母御を迎へ、時候の挨拶もそこそこに、『今大變なことが起つたのです。聽いて下さい。』とて、東昌で會つた若者の事から逐一事情を語つて後ち、『何う處分したものでせうか。』と言ふ。謝夫人之を聽いて、氣も遠くなるほど悲歎に暮れたが、『妻たるものの貞操が疑はれるやうで、何の面目あつて人に會へませう。死ぬるも生きるも唯相公の命のままです。』と言ふ。

사부인은 남편이 화난 모습을 보고 뭐라고 변명해야 할지를 몰랐다. 그냥 놀라기만 하고 있을 때에 두부인이 왔다는 것을 하인이 알리러 왔다. 한림은 허둥지둥 숙모를 맞이하고 계절 인사도 하는 둥

마는 둥,

　"지금 큰 일이 일어났습니다. 들어 주십시오."

　라고 말하며, 동창에서 만난 젊은이의 일부터 남김없이 말한 후에,

　"어떤 처분을 내릴까요?"

　라고 말했다. 사부인이 이것을 듣고 정신을 잃을 정도로 비탄에
빠져서는,

　"부인된 사람으로 정조를 의심받아서는 무슨 즐거움이 있어 사람
을 만나겠습니까? 죽는 것도 사는 것도 오직 상공의 명을 따를 뿐입
니다."

　라고 말했다.

　杜夫人怒つて翰林に言ふやう、『御身は死なれた父上に對して、恥か
しいとは思ひませんか。思へば父上は偉い人だつた。臨終に御身を私
に託し、延壽は年が少いから呉々も頼む。嫁は賢婦、戒める要はない
と仰やつたが、それと云ふのも謝夫人の人と爲りを能く知つて居られ
たからです。玉環が紛失したといへば、きつと家の中に惡漢が居て夫
人を傷けようとして居るか、さうでなければ召使どものうちに淫らな
所業の者が居て、竊んで人に呉れたものかにちがひない。それを嚴し
く檢べても見ないで、潔白な夫人を疑ふとは以ての外です。御身のや
うにさう眼が昏んでは仕方がないではないか』と。そこで翰林、召使一
同をしらべて見たが、盜んだ者は何者であるかとうとう分らず、杜夫
人もまた何うすることも出來なかつたので、憐れなる謝夫人は、身の
潔白が明かになるまで、自ら罪人の形を以て、邸の一隅に藁を敷いて
寢ることとした。これより後、翰林は常に喬氏と同居し、喬氏の寵は

ますます深くなつたのである。

　　두부인은 놀라서 한림에게 말하기를,

　　"그대는 죽어서 아버님을 만나면 부끄럽다고 생각지 않습니까? 생각해 보면 아버님은 훌륭한 분이셨다. 임종에 이르러 그대를 나에게 맡기시며 연수는 나이가 어리니까 아무쪼록 부탁한다 하시고 며느리는 현명한 부인이니 훈계할 필요는 없다고 말씀하셨다만 이렇게 말씀하신 것도 사부인의 사람됨을 잘 알고 있었기 때문입니다. 옥반지를 분실했다고 한다면 필시 집 안에 나쁜 사람이 있어 부인을 상처를 입히려고 했던가 그렇지 않다면 하인들 중에서 음탕한 짓을 한 자가 훔쳐서 남에게 준 것임에 틀림없을 것이다. 그것을 엄격하게 조사해 보지도 않고 결백한 부인을 의심한다는 것은 당치도 않다. 그대와 같이 그렇게 사리가 어두워서는 어쩔 수 없지 않은가?"

　　라고 말했다. 이에 한림은 하인 일동을 조사해 보았지만 훔친 자가 누구인지는 결국 알 수 없었고 두부인도 또한 어떻게 할 수도 없었기에 불쌍한 사부인은 자신의 결백이 밝혀질 때까지 스스로 죄인의 형상을 하고 저택 한 곳에 짚을 깔고 들어 눕기로 하였다. 이후로 한림은 항상 교씨와 동거하며 교씨에 대한 총애는 더욱 깊어만 갔다.

(五) 奸婢妖人愛兒を殺す
(5) 간악한 여종과 방자한 놈이 사랑하는 아이를 죽이다.

翰林喬氏に向つて謝夫人の事を相談すると、喬氏は左あらぬ顔で『夫人の性質は、少し虚名を得たがる癖はあるやうですが、他人の爪彈き

を受けるやうな行ひがあらうとも思はれません。しかし杜夫人は餘り
夫人を褒め過ぎはしないでせうか。成程お父上は偉い方であつたに違
ひないでせうが、夫人が來られて間もなくお亡くなりになつたのです
から、先の先まで御分りになる筈もありません。それを何でも夫人ば
かり善い者にして、旦那樣の方をおとしめようとなさるのは、杜夫人
の片手落ちだと思ひます。』翰林『夫人の平常の言行は俺も能く知つて居
るが、ただ疑ふのは先達の呪咀、實は彼の筆蹟は確に夫人に違ひな
い。あの時は家内の平和を破るを恐れて默つて濟ましたが、かうなつ
ては何うも捨て置かれぬ。』喬氏『では何う處分なさるお積り？』翰林『確
な證據が無いから、まァ暫く見て居るより仕方ないが困つたものだ。』
と言ふ。喬氏もそれきり默つてしまつた。

　　한림이 교씨에게 사부인의 일을 상담하자, 교씨는 아무렇지도 않
은 얼굴로,

　　"부인의 성질은 조금 헛된 명성[38]을 얻으려고 하는 버릇이 있습니
다만, 다른 사람으로부터 배척을 받을 만한 일을 하는 사람이라고는
생각지 않습니다. 하지만 두부인은 너무나도 부인을 칭찬하지 않습
니까? 참으로 아버님은 훌륭한 분이셨음에 틀림없습니다만, 부인이
오시고 나서 얼마 되지 않아 돌아가셨으니 앞일을 알 리가 없습니다.
그러한 것을 모든 것이 다 부인만이 좋은 사람이고 서방님을 업신여
기는 것은 두부인이 편파적[39]이라고 생각합니다."

---

38 헛된 명성:일본어 원문은 '虛名'이다. 실제보다 높은 이름 혹은 실로 높은 명성
　을 뜻한다(棚橋一郞·林甕臣編, 『日本新辞林』, 三省堂, 1897).
39 편파적: 일본어 원문은 '片手落'이다. 한쪽으로 치우치는 의미로 그 중 어느 한
　쪽은 후하게 다른 한 쪽은 박하게라는 뜻을 나타낸다(棚橋一郞·林甕臣編, 『日本

한림 "부인의 평소 언행은 나도 잘 알지만, 다만 의심스러운 것은 지난번의 저주라오. 실은 그 필적은 확실히 부인 것임에 틀림없소. 그때는 집안의 평화를 깨트리는 것을 꺼려서 잠자코 끝내버렸지만 이렇게 된 이상 아무 것도 [그냥] 내버려 둘 수가 없소."

교씨 "그렇다면 어떤 처분을 내리실 작정이십니까?"

한림 "확실한 증거가 없으니까 어쨌든 잠시 보고 있는 것 말고 방법이 없어서 곤란하오."

라고 말했다. 교씨도 그 후로 입을 다물어 버렸다.

するうち喬氏はまた男の兒を生んだ。之を鳳兒と名づけて別け隔てなく可愛がつたが、ある日喬氏、翰林の留守に董淸と相談して言ふ。『折角の玉環も彼れでは駄目です。今のうち何とかしなければ、謝夫人と杜夫人と心を合はして玉環の一件を探索でもしたら、或は露顯しないともかぎらない。』董淸『夫人の腹心は杜夫人だけだ。あれさへ除けばいい。』喬氏『私もさう思つていつも杜夫人を惡く言つて見るが、旦那はまた彼の叔母さんを敬ひきつて‥‥‥』董淸『ではまた別に工夫もあらう。』

그러는 사이에 교씨는 또 다시 남자아이를 낳았다. 이것을 봉아라고 이름 붙이고 한시도 떨어지지 않고 귀여워했는데, 어느 날 교씨는 한림이 외출한 사이에 동청과 의논하여 말했다.

"어쨌든 옥반지도 소용없습니다. 지금 무엇이든지 하지 않고 있

新辞林』, 三省堂, 1897).

다가 사부인과 두부인이 마음을 모아서 옥반지 한 벌을 찾아내기라
도 한다면 어쩌면 탄로 나지 않는다는 보장도 없습니다."

　　동청 "부인의 마음속[40]은 두부인뿐이다. 그 사람만 없애면 된다."

　　교씨 "나도 그렇게 생각하여 항상 두부인을 나쁘게 말해 보지만
서방님은 또 그 숙모를 공경하기만 하니……"

　　동청 "그렇다면 다시 다른 방법이 있을 것이다."

こんな話をして居る一方、杜夫人は、玉環の事が必定喬氏の所作で
あると見込んで、いろいろ手を盡して探つて見たが、これと確かな證
據もないので其のままにして居る中、やがて息子が登第して、長沙の
推官に任ぜられることとなつたので、母の杜夫人もまた推官について
任地に赴かねばならなくなつた。別れに臨んで杜夫人、翰林に向ひ、
『一言御身に言つておきたいことがありますが。』翰林『何事でも承りま
す。』杜夫人『別段のことではないが、謝夫人を御身に預けて置きます。
あれは亡き父上の愛人でもあり、私の尊敬する人でもある。百に一つ
の疵も無い人ですから、決して疎忽があつてはならない。もし何かあ
つたら書面で私に言つて下さい。』さう言つて侍婢に、夫人の居る處へ
案内するやうに命じた。

　　이런 이야기를 하고 있는 한편 두부인은 옥반지의 일은 필시 교씨
의 소행이라고 내다보았다. 여러 가지 방법을 동원하여 찾아 봤지만
이렇다 할 증거가 없기에 그대로 있었는데 이윽고 아들이 과거에 급

40　마음속: 일본어 원문은 '腹心'이다. 속내 혹은 마음속까지 털어놓는다는 뜻이다
(棚橋一郎·林甕臣編, 『日本新辞林』, 三省堂, 1897).

제하여 장사(長沙)라는 지방의 추관(推官)으로 임명받았기에 어머니
되는 두부인도 또한 추관을 따라 임지로 가지 않으면 안 되었다. 헤
어질 때가 되어 두부인은 한림을 향하여,

"그대에게 한 마디 해 둘 것이 있습니다만"

한림 "어떤 것이라도 듣겠습니다."

두부인 "다름이 아니라 사부인을 그대에게 맡겨 두겠습니다. 그
것은 돌아가신 아버지의 사랑하는 사람이기도 하고 내가 존경하는
사람이기도 합니다. 백에 한 가지의 결점도 없는 사람이니 결코 소
홀히 해서는 안 됩니다. 혹시 무슨 일이 있다면 서면으로 나에게 말
해 주십시오."

그렇게 말하고 몸종에게 부인이 있는 곳으로 안내하도록 명했다.

そこは粗末な弊屋で迚も人の居るべき處でない。杜夫人は、身にみ
すぼらしい木綿の着物をまとひ、髪は蓬のやうに亂して、やつれた顔
に涙をうかべつつ杜夫人を迎へ、『かういふ身體で、折角遠方へいらつ
しやるのにお送りすることも出來ません。いろいろ御恩を頂きまして
難有う御座ましたが、或は此のままもう再びお目にはかかれないかも
知れません。どうか御大事に遊ばして。』と泣く。杜夫人も涙を浮べ
て、『亡き父上から託された御身をこんな目に遭はすといふのも、やは
り私は不行届からです。だが御身ほどの淑徳な人がこんなことになら
うとは思はなかつた。それにしても何時か私の言つたことを覺えてゐ
ますか。』謝夫人『どうしてそれを忘れていいものですか。全く愚かな私
の考へから、自分で此の禍を求めたのでございます。誰れを怨むすべ
も御座ません。』杜夫人『過ぎた事はまァ仕方がない。だが、御身にとつ

て頼りになる者といへば私の外には無いのに、その私がまた遠方へ行かなければならぬと思ふと腸を斷つ腸を斷つ思ひやうな思ひがします。と云つて今一處にといふ譯にもいかないが、今後どうでも困つた時は、私の處まで知らして下さい。遠方でも船はあります。必ず迎へによこしますから。』杜夫人『難有う存じますが、私としてはもうどうせ死ぬより外ないものと覺悟して居ります。』杜夫人『そんな哀しいことは言はないで、時節の來るのを待つていらッしやい。』と涙ながらに慰めの言葉をのこして別れた。

그곳은 허술한 폐가로 참으로 사람이 있을 만한 곳이 아니었다. 사부인[41]은 몸에 초라한 목면의 옷을 걸치고 머리는 초목과 같이 흐트러져 있었다. 야윈 얼굴에 눈물을 글썽이며 두부인을 맞이하고는,

"어쨌든 먼 곳까지 가시는데 이러한 몸으로 배웅도 할 수 없습니다. 여러모로 은혜를 입고 감사합니다만 어쩌면 이대로 두 번 다시 만나 뵐 수가 없을지 모르겠습니다. 아무쪼록 조심하십시오."

라고 말하며 울었다. 두부인도 눈물을 글썽이며,

"돌아가신 아버님에게서 허락받은 몸을 이런 일을 당하게 한다는 것도 역시 나의 주의가 부족하기 때문입니다. 하지만 그대만큼 정숙하고 덕이 있는 사람이 이런 일을 당하리라고는 생각지도 못했습니다. 그건 그렇다 하더라도 언젠가 내가 한 말을 기억하고 있습니까?"

사부인 "어떻게 그것을 잊을 수 있겠습니까? 정말 바보스러운 저의 생각에서 스스로 이러한 화를 자처했습니다. 그렇기에 누구를 원망

---

41 원래는 '사부인'인데 원문에는 '두부인'으로 잘못 표기되어 있다.

할 수도 없습니다."

두부인 "지나간 일은 어쨌든 어쩔 수 없습니다. 하지만 그대에게
의지할 수 있는 사람이라고 한다면 나 밖에 없는데, 그러한 내가 또
먼 곳으로 가지 않으면 안 된다고 생각하니 창자가 끊어질 듯합니다.
그렇다고 해서 지금 함께 라고는 말할 수 없지만 앞으로 아무리 생각
해도 곤란할 때는 내가 있는 곳으로 알려 주십시오. 먼 곳이라도 배
는 있습니다. 반드시 마중을 보내도록 할 테니까요."

사부인[42] "감사합니다만 저로서는 이제 어차피 죽는 것 말고는 방
법이 없다고 각오하고 있습니다."

두부인 "그런 슬픈 것은 말하지 마시고 때가 오는 것을 기다리십
시오."

라고 울면서 위로의 말을 남기고 헤어졌다.

杜夫人が出發したあとでは、目の上の瘤を除いた喬氏の喜び一方な
らず、で、早速此の隙に乘じて董淸と謀をめぐらした。董淸『此に一つ
の方法がある。これさへやれば謝夫人は生きてゐられなくなるのだ
が、ただあなたには出來さうもない。』喬氏『そんな好い方法があるな
ら、どんなことでも私はやります。』董淸『方法といふのは此書にある。』
と云つて懷から一冊の書物を取り出した。それは唐史のうちの則天武
后が、自らその兒を壓殺して罪を王皇后に塗り付け、遂に皇后を逐う
てその地位を偸んだ條りである。董淸『昔より大事を爲すものは小節に
拘はらない。何うです、やれますか。』喬氏、平手でぴッしやり董淸の

---

42 '사부인'인데 원문에는 '두부인'으로 되어 있다. 오류다.

背中を叩いて、『虎でさへもその子を可愛がることは知つてゐます。あなたにしても殺すとすれば自分の子でなしに他の子でせうがね、』董淸『あなたの身體は今非常な危險に在る。私の言葉を用ひなかつたら何んなに後悔するか知れませんよ。』喬氏『でも此れだけは……』とて流石に諾ひ兼ねてゐるところへ、翰林の來る足音がしたので、その儘になった。董淸そつと藤梅を招き、『實はこれこれの書を授けたが、喬娘子は自分にやれないと言ふ。しかしグズグズして居ればお前も私も何うなるか分らない。どうか好い機會にやりたいものだ』と言ふ。

　두부인이 출발한 후에 눈에 혹을 제거한 교씨의 기쁨은 이만저만이 아니었다. 서둘러 이 틈을 타서 동청과 계략을 꾸몄다.

　동청 "이에 한 가지 방법이 있다. 이것만 한다면 사부인은 살아갈수 없을 것이다. 하지만 다만 그대가 할 수 없는 일이다."

　교씨 "그런 좋은 방법이 있다면 어떠한 일이라도 저는 할 것입니다."

　동청 "방법이라는 것은 여기에 있다."

　라고 말하고 품에서 한 권의 책을 꺼냈다. 그것은 당사(唐史) 중에서 측천무후(則天武后)가 스스로 자신의 아이를 눌러 죽이고 죄를 왕황후(王皇后)에게 덮어씌우며 마침내 황후를 쫓아내고 그 지위를 훔쳤다는 방법이다. 동청,

　"예로부터 큰일을 이루기 위해서는 작은 일에 구애받지 말아야하오. 어떻습니까? 할 수 있겠습니까?"

　교씨는 손바닥으로 동청의 등을 탁 치면서,

　"호랑이조차도 자신의 아이를 사랑하는 것은 알고 있습니다. 하물며 당신이 죽이려고 하는 것은 자신의 아이가 아니라 남의 아이라

서 이겠지요?"

동청 "당신의 몸은 지금 매우 위험에 처해 있소. 나의 말을 듣지 않는다면 얼마나 후회할지 모르오."교씨 "하지만 이것만은……"

라고 말하며 과연 승낙하지 못하고 있을 때, 한림이 오는 발소리가 들렸기에 그렇게 그대로 결정을 못 내렸다. 동청은 몰래 알매를 불러,

"실은 이런 저런 책을 주었는데 교낭자는 자신은 할 수 없다고 한다. 하지만 꾸물거리고 있으면 너도 나도 어떻게 될지 모른다. 아무쪼록 좋은 기회에 해 치워 버리자."

라고 말했다.

そこで臈梅は頻りに好機會を狙つてゐたが、ある日偶々掌珠の乳母が何處かへ行つて掌珠ひとり檻上に眠つて居た。謝夫人は侍婢の春芳、雪梅の二人をつれて、折から檻外を通つたが、それと見た臈梅は忽ち董淸の言葉を思ひ出し、その人達の姿の見えなくなつたのを見て、眠つてゐる掌珠を刺し殺した。そして雪梅を物蔭によんで言ふには、『お前が玉環を盜んだことは、幸に知れずにあるけれども、もし知れたら殺されるにきまつて居る。そこで斯々云々にすれば、禍を免れる上に御褒美が出るが何うだらう。』と言つて何事かしきりに私語いた。雪梅はただうなづいた。

이에 알매는 계속하여 좋은 기회를 엿보고 있었는데, 어느 날 우연히 장주의 유모가 어딘가에 가고 없어서 장주 혼자 난간 위에서 자고 있었다. 사부인은 몸종인 춘방과 설매 두 사람을 데리고 때마침

난간 밖을 지나고 있었는데 그것을 본 알매는 갑자기 동청의 말을 떠올리고 그 사람들의 모습이 보이지 않는 것을 보고 잠자고 있는 장주를 찔러 죽였다. 그리고 설매를 안 보이는 곳으로 불러서 말하기를,

"네가 옥반지를 훔친 것은 다행히 알려지지 않았지만 혹시 알려진다면 필시 죽을 것이다. 이에 여차저차 이래저래 한다면 화를 면할 수 있을 뿐만 아니라 상이 나올 것인데 어떠하냐?"

라고 말하고 무언가를 계속해서 속삭였다. 설매는 그냥 끄덕였다.

やがて掌珠の乳母が來て見ると、思ひも寄らず掌珠が死んで居るので、驚き泣いて訴へると、喬氏も驅けつけて共にいろいろ介抱したが、その効はなかつた。喬氏は元より豫ての計畫を實行したものであることを見てとつたが、取り敢えず、翰林に此の異變を告げると、翰林は驚いて出て來て、一言を發することもできなかつた。喬氏は狂ふばかりに泣いて、『きつとこれは先年の呪咀と同じ人間に違ひない。家中の婢僕を嚴しく調べたら罪人はすぐに判るでせう。』と言ふ。翰林そこで婢僕を拉致し、一々答を加へて詰問した。すると蘺梅が言ふ。『春芳と雪梅とが、先刻ここへ來たのを私は見ました。二人のうちに違ひないと思ひます。』と。で、先づ春芳を詰つて見ると『私は何も知りません。』とて、幾ら責められても白狀をしない。次に雪梅を責め詰ると、初めは春芳と同じやうなことを言つて居たが、やがて『實は夫人さんから言ひ付かつて、春芳と二人で殺しにかかつたのだが、自分は氣おくれがして殺すことができなかつた。手を下したのは春芳である』旨を白狀する。

이윽고 장주의 유모가 와서 보니 생각지도 못하게 장주가 죽어 있었기에 놀라서 울며 하소연했다. 이에 교씨도 달려와서 함께 여러모로 병구완을 해 보았지만 그 효과는 없었다. 교씨는 처음부터 그 계획을 실행했다는 것을 알아차렸지만 일단은 한림에게 이 변고를 고했다. 그러자 한림이 놀라며 나와서 아무런 말도 하지 못했다. 교씨는 미친 듯이 울면서,

"필시 이것은 일전의 저주와 같은 사람임에 틀림없습니다. 집안에 하인들을 엄히 조사한다면 죄인은 바로 알 수 있을 것입니다."

라고 말했다. 한림은 이에 하인을 강제로 붙들어 와서 일일이 볼기를 치며 문책했다. 그러자 알매가 말했다.

"춘방과 설매가 조금 전 여기에 온 것을 제가 봤습니다. 두 사람이 틀림없다고 생각합니다."

그리하여 먼저 춘방을 문책하여 보니,

"저는 아무 것도 모릅니다."

라고 말했다. 아무리 책망하여도 실토를 하지 않았다. 그 다음 설매를 문책하자 처음은 춘방과 같은 말을 했지만 이윽고

"실은 부인에게서 명령을 받고 춘방과 둘이서 죽이려고 왔지만 자신은 주눅이 들어서 죽일 수가 없었습니다. 손수 죽인 것은 춘방입니다."

라고 내용을 실토했다.

翰林大に怒つて春芳を罰する。春芳は雪梅に向ひ、『上は夫人を賣り下は同輩を誣ふ。お前の如きものは畜生にも劣つた奴だ。』と、怨みを述べながら死んでしまつた。喬氏『雪梅は事實を白狀した以上罪はな

い。春芳は手を下した者だが死んでしまつた以上責めることもない。まして皆、その本心からした者ではないのだから……。ああ掌珠や、お前の仇讎が報いられない位なら私もいつそ死んで終ふ。』と物狂ほしく慟哭して、室に入つて帶を頸に懸け、覺悟の體を示す。侍女が寄つて集つて之をとめると、喬氏は體を翰林に投げ、切りにその憤怒を激發する。流石の翰林も唯うなだれて默つてゐるばかりであつたが、喬氏の怒りますます激しく、『今日は掌珠、明日は私が殺されるのだ。どうせ仇讎に殺されるほどならいつそ自分で、死んだ方がいい。お前たちは何故私を死なして呉れないのか。』と言つてまた翰林に、『あなたもあなただ。あんな女と夫婦で居るくらゐなら、今すぐ私を殺して下さい。私は決して怨みません。ただ言つて置くのは彼の女には情夫があります。いつかはあなたもこんな目に會ふにきまつてゐます。』と言ひ放つて再び頸をくくらうとする。翰林急かに之を止め、『うぬ、何うして呉れるか。これまでは夫婦の情義を重んじて、兎も角も許して差し置いた。だが、斯の如き天地に容れざる大罪を犯した以上は、最早祖宗の靈に對して家にとどめて置くことはできない。宜しい。今日は日も暮れたから、明日親戚を呼び集めた上、卽刻淫婦を放逐しよう。どうかまァ、少し機嫌を直して呉れ。』かくて翌日親戚を招き、謝夫人の處分を宣したが、此の事を多くの召使から聽いた夫人『いや、此の事あるはかねて覺悟の上であつた。』

한림은 크게 놀라서 춘방을 벌했다. 춘방은 설매를 향하여,
　　"위로는 부인을 팔고, 아래로는 동료[43]를 속였다. 너와 같은 자는 짐승만도 못한 자이다."

라고 말하고 원망을 이야기하면서 죽어버렸다.

교씨 "설매는 사실을 실토한 이상 죄는 없습니다. 춘방은 손수 죽인 자이지만 죽어버린 이상 문책할 수도 없습니다. 더구나 모두 그 본심에서 저지른 사람은 아니니까⋯⋯ 아, 장주야, 너의 원수를 갚지 못한다면 나도 차라리 죽어 버리겠다."

라고 미친 듯이 통곡하며 방으로 들어가서 허리띠로 목을 매달며 각오를 나타냈다. 몸종이 모여들어

이것을 말리자 교씨는 한림에게 몸을 던져 간절히 분노를 폭발했다. 한림도 역시 단지 고개를 떨어뜨리고 잠자코 있을 수가 없었다. 교씨의 분노도 더욱 격해져서,

"오늘은 장주, 내일은 나를 죽일 것이다. 어차피 원수에게 죽임을 당할 것이라면 차라리 스스로 죽는 편이 좋다. 너희들은 왜 나를 죽게 내버려 두지 않는 것이냐?"

라고 말하고 다시 한림에게,

"당신도 당신입니다. 그런 여인과 부부로 있을 것이라면 지금 바로 나를 죽여주십시오. 저는 결코 원망하지 않을 것입니다. 다만 말해 둘 것은 저 여인에게 외간남자가 있습니다. 언젠가는 당신도 이런 일을 당할 것입니다."

라고 말하고는 다시 목을 매달려고 했다. 한림은 서둘러서 이것을 멈추게 하고,

"너는 무엇을 하는 것이냐? 지금까지는 부부의 정의(情義)를 중요하게 생각하여 어쨌든 용서해 주었다. 하지만 이와 같이 천지가 받

---

43 동료: 일본어 원문은 '同輩'다. 신분이 같은 부류를 뜻한다(棚橋一郎·林甕臣編, 『日本新辞林』, 三省堂, 1897).

아들일 수 없는 큰 죄를 범한 이상은 이제는 조상님의 영혼이 계신 집에 둘 수는 없다. 좋다. 오늘은 날도 늦었으니까 내일 친척을 불러 모아서 즉각 음란한 부인을 쫓아냅시다. 아무쪼록 조금 마음을 돌이켜 주구려.”

이리하여 다음 날 친척을 불러서 사부인의 처분을 명확히 했는데 이 일을 많은 하인에게서 들은 부인은,

“아, 이 일은 일찍이 각오를 하고 있던 바이다.”

(六) 泣きの涙の賢夫人
(6) 눈물 흘리는 현명한 부인

此の日劉家の親族一同が集まつた席上、翰林は謝夫人の罪狀及びその離緣しなければならなくなつた事情を話した。一同は謝夫人の世にも稀なる賢婦人であることを知つて居つたから、何れも事の意外に一驚せざるはなかつたが、多くは劉家の末族であつて、翰林に對し幅の利く者は一人もなかつたから、皆一家の私事、どの樣にも御勝手と云つたやうに、何事も言はなかつた。そこで翰林は、一同異論のないのを見て、祖宗の廟を掃除させ香燭を點じて謝婦人の罪狀を申告した。謝婦人侍婢に引かれて伏し拜み拜み門外に出るのを、親族一同見送つて、涙を流さぬものとてはなかつた。いづれも言ふ、『どうぞ夫人、お大事になされませ。また今に時節がめぐつて來ますほどに。』と。謝夫人呉々も感謝の意を面に表はしつつ、我が子麟兒の頭を撫で、『私のことは忘れて、新らしい母上に事へるのですよ。今別れてまた會ふ時があるかどうかは知らないが、母の罪は重い。どうか成らうことなら來

393

世で再び親子の緣を結びたいもの。』言ひをはつた謝夫人の眼からは、
涙が滾々として泉の如くに沸き溢れた。が、ややあつて思ひあきら
め、麟兒を乳母に返してき輿に乘ると、麟兒は大聲あげて『母樣母樣、
坊も連れてつて頂戴』と泣く。夫人も亦聲をあげて泣き、今一度我が子
を抱き上げて、『母さんは明日にも歸つて來ます。行儀よく待つてい
らッしやいよ。』と。幾たびとなく頭をなでて別離を惜んで居ると、翰
林の聲として『早く早く』と促し立てる。今はこれまでと漸く心を鬼に
して、謝夫人は麟兒の傍を離れた。附き從つたのは年とつた乳母と、
若い叉鬟とだけである。

　　　이날 유씨 가문의 친족 일동이 모인 자리에서 한림은 사부인의 죄
상 및 이혼하지 않으면 안 되는 사정을 이야기했다. 일동은 사부인
이 세상에서 드문 현명한 부인이라는 것을 알고 있었기에 어느 쪽도
뜻밖의 일로 놀라지 않을 수 없었다. 많은 사람들은 유씨 가문에서
아래 사람이기에, 한림에 대해서 발언권이 있는 사람은 한 사람도
없기에 모두 일가의 사사로운 일은 어떻게 하든 자유라고 말하는 듯
아무 말도 하지 않았다. 이에 한림은 일동이 다른 의견이 없는 것을
보고 조상의 사당을 청소시키고 향촉을 키고 사부인의 죄상을 고하
였다. 사부인이 몸종에게 끌려 나와서 엎드려 절하고 문밖으로 나가
는 것을 친족 일동은 배웅했는데 눈물을 흘리지 않는 자가 없었다.
모두가 말했다.
　　　"아무쪼록 부인 조심하십시오. 다시 곧 때가 찾아 올 것입니다."
　　　사부인은 아무쪼록 감사의 뜻을 겉으로 표하면서 자신의 아이 린
아의 머리를 쓰다듬으며,

"나의 일은 잊고 새로운 어머니를 따르세요. 지금 헤어져 다시 만날 때가 있을지 없을지 모르겠지만 어미의 죄는 무겁다. 아무쪼록 가능하다면 다음 생에 다시 부모의 연을 맺고 싶구나."

말을 끝낸 사부인의 눈에서는 눈물이 샘솟듯 흘러내려 샘물처럼 넘쳐흘렀다. 하지만 잠시 후 체념하고 린아를 유모에게 돌려보내고 가마를 타자 린아는 큰 소리를 내며,

"어머니, 어머니, 저도 데리고 가 주십시오."

라며 울었다. 부인도 또한 소리를 내어 울면서, 지금 다시 한 번 자신의 아이를 안고는,

"어미는 내일이라도 돌아올 것입니다. 행동을 바르게 하고 기다리고 있으세요."

라고 말했다. 몇 번이고 머리를 쓰다듬으며 이별을 아쉬워하고 있으니, 한림의 소리가,

"서둘러라. 서둘러라."

라고 재촉했다. 지금은 여기까지라고 생각하며 간신히 마음을 굳게 먹고 사부인은 린아의 곁을 떠났다. 따라 나선 것은 나이 든 유모와 젊은 차환만이었다.

謝夫人の出で行つたあとでは、喬氏は盛裝を凝らして一堂に翰林と並び坐し、多くの婢僕の禮を受けた。婢僕は皆謝夫人の爲めに悲憤の淚をたたへながら、しかも陽には喬氏に媚びてその壽福を祈つた。喬氏は得意を滿面に浮べて言ふ。『これからは私が專ら一家の事を斷行します。皆の者はこれまで通り精勤して、ゆめ過ちのないやうに。』中で十人餘りの老僕は、『謝夫人は罪があつて出られたとしても、私共は永

らく御恩になつたものでございますから、一寸夫人をそこまで御送り
いたしたいと思ひます。』さう言つて一齊に夫人の轎を追つかけ、泣い
て別れを惜んだ。謝夫人轎を止めさして、『皆の者の親切は難有い。ど
うかその心を失はないで新夫人に事へて下さい。』と言ふ。喬氏は僕ど
もが夫人を追つて走つて行つたのを見て、何か秘密の相談でもするこ
とだらうと、ひとへに猜疑の瞳を凝らしたのは淺ましい限りである。

　　사부인이 나간 뒤에 교씨는 화려한 옷차림으로 차려입고 한림과
한 자리에 나란히 앉아서 많은 계집종과 사내종들에게 예를 받았다.
계집종과 사내종은 사부인을 위해 슬프고 분한 눈물을 글썽거렸다.
낮에는 교씨에게 아첨했지만 사부인의 장수와 복을 빌었다. 교씨는
의기양양한 얼굴로 말했다.

　　"지금부터 내가 오직 일가의 일을 단행할 것입니다. 모두는 지금
까지 대로 근면 성실히 일하여 결코 잘못이 없도록."

　　그 중에서 10명 정도의 노복은, "사부인은 죄가 있어서 나갔다고
하더라고, 우리들은 오래도록 은혜를 입었으니 잠시 부인을 저기까
지 배웅하고 싶습니다."

　　그렇게 말하고 일제히 부인의 가마를 쫓아가서 울면서 이별을 아
쉬워했다. 사부인은 가마를 멈추게 하여,

　　"모두 친절은 감사합니다. 아무쪼록 그 마음을 잃지 말고 새로운
부인을 섬기어 주십시오."

　　라고 말했다. 교씨가 하인들이 부인을 쫓아 달려가는 것을 보고
무언가 비밀스러운 의논을 하는 것이라고 전적으로 의심의 눈으로
바라보는 것이 한심스럽기 짝이 없었다.

道ゆく者いづれも、詳しい事情は知るに由なかつたが、謝夫人の氣
の毒な姿を見ては涙を流さぬものとてなかつた。折から天地陰慘雪と
風とに道も見えわかぬ程であつたが、さてこれから何處に向つて行く
のか輿夫には分らない。で謝夫人の實家なる新城の方に足を向けよう
とすると、謝夫人それを止めて東城の墓に行くことを命じた。そこで
路をかへして朝陽門を出で、劉小師の墓の下に小さな茅屋を借りて住
つた。そこは一面に荒れた山で、聞くものとては林を吹きわたる風の
音と寒禽の聲とのみである。

　　길을 가는 사람 모두가 상세한 사정은 알 수 없었지만 사부인의
불쌍한 처지를 보고서는 눈물을 흘리지 않는 사람이 없었다. 때마침
천지가 음산한 눈과 바람으로 길도 보이지 않을 정도였다. 앞으로
어디를 향하여 갈 것인지 가마꾼은 알 수가 없었다. 그리하여 사부
인의 친정이 있는 신성으로 발을 향하려고 하자, 사부인은 그것을
말리고 동성(東城)의 묘로 갈 것을 명했다. 이에 길을 돌려 조양문(朝
陽門)을 나서서 유소사의 묘 아래에 조그마한 초가집[44]을 빌려서 살
았다. 그곳은 한 면이 황폐한 산으로 들리는 것은 숲을 지나가는 바
람 소리와 철새 소리뿐이었다.

謝夫人の弟此の事を聞いて夫人の許へ馳せつけ、『女は、夫の家に容
れられなければ實家へ歸るのが當然ではありませんか。何故姉さんは
此んな處に居るのです。』夫人『私もさうしたいは山々だけれど、一旦實

---

[44] 초가집: 일본어 원문은 '茅屋'이다. 띠나 억새로 지붕을 이은 것 혹은 그런 집을
뜻한다(棚橋一郎・林甕臣編, 『日本新辭林』, 三省堂, 1897).

家に歸つたらば劉家とは永久に絶えてしまひます。翰林は元々賢明な人、一時は讒言に欺かれても屹度後悔する時があるに違ひない。それに私は、翰林にこそは不興を蒙つたが、お父上には可愛がられて居ます。ここで死ぬのは云はば私の本望です。』弟も夫人の志の堅固なのを見て空しく歸つた。歸つてから忠實な老僕蒼頭と侍婢香娘とをつかはしたが、夫人は老僕だけを留めて香娘は歸した。謝夫人が來たことを聞いて、村の人たちは其の節義に感じ、野菜や果物などをもつて來て慰めた。夫人は手藝に巧みであつたから、布を織つたり衣物を縫つたり、或は身のまはりの持物などを賣り佛つたりして、生活の資料だけは事缺くこともなかつた。

　　사부인의 동생이 이 사실을 듣고 부인이 있는 곳으로 달려와서,

　　"여인이 남편 집에 들어갈 수 없다면 친정으로 돌아오는 것이 당연하지 않습니까? 왜 누님은 이러한 곳에 계신 것입니까?"

　　부인 "나도 그러고 싶은 마음은 태산 같지만 일단 친정으로 돌아간다면 유씨 가문과는 영원히 인연이 끊어져 버리는 것입니다. 한림은 원래 현명한 사람으로 한 때는 거짓말에 속았더라도 필시 후회할 때가 있음에 틀림없습니다. 게다가 나는 한림의 마음이 들게 하지는 못했지만 아버님은 귀여워해 주셨습니다. 여기서 죽는 것은 나의 바람입니다."

　　동생도 부인의 뜻이 확고한 것을 보고 공허하게 돌아왔다. 돌아와서는 충실한 노복 창두(蒼頭)와 몸종 향낭(香娘)을 보내었지만 부인은 노복만을 머물게 하고 향낭은 돌려보냈다. 사부인이 온 것을 듣고 마을 사람들은 그 절의(節義)에 감동하여 야채와 과일 등을 가지

고 와서 위로했다. 부인은 수예가 뛰어났기에 천을 짜거나 옷을 만들거나 혹은 몸에 지니고 있는 소유물 등을 팔거나 해서 생활의 재료만은 모자란 것이 없었다.

一方喬氏は謝夫人が墓下に居ると聞いて、翰林に言ふ。『謝氏は彼れ程の罪を犯して御先祖を辱かしめながら、墓に住居するとは何故でせう。』翰林『墓に行かうが何處に行かうが、離縁した女に用はない。まして墓は劉家だけの墓でなく他人も澤山居ることだからいいぢやないか。』喬氏は好い顔はしなかつたが仕方がない。

한편 교씨는 사부인이 묘 아래에 있다는 것을 듣고, 한림에게 말했다.
"사씨는 그런 죄를 저지르고도 조상님을 욕되게 하면서 묘에서 사는 것은 무슨 연유일까요?"
한림 "묘에 가든지 어디에 가든지 이혼한 여인에게는 용건은 없소. 하물며 묘는 유씨 가문만의 묘가 아니라 다른 사람도 많이 있으니까 아무래도 상관없지 않느냐?"
교씨는 좋은 얼굴은 하지 않았지만 방법이 없었다.

で、董淸に此の事を話すと、董淸『近頃巷の噂を聞くに誰一人夫人に同情しないものはない。いつまでも彼の女を彼處に置いておいては頗る厄介だ。』喬氏『では、そッと誰れかをやつて殺して

しまつたら何うです。』董淸『殺してはいけない。今殺したら疑は直ぐお前にかかる。それよりも好いことは前の玉環だ。あれはまだ冷振が

399

持つて居る。幸に冷振には妻子がないし、兼ねて大に氣があるのだか
ら、奴をすすめて謝氏を口説かせ、マンマとくッつかせてしまつた
ら、それこそ謝氏を無實の罪だと思ふものは一人もなくなるにきまつ
て居る。』喬氏『成るほどそれはいい考へ。だが何うして謝氏を欺すの。』
董淸『冷振の奴、此の頃ちつとも寄り付かないので相談が出來ないが、
まづ腹心の者一人使つて杜推官の使に化けさせ、今度推官が京に歸る
ことになつて此方へ來たから、是非會ひたい、と云ふ意味の杜夫人の
僞手紙をこしらへ、之を謝氏の處へ持たせてやる。一方冷振に話して
閑靜な處へ邸を構へさせ、客を迎へる用意をさして置いて、謝氏が出
て來たところを無理に望みを遂げさせれば、いくら遁げようたつて遁
げる譯には行かない。』喬氏笑つて董淸の背中をたたき、『まァあなたは
何て知慧者だらうね。だが彼の女も、死に損つて冷振の奥さんになれ
るとは果報者だわ。』と。

　　그리하여 동청에게 이 사실을 말하자,

　　동청 "근래 항간에 떠도는 소문을 들으니 어느 누구 하나 부인을
동정하지 않는 사람은 없었다. 언제까지 그 여인을 그곳에 두어서는
굉장히 성가신 일이 될 것이다."

　　교씨 "그렇다면 누군가를 몰래 보내어 죽여 버린다면 어떻습니까?"

　　동청 "죽여서는 안 된다. 지금 죽인다면 의심은 바로 너에게 쏠릴
것이다. 그보다 좋은 것은 지난 번 옥반지다. 그것은 아직 냉진이 가
지고 있다. 다행히 냉진에게는 처자가 없고 전부터 크게 마음에 들
어 했던지라, 그자에게 사씨를 유혹하도록 권하여 보기 좋게 [둘을]
붙여 버린다면 그것이야말로 사씨를 무고한 죄라고 생각하는 사람

은 당연히 한 사람도 없게 될 것이다.”

교씨 “그렇구나. 그거 좋은 생각이오. 하지만 어떻게 사씨를 속일 것인지?”

동청 “냉진이라는 자를 요즘 전혀 가까이 하지 않기에 의논을 할 수 없다. 하지만 우선 심복 한 사람을 시켜 두추관의 심부름꾼인 척 보내어 이번에 추관(推官)이 서울에 돌아오게 되어 이곳에 오는데, 꼭 만나고 싶어 한다는 의미의 두부인을 가장한 편지를 만들어서 이 것을 사부인이 있는 곳으로 들고 가게 할 것이다. 그러는 한편 냉진 에게 말하여 조용한 곳에 집을 지어서 손님을 맞이할 준비를 하게 할 것이다. 억지로라도 사(謝)씨를 나오게 할 수만 있다면 아무리 피하 려고 해도 피할 수 없는 일이 될 것이다.”

교씨는 웃으며 동청의 등을 두들기며,

“당신은 어찌 이리 지혜로운 사람인가? 하지만 그 여자도 살아남 아서 냉진의 부인이 되는 것은 행운이오.”

라고 말했다.

そこで杜夫人の手蹟を探して董清にやると、董清は早速寫して偽手 紙を作り、腹心の者に計略をさづけて冷振に話した。曰く『謝翰林の 妻は二人とも絶世の美人だが、僕はその一人を物にしたから、君も他 の一人を物にすれば、吾々の風流は後世にまでも羨まれよう。』と。之 を聽いた冷振喜ぶまいことか、直ちに花燭を用意して待つて居る。

이에 두부인의 필적을 찾아서 동청에게 주자, 동청은 서둘러 재빨 리 베껴서 거짓 편지를 만들어 심복인 자에게 계략을 가르쳐주고 냉진에게 말하도록 했다.

"사한림(謝翰林)의 부인은 둘 다 절세미인이지만 나는 그 중 한 사람을 자기 것으로 취하였으니 그대도 다른 한 사람을 취한다면 우리들의 풍류는 후세에까지 부러움을 살 것이다."

이것을 들은 냉진은 기뻐할 뿐만 아니라 바로 화촉을 준비하여 기다리고 있었다.

その時謝夫人はひとり機を織つてゐたが、忽ち門を叩く者あり、『翰林夫人の御住居は此方でせうか。』といふ。門番の老蒼頭『何處からお出でなすつたか。』使者『杜鴻臚の邸から來ました。』蒼頭『杜先生は長沙に行かれた筈ぢやが。』使者『いや、その長沙が官の誤りだつたので、また此方へ引つ返へすことになつたのです。處で大夫人は此方の夫人が此處に居られるときいて、一刻も早く會ひたいと云ふので私に使を命ぜられたので、手紙はここに持つて居ります。』といつて杜夫人からの手紙を渡した。

그때 사부인은 홀로 베를 짜고 있었는데 갑자기 어떤 사람이 문을 두드리며

"한림 부인의 주거가 이곳입니까?"

라고 말했다. 문을 지키던[45] 노복 창두(蒼頭)는,

"어디에서 오신 것입니까?"

심부름꾼 "두홍로(杜鴻臚)의 댁에서 왔습니다."

---

45 문을 지키던: 일본어 원문은 '門番'이다. 문을 지키는 사람이라는 뜻이다(棚橋一郎·林甕臣編, 『日本新辞林』, 三省堂, 1897).

창두 "두(杜) 선생은 장사에 가셨을 텐데."

심부름꾼 "아, 그 장사가 잘못된 벼슬이었기에 다시 이곳으로 되돌아오게 되었습니다. 그런데 대부인은 이곳의 부인이 이곳에 계실 것이라는 것을 듣고 한시라도 빨리 만나고 싶다고 하셨기에 저에게 심부름을 명하셨습니다. 편지를 여기에 가지고 왔습니다."

라고 말하고 두부인으로부터의 편지를 전해 주었다.

蒼頭之を謝氏に見せると、謝夫人も杜夫人からの便りときいては何よりも嬉しく、披き見ると、

『その後は絶えてご無沙汰に打過ぎ申候、老身は曾て一日も御身の事を思はざる日とては無く候處、先頃お別れして長沙に向ひたる後、偶々途中にて兒が京師に移されしことを聞き、急ぎ歸れば御身は先壠の下に蟄居せらるるとのこと、かねて豫想せしこととは云ひながら、今更のやうに悲しさ遣る方もなく候、さるにても御身ひとりを深山窮谷に置くは何よりも心もとなく存候に付、ただ今より弊舍に迎へ、老身と飢渴を共にしたく如何に候や、取りあへず明日轎夫を送るべく候まま直ぐさま御いで下されたく、餘はお目もじの上草萬』

창두가 이것을 사씨에게 보이자, 사부인도 두부인에게서 온 편지라는 것을 듣고는 무엇보다도 기뻐서 뜯어보았다. 그랬더니,

"그 후 너무나도 격조했습니다. 늙은 몸은 결코 하루라도 그대를 생각하지 않은 적이 없습니다. 지난 날 헤어지고 장사를 향한 후, 때마침 자식이 서울로 옮기게 된 것을 듣고 서둘러 돌아오니 그대는 선능(先壠) 아래에서 칩거하고 있다고 하는군요. 전부터 예상 못했던

것은 아니지만 새삼스럽게 슬픈 마음을 풀길이 없습니다. 그렇다고
는 하더라도 그대를 혼자 깊은 산골짜기에 두는 것은 무엇보다도 불
안합니다. 지금부터 누추한 저의 집으로 맞이하여 늙은 몸과 기갈
(飢渴)을 함께 하고자 하는데 어떻습니까? 우선 내일 마땅히 가마꾼
을 보내려고 하니 바로 와 주셨으면 합니다. 나머지는 만나 뵌 후에.”

　讀み終つた謝夫人の喜びは何を顧みる餘裕もなかつた。筆蹟と云ひ
中に書かれた事柄と云ひ、少しも疑ふ餘地はなかつたので、すぐ次の
やうな返事を認めてその使を返した。

　『情け厚きお手紙うれしく忝く拜しまゐらせ候、思へば罪ふかき私ご
ときを斯ほどまでに思召し下され候おん情け、海よりも深き御恩のほ
どは肝に銘じて忘れ難く存候、御別れ申候てより今日まで、口として
お慕ひ申上げざることとては無く候ひしも、山川幾百里を隔ててはま
た御目にかかる日あるべしとも存じまゐらせず候ひしに、今圖らず御
手紙をいただき感泣此の事に御座候、いかで御仰せに從はざるべき、
明日早速參上御目にかかりて萬縷申上度、草々不備』

　다 읽은 후에 사부인의 기쁨은 아무 것도 돌아볼 여유도 없었다.
필적이나 안에 적혀 있는 내용이나 조금도 의심할 여지가 없었기에
바로 다음과 같은 답장을 적어서 그 심부름꾼에게 전했다.

　“인정이 많은 편지를 기쁘고 고맙게 보았습니다. 생각해보니 죄
많은 저를 이렇게까지 생각해 주신 온정은 바다보다도 깊습니다. 은
혜를 명심하여 잊지 않겠습니다. 헤어지고 나서 오늘에 이르기까지
하루라도 그리워하지 않은 적이 없습니다. 산천 수 백리를 떨어져서

다시 만나 뵐 날이 있을 것이라고는 생각지도 못했습니다. 지금 뜻밖에 편지를 받고 감읍할 따름입니다. 어떻게든 마땅히 말씀을 따르려고 합니다. 내일 서둘러 찾아뵙겠습니다. 만나 뵙고 이런 저런 이야기를 나누기로 하고 간략하게 편지를 보냅니다."

斯くて夫人は、ひとり燭火に對して樣々に思ひを廻らした。ここに假住居してからも、さまざまの苦勞はあつたといへ、今また此處を去ると思へば、萬感こもごも胸に湧き起るも人情である。枕にもたれてうつらうつらしてゐると、一人の女が出て來て、『老爺と老夫人とがあなたにお目にかかりたいと仰やいます。』といふ。見ると亡くなられた小師の侍婢である。で、謝夫人言はるるままに踉いていつて見ると、そこは幽邃なる一室で、多くの召使が左右に居ならび、正面に先小師と老夫人とが坐つて居られる。

이리하여 부인은 홀로 등불 앞에서 여러 가지 생각을 되돌아보았다. 이곳에 임시로 거주하고부터 많은 고생이 있었다고는 하지만 지금 다시 이곳을 떠난다고 생각하니 만감이 교차하여 가슴에 일어나는 것은 인정이었다. 베개를 베고 누워서 꾸벅꾸벅하고 있으니 한 여인이 와서,

"어르신네와 노부인이 당신을 만나고 싶다고 하셨습니다."

라고 말했다. 보니 돌아가신 소사의 몸종이었다. 그리하여 사부인은 말하는 대로 뛰어가 보니 그곳은 유수(幽邃)한 집으로 많은 하인들이 좌우에 서 있었다. 정면에는 돌아가신 소사와 노부인이 앉아 계셨다.

謝氏が俯伏して泣き入るのを、小師は止めて、『倅か不德から御身を斯ういふ氣の毒な目に遭はせたのは殘念に堪へない。が、何を云つても幽明境を異にして居るので何うする譯にも行かなかつた。ただ今夜來てもらつたのは他でもない。先刻御身の受け取つた手紙は僞手紙である。よく見れば分るであらう。』と言いはる後より老夫人、『私は早く世を去つて御身に會ふことが出來なかつたのですが、たとへ泉下に在つても御身の貞節はよく知つて居ます。實は此處に來てゐるのも、御身の傍に居ることを願うてです。今御身が遠くへ行くときいては、また悲しい。』と聞いて謝夫人、嚏び泣きつつ、『杜夫人のお招きと存じた故、城中に行く氣を起しましたが、今お敎へを頂いて筆蹟の僞りであることを知りました。私はもう何處へも參りません。ここで死なして頂けば本望でございます。』小師『私の言ふのはその意味ではない。御身が此處に居れば必ず惡漢の害を受ける。早く南五千里の地へ行つて避けるがよい。』謝夫人『では、何處へ行けばいいので御座ませう。』小師『天機洩らすべからずだが、ただ一言附け加へて置く。今から六年後の六月十五日、舟を白蘋の洲に泊して人を濟ふことがあらう。ここは黃泉だから御身の永く居るところでない。早くお歸り。』謝夫人『今お別れしてはいつまたお目にかかれませう。』と言つて泣く。

사씨가 고개를 숙이고 엎드려 울고 있는 것을, 소사는 말리며,

"아들놈이 부덕하여 너를 이렇게 불쌍한 일을 당하게 한 것은 참으로 유감스럽게 생각한다. 하지만 무엇이라고 해도 유명경(幽明境)을 달리하고 있으니 어떻게 할 수가 없었다. 다만 오늘 밤 여기로 오게 한 것은 다름이 아니다. 조금 전 네가 건네받은 편지는 거짓 편지

이다. 자세히 보면 알 수 있을 것이다.”

라고 말했다. 이어서 노부인은,

“나는 일찍 세상을 떠나서 그대를 만나지는 못했습니다만, 설령 저승에 있더라도 그대의 정절은 잘 알고 있었습니다. 실은 이곳에 온 것도 그대 곁에 있기를 바랐기 때문입니다. 지금 그대가 멀리 간다는 것을 듣고는 또 슬퍼졌습니다.”

라고 말하는 것을 들은 사부인은 목메어 울면서,

“두부인의 초대라고 생각했기에 성 안으로 가려는 마음이 들었습니다만 지금 가르쳐 주셔서 필적이 거짓임을 알게 되었습니다. 저는 이제 어디에도 가지 않을 것입니다. 여기서 죽을 수 있기를 바랍니다.”

소사 “내가 말하는 것은 그 의미가 아니다. 네가 이곳에 있다면 반드시 나쁜 사람에게 해를 당할 것이다. 서둘러 남쪽으로 5천리 떨어진 곳으로 가서 피하는 것이 좋다.”

사부인 “그렇다면 어디로 가면 좋겠습니까?”

소사 “천기를 누설해서는 안 된다만 다만 한 가지만 말해 두겠다. 지금으로부터 6년 후 6월 15일 자빈(自蘋)이라는 섬에 배를 대고 사람을 구제할 일이 있을 것이다. 이곳은 황천이기에 네가 오래 있을 곳이 아니다. 서둘러 돌아가거라.”

사부인 “지금 헤어지면 언제 다시 만날 수 있겠습니까?”

라고 말하며 울었다.

乳母に謝夫人の魔されて居るのを見て搖り起すと、謝夫人はッと眼を開き、『ああ夢であつたか、さりとは不思議な夢—』と、その狀況を乳母に話し、さて心を落ち着けて先刻の手紙を再三再四熟視したが、

少しも疑ふべき跡を見出すことが出來ない。と、忽ち悟つたのは杜鴻
爐の字だ。『これは常に强字として杜夫人の諱んだ文字である。此の手
紙の中に此の諱字のあるのは僞筆にきまつた。だが、何たる惡者であ
らう、斯ういふ苦肉の計をするとは。』

　　　유모는 사부인이 가위에 눌려 있는 것을 보고 흔들어 깨웠다. 사
　　부인은 문득 눈을 뜨고,
　　　"아아, 꿈이었는가? 그렇다고는 하지만 이상한 꿈이다."
　　　라고 말했다. 그 상황을 유모에게 이야기하고 마음을 진정하여 조
　　금 전의 편지를 재삼재사 자세히 보았는데 조금도 의심할 만한 흔적
　　을 발견하지 못했다. 그런데 갑자기 깨달은 것은 두홍로(杜鴻爐)라는
　　글자였다.
　　　"이것은 강자(强字)로 두부인이 항상 꺼리는 글자이다. 이 편지 속
　　에 이 꺼리는 글자가 있다는 것은 거짓임에 틀림없다. 하지만 어떤
　　나쁜 놈인 것인가? 이와 같은 고육지책을 쓰는 것은."

　暫くすると東南五千里とは長沙府かが白んで來た。で、乳母に言ふ
やう、『南五千里と仰せられたのは、今思へば長沙府のことであらう。
して見ると、此の身を叔母に託さうとなさるのに違ひない。だが舟の
たよりを何うしたものか。』と、言つて居るところへ杜推官の迎への轎
車が來た。乳母『迎への者にきけば何者の奸計か分りませう。』謝氏『詐
欺と分つて見ればそれを知る必要もなからう。どうせ惡漢に違ひない
のだから、覺られたと知つたなら更に手を代へて仇するにきまつて居
る。で、唯だかう言へばよろしい。昨夜から風邪をひいて今朝は起き

られませんとね。』乳母がその通りに返事すると、迎への者はあてが外れて暫くグズグズして居たが、無理にといふ譯にも行かないので、歸つてその事を董淸に告げた。

　　잠시 있으니 날이 밝아왔다. 그리하여 유모에게 말하기를,
　　"남쪽으로 5천리라고 말씀하신 것은 지금 생각해 보면 분명 장사부(長沙府)를 말하는 것이다. 그리고 보니 이 몸을 숙모에게 맡기라고 하는 것이 틀림없구나. 하지만 배 소식은 무엇을 뜻하는 것일까?"
　　라고 말하고 있을 때에 두추관이 보낸 가마가 왔다.
　　유모 "마중 온 사람의 말을 들으면 누구의 간계인지 알 수 없습니다."
　　"사기라고 알고 있으니 그것을 알 필요는 없다. 어차피 나쁜 사람임에 틀림없으니 알아차렸다고 알려지면 당연히 다시 손을 써서 해치려고 할 것이다. 그러니 그냥 이렇게 말하는 것이 좋을 것이다. 지난밤부터 감기에 걸려서 오늘 아침은 일어나지 못했다고."
　　유모가 그대로 대답하자 마중 온 사람은 기대한 것이 뜻대로 되지 않아서 잠시 동안 꾸물거리고 있었는데 강요할 수도 없는 일이기에 돌아가서 그 일을 동청에게 알렸다.

　董淸言ふやう、『謝氏は賢い女だから、あの返事を書いてから後僞筆であることを悟つたに違ひない。此の謀が洩れたとあつては一大事』と。冷振は最初の返事ですつかり喜んで居たところが、此の事をきいて限りなく失望し、『此の計畫が破れては頗る殘念。いつそ今夜にでも乾兒の者をつれて行つて女をかつぱらつて來よう。順へばよし、順はなければ刺殺して了ふが何うだ。』董淸『頗るいい。由來事は神速を貴ぶ。』

409

동청이 말하기를,

"사씨는 현명한 여인이니까 그 대답을 적고난 후에 거짓 편지임을 알아차렸음에 틀림없다. 이 계략이 누설되면 큰일이다."

라고 말했다. 냉진은 먼저 보낸 답장으로 완전히 기뻐하고 있었는데 이 일을 듣고 한없이 실망하고는,

"이 계획이 깨진 것은 굉장히 유감이다. 차라리 오늘밤이라도 건달들을 데리고 가서 여인을 들쳐 업고 와야겠다. 따르면 좋지만 따르지 않으면 찔러 죽여 버리는 것이 어떠한가?"

동청 "매우 좋구나. 일을 신속하게 하는 것이 좋겠다."

謝夫人は南征の意大に動いたものの、さて直ちに決行する譯にも行かないで、先づ先小師の墓に詣き、香を焚いて卜筮を以つて占つた。罪に曰く、西南に吉、人に遇ふと。そこで蒼頭に賴んで南に行く船を求めさすと、折よく通州の人張三とて、元杜鴻臚の家に使はれて居たものがあつて、茶を賣りつつ廣西に行き途中長沙に寄航すといふことである。夫人天の佑けと大に喜び、近所へは新城へ歸ると言ひ置いて、墓前に額づき別れを告げて假寓を出た。時恰も、冷振黨を組んで來り、見れば空しく藻脱けの殼に、ガッカリ敗亡して歸つたのは、實に小氣味よき限りである。

사부인은 남쪽으로 가는 것으로 마음이 크게 움직이기는 했지만 바로 결행할 수도 없었기에 우선 돌아가신 소사의 묘에 도착해서 향을 피우고 점을 쳐 보았다. 점괘에서 말하기를 서남(西南)은 길하고 사람을 만날 것이라는 것이다. 그때 창두에게 부탁하여 남쪽으로 가

는 배를 구하게 하자 때마침 통주(通州) 사람 장삼이라고 하여 원래
두홍로의 집에서 부리던 사람이 있는데 차를 팔면서 광서(廣西)에 가
는 도중 장사에 잠시 들른다는 것이다. 부인은 하늘이 도왔다고 크
게 기뻐하며 이웃집에는 신성으로 돌아간다고 말을 남기고 묘 앞에
큰 절을 하고 헤어짐을 고하며 임시거처를 나왔다. 마침 냉진이 무
리를 지어서 왔다. 살펴보니 물풀을 벗은 껍질처럼 흔적도 없었다.
낙담하여 돌아간 것은 실로 유쾌한 일이었다.

(七) 懷沙亭の遺記、黃陵廟の救ひ
(7) 회사정에서 유서를 남기고, 황릉묘에서 구원을 받다.

謝夫人が張三の船に乘り込むと、張三は謝氏が翰林の夫人であるこ
と、且つ仔細あつて長沙に行くことをも知つて居るので、宛ら我が主
人の如くにして大切に事へた。行くこと數日、又數日、備さに艱難を
嘗めたが、やがて長沙に着く日が近づいて、夫人の心も漸く安らかに
なつた頃、風大に吹いて船が出ない。で、ある港にとまつて村家に一
休みすることになつた。

사부인이 장삼의 배에 올라타자, 장삼은 사씨가 한림의 부인이라
는 것과 또한 연유가 있어 장사로 간다는 것도 알고 있었기에 마치
자신의 주인과 같이 소중하게 모셨다. 그렇게 가기를 며칠 그리고
며칠 고난도 있었지만 이윽고 장사에 도착하는 날이 다가오니 부인
의 마음도 점차 편안해 졌을 무렵, 바람이 크게 불어 배가 나아가지
않았다. 그리하여 어느 항구에 정박하고 마을의 한 집에서 잠깐 쉬

기로 했다.

又鬟が行つて門を叩くと、出て來たのは十三ばかりの美くしい女の
子で、『[46]その顔と云ひ姿と云ひ、宛ら桃花一枝春れに照りはえたかと
思ふばかりである。姓を問へば林氏といふ。夫人『お母上は何處に』と
言ふと少女『母は越水里まで參りましたが、定めてこの風のために歸れ
ないので御座いませう。』で、又鬟に問うて臺所に入り、夕餉の支度を
ととのへて夫人にすすめた。見るに酒と云ひ肴と云ひ、頗る善美にし
て淸潔である。夫人は酒と肉とを斥け、ただ蔬菜と果物とに箸を下し
て、慇懃に感謝し、『はからずお邪魔して大層御馳走になりました。』と
眞心から禮を述べてその夜はそこに一泊した、翌日出發しようとした
が、風は尚ほ烈しかつたので、そのまま三日間、夫人は少女の家に留
まることとなつた。その間、少女は眞心を盡し

て夫人をもてなしたので、出發に際して二人の交情は益々厚く、と
ても此の儘別るるには忍びなかつたが、夫人は行李の中から指環を取
り出して少女に與え、再三辭するを肯かずして納めさした。

> 차환이 가서 문을 두들기니 나온 것은 13살 남짓한 아름다운 여자
> 아이로 그 얼굴이나 모습이나 마치 복숭아꽃 한 가지가 봄날 햇빛을
> 비추고 있는 듯했다. 성을 물으니 임씨라고 했다.
> 부인 "어머님은 어디에?"
> 라고 말하자,

---

[46] 원문에는 표기되어 있으나 전후 문맥상 필요 없는 부호이다.

소녀 "어머니는 월수리(越水里)까지 가셨습니다만, 틀림없이 이 바람 때문에 돌아오시지 못하실 것입니다."

그러고는 차환에게 물어 부엌으로 들어가서 저녁식사 준비를 하여 부인에게 권했다. 살펴보니 술과 안주를 상당히 아름답고 청결하게 차렸다. 부인은 술과 고기를 물리치고 그냥 채소와 과일만을 먹으며 정성에 감사하며,

"뜻밖에 찾아와서 굉장한 접대를 받았습니다."

라고 진심으로 예를 다하고 그날 밤은 그곳에 머물렀다. 다음 날 출발하려고 했는데 바람은 더욱 강해졌기에 그대로 3일 동안 부인은 소녀의 집에 머물게 되었다. 그동안 소녀는 진심을 다하여 부인을 대접했기에 출발하는 날 두 사람의 교분은 더욱더 두터워졌다.

이대로 헤어진다는 것은 너무나도 참을 수 없었지만 부인은 행장 속에서 반지를 꺼내어 소녀에게 주었다. 재삼 거절하는 것을 받아들이지 않고 받도록 하게 했다.

かくて涙と共に惜しき袂を別つたが、舟を行くこと數日の後、老蒼頭ふと病を得て亡くなつてしまつた。夫人悲しみに堪へず、死體を岸に葬つて尚も心細き旅をつづけるうち、船は早や洞庭の口を出て岳陽の下に着いた。長沙に着くのは一兩日の後である。夫人大に喜んで只管杜夫人に會ふ日を樂んだが、ここは所謂瀟湘班竹の地で、昔から騒人志士が懷古の涙を搾るところである。夫人も亦身潔くして奸人の讒に逢ひ、孤影零然として異境に落魄する我が境遇であることを思うて、夜半そぞろに懷舊の情已み難く、轉々として眠をなさずに居る折柄、偶々傍の船でする人の話聲が耳に入つた。それに依ると杜推官は

も早や長沙を去つて、柳推官と云ふのが之に代つて居るといふのであ
る。而も、ただ杜推官の轉任を知つただけで何處に往つたかを知るよ
しもない。で張三をして探らしめると、杜推官は先頃成都の知府に陞
任し、今はもう任地に赴かれた後だと云ふ。

　이리하여 눈물과 함께 슬픈 이별을 했는데 배를 탄지 수일 후 늙
은 창두는 문득 병을 얻어 죽고 말았다. 부인은 슬픔을 가누지 못하
고 사체를 강가에 장사지내고 더욱 허전한 마음으로 여행을 계속했
다. 배는 어느 덧 동정(洞庭) 입구를 나와서 병양(兵陽) 아래에 도착했
다. 장사에 도착한 것은 하루 이틀 뒤였다. 부인은 크게 기뻐하며 한
결같이 두부인을 만나는 날을 고대했는데, 이곳은 이른바 소상(瀟湘)
반죽(班竹)의 땅으로 예로부터 소인(騷人) 지사(志士)가 회고의 눈물
을 흘리는 곳이었다. 부인도 역시 몸을 맑게 했지만 간사한 사람의
비방을 받고 타향에서 외롭고 조용히 넋을 잃고 있는 자신의 처지를
생각하니 밤중에 까닭 없이 옛날을 회고하는 마음이 그치지 않았다.
전전하며 잠을 이루지 못하고 있을 무렵, 때마침 배에서 사람들이
하는 말소리가 들렸다. 그것에 의하면 두추관은 이미 장사를 떠나고
류추관이라는 사람이 대신하여 왔다는 것이다. 게다가 단지 두추관
이 전임(轉任)했다는 것을 알고 있을 뿐 어디로 갔는가를 알 수 있는
방법도 없었다. 그리하여 장삼으로 하여 찾아보게 하니 두추관은 지
난번 성도(成都)의 지부(知府)로 승임(陞任)하여 지금은 이미 임지로
부임한 후라는 것이다.

　之を聞いた夫人の心は、身も魂も碎けるばかり、殆ど失神した人の

やうであつたが、やがて張三に向つて言ふ。

『長沙には杜夫人が居られぬとすれば、もう私は往く用もない。と云つて此に留まつて居ることも出來ない。私たち三人はここで舟を下りるから、私たちに構はず往つて下さい。』張三『では、夫人は何處に往かうとなさる。』夫人『何處といつて往くところもない。ああ。』乳母と叉鬟とは何うする術も知らないで、相扶けて泣くばかりであつたが、いつまでもさうしても居られないので、張三は三人を岸におろし、『どうぞお大事になさいまし』と言ひ遺して去つた。

이것을 들은 부인의 마음은 몸도 영혼도 부서지기만 하여 거의 실신한 사람과 같았다. 이윽고 장삼을 향하여 말했다.

"장사에 두부인이 없다고 한다면 이제 나는 갈 필요가 없다. 그렇다고 해서 이곳에 머무를 수도 없다. 이에 우리들 세 사람은 배에서 내릴 테니 상관하지 말아 주십시오."

장삼 "그렇다면 부인은 어디로 가실 것입니까?"

부인 "딱히 어디라고 갈 곳도 없습니다. 아이고."

유모와 차환은 어떻게 해야 할지도 몰랐기에 서로 울기만 했는데 언제까지 그렇게 할 수도 없기에, 장삼은 세 사람을 강가에 내려주고,

"아무쪼록 조심하십시오."

라는 말을 남기고 떠났다.

乳母は泣いて夫人に言ふ。『夫人、これから何うなさらうといふお思召か。』夫人『かうなつてはもう生きてゐることも出來まい。ああ、死ぬより外に道はないと見える。』と、そこで此の世の思ひ出に、せめては

故郷の山でもと、乳母と又鬟とに扶けられて小高い丘に登り、遥に大
江を望んだ。斷崖千尺のところ一古亭あり、懷沙亭と云ふ。蓋し屈原
投水の處である。夫人乳母に向つて言ふ、『杜推官が長沙に居られぬと
聞いては、先達の夢も全くあてにならないことが分つた。ここは古の
忠臣が讒に遭うて水に溺れる場所である。私に罪のないことは舅姑が
知つて居て下さる。ここで私も身を投げよう。』言ひ終つて水に飛び込
まうとするのを、二人は支へて、『折角これまで苦心して參りましたも
のを、夫人だけ死なせていいものですか。私共もお伴いたします。』と
言ふ。夫人『お前たちは死ぬ譯がない。お金もまだ少しは有るから、そ
れを二人で分けてそれぞれ身を託してお呉れ。もし北の方の人に遇つ
たら、私の事を傳へて下さい。』事に筆をとつて柱の上に『某年月日謝氏
貞玉水に溺れて死す。』と大書し、書き終つて天を仰いで言ふ、『如何に
天命なればとて、何うして私はこんなことなつたであらう。聖人の言
葉に善に福し惡に禍すとあるのは、皆僞り言であつたのか。だが、子
胥と云ひ屈原と云ひ、昔から義人の最後は皆斯の通り、して見れば今
私の死ぬのも當然である。』乳母も顧みて、『ああ麟兒はどうして居るこ
とだらう。も一度我が子と弟の顔を見たいが、それも叶はぬ今の我が
身……』と言ふ。で、三人一處に江流をのぞめば、陰雲起つて濤湧き
龍踊り、猿の啼く聲がしきりである。三人共に慟哭し、夫人は氣塞つ
て人事をわきまへない。乳母と又鬟とが泣きながら手足を擦つてゐる
うちに夫人の魂は昏々として何處にか去つた。

　　유모는 울면서 부인에게 말했다.
　　"부인 앞으로 어떻게 하실 생각이십니까?"

부인 "이렇게 되어서는 더 이상 살아갈 수도 없다. 아아, 죽는 것 말고는 방법이 없다고 본다."

라고 말했다. 이에 이 세상의 추억으로 적어도 고향의 산이라도 라고 생각하여 유모와 차환의 도움을 받아 좀 높은 언덕에 올라 아득히 큰 강을 바라봤다. 천척단애(千尺斷崖)한 곳에 오래된 정자가 하나 있었는데 회사정(懷沙亭)이라고 했다. 생각건대 굴원이 몸을 던진 곳이었다. 부인은 유모를 향하여 말하기를,

"두추관이 장사에 없다는 것을 듣고는 지난 날 꿈도 전혀 신뢰할 수 없다는 것을 깨달았다. 여기는 옛날 충신이 비방을 받아서 물에 빠진 장소이다. 나에게도 죄가 없는 것은 시부모님이 알고 계신다. 이에 나도 몸을 던지려고 한다."

라고 말을 다 하고 물에 뛰어 들어가려는 것을 두 사람이 지탱하며,

"어쨌든 지금까지 고심하며 왔습니다만 부인만 죽게 할 수 있겠습니까? 저희들도 함께 따라가겠습니다."

라고 말했다.

부인 "너희들은 죽을 이유가 없다. 돈도 아직 조금 있으니까 그것을 두 사람이 나누어서 각각 살아가도록 하여라. 혹시 북쪽 사람을 만나면 나의 일을 전하여 주게나."

붓을 들어 두부인에게,

"모년월일 사씨정옥(謝氏貞玉) 물에 빠져 죽습니다."

라고 크게 적고 다 적은 후에 하늘을 우러러 보며 말했다.

"아무리 천명(天命)[47]이라고 하더라도 어찌하여 나는 이런 일을

---

47 천명: 자연의 운명을 뜻한다(棚橋一郎·林甕臣編, 『日本新辞林』, 三省堂, 1897).

당하게 되었을까? 성인의 말에 선하면 복을 받고 악화면 화를 당한다고 하는 것은 모두 거짓말이었던가? 하지만 자서(子胥)나 굴원(屈原)이나 예로부터 의로운 사람의 말로는 모두 이와 같다. 그렇다면 지금 내가 죽는 것도 당연한 것이다.”

유모를 돌아보며,

“아아, 린아는 어떻게 지내고 있을까? 다시 한 번 우리 아이와 동생의 얼굴을 보고 싶다만, 그것도 이룰 수 없는 지금의 내 신세……”

라고 말했다. 그러고는 세 사람 함께 강물의 흐름을 바라보니, 하늘을 덮은 검은 구름이 일어나고 큰 물결이 솟아올라 용이 춤을 추듯하고 원숭이가 우는 소리가 들리는 듯했다. 세 사람 모두 통곡하고, 부인은 기가 막혀서 인간사를 알지 못했다. 유모와 차환이 울면서 손발을 주무르고 있는 사이에 부인의 영혼은 아득히 어디론가 사라졌다.

やがて謝氏の前に一人青衣の女童が現はれて、『娘々が御身を召して居ます。』と言ふ。夫人『娘々とは何人、そして何處に？』と訊くと、『來て見れば分る』とばかり、女童は先に立つて歩いて行く。夫人はその後について、山の後ろの竹林の中を過ぎると、朱門さながら王者の住家と思はれるものがある。三重の門をくぐつて行くと、廣い庭があり、高い屋根がある。瓦は瑠璃、石垣は玉、燦然たることは眼もくらむばかりであつたが、門の隙より窺ふと、中では幾百の彩女を集めて今、奏樂の眞最中である。

이윽고 사씨앞에 푸른 옷을 입은 여동(女童)[48]한 명이 나타나서,

"황후가 그대를 부르셨습니다."

라고 말했다.

부인 "황후란 누구? 그리고 어디에?"

라고 물으니,

"와 보면 알 것입니다."

라고 말하기만 하고, 여동은 먼저 일어서서 걸어갔다. 부인이 그
뒤를 따라 산 뒤에 있는 대나무 숲 속을 지나자 붉은 문이 마치 제왕
이 살고 있는 집 같은 것이 있었다. 삼중 문을 통과해 가니 넓은 정원
이 있고 높은 지붕이 있었다. 기와는 유리(瑠璃)이며 돌담은 옥으로
반짝반짝 빛나는 모양은 눈이 현기증이 날 정도였다. 문틈으로 엿보
았더니 안에서는 몇 백 명의 채녀(彩女)를 모아서 지금 한 참 풍악을
올리는 중이었다.

やがてそれが終ると、一人の侍女殿上より、『謝夫人を連れて來まし
たか。』と云ふ。靑衣の女童が『ここにお出でです。』とて、夫人を導いて
娘々の前に案内する。見ると娘々は龍鳳の冠を頂き威儀嚴然として上座
に坐つて居る。その傍にまた小さな坐があつて、一人の夫人が居る。

이윽고 그것이 끝나자, 시녀 한 명이 전각에서,

"사부인을 데리고 왔습니까?"

라고 말했다. 푸른 옷을 입은 여동이,

"여기에 오셨습니다."

---

48 여동: 여자아이, 소녀, 가까이에서 식사준비를 하는 소녀의 뜻이다(松井簡治·上
田万年編, 『大日本国語辞典』04, 金港堂書籍, 1919).

　　라고 말하고 부인을 인도하여 황후 앞으로 안내했다. 보니 황후는
　　용봉(龍鳳)의 관(冠)을 쓰고 위의(威儀) 엄연하게 상좌(上座)에 앉아 있
　　었다. 그 곁에 또한 작은 자리가 있었는데 부인 한 명이 있었다.

　謝夫人恐れ畏みて下手の方に坐ると、娘々『夫人は能く私を知つて居
るか。』謝夫人『下賤の私風情が何うして娘々を知りませう。』娘々『御身
は書史に通ずと聞けば、定めて我が號を知つて居るであらう。吾等兩
人は堯帝の二女、帝舜の二妃である。史に謂ゆる娥皇、女英とは吾等
が事。』謝夫人『書籍の中より久しく聖德を仰慕して居りましたが、圖ら
ずも今親しく拜謁を得ようとは。』娘々『ここに夫人を迎へたのは餘の
儀でない。夫人千金の身を以て空しく屈原の後を追はうとするは天意
の許さざる所。天道知るべからずとなすは、思ふに夫人の聰明が蔽は
れてゐる爲ではないか。』謝夫人『折角の御敎示ゆる、私の所存をも申
上げます。私、聽きます所によれば、上天に私なし、善を作す者には
福を下し、不善なるものには禍を下すと。處が今になつて見まするる
に、事實は全く之に反して居るので御座ます。子胥屈原の徒は勿論の
こと、閨中の者を擧げましても、衛の莊姜と云ひ、漢の班婕妤と云
ひ、その外烈女賢婦の德を修めて、天祐を得ないもの、身を潔うして
禍を蒙るものは、古來幾人あるか知れません。私はもと微賤の者、何
一つ取るべきところのなかつたのを、劉小師誤つて媒言を信じ、迎へ
て家の婦となされました。私としてこれ程の果報は御座いません。私
は日夜に戒めて、苟も罪を得るやうなことのないやうに努めました
が、小師の世を去られて以來家事大に謬り、遂に今日の如き悲運に陷
りました。今は死ぬるより外道はありません。この期に及んで天地の

大道に憾みを寄するのも、婦女の情として無理ならぬことではありま
すまいか。』

　　　사부인이 송구스러워 하며 아래 자리에 앉으니 황후는,

　　　"부인은 나를 잘 알고 있느냐?"

　　　사부인 "미천한 저 같은 것[49]이 어떻게 황후를 알겠습니까?"

　　　황후 "그대는 서사(書史)에 능통하다고 들었는데 틀림없이 나의
호를 알고 있을 것이다. 우리 두 사람은 요제의 두 딸로 제순의 두부
인이다. 역사에서 말하기를 아황과 여영이 바로 우리들을 가리키는
것이다."

　　　사부인 "서적에서 오래도록 성덕을 우러러 사모하고 있었습니다
만 뜻밖에 지금 가까이에서 배알하게 될 줄이야."

　　　황후 "이곳으로 부인을 맞이한 것은 다름이 아니다. 부인은 천금
의 몸으로 공허하게 굴원의 뒤를 좇으려고 하는데 하늘의 뜻이 허락
하지 않는다. 천지자연의 도리를 알 수 없다는 것은 생각하건대 부
인의 총명함이 덮고 있기 때문이 아닌가?"

　　　사부인 "어쨌든 가르침대로 저의 생각을 고하겠습니다. 제가 들
은 바에 의하면 하늘은 사사로움이 없어 착한 사람은 복을 내리고 착
하지 않은 사람은 화를 내린다는 것입니다. 하지만 지금 살펴보면
사실은 전혀 이에 어긋나 있습니다. 자서와 굴원의 무리는 물론이거
니와, 규중(閨中)[50]의 사람들을 예로 들어도 위나라의 장강이나 한나

---

49 저 같은 것: 일본어 원문은 '風情'이다. 멋, 정취, 기색과 같은 뜻을 나타내며 또는
그와 같은 의미를 낮추어서 칭할 때 사용한다(棚橋一郎·林甕臣編,『日本新辞林』,
三省堂, 1897).

50 규중: 일본어 원문은 '閨中'이다(松井簡治·上田万年編,『大日本国語辞典』02, 金

라의 반첩여나 그 열녀 현부의 덕을 닦아도 하늘의 도움을 얻지 못하고 몸을 깨끗이 하여 화를 당한 것과 같이 예로부터 얼마나 많은 사람들이 그러한 일을 당했는지 모릅니다. 저는 원래 미천한 자로 무엇 하나 뛰어난 것이 없었던 것을 유소사가 잘못하여 중매하는 사람의 말을 믿어서 집안의 며느리로 맞아 주셨습니다. 제게 이와 같은 행운은 없습니다. 저는 밤낮으로 조심하여 혹시라도 죄를 얻는 일이 없도록 노력했습니다다만, 소사가 세상을 떠난 이래 가사(家事)가 크게 그릇되어 결국 오늘과 같은 비운에 빠지게 되었습니다. 지금은 죽는 것 말고는 다른 길이 없습니다. 이러한 결심에 이르러 천지에 마땅히 지켜야 할 도리를 원망하는 것도 부녀(婦女)의 정으로써 무리가 아닌 것은 아니겠습니까?"

　娘々左右を顧み微笑を洩らして言ふ。『御身の言成る程一應の理はある。が、子胥屈原の世に容れられなかつたのは、言はば時の勢である。莊公と云ひ成帝と云ひ、愚にして莊姜を用ゐず婕妤を斥けたればこそ、その國は亡びその業は衰へたではないか。而も莊姜婕妤の名は千載に不朽である。善惡の報決して無しとは云ふことが出來ない。生前の困しみは一時の厄、身後の名は萬世の榮、喃(のう)さうではないか。殊に夫人は古の不幸な者とは違ひ、謝家は元來積善の家、小師は忠直の人、翰林また今は暫く事を誤つて居るとは云へ、元々明識の君子である。その今日の禍は、他日の大成を助けんが爲めに、天の與へ給ふ試練に外ならぬ。夫人の惡名は誠に痛ましい限りであるが、これ

　　港堂書籍, 1916).

恰も一片の浮雲のために霽時明光の蔽はれたものに過ぎないのである。彼の夫人を讒する惡漢どもは、今に大いなる天罰を受くるであらう。』とて、侍女に命じて茶を給し、『ではもうお歸りなさい。從者が心配して待つて居よう。』と言ふ。謝夫人『今歸つたところで、どうせ私は行先もない身。もし許されますならば、どうぞこのまま此處で侍女の末に置いて頂きたう存じます。』娘々笑つて、『何れは他日來る身であるが、今はその時でない。南海道人は御身と宿世の緣がある。暫く身を託して時の到るを待たれよ。』

황후는 좌우를 돌아보며 미소를 지으며 말하였다.

"그대의 말은 참으로 일리가 있구나. 하지만 자서와 굴원이 세상에 받아들여지지 않았던 것은 말하자면 시대의 기세이다. 장공이나 성제나 어리석어서 장강을 임용하지 못하고 첩여를 배척하였기에 나라는 망하고 그 업이 쇠하였던 것이 아닌가? 게다가 장강과 첩여의 이름은 천세에 불후했다. 선악의 보답은 결코 없다고는 말할 수 없는 것이다. 생전의 인연은 한 때의 재앙이나 죽고 난 후[51]의 이름은 만세에 영화롭다. 그렇지 않느냐? 특히 부인은 앞의 불행한 사람과는 달리 사씨는 원래 착한 일을 많이 한 가문이며 소사는 충직한 사람이다. 한림 또한 지금은 잠시 일을 오해하여 있다고는 하지만 원래 학문에 밝은 군자이다. 그 오늘 날의 화는 다른 날의 대성(大成)을 돕기 위한 것으로, 하늘이 내려 주신 시련임에 틀림없다. 부인의 오명은 참으로 아프기 그지없다만 이것은 마치 한 편의 뜬 구름이 하늘

---

51 죽고 난 후: 일본어 원문은 '身後'다. 사후의 뜻을 나타낸다(松井簡治·上田万年 編, 『大日本国語辞典』02, 金港堂書籍, 1916).

의 밝은 빛을 덮고 있는 것에 지나지 않는 것이다. 그 부인을 비방하는 악한들은 나중에 크게 천벌을 받을 것이다."

라고 말하고 시녀에게 명하여 차를 내오게 하며,

"그렇다면 이제는 돌아가거라. 하인들이 걱정하며 기다리고 있을 것이다."

라고 말했다.

사부인 "지금 돌아간다고 해도 어차피 저는 갈 곳도 없는 몸. 만약에 허락하신다면 아무쪼록 이대로 이곳에서 시녀의 끝에 있게 해 주셨으면 합니다."

황후는 웃으며, "어차피 다른 날 올 몸이지만 지금은 그때가 아니다. 남해의 도인은 그대와 전생에 인연이 있다. 잠시 몸을 맡기어 때가 되기를 기다려라."

かくて謝夫人は以前の女童に導かれて、靜かに殿上を下つた……
……と見たが、此の時二人の侍婢大聲に『夫人お目が醒めましたか。』
謝夫人坐り直して四邊を見廻はせば、日は既に暮れて波の音のみ高かつた。

이리하여 사부인은 이전의 여동에 이끌리어 조용히 전각을 내려가는……듯 보였는데, 이때 두 사람의 하인이 큰 소리로,

"부인 눈을 뜨셨습니까?"

사부인은 자세를 고쳐 앉고 사방을 둘러보았더니 날은 이미 어두워져 파도 소리만이 높았다.

(八) 禪門に歸依、觀音の示現
(8) 불문에 귀의하여, 관음이 나타남

やや暫くして謝夫人は、氣も漸く落ち着いて見ると、夢に娘々の言つた言葉がはッきりとして思ひ出されるのみならず、今し方飲んだ茶の香がまだ口にあるやうな感じがする。そこで乳母に向つて言ふ、『私は今何處へ行つたかね。』乳母『夫人は今息が絶えてゐらしたのですから、何處へもお出でになる筈はございません。』謝夫人夢に見た話を仔細に語り、『私は今彼の路から、靑い衣物を着た女の子に連れられて御殿のある所へ往つて來ました。お前たちもし疑ふなら私について來て御覽。』

잠시 후 사부인은 겨우 정신이 안정되어 보니 꿈에 황후가 말한 말이 명확하게 생각뿐만 아니라 방금 마신 차의 향이 아직 입에 있는 듯한 느낌이 들었다. 이에 유모를 향하여 말했다.

"나는 지금 어디에 갔다 왔을까?"

유모 "부인은 지금 숨이 멎어 있었기에 어디에도 갔을 리가 없습니다."

사부인은 꿈에서 본 이야기를 자세히 말하며,

"나는 지금 그 길에서 푸른 옷을 입은 여자아이에게 이끌리어 전각이 있는 곳으로 갔다 왔습니다. 그대들 혹시 이상하다면 나를 따라 와 보시게."

さう言ひつつ夫人はやをら身を起して、林の北に歩いて行くと、果

してそこに一つの古い廟があつた。黃陵廟といふ札がかかつて居る。疑もなく皇英の廟である。殿字は荒れはてて見る影もないが、殿上には皇英の像が儼として中央に置かれてある。謝夫人拜跪して言ふ。『私は娘々の眷遇を荷ふもの、もし此の身生きて尙ほ冥福を得ることもあらば、誓つて聖德に報い奉ります。』時に三人共頗る空腹を感じたので、又鬟に命じて民家に食を乞はしめ、三人器を同じうして食べた。

　　そ렇게 말하면서 부인이 천천히 몸을 일으켜 숲의 북쪽으로 걸어 가니 과연 그곳에 하나의 낡은 사당이 있었다. 황릉묘(黃陵廟)라고 하는 얇은 나무 조각이 걸려 있었다. 의심할 것도 없이 황영의 사당이었다. 전자(殿字)는 황폐해져 볼품없지만 전상(殿上)에는 황영의 형상이 의젓하게 중앙에 놓여 있었다. 사부인은 절하고 꿇어앉아서 말하기를,
　　“나는 황후의 후한 대접을 받았는데 만약에 이 몸이 살아서 더욱 명복을 얻을 수 있다면 맹세하건데 보답하겠습니다.”
　　이때 세 사람 모두 굉장한 공복을 느꼈기에 차환에게 명하여 민가에 가서 음식을 얻어오게 했다. 세 사람은 그릇을 같이하여 먹었다.

　　忽ち靄がなくなつて、月色漸く明かとなつた。と見るうち二人の女が來て、謝夫人一行をすかし見て言ふ。『ああ此に居る、此に居る。』謝夫人近くままに能く見ると、一人は尼で、他の一人は女童である。謝夫人に問うて言ふ。『あなたは水に投じて死なうとなさつた方ですか。』三人驚いて『あなたは何うしてそれを御存じのですか。』といふと、尼は慌てて一禮し、『私たちは洞庭の上の君山に居るものですが、この間夢

うつつの際に觀世音が現はれ、淑女讒に罹つて水に投ぜんとす、爾等
黃陵廟に行き救護し來れ、と仰しやいましたので、俄に舟を仕立てて
此處に來たのです。』謝夫人『私たちは瀕死の身の上、幸にして御救ひを
得ますれば難有い仕合で御座います。』尼僧『出家は慈悲を以て本とする
もの、まして菩薩のお示しに預つたので御座いますから、決して御遠
慮には及びません。』

갑자기 연무가 없어지면서 달빛이 점차 밝아지는 것을 보고 있는 사
이에 여자 두 사람이 와서 사부인일행을 틈사이로 보면서 말하기를,

"아아, 이곳에 있구나, 이곳에 있어."

사부인은 가까이에서 자세히 보니 한 사람은 비구니고 다른 한 사
람은 여동이었다. 사부인에게 물으며 말하기를,

"당신이 물에 빠져서 죽으려고 한 사람입니까?"

세 사람은 놀라서,

"당신은 어떻게 그것을 알고 있습니까?"

라고 말하니 비구니는 허둥지둥 서둘러 가볍게 인사를 하며,

"저희들은 동정이라는 지방의 위에 있는 군산에 사는 사람입니다
만, 요전에 비몽사몽간에 관세음이 나타나 숙녀가 비방에 휘말려서
물에 빠지려고 하니 너희들이 황릉의 사당에 가서 구원하고 오라고
말씀하셨기에 즉각 배를 준비하여 이곳으로 온 것입니다."

사부인 "우리들은 죽음에 직면한 몸입니다만 다행히 구원을 받을
수 있다면 행복하겠습니다."

여승 "출가는 자비를 근본으로 하는 것인데 하물며 보살의 알림
을 맡아 왔으니 결코 사양하지 마십시오."

427

やがて連れ立つて岸を下り、そこに繋いであつた船に乗ると、尼僧と女童とが舵をとつて、折からの順風に飛ぶが如く走らせた。程もなく君山に着く。君山は八百里洞庭の中に在つて、西面水に臨み、亂岩聳立、古篁欝業、人跡殆ど至らざる處である。尼僧は謝夫人を扶けて月の光に徑を索め、一歩に休み二歩に休みして漸く庵に達した。

이윽고 함께 가며 언덕을 내려와 이에 묶어 두었던 배를 타자 여승과 여동이 키를 잡았다. 때마침 순풍으로 날아갈 듯 달려 곧바로 군산에 도착했다. 군산은 800리 동정 안에 있는데 사면이 물에 임하여 있으며 어지러운 바위가 우뚝 솟아 있고 오래된 대숲이 무성한 것이 사람의 흔적이 거의 이르지 않은 곳이었다. 여승은 사부인을 도와서 달빛으로 길을 찾으며 한 걸음에 쉬고 두 걸음에 쉬면서 이윽고 암자에 도착했다.

この夜三人は神も魂も疲れはててグッスリ朝まで寝てしまつたが、尼僧は早く起きて佛殿を淸め、香を焚き磬をたたいて禮拜する。謝夫人も同じく乳母、叉鬟と共に沐浴し、爪の剪つて佛壇に向つたが、禮拜畢つてその面前の賛文を見た時に、覺えず潛然として涙を流した。といふのは、その觀音の像たるや、十餘年前羽化庵の妙姬に賴まれて夫人が賛した白衣像のそれであつたのである。

그날 밤 세 사람은 신이고 혼백이고 너무 지쳐서 아침까지 푹 자 버렸는데, 여승은 일찍 일어나서 불전(佛殿)을 맑게 하여 향을 피우고 경을 두들기며 예배했다. 사부인도 마찬가지로 유모와 차환과 함

께 목욕하고 손톱을 가지런히 깎고는, 불단을 향하여 예배를 마치고
그 눈앞에 있던 찬문(贊文)을 보다가 자신도 모르는 사이에 눈물을
흘렸다. 그러한 연유는 그 관음의 형상이라는 것이, 10여 년 전 우화
암의 묘희에게 부탁받아서 부인이 찬을 적었던 백의상 바로 그것이
었기 때문이다.

尼僧は怪しみ『あなたは何故泣かれるのか。』と問ふ。謝夫人『これは
私が娘時代に寫した贊でございます。』と言ふ。尼僧『それではあなた
は、あの謝給事の御令孃ですか。よく似た方とは思ひましたが、こん
な處で御目にかからうとは思ひも寄らないものですから。私は之を書
いて頂いた妙姬でございます。』謝夫人『まァ左樣でしたか。いろいろの
苦勞で眼も心も暗くなつたと見えまして、仰やつて頂かなければ些と
も氣が付かないのでございます。』妙姬『彼の時小師がこの文を見て、非
常なお悅びで、早速御婚禮のことを取りきめられたのでしたが、恰度
師匠から早く歸れといふ催促がありましたので、御婚禮をも見ずに菩
薩の像を頂いて、衡山の方へ轉住しました。それ以來十年、師匠が亡
くなりましてからは、據る邊とてなき詮方なさ、この別世界を借り受
けまして小庵を構へたのでございますが、時々畫像を見贊文を拜誦し
てはあなたの事を思ひ出して居りました。それにしてもあなたは、何
うしてまた此處へはお出でになりました。』

여승은 기이하게 여기며,
"당신은 왜 우시는 것입니까?"
라고 말했다.

사부인 "이것은 내가 소녀시절에 베낀 찬입니다."
라고 말했다.

여승 "그렇다면 당신은 그 사급사의 따님입니까? 매우 닮았다고 생각은 했습니다만 이런 곳에서 만나게 될 줄이야 생각지도 못했습니다. 저는 이것을 적어 받은 묘희입니다."

사부인 "이런 그렇습니까? 이런저런 고생으로 눈도 마음도 어두워져서 말씀해 주시지 않았으면 전혀 알아차리지 못했을 것입니다."

묘희 "그때 소사가 이 문장을 보고 매우 기뻐하며 서둘러 혼례를 치룰 것을 결정하셨습니다만 마침 스승님에게서 빨리 돌아오라는 재촉이 있었기에 혼례도 보지 못하고 보살의 형상을 받아들고 형산 (衡山)방향으로 옮겨오게 되었습니다. 그 이후로 10년 스승이 돌아가신 후로는 의거할 곳도 없어 마지못해 이 별세계를 빌려서 작은 암자를 지었던 것입니다만 때때로 얼굴 그림을 보고 찬문을 읽으면서 당신을 생각하곤 했습니다. 그렇다고 하더라도 당신은 무엇을 하러 다시 이곳에는 오셨습니까?"

　そこで謝夫人、涙ながらこれまでの出來事を事細かに述べると、妙姬も泣いて、『ああ、世の中の事といふものは皆かうしたものですか知ら。しかし榮枯盛衰は天の命數、餘り心配せずにいらつしやいまし。』といつて親切に勸はる。謝夫人が亦、今更のやうに贊を讀み、『脩竹天寒、海波萬里』の句を咏じて、偶然の一語が今日の我が身を現はして居る不思議さを歎じた。

　이에 사부인은 울면서 지금까지의 일들을 상세히 이야기하자 묘

희도 울면서,

"아아, 이 세상의 일이라는 것은 모두 이런 것입니까? 하지만 번 영과 쇠락은 하늘의 타고난 운명, 너무 걱정하지 말고 계십시오."

라고 말하고 친절하게 돌보았다. 사부인도 역시 새삼스러운 듯 찬을 읽으며,

"추운 날 길게 자라는 대나무, 머나먼 거리에 바다에서 이는 큰 물결"

이라는 한구를 읊으며 우연히 한 구가 지금의 자신의 처지를 나타 내고 있다는 신기함에 탄식했다.

ある日妙姬、『私は以前少しく罪を習つたことがあります。試みに今 後の運命を見て上げませう。』と言つて罪を見て言ふ。『八字の中に六福 が備つて居ます。で、今六年間は災がつづきますが、それさへ過ぐれ ば壽福無窮、榮榮世に輝くと出て居ます。』謝夫人之を聞いて初めて、 前に見た夢のことを思ひ出し、『此の邊りに白蘋の洲はあるでせうか。』 妙姬『洞庭の南に一つの島がありまして、其處には白蘋が澤山繁つて居 ます。花の開く時分はまるで雪のやうですから、白蘋洲と云はれて居 ます。』謝夫人『それです。それです。』と言つて詳しく夢の話をした。妙 姬、『今に時が來れば分ります。』

어느 날 묘희는,

"나는 이전에 조금 점을 배운 적이 있습니다. 시험 삼아 앞으로의 운명을 봐 드리겠습니다."

라고 말하면서 점을 보며 말했다.

"팔자(八字) 안에 여섯 가지 복을 갖추고 있습니다. 그러하기에 지

금 6년간은 화가 계속되지만 그것만 지나가면 끊임없이 오래 살며 복을 누리고 영화로움이 세상에 빛난다고 나와 있습니다."

사부인이 이것을 듣고 처음으로 전에 본 꿈을 떠올리며,

"이 부근에 백빈주(白蘋洲)가 있습니까?"

묘희 "동정의 남쪽에 섬 하나가 있는데 그곳에는 새하얀 마름꽃이 가득 무성합니다. 꽃이 피는 시기가 마치 눈과 같아서 백빈주라고 불리고 있습니다."

사부인 "그것입니다. 그것입니다."

라고 말하고 상세하게 꿈 이야기를 했다.

묘희 "나중에 때가 오면 아실 것입니다."

かくて暫く他の話に移つたが、談はたまたま長沙に行く途中、風に逢つて一少女の家に泊まつたことに及んだ。妙姬言ふ。『その少女といふのは私の姪で、秋英と申し、父母共に亡くなつて以來、繼母の手に育てられて居るのですが、聞けば秋英は非常な孝行者で、繼母との間も至つて平和に、家も繁昌して居るといふことです。』謝夫人も口を極めてその少女の賢と美を說き、自らの足らざるを恥ぢた。かうして每日々々暮らしてゐるうちに、歲月は空しく過ぎて、眞に天地家なく江湖に客たる有髮尼の生活を送ることとはなつたのである。

이리하여 한동안 다른 이야기로 옮겼지만 이야기는 때마침 장사로 가는 도중 바람을 만나서 한 소녀의 집에 머문 이야기에 이르렀다. 묘희가 말하기를,

"그 소녀라는 사람은 나의 조카로 추영이라고 하며 부모가 다 돌

아가신 후 계모의 손에서 자라고 있습니다만 듣자하니 추영은 상당한 효녀로 계모와의 사이도 대단히 평화스럽고 집도 번창하다고 합니다."

사부인도 극구 그 소녀의 현명함과 아름다움을 설명하며 스스로 모자람을 부끄러워했다. 이렇게 하루하루를 지내고 있는 동안에 세월은 공허하게 지나 참으로 천지에 집도 없이 강호(江湖)의 나그네와 같은 미망인의 생활을 보내게 된 것이다.

却說、社夫人が墓を出て長沙へ向つたあとで、冷振は失望してこの事を董淸に話し、且つ新城へ行つたと云ふことを村人から聞いて、新城の方を探したけれども、到頭夫人の姿を見出すことができないので已むなく遂にそれきりとなつた。喬氏は翰林に向ひ、『謝氏は情人と何處かへ駈落ちしたさうです。あんな淫婦の腹に出來た麟兒のやうな兒は、きつと母親の惡い血を受けて居るにきまつて居ます。それに誰れの胤だか知れたものではないのですから、祖先を辱かしめないうちに何うかしちまつたら何うでせう。』と言つた。が、翰林は流石に、『昔から惡い母親から出來た兒にでも立派なのは幾らもある。殊に麟兒の骨格は先父にも俺にも能く似て居るから、決してそんな心配はない。』と云つて取り合はず、且つひそかに喬氏が麟兒を虐待しはせぬかと氣遣うて、注意して保護を加へて居つたので、喬氏も麟兒に對してはどうすることもできなかつた。

각설하고, 사부인이 묘를 나와서 장사로 향한 후, 냉진은 실망하여 이 일을 동청에게 말하고 다시 신성으로 갔다는 것을 마을 사람들에게서 듣고는 신성 쪽을 찾아봤지만 결국 부인의 모습을 발견하지 못했기에 부득이 결국 그것으로 끝냈다. 교씨는 한림을 향해,

"사씨는 정인(情人)과 어딘가로 사랑의 도피를 한 듯합니다. 그런 음란한 부인의 배에서 나온 린아와 같은 아이는 필시 어머니의 나쁜 피를 이어받았을 것입니다. 게다가 누구의 핏줄인지도 알 수 없으니까 조상을 욕되게 하기 전에 어떻게 하시는 것은 어떻습니까?"

라고 말했다. 하지만 한림은 그렇다고는 하더라도,

"예로부터 나쁜 어머니에게서 태어난 아이라도 훌륭한 사람은 얼마든지 있소. 특히 린아의 골격은 조부님도 나도 매우 닮아 있으니까, 결코 그런 걱정은 필요 없소."

라고 말하고 상대를 하지 않았다. 또한 몰래 교씨가 린아를 학대하지는 않는지 신경을 쓰며 주의하여 보호했기에 교씨도 린아에 대해서는 어찌할 수가 없었다.

喬氏は日常、姿形を粧うて、偏に淫樂を事とし、翰林を惑はして掌中に弄んで居つたが、自己の不行跡は何時まで蔽ふこともできなかった。で、召使の者どもの口から一件の暴露せんことを恐れて、少しも蔭口をきくものに對しては、極罰を加へて威壓するのが常であつたから、家中の者は恐れておののいて一言も敢て言ふものはなかつた。で、喬氏は誰れ憚るところもなく、思ふ存分惡業を逞うし、翰林が宿直の夜は、早くより百子堂に寝て董清を喚び入れ、あたり構はず巫山戲まはるのを常として居たので、之を知るもの皆齒をくひしばつて憤つてゐたけれども、うかうか言へば生命にかかるので默つてゐた。

교씨는 평소에 몸단장을 하고 오로지 음란한 음악만을 하며 한림을 미혹하여 손바닥 안에서 마음대로 다루었지만 자신의 방탕함을 어디까지나 감출 수 없었다. 그리하여 하인들의 입에서 폭로되는 것을 두려워하여 조금이라도 뒷담화를 말하는 자에게는 벌(極罰)을 더하여 위압하는 것이 일상이었기에, 집안에 있는 사람은 두려워 각기 감히 한 마디도 말하는 자가 없었다. 그리하여 교씨는 누구를 두려워하지도 않고 마음대로 나쁜 짓을 저지르고 한림이 숙직하는 밤은 일찍부터 백자당(百子堂)에 동청을 불러들여 자며 주위에 아랑곳하지 않고 시시덕거리는 것을 일상적으로 행했기에 이것을 알고 있는 사람 모두 이를 악물고 화가 났지만 얼떨결에 말해 버리면 생명이 걸려 있었기에 잠자코 있었다.

ある日天子、西苑に饗宴を催し給ひ、翰林も陪食を仰せ付けられたが、生憎天子御不例のために一同退出することができなかつた。漸く家に歸つたのは翌朝昧爽の頃であつたが、その時恰度喬氏は董淸を引き入れて、百子堂で寝て居たのであつた。侍婢秋香わざとこれを訐かうとして、『夫人は百子堂に入らつしやいます。』と言ふ。喬氏は翰林が歸つたらしい樣子に急いで起きて董淸を送り出し、あわてて內堂に入つたが、此の時遲く翰林は旣に內堂に立つて居たので、喬氏に向つて言ふ。『百子堂は久しく修理しないでほうッてあるのに、何故內堂で寝ないで彼方で寝るのか。』喬氏『內堂で寝ると屹度魘はれますから、だから時々外で寝るのです。』翰林『もつともだ。俺も近來家で寝ると決まつて夢見が惡いが、外で寝ると何ともないので不思議に思つてゐた。お前もさうだとすると尙更不思議だ。一度卜者をよんで訊いて見よう。』

어느 날 천자가 서원(西苑)에 향연을 베풀었다. 한림도 배식(陪食)의 명령을 받았지만 공교롭게도 천자의 병환으로 일동은 퇴출할 수가 없었다. 겨우 집에 돌아온 것은 다음 날 아침 새벽 무렵이었는데, 그때 마침 교씨는 동청을 불러들여서 백자당에서 자고 있었다. 몸종 추향은 일부러 그것을 들추어내기 위해서,

"부인은 백자당에 있습니다."

라고 말했다. 교씨는 한림이 돌아온 듯한 모습에 서둘러 일어나서 동청을 내보내고 당황하여 내당으로 들어갔는데, 이때 한림은 이미 내당에 들어가 있었기에 늦었다. 교씨를 향해 말했다.

"백자당은 오래도록 수리하지 않아 방치해 두었는데, 왜 내당에서 자지 않고 그쪽에서 자는 것이냐?"

교씨 "내당에서 자면 필시 습격을 당할 것이기에 그래서 때때로 밖에서 자는 것입니다."

한림 "지당하다. 나도 근래 집에서 자면 반드시 꿈자리가 나쁜데 밖에서 자면 아무렇지도 않아서 이상하다고 생각하고 있었다. 너도 그렇다고 하면 더욱 이상한 일이다. 한 번 점쟁이를 불러서 물어 보자꾸나."

此の頃嚴丞相が仙兒の說を以つて天子の意を迎へ、ひとり其の恩寵を恣まにして居つたが、諫議太夫海端は、天子が西苑にあつて祈禱を事として居らるるを見て、疏文を上つて嚴丞相を彈劾した。然るに天子は、却つて海端を憎んで廷尉に下し給うたので、翰林は同僚と共に上疏して海端を救はうとした。それらの事から翰林も亦不興を得、病と稱して暫く出仕を控へて居たが、一日陶の眞人が翰林を尋ねて來た

のを幸ひ、此の夢見のことを問うて見た。

　　　이때 엄승상이 선아(仙兒)의 도리로 천자의 뜻을 따르고 홀로 그 은
총을 제멋대로 했는데 간의대부(諫議太夫) 해서(海瑞)는 천자가 서원
(西苑)에서 기도를 올리고 있는 것을 보고 소문(疏文)을 올리고 엄승상
을 탄핵했다. 그럼에도 천자는 오히려 해서를 미워하며 정위(廷尉)를
내렸기에 한림은 동료와 함께 상소하여 해서를 구하려고 했다. 그러
한 일로 한림도 역시 불흥(不興)을 얻어 병이라고 고하고 한동안 출사
를 삼가고 있었는데 하루는 도(陶)나라에서 진인(眞人)이 한림을 찾아
온 것이 좋은 계기가 되어 이 꿈에서 본 이야기를 물어 보았다.

　眞人内房に入つて仔細に四邊の樣子を見るに、成る程妖氣がある。
そこで家の人たちをして寢床や壁などを毀たしたところが、果して奇
妙な木製の人形が澤山出て來た。翰林驚いて、『これは一體、何だら
う。』眞人『これが人を害する者なのです。あなたの侍妾のうちに寵を專
らにしようとして、かういふ物を作つた人間があるので』せう。昔から
此の術を以て人の精神を亂し、理非を辨へる能力を奪つた例は幾らも
あります。直ぐ燒き棄てた方が宜しい。』と言ふ。そこで悉くそれを燒
き棄てて妖氣を一掃したが、眞人尙ほも翰林に言ふ。『今あなたのお顔
を拜見するに、眉間に黑氣あり、家に不吉の相あり、これ主人家を棄
つるの兆とされて居ります。あなたは能くよく言行を愼み、禍を避け
なくてはなりません』と。翰林後でつらつら思ふやう、『前日の變は謝
氏の手になつたものに違ひないが、今度のは謝氏が居なくなつてから
のことだ。これは家内にまだ必ず惡い奴が居るに違ひない。謝氏の出

て行つたのは、或は無實の罪ではなかつたか知ら。』一體此の大人なる
ものは、喬氏が十娘の妖術を用ひて埋めたもので、外堂の私通を蔽は
んが爲めに、内堂で寝ると魘はれるなどと言つて翰林に疑を抱かせよ
うとしたのであつたが、却つて計略は齟齬して、結果は自分の惡企み
を訐かれる樣な譯になつたのである。

　　진인이 내방에 들어와서 자세히 사방의 모습을 보더니 과연 괴이
한 기운이 있었다. 이에 집에 있는 사람들로 하여 침상과 벽 등을 깨
뜨려 보니 과연 기묘한 목제 인형이 가득 나왔다. 한림은 놀라서,
　　"이것은 도대체 무엇인가요?"
　　진인 "이것은 사람을 해하는 것입니다. 당신의 첩 중에서 총애를
오로지 자기 것으로 하고자 이러한 물건을 만든 사람이 있을 것입니
다. 예로부터 이 주술로 사람의 정신을 흐리게 하고 옳고 그름을 분
별하는 능력을 빼앗은 예도 얼마든지 있습니다. 바로 태워 버리는
것이 좋을 것입니다."
　　라고 말했다. 이에 모조리 태워 버리고 괴이한 기운을 전부 쓸어
버렸는데 진인은 더욱더 한림에게 말했다.
　　"지금 당신의 얼굴을 보니 미간에 불길하고 음산한 기운이 있으며
집에 불길한 형상이 있습니다. 이것은 주인이 집을 폐할 징조입니다.
당신은 언행을 조심스럽게 하고 화를 피하지 않으면 안 됩니다."
　　한림은 나중에 곰곰이 생각해 보니,
　　"지난날의 변은 사씨가 한 일임에 틀림없겠지만 이번 일은 사씨
가 없어지고 나서의 일이다. 이것은 필시 집안에 아직 나쁜 자가 있
음에 틀림없다. 사씨가 나간 것은 어쩌면 무고한 죄가 아니었을까?"

이 나무로 만든 사람은 전부 교씨가 십낭의 괴이한 주술로 묻어
둔 것이었다. 사랑에서 사통(私通)하는 것을 덮기 위해 내당에서 자
면 가위에 눌린다는 것과 같은 것을 말하고 한림에게 의심을 품게 하
기 위함이었는데 오히려 계략은 어긋나서 결과는 자신의 나쁜 꾀를
폭로하는 것이 되었다.

翰林は喬氏の所爲とは知るよしもなかつたが、積年の妖物を燒き棄
てて、頓に淸爽した氣持ちを恢復したので、靜かに心を落ち着けて過
去四五年間の事をふり返つて見ると、何となく長い夢の覺めたやうな
心持を禁じ得ない。そこで終日机に憑れて、頻りに過ぎ去つた日を後
悔し、さまざまの感情を胸に往來させて居ると、恰度成都から來た人
があつて、杜夫人からの手紙をことづかつて來た。杜夫人は固より謝
夫人の事を知らない。手紙には次の如くあつた。

한림은 교씨의 소행이라는 것은 알 리가 없었기에 여러 해 동안의
괴이한 물건을 태워 버리고 갑자기 후련한 기분을 회복했다. 그리하
여 조용히 마음을 안정시키고 과거 4-5년간의 일을 돌아보았다. 왠
지 긴 꿈에서 깨어난 듯한 마음을 금할 수 없었다. 이에 종일 책상에
기대어 계속해서 지난날을 후회하며 여러 감정이 가슴에 일어났는
데 때마침 성도(成都)에서 온 사람이 있어 두부인에게서 부탁받은 편
지를 들고 왔다. 두부인은 원래 사부인의 일을 몰랐다. 편지에는 다
음과 같았다.

お別れ申してより幾日月、遥かに御健康を祝し申候、人臣となつて

君に事ふる唯忠節あるのみ、御身はもとより祖宗の流を受け聖賢の書
に親む人に候へば、敢て老身の戒飭を要せざることには候へども、謝
氏の賢は先兄能く知り御身之を知らず、謝氏の行は先兄能く知り御身
之を知らず、かくて淫穢の事を以て貞淑の人を疑ふに至つては、先人
に及ばざる遠しと存じ候、先兄臨終に當り老身に御身の事を託され候
も、老身は先兄の意を體する能はずして事毎に先兄に反せしむ、他日
何の面目ありて地下に先兄に見え申すべき、老身といへども、御身の
愛するものは愛し、御身の憎むものを憎む、若し謝氏にして喬氏の如
くならしめ、喬氏にして謝氏の如くならしめば、老身また喬氏をとり
て謝氏を斥くべし、何ぞ彼此の分によりて貴賤の別を爲すべ

き、老身はただ公心あり、御身が愛に溺れて私を蔽ふとは異なるの
みに候、呉々も謝氏をして淸節を全うせしめ、先兄が眷々の意に副は
しめられんことを希望に堪へず候、草々。

　　헤어짐을 전하고 여러 날 아득히 건강을 빕니다. 신하가 되어 임
금을 섬기는 것은 오직 충절뿐입니다. 그대는 원래 조상의 학술을
이어받아 성현의 글을 가까이 한 사람입니다. 굳이 늙은이가 훈계하
고 가르치는 것을 필요로 하지 않겠지만 사씨가 어진 것은 돌아가신
오라버님이 잘 아시지만 그대는 이것을 모르며, 사씨의 행실을 돌아
가신 오라버님은 잘 아시지만 그대는 이것을 모릅니다. 이리하여 음
란한 것으로 정숙한 사람을 의심하기에 이른 것은 선친에 미치지 못
하고 멀어져 가는 것이라고 생각합니다. 돌아가신 오라버님은 임종
에 이르러 늙은이에게 그대의 일을 부탁하셨습니다만 늙은이는 돌
아가신 오라버님의 뜻을 따르지 못하고 매사에 어긋나고 있습니다.

후일 무슨 면목이 있어 지하에 계신 오라버님을 뵙겠습니까? 늙은
이 또한 그대가 사랑하는 것은 사랑하고 그대가 미워하는 것은 미워
합니다. 만약 사씨가 교씨와 같고 교씨가 사씨와 같다면 늙은이는
또한 교씨를 선택하고 마땅히 사씨를 배척할 것입니다. 다만 늙은이
에게는 공평한 마음이 있어 그대가 사랑에 빠져서 사사로움을 덮어
버리는 것과는 다릅니다. 아무쪼록 사씨가 맑고 깨끗한 절개를 온전
하게 할 수 있게 하여 돌아가신 오라버님이 말씀하신 뜻에 버금갈 수
있기를 바랍니다. 간략하게 이만 줄입니다.

讀んで居るうちに翰林の眼からは、初めて悔悟の一滴が落ちた。再
三讀み返して獨り心に言ふ、『輕々しく謝夫人を去つたのは如何にも我
が過ちであつた。本人の事と云ひ、玉環の事と云ひ、掌珠の禍と云
ひ、何れも皆疑ふべからずして疑ひ、罪すべからずして罪したもので
ある。自分は今まで奸人の術中に陷つてそれに氣が付かなかつたの
だ。ああ馬鹿な事をした。』

읽고 있는 동안에 한림의 눈에서는 처음으로 회개의 눈물 한 방울
이 떨어졌다. 재삼 읽어 보며 홀로 마음속에 말했다.

"경솔히 사부인을 떠나보내게 한 것은 얼마나 내가 잘못한 것인
가? 나무로 만든 사람의 일이나 옥 반지의 일이나 장주의 불행이나
어느 쪽 모두 다 의심해서는 안 되는데 의심하고 벌해서는 안 되는데
벌하고 만 것이다. 자신은 지금까지 간사한 사람의 주술에 빠져서
그것을 깨닫지 못했던 것이다. 아아, 바보스러운 일을 한 것이다."

喬氏はもともと機敏な女であつたから、翰林の樣子を見てとつて、
早くもそれと察した。そこで董淸に向つて此の事を告げると、董淸言
ふ。『吾々二人の間の事は家中で今や知らないものはない。ただ今まで
口にしないのは吾々の威勢に怖れてだ。だから翰林の心が變つたとす
れば、皆の者が蜂のやうに集まつて吾々の事を惡く言ふにきまつて居
る。さうすればもう吾々もお仕舞いだ。』喬氏『もう此うなつたら仕方な
い。どうすればいいか知ら。』董淸『破れかぶれさ。毒を飮まして一思ひ
に翰林をやッつけてしまふのさ。さうすれば吾々二人は何時までででも
夫婦になつて居られるし、いいぢやないか。』喬氏は暫く思案して居た
が、『それはどうも一寸贊成できないわ。もしやり損なつたら大變だも
の。それよりかもつと萬全の策を考へて頂戴よ。』

　　교씨는 원래 민첩한 여인이었기에 한림의 모습을 보고 이미 그것
을 감지했다. 이에 동청을 향해 이 일을 알리니, 동청은 말했다.
　　"우리들 두 사람 사이의 일은 이제는 집 안에서 모르는 사람이 없
다. 다만 지금까지 입 밖에 내지 않은 것은 우리들의 위세가 무서웠
기 때문이다. 그러니까 한림의 마음이 변했다고 한다면 모두가 벌과
같이 모여서 우리들의 일을 나쁘게 말할 것임이 틀림없다. 그렇게
된다면 이제 우리들도 끝나는 것이다."
　　교씨 "이제 이렇게 된 바에는 방법이 없소. 어떻게 하면 좋을까 모
르겠소."
　　동청 "자포자기다. 독을 마시게 하여 한 번에 한림을 죽여 버리는
것이다. 그렇게 한다면 우리들 두 사람은 언제까지고 부부가 되어
살 수 있을 것이다. 좋지 않느냐?"

교씨는 한동안 생각하고 있다가,

"그것은 아무래도 좀 찬성할 수 없소. 만약에 실패한다면 큰일이오. 그것보다 더욱 만전을 기하는 방법을 생각해 주세요."

　その日は恰度翰林が病餘努めて出仕してから數日たつてのことであつたが、ある日喬氏、翰林の書齋にいつて董淸と密議を凝らして居ると、ふと机の上に何か書きかけた一枚の紙のあるのが目についた。取つて見ると、翰林自作の詩である。詩に曰く、

　古人誇誕復堪後。鑑戒昭々盍念哉。天上書仍明主降。水中杯爲二佞臣一來。朝無二正士一治還亂。

　政拂二群心一瑞亦災。惟願至尊調二玉燭一。儻敎二人物一上二春臺一。

그날은 때마침 한림이 병을 앓고 난 뒤 있는 힘을 다하여 출사한 지 수일이 흐른 뒤였는데, 어느 날 교씨는 한림의 서재에 가서 동청과 몰래 의논을 하고 있다가 책상 위에 무언가 적혀 있는 한 장의 편지가 있는 것이 눈에 띠었다. 들어 보니 한림의 자작 시였다. 시에서 말하기를,

옛사람의 허탄함을 후인들 비웃나니
감계가 분명한데 어찌 생각 않는 건가
천상의 글월은 임금님이 내리시고
수중의 술잔은 간신 탓에 가져 왔네

바른 선비 있지 않아 치세 도로 난세 되고
백성 마음 못 일으켜 상서가 또 재앙 되네
부디 지존께선 태평성대 이루시어
인재들 봄 누대에 오를 수 있게 되길

董淸幾たびも讀み返して滿面に喜色を湛へ、喬氏に向つて言ふ。『天子詔を下して、酉苑の祈禱を譏るものは極刑に處すべしとある。翰林の詩は正に時の政治を歎する意に出で、祈禱を議し嚴丞相を佞人に比して居る。今若し此の詩を嚴丞相のところへ持つて行つて見せたなら、丞相は直に上奏し、忽ち翰林を縛るであらう。これは好いものが手に入つた。萬歲々々。』喬氏『此間の企らみは六かしかつたが、これなら人の手を借りてやる仕事だから、こんな愉快はないわ。

동청은 몇 번이고 다시 읽으며 만면에 기쁜 얼굴빛을 참을 수 없어 교씨를 향해 말했다.

"천자가 명령을 내리시어 서원(西怨)에서의 기도를 나무라는 자는 극형에 처한다는 것이다. 한림의 시는 바로 당대의 정치를 한탄하는 뜻을 나타내며 기도를 나무라고 엄승상을 아첨꾼에 비교하고 있다. 지금 이 시를 엄승상에게 가져가서 보인다면 승상은 바로 임금에게 아뢰어 바로 한림을 잡아 갈 것이다. 이것은 좋은 것이 손에 들어왔다. 만세. 만세."

교씨 "지난번의 음모는 어려웠지만 이것은 남의 손을 빌려서 하는 일이기에 이런 기쁨은 없을 것이오."

(九) 佞奸處を得、正人竄せらる。

(9) 아첨하고 간사함이 자리를 차지하여, 마음씨가 올바른 사람을
죽이려고 하다.

　董淸はその詩を懷にして、すぐ嚴丞相の門を叩いた。『ここに秘密の
重大事件があります。丞相に御面會を得たい。』と云ふ。丞相は怪しみ
ながら、『御身は何といふ者か、またその用件は何か。』と問ふと、董淸
『私は劉延壽の門客でありまして、久しく劉家に寄寓して居るものです
が、延壽は平生、どうかして丞相を讒害したいといふことを言つて居
ますので、私は奴の惡心を憎み、暇をもらはうと思ひ思ひ空しく今日
に及んだのです。處が昨日の事、延壽が醉うて私に向ひ申しますに
は、嚴丞相は曲學阿世の徒、常に邪說を以つて君を導く、此の頃の行
爲は全く朱徽宗の時と同じである。

　で、一詩を賦して余の意を表はした、とて紙に書いたのが卽ち此の
詩であります。私は此の何ういふ妙意があるのかと問ひますと、延壽
の言ふやう、此の詩は、嚴丞相を以て古の奸臣新垣平、王飮若に比し
たもので、これが此の詩の妙意の存する所だと云ふのであります。私
思ひますには、此のやうな事が若し發覺しましたならば、必ず罪は延
壽並に私の上に及ぶに違ひございません。で、そッと此の詩を竊み、
丞相に獻上しようと思ふのでございます。どうか私の罪だけはお許し
を願ひます。』丞相之を見ると果してその通りの意味があるらしく思は
れるので、嘲笑つて言ふ。『熙の父子は皆乃公に服さない。うぬ！何う
するか見て居れ。』

동청은 그 시를 가슴에 품고 바로 엄승상의 문을 두들겼다.

"여기에 비밀스러운 중대한 사건이 있습니다. 승상을 만나 뵙고 싶습니다."

라고 말하였다. 승상은 괴이하게 여기며,

"그대는 뭐하는 사람이냐? 또한 그 용건이라는 것은 무엇이냐?"

라고 물었다.

동청 "저는 유연수 댁의 문객(門客)[52]으로 오래도록 유씨 집안에서 기거하고 있습니다만, 연수는 평생 어떻게든 승상을 중상모략하고 싶다는 것을 말하고 있기에 저는 그 자의 나쁜 마음을 미워하며 몰래 시간을 낸다는 것이 허무하게 오늘에 이르렀습니다. 그런데 어제 저녁 연수가 술에 취해 저를 향해 말하기를 엄승상과 같이 바르지 못한 학문으로 세속의 인기에 영합하려고 애쓰는 무리들은 항상 간사한 말로 임금을 이끄는데 요즘의 행위는 완전히 주나라의 휘종 때와 같다고 하며 시 하나를 적어서 자신의 뜻을 나타냈습니다. 이 종이에 쓰여 있는 것이 바로 이 시입니다. 저는 이 구(句)에 무언가 오묘한 뜻이 담겨 있다고 생각했는데, 연수가 말한 것과 같이 이 시는 엄승상을 옛날의 간신 신담평, 왕음약에 비유한 것으로 이것이 이 시의 오묘한 뜻이라는 것입니다. 제가 생각하기로는 이와 같은 것이 만약 발각된다면 반드시 죄는 연수와 마찬가지로 저에게도 미칠 것임에 틀림없습니다. 그러므로 몰래 이 시를 훔쳐서 승상에게 헌상하려고 생각했습니다. 아무쪼록 저의 죄만은 용서를 부탁드립니다."

승상은 이것을 보고 과연 그대로의 의미가 있다고 생각했기에 비

---

52 문객: 문하(門下)에서 기거하는 식객을 뜻한다(松井簡治・上田万年編,『大日本国語辞典』04, 金港堂書籍, 1919).

웃으며 말하기를,

"희(熙)의 부자(父子)는 모두 나에게 복종하지 않는구나. 네 이놈!
어떻게 하는지를 잘 보아라."

そこで董清を留めておいて、詩を懷に入れて宮中に伺候し、闕下に
伏して言ふ、『近來綱紀亂れて法令行はれず、年少の新進國禁を畏れざ
るはまことに寒心すべき事柄でございます。陛下願はくは新法を制定
せられんことを。殊に、劉翰林、延壽、一詩を賦して朝廷を誹謗し、
上は聖上を譏り下は老臣を辱かしむる段、一大不敬を存じます。當り
極刑を以て處せられんことを希望いたします。』そこで翰林の詩を恭し
く進めると、天子激怒して、直ちに延壽を廷尉に下し、將に死刑に處
することとなつた。

이에 동청을 머무르게 하고 시를 가슴에 품고 궁중을 방문했다.
관하(闕下)에 엎드려서 말하기를,

"근래에 기강이 해이해져서 법령이 행해지지 않고 나이 어린 신
진(新進)이 나라에서 법으로 금지한 것을 두려워하지 않는 것이 참으
로 한심스러운 일입니다. 바라건대 폐하는 새로운 법을 제정하게 하
도록 하십시오. 특히 유한림, 연수가 시 한수를 적어서 조정을 비방
하고 위로는 성상(聖上)을 아래로는 나이든 신하를 욕되게 하려는 것
은 큰 불경이라고 생각합니다. 당연히 극형에 처해야 한다고 생각합
니다."

이에 한림의 시를 조심히 올리니 천자는 크게 화를 내며 바로 연
수에게 정위(廷尉)를 내려 머지않아 사형에 처하게 되었다.

太學士徐陞之を聞いて上奏して言ふ、『陛下、近臣を敎さんとし給ふ
も、吾々其の何の罪たるかを知らないのであります。願はくばその詩
を下し賜はらんことを。』で、天子は延壽の詩を示し、『延壽敢て天書玉
盃を以て寡人を誹謗して居る。その罪死罪に當るは當然の儀ではない
か。』除陞『此の文字は詩人の多く用ゐる文字で、決して時事を譏るの意
味ではないと存じます。斯の如き咎によつて延壽を死罪に處するは甚
だ當を得ません。』とて、延壽の爲に辯ずる所があつたので、天子の怒
りは梢々解けた。嚴丞相言ふ、『それでは徐陞の言を幾分容れて、遠地
に流竄しては如何でございます。』天子は成程それがいいと云ふので、
延壽を流罪と云ふことに決める。

　　　태학사 서승이 이것을 듣고 상주(上奏)하여 말했다.

　　"폐하 가까이 모시던 신하를 죽이라고 명령하시는데 저희들은 그 죄
가 어떠한 것인지 알 수 없습니다. 바라건대 그 시를 내려 주십시오."

　　그리하여 천자는 연수의 시를 보여주면서,

　　"연수가 감히 천서옥배(天書玉盃)로 과인을 비방하고 있다. 그 죄
는 죽음에 이름이 마땅하지 않은가?"

　　서승 "이 글은 많은 시인들이 인용하는 글로 결코 사회에 일어난
일을 나무라는 뜻은 아니라고 생각합니다. 그와 같은 허물로 연수를
죽음에 처하게 하는 것은 매우 마땅하지 않습니다."

　　라고 하며 연수를 위하여 변론하는 면이 있었기에 천자의 화는 조
금 풀렸다. 엄승상은 말했다.

　　"그렇다면 서승의 말을 얼마쯤 받아들여 먼 곳으로 귀양을 보내
심이 어떻습니까?"

천자는 과연 그것이 좋다고 하기에 연수를 귀양 보내기로 결정했다.

そこで嚴丞相が刑官に囑し、いよいよ延壽を幸州に流すことにした
が、梢々思はくの違つた董淸は、嚴丞相に向つて言ふ。『何故死罪には
しないのです。』丞相『邪魔する者があつて極刑を用ゐることができなか
つた。しかし幸洲は瘴癘の氣多く、水土極めて惡しき處であるから、
北方の者で此處に流さるる以上、生きて還るものは一人もない。だか
ら刄を用ゐずしてツマリは殺すやうなものだ。』董淸之を聽いて大に喜
び、雀躍して歸つた。

이에 엄승상이 형관(刑官)에게 부탁하여 더욱이 연수가 행주(幸州)
로 귀양 가게 하였는데 조금 생각과는 다른 동청은 엄승상을 향해 말
했다.

"왜 사형은 내리지 않습니까?"

승상 "방해하는 자가 있어 극형을 내리는 것이 불가능했다. 하지
만 행주는 열병의 기운이 많은 곳으로 물과 흑이 지극히 나쁜 곳이기
에 북쪽 지방의 사람으로 이곳에 귀양 가게 된 이상은 살아서 돌아오
는 사람은 한 사람도 없다. 그러니까 칼을 쓰지도 않고 마침내 죽이
게 되는 것이다."

동청은 이것을 듣고 크게 기뻐하며 덩실거리며 돌아왔다.

翰林は、此の思ひも寄らない罪を得て、ただただ驚き呆れるばかり
であつたが、君命とあれば詮術なく、幸洲の配所に出てゆくこととな
つた。家中歎き悲まざる者とてなく、喬氏も亦伴つて痛哭の態を裝う

449

た。さて愈々その日となれば、喬氏は婢僕を連れて門外に見送り、泣
いて言ふ。『何うし私ひとり家にのこつて居られるでせう。どうか私も
一處に連れていつて下さい。』翰林『私はもう迚も生きて還つて來る望み
はない。どうか祖先を祀り、二人の子供を大切に養育してお呉れ。そ
れが夫人の役目である。もし御身が私と一處にいつたら、誰れがそれ
をして呉れるか。』と言つては又喬氏を顧み、『麟兒は離別した妻の子で
あるが、劉家にとつては大切な嫡子で、且つ性質も極めて溫順であ
る。どうか私の代りと思つて何處までも大事に育てて下さい。すれば
私は死んでも心殘りは無い。』と言ふ、喬女『仰やるまでもなく、あなた
の子は私の子、麟兒と鳳兒とに何の分け隔てを致しませう。』翰林それ
を聽いて感謝の心を表はした。

　　한림은 생각지도 못한 이 죄를 얻고 다만 놀라서 어이없어 할 뿐
이었지만 임금의 명이기에 하는 수없이 유배지 행주로 나아가게 되
었다. 집 안 사람들 중 슬퍼하지 않는 자가 없었는데 교씨도 또한 함
께 연기하며 통곡하는 모습을 보였다. 그렇게 점점 그날이 다가오자
교씨는 하인들을 거느리고 문밖으로 배웅을 나가 울면서 말했다.
　　"어찌하여 나 혼자 집에 남아 있을 수가 있겠습니까? 아무쪼록 저
도 같은 곳으로 데려가 주십시오."
　　한림 "나는 이제 도저히 살아서 돌아올 희망이 없다. 아무쪼록 조
상님에게 제사지내며 두 명의 아이들을 소중히 양육해 주시오. 그것
이 부인의 역할이오. 혹시 그대가 나와 함께 간다면 누가 그것을 해
주겠소?"
　　라고 말하고는 다시 교씨를 돌아보고,

"린아는 이별한 아내의 아이이지만 유씨 가문에는 소중한 적자(嫡子)이고 또한 성질도 지극히 온순하오. 아무쪼록 나 대신이라고 생각하여 언제까지나 소중하게 길러 주시오. 그리하면 나는 죽어도 여한이 없을 것이오."

라고 말했다.

교씨 "말씀하시지 않더라도 당신의 아이는 저의 아이로 린아랑 봉아를 어떠한 구별도 하지 않을 것입니다."

한림은 그것을 듣고 감사의 마음을 표했다.

これより先、翰林は、此の事が董淸の密告によるものであることを人から聞いて、略ぼその事を解したのであつたが、家人に向つて『董淸は何うしたか』と聴くと、家人は董淸が、ここ三四日家に歸らないことを告げた。そこで愈々董淸の奸計に陷つたものであることを悟つたが、深く追究して見たところで今更何うすることも出來ないことを知つて、そのままに已んだ。そして家僮五六人と共に、獄吏に随って俏然配所に向つたのは、憫れといふも仲々に愚かである。

얼마 전에 한림은 이 일이 동청의 밀고에 의한 것임을 어떤 사람으로부터 듣고 대략 그 일을 알게 되었지만 집 안 사람을 향해,

"동청은 무엇을 하고 있느냐?"

라고 물으니 집 안 사람은 동청이 며칠 집에 돌아오지 않았음을 고했다. 이에 점점 동청의 간사한 계략에 빠져들었음을 깨달았지만 깊이 추궁해 본다 한들 이제 와서 어찌할 수 있는 것도 없다는 것을 알고 그대로 그만 두었다. 그리고 집 안에 하인 5-6명과 함께 옥리(獄

吏)를 따라서 근심하며 유배지를 향한 것은 가엾기도 하지만 상당히
어리석었다.

董淸は翰林を斥けて以來、自ら嚴丞相の謀士と稱して、彼の爲に阿
諛追從のかぎりを盡したので、嚴丞相も好い人を得たといふので大に
喜び、推薦して陳留の縣令に登用した。その夜早速劉家に行つて喬氏
に會ふと、喬氏は翰林の居なくなつたのを幸ひに、酒宴を開いて董淸
任官の喜びを祝し、相對してつらつらその成功を喜んだ。情交日々に
濃かである。そこで董淸は、喬氏を陳留に連れて往かうと考へ、先づ
河間に行つて會ふことに約束をした。

동청은 한림을 물리치고 난 이후로 스스로 엄승상의 책사라고 칭
하며 그를 위하여 가능한 따르고 알랑거리고 추종을 했기에 엄승상
도 좋은 사람을 얻었다고 하며 크게 기뻐하며 추천하여 진류(陳留)의
현령(縣令)에 등용하였다. 그날 밤 즉시 유씨집으로 가서 교씨를 만
나니 교씨는 한림이 없어진 것을 다행스럽게 생각하며 주연을 열어
동청이 관직에 임명된 기쁨을 축하하고 서로 마주하며 곰곰이 그 성
공을 기뻐했다. 남녀 간의 애정은 나날이 깊어져 갔다. 이에 동청은
교씨를 진류로 데리고 가려고 생각하고 우선 하간(河間)에 가서 만나
기로 약속을 했다.

喬氏婢僕に向つて言ふ、『私の姉が一人河間に居て此の頃重病に罹つ
て居る。絶えて久しく逢ふことも出來なかつたから、これから見舞ひ
に往つてやらうと思ふ。』で、腹心の婢藕梅、雪梅其他四五人、麟鳳の

二兒を連れて、河間へ往くこととなつた。麟兒の乳母、暫らくも別る
るに忍びず、是非一處に連れて往つて頂きたいと言つて賴んだが、喬
氏は叱つて『麟兒はもう乳を飮む兒ではなし、長く滯在して居る譯で
はないのだから、お前たちが來る用はチッとも無い。手輕に一寸往つ
て來ようと思つてゐるのに邪魔するもんぢやない。』と言つて肯かなか
つた。

　　　교씨는 하인들을 향해 말하기를,

　　　"나의 언니가 혼자서 하간에서 살고 있는데 요즘 중병에 걸렸다.
오래도록 전혀 만나지도 못했으니까 지금부터 병문안을 갔다 오려
고 생각한다."

　　　그리하여 심복인 하녀 알매와 설매 그리고 그 밖에 4-5명과 린, 봉
두 아이를 데리고 하간으로 가기로 했다. 린아의 유모는 한동안 헤
어지는 것을 참지 못해 제발 함께 데리고 가 주셨으면 하고 부탁했지
만 교씨는 혼을 내며,

　　　"린아는 더 이상 젖을 먹을 아이도 아니고 오래도록 체재할 것도
아니기에 너희들이 올 이유는 조금도 없다. 간단히 잠시 갔다 오려
고 생각하고 있으니 방해하지 말거라."

　　　고 말하고 허락하지 않았다.

　かくて船が出てから數日、蛇河に行つた時に、麟兒は恰度窻際で眠
つて居た。喬氏はそれと見てソッと雪梅を呼び、『此兒を河へ投げ込ん
でお出で。此の兒は禍の基だから、これを殺してしまはないと、お前
も私もどんな目にあふか分らないよ。』言れて雪梅、河の深い處へ麟

453

兒を抱いて行つて、水の中へ投げ込まうと思つたが、その時ふと、何事かに感動して心に言ふ。『謝夫人から受けた御恩は此の廣い深い水のやうである。それを報ゆることか、却つて喬氏と謀つて夫人に有らぬ罪を塗りつけ、今またその子を殺さうとは、何といふ惡い人間だらう。如何に天道樣でもかういふ者を罪せずに置かれる筈はない。』雪梅は一旦水に投げようとした麟兒を抱いて、そつと蘆の中に置いて知らぬ顏で歸つた。喬氏喜んで『それで禍の根は斷つた。』と言ふ。

이리하여 배가 나가고 수일 사하(蛇河)에 갔을 때에 린아는 때마침 창가에서 자고 있었다. 교씨는 그것을 보고 몰래 설매를 불러,

"이 아이를 강물에 던져 버리고 오너라. 이 아이는 재앙의 근원이기에 이것을 죽여 버리지 않으면 너도 나도 어떠한 일을 당할지 모른다."

라고 말했다. 설매는 강 깊은 곳으로 린아를 데리고 안고 가서 물속으로 던져 버리려고 생각했지만 그때 잠시 무언가에 감동하여 마음속으로 말했다.

"사부인에게서 받은 은혜는 이 넓고 깊은 물과 같은 것이다. 그것을 보답하기는커녕 오히려 교씨와 꾀하여 부인에게 있지도 않은 죄를 씌우고 지금 다시 그 아이를 죽이려고 하는 것은 이 무슨 나쁜 인간인가? 아무리 태양신이라고 하더라도 이러한 자를 벌하지 않을 리가 없다."

설매는 일단 물에 던지려고 했던 린아를 안아서 몰래 갈대 속에 두고 모르는 채 하고 돌아갔다. 교씨는 기뻐하며,

"이것으로 재앙의 근원은 끊어냈다"

라고 말했다.

やがて河間に着くと、董淸は既に來り、一縣令の威儀を備へて船を浮べて喬氏一行を待つて居た。相見て大に悅び、舟を並べて陳留に向つた。

新に縣官を拜し、喬女を奪ひ、併せて劉家の財寶を掠めて懷を肥やした董淸は、今や得意の絶頂に達し、意氣揚々として心に思ふやう、范蠡が西施を載せて五湖に浮んだ時の盛時もおそらく此の行には及ばなかつたであらうと。かくて盛に酒を備へて喬氏と對酌した。董淸琵琶を彈ずれば喬氏は霓裳羽衣の曲を舞ひ、互に興の盡くる時を知らない。董淸女の手を執つて言ふ、『馬鹿な奴だな、劉延壽、一首の詩を作つて俺をして太守を得せしめ、絶代の色を得せしめ、空しく配所に向つて去つた。餘す所のものは形體のみであるが、それとても瘴毒のためにやがては消ゆる運命である。は、は、』喬氏も笑つて『と云ふのも皆、あなたに福運が具つてゐるのですよ。これからはもう朝から晩まで傍に居て、夜通し一處に寢たからつて、誰れも何とも云ふものはないわ。』と言ふ。

이윽고 하간에 도착하니 동청은 이미 와서 현령의 위의(威儀)를 갖추어 배를 띠우고 교씨 일행을 기다리고 있었다. 서로 마주하고 크게 기뻐하며 배를 나란히 하여 진류를 향했다.

새로이 현(縣)의 관리가 되고 교녀(喬女)를 빼앗으며 아울러 유씨 집안의 재물을 노략질하여 마음을 살찌운 동청은 지금은 만족스러움이 절정에 달해 의기양양했다. 범려(范蠡)가 서시(西施)를 태우고 오호(五湖)를 떠다닐 때의 혈기 왕성함도 필시 이에는 미치지 못했을 것이다. 이리하여 성대하게 술을 갖추어 교씨와 대작(對酌)을 했다.

동청이 비파를 연주하자 교씨는 예상우의(霓裳羽衣)곡을 춤추며 서로의 흥은 그 다할 때를 알지 못했다. 동청은 여인의 손을 잡고 말했다.

"바보스럽구나, 유연수, 시 한수를 지어서 나로 하여 태수를 얻게 하고 절대의 미녀를 얻게 하며 공허하게 유배지를 향해 떠났다. 남아 있는 것은 육신뿐인데, 그것도 장독(瘴毒)으로 인하여 이윽고 사라질 운명이다. 하하."

교씨도 웃으며, "이 모든 것이 모두 당신이 복과 운을 갖추고 있어서 그런 것입니다. 앞으로는 아침부터 밤까지 곁에 있으며 밤을 새우며 한 곳에서 잤다고 해도 누구도 무엇이라고 할 사람이 없습니다."
라고 말했다.

　一方翰林は、旅の辛苦も彼れ此れ半歳に及んで、十死に一生の後やうやく配所の地に着いた。山川荒れ果てて風俗は異なり、風は屋根を剝ぎ毒霧は天を侵し、到底人間の住むべきところではなかつたが、着いて暫くすると、風土の病にかかつて日に日に重く、醫藥は無し看護の者は無し、ただ寝たり起きたりして朝暮に死を待つより外なかつた。歎じて言ふ、『董淸の惡事さへなかつたならば、かうまで苦しい日に遭ふことは無かつたであらうに。思へば謝氏はまことに能く人を知る明があつた。初めに言つたことがある、董淸は善くない奴、近づけてはならないと。それを自分は用ゐずして自ら此の禍を求めたのだ。誰れをか怨み誰れをか咎めん。ただ死ぬより外はないのだが、さて死んで地下に父上に見えた時、ああ何と言はう。』涙は滂沱として流れ、心緒は亂れて病は益々募るばかりである。

한편 한림은 여행 고생이 이리저리 반년에 이르러 십사일생(十死一生)한 후에 겨우 유배지에 도착했다. 산과 강은 황폐해져 있고 풍속이 달랐다. 바람은 지붕을 벗기고 몸에 해로운 독한 기운이 있는 안개는 하늘을 습격하여, 도저히 사람이 살 수 있는 곳이 아니었다. 도착해서 한참 있다가, 풍토병에 걸리었는데 나날이 심해져갔다. 의술과 약품도 없고 간호하는 사람도 없었다. 다만 자다가 일어나다가 하면서 아침과 저녁에 죽음을 기다리는 것 말고는 없었다. 탄식하며 말하기를,

"동청의 나쁜 짓만 없었더라면 이렇게까지 힘든 일을 당하지는 않았을 텐데. 생각해 보니 사씨는 참으로 사람을 아는 밝음이 있었다. 처음 말한 것이 있다. 동청은 좋은 사람이 아니라는 것, 가까이 해서는 안 된다는 것, 그것을 자신은 받아들이지 않고 스스로 이러한 화를 자처한 것이다. 누구를 원망하고 누구를 책망하겠느냐? 다만 죽는 수밖에 방법이 없다. 하지만 죽어서 지하에 계신 아버님을 뵙게 되었을 때, 아아, 뭐라고 말해야 하느냐?"

눈물은 그치지 않고 흐르며 마음은 어수선하고 병은 더욱더 깊어만 갔다.

かくて氣力も早や盡き果て、いよいよ最後と思はれた時分に、一日白衣の夫人が一つの壺を携へて入つて來て、言ふ。『あなたの御病氣は大變に重い。が、此の水を飲めば直ぐ癒りませう。』そこで翰林『あなたは誰方なれば左樣に御親切にして下さる。』夫人『私は洞庭の君山に居る者、後日分る時がありませう。』と言つてその壺を置いて何處か〜行つてしまつた。

이리하여 기력도 어느덧 다하여 정말로 마지막이라고 생각한 때에 하루는 백의를 입은 부인이 항아리 하나를 손에 쥐고 들어와서 말했다.

"그대의 병은 아주 무겁다. 하지만 이 물을 마시면 바로 치유될 것이다."

이에 한림 "당신은 누구시기에 그러한 친절을 베풀어 주시는 것입니까?"

부인 "나는 동정의 군산에 있는 사람으로 후일 알 때가 올 것입니다."라고 말하고 그 항아리를 두고 어딘가로 가 버렸다.

翰林覺めて見ると、それかと思ふ何物もない。翌朝、僕が庭を掃除してゐると、怪しや平地の上に奇麗な水の湧いて居るのを發見した。その事を翰林に告げに來たので、直にそこに行つて見ると、正にこれ白衣の夫人が壺を置いた場所である。試みに一杯を掬んで飲むと、清冽美味、言はん方なく、忽ち神氣爽かとなつて、瘴癘の氣は釋け、四肢輕快となり、顔色も亦平生の如くになつてしまつた。翰林乃ち井戸を穿つと、水は混々として盡くる所を知らず、數十里の居民爭ひ來つて之を汲むとも、少しも量を減ずることがなかつたので、幸洲一帶の地方之より永久に瘴癘の氣を去り、全く健康地となつたと傳へられる。後世此の泉を學士泉と云ふ。

한림이 잠에서 깨어나 보니 그런 것처럼 보이는 것은 아무 것도 없었다. 다음날 아침 하인이 뜰을 청소하고 있으니 괴이하게 평지 위에 깨끗한 물이 솟아오르는 것을 발견했다. 그 일을 한림에게 알

리러 왔기에 바로 그곳에 가 보니 참으로 그것은 백의를 입은 부인이 항아리를 둔 장소였다. 시험 삼아 한 잔을 떠서 마시니 맑고 아름다운 맛을 말하지 않는 사람이 없었다. 갑자기 안색이 상쾌해지며 장려(瘴癘)의 기운도 없어지고 사지(四肢)가 가볍고 병세가 좋아졌다. 얼굴색도 또한 평소와 같이 되었다. 한림이 이에 우물을 파니 많은 물이 흘러나오며 끝을 알 수 없었기에 수십 리에 살고 있는 사람들이 다투어서 와서 이것을 길러가도 조금도 양이 줄어들지 않았기에 행주(幸州) 일대 지방은 이것으로 영원히 장려(瘴癘)라는 병이 사라지고 완전히 건강한 땅이 되었다고 전해진다. 후세에 이 샘물을 학사천(學士泉)이라고 불렀다.

さて董淸と喬氏とは、陳留に赴いて後も貪婪飽くなく、民の膏血を搾つて日夜淫樂に耽つて居たが、嚴丞相に對する贈物だけは缺かすことなかつた。ある時丞相に言ふ、『私の縣は土地狹くして産無く、如何に至誠を盡しても十分芳情に報ゆることができません。若し南方の富んだ土地に宰たることを得ば、必ず誠意を竭すことが出來ようかと存じます。』そこで嚴丞相上疏して、『陳留縣令董淸は文學に長じ牧民の才あり、宜しく恩寵を垂れられ、拔擢して大邑の主たらしめ玉へ』と言ふ。天子『宜し。』幾程もなく桂林の太守に缺員が出來た。嚴丞相心に思ふやう、『桂林は南方の太邑、金銀の淵叢である。よろしく董淸をして主たらしむべし』と。遂に董淸を此の地の太守に任じた。董淸、喬氏と共に大に喜び、吉日を卜して任地に赴いた。

한편 동청과 교씨는 진류에 부임한 후에도 탐욕이 끊이지 않아 백성의 기름과 피를 착취하여 밤낮으로 음란한 음악에 빠져 있었는데 엄승상에 대한 선물만은 빠트리지 않았다. 어느 날 승상에게 말하기를,

"저의 현(縣)은 토지가 좁아서 생산물이 없어 아무리 지성을 다한다고 하더라도 친절한 마음에 충분히 보답할 수가 없습니다. 만약에 남쪽의 풍요로운 토지의 벼슬을 얻게 되면 반드시 성의를 다할 수가 있을 것이라고 생각합니다."

이에 엄승상은 상소(上疏)하여,

"진류 현령 동청은 문학에 뛰어나고 백성을 다스리는 재주가 있으니 아무쪼록 은총을 베푸시어 발탁하여 큰 고을의 우두머리가 되게 하여 주십시오."

라고 말했다.

천자 "좋다."

얼마 안 되어서 계림(桂林)의 태수에 결원이 생겼다. 엄승상은 마음에 생각하기를,

"계림은 남쪽 지방의 큰 고을로 금은이 모여드는 곳이다. 아무쪼록 동청으로 하여 우두머리를 하게 하자."

라고 했다. 마침내 동청을 이 지역의 태수로 임명하였다. 동청은 교씨와 함께 크게 기뻐하며 길일을 점치어 임지로 나아갔다.

(十) 白蘋洲中十五夜の月
(10) 백빈주 안에서 보름달 밤

此の時恰も、天子は皇太子を冊立して大赦を行ひ給うた。そこで劉翰林も亦赦されることになつて、田舎へ歸らうとした。元來翰林は京

都の生れであるけれども、今や嚴丞相が臺閣に在つて政治萬端を恣ま
にしてゐることであるから、京都に歸ることは甚だ面白くない。で、
先代の田畠が武昌に在るのを幸ひ、そこへ往つて餘生を送らうといふ
ので、行李を引きまとめて旅路に就いた。長沙の境に至つたのは、時
も恰度春から夏へかけてのことであつたが、照りつける日が餘りに暑
いので暫時樹蔭にやすらはうと、馬を路傍の樹につないで草の上に腰
をおろした。心に思ふやう、『神明の加護によつて先づ命だけは助かつ
た。これから田舍へ歸つて家族を招び集め、田を耕したり魚を釣つた
りして、聖代の閑民となるのも亦樂みは樂みだ。』さう思ふと心持も輕
くなつて、四邊の景色を眺めて居ると、忽ち北の方から尋常(ただ)なら
ぬ物音がして、靑い旗を押し立てた盛んな行列が來る。路行く人は皆
恐れて物蔭に避けるので、翰林も已むなく樹蔭に潛んで一行を窺つて
見ると、一人の官人白馬金鞍に打ち誇り、雲の如き大勢の從者に取り
卷かれて、意氣揚々として通り過ぎた。その顔を視ると、思ひ掛けも
ない董清である。

이때 마침 천자는 황태자를 책봉하고 대사면을 행하고 있었다. 이
에 유한림도 역시 사면되어 시골로 돌아가려고 했다. 원래 한림은
서울에서 태어났지만 지금은 엄승상이 조정에서 정치의 여러 측면
을 제멋대로 하고 있기에 서울로 돌아가는 것은 아직 좋을 것이 없
다. 그리하여 선대(先代)의 밭이 무창(武昌)에 있는 것을 다행으로 여
겨 그곳으로 가서 여생을 보내려고 생각하고 행장을 꾸려서 여행길
을 나섰다. 장사의 경계에 이르러서는 때마침 봄에서 여름으로 넘어
가는 시기였다. 이에 내리쬐는 빛이 너무나도 더워서 잠시 나무 응

461

달에서 쉬려고 말을 길가 나무에 묶고는 풀 위에 앉았다. 마음에 생
각하기를,

　"하늘과 땅의 신령의 가호에 의해서 우선 목숨만은 건졌다. 지금
부터 시골로 돌아가면 가족을 불러 모아 밭을 갈고 물고기를 잡으며
태평성대의 한가로운 백성이 되는 것 또한 기쁨은 기쁨이다."

　그렇게 생각하니 마음도 가벼워져서 사방의 경치를 둘러보니 갑
자기 북쪽으로부터 심상치 않은 소리가 들리며 푸른 깃발을 내세운
성대한 행렬이 왔다. 길을 가는 사람은 모두 놀라서 그늘진 곳으로
피하기에 한림도 하는 수없이 나무 그늘로 숨어서 일행을 훔쳐보았
더니 벼슬아치 한 사람이 흰 말 금 안장에 올라타고 구름과 같이 많
은 하인들에 둘러싸여서 의기양양하게 지나갔다. 그 얼굴을 보니 생
각지도 못한 동청이었다.

　翰林驚いて、『あの惡漢が一體何の官を得たのか知ら。見た所では刺
吏か大守らしいが、奴は嚴崇に俺を讒言したお蔭で彼の分に過ぎた出
世をしたのに違ひない。』さう思つて居る處へまた同じやうな音がし
て、侍女十餘人皆錦を纏ひ、七寶の車を擁護して來た。蘭麝の香が四
邊にただよふ。翰林はいよいよ恐縮して、深く樹蔭にかくれて過ぎ去
るのを待ち、

　한림은 놀라서,

　"저 나쁜 놈이 도대체 무슨 벼슬을 얻었단 말인가? 보기에는 자리
(刺吏)나 태수인 듯한데 녀석은 엄승상에게 나를 중상 모략한 덕분에
그 분에 넘치는 출세를 한 것임에 틀림없다."

그렇게 생각하고 있을 때 다시 똑같은 소리가 들리며 시녀 10여명이 모두 비단을 감고 칠보(七寶)로 만든 수레를 옹호하면서 왔다. 난초와 사향의 향기가 사방에 퍼졌다. 한림은 더욱더 몸을 움츠리고 깊이 나무 그늘에 숨어서 지나가는 것을 기다렸다.

やがて茶店にいつて暫く休んで居ると、向ひの家から一人の若い女が出て、頻りに翰林の方を眺めて居たが、忽ち前へ來てお辭儀をした、『旦那樣何うして此處に入らつしやいます。』と言ふ。誰かと思つて見ると侍女の雪梅である。で、驚いて、『俺は幸ひ恩赦を蒙つて、これから北の方へ歸らうとする處だが、お前はまた何うして此處に居る。皆は達者か。』と問へば、雪梅ハラハラと涙をこぼし、『お話しなければならぬ事が澤山あつて何から申上げてよろしいやら。だが、旦那樣、先刻此處を通つたものを能く御覽でしたか。』と言ふ。

이윽고 찻집에 가서 잠시 쉬고 있으니, 건너편의 집에서 젊은 여인 한 사람이 나와서 계속하여 한림을 바라보더니 갑자기 앞으로 나와서 절을 했다.

"주인님 어찌하여 이곳에 계십니까?"

라고 말했다. 누구인가 하고 보니 시녀 설매였다. 그리하여 놀라서,

"나는 다행이 사면을 받아서 지금부터 북쪽으로 돌아가려고 하는 중이다만 너는 또 무슨 일로 이곳에 있느냐? 모두 건강하냐?"

고 물으니, 설매는 눈물을 뚝뚝 흘리며,

"이야기하지 않으면 안 되는 것이 많이 있어서 무엇부터 말해야 할지 모르겠습니다. 하지만 주인님 조금 전 이곳을 지나간 것을 잘

보셨습니까?"

라고 말했다.

翰林『能くは知らないが、一體董清は何官になつたのか。それはどう
でも、夫人や坊や達は變りないか。』雪梅『第二の驕車に乘つて行つた人
を誰れだと思召していらつしやる。』翰林『董清の内室だらう。』雪梅『そ
の家内と云ふのが喬夫人で御座ます。實は私もお伴したので御座ます
が、過つて馬から落ちたものですから、ここに一人休んで居りまし
た。こんな處で旦那樣をお見かけしようとは思ひも寄りません。』翰林
は驚き呆れて、ぼんやり白痴(ばか)のやうになつてしまつたが、『そん
な事ッてあるものか。何うぞもつと詳しく話して吳れ。』と言ふ。雪梅
『お話申せば私も、實は主に背いた大罪人、どうか旦那樣、何も包まず
申しますからお許し下さいまし。』

　　한림 "잘은 모르겠다만 도대체 동청은 어떠한 관리가 되었느냐? 그
것은 아무래도 상관없다만 부인과 아이들은 별다른 이상이 없느냐?"
　　설매 "두 번째 가마에 타고 간 사람이 누구라고 생각하십니까?"
　　한림 "동청의 아내[53]이겠지?"
　　설매 "그 아내라는 것이 교부인(喬夫人)입니다. 실은 저도 동반하
고 있습니다만 잘못하여 말에서 떨어졌기에 이곳에서 홀로 쉬고 있
습니다. 이런 곳에서 주인님을 뵈리라고는 생각지도 못했습니다."
　　한림은 너무나 놀라서 멍청히 바보가 되어 버렸는데,

---

53 아내: 일본어 원문은 '內室'이다. 귀인의 부인을 높여서 부를 때 사용한다(松井
　簡治·上田万年編, 『大日本国語辞典』03, 金港堂書籍, 1917).

"이러고 있을 때가 아니다. 더 상세하게 말해 다오."

라고 말했다.

설매 "말씀을 드리면 저도 실은 크게 배신을 한 죄인입니다. 아무쪼록 주인님 아무것도 숨기지 않겠으니 용서하여 주십시오."

と言つて、涙を以て詫びながら、藺梅に誘惑されて玉環を窃み出したこと、更に掌珠を殺した罪を謝夫人に塗り付けたこと、喬氏と董淸との姦通は旣に久しい前からであること、藺梅の罪、自分の罪、十娘の呪術、僞筆の魂膽等、知るかぎりの事の大略を語り盡くし、『旦那樣が居らつしやらなくなつてから間もなく、董淸は嚴丞相に引き立てられて役につき、喬氏は家財(たから)を賣り飛ばして董淸の許へ遁げて行きました。謝夫人のお持物は皆喬氏が持つて行きますし、婢僕も大槪今では董淸につかはれて居ます。それに董淸の處に行つてからの喬氏は、非常に嫉妬深くて、少しでも女どもが董淸の前に出入するものならひどい罰を受けるのです。私どもも此の通りです。』とて、臀の燒痕を示し、『何時殺されるかも分りません。』と言ふ。

라고 말하며 눈물로 용서를 빌면서, 알매의 꼬임에 빠져 옥반지를 훔친 일과 게다가 장주를 죽인 죄를 사부인에게 덮어씌운 것, 교씨와 동청의 간통은 이미 오래 전부터이라는 것, 알매의 죄, 자신의 죄, 십낭의 주술, 거짓으로 꾸민 속셈[54] 등 알고 있는 모든 것을 대략 다 이야기했다.

---

54 속셈: 일본어 원문은 '魂膽'이다. 담력 혹은 음모의 뜻을 나타낸다(松井簡治・上田万年編, 『大日本国語辞典』03, 金港堂書籍, 1917).

"주인님이 안 계시고부터 얼마 안 되어 동청은 엄승상에게 발탁되어 관직에 오르고, 교씨는 집안의 재물을 모두 팔아 동청이 있는 곳으로 달아났습니다. 사부인이 가지고 있던 것은 모두 교씨가 가지고 갔으며 하인들도 대부분 지금은 동청이 부리고 있습니다. 게다가 동청이 있는 곳으로 가서부터 교씨는 매우 질투심이 많아져서 조금이라도 여자들이 동청 앞에 드나들라치면 엄한 벌을 받게 됩니다. 저희들은 이러합니다."

예를 들어 불에 탄 흔적을 보이며,

"언제 죽을지도 모릅니다."

라고 말했다.

翰林『それで、麟兒はどうして居るだらう。』雲梅は、しかし言はない譯にも行かないので、濘蛇河の蘆の中へ置いたことを話し、『多分近處の人が助けて呉れたことと思ひます。』と言ふ。翰林すつかり落膽して、しばらく自失して居たが、やがて『麟兒がもし幸にして生きて居れば、お前は我家の恩人だ。前日の罪は許されていい。だが路傍に棄てられたと云へば俄死するか、鳥の餌にでもなるか、迚も生きてることはむづかしからう。』と言つて咽び泣く。雪梅また告げて、『昨日郢州を通る時に人の話して居るのを聞きますと、謝夫人は長沙に行く途中で水に投じて死なれたといふことです。噂に過ぎませんけれども、聞いただけを申上げます。』と言つて、やがて出て行つてしまつた。

한림 "그렇다면 린아는 어떻게 하고 있느냐?"

설매는 말하지 않을 수가 없기에 호사(濘蛇)강의 갈대 안에 둔 것

을 이야기하며,

"아마도 근처에 살고 있는 사람이 살려 주었을 것이라고 생각합니다."

라고 말했다. 한림은 완전히 낙담하여 한동안은 멍하니 있었는데 이윽고,

"린아가 혹시 다행스럽게 살아있다면 너는 우리 집의 은인이다. 지난날의 죄는 용서하여도 좋다. 다만 길가에 버려졌다고 한다면 그 자리에서 죽었던가, 새의 먹이가 되었던가, 도저히 살아 있을 수는 없을 것이다."

라고 말하며 흐느껴 울었다. 설매는 또한 고하기를,

"어제 영주(郢州)를 지날 때 사람들이 이야기를 하고 있는 것을 들으니, 사부인은 장사에 가는 도중에 물에 빠져서 돌아가셨다고 합니다. 소문에 지나지 않겠습니다만 들은 대로 고합니다."

라고 말하고 곧 나가버렸다.

此の時喬氏は、途中雲梅が何時までたつても出て來ないので何うしたことかと疑つて居たが、日暮れて歸つてから詰り問ふと、それは落馬の爲であつたことは分つたが、猜疑心の深い女のこととて何か理由が外にあらうと思ひ、馬卒について質して見ると、茶店で一人の旅人に出會ひ久しく話をしてゐたために遲くなつたのだといふことである。喬氏『その旅人といふのは何といふ人だか分らないかい。』馬卒『從者に聞いたら劉翰林だといふことでした。』そこで色々樣子や格好をきいて見ると、いよいよそれに違ひないので、驚いて此の事を董淸に話し善後策を講ずると、董淸『俺は翰林が必ず配所で死んでしまふことと

思つてゐたのに、生き歸つて來たとすれば、必ず俺を此のままにしては置くまい。』そこで家來十餘人をやり、翰林を賊と稱してその首を討たせることにした。

　　이때 교씨는 아무리 지나도 설매가 나오지 않기에 무엇을 하는지 괴이하게 여기고 있었는데, 날이 저물어 돌아오자 따져 물었다. 그러자 그것은 낙마로 인한 것이라는 것을 알았지만, 남을 의심하고 시기하는 마음이 깊은 여자이기에 무언가 이유가 따로 있을 것이라고 생각하여 마졸(馬卒)에게 물었다. 그러자 찻집에서 여행객 한 사람을 만나서 오래도록 이야기를 했기에 늦어지게 되었다는 것을 알게 되었다.

　　교씨 "그 여행객이라는 사람은 어떠한 사람인지 모르느냐?"

　　마졸 "하인에게 들으니 유한림이라는 사람이었습니다."

　　이에 이런 저런 상태와 행색을 물어 보니 정말로 틀림없었기에 놀라서 이 사실을 동청에게 이야기하여 뒷감당을 잘 하려는 계책을 협의하려고 하자,

　　동청 "나는 한림이 반드시 유배지에서 죽어 버릴 것이라고 생각했는데 살아 돌아온다면 반드시 나를 이대로 두지는 않을 것이다."

　　이에 가신 10여 명을 보내어 한림을 도둑이라고 칭하여 그 목을 치게 하였다.

一方雲梅は、過去の罪を悔いて日夜恐怖を感じてゐたのみならず、董淸の淫行甚だしくて婢女皆一人として穢されざるなく、從つて喬氏の嫉妬は益々募つて既に數人殺されたものさへあるので、いよいよ怖

ろしく且つ益々前非を悔いて居た矢先に、舊主に遭うて思ふことをすつかり話してしまひ、やや氣がさつぼりして居たが、喬女董淸が之を知つて、種々密議をこらしてゐるらしいのを見て取り、今早やどうせ遁れぬ我が身であると感じたので、自ら首をくくつて死んでしまつた。喬氏が之を殺さうと思つて、そつと雪梅の部屋に入つて見た時は、既に彼女の息絶えた後であつた。

한편 설매는 지난날의 죄를 후회하며 밤낮으로 공포를 느낄 뿐만 아니라 동청의 음탕한 행실이 심하여 여종 모두를 혼자서 욕되게 하자 따라서 교씨의 질투가 더욱 심해져서 이미 몇 사람은 죽임을 당했기에 더욱 두려워하며 또한 더욱 지난날의 죄를 후회하고 있었다. 그러던 찰나에 옛 주인을 만나서 생각하고 있던 것을 전부 말해 버리고 조금은 마음이 후련해졌는데, 교녀와 동청이 이것을 알고 여러 가지 비밀회의를 궁리하고 있는 것을 알아채고 이제는 이미 어차피 피할 수 없는 몸이라는 것을 느꼈기에 스스로 목을 메달아 죽어버렸다. 교씨가 이자를 죽이려고 생각하여 몰래 설매의 방에 들어가서 보았을 때는 이미 그녀의 숨이 끊어진 후였다.

翰林は雪梅の話を聴いてから、路々ひとり嘆息をつづけた。何たる自分は馬鹿であつたらう。妖婦に欺かれ、賢人を辱かしめ、身を滅ぼし家を破り、他鄕に漂泊して歸る處もない。萬古の愚夫にあらずんば覆載の罪人である、と。

한림은 설매의 이야기를 듣고 나서부터 거리에서 홀로 계속 한탄

469

했다.

"어쩌면 이렇게 자신은 바보인가. 요부(妖婦)에 속아서 어질고 현
명한 사람을 욕되게 하고 자신의 몸을 망하게 하고 집안을 망치게 하
여 타향에서 정처 없이 떠돌아다니며 돌아갈 곳이 없구나. 만고의
어리석은 남자가 아닐 수 없으며 하늘과 땅의 죄인이다."

かくて鄂州の地に入るや、逢ふ人毎に夫人の消息をそれとなく訊い
て見たが、知るものとてはなかつた。最後にある人は言ふ、『今から五
六年前、京都某宰相の家の夫人で長沙に下つた人があります。その時
舟に乗つた人が令懷沙亭の村舍に居ますから、往つて聞けば知れない
こともありますまい』と。

이리하여 악주(鄂州) 땅에 들어가 만나는 사람마다 넌지시 부인의
소식을 물어 보았는데 아는 사람은 없었다. 마지막에 어떤 사람이
말하기를,

"지금부터 5-6년 전, 서울의 어떤 재상 댁 부인으로 장사로 내려
가는 사람이 있었습니다. 그때 배를 탄 사람이 지금 회사정(懷沙亭)
이라는 시골집에 있으니 가서 물어보면 알 수 있을지도 모릅니다."
라고 했다.

そこで翰林喜んでその村へ往くと、村の人が言ふ、『左樣、さういふ
夫人が來たことはあります。半日ばかり景色を眺めて彼方へ行つたの
を見ました。』其の傍に一人の女があつて言ふ、『どうしてどうして、そ
の夫人と云へば景色どころでない。その時の樣子から察するときつと

彼の時身を投げて死んだに違ひないと思ひます。』翰林聽いて身も心も
裂けるやうな思ひをし、涙は泉の如くに溢れ流れた。で、懷沙亭に上
つて夫人の跡を尋ねようとするが、唯だ見る禁水萬丈、吳山千疊、闃
として聲なく獨り猿の啼くを聞くのみである。低徊去るに忍びずし
て、壁に書かれた古人の題咏を讀まうとすると、白く柱を削つた一行
の文字は『某年月日謝氏貞玉投水而死』とある。之を見た翰林、さては
と一聲叫んだと思ふと、そのまま氣絶して仆れてしまつた。從者が驚
いて扶け起すと、翰林は天を仰ぎ地を叩いて慟哭し、『夫人をこんな目
に逢はせたのも延壽の罪だ。切齒臍を嚙むとも及ばない。ああ自分は
何の面目あつて天に對し人に見えよう。死んでも此の罪は消えないの
だ。』と、身を悶え聲を放つて大に泣く。時に天地暗澹、日旣に暮れ
て、海波も爲に噫び泣くかと思はれた。

　　이에 한림은 기뻐하며 그 마을로 갔는데 마을 사람이 말하기를,
"그렇습니다. 그런 부인이 온 적이 있습니다. 반나절정도 경치를 바
라보며 저쪽으로 가는 것을 보았습니다."
　　그 옆에 여자 한 명이 있었는데 말하기를,
"네네, 그 부인이라고 한다면 경치뿐만이 아니다. 그때 상태로 살
펴보면 필시 그때 몸을 던져서 죽었음에 틀림없다고 생각합니다."
　　한림은 듣고 나서 몸도 마음도 찢어지는 듯하였으며 눈물은 샘물
처럼 넘쳐흘렀다. 그리하여 회사정에 올라가서 부인의 흔적을 찾아
보려고 했는데, 오직 보이는 것은 매우 깊은 초나라의 물과 첩첩이
둘러싸인 오나라의 산뿐으로 소리도 없이 고요하게 홀로 원숭이가
우는 소리를 들을 뿐이었다. 이리저리 왔다 갔다 하며 차마 떠나지

를 못하고 벽에 적혀 있는 옛사람들의 제영(題咏)을 읽으려고 하자 하얗게 기둥을 깎은 글 한 행은,

"모년 월일 사씨정옥(謝氏貞玉) 물에 빠져 죽습니다."

라고 되어 있었다. 이것을 본 한림은 "결국은..." 이라며 소리 내어 부르짖는가했더니 그대로 기절하여 쓰러져 버렸다. 하인이 놀라서 부축하여 일으켜 세우니, 한림은 하늘을 우러러 보고 땅을 치며 통곡하며,

"부인이 이런 일을 당하게 한 것도 유연수의 죄입니다. 분하여 이를 갈고 후회를 하여도 소용이 없습니다. 아아, 저는 무슨 면목이 있어서 하늘을 대하고 사람을 만나겠습니까? 죽어도 이 죄는 없어지지 않을 것입니다."

라고 말하고 고통으로 몸부림치며 소리를 내어 크게 울었다. 바로 그때 하늘과 땅이 음산해지고 날은 이미 저물어 바다에서 이는 큰 물결도 함께 아아 하고 우는 듯했다.

やがて身を起して村舍に歸り、夫人の靈を慰めるために酒を買つて供へようと、先づ燈をかかげて哀辭を奏すべく試みたが、胸塞がつて涙は紙を顯ほし、深更に及んで竟に一句を成すことができない。從者は疲れて鼾の聲はさながら雷の如くである。すると忽ち窗の外に時ならぬ喧しい人聲が聞えた。何事かと、戸を開いて見ると一隊の兇徒、棍棒をもつたものや、利刄を掲げたものやがドカドカとやつて來て厲聲疾呼して言ふ。『劉廷壽め、逃げてはならない。』翰林大に驚いて筆を投げ棄て、從者を呼び起す暇もなくして、窗から身を躍らして逃げた。

이윽고 몸을 일으켜서 시골집에 돌아와 부인의 영혼을 위로하기 위해 술을 사서 올리려고 했다. 우선 등불을 내걸고 마땅히 애사(哀辭)를 아뢰려고 시도했지만 가슴이 막히어 눈물은 종이를 적셨다. 밤은 더욱 깊어졌지만 마침내 한 구도 완성할 수가 없었다. 피곤한 하인의 코골이 소리는 마치 우레와 같았다. 그러자 갑자기 창문 밖에서 때 아닌 떠들썩한 사람소리가 들려왔다. 무슨 일인가 하고 문을 열어 보니, 한 무리의 악당과 곤봉을 들고 있는 자들 날이 예리한 칼을 손에 들고 있는 자들이 우르르 들어와서 엄숙한 목소리로 급히 불러 말하기를,

"유연수 이놈, 도망가서는 안 된다."

한림은 크게 놀라서 붓을 던져 버리고 하인을 불러일으킬 겨를도 없이 창으로 몸을 던져서 도망갔다.

何分にも深夜のことではあり、東西を辨へぬ土地のこととて、轉けつまろびつ走つたが、顧みれば追手の火光は見るみる近く、追跡頗る急である。翰林大に困つたが、林は盡きて路は無くなり、前は大きな河である。とても翼なくしては遁れることができないと見るや、天を仰いて歎じて言ふ、『ここで死なうとは思はなかつたが、今は早や天命致し方もない。さらば屍を魚腹に葬らう。』と、今や將に水に投ぜんとする時も時、忽ち人聲が間近に聽えた。で、定めし漁船でがなあらうと云ふので、馳せて渡口の方に向ふと、月色は晝の如くして、一隻の小船沙汀に泊し、二人の女が坐して何やら口吟みつつ蒼波を弄んで居るのが見える。

緣水明秋月。南湖採白蘋。荷花嬌欲語。愁殺蕩舟人。

여하튼 심야에 일어난 일이고 동서를 분별할 수 없는 지역으로 부리나케 달렸지만 돌아보면 쫓아오는 자의 불빛은 금세 가까워지고 추적은 굉장히 빨랐다. 한림은 크게 곤란했다. 숲이 다하고 길은 없어져서 앞은 커다란 강이었다. 도저히 날개 없이는 도망칠 수 없게 되자 하늘을 우러러 한탄하여 말하기를,

"이곳에서 죽을 줄은 몰랐습니다만, 지금은 이미 하늘의 명을 어쩔 수는 없습니다. 그렇다면 죽은 몸을 물고기 밥으로 장사를 지내겠습니다."

라고 했다. 그 순간 바로 물에 던지려고 했을 때, 갑자기 사람소리가 가까이에서 들려왔다. 그리하여 틀림없이 어선일 것이라고 생각하며 달려서 나루터 쪽을 향하니 달빛은 그림과 같은데 한 척의 작은 배가 백사장에 머물러 있으며 두 명의 여자가 앉아서 무언가 흥얼거리면서 푸른 파도를 즐기고 있는 것이 보였다.

　　푸른 물에 가을 달 환히 밝은데
　　남호에서 흰 마름을 캐고 있구나
　　연꽃은 아리땁게 말하려 하니
　　깊은 시름 뱃사람을 흔들어놓네

すると、今一人の女は之に和して、言ふ。

江南春已暮。汀洲採白蘋。洞庭有歸客。瀟湘逢故人。

그러자 지금 여인 한 명이 이것에 답하여 말했다.

강남에 봄은 이미 저물었는데
모래톱에서는 흰 마름을 캐네
동정호[55]에는 돌아가는 객이
소상강[56]에서 벗님을 만난다오

　歌罷んで相對し、頗る悠々自適の狀がある。これより先、謝夫人は、夢に舅姑から白蘋の洲に於て人を濟ふことがあると敎へられてあつたが、その濟ふ人といふのが誰れであるかは固より知るよしもなかつた。けれども心のうちでは、いつも此の事を記憶して、ひそかにその時の至るのを待ってゐたが、かくて荏苒月日は經つて、空しく六年の歳月は過ぎた。謝夫人妙姬に向つて言ふ、『曾て先小師から夢で敎へられたことが今だにはつきり耳にありますが、數へて見ると恰度今年今月にあたります。で、試みに此の十五夜に、白蘋洲へ行つて夢が中るかどうかを見たいと思ひますが如何でせう。』すると妙姬も『私も先夜たまたま同じ夢を見ました。菩薩が現はれて、「謝夫人夢中の語をきいたであらう。劉翰林の危難である、救うて遣はせ、」と仰しやいました。して見れば何事も前から定まつた約束事です。疑つてはならない參りませう。』といふので、女童を連れて謝夫人と妙姬は、今し船を艤してその人の來るを待つて居たのである。

___

55 동정호 : 중국 호남성 북부에 있는 중국 제2의 담수호이다.
56 소상강 : 중국 호남성 장사현을 흘러 동정호로 흘러드는 소강(瀟江)과 상강(湘江)을 말한다.

노래를 파하고 서로는 매우 유유자적하는 모습이었다. 예전에 사부인의 꿈에 시부모가 나타나 백빈주(白蘋洲)에서 사람을 구할 일이 있을 것이라는 것을 가르쳐 주었지만, 그 구한다는 사람이 누구인가는 처음부터 알 도리가 없었다. 하지만 마음속에서는 항상 이 사실을 기억하여 몰래 그때가 오기를 기다리고 있었는데 이리하여 덧없이 시간이 흘러 공허하게 6년의 세월이 지났다. 사부인이 묘희를 향해 말하기를,

"일찍이 돌아가신 소사가 꿈에서 가르쳐 준 것이 지금까지 정확하게 귀에 남아 있습니다만, 헤아려 보니 때마침 올해 이번 달에 해당합니다. 그리하여 시험 삼아 이 보름밤에 백빈주에 가서 꿈이 적중하는지 어떤지를 보고 싶습니다만 어떠하십니까?"

그러자 묘희도,

"저도 지난밤 우연히 같은 꿈을 꾸었습니다. 보살이 나타나서 '사부인의 꿈속의 이야기를 들었겠지? 유한림은 위급하고 어려움에 처하였다. 구해주어라.'라고 말씀하셨습니다. 그리고 보니 이 모든 것이 전부터 정해진 일인 것입니다. 의심하면 안 됩니다."

라고 말하기에 여동을 데리고 사부인과 묘희는 바로 배를 띄울 준비를 하여 그 사람이 오는 것을 기다리고 있었다.

ところへ翰林、『お孃さんお孃さん、どうぞ助けてください。』

そこで妙姬は船窓より出て來て、女童を呼び『早く舟をとめて彼の方をお載せ申しや。』と言ふ。女童が船を岸によせると、翰林慌てて船に乘り、『賊が今私を追つて來るのです。この船ですぐ遁がして下さい。』と言ふ。で、直ぐさま船を出さうとしかかる時、彼方から賊の一群は

走つて來て、大聲に呼ばはつて言ふ、『船を返せ、船を返せ、返さなければ皆殺しにするぞ。』が、女童は何とも答へずに船を漕ぐ。賊なほも呼ばはつて言ふ。『今船に乘つたのは人殺しの罪人である。桂林府の董太守が命により、吾々が召捕らうとするのだ。若し引つ捕へて連れて來れば厚き御褒美が頂けるが、命に從はなければ其奴と共に殺されるぞ。』

그러던 곳에 한림이,

"아가씨, 아가씨, 아무쪼록 살려주십시오."

이에 묘희는 배의 창문으로부터 나와서 여동을 불러,

"어서 배를 멈추어서 저 사람을 태우거라."

라고 말했다. 여동이 배를 기슭에 대자 한림은 허둥지둥 배를 타며,

"도둑이 지금 저를 쫓아오고 있습니다. 이 배로 당장 도망가게 해주십시오."

라고 말했다. 그리하여 바로 배를 띄우려고 할 때에 저쪽에서 도둑 한 무리가 달려와서 큰 소리로 부르며 말하기를,

"배를 돌려라, 배를 돌려, 돌리지 않으면 몰살시킬 것이다."

라고 했다. 하지만 여동은 아무런 대답도 하지 않고 배를 저었다. 도둑들은 더욱 부르면서 말했다.

"지금 배를 탄 사람은 살인을 한 죄인이다. 계림부(桂林府)의 동태수(董太守)의 명에 의해 우리들이 잡으려고 하는 것이다. 만약에 붙잡아서 데리고 온다면 후한 포상을 받을 것이지만 명을 따르지 않는다면 그놈과 함께 죽임을 당할 것이다."

かくと聽いた翰林、此奴等も亦董淸の發した賊であると知つて、悲
憤更に遣る方もなく、三人の者に向つて言ふやう、『彼奴等の言ふこと
は皆噓です。私は劉翰林と申す者で、彼奴等こそは賊です。』と。そこ
で女童『お前たちこそ逆賊ぢやないか。誰れがそんな言葉を信ずるもの
か。』賊大に怒つて『うぬ、不埒な奴、太守の命に背いて何處に失(う)せ
ようとするのか。』と言ふのを、女童は去らぬ氣に聽き流し、楫をたた
いて朗かに歌つて曰く、

滄浪之水淸兮、可以濯我纓。滄浪之水濁兮可、可以濯我
足。

　이러한 것을 들은 한림은 이놈들도 역시 동청이 보낸 도둑들이라
는 것을 알고 슬프고 분한 마음 더욱 전할 길이 없어 세 사람을 향하
여 말하기를,
　"저놈들이 말하는 것은 모두 거짓말입니다. 저는 유한림이라고
하는 사람으로 저놈들이야말로 도둑입니다."
　라고 했다. 이에 여동은,
　"너희들이야말로 역적이 아니냐? 누가 그런 말을 믿겠느냐?"
　도적들이 크게 화를 내며,
　"네 이놈, 발칙한 놈, 태수의 명을 거역하고 어디로 사라지려고 하
느냐?"
　고 말하는 것을 여동은 아무렇지도 않은 듯 흘려버리고 노를 두들
기며 쾌활하게 노래하면서 말하기를,

　　창랑의 물이 맑으면

　　내 갓끈을 씻으면 되고

　　창랑의 물이 흐리면

　　내 발을 씻으면 된다오

　此の時早く船は中流に浮んで、賊如何にあせつても追ふことができ
ない。と見て、何方ともなく去つて了つた。やがて落月は西に傾き、
旭日東天に輝く頃船は君山の下に着いた。翰林心漸く落着き、尼僧に
謝して言ふ、『あなたは何人で、そして何うして私の命を救うて下さつ
たのか。』妙姬翰林を助け起して言ふ、『それよりも船底の方へ行つて、
故人にお會ひなさい。』翰林、不思議さうにして躊躇して居ると、忽ち
船底の方で女の泣聲が聞えた。

　　이때 서둘러 배는 중류(中流)를 따라 내려가고 도둑들은 아무리 조
급하게 굴어도 쫓을 수가 없게 되자 누구랄 것도 없이 사라져 버렸
다. 이윽고 지는 달은 서쪽으로 향하고, 떠오르는 해는 동쪽하늘에
빛나고 있을 무렵 배는 군산 아래에 도착했다. 한림은 한동안 마음
이 안정되어 여승에게 감사의 말을 하며,

　　"당신은 어떤 사람이기에 그리고 어찌하여 저의 목숨을 구해주셨
습니까?"

　　묘희는 한림을 도와 일으켜 세워서 말했다.

　　"그것보다도 배 아래로 가서 옛 사람을 만나십시오."

　　한림은 이상하다는 듯이 망설이고 있자 갑자기 배 아래에서 여자
가 우는 소리가 들려왔다.

(十一) 淫婦、奸才、狡兒の末路
(11) 음란한 부인, 간사한 재주, 교활한 아이의 말로

翰林、窓のところへ行つて見ると、そこに一人の婦人があつて、素服をまとうて迎へ入れた。翰林ひたすら俯し拜む。顏は薄暗くして誰れであるかが分らない。ただ聲を聞くと謝婦人のやうである。翰林不思議の餘り心もうつとりして、泣きながら問うた。『夫人は人が鬼か、既に此の世を去つたことと思つてゐたのに思ひがけなくこんな處で會はうとは。』謝夫人涙を流して、『死なうと思ひましたが、それも出來ず、空しく餘生を盜んで、今また思ひがけなき尊顏を拜し、お恥かしう存じます。が、またあなたは、どうしてその有樣で此方へ……』と言ふ。

한림이 창 쪽으로 가서 보니 그곳에 부인 한 사람이 소복(素服)[57]을 차려입고 맞이했다. 한림은 한결같이 머리를 숙여 절했다. 얼굴은 어두컴컴해서 누구인지를 알 수 없었다. 다만 소리를 들으니 사부인과 같았다. 한림은 너무나 이상한 나머지 넋을 잃고 울면서 물었다.

"부인은 사람이오? 귀신이오? 이미 이 세상을 떠났다고 생각했는데 뜻밖에 이런 곳에서 만날 줄이야."

사부인은 눈물을 흘리며,

"죽으려고 생각했습니다만 그것도 할 수 없어 공허하게 여생을 훔쳤습니다. 지금 다시 뜻밖에 존안(尊顏)[58]을 뵙게 되어 부끄러울

---

57 소복: 상복과 같은 뜻 혹은 상복의 하나를 나타낸다(松井簡治·上田万年編, 『大日本国語辞典』03, 金港堂書籍, 1917).

따름입니다. 하지만 당신 또한 어떻게 그러한 모습으로 이곳에……"

　　라고 말했다.

　翰林『私のやうな者が何の面目あつて夫人にお目にかかれよう。しか
し前非を悔ゆれば聖人も過ちは許すと聞く。どうか夫人、これまでの
事は許して、此の劉延壽が滿腔の聲を聽きたまへ。』とて、謝夫人家出
後の事情から、雪梅が途中で話したことの一切を語つた。謝夫人『家に
そんな變事があつたとは今日まで少しも知りませんでした。』翰林語を
轉じ『昨日懷沙亭で柱に書いた文字を見て、初めて投身のことを知つた
が、それにしても何うして死んだ筈の夫人が私の來るのを知つたの
か。』と言ふ。夫人『過ぎ去つたことを話すのは涙の種でございますが、
一通りお話申しませう。』とて、事の此に至つた經路を事細かに語つ
た。妙姬と翰林とはまた不思議の再會を喜んで、共に船を下りて、庵
に入ると、乳母叉鬟もまた翰林を迎へて、人々はただ泣くばかりであ
つた。

　　한림 "나와 같은 사람이 무슨 면목이 있어 부인을 만나겠습니까?
하지만 예전의 잘못을 후회한다면 성인(聖人)도 잘못을 용서해 준다
고 들었습니다. 아무쪼록 부인 지금까지의 일은 용서하고 이 유연수
의 가슴속에 가득 찬 이야기를 들어 주시오."

　　라고 말하며 사부인이 집을 나간 후의 사정부터 설매가 도중에 이
야기한 일체를 말했다.

58　존안: 얼굴의 경칭이다(松井簡治·上田万年編, 『大日本国語辞典』03, 金港堂書
　　籍, 1917).

사부인 "집에 그런 변고가 있는 줄은 오늘날까지 조금도 알지 못했습니다."

한림은 이야기를 전하며,

"어제 회사정에서 기둥에 적은 문구를 보고 처음으로 몸을 던진 것을 알았습니다만, 그건 그렇다 하더라도 어찌하여 마땅히 죽었어야할 부인이 내가 오는 것을 알았소?"

라고 말했다.

부인 "지난날의 일을 말하는 것은 눈물의 씨앗입니다만 대략 말씀드리겠습니다."

라고 하며 일이 여기에 이르게 된 경로를 상세히 말했다. 묘희와 한림 등이 다시 괴이한 재회를 기뻐하며 함께 배에서 내려서 암자에 들어가자 유모와 차환도 또한 한림을 맞이했다. 사람들은 그냥 울기만 할 뿐이었다.

翰林は夫人に、これから武昌へ行つて少しく家道を回復し、過去の罪過を償ひたいと思ふ旨を語り、夫人の同行を求めた。夫人は元々翰林に背く意はないけれど、曩に家を出る時は宗族を會し、家廟に告げて出たのである。今無斷で歸ることは宜しくない。且つ武昌といへば董清の邑から餘り遠くない。彼れ必ず兇徒を送つて害を加へるに違ひないから、今暫くは名を變へて、時勢を見てからにしては如何かと思つたので、その事を翰林に話すと、翰林も成程といふので、悉く夫人の言に從ひ、尙も幸洲に於ける甘水の奇蹟などを語つて、共々に觀音の偉德を頌し、翌日船で鄂州に行き、ここで翰林は涙ながらに夫人等と別れて、武昌に行つた。武昌では、翰林の奴僕等が己に行つて居

て、喜んで翰林を迎へて呉れた。

　한림은 부인에게 지금부터 무창(武昌)에 가서 조금이라도 집안의 살림을 회복하여 과거의 죄과를 속죄하고 싶다는 뜻을 이야기하며 부인의 동행을 구했다. 부인은 원래 한림을 거역할 뜻은 없었다. 하지만 예전에 집을 나설 때는 친척을 만나고 사당에 알리고 나왔다. 지금 미리 승낙을 얻지 않고 돌아간다는 것은 옳지 않다. 또한 무창이라고 하면 동청의 고을에서 그다지 멀지 않다. 그는 반드시 악당을 보내서 해를 끼칠 것임에 틀림이 없으니 지금 한동안은 이름을 바꾸고 형편을 살펴보고 나서가 어떨지 생각했기에 그 일을 한림에게 말했다. 그러자 한림도 과연 그렇다고 말하면서 전부 부인의 말을 따랐다. 그리고 행주에서 감수(甘水)가 나온 기적을 이야기하면서 각각 관음의 거룩한 덕을 기리며 다음 날 배로 악주(鄂州)로 갔다. 이에 한림은 눈물을 흘리며 부인 등과 이별하고 무창으로 갔다. 무창에서는 한림의 계집종과 사내종들이 먼저 가서 기뻐하며 한림을 맞이하여 주었다.

　董淸、喬女の方では、翰林の在家を頻りに探し求めたけれども、仲々知ることができなかつた。そのうちに鳳兒が死に、蕳梅が董淸の胤を宿した。喬女は蕳梅を非常に憎んで、ある時そつと絞め殺したが、それより先冷振は、種々の惡事を働いた後董淸に身を寄せ、なほも樣々の奸計に携はつて居たのを、喬女は何時の程にか之と通じ、董淸の留守中は宛ら夫婦の如くに暮らして居た。董淸が少しも之を知らなかつたのは笑止である。

483

동청과 교녀 쪽에서는 한림의 시골집[59]을 계속하여 찾았지만 좀처럼 알 수가 없었다. 그러는 동안에 봉아가 죽고 알매가 동청의 후사를 이었다. 교녀는 알매를 상당히 미워하여 하루는 몰래 목을 졸라 죽였다. 하지만 그보다 먼저 냉진이 여러 가지 악행을 저지른 후 동청에게 몸을 의지하여 더욱더 여러 가지 간사한 꾀에 관계하고 있었는데, 교녀는 언젠가부터 이와 내통하여 동청이 집을 비운 사이에는 완전히 부부와 같이 생활하고 있었다. 동청이 이것을 조금도 알지 못했던 것은 가소로운 일이었다.

　ある時冷振、董淸の命によつて嚴丞相の許へ往つたが、此の頃嚴崇は、積年の不義不正漸く暴露して、天子の寵を失ひ、近く田舍に放れようとして居る際であつた。冷振思ふやう、『董淸の惡事は天下公知の事實である。然るに誅せられずに今日あるは、全く嚴のお蔭であるが、その嚴が今勢威を失ふとすれば、董淸の前途も必定長くない。これは今のうちに何とかして、漁夫の利を收めなくては。』と。そこで早速朝廷に行つて、董の罪狀を並べ立て、一々證據を擧げて其の積惡を訐いた。で、天子は大に怒つて直ちに命を下し、董淸を囚へて糺問させたところが、一々冷振の言ふ通りであつたので、罪立ちどころに定まり、遂に長安に於て斬に處せられ、その蓄へた所の巨萬の黃金は悉く沒收された。聞く者手を拍つて快を叫ばざるはなかつたと云ふ。

---

59 시골집: 일본어 원문은 '在家'다. 출가한 승려에 대해서 속세의 사람을 칭하는 표현 혹은 고향에 있는 집의 뜻을 나타낸다(松井簡治・上田万年編,『大日本国語辞典』03, 金港堂書籍, 1917).

어느 날 냉진은 동청의 명에 의하여 엄승상댁에 갔는데, 이때 엄 승은 여러 해 동안의 불의와 부정이 점차 폭로되어 천자의 사랑을 잃고 가까운 시골로 쫓겨나려던 차였다. 냉진은 생각하기를,

"동청의 악행은 천하가 모두 알고 있는 사실이다. 그럼에도 죄를 받지 않고 오늘이 있는 것은 완전히 엄(嚴)의 덕분인데, 그 엄이 지금 기세와 위엄을 잃는다고 하면 동청의 앞날[60]도 반드시 길지는 않을 것이다. 이것은 지금 어떻게든 해서 어부지리를 거두지 않으면."

라는 것이다. 이에 서둘러 조정으로 가서 동(董)의 죄상을 낱낱이 고하고 일일이 증거를 들어 그 거듭한 악행을 들추어냈다. 그리하여 천자는 크게 화내며 바로 명을 내려 동청을 가두고 문초를 하게 했는데 하나하나 냉진이 말한 대로였기에 죄가 바로 결정되어 결국에는 장안에서 참형에 처해지고 그 쌓아둔 막대한 황금은 모조리 몰수되었다. 듣는 사람 모두 손을 치며 기뻐하지 않을 수가 없었다고 한다.

冷振は喬女と共に、金銀財寶を有らんかぎり搔き集めて、惡事の露顯せぬうちにと、山東さして落ちのびたが、途中車を雇うて東昌府の境を過ぐる頃、一酒店に於て泥醉し、車夫鄭太素なる惡黨のためにすつかりその持物を奪はれた。醒めて見た時は既に如何ともする術なく、已むを得ず其地に留まつて、その日より糊口に窮する憫れの身の上とはなつたのである。

냉진은 교녀와 함께 금은보화를 있는 대로 긁어모아서 악행이 들

어나기 전에 산의 동쪽을 향하여 달아났다. 그런데 도중 수레를 빌려 동창부(東昌府)의 경계를 지나갈 무렵 한 주점에서 만취했는데 마부 정태소라는 악당으로 인해 가지고 있던 물건들은 완전히 빼앗겼다. 술에 깨어서 봤을 때는 이미 어떻게 할 방법도 없었다. 어쩔 수 없이 그 지역에 머물며 그날부터 입에 풀칠을 하며 궁하고 가엾은 신세가 되었다.

此の時天子朝に在つて、地方の太守が庶民を苦むるの實狀を聞き、殊に董淸なるものの罪狀最も重きを見て、之を推薦したものの何人なるかを問ひ給うた。やがて嚴丞相の推薦であることが分ると共に、天子『今にして思ふに、嚴崇の薦むる所は皆是れ小人、彼れの排する所は皆是れ君子である。』とて、嚴が推薦した所のもの百餘人を悉く斥け、曾て斥けられたものを皆登用せられた。そこで諫議太夫海端は都御使となり、翰林學士劉延壽は吏部侍郎となり、その他淸廉の聞えある者皆用ゐられた。

이때 천자가 조정에서 지방의 태수가 서민을 괴롭힌다는 실상을 듣고, 특히 동청과 같은 자의 죄상이 가장 무겁다는 것을 보고 이 자를 추천한 자가 누구인가를 물었다. 이윽고 엄승상의 추천이라는 것을 알게 되면서 천자는,

"지금 생각해 보건데 엄숭이 천거한 자는 모두 이런 소인배들, 그가 비난하는 것은 모두 군자이다."

라고 생각했다. 엄이 추천한 백여 명의 사람을 모조리 물리치고 일찍이 배척되었던 사람들을 모두 등용시켰다. 이에 간의태부(諫議

太夫) 해서는 도어사(都御史)가 되고, 한림학사 유연수는 이부시랑(吏部侍郎)이 되었으며, 그 밖에 청렴하다고 불리는 사람은 모두 등용되었다.

時に謝給事の子希郎は、姉の謝夫人が長沙なる杜夫人に身を託したことを聞いたが、杜推官が成都に轉ぜられたことを知らない姉夫人の、或は途中で困つて居るやうな事はないかと、只管心配しながら日を送つた。偶々杜太守の順天府尹となつて入京するに遇ひ、久々に杜氏に會つて姉の事を訊くと、杜府尹は涙を流して謝夫人の不幸を語り、目下生死も不明のよしを述べる。希郎これを聽いて大に悲しんだが、さて何うすることもできず、たまたま南昌の推官に任ぜられた爲に、謝夫人の事心にかかりながら、本意なくも任地に赴いた。

바로 그때 사급사(謝給事)의 아들 희랑(希郎)은 누나 사부인이 장사로 간 두부인에게 몸을 의지하고 있다고 들었는데, 두추관이 성도(成都)에 전임한 것을 모르는 부인이 혹시 도중에 곤란해져 있는 것은 아닌가 하고 한결같이 걱정하면서 날을 보냈다. 우연히 두태수(杜太守)가 순천의 부윤(府尹)이 되어 서울로 올라오게 되어 오랜만에 두씨(杜氏)를 만나서 누나의 일을 물어보았는데, 두부윤(杜府尹)은 눈물을 흘리면서 사부인의 불행을 이야기하며 지금 생사도 분명하지 않다는 것을 말했다. 희랑은 이것을 듣고 크게 슬퍼했지만 어떻게 할 수가 없었다. 우연히 남창(南昌)의 추관(推官)에 임명되었기에 사부인의 일을 마음에 쓰면서 뜻하지 않게 임지로 나아갔다.

487

此の頃翰林は、董淸の禍を避けんがために、名を學生と變へて武昌に歸臥して居つたが、ある日家僕の一人が君山から歸つて言ふには、人の話に劉翰林は、吏部侍郎に任ぜられてゐるけれども往き處が分らないので、朝廷では目下頻りに探して居らるるのだとか、私はその立札を見て來ました。とのことである。そこで翰林、試みに、武昌の太守に刺を通ずると、太守は驚いて翰林を迎へ、拜跪して官報を示した。翰林初めて嚴崇の敗れ董淸の死んだことを知り、此の旨を謝夫人に申し送つて、やがて京師に向つた。

　　이 무렵 한림은 동청의 화를 피하기 위해서 이름을 학생이라고 바꾸어서 무창에서 한가로이 지내고 있었는데, 어느 날 사내종[61] 한 명이 군산에서 돌아와서 말하기를, 사람들의 이야기로는 유한림은 이부시랑에 임명되었지만 간 곳을 알 수 없기에 조정에서는 지금 계속해서 찾고 있다 하며 자신이 그 방을 보고 왔다는 것이다. 이에 한림은 시험 삼아 무창의 태수에게 명함을 내밀어 면회를 요청하자 태수는 놀라서 한림을 향해 엎드려서 절하고 무릎을 꿇어서 관보(官報)를 보여주었다. 한림은 비로소 엄숭이 망하고 동청이 죽은 것을 알게 되어 이 사실을 사부인에게 전달하고 마침내 서울로 향했다.

沿道の諸大官皆心を籠めて送迎した中に、一人の地方官の遠くから一書を劉侍郎に致したものがある。姓名を見ると謝景顔とある。侍郎初めはその誰れであるかを知らなかつたが、相見るに及んで夫人の弟

---

61 사내종: 일본어 원문은 '家僕'이다. 가신 혹은 집에서 부리는 하인을 뜻한다(松井簡治·上田万年編, 『大日本国語辞典』03, 金港堂書籍, 1917).

であることを知り、泣いて一別以來の情懷を語つた。殊に謝推官の喜
んだのは、多年心にかかつてゐた姉夫人の無事であることであつた
が、直に手紙を書いて喜びを語り、之を姉夫人に送つた。謝夫人も
亦、同じ喜びを書き綴り、且つ弟に向つて切に一たび會ひたき旨を申
送つた。

　　길을 따라 여러 대관(大官) 모두가 마음을 담아서 보내고 맞이하는
중에 지방관 한 명이 멀리서 한통의 편지를 유시랑에게 보낸 것이 있
었다. 성명을 보니 사경안이었다. 시랑은 처음에는 그가 누구인지를
알지 못했으나 자세히 보고 부인의 남동생이라는 것을 알고 울면서
헤어진 이후의 회포를 이야기했다. 특히 사추관(謝推官)이 기뻐한 것
은 오래도록 마음이 쓰였던 누나가 무사하다는 것이었다. 바로 편지
를 적어서 기쁨을 이야기하고 이것을 부인에게 보냈다. 사부인도 또
한 같은 기쁨을 적고 또한 동생을 향해서 진심으로 한번 만나고 싶다
는 뜻을 보냈다.

　劉侍郎は天子に拜謁し、且つ恩命の其任に堪へざる故を以て辭した
が、天子は更に延壽を江西の布政司となし、その政治の才を試みよう
とし玉うた。延壽幾たびも厚恩を謝して後、退いて舊宅を尋ねると、
壁は頽れ階は廢れ、塵堆く草繁つて、舊時の態は痕形もなかつた。た
だ在る所のものは麟兒の乳母と外數人のみである。乳母は泣いて喜
び、『今日は何といふお目出たい日でございませう。』とて、杜夫人に此
の事を告げる。

유시랑은 천자를 배알하고 또한 은명(恩命)[62]으로 내린 그 임무를 감당할 수 없다는 이유를 말했지만 천자는 더욱 연수를 강서의 포정사(布政司)로 임명하여 그 정치의 재주를 시험하려 했다. 연수는 몇 번이고 두터운 은혜를 감사한 후에 물러나서 옛집을 찾아가니 벽은 쓰러지고 모두 기울어져 있고 먼지가 쌓이고 풀이 무성하였으며 예전의 모습은 흔적도 남아 있지 않았다. 다만 남아 있는 것은 린아의 유모와 그 밖의 몇 사람뿐이었다. 유모는 울면서도 기뻐하며,

"오늘은 얼마나 축하드릴 날입니까?"

라고 말하며 두부인에게 이 사실을 알렸다.

杜夫人泣いて過ぎし七年間の變遷を語れば、侍郎もあまただび我が罪過を謝し、且つ謝夫人の今は恙なく生存せることを語る。劉家謝家の親戚等、皆來つて喜びを述べ、やがて劉侍郎は江西に、謝推官は君山に姉夫人を迎ふべく出發した。君山では謝夫人等、書面によつて早晚謝推官の來て呉れることを豫期してゐたので、一同大に喜び、泣いて七年間の辛苦を語りつ問ひつした後、厚く妙姬に謝して惜しき別れを君山に告げた。江西に着くと、劉布政が夫人等を出迎へて待つて居る。そこで夫人は初めて表向きにその良人に會ひ、布政は之を家廟に申告して、再び夫婦の契りを固めた。かくして妖雲頓に收まり、劉家萬歲の基礎は出來たが、ただ玆に最も遺憾なのは麟兒の生死の依然不明なことである。で、家僕をして頻りに麟兒

麟兒の行方を探らしめたけれども、どうしても知ることが出來なか

---

62 은명: 감사한 명령 혹은 은혜로운 말을 나타낸다(松井簡治・上田万年編, 『大日本国語辞典』03, 金港堂書籍, 1917).

490 가정소설 2 ┃사씨남정기┃

つた。

　　두부인은 울면서 지난 7년간의 변천을 이야기하자 시랑도 자신의 많은 잘못에 대해 용서를 빌었다. 또한 사부인이 지금 건강하게 생존해 있는 것을 이야기했다. 유가(劉家)와 사가(謝家)의 친척 들은 모두 와서 기쁨을 이야기했으며 이윽고 유시랑은 강서로 사추관은 군산으로 누나를 맞이하러 출발했다. 군산에서 사부인 등은 서면으로 조만간 사추관이 올 것이라고 예상했기에 모두는 크게 기뻐하고 울면서 7년간의 고생을 이야기했다. 그런 후에 묘희에게 깊은 감사를 표하며 아쉬운 이별을 군산에 고했다. 강서에 도착하자 유포정이 부인 등을 마중 나와서 기다리고 있었다. 이에 부인은 처음으로 드러내어서 그 남편을 만나게 되었으며 포정은 이것을 사당에 고하고 다시 부부의 인연을 굳게 했다. 이리하여 불길한 기운은 진정되고 유가(劉家) 만세의 기초가 만들어졌지만, 다만 이때에 가장 유감스러운 일은 린아의 생사가 여전히 분명하지 않다는 것이다. 그리하여 하인을 시켜서 계속하여 린아의 행방을 찾아보게 했지만 아무리해도 알 수가 없었다.

　ある日夫人、布政に向つて言ふ、『私に一言是非お聴入れ願ひと思ふことがございます。それは他でもない、私の健康は最早以前のやうでなく、且つ四十に近くて到底子供の出來る見込みは御座ません。前にはああいふ惡者をお勸めしたればこそ、世にも類のない酷い目にあつて、あなたにも氣の毒を致しましたが、强ち羹に懲りて膾を吹くにも當らないかと存じます。』とて、彼の湘江に見た林家の少女の事などを

話し、布政の心を引いて見た。布政は、『もうそればかりは、』と云つ
て、どうしても夫人の言に聽かうとしなかつたが、夫人は祖宗の祀り
の絶ゆることを氣遣ひ、なほも説いて蓄妾を勸めた。夫人思ふには、
布政が新妾に反對するのは喬女の禍に懲りてである

　が、もしその人が林女のやうな德性の具はつた人であつたなら、決
してさういふ心配はいらない道理である。どうかして林女を我家に入
れることはできないものかと、獨り心を碎いた末、叉鬟を妙姫及び林
家に遣はして、厚く前の日の厚意に酬ひ、あはせてその安否を問はし
めた。當時林家では、繼母が死んで少女ひとり家に居ることを知り、
謝夫人の此の希望は益々強くなつた。

　　　어느 날 부인은 포정을 향해 말하기를,
　　　"저의 말을 꼭 들어 주셨으면 하는 것이 하나 있습니다. 그것은 다
름이 아니라 저의 건강이 이제는 이전과 같지가 않습니다. 또한 사
십이 가까워져 도저히 아이가 생길 기미가 보이지 않습니다. 예전에
그런 나쁜 사람을 권했기에 세상 어디에도 없는 고생을 하고 당신에
게도 심려를 끼쳐드렸습니다만 뜨거운 것에 질려서 차가운 것마저
다시 식힐 필요는 없다고 생각합니다."
　　　라고 하며 저 상강(湘江)에서 본 임가(林家)의 소녀에 대해서 이야
기하며 포정의 마음을 끌어보았다. 포정은,
　　　"이제 그 일만은."
　　　이라고 말하며 아무리 해도 부인의 말을 들으려고 하지 않았지만
부인은 조상님의 제사가 끊기는 것을 염려하여 더욱 이야기하며 첩
을 들이는 것을 권했다. 부인은 포정이 새로운 첩을 반대하는 것은

교녀로 인한 재앙에 질렸기 때문이라고 생각했지만 혹시 그 사람이 임녀(林女)와 같은 덕성을 갖춘 사람이라면 결코 그런 걱정은 없었을 것이라고 생각했다. 어떻게든 임녀를 자신의 집에 들여올 수는 없는 것인가 하고 홀로 마음을 쓴 나머지 차환을 묘희와 임가에 보내어서 지난 일에 대해 후하게 인정을 베풀고 그와 더불어 그간의 안부를 묻게 했다. 당시 임가에는 계모가 죽고 소녀가 홀로 집에 있었는데 그 사실을 알게 된 사부인의 이런 희망은 더욱 강해졌다.

(十二) 陽はめぐる、東の空
(12) 태양을 둘러싼 동쪽 하늘

さて麟兒は一體どうしたかと云うに、初め雪梅が林の中へ棄てた時、荊州の人玩三といふ者が偶々此處を通りかかり、兒の泣聲をきいて入つて見ると、四つばかりの悧巧さうな男の子であつたから、之を賣つたらいい金になるだらうといふ考へで武昌に行つた。偶々大風に遭うて船は覆り、やつと生命を取りとめたが、迚も子供を養ふことが出來なかつたので、そつと或る家の籬の外に置き去つた。その家といふのが、林家であつたのである。恰も林女は夢に一つの不思議を見、何か事があるに違ひないといふので出て見ると、果して一人の幼兒が居たので、母の許しを得て養ひ育て、肉身の弟も同樣に慈しんで來た。

그런데 린아는 도대체 어찌된 일인가 하면 처음 설매가 숲 앞에 버렸을 때, 형주의 완삼(玩三)이라는 자가 우연히 이곳을 지나가다가 아이가 우는 소리를 듣고 들어와서 보니 4살 정도쯤 된 영리하게 생

긴 남자아이였기에 이것을 팔면 좋은 돈이 될 것이라고 생각하여 무
창으로 [데리고] 갔다. 우연히 큰 바람을 만나서 배가 뒤집어지고 겨
우 목숨을 건졌는데 도저히 아이를 기를 수가 없었기에 몰래 어느 집
울타리 밖에 두고 가버렸다. 그 집이라는 곳이 임가였던 것이었다.
마침 임녀는 꿈에 이상한 것을 하나 보고 무슨 일이 있음에 틀림없다
고 생각하여 나가 보았는데 과연 어린 아이가 한 명 있었기에 어머니
의 허락을 얻어서 기르기로 하고 친 동생과 같이 사랑해 왔다.

　初めに又鬟が夫人の命を受けて來た時には、麟兒はたまたま外に遊
んでゐて見えなかつたが、夫人は尙ほ布政に說いて林女の賢と美とを
稱へ、ほぼ其の同意を得た上で、再び又鬟をして林女を問はしめ、辭
を厚くして其の意を通ぜしめた時、初めて林女に一人の弟子のあるこ
とを知つたのである。見るに年の頃十餘り、その容貌骨柄の尋常なら
ぬを熟々視て、又鬟は心に或る疑ひを感じたが、聞けば繼母の子であ
るといふので、歸つて夫人に此の事を話した。かくて林女は、夫人の
好意もだし難くして、遂に布政の邸に入ることとなつたが、容姿の端
正と云ひ德性の貞順と云ひ、一見して前の喬女とは比較にならぬ相違
があつたので、布政も大に喜び、一家親睦、和氣靄々として堂に漲る
槪があつた。

　　처음 차환이 부인의 명을 받들어 왔을 때에는 린아는 우연히 밖에
서 놀고 있어서 보지 못했다. 하지만 부인이 더욱 포정에게 말하여
임녀의 덕행이 뛰어나고 아름다운 것을 칭하니 거의 동의를 얻은 것
과 다름없게 되었다. 그리하여 다시 차환을 시켜 임녀의 안부를 묻

고 말을 공손히 하여 그 뜻을 전했을 때 처음으로 임녀에게 남동생이 한 명 있다는 것을 알게 되었다. 보기에 나이는 10살 남짓이었는데 그 용모와 골격이 보통이 아닌 것을 유심히 보고 차환은 마음에 어떤 괴이한 생각을 하게 되었다. 하지만 들어보니 계모가 낳은 아이라고 하기에 돌아와서 부인에게 이 사실을 이야기했다. 이리하여 임녀는 부인의 호의를 물리칠 수 없어서 마침내 포정의 집으로 들어오게 되었다. 그 용모와 자태의 단정함은 말할 것도 없고 덕성의 정순함 또한 언뜻 보더라도 이전의 교녀와는 비교할 수 없이 달랐기에 포정도 크게 기뻐하며 일가가 사이좋게 지내며 집안에 화기애애함이 넘쳐났다.

ある日麟兒の乳母、泣いて林女に向つて麟兒の事を語り、『聞けばあなたの弟御は、容貌と云ひ年頃と云ひ、まるで公子にそつくりだとのこと、どうか是非一度見せて頂きたい。』と言ふ。そこで林女は預けてあつた麟兒をよび寄せて、之を乳母に引き合はせると、顔といひ何といひ悉く見覺えのあるばかりか、兒も亦乳母を見知つて居る樣子なので、林女は初めて拾つて育てた兒であることを話し、夫人に此の事を告げると、夫人は一目見て麟兒であることを知り、麟兒も亦直に母たることを認めて、家内中俄かにどよめきわたつた。折柄外に在つた布政も、此の事をきいて踊り上つて歸つたが、八年前に失つた兒の無事な顔を見て、氣狂ひの如くに喜んだのも無理ではない。管下の人々も之を傳へ聞いて、それぞれ祝物を持つて喜びを述べに來たが、中に南豊の縣令が贈物に一雙の玉環があつた。正しく劉家の重寶なので、縣令の手を經て其の出所を探つて見ると、先に冷振の醉に乗じて其の財寶を盗み取つ車夫の妻から賣られたものであることが分つた。

어느 날 린아의 유모가 울면서 임녀를 향해 린아의 일을 이야기하며,
"듣자하니 당신의 남동생은 용모로 보나 나이로 보나 공자와 꼭
닮았다는데 아무쪼록 꼭 한 번만이라도 보여 주시지 않겠습니까?"
라고 말했다. 이에 임녀는 맡겨 두었던 린아를 불러 들여서 이것
을 유모와 만나게 했다. 그러자 얼굴로 보나 다른 걸로 보나 전부 본
기억이 있을 뿐만 아니라 아이도 또한 유모를 알고 있는 듯한 모습이
기에 임녀는 처음으로 주워서 기른 아이라는 것을 말했다. 부인에게
이 사실을 알리자 부인은 한 번 보고 린아라는 것을 알고 린아 또한
바로 어머니라는 것을 인정하니 집안에 별안간 함성이 울려 퍼졌다.
때마침 밖에 있던 포정도 이 사실을 듣고 뛰어서 돌아왔는데 8년 전
에 잃어버린 아이의 무사한 얼굴을 보고 미칠 듯이 기뻐하는 것도 무
리는 아니었다. 관내의 사람들도 이것을 전해 듣고 저마다 축하 물
품을 들고 기쁨을 전하러 왔다. 그 중에 남풍(南豊)의 현령의 선물로
한 쌍의 옥반지가 있었다. 정확하게 말하면 유가(劉家)의 귀중한 보
배였는데 현령의 손을 거쳐 온 그 출처를 살펴보니 예전에 냉진이라
는 자가 술에 취해 있는 사이에 그 재물 보화를 훔친 마부의 아내로
부터 산 것이라는 것을 알게 되었다.

此の頃冷振は喬女と共に東昌に在つたが、窮乏の極殆と餓死せんば
かりであつたので、喬女は日夜冷振を罵つて侮辱を加へ、冷振はまた
その侮辱に堪へずして、家を出て惡事と遊蕩に日を送つて居つたが、
瘡毒を發して全身糜爛し、遂に路傍に横死した。かくて喬氏は、據る
邊なき身の遂に乞食とまで成り下つたが、流石に殘んの色香捨て難き
ものがあつたので、やがて拾はれて娼妓となり、七娘と名乗つて萬客

の玩ぶに任せた。

이 무렵 냉진은 교녀와 함께 동창(東昌)에 있었는데 궁핍함이 다하여 거의 굶어 죽을 지경이었기에 교녀는 밤낮으로 냉진을 꾸짖고 굴욕을 가했다. 이에 냉진은 그 굴욕을 감당하지 못하여 집을 나와서 악행과 방탕함으로 날을 보내고 있었는데 창독(瘡毒)이 퍼져서 전신이 썩어 문드러져 마침내 길거리에서 횡사했다. 이리하여 교씨는 의지할 곳 없는 몸이 되어 결국 걸식까지 하는 신세가 되었다. 역시 남아있는 미색은 버릴 수 없었기에 이윽고 발탁되어 창기(娼妓)가 되었는데 칠낭(七娘)이라고 불리며 많은 손님들의 노리개가 되었다.

劉布政ある時、家來の者から喬女の娼婦となつてゐることを聞き、捉へて之を殺さうとしたが、夫人の制止によつて思ひ止まり、更に別の方法で罰を加へようと考へた。する中劉延壽はまた禮部尙書に上つた。ある時劉尙書、除州に行つた序を以て喬女の近狀を探り、さて人をして喬女に言はしむるには、『今度禮部崔尙書此の地を過ぎ、御身を侍妾にしたいとの意を洩らされた。御身の意如何』と。喬女の七娘大に喜び、欣々として承諾の意を答へた。

유포정은 어느 날 하인[63]으로부터 교녀가 창부가 되었다는 말을 듣고 붙잡아서 이것을 죽이려고 했지만 부인이 말렸기에 그만두고 또 다른 방법으로 벌을 가하려고 생각했다. 그러던 중 유연수는 또

---

63 하인: 일본어 원문은 '家來'다. 집안일을 하는 사람을 뜻한다(棚橋一郎·林甕臣 編, 『日本新辞林』, 三省堂, 1897)

한 예부상서(禮部尚書)에 올랐다. 어느 날 유상서는 제주(除州)로 갔다
는 것을 단서로 교녀의 근황을 살폈다. 그리고 사람을 시켜 교녀에
게 전하기를,

"이번에 예부상서가 이 지역을 지나갈 때 그대를 시첩(侍妾)으로
삼고 싶다는 뜻을 흘리셨다. 그대의 뜻은 어떠하냐?"

고 했다. 교녀 칠낭은 크게 기뻐하며 승낙의 뜻을 대답했다.

　で、その日は一旦京都に歸り、一日後れて邸に連れ來るやうにと命
じて、親戚を集めて先づ大に祝宴を開いた。此の日杜夫人と謝夫人と
は、はじめて親しく會見し、十年別後の情懷を語つて盡くる所を知ら
なかつたが、折しも喬女は從者に導かれて尚書の門に來かかり、驚い
て言ふ、『これは劉翰林の邸ではないか。何故こんな處へ伴れて來る
の。』從者『尚書が此の邸を買つたのです。』そこで喬女は、此の邸と自分
とは能くよく緣のあることだと獨言して、そのまま轎を下りて門を入
ると、又鬟が言ふ、『夫人が彼處に坐つて居られます。禮してお目通り
をなさい。』で、喬女は仰いで其の方を視ると、劉翰林、謝夫人、共に
並んで堂に坐し、その左右には劉家の親戚がずらりと居並んで居る。
流石の喬女も肝をつぶし、地にへたばつて身を置く所もなかつたが、
やがて聲をふるはして、『どうか生命はお助け下さい。』と言ふ。劉尚書
聲を厲まし、『淫婦、罪を知るか。』とて、喬女の罪狀十二を數へ立て
た。喬女ひたすら叩頭して、幾重にも過去の罪を佗び、『私の罪は萬死
も尚辭することは出來ませぬ。が、どうぞ夫人、夫人の大悲をもちま
して、どうぞ此の生命をお助け下さいまし。』と拜む。夫人『私の一身に
對する罪は許してもいい。けれども祖宗に得た罪は、私にどうするこ

ともできません。』喬女は尚ほも哀みを乞うたが、尚書は左右に命じて
之を絞殺せしめ、屍は郊外に棄てて鳥の啄むに任せた。

　　그리하여 그날은 일단 서울로 돌아와 하루 뒤에 집으로 데리고 오
도록 명하고 친척을 모아서 우선 크게 축하연을 열었다. 이날 두부
인과는 처음으로 사이좋게 만나며 10년 동안 떨어져 있었던 회포를
푸는 것을 다할 줄 몰랐다. 마침 그때 교녀가 하인[64]의 안내로 상서
의 집에 도착했는데 놀라서 말하기를,

　　"이것은 유한림의 집이 아니냐? 왜 이런 곳에 데리고 왔느냐?"

　　하인 "상서가 이 집을 샀습니다."

　　이에 교녀는 '이 집과 나는 어쩌면 인연이 있나 보다'라고 혼잣말
을 하며 그대로 가마에서 내려서 집으로 들어가자 차환이 말했다.

　　"부인이 저 쪽에 앉아 계십니다. 예를 갖추어 만나시오."

　　그리하여 교녀는 고개를 들고 그 쪽을 보았더니 유한림과 사부인
이 함께 나란히 당(堂)에 앉아 있고 그 좌우에는 유가의 친척이 줄줄
이 앉아 있었다. 과연 교녀도 혼비백산하여 땅바닥에 넓죽 엎드려서
몸을 둘 곳도 없었지만 이윽고 떨리는 목소리로,

　　"아무쪼록 목숨만 살려 주십시오."

　　라고 말했다. 유상서는 소리를 사납게 하며,

　　"음탕한 것, 네 죄를 알겠느냐?"

　　고 말하며 교녀의 죄상 12가지를 열거했다. 교녀는 한결같이 머
리를 조아리며 몇 번이고 과거의 죄를 사과하며,

----

64 하인: 일본어 원문은 '從者'다. 따르는 자 혹은 수행원의 뜻을 나타낸다(松井簡
　治·上田万年編, 『大日本国語辞典』03, 金港堂書籍, 1917).

"저의 죄는 만 번 죽어도 더욱 할 말이 없습니다. 하지만 아무쪼록 부인, 부인의 자비로운 마음으로 아무쪼록 이 목숨을 살려 주십시오."
라며 절했다.

부인은 "내 한 몸에 대한 죄는 용서해도 좋다. 하지만 조상님에게 끼친 죄는 내가 어떻게 할 수 없는 것이다."

교녀는 더욱 불쌍히 빌었지만 상서는 좌우에 명하여 이것을 교살하도록 하고 시체는 교외에 버려서 새가 쪼아 먹도록 했다.

その後林女は、十年の内に熊兒、駿兒、鷹兒の三人を生み、尚書は穆宗の朝に至つて丞相に昇進し、謝夫人は六宮に師として皇后の御覺えいとど目出たく、かくて劉氏の一門はいや榮えに榮えた。(終)

그 후 임녀는 10년 안에 태아(熊兒), 준아(駿兒), 응아(鷹兒) 세 명을 낳았으며 상서는 목종(穆宗)의 대에 이르러 승상으로 승진하고, 사부인은 육궁(六宮)의 스승이 되었는데 황후의 신임은 더욱 깊어졌다. 이리하여 유씨 일문(一門)은 더욱더 영화를 이루었다.(끝)